薛瑞兆 編撰

新編全金詩

第二册

中華書局

第二册目録

新編全金詩卷三〇

趙之傑……七〇一

許道寧羣峰暮雪……七〇一

題濟源龍潭寺……七〇二

除夜……七〇二

龍潭寺……七〇二

趙　鼎……七〇三

宿來同堡……七〇三

敬謁先師鄒國公祠……七〇三

題孟子……七〇四

題手植桂……七〇四

佚句……七〇五

徐守謙……七〇五

海會寺詩五首……七〇五

楊天衢……七〇七

宿海會寺……七〇七

王世賞……七〇八

立春後十日登樓……七〇八

春雪……七〇八

探梅……七〇八

稱善齋……七〇九

來　俌……七〇九

失題……七〇九

劉　昂……七一〇

醉後……七一〇

山中雨……七一一

都門觀別……七一一
客亭……七一一
山堂……七一二
弔張維翰維中兄弟……七一二
即事二首……七一二
歌風臺……七一三
弔李仲坦……七一三
王官谷……七一三
贈張秦娥二首……七一三
題墨梅……七一四
讀山谷詩……七一四
絶句……七一四
題扁鵲廟壁……七一四
題王官谷天柱峰……七一五
張秦娥……七一六
遠山……七一六
南城二首……七一六
采菱舟……七一六
趙承元……七一七
探春……七一七
張　涇……七一八
題敦武譚公能吏記後……七一八
張庭玉……七一八
即事……七一九
上官瑜……七一九
題西藍……七二〇
盧　元……七二〇
閑詠……七二一
李端甫……七二一
太白扇頭……七二一
佚句……七二一
釋志益……七二三

参頌……七二三
辭世偈……七二三
釋净照……七二三
香林十詠……七二三
釋興崇……七二四
辭衆偈……七二四

新編全金詩卷三一

梁　潛……七二五
送瀛令之任……七二五
初昌紹……七二六
題成趣園……七二六
張昌祚……七二七
題成趣園……七二七
李永安……七二七
題成趣園二首……七二八
酈　掖……七二八
題成趣園……七二九
過居庸關……七二九
崔　巍……七三〇
題成趣園二首……七三〇
郭安民……七三一
題成趣園……七三一
高延年……七三二
題成趣園……七三二
李獻可……七三三
清水寒食感懷……七三三
召還過故關山……七三三
田特秀……七三四
宿萬安寺……七三四
感興……七三四
題成趣園……七三五

佚句……………………………………七三五
武明甫……………………………………七三六
聞任天和及第口號…………………………七三六
釋師偉……………………………………七三七
謹賦律詩九韻奉贊法門寺真身
寶塔……………………………………七三七
釋承燮……………………………………七三八
復繼仲寧堂頭韻……………………………七三八
田　曦……………………………………七三八
大安改元春六十日因陪子晉先生
洎諸友過草堂而宿于山堂偶成
二絶……………………………………七三九
郤文舉……………………………………七三九
題香雪堂…………………………………七三九
高　憲……………………………………七四〇
元夕無燈…………………………………七四〇
寄李天英…………………………………七四一
題新山寺壁………………………………七四一
焚香六言四首……………………………七四一
長城………………………………………七四二
韓　玉……………………………………七四二
臨終二詩…………………………………七四三
賦怪松二首………………………………七四三
郝　俣……………………………………七四四
郝吉甫蝸室………………………………七四五
聽雪軒……………………………………七四五
魏處士野故莊……………………………七四六
七月十五日夜顯仁寺東軒對月…………七四六
應制狀元紅………………………………七四六
疊翠樓……………………………………七四七
題均福堂三首……………………………七四七
次仁甫韻…………………………………七四七

題温容村寺壁……七四八
故城道中同元東巖賦……七四八
晚過壽寧……七四八
子文致君九日用安字韻聊亦同賦……七四九
題孔氏園亭……七四九
攬秀軒……七四九
上巳前後數日皆大雪新晴遊臨漪亭上……七五〇
奉陪太守游南湖同郭令賦……七五〇
三月望日次邊德舉攬秀軒……七五〇
新秋……七五〇
寺樓晴望……七五一
佚句……七五一

新編全金詩卷三二

党懷英……七五三
穆陵道中二首……七五四
瓊花木后土像……七五四
君錫生子四月八日……七五四
立春……七五五
端午日照道中……七五五
夏日道出天封寺……七五五
龍池春興……七五五
宿宣灣……七五六
黄彌守畫吴江新霽圖……七五六
雪中四首……七五七
雪……七五八
蟬……七五八
漁村詩話圖……七五八
曉雲次子端韻……七五八
送高智叔歸濟南……七五九
日照道中……七五九

夜發蔡口……七五九
西湖晚菊……七五九
西湖芙蓉……七六〇
浪溪别吴安雅……七六〇
奉使行高郵道中二首……七六〇
孤鴈集句……七六一
黄菊集句……七六一
金山……七六一
趙飛燕寫真……七六二
村齋遺事……七六二
和張德遠代松之什……七六三
題獐猿圖……七六三
和濟倅劉公傷秋……七六四
題春雲出谷圖……七六四
新泰縣環翠亭……七六五
喜雨……七六五
睡覺門外月色如晝霜風過翏然成聲作一絶……七六五
題張維中華山圖……七六六
題馬賁畫鸂鶒圖……七六六
書因叔北軒壁……七六六
和元卿郊行……七六七
世華將有登州之行作是詩以送之……七六七
濰密道中懷古……七六七
過棠犁溝……七六八
晌山驛亭阻雨……七六八
弔石曼卿……七六八
晌山道中三首……七六九
應制粉紅雙頭牡丹二首……七六九
次文孺韻……七六九
白莊道中……七七〇
花品……七七〇

上皇書扇後…………七七〇
送崔深道東歸…………七七〇
和道彦至…………七七〇
楚清之畫樂天小娃撑小艇偷採白
　蓮回不解藏蹤跡浮萍一道開詩
　因題其後…………七七一
寄賈因叔…………七七一
題大理評事王元老雙橘堂…………七七二
宿舊縣四更而歸道中摭所見作行
　路難…………七七二
途中…………七七二
徐茂宗蝸舍…………七七三
壬辰二月六日夜夢作一絶句其詞
　曰矯冗連天花春風動光華人眠
　不知眠我佩絳紅霞夢中自以爲
　奇絶覺而思之不能自曉故作是
　詩以紀之…………七七三
挽姚孝錫…………七七三
謁孔林…………七七四
題王廣道環翠堂…………七七四
題成趣園…………七七五
謁夫子廟…………七七五

新編全金詩卷三三

周　昂…………七七七
晚望…………七七八
香山…………七七八
有感…………七七九
冷巖行賦冷巖相公所居…………七七九
早起…………七七九
曉望…………七八〇
羈旅…………七八〇

早春……七六〇
雪……七六一
雨過……七六一
晚步……七六一
夜……七六二
晚望……七六二
獨酌……七六二
秋夜……七六二
對月……七六三
促織……七六三
溪南……七六三
繼人韻……七六三
送李天英下第……七六四
宿西藍……七六四
北湖清明……七六四
中秋夜高陽對月……七六四
丘家莊早發……七八五
邊月……七八五
侍祠太室……七八五
夜步……七八六
宋文貞公廟……七八六
讀陳後山詩……七八六
偶書……七八六
失子……七八六
北行即事二絕句……七八七
邊月……七八七
晨起……七八七
西城道中……七八八
醉經齋爲虞鄉麻長官賦……七八八
清放齋……七八八
孫資深歲寒堂……七八八
登綿山上方……七八八

謁先主廟……七六九
送客……七六九
莫州道中……七六九
即事……七七〇
又……七七〇
感秋……七七〇
對月……七七一
鵲山……七七一
望山中松……七七一
利涉道中寄子端……七七二
即事二首……七七二
九日……七七三
對月……七七三
翠屏口七首……七七三
邊俗……七七四
山家七首……七七五
北行二首……七七六
山丹花……七七六
春日即事……七七六
寄金山長老……七七七
寄王子明……七七七
無題……七七七
萱草……七七七
得家書……七七八
書齋……七七八
聞蟬……七七八
晚陰不成……七七八
竇氏園亭二首……七七九
即事二首……七七九
代書寄大元伯……七七九
和路宣叔梅……七七九
新秋……八〇〇

靳子温欵春亭……八〇〇
厎柱圖……八〇〇
寒林七賢……八〇一
過省寃谷……八〇一
魯直墨跡……八〇一
讀柳詩……八〇一
憶劉及之……八〇二
家園……八〇二
晚望……八〇二
水南晚眺……八〇三
正月大風雨……八〇三
弔張益之……八〇三
送路鐸外補……八〇四
題高歡避暑宮……八〇四
樓桑廟……八〇五
遊龍門……八〇五

新編全金詩卷三四

梁　瑋……八〇七
　留題長平驛……八〇八
閻長言……八〇八
　北齊行……八〇九
　應制中秋……八〇九
　婆速道中書事……八〇九
　送麗酒麗橙與秀實御史……八一〇
　閻立本職貢圖……八一〇
　盤山招隱圖……八一〇
　三門集津圖……八一一
　丁氏思祖亭……八一一
史　肅……八一一
　偶讀賈達之邀飯帖有感作詩哭之……八一三
　河上……八一三
　別張信夫……八一三

別懷玉……八一三
山陰縣……八一三
方丈坐中……八一三
早出遵化……八一四
宿睦村……八一四
次韻安之飲酒……八一四
過九里山……八一四
道傍柳……八一五
登憫忠寺閣……八一五
讀傳燈録……八一五
夏夜……八一五
物化……八一六
立秋日……八一六
感興……八一六
偶書……八一六
放言二首……八一七
曉出東盧……八一七
次張信夫韻……八一七
髪脱……八一七
立秋日……八一八
復齋……八一八
北潭……八一八
晚興……八一八
雜詩二首……八一九
春雪……八一九
村居二首……八一九
哀王旦……八二〇
王禧祐……八二一
嵩山永禪寺均公塔頌二首……八二一
東牟野釋……八二一
讚希公戒師靈塔……八二二
釋文興……八二三

題滑州崇福禪院勅牒碑……八二三
楊庭秀……八二三
成皐道中……八二四
李簡之蓮池集句……八二四
泰和丙寅清明後一日與客登松嶺
謁衛公祠留題法輪院……八二五
題崆峒巖壁三首……八二六
青蓮寺……八二六
臨清臺二首……八二七
佚句……八二七
田紫芝……八二八
夜雨寄元敏之昆弟……八二八
亂後登凌雲臺……八二八
冥鴻亭下第後作……八二九
路忱……八二九
秋懷……八二九
伊剌霖……八二九
驪山有感二首……八三〇
華清……八三一
過蒲城馬上偶得二首……八三一

新編全金詩卷二三五

路鐸……八三三
書州驛壁……八三四
王子端挽辭……八三四
慶壽寺晚歸……八三五
賦丈室碧玉壺善甫賦詩鐸亦奉和
二首……八三五
次韻荅季通……八三六
雨中……八三六
輞川……八三六
高唐劉氏駐春園……八三七

赫仲華求賦鄴臺張氏野堂……八三七
題鄴公所藏淵明歸去來圖……八三七
衛州贈子深節度……八三八
潼關……八三八
七夕與信叔仲荀會飲晚歸有作……八三八
襄城道中……八三九
感寓……八三九
冠氏雨中……八三九
細香軒三首……八三九
芳梅如佳人贈襄城衛昌叔……八四〇
遂初園詩二首……八四〇
汴梁公廨西樓二首……八四一
次韻酈著作病起……八四一
記夢……八四二
題獻陵梁氏成趣園……八四二
承安五年四月鐸被檄督郡租至曹南值方太守同年方護作河堤聞之遽命駕來訪道舊歡甚相與登清風閣披雲樓因酣飲索樓閣二詩別後奉寄……八四三
余游華清數矣嘗賦懷古詩大安改元五月之安定任復假道山下因掇拾其未盡者書於元辰殿后壁鐸三首……八四三
周　馳……八四四
箸詩……八四四
戩子……八四五
張　翰……八四五
贈石德固……八四六
再過回公寺……八四六
萬寧宮朝回……八四六
奉使高麗過平州館……八四七

金郊驛……八四七
張行簡……八四七
六月二十九日北宮朝回……八四八
酬郭光秀才……八四八
題子端雪溪小隱圖……八四八
佚句……八四九
孫　鐸……八四九
癸亥清明日……八五〇
佚句……八五〇
佚　名……八五一
送孫鐸詩殘句……八五一
趙文昌……八五一
歌扇……八五一
失題……八五二
路　元……八五二
次韻呈戒壇惠公堂頭……八五二
琵琶泫……八五三
宋元吉……八五三
過興儒里……八五四
趙　忱……八五五
琵琶泫……八五五
李好復……八五六
邵智夫同游南城……八五六
雨中與客飲……八五六
張邦彥……八五七
失題……八五七

新編全金詩卷三六

趙文昌……八五九
軍中寄親舊……八五九
張　著……八五九
九日……八六〇

雨後……八六〇
紫泉亭……八六〇
題李早三馬圖……八六一
佚句……八六一
岳行甫
謝人惠二小漆冠……八六二
立春日……八六二
王萬鍾
春宵……八六三
元氏桂軒爲敏之賦……八六三
江村風雨圖……八六三
佚句……八六三
劉　濤
小雪……八六四
和德卿雪……八六四
井陘……八六五
宿平遥集福寺……八六五
送王純叔守曹州……八六五
戲用前人語題天平别墅……八六五
五松亭……八六六
王特起……八六六
沁源山中……八六七
張代州挽……八六七
謾作……八六七
偶作……八六八
絶句二首……八六八
下弟……八六八
華山……八六九
佚句……八六九
張　檝……八六九
秋興……八七〇
客中……八七〇

蓮實……八七〇

初夏……八七一

永寧劉氏園亭……八七一

佚句……八七一

梁仲新……八七一

江天暮雪圖……八七二

王　賓……八七二

題元莊……八七二

劉光謙……八七二

寄陳正叔雷希顔……八七三

刁　白……八七三

渭水……八七四

物質……八七四

送花……八七四

盧　洵……八七四

白溝……八七五

招飲……八七五

劉　昂……八七五

零口早行……八七五

讀三國志二首……八七六

沛邑題詠……八七六

李　惠……八七七

詠棲霞十首……八七七

邵公高……八七八

緱山廟……八七九

清明後一日遊青龍山羅漢院……八七九

完顔從郁……八七九

題唐柏鄉尉藺君遺愛碑……八八〇

宋雄飛……八八〇

遊天真觀……八八一

録囚過陽城太清觀偶題……八八二

按部過靈泉寺……八八二

青蓮寺…………八二二
題昭慶院…………八二三
榼山夜月登大雲寺…………八二三
賈　炤…………八二四
失題…………八二四

新編全金詩卷三七

師　拓…………八二五
秋夜吟…………八二五
浩歌行送濟夫之秦行視田園…………八二六
冬夜二首…………八二六
游同樂園…………八二七
陪人遊北苑…………八二七
曲江秋望…………八二八
和王逸賓繁臺詩…………八二八
贈雲中劉巨濟…………八二八
郡城南郭早望…………八二九
中元後二日…………八二九
和張叔獻題首善閣…………八二九
溪上…………八三〇
登蓬萊閣…………八三〇
佚句…………八三〇
翟　升…………八三一
群賢登第詩…………八三二
題左丘明墓…………八三三
送王廷玉輩五十三人赴試…………八三四
盧天錫…………八三四
題僧寺壁二首…………八三五
王中立…………八三五
中秋…………八三六
雜詩四首…………八三六
題裕之樂府後…………八三七

與閑閑趙公……八九七
題壁間龜鶴二字旁……八九七
佚句……八九八
王仲元……八九八
雪中同周臣内翰賦……八九九
雪……八九九
贈青柯平隱者……八九九
湧珠泉……九〇〇
史士舉……九〇〇
超化……九〇一
晉祠……九〇一
元好古……九〇一
中秋無月……九〇一
讀裕之弟詩藳有鸎聲柳巷深之句
漫題三詩其後……九〇二
題江村風雨圖……九〇二
佚句……九〇二
靖天民……九〇三
西子放瓢圖……九〇三
張　温……九〇三
感懷……九〇三
李　經……九〇四
雜詩六首……九〇四
失題……九〇六
四言……九〇六
佚句……九〇六
張仲宣……九〇七
下第……九〇七
戲題石鹿蜂猴畫卷……九〇七
馮文叔……九〇八
客舍……九〇八
宗　道……九〇八

寶嵓僧舍……九〇九
失題……九〇九
佚名……九〇九
石碣詩……九〇九

新編全金詩卷三八

張轂……九一一
石淙……九一一
贈劉雲卿……九一二
阜山道院……九一二
佚句……九一三
鮮于溥……九一三
魯村道中……九一四
春日倣舊詩體……九一四
早發……九一四
王敏夫……九一四
同東嵓元先生論詩……九一五
李氏友雲樓……九一五
許蛻……九一五
酒渴……九一五
倪民望……九一六
種松……九一六
張韶……九一六
寄朔州苟輔臣……九一六
李忠……九一七
賦雪……九一七
郝天挺……九一七
送門生赴省闈……九一八
題麻姑壇……九一八
蓮花菊……九一八
遊石壁有呈二首……九一八
題宣聖廟……九一九

永寧寺……九一九
梁持勝……九一九
海棠……九二〇
哀遼東……九二〇
佚句……九二一
王良臣……九二三
送任李二生赴舉……九二三
汴堤懷古……九二三
旬休飲……九二三
息軒……九二三
九月七日飲……九二三
牧牛圖……九二四
狸奴畫軸……九二四
雜詩三首……九二四
與李欽叔酬唱……九二五
題田器之燕子圖……九二五
絶句……九二五
種梅……九二五
春遊宿山館……九二六
佚句……九二六
盧　庸……九二六
少林寺呈堂頭和尚……九二七
登嵩山絶頂抵宿盧巖……九二七
田　琢……九二七
贈燕詩……九二八
釋寶瑩……九二九
失題……九二九
釋教亨……九二九
彌勒像贊……九三〇
達摩西歸相贊……九三〇
頓悟有頌……九三一
釋福安……九三一

羅漢泉詩……九三二
釋祖朗……九三三
臨終留頌……九三三
胡　汲……九三三
闕題……九三三
王修齡……九三三
黃葉行送祖唐臣歸柘縣……九三四
佚句……九三四
步元舉……九三四
下第過榆次……九三四
孫　益……九三五
送張安中還雲中……九三五
棲霞洞……九三五

新編全金詩卷三九

李　著……九三七
觀音院書閣……九三七
龐　鑄……九三七
雪谷曉裝圖……九三八
景骨城驛中夜雨……九三九
洛陽懷古……九三九
田器之燕子圖……九四〇
晚秋登城樓二首……九四一
冬夜直宿省中……九四二
山行絶句……九四二
漉酒圖……九四二
夏日……九四三
花下……九四三
梨花……九四三
未開牡丹……九四三
却暑……九四三
懷友……九四四

喜夏……九四四
墨竹三首……九四四
山谷透絹帖……九四五
夷齊墓……九四五
題王子端草書……九四六
王　擴……九四六
題神霄宮清心軒……九四六
孫胤期……九四七
和中山王擴充之韻……九四七
吕卿雲……九四七
登樓戲題……九四八
又……九四八
藺世一……九四九
題永陽園詩……九四九
趙　元……九五〇
鄰婦哭……九五一
渡洛口……九五一
書懷継元弟裕之韻四首……九五一
喜霽……九五三
詩送辛敬之東歸二首……九五三
修城去……九五三
田間秋日三首……九五四
客況……九五四
學稼……九五五
立秋日……九五五
村居夏日……九五六
次韻荅裕之……九五六
書懷……九五六
寄裕之二首……九五六
丙子夏卧病汗後有作……九五七
宿少林寺……九五七
晚出……九五八

次韻裕之見寄二首……九五八
題裕之家山圖……九五八
早發寶應龍門道中有感……九五九
欽若遽有商於之行作長語爲別
兼簡仲澤弟一笑……九五九
丁亥三月二十五日雪……九六〇
大暑……九六〇
讀樂天無可奈何歌……九六〇
哀古道……九六〇
薛鼎臣罷登封……九六一
題普救寺崔氏女繪模真像……九六一
題嵩陽歸隱圖……九六一
佚句……九六二
趙 憲……九六二
失題……九六二
佚 名……九六三
貞祐童謠……九六三
興定童謠……九六三
石碣詩……九六三

新編全金詩卷四〇

蕭 貢……九六五
渭南縣齋秋雨……九六六
假梅……九六六
臨泉道中……九六六
自感……九六六
荒田擬白樂天……九六七
樂府崔生……九六七
米元章大字卷……九六七
楊侯畫晉公臨江賞梅樂天與烏窠
禪師泛舟談玄不顧而去戲爲一
絕以代晉公招樂天同飲云……九六八

漢歌……九六八
楚歌……九六八
悲長平……九六九
雒陽……九六九
中秋對月……九六九
寄答張維中……九七〇
保德州天橋……九七〇
靈石縣……九七一
真容院……九七一
讀火山瑩禪師詩卷……九七一
君馬白……九七二
陳宫詞……九七二
岢嵐……九七二
按部道中二首……九七三
日觀峰……九七三
族兄才卿下弟後赴宜禄酒官以詩寄之……九七三
梨花……九七三
後趙……九七四
古採蓮曲……九七四
擬迴文四首……九七四
李純甫……九七五
雪後……九七六
赤壁風月笛圖……九七七
送李經……九七七
爲蟬解嘲……九七八
灞陵風雪……九七八
贈高仲常……九七九
真味堂……九七九
畫兔……九七九
猫飲酒……九八〇
天游齋……九八〇

孫卿子……九八〇
謝安石……九八〇
魏徵……九八一
老蘇……九八一
偶得……九八一
雜詩六首……九八一
趙宜之愚軒……九八三
子端山水同裕之賦……九八四
馬圖同裕之賦……九八四
瓢庵……九八四
劉宋……九八四
哭黄華……九八五
怪松謡……九八五
虞舜卿送橙酒……九八五
題田器之燕子圖……九八六
送趙秉文出刺寧邊……九八六
釋迦贊……九八六
贈寄庵老人李遹……九八七
送王從之南歸……九八七
戒殺生……九八七
碇齋……九八七
吏隱堂……九八八
送肖晉卿西行……九八八
佚句……九八九

新編全金詩卷四一

孫　鎮……九九一
許氏雙桂堂……九九一
孫　錡……九九一
望川亭……九九二
趙　述……九九二
賦雪……九九二

衛承慶 …… 九九二
感興 …… 九九三
毛端卿 …… 九九三
題崞縣郝子玉此君軒 …… 九九四
張瓛 …… 九九四
送侯道士 …… 九九四
張　㲉 …… 九九五
登樓詩 …… 九九五
賦畫石 …… 九九六
醉後 …… 九九六
寄嘉興守令狐挺 …… 九九六
佚句 …… 九九七
呂子羽 …… 九九七
廣平道中 …… 九九八
宿章義廣勝寺 …… 九九八
至日 …… 九九九
李白醉歸圖 …… 九九九
劉昂霄 …… 九九九
中秋日同辛敬之魏邦彦馬伯善麻信之元裕之燕集三鄉光武廟諸君有詩昂霄亦繼作 …… 一〇〇〇
趙村晚望 …… 一〇〇〇
送裕之往洛陽兼簡孫伯英 …… 一〇〇〇
題裕之家山圖 …… 一〇〇〇
同敬之裕之游水谷分韻賦詩得荷風送香氣五字各賦一首 …… 一〇〇一
寄申伯勝三首 …… 一〇〇一
游五渡谷 …… 一〇〇一
佚句 …… 一〇〇二
李　廣 …… 一〇〇二
自靈泉寺至偃月山 …… 一〇〇二
孔天監 …… 一〇〇三

飲中用昌裔韻……一〇〇三
惠　吉……一〇〇四
華清宫……一〇〇四
驪山……一〇〇四
李　策……一〇〇五
百門山二首……一〇〇五
西藍即事……一〇〇五
題大雲寺二首……一〇〇六
王　格……一〇〇六
驪山温泉……一〇〇七
張　琚……一〇〇七
移河中……一〇〇七
秋夜……一〇〇八
佚句……一〇〇八
牛文郁……一〇〇八
題鳳臺精舍……一〇〇八
暮春遊硤石山青蓮寺……一〇〇九
張少道……一〇〇九
律什一篇拜呈左右資捧腹一笑少道向者仝事勸農之德辱舊友拜呈……一〇〇九
郭邦彦……一〇一〇
秋夜聞彈箜篌……一〇一〇
村行三首……一〇一一
酒醒……一〇一一
讀毛詩……一〇一一
張穀英……一〇一三
與劉從益李屏山會飲以定磁酒甌聯句……一〇一三
武伯英……一〇一三
賦剪竹刀……一〇一三
玄悟老人……一〇一三

勸請亨公住潭柘詩……一〇一三
張士貴……一〇一四
題昭慶院……一〇一四
高汝礪……一〇一五
雨後……一〇一五
禹門疊浪……一〇一五
佚句……一〇一六
佚　名……一〇一六
石窟寺摩崖詩……一〇一六

新編全金詩卷四二

劉從益……一〇一七
題蘇李合畫淵明濯足圖……一〇一七
過尉氏懷阮籍……一〇一八
泛舟回瀾亭坐中作……一〇一九
樂山松……一〇一九
和淵明雜詩四首……一〇一九
和淵明始春懷田舍……一〇二〇
和淵明飲酒韻……一〇二〇
臘日次幽居韻……一〇二一
歲除夕次東坡守歲韻……一〇二一
次韻別歲……一〇二一
次韻餽歲……一〇二二
清明即事用前韻……一〇二二
五月十四夜對月有感……一〇二二
再過郾城示伯玉知幾……一〇二二
次韻閑閑公夢歸……一〇二三
題閑閑公夢歸詩後用叔通韻……一〇二三
送儀提點西歸……一〇二三
再賡……一〇二四
次韻李公度……一〇二四
題無盡藏……一〇二四

三弟手植瓢材且有詩予亦戲作……一〇二四
次韻三弟贈南庵老人……一〇二五
次韻劉少宣……一〇二五
酬李子遷……一〇二五
過洧川次侯生君澤韻……一〇二六
聞蛬用少陵韻……一〇二六
除夕用少陵韻……一〇二六
即事……一〇二六
宋樓道中……一〇二七
過武丁廟……一〇二七
戲荅侯威卿覓墨……一〇二七
北園……一〇二七
失題……一〇二八
許古貶鳳翔以詩送之……一〇二八
送子赴試開封且寄趙閑閑雷希顔……一〇二八
次韻答劉少宣二首……一〇二八
昆陽懷古……一〇二九
種五竹堂後自娱作詩……一〇二九
復和趙閑閑韻……一〇二九
和李公渡韻……一〇三〇
復和趙閑閑……一〇三〇
正大初時春旱有雨諸公喜而共賦詩以好雨知時節當春乃發生韻爲韻得好字因用解嘲……一〇三〇
和屏山以禪語解中庸那著無多事只怕諸儒認識神書其後……一〇三一
佚句……一〇三三
李遹……一〇三四
贈中山楊果正卿……一〇三五
江村……一〇三五
集句題廣寧勝覽亭……一〇三五
獅子峰……一〇三五

送窮……一〇三六
使高麗……一〇三六
佚句……一〇三六
袁從義……一〇三七
魏侯故城……一〇三八
懸泉……一〇三八
史學……一〇三九
宮詞……一〇三九
默翁溪山横幅……一〇四〇
李道人崧陽歸隱圖……一〇四〇
晚梅……一〇四〇
七夕……一〇四〇
醉後……一〇四一
過太室……一〇四一
哭屏山……一〇四一
附 史學妻李氏佚句……一〇四二
史才……一〇四二
陪陳彦文謁筠泉榮上人……一〇四二
林顥卿……一〇四二
題元德明詩集……一〇四三

新編全金詩卷四三

賈益謙……一〇四五
贈荅史院從事……一〇四六
胥鼎……一〇四六
送弟恒作州……一〇四七
佚句……一〇四七
張子和……一〇四七
瀍亭三首……一〇四八
趙伯成……一〇四九
蠟梅二首……一〇四九
元弟以所業見投賦詩爲贈……一〇五〇

秦　略……………………………………………………………一〇五〇
拳秀峰……………………………………………………………一〇五一
雪行………………………………………………………………一〇五一
鳥影過寒塘………………………………………………………一〇五一
悼亡………………………………………………………………一〇五一
元日………………………………………………………………一〇五二
贈趙宜之…………………………………………………………一〇五二
白髮………………………………………………………………一〇五二
同希顏裕之賦樂真竹拂子………………………………………一〇五三
少室山卓劍峰……………………………………………………一〇五三
此身………………………………………………………………一〇五三
穀靡靡上黨公府作………………………………………………一〇五三
麝香………………………………………………………………一〇五四
趙洛道中…………………………………………………………一〇五四
臨終留詩…………………………………………………………一〇五四
徐好問……………………………………………………………一〇五四
龍門………………………………………………………………一〇五五
馬肩龍……………………………………………………………一〇五五
會州道中…………………………………………………………一〇五五
佚句………………………………………………………………一〇五六
麻邦寧……………………………………………………………一〇五六
寄題九成宫………………………………………………………一〇五七
中萬全……………………………………………………………一〇五七
病中遣懷…………………………………………………………一〇五八
和陳舜俞詩………………………………………………………一〇五八
南征道中…………………………………………………………一〇五八
楊雲翼……………………………………………………………一〇五八
陽春門堤上………………………………………………………一〇五九
光林寺……………………………………………………………一〇五九
上白塔寺…………………………………………………………一〇六〇
聞韶圖……………………………………………………………一〇六〇
張廣文消揺堂……………………………………………………一〇六〇

侯右丞雲溪……一〇六〇
大秦寺……一〇六一
蔡村道中……一〇六一
戴松畫牛……一〇六一
迴文……一〇六二
煙雨……一〇六二
和吕介甫……一〇六二
謾興……一〇六二
雙成寺中登樓……一〇六三
父老……一〇六三
應制雪詩……一〇六三
元日……一〇六四
太一湫……一〇六四
應制白兔……一〇六四
李平甫爲裕之畫繫舟山圖閑閑公
有詩某亦繼作……一〇六四
閑閑公爲上清宫道士寫經并以所
養鵝群付之諸公有詩某亦同作……一〇六五
田器之燕子圖……一〇六五
寄趙秉文使夏……一〇六六
登六賢堂……一〇六六
王公一……一〇六七
題雙桂堂……一〇六七
史公奕……一〇六八
李鴈門……一〇六九
再過草堂陰霾殊不見山因題詩於
壁……一〇六九
董文甫……一〇六九
秋夜……一〇七〇
晝眠……一〇七〇
審是堂……一〇七〇
文中子續經……一〇七〇

臨終詩四首 …… 一〇七一
釋　箕 …… 一〇七一
元夕懷京都 …… 一〇七一
釋和公 …… 一〇七二
臨終作頌 …… 一〇七二
釋昭公 …… 一〇七二
虛明塔偈 …… 一〇七三

新編全金詩卷四四

許　古 …… 一〇七五
青柯平二道人 …… 一〇七五
被召過少室 …… 一〇七六
扇圖 …… 一〇七六
訪箕和尚峴山 …… 一〇七六
張行信 …… 一〇七六
右丞文獻公所畫張果像 …… 一〇七七
孫邦傑 …… 一〇七七
燒笋 …… 一〇七八
雷　淵 …… 一〇七八
雲卿父子有宛丘之行作二詩爲餞 …… 一〇七九
京叔將拜掃于陳徵言爲贈老懶廢學茫無所得獨記其與屏山雲卿襟期所在者非以爲詩也 …… 一〇八〇
同裕之欽叔分韻得莫論二字 …… 一〇八〇
會善寺怪松 …… 一〇八一
玉華山中同裕之分韻送欽叔得歸字 …… 一〇八一
九日登少室絶頂同裕之分韻得蘿字 …… 一〇八二
月下仝飛伯觀畦丁灌園得畦字 …… 一〇八二
濟南珎珠泉 …… 一〇八二
讀孔北海傳 …… 一〇八三

賦侯相公雲溪……一〇八三
贈陳司諫正叔……一〇八三
濟南汎舟水底見山有感而作……一〇八四
洛陽同裕之欽叔賦……一〇八四
啟母石同裕之賦……一〇八四
贈答麻信之……一〇八四
雪……一〇八五
宮鴉……一〇八五
洮石硯……一〇八五
馬上見桃花……一〇八六
叔獻兄歸隱崧山有詩見及依韻奉寄……一〇八六
劉御史雲卿挽詞二首……一〇八六
題黃華江臯煙樹二首……一〇八七
送李執剛致仕歸洛……一〇八七
梨花得紅字……一〇八八
河山形勝圖……一〇八八
次裕之韻兼及景玄弟……一〇八八
愛詩李道人若愚崧陽歸隱圖……一〇八八
松庵……一〇八九
過華山懷陳希夷……一〇九〇
梅影……一〇九〇
紫芝峪……一〇九〇
佚句……一〇九〇
李　澥……一〇九一
漫書……一〇九一
二老雪行圖……一〇九一
秘書張監墨梅圖……一〇九二
燈下梅影……一〇九二
游圍城留題雲中僧月德超……一〇九二
佚句……一〇九二
張德直……一〇九三

叔能見過 …… 一〇九三

馮　辰 …… 一〇九三

雨後 …… 一〇九四

康　錫 …… 一〇九四

按部南陽有贈 …… 一〇九五

王　彪 …… 一〇九五

賦呂唐卿海藏齋 …… 一〇九五

辛　愿 …… 一〇九六

亂後 …… 一〇九七

贈趙仲常 …… 一〇九七

過崧山 …… 一〇九七

隆德故宮 …… 一〇九七

同趙長水汎舟 …… 一〇九八

山寒 …… 一〇九八

陋室 …… 一〇九八

亂後還三首 …… 一〇九八

題游彥明林園三首 …… 一〇九九

贈劉庵主 …… 一〇九九

函關 …… 一一〇〇

贈趙宜之二首 …… 一一〇〇

送裕之往許州酒間有請予歌渭城煙雨者因及之 …… 一一〇〇

寄裕之 …… 一一〇一

山園 …… 一一〇一

佚句 …… 一一〇一

新編全金詩卷四五

趙秉文　一 …… 一一〇五

雜擬十首 …… 一一〇六

澠池行 …… 一一〇九

秋日郊行 …… 一一一〇

初望少室 …… 一一一〇

盧岩……一一〇
龍門……一一一
過陸渾……一一一
至日感事……一一二
遊玉泉山……一一二
陪趙文孺路宣叔分韻賦雪……一一二
岢嵐賦雪分韻得素字……一一三
望北山雲……一一四
井陘韓信廟……一一四
花下墓……一一四
漸臺行……一一五
秋懷次高參軍韻……一一五
三五七格……一一六
倣嚴武臨邊……一一六
遊箭山……一一六
倣太白登覽……一一七
閻山懸巖寺觀宇文公吴東山題名……一一八
海月……一一九
松糕……一一九
霜葉……一二〇
遊紫霞山……一二二
題大令冠軍帖……一二二
人日遊西山寺觀謝章壁畫山水……一二三
倣李長吉擊球行……一二三
歲暮言懷……一二三
冬至……一二三
重九登會禪寺冷翠軒……一二三
題東坡眉子石硯詩真蹟……一二四
風琴堂……一二四
聽雪軒……一二五
遊崆峒山……一二五
題楊祕監畫馬……一二六

靈岩寺……一一二七
江岸艤舟圖……一一二七
香山飛泉亭……一一二八
東坡赤壁圖……一一二八
伯時畫九歌……一一二九
倣張志和西塞二首……一一二九
楊祕監秋江捕魚圖……一一二九
支遁相馬圖……一一三〇
倣摩詰獨坐幽篁裏二首……一一三〇
送李按察十首……一一三一
春水行……一一三三
涿郡先主廟二首……一一三四
扈從行……一一三五
從帥府謁太清宮……一一三五
遊醉翁亭……一一三六
陽冰篆……一一三七
送墨李道士元老……一一三八
送李天英下第……一一三八
與龐才卿雨中同遊太寧山……一一三九

新編全金詩卷四六

趙秉文 二……一一四一
和淵明擬古九首……一一四一
中秋……一一四四
重午遊冠山寺……一一四五
七夕與諸生遊鵲山……一一四六
鷂鷹……一一四六
遊晉祠……一一四六
遂初園八詠……一一四七
南麓畫華清宮圖……一一五〇
跋武元直漁樵閑話圖……一一五一
就劉雲卿第與同院諸公喜雨分韻

得發字……二五一
九日登繁臺寺……二五二
伯勝九日詩蕭然有陶風趣次韻……二五三
送雷希顔之涇州録事李君美治中
公廨南樓坐中作……二五三
倣玉川子沙麓雲鴻硯屏爲呂唐卿
賦……二五四
倣樂天新宅……二五五
倣郎士元竇刀塞上兒……二五六
從軍行送田琢器之……二五六
題楊祕監雪谷曉裝圖……二五七
題魯直書黄庭經……二五八
試院中愁坐叔獻學博忽送紅梅小
桃數枝坐念春物駘蕩西園開鑰
不得一觀作詩破悶兼簡張文學
仲山……二五八
慧林賦海棠……二五九
冷巖行……二六〇
和淵明歸田園居送潘清容六首……二六一
題巨然泉巖老柏圖……二六三
夢登華山……二六三
尚書右丞侯公雲溪圖……二六四
過廣武山……二六五
河中八詠……二六六
汾陰祠后土……二六八
會靈觀即事二首……二七〇
題東坡石鐘乳山記墨迹……二七〇
武元直畫喬君章蓮峰小隱圖……二七一
中元夜祭太一罷對月二首……二七三
東軒老人河山形勝圖……二七三
春雪……二七四
同英粹中賦梅……二七四

新編全金詩卷四七

趙秉文 三……一一七五
題趙琳畫東坡石上以杖橫膝扇頭二首……一一七五
擬陶和許至忠二首……一一七六
題牧牛扇頭……一一七六
東籬采菊圖……一一七七
贈眼醫……一一七七
釣蓬……一一七八
聽雨軒……一一七八
擬東坡謫居三適……一一七八
倣聖俞月出斷岸口二首……一一八〇
長白山行……一一八〇
渡水僧二首……一一八一
時雨……一一八二
皇武……一一八三
鄭子產廟……一一八四
過湖城……一一八四
過閿鄉……一一八五
含元殿……一一八五
過乾陵……一一八六
發棗社……一一八六
過寧州……一一八七
遊華山寄元裕之……一一八七
倣淵明自廣……一一八九
和淵明飲酒二十首……一一八九
擬和韋蘇州二十首……一一九六
送麻徵君知幾……一二〇一
飲馬長城窟行……一二〇二
猛虎行……一二〇二
倣老杜無家……一二〇三
倣劉長卿出塞二首……一二〇三

楊妃墓……一三〇四
李夫人……一三〇四
延安滋戒師余初主安塞堡簿時相識也今戊子歲春被命作醮平涼偶得相會以四十三年之舊故集句以贈之……一三〇四

新編全金詩卷四八

趙秉文　四……一三〇七
塞上四首……一三〇七
寒夜……一三〇八
三山渡口……一三〇八
西陵……一三〇九
柏人光武廟……一三〇九
正覺院……一三一〇
開元寺……一三一〇
散策……一三一一
陸渾……一三一一
梁園中秋……一三一一
梅和尚節使挽詞二首……一三一二
温妃挽詞二首……一三一二
和西溪思歸……一三一三
獄中……一三一三
徙倚……一三一四
寒食遥奠西山寺二首……一三一四
赴寧化宿王道……一三一五
觀音院……一三一五
北垞……一三一五
蘆芽山……一三一六
荷葉平……一三一六
管州道中……一三一六
代郡張氏瑞柏堂……一三一七

謁北嶽……一三一七
過黃崖二首……一三一八
桃花島回寄王伯直……一三一九
咸平道中……一三一九
慶雲道中……一三二〇
中秋金河感懷……一三二〇
登巢雲樓……一三二〇
和陽子元二首……一三二一
松下獨酌……一三二一
松山道中……一三二二
疊翠嵓三首……一三二二
陪李舜咨登憫忠寺閣……一三二二
宿崔家庄……一三二三
過滹水……一三二三
通許道中……一三二四
廬州城下……一三二四
章宗挽詞……一三二五
暮春……一三二五
汝甆酒尊……一三二五
湧雲樓雨……一三二六
窮愁二首……一三二六
和潘師韻……一三二六
和政老九日韻……一三二七
贈茅先生……一三二七
大雪二首……一三二七
雪霽……一三二八
十月菊得深字……一三二八
白鴈……一三二九
雪……一三二九
野菊……一三二九
岳觀……一三三〇
秋雨……一三三〇

手搯樺皮彈琴圖……………………………二三三
早出新安……………………………二三三
明惠皇后挽歌詞四十首……………………………二三三
河上二首……………………………二四〇
雪中登真定閣……………………………二四一
連雲潮退……………………………二四一
郎山雜詠十首……………………………二四三
奉命奏告山陵四首……………………………二四三
遊崆峒四絶……………………………二四四

新編全金詩卷四九

趙秉文　五……………………………二四七
春山詩意圖……………………………二四七
春日即事……………………………二四七
酷暑二首……………………………二四八
椶扇……………………………二四八
三臺懷古……………………………二四八
寄王學士……………………………二四九
登友雲亭……………………………二四九
除夜二首……………………………二五〇
娱暉軒……………………………二五〇
馬頭山清居院……………………………二五一
松聲……………………………二五一
抹里湛酒……………………………二五一
連雲島望海……………………………二五二
庚申元日……………………………二五二
送張仲山……………………………二五三
和林卿錦波亭韻……………………………二五三
白霫雜興十首……………………………二五四
扈蹕萬寧宫……………………………二五六
琵琶嶺……………………………二五七
拂雲平……………………………二五七

金蓮川……二三五八
五月牡丹應制……二三五八
和王正之寄遠二首……二三五九
甲子元日大安早朝……二三五九
紅梨花應制……二三六〇
轅門不寐……二三六〇
寄懷……二三六〇
賦雪和張子野巡字韻……二三六一
楊祕監畫高士過關圖……二三六一
重陽後雪寄馬柔克……二三六一
過代州……二三六二
靜陽道中……二三六二
題郝運使榮歸堂……二三六三
遊郄家濼二首……二三六三
題近侍局使聚扇……二三六四
張清獻公慶八十壽……二三六四
上方……二三六四
題右丞畫荷蓧圖……二三六五
遊上清宮二首……二三六五
送月上人赴少林……二三六六
登定安閣……二三六六
許州襄城縣進嘉禾合穎應制……二三六六
隴州進黃鸚鵡應制……二三六七
寄陳正叔……二三六八
贈磨鏡李先生……二三六八
記夢……二三六九
登天壽閣……二三六九
和劉雲卿……二三六九
寄元裕之……二三七〇
和種竹……二三七〇
送宋飛卿二首……二三七一
至日次劉雲卿韻……二三七一

百五日獨遊西園……二七三
題王摩詰畫明皇劍閣圖……二七三
和欽止河中即事……二七三
弔袁用之……二七三
古瓶蠟梅……二七四
雪意……二七四
栗……二七五
憶橙……二七五
射虎……二七五
冬至……二七六
菊二首……二七六
九月十一日夜對月……二七六
荅趙慶之節使……二七七
題劉萊州像……二七七
九日會極目亭……二七八
再和……二七八
過楊太尉墳……二七八
過邠州二首……二七九
過慶陽……二七九
暮春得寒字……二八〇
秋雨……二八一
百塔……二八一
過石氏園……二八一
上巳遊西園分韻得蘭字與楊禮部
攜同院諸公賦……二八二
挽劉雲卿……二八二
楊尚書宮直雪作擬應制作詩某時
在暇聞而和之二首……二八三
二月見梅花……二八四
春寒花較遲……二八四
殘梅……二八四
杏花……二八五

慶學士叔獻七十壽二首……………………二三八五
訪天寧周老……………………二三八六

新編全金詩卷五〇

趙秉文 六……………………二三八七
春遊四首……………………二三八七
題扇頭……………………二三八八
平湖戲鴨圖……………………二三八八
暮歸……………………二三八八
正覺院……………………二三八九
登嵩頂……………………二三八九
少林……………………二三八九
石樓……………………二三九〇
嵩山道中二首……………………二三九〇
題南城樓……………………二三九〇
香岩寺壁……………………二三九一
題扇頭……………………二三九一
三學院對月……………………二三九一
清居寺五杉亭觀子野留題……………………二三九二
回春谷……………………二三九二
祕魔岩……………………二三九二
登萬聖閣……………………二三九二
馬頭……………………二三九三
趙橋……………………二三九三
鷄鳴山……………………二三九三
盧溝……………………二三九四
漁陽道中……………………二三九四
達北京……………………二三九四
龍山怪松……………………二三九五
東京見梅……………………二三九五
遼東……………………二三九五
北都雪望……………………二三九五

北都小雪……一二九六
襲香亭二首……一二九六
錦波亭……一二九六
雨晴二首……一二九七
靈感寺二首……一二九七
雞鳴山下橋……一二九七
和舜元雜詩二首……一二九八
聖安小集……一二九八
和子約立春……一二九八
二青圖……一二九九
古北口……一二九九
撫州二首……一二九九
北苑寓直……一三〇〇
寓望……一三〇〇
戴花……一三〇〇
玉堂二首……一三〇一
西溪……一三〇一
夏直……一三〇一
過邯鄲……一三〇二
臨洺……一三〇二
真際柏……一三〇二
滹沱……一三〇二
題閻立本職貢圖臨本二首……一三〇三
墨梅……一三〇三
香山……一三〇三
夏日……一三〇四
太寧吟詩臺……一三〇四
涞陽道中……一三〇四
昌平狄梁公廟……一三〇四
靈峰院……一三〇五
燕……一三〇五
湧雲樓雨二首……一三〇五

樓上二首……一三〇六
登晉陽閣……一三〇六
中山會故人……一三〇七
下直……一三〇七
潭上二首……一三〇七
宿王佐宅……一三〇八
燕子圖三首……一三〇八
送人之河中……一三〇八
題李平夫畫黄山蹇驢詩圖
二首……一三〇九
中秋日郊外遇雨……一三〇九
登定安閣……一三〇九
滎陽古槐……一三一〇
虎牢……一三一〇
新安道中……一三一〇

新編全金詩卷五一

趙秉文 七……一三一一
遊華山四絶……一三一一
河上公廟……一三一二
稠桑谷遇雨……一三一三
濟源四絶……一三一三
山行四絶……一三一四
雨晴……一三一五
一雨……一三一五
和楊尚書之美韻四首……一三一五
題劉德温畫湖山豐夏横幅四首……一三一六
題東坡畫古柏怪石圖三首……一三一七
雪望……一三一八
蟬……一三一八
三蘇帖二首……一三一八
即事……一三一九

宿朱家寺……一三一九
金水河……一三一九
晚登太史臺二首……一三一九
管幼安濯足圖……一三二〇
龐才卿畫長江圖……一三二〇
净安寺紫臘梅……一三二〇
題移剌右丞畫雙鹿二首……一三二一
坡陽歸隱圖……一三二一
九日繁臺寺……一三二一
道傍古槐……一三二二
昭君出塞圖……一三二二
子卿歸漢圖……一三二二
龐才卿畫春山歸隱圖……一三二二
同樂園二首……一三二三
遊上清宮四首……一三二三
中牟陽冰篆……一三二三
過楊太尉墳……一三二四
過長安二首……一三二四
草堂……一三二四
過咸陽二首……一三二五
題東坡與佛印帖……一三二五
呼群鳴鹿圖二首……一三二五
五嶽觀四絶……一三二六
荔支圖……一三二七
臨韓幹馬……一三二七
載梅……一三二七
鴻溝……一三二八
遊崆峒四絶……一三二八
題東巖道人讀書堂……一三二九
哀李平父……一三三〇
洮石硯……一三三〇
跋黃華墨竹二首……一三三〇

閏八月十八日會同舘諸公同賦絶句五首……一三三
馬上見桃花……一三三
列子廟二首……一三三
翠微寺二首……一三三
宿索水……一三三
平泉店逢夏使……一三四
暮春用寒字韻二首……一三四
初聞雁……一三四
宿遂初園……一三五
別春……一三五
遊草堂三首……一三五
登鷄鳴山絶頂題永寧寺……一三六
樂善堂……一三六
過華州追懷楊洞微……一三六
環翠樓……一三七
謁淮陰廟……一三七
敦諭講經情虛大師孫仲遠二首……一三七
留題崇福宮……一三八
嵩山承天谷……一三八
齊希謙……一三八
題趙閑閑城南訪道圖……一三九
佚　名……一三九
讖秉文……一三九

新編全金詩卷五二

張　建……一四一
擬古十首……一四二
山中……一四四
韓信廟……一四四
送張子玉……一四四
梨花……一四四

荅華陰宋先覺……一三四五
送賀彦淳還南郊……一三四五
山村風雨圖……一三四五
賦胡直之溪橋蓮塘二首……一三四五
雜詩二首……一三四六
俊師定庵……一三四六
送王主簿還鄉……一三四六
弔張瓚……一三四七
佚句……一三四七
王　彧……一三四七
禪頌三首……一三四八
又頌……一三四八
和二宋落花韻四首……一三四九
初出京……一三五〇
崧山中……一三五〇
贈安居士國賓……一三五〇
答國賓……一三五〇
王　賓……一三五一
衛真道中……一三五一
舟中……一三五二
除夜……一三五二
因劾省掾高楨輩得罪而賦……一三五二
佚句……一三五三
王予可……一三五四
宮詞……一三五五
南園湖石……一三五五
馴鶴圖……一三五六
雜詩二首……一三五六
宮體二首……一三五六
天仙有夢梅二首……一三五七
述懷……一三五七
畫角……一三五七

送友析居……一三五七
閑居……一三五八
題靈隱寺……一三五八
佚句……一三五九
劉　鐸……一三六一
三陽述懷……一三六一
即事……一三六一
澠池驛舍用苑極之郎中韻……一三六二
春日……一三六二
所見……一三六二
讀李訓鄭注傳二首……一三六二
楊　慥……一三六三
過司竹監有懷王監正之……一三六三
乾陵……一三六三
游九成宫……一三六四
王　澮……一三六四
河之坊……一三六五
感遇四首……一三六六
贈段十……一三六七

新編全金詩卷五三

完顔璹……一三六九
秋郊雨中……一三七〇
宴息二首……一三七〇
梁臺……一三七〇
自適……一三七一
城西……一三七一
送王生西游……一三七二
王生以秋騷見示復以此謝之……一三七二
自題寫真……一三七三
黄華畫古柏……一三七三
書龍德宫八景亭……一三七三

思歸……一三七四
如庵樂事……一三七四
題晉卿王詵寶繪……一三七四
得友人書……一三七五
内族子鋭歸來堂……一三七五
題潘閬夜歸圖……一三七五
漫賦……一三七六
寓跡……一三七六
秋晚出郭閑遊……一三七六
老境……一三七六
北郊晚步……一三七七
閑詠……一三七七
池蓮……一三七七
梁園……一三七七
釋迦出山息軒畫……一三七八
過胥相墓……一三七八
秋日小雨……一三七八
東郊瘦馬……一三七八
枕上聽雨……一三七九
溪景……一三七九
題紙衣道者圖……一三七九
春半喜晴……一三七九
漁父詞二首……一三七九
馬伏波……一三八〇
留侯……一三八〇
對鏡二首……一三八〇
夏晚登樓……一三八一
華亭……一三八一
聞閑閑再起爲翰林……一三八一
絶句……一三八一
自戲……一三八二
題宋李公麟畫維摩不二圖……一三八二

佚句 …… 一三八二
完顔奉國 …… 一三八三
練軍太華山陰書蒲城縣壁 …… 一三八三
温迪罕某 …… 一三八三
華清宫 …… 一三八三
完顔綱 …… 一三八四
狄梁公墓道 …… 一三八四
石抹世勣 …… 一三八五
紙鳶 …… 一三八五
奥屯良弼 …… 一三八六
敬贈子明太尉 …… 一三八六
過草堂值雪 …… 一三八七
朮虎邃 …… 一三八七
寄劉京叔 …… 一三八七
睢陽道中 …… 一三八八
書懷 …… 一三八八
佚句 …… 一三八九
烏林答爽 …… 一三八九
鄰研 …… 一三八九
古尺 …… 一三九〇
佚句 …… 一三九〇

新編全金詩卷五四

陳規 …… 一三九一
送雷御史希顔罷官南歸 …… 一三九二
過驪山 …… 一三九二
客有自關輔來言秦民之東徙者餘數十萬口攜持負戴絡繹山谷間晝餐無糧糒夕休無室廬饑羸暴露濱死無幾間有爲秦聲寫去國之思者余聞之悲不可禁乃爲作商歌十章倚其聲以紓予懷 …… 一三九二

失題……一三九三
佚句……一三九三
苑　中……一三九三
贈韶山退堂聡和尚……一三九四
戲地龍散行於時……一三九四
李　芳……一三九四
留別……一三九五
侯　策……一三九五
寒食……一三九六
醉中……一三九六
學古體……一三九六
昨朝……一三九六
楚宮……一三九七
佚句……一三九七
釋　真……一三九八
贈澄徽參學……一三九八
王世昌……一三九八
過華州……一三九九
方城東寺海棠……一三九九
田　錫……一三九九
牧牛圖……一三九九
故縣別業……一三九九
王利賓……一四〇〇
弔蘇墳……一四〇〇
題扇頭……一四〇〇
麻九疇……一四〇〇
賦伯玉透光鏡……一四〇二
跋范寬秦川圖……一四〇二
松筅同希顏欽叔裕之賦……一四〇三
竹癭冠爲李道人賦……一四〇四
彈琴懷山中人……一四〇五
夏日……一四〇五

牛嘆……一四〇五
清明……一四〇五
暮春山家二首……一四〇六
手植檜印章……一四〇六
贈裕之……一四〇六
秋懷……一四〇七
和伯玉食蒿醬韻……一四〇七
復次韻二首……一四〇八
又……一四〇八
元裕之以山遊見招兼以詩四首爲寄因以山中之意仍其韻……一四〇九
許方邨即事……一四一〇
梁山宮圖……一四一一
跋伯玉命簡之臨米元章楚山圖……一四一一
秋雨小霽湖陽道中……一四一二
秋望……一四一二
堂谿城南感寓……一四一三
俳優……一四一三
李道人家山圖……一四一三
李道人嵩陽歸隱圖……一四一三
陽夏何正卿作疊語四句未成章予復以疊語寄之凡四變文……一四一四
紅梅……一四一五
夏英公篆韻……一四一五
讀書北陽山中……一四一五
題雨中行人扇圖……一四一五
戲題太公釣魚圖……一四一六
道人……一四一六
紅梅五首……一四一六
佚句……一四一七

劉　微

劉　微……一四一七
春柳應制得城字……一四一八

常添壽……一四一八
失題……一四一八
劉　滋……一四一八
失題……一四一九
張漢臣……一四一九
賦元妃素羅扇畫梅……一四一九
全真七真人贊……一四二〇

新編全金詩卷五五

趙思文……一四二三
試院中呈同官崔伯善李順之……一四二四
侯相浪溪歲寒堂……一四二四
捕蝗感草蟲有作二首……一四二四
嵩山承天谷……一四二四
弔同年楊禮部之美……一四二五
佚句……一四二五
王　渥……一四二五
潁亭……一四二六
有寄……一四二七
寄京父……一四二七
餐秀軒……一四二七
遊藍田……一四二八
送裕之還嵩山……一四二九
遊丹霞下院同裕之鼎玉分得留字……一四二九
驛口橋看白蓮……一四二九
蒙城縣齋……一四三〇
三門津……一四三〇
被檄再至揚州制司驛亭有題詩譏予和事不成者云來往二年無一事青山也解笑行人因爲解嘲……一四三〇
題元德明東巖集……一四三一
開福寺……一四三一

佚句……一四三二
附　古仙人辭……一四三三
馬天來……一四三三
山中……一四三三
失題……一四三四
雪……一四三四
佚句……一四三四
薛繼先……一四三五
九日感懷……一四三五
佚句……一四三五
張　潛……一四三六
寄人宰縣……一四三六
宋　可……一四三六
過洛陽……一四三七
高　永……一四三七
跋賈天升所藏段志寧山水……一四三七
壺溪……一四三八
李　汾……一四三八
陝州……一四三九
州北……一四三九
再過長安……一四四〇
汴梁雜詩四首……一四四〇
上清宮三首……一四四一
避亂陳倉南山回望三秦追懷淮陰
侯信漫賦長句……一四四二
雪中過虎牢……一四四二
清明……一四四二
下第……一四四三
磻溪……一四四三
感寓述史雜詩……一四四三
擬張水部行路難……一四四五
雲溪曉泛圖……一四四五

古月一篇爲裕之賦……一四四五
西歸……一四四六
避亂西山作……一四四六
昆陽懷古……一四四六
代金谷佳人答……一四四六
柳塘……一四四七
佚句……一四四七
李　夷……一四四九
贈國醫張子和……一四四九
古劍……一四四九
書淵明傳後……一四五〇
古鏡……一四五〇
贈赤腿王……一四五一
佚句……一四五一

新編全金詩卷五六

宋九嘉……一四五三
途中書事三首……一四五三
館中納涼書事……一四五四
東州有感……一四五四
擣金明砦作建除體……一四五四
被檄從軍……一四五五
留别孫俊民姚公茂……一四五五
酴醾菊……一四五五
蓮社圖……一四五六
卯酒……一四五六
題李白泛月圖……一四五六
佚句……一四五六
馮延登……一四五七
鄽城道中……一四五八
元日隆安道中……一四五八

宿三冢寺……………………一四五八
代郡楊楸之與余同辰月日時亦然
渠有詩因爲次韻……………一四五九
寄笏青柯平……………………一四五九
射虎得山字……………………一四五九
雪…………………………………一四六〇
華清故宫………………………一四六〇
西園得西字……………………一四六〇
八月十四日宿官塔下院二首……一四六〇
探春得波字……………………一四六一
春雨二首………………………一四六一
藤花得春字……………………一四六二
蘭子野晚節軒…………………一四六二
洮石硯…………………………一四六二
賦德順道院隴泉………………一四六二
登封途中遇雨留僧舍…………一四六三
冀禹錫……………………………一四六三
僧房……………………………一四六四
贈雷御史兼及松庵馮丈………一四六四
聞誅高琪詔下寄聶元吉………一四六四
哭劉雲卿………………………一四六四
佚句……………………………一四六五
李獻能……………………………一四六五
贈王飛伯雜言…………………一四六六
夜宿虚皇閣下…………………一四六七
玉華谷同希顔裕之分韻得秋字……一四六七
四皓圖…………………………一四六七
二老雪行圖二首………………一四六七
别馮駕之………………………一四六八
昆陽元夜南寺小集……………一四六八
追憶潁亭泛舟寄陽翟諸友……一四六九
郟城秋夜懷李仁卿……………一四六九

題飛伯詩囊飛伯以布爲囊采當世
名卿詩投其中……一四六九
送王飛伯歸陽翟……一四七〇
西園春日……一四七〇
滎陽古城登覽寄裕之……一四七〇
從獵口號四首……一四七一
上清宫梅同座主閑閑公賦……一四七一
丹陽觀竹宫中移賜……一四七二
田器之燕子圖……一四七二
佚句……一四七二
崔　遵……一四七三
送裕之官鄧下兼簡仲澤……一四七三
和裕之二首……一四七四
佚句……一四七四
石　玠……一四七五
途次張南……一四七五
劉祖謙……一四七六
雅集圖……一四七六
崆峒山圖爲横溪翁賦二首……一四七七
張邦直……一四七七
挽劉雲卿……一四七八
龐　漢……一四七八
終南谿……一四七八
宋景蕭……一四七八
河陰望河朔感寓……一四七九
春雪用上官明之韻……一四七九
佚句……一四七九
史　懷……一四八〇
冬日即事……一四八〇
劉　琢……一四八〇
失題……一四八〇

新編全金詩卷五七

王　鬱……一四八一
春日行……一四八二
寄遠吟……一四八二
陽關曲……一四八二
傷別曲……一四八二
長安少年行……一四八三
楚妃怨……一四八三
古別離……一四八三
秋夜長……一四八四
折楊柳……一四八四
遊子吟……一四八四
陽翟贈李司户國瑞……一四八四
飲密國公諸子家……一四八五
佚句……一四八五
附　佚名贈飛伯詩及殘句……一四八五
佚　名……一四八六
占卜繇言……一四八六
劉　勳……一四八六
讀張仲揚詩因題其上……一四八七
偶作……一四八七
杜善甫乞炭……一四八七
呈呂陳州唐卿……一四八八
秋涼……一四八八
愛詩李道人崧陽歸隱圖……一四八八
元夜陰晦……一四八八
傷曹吉甫之死……一四八八
同趙宜之賦梨花月……一四八九
不寐……一四八九
戲鄭秀才……一四八九
春日……一四八九
荅仲和……一四九〇

贈馬天來……………………………………一四九〇
又贈馬天來…………………………………一四九〇
佚句…………………………………………一四九一
張天錫………………………………………一四九二
題明妃出塞圖………………………………一四九三
趙王陵………………………………………一四九三
自君帖二首…………………………………一四九四
李獻甫………………………………………一四九四
夏夜…………………………………………一四九五
九龍池春望…………………………………一四九五
興慶池書所見………………………………一四九五
題黄華幽居圖………………………………一四九五
長安行………………………………………一四九五
别春辭………………………………………一四九六
秋風怨………………………………………一四九六
河上之役三首………………………………一四九七
圍城…………………………………………一四九七
驟雨…………………………………………一四九八
資聖閣登眺同麻杜諸人賦…………………一四九八
雷琯…………………………………………一四九八
信陵館酒間二首……………………………一四九九
客有自關輔來言秦民之東徙者餘數十萬口携持負戴絡繹山谷間晝飡無糗糒夕休無室廬飢羸暴露濱死無幾間有爲秦聲寫去國之情者其始則歷亮而宛轉若有所訴焉少則幽抑而悽厲若訴而怒焉及其放也嗚嗚焉愔愔焉極其情之所之又若弗能任焉者噫秦予父母國也而客言如是聞之悲不可禁乃爲作商歌十章倚其聲以紓予懷且俾後之歌者知秦風之所自焉……………………一五〇〇

陽夏懷古……一五〇一
龍德宮……一五〇二
南國……一五〇二
古意四首……一五〇二
佚句……一五〇三
李國棟……一五〇四
感懷……一五〇四
張師魯……一五〇五
題歸潛堂……一五〇五
張天度……一五〇六
題活死柏……一五〇六
趙　滋……一五〇八
黄石廟……一五〇八
曹用之……一五〇九
憶舊……一五〇九
佚句……一五〇九
趙達夫……一五〇九
紅梅……一五一〇
柳……一五一〇
邢安國……一五一〇
楊花……一五一〇
過唐州西李口……一五一一

新編全金詩卷三〇

趙之傑

趙之傑，字伯英，大定（今内蒙古自治區赤峰市寧城縣）人。本名宗傑，避諱改。大定十六年進士，累遷西京提刑副使，棣州防禦使。泰和五年十一月，以太常卿奉使宋國賀正旦①。使還，嘗言：「宋人文敝之極且脆弱，不足爲慮，邊部爲可慮也。」六年春，充御前讀卷官②。子繪，名進士，早卒。兹輯四首。

許道寧羣峰暮雪

道士平生林野人，醉中拈出雪峯真。爲君療却煙霞癖，比似青囊藥更神。

① 《金史》卷一二《章宗紀》「泰和五年十一月己丑，以太常卿趙之傑等爲賀宋正旦使。」中華書局一九七五年。

② 金楊奂《跋趙太常擬試賦稿後》：「當泰和丙寅三月二十五日，萬寧宫試貢士，總兩科，無慮千二百輩，上躬命賦題，曰日合天統。侍臣初甚難之，而太常卿北京趙公適充御前讀卷官，獨以謂不難，即日奏賦，議乃定。」見明宋廷佐輯《還山遺稿》卷下，《叢書集成續編》本，上海書店一九九四年。

題濟源龍潭寺

樹圍修竹竹圍庵，庵下泓然碧一潭。極目荷花半秋色，小横圖上看江南。

除夜

日月不肯留，歲曆倏云畢。僧坊見節物，新正在明日。夜半拊枕嘆，半百又加七。形骸念念改，膂力能不失。經言男數八，此去才有一。健者未可期，况乃常衰疾。物情忌盈滿，君子慎名實。行矣安退閑，吾其保終吉。《中州集》卷八《趙太常之傑》。

龍潭寺

欲覓龍潭何處是，青山影裏見浮圖。紅蕖映日真花藏，碧水涵天瑩玉壺。已放源流通北海，未饒風物説西湖。侍中菴外多閑地，容我他年卜築無。《（乾隆）濟源縣志》卷一六《藝文》，撰者署「趙宗傑」，歸入「金」，《中國方志叢書》本，臺北成文出版社一九七〇年。

趙鼎

趙鼎，字德新，欒城（今河北省石家莊市欒城區）人。早年教授生徒①，登大定十六年進士第，累官西京路轉運使。喜作詩，知道學，爲屏山李純甫所許。子中立，字正卿，亦第進士，文譽甚著。兹輯四首。

宿來同堡

渭北洮南過却春，窮邊冰雪更愁人。來同驛裏題詩處，破屋青燈一病身。《中州集》卷八《趙轉運鼎》。

敬謁先師鄒國公祠

大定二十八年十二年七日，馳驛過鄒縣，敬謁先師鄒國公祠，傷其蕪穢殊甚，故作是詩。真定趙鼎。

---

① 金元好問《遺山先生文集》卷二四《張君墓志銘》：「黄縣初令欒城，召趙鼎德新授館。德新名士，仕亦達。公與兄腴味道從之學。」《四部叢刊》本。

老誕佛夷惑後來，諸方宏構切雲開。先師立教尊姬孔，其土一祠猶草萊。景仁昨以被檄總督漕運滕之府錢六千萬，數之通判。蒙郡侯一見傾蓋，乃出示昔日所賦之什。感其眷勤，俾摹諸石，庶清風不泯爾。承安歲次戊午立秋日，定遠大將軍行鄒縣令兼管勾常平倉事崔景仁立石。劉培桂《孟子林廟歷代石刻集》卷二《金代》，齊魯書社二〇〇五年，第一三頁。

題孟子

戰國縱横際，姬周喪亂餘。聖經渾掃地，爲著七篇書。劉培桂《孟子林廟歷代題詠集》，齊魯書社二〇〇一年，第九頁。

題手植桂

擢秀真儒宅，垂陰數仞墻。封培因聖力，茂悦得靈長。靈踞龍蛇蟄，枝延鸞鷟翔。勞功施禹稷，蔓草薙韓莊。偃蹇明堂幹，蕭森岱嶽陽。圍欺漢武柏，愛掩召公棠。日月成塵劫，乾坤屢戰場。恩仁感樵牧，忠厚及牛羊。不有神明護，寧逃剪伐傷。歲寒千古色，宜並子孫昌。清顧嗣立《元詩選癸集》癸之丁《趙知州鼎》：「官尚書祠部郎中，出知兖州。」餘無考。中華書局二〇〇一年，第四五三頁。今按，金承安間鄒縣令崔景仁跋其《敬謁先師鄒國公祠》「蒙郡侯一見傾蓋」云云，透露出趙鼎嘗仕爲知州。

佚句

元日

拜嗟筋力隨年改，飲覺屠蘇到手遲。《中州集》卷八趙鼎小傳。

徐守謙

徐守謙，東海（今江蘇省連雲港市東海縣）人。第進士，嘗爲榆次令，入爲監察御史①。泰和五年，有詩刻石。兹輯五首。

海會寺詩五首

寺主潭公告僕，昔有「竹徑通幽處，禪房花木深」次以十韻留題於壁，爾後風雨所壞，遺失五詠，爲終身之慊。於是稽顙再四，命僕復成前五詠，以爲後人捧腹云。時泰和乙丑閏八月十有四日，東海徐守謙。

①民國陳衍輯撰、王慶生增訂《金詩紀事》卷七：「守謙東海人，第進士，曾爲榆次令，擢監察御史。」上海古籍出版社二〇〇三年，第一八六頁。

竹

官身幾日閑，因公訪幽獨。盥漱滌龍泉，毗睨面金谷。晚風千古清，宿雨萬峰沐。胸次不勝寒，况復飽松竹。

徑

渭川千畝陰，斤斧成蹊徑。斜橋便脚力，流水增詩興。白晝静紋楸，秋風和鐘磬。何當陪社蓮，詩酒論奇勝。

通

行盡溪巖見籜龍，石梯高與路相通。雲藏佛骨潛山鬼，草隱秋聲話夜蟲。翻襪抉身輸納子，莆花吹雨散天風。我來借榻松軒宿，須信仙凡夢不同。

幽

俗事紛紛厭官遊，山林勸我早歸休。野花影裏禪房静，亂石叢中竹徑幽。雨印莓苔滑屩屐，雲昏香火燦層樓。晚晴僧話渾無事，茶罷吟餘坐聽鳩。

處

可愛林泉人，樂此深幽處。清虚絶六根，俯仰静萬慮。身世總空花，禪心作泥絮。願結閑因緣，西風送來去。清胡聘之《山右石刻叢編》卷二三《海會寺詩碣》，《歷代碑誌叢書》本，江蘇古籍出版社一九九八年。

楊天衢

楊天衢，陽城（今山西省晉城市陽城縣）人。泰和五年，題詩海會寺。① 茲輯一首。

宿海會寺〔一〕

屋上青山屋下泉，泉聲相雜竹琅然。人生有限興無限，海會結緣終有緣。身外豈知真佛境〔二〕，忙中聊復定心田。那堪更着瀟瀟雨，粧點清虛助客眠。《（成化）山西通志》卷一六《集詩·祠廟類》，《四庫全書存目叢書》本，齊魯書社一九九六年，第六八六頁。另，清郭元釪《全金詩增補中州集》卷六二亦録，上海古籍出版社一九九四年。

【校記】

〔一〕《全金詩增補中州集》詩題作《海會寺宴集以禪房花木深爲韻得禪字》，與李晏等海會寺宴集唱和題詩同，見清胡聘之《山右石刻叢編》卷二〇《海會寺宴集詩碣》。今按，楊天衢於泰和五年題詩，

① 清胡聘之《山右石刻叢編》卷二三《海會寺碣》末署：「旹泰和乙丑歲九月中旬日，主僧崇潭立石，鄉貢進士楊天衢書，劉榮刊。」《歷代碑誌叢書》本，江蘇古籍出版社一九九八年。

而李晏海會寺宴集在大定五年，乃後來補題者。〔三〕境：《全金詩增補中州集》作「計」。

王世賞

王世賞，字彦功，號浚水先生，汴(今河南省開封市)人。與尹無忌、王逸賓、趙文孺交往。明昌中，保舉才能德行，賜進士出身，授鞏州教授，終於鹿邑簿。嘗著《浚水老人集》行世。兹輯四首。

立春後十日登樓

今日登樓眼，風煙倍覺新。溪梅初破蕚，屋雪半融銀。鴈外天逾碧，鷗邊水自春。兒曹應見笑，吟望獨傷神。

春雪

只謂春天暖，寧知雪霰飛。龍蛇且深蟄，花柳不勝威。糁糁凌風細，紛紛帶雨稀。誰當問穹昊，生殺果何機。

探梅

候得南枝破玉腮，心顔今日爲君開。細看苔逕無行跡，先賞應輸我獨來。

稱善齋

宦途馳逐只堪羞，何意須封萬户侯。平日少游真可念，絶勝辛苦駐壺頭。《中州集》卷九《浚水王先生世賞》。

來　偁

來偁，京兆（今陝西省西安市）人。父國華，字彦中①，正隆間京兆府學正，號關中夫子。偁業詞賦，以四舉終場當賜第，未及受恩而卒。三子，次曰獻臣，興定五年詞賦進士，仕爲府學教授。金亡後，官奉直大夫都省掾。時稱來氏三代以文學名世，爲陝右儒門之冠云②。兹輯一首。

失題

楚漢争雄日，將軍亦奮揚。一時分去就，兩處係興亡。幸得逢真主，何須求假王。惜乎高鳥

① 金王嚞《重陽全真集》卷二《贈學正來彦中》《京兆來學正覔墨》，明正統《道藏》本，文物出版社等一九九四年，第二五册七〇〇頁、七〇六頁。

② 元李庭《寓庵集》卷六《故陝西行中書省講議官來獻臣墓誌銘》，《藕香零拾》本，中華書局一九九九年。

盡，曾不免弓藏。元駱天驤《類編長安志》卷八《山陵冢墓》：「韓信墓在古長安城東三十里新店。墓前有小廟，多題詩。來俌詩云云。」中華書局一九九〇年。

劉　昂

劉昂，字之昂，興州（今河北省承德市灤平縣）人。大定十九年進士。年三十三，省掾考滿，授平涼路轉運副使。俄丁母憂，爲當途者所忌，連蹇十年。泰和初，自國子司業擢左司郎中。八年，審官院掌書大中與賈鉉漏言除授事，爲言者所劾，獄辭連昂，遂遭譴逐，降上京留守判官，道卒，年五十一①。昂天資警悟，律賦自成一家，輕便巧麗，爲場屋捷法。遺山元好問稱其「作詩得晚唐體，尤工絶句，往往膾炙人口」云。兹輯十八首。

醉後

禪僧勸讀傳燈録〔一〕，道士教行進火功。今日興來俱破戒〔二〕，黄花籬落醉西風〔三〕。

①《金史》卷一二六《文藝傳》：「會（審官院）掌書大中與賈鉉漏言除授事，爲言者所劾，獄辭連昂。章宗震怒。一時聞人如史肅、李著、王宇、宗室從彝，皆譴逐之，鉉尋亦罷政。昂降上京留守判官，道卒。」時在泰和八年春正月，見《金史》卷一二《章宗紀》。今按，昂年三十三由尚書省掾授平涼路轉運副使，俄丁母憂，連蹇十年，卜居洛陽。泰和初，年四十三，復出爲國子司業，遷左司郎中。以此推算，當卒於泰和八年，得年五十一。

【校記】

〔一〕讀傳燈録：《永樂大典》卷九〇三詩字韻引《中州元氣集》劉昂此詩作「學安心法」。〔二〕與來：《永樂大典》作「一杯」。〔三〕落：《永樂大典》作「下」。

山中雨

嵩高山下逢秋雨，破傘遮頭過野橋。此景此時誰會得，清如窗下聽芭蕉。

都門觀別

買酒消閑愁，剪刀剪流水。閑愁不可消，流水無窮已。悠悠窗下斷腸波，總是行人墮淚多。門外馬嘶思遠道，小嚬猶唱渭城歌。歌聲未斷征鞍發，望斷垂楊人影滅。斜陽照影却歸來，兩地相望今夜月。閲人多矣主人翁，離別都歸一笑中。陌上行人終不悟，年年楊柳怨春風。

客亭

折盡官橋楊柳枝，春風依舊緑絲絲。啼鶯爲向行人道，離別何時是盡時。

山堂

山雨溪邊過，山堂夜獨吟。悠悠松上月，照見壁間琴。

弔張維翰維中兄弟

蓮幕清曹粉署仙，福兮禍倚豈其天。座隅異物鵩來止，地底佳城馬不前。萬里青雲今已矣，兩枝丹桂竟徒然。阿奴莫愛聲名好，碌碌持家亦自賢。維翰名甫，第一人擢第。維中名庸，此榜乙科。阿奴謂冉，冉字維賢，後以省元登科。兄弟科名如此，近世所未有也。

即事二首

雨洗明河畫扇收，胡床露冷藥欄秋〔一〕。墻陰未得中庭月，一點螢光草際流。

山花山雨相兼落，溪水溪雲一樣閑。野店無人問春事，酒旗風外鳥關關。

【校記】

〔一〕欄：汲古閣本、文淵閣本《中州集》及《全金詩增補中州集》作「闌」。

歌風臺

劉項興亡轉燭過，亂蟬吟破漢山河。長陵卧老咸陽月，沛上猶傳擊筑歌。

弔李仲坦

仲坦物故後，省試魁始有特恩之命。

文章巧與世相違，身後新恩事已非。不及萋萋原上草，一番春雨緑如衣。

王官谷〔一〕

潛溪時照塵埃客，微雨不遮天柱峯。斜日落花人去盡，淡煙樓閣數聲鍾。《中州集》卷四《劉左司昂》。

【校記】

〔一〕《（民國）臨晉縣志》卷一六《詩選》録此詩，撰者署「周昂」。

贈張秦娥二首

遠山句好畫難成，柳眼才多總是情。今日衰顔人不識，倚爐空聽煮茶聲。

二頃山田半欲蕪，子孫零落一身孤。寒窗昨夜蕭蕭雨，紅日花梢入夢無。《中州集》卷四劉昂小傳：「張秦娥者，頗能小詩。其《賦遠山》云云。其後流落。之昂贈詩云云。又云云。娥爲之泣下。」

題墨梅

論畫如論人，形以意爲主。欠香大癡絶，相馬似禪語。君評此花枝，破的在何許。招魂湘水深，背面東風苦。《永樂大典》卷二八一三梅字韻引《中州元氣集》劉昂詩，中華書局一九九八年，第二册一五〇四頁。

讀山谷詩

語要新奇萬世傳，琴中高趣在無絃。纔離古佛拈花處，又到莊周夢蝶篇。老柏燒餘觀物化，寒梅雪裏作春妍。論封合作江南將，輸與明珠萬顆圓。

絶句

禪僧勸學安心法，道士教行進火功。今日一盃俱破戒，黄花籬下醉西風。《永樂大典》卷九〇三詩字韻引《中州元氣集》劉昂《讀山谷詩》云云，《絶句》二首云云，中華書局一九九八年，第九册八五六五頁。今按，所謂『《絶句》二首』，其中首句爲『山花山雨相兼落』者，已見前録《即事二首》之二，文字無歧異。

題扁鵲廟壁〔一〕

昔爲舍長時〔二〕，方技未可録〔三〕。一遇長桑君，古今皆嘆服。天地爲至仁，既死不能復。先生妙藥石，起號效何速〔四〕。日月爲至明，覆盆不能燭。先生具正眼，毫釐窺肺腹〔五〕。誰知造物者，禍福相倚伏。平生活人手，反受庸醫辱。千年廟前水，猶學上池緑。再拜乞一杯，洗我胸中俗。元納新《河朔訪古記》卷中：「（扁鵲）廟壁有左司劉昂題詩云云。」《叢書集成初編》本，中華書局一九八五年。另，清顧嗣立《元詩選》二集亦録，題作《扁鵲墓》，撰者署「王磐」，抄舛，中華書局一九八七年，上册第一六九頁。

【校記】

〔一〕詩題原缺，茲據文意擬。　〔二〕舍：《元詩選》作「社」。　〔三〕技：《元詩選》作「投」。

〔四〕號：《元詩選》作「死」。　〔五〕腹：《元詩選》作「腑」。

題王官谷天柱峰

一峰凝碧倚晴空，一水縈紆一徑通。中有幽人曾説古〔一〕，誰知高興與今同。清郭元釪《全金詩增補中州集》卷二四，撰者署「劉昂」，併入其《王官谷》七絶「二首」之二，上海古籍出版社一九九四年。另，《（成化）山西通志》卷一六《集詩》亦録，撰者署「雷思」，《四庫全書存目叢書》本，齊魯書社一九九六年，第六四九頁。《（民國）臨晉縣志》卷一六《詩選》亦録，撰者署「周昂」，《中國方志叢書》本，臺北成文出版社一九七〇年。今按，此詩歸屬頗歧異，姑從《全金詩增補中州集》，以備參考。

【校記】

〔一〕曾：《全金詩增補中州集》作「從」。

張秦娥

張秦娥，出處未詳。章宗朝名妓，頗能詩，爲劉昂賞識。茲輯四首。

遠山

秋水一抹碧，殘霞幾縷紅。水窮霞盡處，隱隱兩三峰。《中州集》卷四劉昂小傳：「張秦娥者，頗能小詩。其《賦遠山》云云。其後流落。之昂贈詩云云。又云云。娥爲之泣下。」

南城二首

坡頭望西山，秋意已如許。雲影渡江來，霏霏半空雨。

長吟伐木詩，停立以望子。日暮飛鳥歸，門前長春水。

采菱舟

散策下松亭，水清魚可數。却上采菱舟，乘風過南浦。清郭元釪《全金詩增補中州集》卷六二，上海書店出版社一九九四年。

趙承元

趙承元，字善長，先世汴（今河南省開封市）人，兵火間寓河間（今河北省滄州市河間市），遂占籍。大定十三年詞賦狀元①，授應奉翰林文字，兼曹王府文學。以疏俊少檢，與王府婢通奸，事發被杖除名。不久，復用，遭世宗斥責，再行罷免②。章宗即位，起爲翰林修撰。以其名譽掃地，不爲世人所重而外放③。泰和八年，嘗撰耀州趙隱振貧碑④。後卒於臨洮。兹輯一首。

探春

冰底流泉匹練飛，麴塵着柳不禁吹。杖藜恰到春生處，已有人家插酒旗。《中州集》卷九《趙文學承元》。

①《中州集》卷九《趙文學承元》，中華書局上海編輯所一九六二年。

②《金史》卷七《世宗紀》：大定十八年十一月，上責宰臣曰：「近問趙承元何故再任，卿等言，曹王嘗遣人言其才能敏幹，故再任之。官爵擬注，雖由卿輩，予奪之權，當出於朕。」另，《金史》卷五一《選舉志》：世宗謂宰臣曰：「文士有偶中魁選，不問操履，而輒授翰苑之職。如趙承元，朕聞其無士行，果敗露。自今榜首，先訪察其鄉行，可取則授以應奉，否則從常調。」中華書局一九七五年，第一一三五頁。

③《金史》卷一〇《章宗紀》：承安元年四月，「尚書省以趙承元言，請追上孝懿皇太后寶册，然後行謚册禮。禮官執奏尊皇太后已詔示中外，無追册禮，從之。」中華書局一九七五年，第二三八頁。

④元駱天驤《類編長安志》卷一〇《耀州美原縣進義副尉趙隱振貧碑》末署「前修撰、狀元趙承元撰。泰和八年春三月初吉縣人立」。中華書局一九九〇年。

張　涇

張涇，兖州（今山東省濟寧市兖州區）人。泰和元年，慕敦武譚公廉幹而撰記頌之。兹輯一首。

題敦武譚公能吏記後涇也餘思未竟，又成一絶。

山川秀明挺生賢，覆蔭鄉閭四十年。衆享思休無以報，寫君行事勒真堅。金張涇《敦武譚公能吏記》附，見《（宣統）山東通志》卷一五〇《藝文志》，宣統刊本。

張庭玉

張庭玉，字子榮①，號盤溪居士，易縣（今河北省保定市易縣）人。大定中進士②。頗能詩，時人稱

---

①《中州集》諸本或「庭」或「廷」，頗紛紜，而見於當時石刻，俱作「庭」，當以「庭」字爲是。

②《中州集》小傳未涉科第。其《五里河義橋記》自署「前進士易縣張庭玉撰記并書丹題額」，時在大定二十六年，見北京圖書館金石組編《北京圖書館藏中國歷代石刻拓本匯編》，中州古籍出版社一九八九年，第四六册一七九頁。另，蔡珪《易州善興寺記》撰於大定十四年，遲至明昌四年方立石，署「進士張庭玉書」，見北京大學圖書館藏拓片，典藏號A一六三八八。另，《（光緒）定興縣志》卷一七《金石》著録《十方院記》：「前題《大金涿州定興縣金臺鄉百樓北十方道院之碑》，巨川進士張委撰，易水磐溪老人進士張子榮門人南溪田賓書丹并篆額。末題泰和六年歲次丙寅三月十六日。」光緒十六年刊本。

之。其友邢進之嘗以題百種授之曰：「能一日爲之乎？」①庭玉揮翰不停，日中已就。承安中召試，俄成七十篇，章宗歎賞。後隱於盤溪，嘗有集行世。兹輯一首。

即事

烏鳶繞樹山棃熟，蝴蝶穿花木槿開〔一〕。赤脚城中借書去，蒼頭原上負薪來。《中州集》卷九《張庭玉》。

【校記】

〔一〕胡：汲古閣本、文淵閣本《中州集》及《全金詩增補中州集》作「蝴」。

上官瑜

上官瑜，出處未詳。嘗官轉運使。承安中，擢户部侍郎②。泰和間，拜户部尚書③。兹輯一首。

---

①《（雍正）畿輔通志》卷七九《文翰》載其小傳：「張廷玉，易州人。善詩，其友邢進之以題百種授之，曰：能一日爲之乎？廷玉揮翰不停，日中已就。承安中召試，俄頃成七十篇，章宗嘆賞。」《文淵閣四庫全書》本。

②《金史》卷一〇《章宗紀》：承安二年十二月癸未，「遣户部侍郎上官瑜體究西京逃亡，勸率沿邊軍民耕種。」中華書局一九七五年，第二四三頁。

③《金史》卷四八《食貨志》：「泰和四年七月，罷限錢法，從户部尚書上官瑜所請也。」中華書局一九七五年，第一〇七八頁。

題西藍

一到西藍眼界寬，開軒如對故人歡。叢篁玉立四時翠，幽陰風來六月寒。清氣自無一點俗，溪聲相副萬餘竿。度橋更歷林深處，環碧池邊倍可觀。《（萬曆）平陽府志》卷一〇《寺觀》，撰者署「上官瑜」，名下注「轉運使」，國家圖書館藏本。

盧　元

盧元，字子達，豐潤（今河北省唐山市豐潤區）人①。幼而敏惠，年未二十試於長安，奪策論魁，後登大定二十八年進士第②。明昌初，設宏詞科，子達與郭黻、周詢、張復亨等就試，凡七日，並中選，遂入翰苑，遷待制。元之父咨臣，兄庸弟曾，子翔，俱擢高第，時人以燕山竇氏比之。兹輯一首。

---

①《中州集》作「玉田人」。今按，盧元之兄庸，《金史》卷九二有傳，記其鄉籍爲「豐潤」。另，金孔叔利《改建題名碑》著録其子翔，正大七年進士，亦作鄉籍「豐潤」。見清王昶《金石萃編》卷一五九，《歷代碑誌叢書》本，江蘇古籍出版社一九九八年。

②《中州集》小傳未言及第年代。今按，以盧元中明昌初宏詞科，當是大定二十八年進士。《金史》卷五一《選舉志》：「明昌初，置宏詞科，『於每舉賜第後進士及在官六品以下無公私罪者，在外官薦之，令試策官出題就考，通試四題，分二等遷擢之。』」中華書局一九七五年，第一一五〇頁。

閑詠

天近蒼龍闕，居連白馬堂。松聲得隣舍，山色出宫墻。巷陋輪蹄少，庭閑日月長。九衢紅霧裏，亦有白雲鄉。《中州集》卷八《盧待制元》。

李端甫

李端甫，字濟夫，同州（今陝西省渭南市大荔縣）人。第進士①，仕爲平定州軍事判官。工於詩，爲時所稱。子實，字師白，死於金末壬辰之亂。兹輯一首。

太白扇頭

巖冰澗雪謫仙才，碧海騎鯨望不回。今日霜紈見遺像，飄然疑自月中來。《中州集》卷七《李端甫》。

佚句

失題

虎迹未乾溪水近，樵聲相荅嶺雲深。《中州集》卷七小傳。

①《中州集》卷七《李端甫》謂「三王内恕及人榜」及第，中華書局上海編輯所一九六二年。

釋志益

釋志益，汾州（今山西省汾陽市）人。初剃度於柏山，後從蒙山雲和尚得法。承安元年，居超山，與王庭筠等名士交往。茲輯二首。

參頌

跛躃痿羸鈍復癡，口如鼻孔眼如眉。自從一吸西江盡，天上人間更不疑。《（雍正）山西通志》卷一五九《仙釋》，《文淵閣四庫全書》本。

辭世偈

一片孤雲常自在，應時爲雨農家愛。而今七十五年春，返本歸山誰作對。誰作對，無罣礙，朝騎木馬過紅爐，夜跨泥牛入滄海。噫。《（光緒）平遥縣志》卷一二，《中國地方志集成》本，鳳凰出版社二〇〇五年。

釋净照

釋净照，出處未詳。泰和間，章宗詔其住持漁陽香林禪寺。唱道餘暇，乃爲吟詠，以張佛門奥妙之旨。茲輯十首。

香林十詠

香林一路，少人同步。要行即行，驀直便去。前坡後嶺，穿雲入霧。是何之路，天寒日暮。

香林一軒，非方非圓。纖塵不立，誰敢問禪。月臨風度，簾卷窗穿。是何之軒，雲劍長川。

香林一殿，金碧交煥。世尊指地，長者特建。功德圓滿，光明顯現。是何之殿，雙林十勸。

香林一塔，渾無縫罅。白玉琢成，從天降下。國師起祥，耽源合殺。是何之塔，廬陵米價。

香林一松，氣勢如龍。皮穿古甲，鬣插青銅。歲晚自緑，夜後號風。是何之松，不西不東。

香林一鐘，模範罕同。篆經千古，聲震虛空。息地獄苦，警覺群蒙。是何之鐘，月彎似弓。

香林一席，無乎人織。趙州展開，百丈卷起。縱横一色，坐臥相得。是何之席，薊州鐵器。

香林一箭，疾如電閃。鐵額銅頭，魂驚膽顫。石鞏未詳，由基不見。是何之箭，石霜白練。

香林一燈，室内長明。不曾挑剔，無減無增。龍潭吹滅，靈隱復生。是何之燈，鼠咬枯藤。

香林一心，非淺非深。竹搖窗月，風動松琴。三尖球子，井底林檎。是何之心，罕遇知音。

先師净照大禪師，泰和二年歲次壬戌中夏上旬有五日，章宗皇帝詔居漁陽香林禪寺。唱道餘暇，乃作十詠，大張佛祖奧妙之旨。其辭平淡，超然自得於言語意味之外者也。福安侍座隅，輒録一本，秘之錦囊。一日，法兄山公座元見訪，謂余曰：「知公久蓄先師《香林十詠》，獨善其美，似非仁者之心乎？」余聞是語，命工刻石，龕於松蔭之法堂壁間〔一〕。不唯諸方衲子一新聞見，亦知吾雲門法道有在焉。興定四年庚辰中冬一日，嗣法小師福安謹跋。《(民國)鞏縣志》卷一八《金石》，《中國方志叢書》本，臺北成文出版社一九七〇年。

【校記】

〔一〕之：原渺，據文意補。

釋興崇

釋興崇，俗姓侯氏，汾陽西河(今山西省呂梁市汾陽市)人。幼失父，養於母，稍長以孝聞里閭。後出家，禮本州太平法興院主僧忠上人爲師。大定二十七年，誦《法華經》中選。受戒後，詣嵩山少林寺，參照公禪師，機緣相契有所悟。會山陰羅漢禪刹虚位，光禄大夫駙馬都尉蒲察知河南府，薦師主之。未久，少林照公退席，再請師住持，遂戮力忘倦十有餘年，使山門内外就序。泰和八年九月，以勞縈疾而逝，俗壽四十三，僧臘二十七。茲輯一首。

辭衆偈

四十三年一夢中，如今撒手任西東。密密不行凡聖路，綿綿獨步太虚空。金釋祖昭《嵩山少林寺故崇公禪師塔銘并序》，見清陸增祥《八瓊室金石補正》卷一二七，《歷代碑誌叢書》本，江蘇古籍出版社一九九八年。

新編全金詩卷三一

梁潛

梁潛，字子直，號樂城子，河間（今河北省滄州市河間市）人。章宗時隱士，買地築成趣園，當時名流多來游賞唱和，遂攈拾爲《成趣小集》。約卒於泰和間，党懷英爲撰墓志①。兹輯一首。

送瀛令之任

都城東去路，何處是瀛州。木落山容廋，天晴海氣浮。車輪應暫住，樽酒迭相酬。知爾才名盛，微邦不久留。《（乾隆）河間府志》卷二〇《藝文志》，乾隆庚辰刊本。

---

①《（乾隆）河間府志》卷四《陵墓》，乾隆庚辰刻本。

初昌紹

初昌紹，朝城（今山東省聊城市朝城鎮）人。章宗朝仕爲獻州軍事判官，約與路伯達同時①。兹輯一首。

題成趣園

近郊風物小斜川，竹樹陰陰晝掩門。奉己樂天無妓妾〔一〕，退居元亮有田園。静中身與世俱棄，妙處心知口莫言。曾到君家北窗下，空涼真可卧羲軒。清郭元釪《全金詩增補中州集》卷六二，上海古籍出版社一九九四年。另，《（民國）獻縣志》卷一八《故實志》亦録，撰者署「州軍判初昌紹」，民國十四年刊本。

【校記】

〔一〕奉己：原作「奉巳」，刊誤。另，《（民國）獻縣志》作「垂老」。今按，《左傳·僖公二十八年》：「蔿吕臣實爲令尹，奉己而已，不在民矣。」晉杜預注：「言其自守無大志。」

① 金初昌紹《成趣園詩序》題下注：「軍判初昌紹撰，朝城人。」另，金路伯達《成趣園詩記》亦涉，謂園之規模盛況，「已詳見於軍判初公之詩序」。並見《（民國）獻縣志》卷一八《故實志》，民國十四年刊本。

張昌祚

張昌祚，睢陽（今河南省商丘市睢陽區）人。章宗朝仕爲國史院編修官。茲輯一首。

題成趣園

貴富不可怙〔一〕，人多蹈危機。清閑乃仙分，塵世得者稀〔二〕。高哉隱君子，不官無昨非。城陰園日涉，松茂竹圍肥。談碁林樾映，侑酒花枝圍。文雉樂山澤，樊中寧肯祈。嗟予官兩紀，補益無纖微。三徑亦奚暇，家窘親朋譏。空爲慕遐躅，漫賦淵明歸。清郭元釪《全金詩增補中州集》卷六二，上海古籍出版社一九九四年。另，《（民國）獻縣志》卷一八《故實志》亦録，撰者署「編修張昌祚」，民國十四年刊本。

【校記】

〔一〕怙：《（民國）獻縣志》作「恃」。　〔二〕稀：《（民國）獻縣志》作「希」。

李永安

李永安，出處未詳。詩中自謂「顧我老將至，區區猶仕路」，亦當時爲官者。茲輯二首。

題成趣園二首

淵明晉名流，賢達早自悟。一爲折腰屈，幡然賦歸去。親戚説情話，園涉日成趣。陳迹固已遠，賞音者稀遇。君獨慕高節，隱居事田圃。亭軒喜幽静，緑蔭多佳樹。三徑時往還，花香襲杖屨。所適忻有得，忘言心自豫。榜園固無愧，古雅見風度。顧我老將至，區區猶仕路。會當勇退歸，卜隣就佳處。

花木幽深遠市塵，箇中清隱作閑人。忘情勢利居安易，寓意琴書得味真。成趣已追陶令迹，放懷無愧葛天民。他年若遂歸休願，好向東皋卜近鄰。清郭元釪《全金詩增補中州集》卷六二，上海古籍出版社一九九四年。另，《（民國）獻縣志》卷一八《故實志》亦録，民國十四年刊本。

酈掖

酈掖，字復亨，臨漳（今河北省邯鄲市臨漳縣）人。瓊之孫、權之子。泰和六年進士，釋褐衛州教授，仕至國史院編修官①。兹輯二首。

①《（民國）獻縣志》卷一八《故實志》録其詩，注爲「編修」。另，《（正德）臨漳縣志》卷八：「元輿子復亨，登泰和丙寅進士，仕至衛州教授。」《（嘉靖）彰德府志》卷七《選舉志》：「復亨，編修，權子。」今按，酈掖與酈復亨當是同一人（轉下頁）

題成趣園

淵明恥折腰，眷然歌歸歟。雖云退身早，田園已荒蕪。日涉三徑幽，松菊滋繞廬。豈知對魚鳥，尚媿在迷塗。梁君早聞道，浮雲視簪裾。乃復愛淵明[一]，幽懷寄村墟。朝行雲霞窟，暮醉花月區。尋梅雪没履，倚竹霜粘鬚。妙趣人不識，高風今昔無。淵明如病人，既病方祓除。夫君千歲質，泰然一復初。安得有龍眠，畫此成趣圖。清郭元釪《全金詩增補中州集》卷六二，上海古籍出版社一九九四年。另，《（民國）獻縣志》卷一八《故實志》亦録，民國十四年刊本。

【校記】

[一]愛：《（民國）獻縣志》作「慕」。

過居庸關

奔峭從天拆，懸流赴壑清。路回穿石細，崖裂與滕争。花已從南發，人今又北行。節旄都落盡，奔走愧生平。《（雍正）畿輔通志》卷一一九《詩》，《文淵閣四庫全書》本。

（接上頁），名掖字復亨。父權字元輿，《中州集》有傳。

崔巍

崔巍，出處未詳。嘗仕爲觀察判官兼提舉學校事。①兹輯二首。

題成趣園二首

人生政如寓，光景不暫駐。行樂當及時，甘分隨所遇。奈何達者少，往往名所悮〔一〕。白首縱得歸，傷嗟已遲暮。賢哉樂城子，此理能夙悟。雅志慕淵明，葺園曰成趣。乘興日遊涉，蕭然惟杖履。柴門晝常關，爲無俗客故。松竹交翠蔭，禽鳥弄清咮。風月四時佳，如在山林住。壺觴但自引，琴書即心悟。更向容安亭，高臥談玄素。此生真足了，覓甚蓬萊路。恨不見紫芝，相約臨流賦。

梁君人品上羲皇，日涉家園引興長。芳草翠茵承杖履，修篁碧玉映壺觴。自然風月情無盡，如在山林樂未央。我亦欲歸歸不得，空嗟三徑已成荒。清郭元釪《全金詩增補中州集》卷六二，上海古籍出版社一九九四年。另，《（民國）獻縣志》卷一八《故實志》亦録，民國十四年刊本。

①《（民國）獻縣志》卷一八《故實志》，撰者署「觀察督學崔巍」。然《金史・百官志》未見「觀察督學」名目，當是及第進士，仕爲「觀察」判官，兼「提舉學校」事。

【校記】

〔一〕名所悞：《（民國）獻縣志》作「利名悞」。

郭安民

郭安民，出處未詳。大定二十九年，以左司諫上疏論三事，曰崇節儉、曰去嗜欲、曰廣學問①；明昌元年，官登聞鼓院②。三年，以大中大夫、禮部侍郎出守棣州③。兹輯一首。

題成趣園

樂壽有高士，買園鄰郡城。坐尋嘉樹蔭，卧聽野禽聲。閑裏書頻讀，歡來酒自傾。醉歌歸去曲，應不愧淵明。清郭元釪《全金詩增補中州集》卷六二，上海古籍出版社一九九四年。另，《（民國）獻縣志》卷一八《故實志》亦録，撰者署「左司諫郭安民」，民國十四年刊本。

①《金史》卷九《章宗紀》，中華書局一九七五年，第二一一頁。
②《金史》卷九七《焦旭傳》，中華書局一九七五年，第二一五四頁。
③金党懷英《棣州重修廟學記》：「明昌三年，大中大夫郭公安民由禮部侍郎出守是州，慨然有修舊起廢之意。」見《金文最》卷七〇，中華書局一九九〇年。

高延年

高延年，遼陽（今遼寧省遼陽市）渤海人。明昌中，仕爲朝列大夫應奉翰林文字同知制誥①。茲輯一首。

題成趣園

幽圃平堂累歲成，芒鞋筇杖日經行。禽聲依竹自然樂，風吹過松無限清。種藥幾番逢雨歇，接花常見趁春晴。是中受用難窮盡，不學塵蹤擾利名。清郭元釪《全金詩增補中州集》卷六二，上海古籍出版社一九九四年。另，《（民國）獻縣志》卷一八《故實志》亦録，民國十四年刊本。

李獻可

李獻可，字仲和，遼陽（今遼寧省遼陽市）渤海人②。太師廣平郡王石之子，睿宗貞懿皇后之侄，

①清畢沅、阮元《山左金石志》卷二〇《朝列大夫鎮西節度副使張公神道碑》題後署「朝列大夫應奉翰林文字同知制誥騎都尉渤海縣開國男食邑三百户賜紫金魚袋高延年書」，《歷代碑誌叢書》本，江蘇古籍出版社一九九八年。

②《中州集》小傳作「遼東人」，《金史》卷八六《李石傳》作「遼陽人」。今按，關於遼陽李氏族屬問題，日籍學者外山軍治《世宗的即位與遼陽渤海人》首次從四方面考證李石爲渤海人：（一）李石父名雛訛只，而「雛訛只」在《金史》（轉下頁）

世宗元妃之弟。大定十年，登進士第。世宗喜曰：「太后家有子孫舉進士，甚盛事也。」①歷州縣，入翰苑，累遷户部員外郎。以事貶清水令，召爲大興少尹，擢户部侍郎，終於山東西路提刑使。衛紹王即位，贈道國公。兹輯二首。

清水寒食感懷

桃花零亂柳成陰，人到春深思更深。芳草戍樓天不盡，異鄉寒食故鄉心。

召還過故關山

過關天日正晴明，誰道山神不世情。遠客得歸心緒别，隴瀧閑作断腸聲。《中州集》卷八《李特進獻可》。

（接上頁）中有作渤海人名的先例；（二）宋洪皓《松漠記聞》列舉渤海右姓有李氏；（三）李石爲遼陽人，而遼陽乃渤海人聚居地；（四）據《金史·后妃傳》，遼陽渤海人張玄征妻高氏與貞懿皇后有親屬關係。此外，張博泉先生《〈遼陽市發現金代通慧大師塔銘〉補證》披露了一條新材料，即宋徐夢莘《三朝北盟會編》卷二四五引《族帳部曲録》：「李受，渤海人，葛王立，以母舅嘗爲參知政事。」《考古》一九八七年第一期。世宗之「母舅」而嘗爲「參知政事」者，惟李石一人。雖然，「李受」與「李石」之名不符，可以做出种种解釋，而李受即李石，應是不容置疑的。參見劉浦江《遼金史論·渤海世家與女真皇室的聯姻》，遼寧大學出版社一九九九年，第九七頁。

①《金史》卷八六《李石傳》附，中華書局一九七五年。

田特秀

田特秀，字彦貴，易縣（今河北省保定市易縣）人①。年二十五赴選舉，鄉府省御四試俱第五，登大定十九年（一一七九）進士第。承安中，知解州，著有《重建顯烈廟碑》②。官至河東北路太原轉運使。大安元年（一二〇九）卒③，年五十五。喜作詩，爲周昂、李純甫稱賞。嘗有賦集行世。兹輯三首。

宿萬安寺

長途鞍馬倦黄塵，喜見空嵓萬疊雲。漫漫野煙迷去鳥，蕭蕭林葉帶殘曛。苔封老檜龍鱗起，石礙流泉燕尾分。夜敞松窗耿無寐，一庭蘿影月紛紛。《中州集》卷八《田轉運特秀》。

感興

散木不材寧適用，虚舟無意任乘流。百年身世槐安國，千古人情羹頡侯。《中州集》卷八田特秀

---

①《（雍正）山西通志》卷九九《名宦》著録，作「京兆人」，謂「承安間，知解州，治民以寬，繩吏以嚴。政暇集郡學生講解，亹亹不倦。」《文淵閣四庫全書》本。

②清張金吾《金文最》卷八三，中華書局一九九〇年。

③《中州集》小傳謂二十五歲擢大定十九年進士第，壽五十五，以此推算，當卒於大安初。

小傳。

題成趣園

淵明昭曠人，韻高難適俗。折腰肯爲五斗米，三徑歸來理松竹〔一〕。千年何人爲賞音，伯鸞之孫懷古心。幽園日涉自成趣，手植佳木成清陰。問公是中有何好，杖履婆娑不知老〔二〕。涼風月夕竹自笑，輕雲春晝花相惱。鴻飛冥冥無弋網，萬事不理醉醇釀。忘機便是葛天民，高情真到羲皇上。人生古今貴適意，兩公解作一生事。君不見平泉樹石名九州，主人萬里著窮愁。清郭元釪《全金詩增補中州集》卷六二，上海古籍出版社一九九四年。另，《（民國）獻縣志》卷一八《故實志》亦録，民國十四年刊本。

【校記】

〔一〕竹：《（民國）獻縣志》作「菊」。　〔二〕履：《（民國）獻縣志》作「屨」。

佚句

賦古塔

締構百年人換世，消沉千古鳥盤空。《中州集》卷八田特秀小傳。

武明甫

武明甫，字無疑，號太虛①，陵川（今山西省晉城市陵川縣）人。賦質醇厚，聰明過人。年二十四，擢貞元二年經義狀元②，授翰林應奉文字。累遷諫議大夫右正言，鯁正敢言。海陵舉兵南下，犯顔極諫，以阻撓軍機而得罪革職。世宗立，起復，預修太祖、太宗、熙宗、海陵等四朝實録。授翰林修撰，加侍講學士，拜户部尚書。大定二十五年，致仕。世宗以其廉介而優崇之，賜黄金百兩、白絹百疋。大安三年卒③，壽八十一，謚文端。兹輯一首。

聞侄天和及第口號

科第蟬聯父子間，龍頷誰道取珠艱。年來頻獻梅花夢，最上一枝誰敢攀。《（民國）陵川縣志》卷一

---

① 金李仲常《户部尚書武明甫碑銘》，見《金文最》卷八七，中華書局一九九〇年。另，《（民國）陵川縣志》卷九《士女録》武明甫傳作「號太復」。姑仍之，以備參考。

② 金李仲常《户部尚書武明甫碑銘》作「年方弱冠，即登貞元狀元及第」，《（民國）陵川縣志》謂「行年二十四，登貞元二年詞賦科狀元及第」。今按，貞元中詞賦狀元已有名主，即吕忠翰。《金史》卷一二五《文藝傳》：「吕忠翰草《降海陵庶人詔》，點竄再四，終不能盡朕意。狀元雖以詞賦甲天下，至於辭命未必皆能。」另，金趙攄《故太常少卿殿中侍御史吕公墓誌銘并序》：「忠翰，舉貞元進士第一，爲莫州刺史。」見北京市文物研究所編著《魯谷金代吕氏家族墓葬發掘報告》，科學出版社二〇一〇年，第一二頁、一六八頁。

③ 金李仲常《户部尚書武明甫碑銘》作「大定三年」，刊誤，此從《（民國）陵川縣志》。

○《雜録》：「武文端公及第時，夢家中梅花盛開，清香襲人。侄天佑及第時，夢如前。至天和及第，又如前夢。適報至，文端公喜，作口號曰云云。」《中國方志叢書》本，臺北成文出版社一九七〇年。

釋師偉

釋師偉，德順州（今寧夏回族自治區隆德縣）僧人①。大安中有詩刻石。兹輯一首。

謹賦律詩九韻奉贊法門寺真身寶塔

寺名曾富布金田，塔字來從梵夾傳。可笑異宗閑鬥䴕，比乎吾道不同肩。世人朽骨埋黄壤，唯佛浮圖倚碧天。谷槖山爐煆勿壞，鐵鎚霜斧擊尤堅。三千界内真無等，十九名中冣有緣。百代王孫争供養，六朝天子迺修鮮。儻能倒膝罪隨缺，或小低頭果漸圓。三級風簷壓魯地，九盤輪相壯秦川。經書談我釋迦外，今古煩君説聖賢。大安二年中元日門人法詰上石。京兆晚進朱景祐書，長安樊春刊。北京圖書館金石組編《北京圖書館藏中國歷代石刻拓本匯編·法門寺真身塔詩刻》，中州古籍出版社一九九八年。

① 其《故戒師誠公塔銘》署「大定五年」「德順僧師偉撰」，見清陸耀遹《金石續編》卷二〇，《歷代碑誌叢書》本，江蘇古籍出版社一九九八年。另，其《德順州廣濟禪寺塔下安藏功德記》署「大定十二年」「在州普照寺粥飯比丘師偉撰」，見銀川美術館《寧夏歷代碑刻集》，寧夏人民出版社二〇〇七年，第五〇頁。

一九八九年，第四七册一一四頁。

釋承燮

釋承燮，出處未詳。登封法王寺僧人，大安間有詩刻石①。兹輯一首。

復繼仲寧堂頭韻

門外曹溪路不賖，炷香煙縷嫋風斜。玄談磊落鑒冰雪，花翰清新燦綺霞。祖刹金燈風續焰，少林鐵樹雨開花。庭前大石圓如斗，一點難侵意轉嘉。明傅梅《嵩書》卷一四《韻始篇》，《嵩岳文獻叢書》本，中州古籍出版社二〇〇三年，第三一三頁。

田曦

田曦，東原（今山東省泰安市東平縣）人②。大安元年有詩刻石。兹輯二首。

---

① 清吴式芬《攟古録》卷一六著録《法王寺承燮詩》：「大安元年春」「河南登封」。北京中國書店二〇一一年。

② 金代地理行政區劃地名無東原，當即東平，以《尚書·禹貢》稱之「東原厎平」而獲名。

大安改元春六十日因陪子晉先生洎諸友過草堂而宿于山堂偶成二絶

縈紆一徑繞山根，野草閑花種種新。要識我來林下意，不教虚負草堂春。

飛花狼藉送春忙，乘興來遊古道場。擬把塵心頓袪釋，會須今夜宿山堂。北京圖書館金石組編《北京圖書館藏中國歷代石刻拓本匯編》收影印拓片，中州古籍出版社一九八九年，第四七册一〇九頁。

郤文舉

郤文舉，出處未詳。章宗朝扶風縣令。大安元年有詩刻石。兹輯一首。

題香雪堂

苑公戒师所居之院有香雪堂，先朝驸马镇国上將军都尉蒲察公所贈之名也。師云：「當其時，堂前荼蘼花方謝，糝糝如雪而復幽香，因摭一時之意，故目之曰香雪。然自得名之後，無有題跋，恐爲闕，曲願將數字以褒其所來。」僕不敢牢讓，漫書長句，雅命前扶風令郤文舉再拜。

翠柏森森已成列，荼蘼相間尤清絲。小院春風花落時，堂前散漫飛香雪。對此何人賞物華，山僧睡起煮新茶。手披經卷坐終日，要看繽紛天雨花。戊辰十二月十一日，天王院僧法苑立石。陝西省考古研究院等《法門寺考古發掘報告》，文物出版社二〇〇七年，上册第六二頁。今按，詩末題款「戊辰」，指大安元年。

高　憲

高憲，字仲常，遼陽（今遼寧省遼陽市）渤海人①。吏部尚書衎之孫，黄華王庭筠之甥。幼學於外家，故詩筆字畫俱有舅氏之風。天資穎悟，博學强記，在太學時諸生莫敢與抗。登泰和三年乙科第，釋褐博州防禦判官。大安末，遼陽破，没於兵間②。自言於世味澹無所好，惟生死文字間而已。使世有東坡，雖相去萬里，亦當往拜之。年未三十，作詩已數千首。兹輯八首。

元夕無燈

九陌無燈夜悄然，小紅時見點春煙。多情唯有梅梢月〔一〕，拍酒樓頭照管絃。

【校記】

〔一〕梢：弘治本《中州集》作「稍」。

①《中州集》小傳作「遼東人」。今按，憲之祖衎字仲穆，《金史》卷九〇有傳，爲「遼陽渤海人」。

②《金史》卷一三《衛紹王紀》：大安三年十一月，「（徒單）鎰復請置行省事於東京，備不虞。上不悦曰：『無故遣大臣，動搖人心。』未幾，東京不守，上乃大悔。」遼陽，金之東京。蒙古於是年破遼陽，高憲亦於是年遇難。

寄李天英

稻秸蒼蒼陂已枯，西風剪剪弄楸梧。蒹葭水落魚梁迥，蟋蟀聲高山驛孤。社瓮新成元亮酒，并刀細落季鷹鱸。作詩遠寄霜前鴈，人在海東天一隅。

題新山寺壁

列壑攢峰發興新，落花飛絮舞餘春。虚堂坐視三千界，冠者相從五六人。澗草軟宜承屐齒，溪泉清可濯纓塵。静聽山鳥松風裏，始悟人間樂未真。

焚香六言四首

抹利花心曉露，薔薇萼底温風。洗念六根塵外，忘情一炷煙中。
滿地落花春曉，一簾微雨輕陰。正要金蕉引睡，不妨玉隴知音〔一〕。
帟帳收煙密下，松灰卷火常虚。午寂春閑小睡，人間自有華胥。
沉水濃薰甲煎，宫梅細點波津。奕奕非煙非霧，依依如幻如真。

【校記】

〔一〕隴：《全金詩增補中州集》作「軫」。

長城

秦人一鎩連雞翼〔一〕，六國蕭條九州一。祖龍跋扈侈心開，牛豕生民付鍖磌〔二〕。詩書簡册一炬空，欲與三五争相雄。阿房未了蜀山上，石梁擬駕滄溟東。生人膏血俱枯竭，更築長城限裘褐。卧龍隱隱半天下，首出天山尾遼碣。豈知亡秦非外兵〔三〕，宫中指鹿皆庸奴。驪原宿草猶未變，咸陽三月爲丘墟。黄沙白草彌秋塞〔四〕，惟有坡陁故基在。短衣匹馬獨歸時，千古興亡成一慨。《中州集》卷五《高博州憲》。

【校記】

〔一〕鎩：《（正德）大同府志》卷一八《詩》録此詩作「鏇」。〔二〕鍖：汲古閣本、文淵閣本、四部叢刊本《中州集》及《全金詩增補中州集》作「碪」。〔三〕外兵：《（正德）大同府志》作「外胡」，《全金詩增補中州集》作「邊隅」。〔四〕白草：《（正德）大同府志》作「碧草」。

韓玉

韓玉，字温甫，漁陽（今天津市薊州區）人①。曾祖錫字難老，仕金爲濟南尹。玉中明昌五年經

①《中州集》小傳作「其先相人」，此從《金史》卷九七《韓錫傳》：「其先自析津徙薊之漁陽。」中華書局一九七五年。

義、詞賦兩科進士。入翰林，爲應奉。嘗應制，一日百篇，文不加點，又作《元勳傳》，爲章宗贊賞。泰和中，建言開通州潞水漕渠，船運至都，升兩階，授同知陝西東路轉運使事。大安三年，中都受圍。夏人連陷邠、涇，陝西安撫司檄玉以鳳翔總管判官募軍，旬日得萬人。與夏人戰，敗之，獲牛馬千餘。當途者忌其功，驛奏其與夏人有謀。時華州李公直以京師隔絶，欲舉兵入援，被誣謀反，置極刑，朝廷疑温甫亦預其謀，即實其罪，因於郡學而死，士論冤之①。兹輯四首。

臨終二詩

客自朝那戍，東過古鄭原。衰年會凶運，奇禍發流言。白骨將爲土，青蠅且在樊。仰呼天外恨，沉思地中冤。母喪半途鬼，兒孤千里魂。此心終不滅，有路訴天閽。

天下無雙士，軍中有一韓。才名兩相累，世道一何難。旅次窮冬暮，囚孤永夜寒。身亡家亦破，巢覆卵寧完。矍鑠鞍仍在，驚呼鋏屢彈。丈夫忠義耳，無惜感歌還。《中州集》卷八《韓内翰玉》。

賦怪松二首

昂藏殊未展，傴僂旋自縮。惜爾雲外姿，耐此胯下辱。

---

①《金史》卷一一〇《韓玉傳》，中華書局一九七五年。

木高衆必摧，地厚敢不蹋。河中皆泛泛，澗底自鬱鬱。《中州集》卷八韓玉小傳。

郝俣

郝俣，字子玉，號虚舟居士，崞縣（今山西省忻州市原平市）人①。正隆二年進士。大定二十四年，以翰林修撰爲敕祭使，奉使高麗，弔唁其王皓之母喪②。明昌初，旁求文學之士，宰執張汝霖薦入翰林。章宗曰：「郝俣詩頗佳，舊時劉迎能之，李晏不及也。」③遂以鳳翔治中充《遼史》刊修官④。承安中，以河東北路轉運使致仕⑤。嘗著《郝内翰俣集》行世⑥。兹輯二十一首。

①《中州集》小傳作「太原人」，記誤。今按，郝俣致仕後歸鄉崞縣，筑榮歸堂。衛紹王大安三年，名士趙秉文知平定州，嘗來崞縣拜訪，有《題郝運使榮歸堂》詩，見《滏水集》卷七。另，《（雍正）山西通志》卷六五《科目》著録：「郝俣，崞縣人。正隆二年進士，河東北路轉運使。」當時，崞縣隸河東北路代州。

②《金史》卷六一《交聘表》，中華書局一九七五年，第一四四四頁。

③《金史》卷九《章宗紀》，中華書局一九七五年，第二一二頁。

④《金史》卷一二五《文藝傳》，中華書局一九七五年，第二七二七頁。

⑤《滏水集》卷七《題郝運使榮歸堂》：「翰墨聲名四十年，歸來還作地行仙。」《四部叢刊》本。所謂翰墨聲名四十年，指自擢第至致仕，即正隆二年（一一五七）至承安二年（一一九七）。郝之卒，當在大安之後。

⑥《中州集》小傳作有集行於世，此從《永樂大典》卷二二六五湖字韻補，中華書局一九九八年，第二册七九八頁。

郝吉甫蝸室〔一〕

草草生涯付短椽，身隨到處即安然。功名角上無多地〔二〕，風月壺中自一天。世路久諳甘縮首〔三〕，麴車才值便流涎〔四〕。一生笑我林鳩拙〔五〕，辛苦營巢二十年。

【校記】

〔一〕《詩淵》第五册三二七四頁録此詩，將「郝吉甫蝸室」抄作「郝吉甫《蝸室》」，遂致紛紜。〔二〕角：《詩淵》作「會」。〔三〕甘：《詩淵》作「寧」。〔四〕車：《詩淵》作「生」。便：《詩淵》作「即」。〔五〕一生笑我林鳩拙：《詩淵》此句作「半生自笑爲謀拙」。

聽雪軒〔一〕

扶踈窗外竹，歲暮亦可愛。蕭散軒中人，高節凛相對。清寒入夢境，風雨號萬籟。覺來聞雪落，淅瀝珠璣碎。飢腸出佳句，亹亹入三味〔二〕。華堂沸絲竹，此樂付兒輩。

【校記】

〔一〕《詩淵》第五册三〇八〇頁録此詩，撰者署「郝吉父」，仍延續「郝吉甫《蝸室》」之譌。〔二〕入：《詩淵》作「得」。

魏處士野故莊〔一〕

郊原冷落霜風後〔二〕，桑柘蕭條兵火餘。試問當時卿與相，幾家猶有舊田廬〔三〕。

【校記】

〔一〕《詩淵》第五册三三四八頁録此詩，題作「魏處士故莊」，撰者署「元子玉」，即元人「子玉」，脱其姓氏。另，同頁重録此詩，題與《中州集》同，文字有異。〔二〕冷：《詩淵》作「没」。〔三〕猶有：《詩淵》作「由自」。

七月十五日夜顯仁寺東軒對月

野迥雲歸盡，山高月上遲。暗螢依露草，驚鵲遶風枝。素影隨波遠，新凉與酒宜。中秋更有味，試爲卜歸期。

應制狀元紅

仙苑奇葩别曉叢〔一〕，緋衣香拂御爐風。巧移傾國無雙艶，應費司花弟一功〔二〕。天上異恩深雨露〔三〕，世間凡卉漫鉛紅〔四〕。情知不逐春歸去，常在君王顧盻中。

【校記】

〔一〕別：《詩淵》第四册二四二一頁録此詩作「列」。〔二〕應：《詩淵》作「早」。〔三〕天上異恩深雨露：《詩淵》此句作「天上傳宣浮蟻緑」。〔四〕世間凡卉漫鉛紅：《詩淵》此句作「日邊粧點映猩紅」。

疊翠樓

畫樓西畔石州山，指點雲煙識翠鬟。回首十年真一夢，淡天如水夕陽閑。

題均福堂三首

憧憧車馬競春遊，不見溪堂五月秋。卧聽雲濤春午枕，夢隨鷗鳥落沙洲。

爲魚爲鳥知誰是，看水看山俱得意。存亡貴賤聽天公，只有歸休須早計。

歸休得計即歸來，林下空言只可咍。莫待山靈嫌俗駕，却將鞍馬覓塵埃。

次仁甫韻

渺渺横煙渚，凄凄挂月村。酒非鄰舍取，詩復故人論。世態烏棲屋，生涯雀在門。西山却多思，松雪動吟魂。

題温容村寺壁〔一〕

草樹醒朝雨，烏鳶快晚晴。山光自明潤，野氣亦凄清〔二〕。茗椀閑中味，紋楸静裏聲。此懷能自適，未要縛簪纓。

【校記】

〔一〕《詩淵》第五册三一九四頁録此詩題作「題村壁」。〔二〕亦：《詩淵》作「轉」。

故城道中同元東巖賦

客亭南北厭飄零，尚喜揚鑣過故城。桐葉不堪追往事，泥丸尤足見民情。青山閲世幾興廢，白塔向人如送迎。佇立夕陽無限思，西風禾黍動秋聲。

晚過壽寧

稻壠分棊局，松門入畫圖。牛羊歸自急，鷗鷺宿相呼。落日低青嶂，高風起暝途。歸僧上煙靄，回首愧區區。

子文致君九日用安字韻聊亦同賦

旅食京華秋又殘，舊遊真似夢槐安。閑居浪説重陽好，塵世端知一笑難。黄菊已堪增悵恨，白衣無復慰荒寒。馬頭明月應相笑，依舊紅塵滿客鞍。

題孔氏園亭

嚴勝諸孫賢至今，相承種德滿家林。緑槐丹杏風流遠，翠竹蒼松歲月深。傾蓋昔誰陪俊賞，過庭今復嗣徽音。此生夙有東游願，杖屨他時或可尋。

攬秀軒

寺得新游處，軒餘舊賦詩。山川蒲子國，松柏晋侯祠。行止非人力，登臨且歲時。道人應笑我，真負鹿門期〔一〕。

【校記】

〔一〕真：《詩淵》第四册三〇四九頁録此詩作「直」。

上巳前後數日皆大雪新晴遊臨漪亭上

十日陰風料峭寒，試從花柳問平安。野亭寂歷春將晚，山徑縈紆雪未乾。足踏東流方縱酒，手遮西日悔投竿。淵明正草歸來賦，莫作山中令尹看。

奉陪太守游南湖同郭令賦

翠幄千章蔭晚空，年華心賞兩無窮。雲頭欲落催詩雨，池面微生解愠風。經笥使君談似綺，仙舟令尹飲如虹。娵隅自適清池樂，不信參軍是郝隆。

三月望日次邊德舉攬秀軒

水遶千家邑，山圍一席天。桑麻新雨露，檜柏老風煙。夢後餘芳草，愁時更杜鵑。亦知推不去，端用得忘年。

新秋

旅食京華困鬱蒸，可人秋意及新晴〔一〕。夜窗便覺風千里，曉鏡從添雪數莖。蟬噪不離羈客耳，燕歸還動故園情。軟紅塵外西山色，乞與閑人眼暫明。

【校記】

〔二〕及：汲古閣本、文淵閣本《中州集》作「又」。

寺樓晴望

詰曲闌干面翠微，葱籠窗户溢清暉。雨侵斜日明邊過，雲望山前缺處歸。多病過春猶止酒，薄寒向晚却添衣。宦名不負滄波願，羞見陂田白鳥飛。《中州集》卷二《郝内翰俣》。

佚句

失題

勞生雖可厭，清景亦自適。《中州集》卷二郝俣小傳。

新編全金詩卷三二

党懷英

党懷英，字世傑，號竹溪①，泰安州奉符（今山東省泰安市泰山區）人。大定十年進士，調成陽軍事判官，遷汝陰令。十八年，充史館編修，除應奉翰林文字、修撰、待制。明昌元年，授直學士。六年，預修《世宗實録》及《遼史》，擢學士。承安二年，出知兖州泰定軍節度使。三年，入爲翰林學士承旨，致仕。大安三年九月卒，年七十八，謚文獻。懷英少穎悟，師事劉瞻，與辛棄疾爲同舍生。儒道釋諸子百家之説、圖緯篆籀之學，無不淹貫。金末名士趙秉文評曰：「文似歐陽公，不爲尖新奇險之語。詩似陶謝，奄有魏晉，譬如山水之狀，煙雲之姿，風鼓石激，然後千變萬化，不可端倪。篆籀之妙，李陽冰之後一人而已。」②兹輯六十九首。

① 党懷英嘗著文集，以號名，金趙秉文爲序，見《滏水集》卷一五《竹溪先生文集引》，《四部叢刊》本。另，明陶宗儀《書史會要》卷八：「党懷英字世傑，號竹溪。」《二十五史外人物總傳要籍集成》本，齊魯書社二〇〇〇年，第二册一五〇四頁。

② 《滏水集》卷一一《中大夫翰林學士承旨文獻党公神道碑》，《四部叢刊》本。另，《金史》卷一二五《文藝傳》亦有説，中華書局一九七五年。

穆陵道中二首

沂山一何高，群峰鬱孱顔。我行問遺老，云此小太山。望秩有常祀，其神號東安。草荒穆妃墳，雨剥漢武壇。神仙果何在，可想不可攀。千年等一昔，俯仰悲人寰。東望蓬萊宫，咫尺滄波間。

重山復峻嶺，溪路宛盤盤。流水滑無聲，暗瀉溪石間。岸草凄以碧，鮮葩耀紅丹。高雲映朝日，流景青林端。我行屬朱夏，欲愒不得閑。山中有佳人，風生松桂寒。

瓊花木后土像

皇媧化萬象，賦受無奇偏。胡爲墮愛境，亦爲尤物牽。煌煌靈祠花，玉蘂冠春妍。婉如傾國姝，獨立江湖邊。顧惜怨奪移，含秀梁宫煙。青黄竟自寇，始信擁腫全。珍材歸好事，肌理緻且堅。瑑刻方寸餘，遺像規汾壖。願言税靈馭，要復安所憐。神游妙難詰，豈以大小懸。槐根開夢國，橘實游棊仙。静想竇龕中，坐納東南天。况有大者存，指顧超八埏。

君錫生子四月八日左君錫，薊北名士。

堂前種萱憂可忘，不如生兒喜殊常。嘔啞啼笑彩衣側，滿堂和氣生嘉祥。宴寢香凝佳夢兆，與佛同生佛親抱。我來初見出錦綳，肌肉照人眉宇好。世間兒子空紛紛，如君此兒真慰人。薊山東盤出英秀，政與德門宜子孫。天馬駒，海鶴子，氣骨初成便超異，簫雲沖霄從此始。

立春

冰結東溪凍未漪，風凌枯木怒猶威。不知春力來多少，便有青蠅負煖飛。

端午日照道中

幾年客舍逢端午，今日東行復海隅。三歲已無平老艾，一盃聊作辟愁符。

夏日道出天封寺

疊澗重岡掩復開，鳥啼人寂路縈回。微涼暫逐行雲過，細雨俄從遠樹來。世事自嗟吾老矣，山僧那識興悠哉。婆娑十畝溪邊櫟，借汝清陰感不材。

龍池春興

三十餘年惜別心，重來獨興此登臨。佳人何在暮雲合，游子不歸春草深。曲檻憑欄花冪冪，扁舟繫岸柳陰陰。避人白鳥忽驚去，雙影飛翻明翠岑。

宿宣灣

清潁去無極[一]，悠悠楚甸深。人家半臨水，村徑曲穿林。積雨猶行潦，荒煙易夕陰。夜涼淮浦月，寂寞照邊心。

【校記】

〔一〕潁：原作「頴」，此從汲古閣本、文淵閣本《中州集》及《全金詩增補中州集》。

黄彌守畫吴江新霽圖

江雲卷宿雨，江風散晨煙。山光煙雨潤欲滴，影墮江水空明間。修蛾新粧翠連娟，下拂塵鏡窺明𩕳。漁舟來何許，觸破青茫然。中流水肥魚逆上，受網應有松鱸鮮。借問張季鷹[一]，西風幾時還。漁郎理網喚不應，但見水碧江涵天。如何塵埃中，眼界有許寬。道人胷次陂萬頃，爲寫此境清而妍。蒼崖無塵樹影寒，直欲坐我苔磯邊。我家竹溪陰，小艇横青漣。異時赤脚踏兩舷，不應尚作披圖看。

【校記】

〔一〕鷹：原作「膺」，此從汲古閣本、文淵閣本《中州集》及《全金詩增補中州集》。

雪中四首

詩人固多貧，深居隱茅蓬。一夕忽富貴，獨臥瓊瑶宫。夢破窓明虚，開門雪迷空。蕭然視四壁，還與嚮也同。閉門撚鬚坐，愈覺生理窮。天公巧相幻，要我齊窮通。衝寒起沽酒，一洗芥蔕胷。

翻翻雪中鴉，飛鳴覓遺粟。雪深不可求，遶屋啄寒玉〔一〕。顧我如鵾鳶，多儲有餘肉。我亦生理拙，凍卧僵雪屋。日午甑無煙，飢吟攪空腹。豈不知屠沽，肥甘隨取足。幸待春雪消，吾猶多杞菊。

歲晏苦風雪，曠野寒崢嶸。濕薪燒枯棘，距刺相拏撐。濃煙久伊鬱，微焰方晶熒。津津膏乳漲，中有蚯蚓鳴。蓬蒿掇快炬，倏作飛灰輕。餘暖未及愜，睫淚先已盈。幸有鄰家酒，時澆肌粟平。

歲晏雪盈尺，農夫倍欣然。不作祁寒怨，應知有豐年。笑我寄一室，歸耕無寸田。無田吾不憂，飲啄當問天。我看多田翁，租賦常逋懸。低頭負呵責，顏色慘可憐。不如拾滯穗，行歌兩無牽。

【校記】

〔一〕啄：弘治本《中州集》作「喙」。另，第四首「飲啄當問天」如之，不另出校記。

雪

寶花天雨曉紛紛，佛界粧嚴盡白銀。待臈風雲初接勢，犯寒糟麴若爲神。園中芳草誰能賦，江上梅花獨自春。半臂騎驢得佳句，九原誰唤灞陵人。

蟬

槁壤陰潛罷轉丸，飄飄便作飲風仙。幽叢何處拳枯蜕，别樹還來續斷絃。小院日長清夢覺，空庭人静緑陰圓。無情物化誰能料，觸撥羈懷一慨然。

漁村詩話圖

江村清境皆畫本，畫裏更傳詩語工。漁父自醒還自醉，不知身在畫圖中。

曉雲次子端韻

灤溪經雨浪生花，曉碧翻光漾曉霞。川上風煙無定態，盡供新意與詩家。

送高智叔歸濟南

已作西溪約，還爲汶上行。漂流知分際，會合見平生。旅枕勞歸夢，家山入去程。空齋桃李月，寂寞照清明。

日照道中

路轉清溪樹蔚然，解鞍坐憩午陰圓，避人鷗鳥驚飛盡，時有游魚弄柳綿。

夜發蔡口

落霞墮秋水，浮光照舡明。孤程發晚泊，倦楫摇天星。藹藹野煙合，翛翛水風生。遠浦浩渺漭，微波澹彭觥。疇鳥有時起，幽蟲亦宵征。懷役嘆獨邁，感物傷旅情。夜久月窺席，忼慨心未平。

西湖晚菊

重湖滙城曲，佳菊被水涯，高寒逼素秋，無人自芳菲。鮮飈散幽馥，晴露墮餘滋。蹊荒緑苔合，采采歎後時。古瓶貯清泚，芳樽湔塵霏。遠懷淵明賢，獨往誰與期。徘徊東籬月，歲晏有餘悲。

西湖芙蓉

林飈振危柯，野露委荒蔓。孤芳爲誰妍，一笑聊自獻。明粧炫朝麗，醉態羞晚困。脉脉懷春情，悄悄驚秋怨。豈無桃李媒，不嫁惜嬋媛。悠哉清霜暮，共抱蘭菊恨。

浪溪別吴安雅浪音郎。

浪水清且白，頻年照行役。褰裳涉微波，微波去無極。悠悠溪上山，送我往復還。與君臨水別，幽恨寄山間。

奉使行高郵道中二首

野雪來無際，風檣岸轉迷。潮吞淮澤小，雲抱楚天低。蹚踏舡鳴浪，聯翩路牽泥。林烏亦驚起〔二〕，夜半傍人啼。

細雪吹仍急，凝雲凍未開。牽閑時掠水，帆飽不依桅。岸引枯蒲去，天將遠樹來。行舟避龍節，處處隱漁隈。

【校記】

〔一〕烏：原作「鳥」，此從元乙卯本、汲古閣本、文淵閣本、四部叢刊本《中州集》及《全金詩增補中州集》。

孤鴈集句

萬里銜蘆至，寒空半有無。蹤分沙岸静，聲入塞垣孤。影早衝關月，飛高望海隅。不知天外侣，何處下平蕪。

黄菊集句

九月欲將盡，鮮鮮金作堆。遶籬殘豔密，擁鼻細香來。五色中偏貴，群花落始開。可怜陶靖節，共此一傾盃。

金山

我從渡淮涉高郵，雪風連日吹行舟。維揚地西闖夜色，星月隱見邊城樓。晴光破曉射瓜步，照耀玉宇開瓊洲。馮夷收威浪妥貼，容我一到金山頭。金山勝槩冠吴楚，萬礎蟠峙江中流。平生夢寐不到處，乃以王事從私游。鍾山雨花落眼底，海門鶴崖波際浮。川開林闔望不極，但見遠色明輕鷗。風煙渺莽異吾土，行役有程難久留。一盃未舉帆影轉，已看浙樹梢旗旒〔二〕。

【校記】

〔一〕梢：弘治本《中州集》作「稍」，《全金詩增補中州集》作「捎」。

趙飛燕寫真

昭陽宫裏千蛾眉，中有一人輕欲飛。姊妹寅緣特新寵〔一〕，六宫鉛粉無光輝。春回太液花如繡，花底輕風扶翠袖。君恩不許作飛仙，襞積宫裙留淺皺。君王貪宴温柔鄉，木門不省摇倉琅。避風臺成略今古，空使遺妒驚霓裳。當年傾城復傾國，誰寫餘妍入丹碧。背燈擁髻一潸然，不應尚有樊通德。

【校記】

〔一〕姊：弘治本《中州集》作「娣」；特，元乙卯本《中州集》作「恃」。

村齋遺事

人生天地真蘧廬，外物擾擾吾何須。與其羈馬齊轅駒，豈若飲挤隨駘駑。不知掉尾忘江湖，呴呴濡沫胡爲乎。誰念挾卷矜村墟，磨丹點黝圍樵蘇。申鞭示箠嚴範模，矍如狙翁調衆狙。爾雅細碎編蟲魚，辟嚴義密字見疎。烘齋睥睨音語麤，諷誦誰敢忘須臾。萬中有一差錙銖，咿啞坐使爲呻呼。咄哉倡言口囁嚅，等爲兒戲夫何殊。霜風入户寒割膚，生薪槎牙供燎爐。

漫漫濕煙迷四隅，白鶴日見黔如烏。此間縱樂能何如，其誰相與歌歸歟。投籠嗟我自摯拘，垂翅更待窮年徂。

和張德遠代松之什

社櫟賦散材，乃遭匠石嗤。高梧中宫徵，不能保孫枝。全傷隨用否，理固不可移。堂堂十八公，端勁出天姿。蟠根借餘潤，茂鬱清溪湄。雨師夜失律，偶此遺神螭。煙鱗漬寒雨，霧鬣明朝曦。騰拏困愈壯，偃蹇僵不疲。未能走沆漭，聊與草木嬉。長風動頭角，吟嘯舒鬱伊。塵埃詎能久，雷電會有時。昨宵卧溪月，老影閑横欹。天明竟不舉，俯仰益怪奇。拏拳攀半崖，渴喙吞清漪。希珍價不售，復病樵柯危。材高輒爾耳，咄彼造化兒。樛枝飽霜雪，遽與蓬蒿衰。孤標挽萬牛，未爲廊廟知。窈窕桃李春，奈爾千歲期。枯桑豈自賈，取敗以老龜。兹非爨下材，梁棟終見施。長短歸自然，勿爲梟鶴悲。

題獐猿圖

雲山空，岡阜重，槲葉半濕新霜紅。溪猿得意適其適，閑攀静挂晴光中。孤麕何從來，寂歷野竹風。舉頭相視不相測，昂藏却立如癡童。鯤鵬負雲天，斥鷃處蒿蓬。萬生所樂自不同，恝然胡爲之二蟲。

和濟倅劉公傷秋

川流爲瀦鉅野闊，水色天容兩開豁。山隨水遠勢奔騖，駿馬西來銜轡脱。山前雲木散不收，坐看木末來歸舟。秋容澄明納萬象，畫本寂默横雙眸。謫仙曾來釣煙磧，想見夕陽寒影隻。騎鯨去作汗漫遊，只有荒臺壓澄碧。臺邊昨夜西風來，倦游羈宦心悠哉。豈無瓊艘百柂載春色〔一〕，是中可以忘形骸。官居得秋況不惡，高吟何遽悲摇落。君不見中郎詩翰憶湖山，秋色正滿連雲閣。

【校記】

〔一〕柂：原作「拖」，元乙卯本、明弘治本《中州集》如之，此從汲古閣本、文淵閣本《中州集》及《全金詩增補中州集》。

題春雲出谷圖

春雲乍出山有無，春雲已去春山孤。山光空濛不可寫，正要雲氣相縈紆。山吞雲吐變明晦，半與嵓谷生朝晡。輕林蕭蕭暗溪樹，餘影漠漠開樵居。舟人艤棹並沙尾，坐看縹緲摇空虚。巧分天趣出畫外，韻遠不與丹青俱。今人重古不知畫，但愛屋漏煙煤汙。惜哉東坡不及見此本，詩中獨有疊嶂煙江圖。輕林蕭蕭，一作「輕陰霏霏」。

新泰縣環翠亭

官居坐官府，不見青山青。閑來亭上看，青山遶重城。左見青山縱，右見青山横。具敖浮虚碧崢嶸，群峯連娟相繚縈。縣庭無事苔蘚生，獨携珍琴寫溪聲。琴聲鏘鏘激虚亭，罷琴舉酒招山英。山英莫相嘲，我雖朝市如林坰。客有山中來，聞説令尹清。山英異時合有情，周遮不放公馬行。

喜雨

山雲駛如驅，山雨沛如傾。幽人夢初醒，卧聽簷溜聲。雷霆怒相搏，似與陰陽争。蛟龍久何蟠，始此幽蟄驚。餘花嶢猶落，竟日方破晴。明朝東皐望，照眼生意明。焦枯被沾濡，相與迴春榮。忻然野桃李，新緑棲殘英。漸漸麥壠翠，溜溜溪流清。蛙鳥亦解喜，飛沉互喧鳴。萬物皆得時，棲遲感吾生。直應挂儒冠，便逐春農耕。

睡覺門外月色如晝霜風過翏然成聲作一絶

老木經霜衆竅空，月明深夜響秋風。始知天籟非人籟，吹萬由來果不同。

題張維中華山圖

苡珠散遺胄，我姓出馮翊。空聞華山名，未始見顔色。三峯擢觚稜，經眼但石刻。那知玉井蓮，香落清渭北。巔崖劃變轉，勢走關輔窄。豈無愛山人，不解傅粉墨。多才曲江裔，公暇日招揖。歸裝貯新圖，尚带煙霧濕。明窗一傳玩，恍若到鄉國。我生隨宦遊，久作東南客。有田泰山下〔一〕，繞屋皆泉石。懷恩戀官廩，老大歸未得。况復秦川遥〔二〕，便恐此生隔。崚嶒蒼煙面，只許畫中識。詩成持送君，想像三嘆息。

【校記】

〔一〕泰：原作「太」，此從汲古閣本、文淵閣本《中州集》及《全金詩增補中州集》。〔二〕秦：《全金詩增補中州集》作「琴」。

題馬賁畫鸂鶒圖

雙眠雙浴水平溪，共看秋光卧兩堤。誰信瀟湘有孤鴈，冷沙寒葦不成棲。

書因叔北軒壁

生涯自分老林泉，欲止還行信有緣。未許綸竿歸醉手，且教煙水入吟鞭。雲山聊欲追聱叟，風腋何妨借玉川。獨卧北軒元不寐，竹間寒雨夜琅然。

和元卿郊行

馬駛車驅起路塵，傍山陰翳作春温。東風欲放萌芽動，已有疲牛嚙燒痕。

世華將有登州之行作是詩以送之

少陵兄弟蓋三人，坡老相知只卯君。五畝有期將共隱，一樽何意便輕分〔一〕。秋鴻渺渺看孤往，夜雨瀟瀟忍獨聞。佗日書來問無恙，我應深釣竹溪雲。

【校記】

〔一〕意：汲古閣本、文淵閣本《中州集》及《全金詩增補中州集》作「易」。

濰密道中懷古

十二全齊勢，興亡俯仰中。地傾濰水北，山斷穆陵東。破塚餘殘甓，荒蹊足轉蓬。燕齊舊懸隔，不接馬牛風。

過棠犁溝

地僻人煙少，山深澗谷重。坡陁下長坂，迤邐失諸峯。問俗知懷土，聽歌識相春。幾家茆屋外，田畝自衡從。

昫山驛亭阻雨

東海地名蒼梧，舊説云：此島自蒼梧浮來。又州有景疎樓。

脱葉蕭蕭山木稠，連檣飄汎海蓬秋。浪回昫島馮夷舞，雲暗蒼梧帝子愁。欲往未行淹僕馬，乍來還去羨鷗鷺。景疎樓下無邊水，暫濯塵纓可自由。

弔石曼卿

曼卿嘗通守昫山，遣人以泥封桃李核，彈之嵓石中，其後花開滿山。又嘗携妓飲山之石室間，鳴絃爲冰車鐵馬聲。〔一〕

城頭山色翠玲瓏，尚憶清狂四飲翁。鐵馬冰車斷遺響，桃花石室自春風。平生詩價千鈞重〔二〕，身後仙遊一夢空。想見蓬萊水清淺，芙容城闕五雲中。

【校記】

〔一〕元乙卯本、弘治本、四部叢刊本《中州集》此段字號與詩題同。另，汲古閣本、文淵閣本《中州集》及《全金詩增補中州集》「鳴絃」作「鳴琴」。

〔二〕平生：元乙卯本、四部叢刊《中州集》作「生平」。

昫山道中三首

二年三到水雲鄉，瘦馬淩兢怯路長。野雪未乾春未雨，落鳶飛起暗塵黄。

吴歌楚語海山間，織葦苫菰便自安。已作稻塍猶未種，小溝流澁水車乾。

海路東南萬壑傾，青山孤起壓重城。驛亭春半餘寒雪，墻角無人草自生。

應制粉紅雙頭牡丹二首

卿雲分瑞兩嫣然，鏡裏粧成穀雨天。曉日倚闌閑妒艷，春風拾翠兩駢肩。水南水北何曾見，桃葉桃根本自仙。夢想沉香亭北檻，略脩花譜記芳妍。

春意應嫌芍藥遲，一枝分秀伴雙蕤。並肩翠袖初酣酒，對鏡紅粧欲鬭奇。上苑風煙工獻巧，中天雨露本無私。更看散作人間瑞，萬里黄雲麥兩岐。

次文孺韻

病眼花生紙，羈懷棘遶墻。挑燈簷溜急，到枕漏聲長。響徹雞塒曙，寒迎鴈背霜。凄凉三徑菊，無夢到壺觴。好問按：此詩是貢院中唱和，故有「花生紙」「棘遶墻」之句。

白莊道中

煖風遲日弄春晴，渾似龍眠畫裏行。沙路半隨堤尾曲，幾家桃李鵓鴣鳴。

花品

翠裙襞積破黄薇，新樣丁香結玉蕤。最愛東風木芍藥，淡紅深紫兩相宜。

上皇書扇後

便面團圞字點鴉，天風吹墮委塵沙。燕泥庭草争工拙，何似當年陌上花。

送崔深道東歸

君從鬱葱幾時來，鬱葱山色空崔嵬。白雲已自動歸意，蠨蛸蛜蝛况可懷。薫風濁酒非莓苔，那知空齋響蚊雷。酒酣臨風解相憶，唤取玉笛傳清哀。

和道彦至

山光凝黛水浮空，地僻偏宜叔夜慵。尚喜年登更冬暖，敢論人厄與天窮。君方有志三重浪，我已無心萬里風。擬葺小園師老圃，緑畦春溜引連筒。

楚清之畫樂天小娃撐小艇偷採白蓮回不解藏蹤跡浮萍一道開詩因題其後〔一〕

樂天歸卧湖山邊，閑買池塘娱暮年。小蠻已老樊素去，心地玲瓏如白蓮。室中誰遣散花天，故點禪衣香破禪。鴛鴦爲報竊花處，題詩要戲小嬋娟。紅粧秋水照明鐲，清之粉本清且妍。道人無心被花惱，對畫作詩真適然。君不見元亮投名蓮社裏，不妨更賦閑情篇。

【校記】

〔一〕蹤：原作「縱」，此從文淵閣本《中州集》及《全金詩增補中州集》。

寄賈因叔

鶉居鷇食兩迷陽，四十猶貪桂子香。石汶爲君抛水月〔一〕，憲陵回首見冰霜〔二〕。虫魚細碎成書癖，荆棘崢嶸失醉鄉。舉白北軒真一夢，竹間猶記雨浪浪。

【校記】

〔一〕石汶爲君抛水月：《全金詩增補中州集》此句作「汶水即今抛歲月」。〔二〕憲：《全金詩增補中州集》作「顯」。

題大理評事王元老雙橘堂

朱橘復朱橘，傳分包貢實。煌煌中堂榜奇畫，照公堂前萱草碧。公今致養豐祿食，更取鑾珎奉顔色。舉觴一笑三千秋，坐看諸孫索梨栗。

宿舊縣四更而歸道中摭所見作行路難

三星排空山月明，思歸客子夜半行。單衣短褐風凄清，響踏黄葉棲禽驚。忽忽曉轉沙岸側，枯蓼寒蘆鳴索率。山月欲隨山煙黑〔一〕，前途無人脚無力。行路難，堪嘆息。

【校記】

〔一〕隨：《全金詩增補中州集》作「墮」。

途中壬辰正月。

平明發郊墟，獨步蹌躞蹀。引領發前程，日出煙未滅。林迥鳥始喧，麥短牛已嚙。春陽氣未壯，道左尚殘雪。長風拂歸袂，凛欲變冬洌。指凍僵不拳，膠凝仍欲折。而我竟何事，犯此寒正切。修途去未幾，行意先已苶。安得兩翼生，高飛度林樾。

徐茂宗蝸舍

萬生擾擾安其安，鷽鳩不羡鵬飛摶。端知扶摇上九萬，無異跳躍蓬蒿間。是身江海一漂粟，身外紛紛皆外物。一廛儻可容所寓，何用渠渠作高屋。知君從道由心成，昔焉忘俗今忘形。物來弭角不知競，觸蠻血戰良虚名。我夢敲門訪君舍，舍小不容相對話。覺來驚見壁間蝸，俯仰人間真物化。

壬辰二月六日夜夢作一絶句其詞曰矯冗連天花春風動光華人眠不知眠我佩絳紅霞夢中自以爲奇絶覺而思之不能自曉故作是詩以紀之

夢中作詩真何詩，夢中自謂清且奇。覺來反覆深諷味，字偏句異誠難知。豈非夢語本真語，無乃造物爲予嬉。君不見莊周古達士，栩栩尚作蝴蝶飛。我生開眼尚如此，況在合眼夫何疑。《中州集》卷三《承旨党公》。

挽姚孝錫

望西山以馳弔兮，其下維德人。抱明月以螭盤兮，寧終屈而不伸。天昏廓以西闢兮，群飛紛其上翥。將摶挈以并征兮，惜衝風之落羽。蘭爲佩兮桂爲帷，誰招余者兮余從與歸。青雲豈難振跡兮，顧犍結之不素。玄豹自媚其文兮，亦何嫌於隱霧。詩書與友兮，琴樽與遊。適意自安兮，樂閑自休。出吾餘以研桑兮，猶足以比素封之侯。惟清閑爲秘福兮，非有力能兼取。雖神仙猶可畏兮，曾莫樂於下土。數與數相乘除兮，常此奪而彼與。陋巖棲之下概兮，心實往而跡藏。出非徼而處非隱兮，吾獨蹈古人之所常。隨時委順以終老兮，噫先生爲不亡。《中州集》卷一〇姚孝錫小傳。

謁孔林

魯國遺蹤墮渺茫，獨餘林廟壓城荒。梅梁分曙霞棲影，松牖回春月駐光。老檜曾霑周雨露，斷碑猶是漢文章。不須更問傳家遠，泰岱參天汶泗長。

題王廣道環翠堂

誅茅結搆略三楹，顧揖青山共落成。一徑宛如通輞口，廿岑何用詫南城〔一〕。清風枕簟人間世，黄卷聖賢天下名〔二〕。只恐山靈留不得，暮年合起爲蒼生。清郭元釪《全金詩增補中州集》卷八，上海古籍出版社一九九四年。

【校記】

〔一〕廿岑：《（萬曆）兖州府志》卷四九《藝文志》録此詩作「千峰」。〔二〕黄卷聖賢天下名：《（萬曆）兖州府志》此句作「白日羲皇世上名」。

題成趣園

宦遊履危塗，常攖機阱懼。家居對田園，信脚得平路。淵明千載士，既出乃更悟。新歡見僮穉，喜氣到草樹。胸中自立豁〔一〕，所適皆勝遇。嗟人爾何爲，空誦歸來賦。達人豈必仕，出處本同素〔二〕。獻陵十畝園，想像富嘉趣〔三〕。直求古人心，著君榮觀處。清郭元釪《全金詩增補中州集》卷六二，上海古籍出版社一九九四年。另，《（民國）獻縣志》卷一八《故實志》亦録，民國十四年刊本。

【校記】

〔一〕立豁：《（民國）獻縣志》作「丘壑」。〔二〕素：《（民國）獻縣志》作「愫」。〔三〕嘉：《（民國）獻縣志》作「家」。

謁夫子廟

宫墻數仞望巍巍，冠蓋遥瞻綏四騑。廣大高明周禮樂，雍容肅穆漢威儀〔一〕。斯文自古天留意，聖道於今代不違。吾黨幸餘狂簡在，滿堂琴瑟振音徽。《（乾隆）兖州府志》卷二九《藝文志》，《中國地方志集成》本，鳳凰出版社二〇〇四年。另，清楊方晃《至聖先師孔子年譜》卷末《林廟諸詩》亦録，山東友誼書社一九八九年。

【校記】

〔一〕容：原作「雝」，此從《至聖先師孔子年譜》。今按，《漢書》卷八三《薛宣傳》：「宣爲人好威儀，進止雍容。」

新編全金詩卷三三

周昂

周昂，字德卿，真定（今河北省石家莊市正定縣）人。年二十四，登大定二十二年進士第①，授南和簿，遷良鄉令，入拜監察御史。承安二年，以詩涉謗訕，謫隆州十數年②。後以邊功召爲三司判官③。大安三年二月，以權行六部員外郎從參知政事完顔承裕備邊。是年八月，金軍潰敗，與從子嗣

---

①《中州集》小傳謂「年二十一擢第」，此從《金史》卷一二六《藝文傳》。另，《中州集》未言榜次，而據元蘇天爵《滋溪文稿》卷四《金進士蓋公墓記》，蓋公名佚，與昂同登大定二十二年進士第。

②《中州集》作「龍州」，當作「隆州」，乃古扶餘之地，遼初名黄龍府，入金屬上京路。天眷三年改濟州，以太祖阿骨打來攻時徑涉，不假舟楫之祥，因置利涉軍。天德三年置上京路都轉運司，四年更爲濟州路轉運司。大定二十九年，以同山東濟州重名，更爲隆州，轄利涉縣，見《金史》卷二四《地理志》。昂謫東海十數年，有《利涉道中寄子端》詩，所指即其地。

③周昂大安元年著《大金故魯國大長公主墓誌銘》，題後署名冠以「朝列大夫充三司判官騎都尉汝南縣開國男食邑三百户賜紫金魚袋」，見梅寧華等《北京遼金史跡圖志》，北京燕山出版社二〇〇四年，下册第二二一頁。

明同遇難，年五十三①。德卿指授其甥、金末名士王若虚曰：「文章以意爲主，以字語爲役。主强而役弱，則無令不從。今人往往驕其所役，至跋扈難制，甚者反役其主，雖極辭語之工，而豈文之正哉。」屏山李純甫評曰：「德卿以孝友聞，又喜名節，藹然仁義人也。學術醇正，文筆高雅。以杜子美韓退之爲法，諸儒皆師尊之。」②嘗著《常山集》行世。兹輯一百零六首。

晚望

煙抹平林水退沙，碧山西畔夕陽家。無人解得詩人意，只有雲邊數點鴉。

香山

山林朝市兩茫然，紅葉黄花自一川。野水趁人如有約，長松閲世不知年。千篇未暇償詩債，一飭聊從結净緣。欲問安心心已了，手書誰識是生前。

---

①《中州集》未言卒年而提供了歷史背景：大安軍興，「從宗室承裕軍。承裕失利，跳走上谷。衆欲徑歸，德卿獨不可。城陷，與其從子嗣明同死於難。」承裕於《金史》卷九三有傳：大安三年，拜参知政事，行省戍邊，主兵事。「八月，至會河川。元兵踵擊之，金兵大潰，承裕走入宣德。大元兵入居庸關，中都戒嚴。」昂於該年八月殁於國難。以年二十四登第計，當生於正隆三年，享年五十三。

②《中州集》卷四《常山周先生昂》，中華書局上海編輯所一九六二年。

有感

壯心未分逐流年，衰鬢從渠衆目憐。却恨詩情消滅盡，語言枯淡到中邊。

冷巖行賦冷巖相公所居冷巖，賢宰相宗室永貞自號也。

或爲盂，或爲鍾，人心自異山本同。天清雲遠望不極，小孤宛在江流中。澗之毛，可筐筥。山之木，可斤斧。惟有白雲高崔嵬，風吹不消自太古。峴山何奇，羊子所攀。東山何秀，謝公往還。今爾胡爲藉甚乎人間〔一〕，吁嗟乎冷山〔二〕。

【校記】

〔一〕藉：原作「籍」，此從汲古閣本、文淵閣本《中州集》。〔二〕吁：原作「于」，此從其餘諸本《中州集》。

早起

覆斗臨霜閣，號鍾滿夜城。飛揚他日事，去住此時情。文字工留滯〔一〕，塵沙管送迎。百年今已半，凜凜畏虛生。

【校記】

〔一〕工：弘治本《中州集》作「二」，《全金詩增補中州集》卷二一作「還」。

曉望

曉樹雲重隱，春城日半陰。蒼茫塵土眼，恍惚歲時心。流落隨南北，才華閲古今。柴荊生事窄，寧憶二踈金。

羈旅

羈旅情方慘，暄寒氣尚膠。谷風連遠陣，原樹鬱春梢。要路嗟何及，浮名久已抛。百年麄飯在，真欲事誅茅。

早春

小雪寒仍在，煙花意已深。老侵長路鬢，春蕩故園心。幸可追沂詠，何勞費越吟。微躬應自愛，莫作愧千金。

雪

小雪暮能繁，愁雲久更昏〔一〕。細燈寒出户，欹樹老當軒。竹葉舊時釀，梅花何處村。賦詩空入夜，愁絶與誰論。

【校記】

〔一〕久更昏：《全金詩增補中州集》作「夕便昏」。

雨過

雨映高簷過，山開晚日明。動雲方潰擁，號水未休争。沙岸鼉鼉出，荒庭鶴鸛行。草泥沾屐齒，杖策有餘清。

晚步

鬱鬱孤城隘，飄飄絶塞游。短衣忘遠步，高興會清秋。白水深樵谷，黄雲古戍樓。居人半裘毯，横管暮生愁。

夜

門巷溪聲爽，衣裳夜氣蘇。地清林影散，月静桂花孤。左省詩頻詠，南樓興不辜。關山冰雪裏，何處覓天隅。

晚望

疊嶂何時出，荒城落日低。音書雲去北，烽燧客愁西。鷹隼乘秋擊，狐狸倚暮啼。吟詩且排悶，佳句敢攀躋。

獨酌

渺渺清溪闊，悠悠弱藻沉。客衣臨水静，鳥影過舩深。暫把魚竿坐，因知静者心。滄洲高興動，巢父可東尋。

秋夜

高閣鍾初殷，層城月未光。浄空含宇大，卧斗带星長。暗覺巢烏動，清聞露菊香。誰家砧杵急，應怯暮天凉。

對月

月近天河白，秋深夜氣清。蛛絲時隱見，兔杵正分明。欹帽中宵落，孤舟幾處行。清風殊未發，樹穩鵲休驚。

促織

促織來何處，秋風暗與期。苦吟人不解，多恨爾如知。獨枕難安夜，寒衣欲及時。凌晨攬清鏡，一半已成絲。

溪南

小徑通沙穩，清溪帶樹深。岸危低白屋，雲近没青岑。洒落高秋氣，飛騰志士心。雲臺與麟閣，莫遣二毛侵。

繼人韻

高興秋方逸，幽居晚見過。歡交寧厭數，詩好不論多。五字含風雅，千篇費琢磨。自知才力拙，相報欲如何。

送李天英下第

不須寂寞恨東歸，洗眼三年看一飛。試捲波瀾入毫潁，莫教歐九識劉幾。

宿西藍

聞道西藍好，能來定有緣。青山避喬木，流水信平田。步屧迷深竹，題詩惜暮煙。塵心厭翻倒，一室暫安禪。

北湖清明

碧水隨時酒，春風著處花。歡嬉萬國本〔一〕，富貴五侯家。金動樓頭管，香迴日暮車。老夫唯欲睡，兒女莫相誇。

【校記】

〔一〕嬉：汲古閣本、文淵閣本《中州集》及《全金詩增補中州集》作「娭」。

中秋夜高陽對月

端正高陽月，空庭又見過。清風禁睡得，白髪奈愁何。尚識王良策，難知織女梭。金波流汨汩，應爲照滹沲。

丘家莊早發

渡馬危橋立，村雞暗樹號。星稀白水闊，霧重黑山高。外物誰能必，人生會有勞。鵾鵬終變化，早晚借風濤。

邊月

邊月弓初滿，山城角尚孤。中天看獨立，永夜興誰俱。未覺風生暈，空懷斗轉隅。含情知白兔，欲下更踟蹰。

侍祠太室

設燎彤庭敞，懸燈玉殿深。星河含爽朗，城闕動陰沉。祗慄誠初薦〔一〕，馨香德已歆。清風動雲幕，有喜見神心。

【校記】

〔一〕慄：清景日昣《説嵩》卷三〇《風什》録此詩作「栗」。

夜步

擊柝隣居静，開門宿鳥驚。西風秋半急，北斗夜深明。獨立乾坤大，徐行杖屨輕。遥憐漢宫闕，重露濕金莖。

宋文貞公廟

開元四荒不動塵，柱石中原有老臣。襄土一丘松柏暗，長安三日荔枝新。

讀陳後山詩

子美神功接混茫，人間無路可升堂。一班管内時時見，賺得陳郎兩鬢蒼。

偶書

幽陰不放終年樹，好味仍餘盡日茶。詩業未降心有種，世緣初盡眼無花。

失子

白髮飄蕭老病身，幾因兒女淚沾巾。虚談悮世王夷甫，只有情鍾語最真[一]。

【校記】

〔一〕真：弘治本《中州集》作「貞」。

北行即事二絶句

聞道崑崙北〔一〕，風塵避渥窪〔二〕。至今悲漢節，不合度流沙。

五月分衣節，三軍受甲時。莫教麟閣將，頻發羽林兒。

【校記】

〔一〕聞：弘治本《中州集》作「間」。〔二〕渥洼：原作「僕窪」，此從《全金詩增補中州集》。今按，「渥洼」亦作「渥窪」，古水名，傳説爲神馬出處。唐盧綸《送史兵曹判官赴樓煩》：「渥洼龍種散雲時，千里繁花乍别離。」見《全唐詩》卷二七六。

邊月

驅車宿雙浦，極目耿金波。不有中秋景，其如永夜何。沙分疑白雪，練失想明河。桂樹元無意，南傾獨好柯。

晨起

鼓聲隨曉角，合沓起平荒。宿火連岡小，寒星墮水長。鯨翻驚日動，馬食快宵涼。白首登壇將，功名好自强。

西城道中

草路幽香不動塵，細蟬初向葉間聞。溟濛小雨來無際，雲與青山淡不分。

醉經齋爲虞鄉麻長官賦

詩書讀破自融神，不羡雲安麴米春。黄卷至今真味在，莫將糟粕待前人。

清放齋

平生眼白嫌物俗，此身誰要冠带束。茶甌飯飽一飲足，卧聽松風仰看屋。

孫資深歲寒堂

世態浮雲日夜移，春蘭秋菊各争時。此心鐵石無人會，唯有庭前柏樹知。

登綿山上方

環合青峰插劍長，小平如掌寄禪房。危欄半出雲霄上，秘景盡收天地藏。野闊群山驚破碎，雲低滄海認微茫。九華籍甚因人顯，迥秀可憐天一方。

謁先主廟〔一〕

暗粉陳丹半在亡，短垣殘日共悲涼〔二〕。不須古碣書綿竹，自有荒村紀葆桑〔三〕。塵土衣冠曾繫馬，歲時歌舞亦稱觴。不應巴蜀江山麗，能使英靈忘故鄉〔四〕。

【校記】

〔一〕明劉侗《帝京景物略》卷八《畿輔名蹟》録此詩，題作《樓桑廟》，撰者署「周昂」，歸入「元」，北京古籍出版社一九八〇年，第三五八頁。另，明蔣一葵《長安客話》卷五《畿輔雜記》輯録如之，北京古籍出版社一九八〇年，第九〇頁。〔二〕殘日：《帝京景物略》《長安客話》作「喬木」。〔三〕自有：《長安客話》作「猶有」。〔四〕靈：《帝京景物略》作「雄」。

送客

相見席不暖，送行情更牽。只愁人面隔，不放馬蹄前。塞迥雲垂地，溪平水接天。山川後期闊，把臂兩茫然。

莫州道中

大陵河東古莫州，居人小屋如蝸牛。屋邊向外何所有，唯見白沙纍纍堆山丘。車行沙中如倒拽，風驚沙流失前轍。馬蹄半跛牛領穿，三步停鞭五步歇。雞聲人語無四隣，晚風蕭蕭愁殺人。人有禱，沙應神，遼東老兵非使臣，何必埋却雙行輪。

即事〔一〕

憂患年來坐讀書，田園抛却任荒蕪。目前却得晨昏力，碌碌無由似阿奴。

又

遠目傷心千里餘，凜然真覺近狼須。雲邊處處是青塚，馬上人人皆白鬚。正憶荒村臨古道，不堪獨樹點平蕪。誰人與話西園路，梅竹而今似畫圖。

【校記】

〔一〕汲古閣本、文淵閣本《中州集》及《全金詩增補中州集》詩題有「二首」。

感秋

秋氣入行帳，愁人中夜知。雞聲與人語，耿耿異常時。清晨起危坐，感嘆不自持。羲和馭飛轂，往返無停期。春草如昨日，已復悲離離。顧謂鏡中髮，尔衰安得遲。結束媚鞍馬，荒山去委蛇。黄花泫宵露，緑野含晨曦。吾事久不諧，悠悠隨所之。有懷南澗約，敢賦北山詩。

對月

月滿秋仍早，臺高夜未徂。水光先浰淡〔一〕，星影失踟躕。玉帳傳更急，荒城擊柝孤。去年雙泪眼，依舊入平蕪。

【校記】

〔一〕浰淡：《全金詩增補中州集》作「淡蕩」。今按，浰淡亦作浰浰。唐杜甫《行官張望補稻畦水歸》：「芊芊炯翠羽，浰浰生銀漢。」見《全唐詩》卷二二一。

鵲山

西征疲短服，北望慘衰顔。再宿殊雞舍，相看獨鵲山。旆沾新雨過，鳥逐暮雲還。白首瞻星漢，何時鼓角閑。

望山中松

地險蟠根古，人稀小徑消。雨皴開白雪，風響入青霄。未畏斧斤逼，惟愁霹靂燒。解鞍那避遠，冷色故相招。

利涉道中寄子端

行武昌，望利涉，高青煙，低白雪，岡陵瀰漫溝澮滅。氤氳冷日從東來，照我清影忽作溪水卧明月。凌兢羸馬蝟毛縮〔一〕，詰曲微行蛇腹裂。遺鞭脱鐙初不知，指僵欲墮骨欲折。氈裘毛襪良可念，我自無備誰從輟。人家土榻借微暖，坐久清冰落鬚頰。黄花臞仙怯風馭，久向笙歌窟中蟄。徑須持此遠相餉，一洗夜堂花酒熱。

【校記】

〔一〕蝟毛縮：《全金詩增補中州集》作「嘆蝟縮」。

即事二首

不堪華髮半頭生，老去偏添愛嫪情〔一〕。新得家書來報喜，舊時龜子遶床行。

一床安置似僧居，白髮忘梳動月餘。懶性漸成愁把筆，小詩常擬倩人書。

【校記】

〔一〕嫪情：《全金詩增補中州集》作「戀情」。

九日

不堪馬上逢佳節，况是天涯望故鄉。高會未容陪戲馬，舊遊空復憶臨香。凝雲黯黯方垂地，小雪霏霏欲度墻。猶賴多情數枝菊，肯留金蘂待重陽。

對月

萬里寥天月，相隨不憚勞。屢添華髮滿，曾傍黑山高。影動新瓊杵，光含舊寳刀。常娥應見訝，獨宿弊綈袍。

翠屏口七首

去歲翠屏下，東流看湧波。愁將新鬢髮，還對舊關河。翅健翻秋隼，峰高並晚駞。草深饒虎跡，夜黑欲誰過。

地擁河山壯，營關劔甲重。馬牛來細路，燈火出寒松。刁斗方嚴夜，羔裘欲禦冬。可憐天設險，不入漢提封。

玉帳初鳴鼓，金鞍半偃弓。傷心看寒水，對面隔華風。山去何時斷，雲來本自通。不須驚異域，曾在版圖中。

野蔓梢駞架，輕泥濺馬鞍。徑斜來險石，溪急上清灘。羽檄千山静，羔裘六月寒。長松空夾道，蕭颯不成看。旌節瞻前帳，風塵識舊坡。眼平青草短，情亂碧山多。晚起方投筆，前驅効執戈。馬蹄須愛惜，留渡北流河。萬里來崩豁，終年氣慘悽。地窮清澗斷，天近玉繩低。孛窟黄沙北，崑崙白雪西。故園何處覓，搔首意空迷。塞古秋風早，山昏落日低。積雲鴉度久，荒岸馬歸齊。燈火看時出，茅茨漸欲迷。塵沙恨于役，况乃對雞棲。

邊俗

返闔看平野，斜垣逐慢坡〔一〕。馬牛雖異域，雞犬竟同窠。木杵舂晨急，糠燈照夜多。淳風今已破，征斂爲兵戈。

【校記】

〔一〕慢：弘治本《中州集》作「幔」。

山家七首

秋日山田熟，山家趣轉奇。壠苞銀栗綴，墻蔓緑雲垂。野飯留佳客，青錢付小兒。主人愁喪亂，數數問邊陲。

蕭颯晚風涼，高杠引旆長。嶺雲殘宿陣，陵日湛晨光。已作依劉表，終須問葛强〔一〕。俯身馳萬里，未覺鬢毛蒼。

年深師欲老，秋至敵還輕。但使財思義，猶多死易生。指揮無險阻，感激在精誠。萬古麒麟閣，何曾浪得名。

簡易軍中事，川原入望多。草平鋪碧錦，山遠出青螺。遠愧桃花水，重臨杏子河。去年關塞意，蕭颯起悲歌。

赤澗蟠雙闕，青山壯一門。放歌遊遠目，箕踞得高原。地險勞天設，邊戈厭日屯〔二〕。廟謀新控扼，萬里可雄吞。

官舍暫投轄，塞垣還着鞭。路移新歲月，心醉好山川。方丈何由到，桃源恐浪傳。相看不隔水，遺恨惜他年。

翡翠長松秀，氍毹細草班。屢經新渡水，不數舊看山。太華愁登陟，終南費引攀。豈知圖畫景，長在馬蹄間。

【校記】

〔一〕强：汲古閣本、文淵閣本《中州集》作「彊」，通。〔二〕日：弘治本《中州集》及《全金詩增補中州集》作「口」。

北行二首

卸鞍休馬倦，解槖罷駞鳴。細雨侵衣急，長郊入臥平。溪喧看水滿，山黑厭雲生。莫恠龍行數，應知欲洗兵。

比歲頻分甲，今年賀息兵。競誇新戰士，誰識舊書生。北塞甘長別，南天欲遠征。二年迎復送，空媿泰州城。

山丹花

浪蘂誰能記，山丹舊所聞。卷花翻碧草，低地落紅雲。塞雨沾衣久，溪風入把勤。莫言羌婦醜，誰識漢昭君。

春日即事

凍柳僵榆未改容，狐裘貂帽尚宜風。欲尋把酒渾無處，春在鳴鳩谷中。

寄金山長老

庭前雙柏樹，作別似晨朝。書信隨溪茗，音聲落海潮。嶺雲閑可翫，邊月苦無憀。相見愁他日，風沙兩鬢凋。

寄王子明

病起身仍懶，眠多意尚迷。筆成今夕把，書似隔年題。久恨心期阻，難邀物理齊。燈花應解事，岑寂向人低。

無題

西風吹白水，日暮動寒威。野帳收旗盡，奚兒飲馬歸。梢梢聞鳥過，慘慘見雲飛。夜黑多豺虎，荒村定敢依。

萱草

萬里黄萱好，風煙接路傍。迹踈雖異域，心密竟中央。染練成初色，移瓶得細香。客愁無路遣，始爲看花忘。

得家書

窮愁非昔境，白髮有深根。淚破孤城郡，書來萬里村。鴈聲寒日夜，秋色老乾坤。爲問遊方子，何時慰倚門。

書齋

夜雨書齋冷，西風木葉拋。暗蛩侵壞壁，低鴈落寒郊。壯志初嘗膽，吾生豈繫匏。草玄雖閉户，未用客相嘲。

聞蟬

冥機辞委蜕，天籟發幽嘶。迴露增晨洗，清風借晚携。暫成千里隔，還作一枝低。客思饒相觸，愁時故不齊。

晚陰不成

落日明西極，高雲暗朔方。樓臺分照耀，宇宙一蒼茫。不借蛟龍便，虚成燕雀忙。何須遣雷怒，鬱鬱繞高梁。

竇氏園亭二首

雲樹春秋色，風泉日夜聲。過庭高幕暗，吹管轉雷驚。翠袖擘詩罷，銀壺得酒傾。平生躭野趣，到此眼偏明。

磴鑿蒼崖破，池通碧澗流。憩深憐洞室，吟穩憶扁舟。谷口堪高隱，河梁厭遠遊。卜居真此地，幽寂更何求。

即事二首

南苑霓旌動繚墻，天街蓮燭照修廊。斗南絳氣風吹盡，小雨濛濛濕建章。

楊花顛倒入簾櫳，睡鴨香殘碧霧空。盡日尋詩尋不得，鵓鳩聲在夢魂中。

代書寄大元伯

南園臈蟻記同傾，一帋書來萬里情。日夜愁心隨柳色，東風吹滿大梁城。

和路宣叔梅

月底明肌粲壽陽，道人呼入竹西堂。安排臈味千鍾酒，消破春風萬斛香。花鳥有情應見惜，蛾眉傾國故難藏。西湖骨朽東坡遠，又爲君詩惱一場。

新秋

畏日經時暑，清秋一夕凉。真堪近燈火，不復病衣裳。宋玉悲摇落，安仁愧老蒼。鄙夫那及此，睡美百憂忘。

靳子温欵春亭

曾數花鬚傍藥欄〔一〕，春風不到酒盃寬。自憐白首荒三徑，桃李年年檐上看。

【校記】

〔一〕欄：汲古閣本、文淵閣本《中州集》作「闌」。

厎柱圖〔一〕

鬼門幽險深百篙，人門過窄逾兩牢〔二〕。舟人叫渡口流血，性命咫尺輕鴻毛。開圖頓覺風雷怒，素髮飄蕭激衰腐。河來天上石不移，安得此心如厎柱。

【校記】

〔一〕詩題之「厎」，汲古閣本、文淵閣本《中州集》及《全金詩增補中州集》作「底」。另，《古今圖書集成·山川典》卷三九《砥柱山部藝文》録此詩作「砥」。今按，《書·禹貢》：「東至於厎柱。」漢孔安國傳曰：「厎柱，山名，河水分流，包山而過，山見水中若柱然，在西虢之界。」另，末句「安得此心如厎柱」如之，不另出校記。〔三〕過：汲古閣本、文淵閣本《中州集》及《全金詩增補中州集》作「逼」。

寒林七賢

苦寒如此欲何之，雪帽風裘意自奇。縱有清詩三百首，未應肯得党家兒。

過省寃谷

嬰兒偃蹇正堪孩，换得山西老將回。往者不追來不戒，莫將家世論人材。

魯直墨跡

詩健如提十萬兵，東坡真欲避時名。須知筆墨渾閑事，猶與先生抵死争。

讀柳詩

功名翕忽負初心，行和騷人澤畔吟。開卷未終還復掩，世間無此最悲音。

憶劉及之

千株何處封君橘，二頃誰家負郭田。長路風塵空費日，故園書札動經年。未能免俗真聊耳〔一〕，不爲懷憂亦悄然。襟抱何人與開釋，論文除得老臞仙。

【校記】

〔一〕耳：汲古閣本、文淵閣本《中州集》及《全金詩增補中州集》作「爾」。

家園

五畝園連竹，三間屋向陽。氣和春浩蕩，心静日舒長。花鳥成相識，琴書付兩忘。陶然一樽酒，誰復記羲皇。

晚望

獨立孤城上，關山望不休。異鄉驚絶域，遠目豁清秋。未擬登樓作，空歌出塞愁。故園飛鳥外，溪水正南流。

水南晚眺

小徑通沙穩，清溪帶樹深。岸危低白屋，雲近没青岑。洒落高秋氣，飛騰志士心。賦詩增感激，流水是知音。

正月大風雨

風如渤澥勢淩虚，寒破貂裘力尚餘。不是化工難倚賴〔一〕，也知青帝有驅除。

【校記】

〔一〕化工難：《全金詩增補中州集》作「飛簾無」。

弔張益之

當年讀書山堂中，夜喜與君燈火同。塵編壞簡如蠹攻，弱質鄙鈍煩磨礲。新詩如洗露芒鋒，逸氣欲倒浮雲驄。輕裘肥馬世上雄，吾徒一飯嘗未充〔一〕。君如孔翠愁彫籠，我亦哀鴻避鳴弓。孤城一别天西東，幾見黄葉飛霜風。寄書無由魂夢通，西望落日銜千峰。他時雲雨儻相逢，猶思驚雷起池龍。鬼神無賴欺天公，哀哉若人竟死窮。自聞君亡阜生胷，上訴九閔無路從。百年過眼如轉蓬，夢時憂樂覺即空。長夜漫漫何時終，作詩寄哀投殯宫。别本「長夜漫漫何時終」爲落句。《中州集》卷四《常山周先生昂》。

【校記】

〔一〕嘗：《全金詩增補中州集》作「常」。

送路鐸外補

龍移鰌鱔舞，日落鵩梟嘯。未須發三歎，但可付一笑。金劉祁《歸潛志》卷一〇：「初，趙秉文由外官爲王庭筠所薦，入翰林。既受職，遽上言云：『願陛下進君子退小人。』上召入宫，使内侍問：『當今君子、小人爲誰？』秉文對：『君子，故相完顔守貞；小人，今參政胥持國也。』上復使詰問：『汝何以知此二人爲君子、小人？』秉文惶迫不能對，但言：『臣新自外來，聞朝廷士大夫議論如此。』時上厭守貞直言，由宰相出留守東京。嚮持國諂諛，驟爲執政，聞之大怒，因窮治其事。收王庭筠等俱下吏，且搜索所作譏諷文字，復無所得，獨省掾周昂《送路鐸外補》詩有云云，頗涉譏諷。奏聞，上怒曰：『此政謂世宗升遐而朕嗣位也。』大臣皆懼，罪在不可測。」中華書局一九八三年，第一一二頁。

題高歡避暑宫

百步風濤捲雪霜，畫檐横壁欲翺翔。只應沙苑重歸後〔一〕，山水空青不解涼〔二〕。

【校記】

〔一〕重：《古今圖書集成·山川典》卷五〇《林慮山部藝文》録此詩作「東」。〔二〕水：《古今圖書集成》作「木」。

樓桑廟

東市臍乾照夜脂，雲龍風虎各乘時。地中鼓角袁方捷，天下英雄操已知。壠畝見賢誰恨晚，心中得計不妨遲。亦知漢祚難恢復，輕擲荆州恐未宜。清郭元釪《全金詩增補中州集》卷二一，上海古籍出版社一九九四年。

遊龍門

闕塞若厩馬，奔騰多奇庬。慦爾不可沮，西來何悾悾。駿足忽勒破，英才如拘龐。有客善體物，新詩留僧窗。晏輩豈足道，微瀾生盆缸。徑續杞菊意，來浮玻璃江。吏部昔竄謫，猶能題臨瀧。泥此六大寺，磓堂時嗚椿。紫翠出萬瓦，天風旋珠幢。興寄百斛鼎，無才誰其扛。會聽項籍約，吾將從之降。《(乾隆)洛陽縣誌》卷一八《藝文》，撰者署「周昂」，《中國方志叢書》本，臺北成文出版社一九七〇年。

新編全金詩卷三四

梁　瑫

梁瑫，字國寶，別字瑩中，范陽（今河北省涿州市）人。大定十六年進士。歷州縣，授警巡使，治尚嚴肅，權貴斂迹。朝廷知其才，累試繁劇。泰和四年，仕爲太府監①，遷中都路都轉運使，擢户部尚書。大安三年四月，拜參知政事；九月，蒙古兵圍中都，受命鎮撫京師②。崇慶二年，丞相徒單鎰以爲紇石烈執中（胡沙虎）不可用，瑫亦奏其奸惡，乃止③。資性方正，敢言大事。北兵動，立和議，人有笑其懦者，卒如其言。未幾，薨④。兹輯一首。

①《金史》卷四八《食貨志》，中華書局一九七五年，第一〇七八頁。

②《金史》卷一三《衛紹王紀》，中華書局一九七五年，第二九三頁、二九四頁。

③《金史》卷一三二《逆臣傳》，中華書局一九七五年，第二八三五頁。

④梁瑫於《金史》未立傳，而稍見記載。據《金史·衛紹王紀》，崇慶二年五月前，梁瑫尚在參知政事位，奏胡沙虎奸惡不可用。五月，改元至寧。六月，户部尚書胥鼎、刑部尚書王維翰拜參知政事。八月，胡沙虎叛逆弑君。其時梁瑫已下世，即《中州集》所謂「虎賊叱曰：梁瑫在，族矣！」九月，改元貞祐。十月，胡沙虎爲元帥右監軍朮虎高琪所殺。要之，瑫之卒當在該年五月。

留題長平驛

秦趙均爲失霸圖，起何殘忍括何愚。殺降未見無禍者，累將其能有種乎。日暮悲風噎丹水，夜深寒月照頭顱。山名也。快心千載杜郵劍，人所誅耶鬼所誅。《中州集》卷九《梁參政瑝》。

閻長言

閻長言，字子秀，原名詠，避衛紹王諱改，號復軒①，高唐（今山東省聊城市高唐縣）人②。祖俊，天會間進士。父時昇，正隆五年及第。子秀少時好學，工詞賦。性豪放，使酒任氣，酒酣耳熱，故態稍出，以第一流自負。屏山李純甫深知之，不以爲過。年三十七，擢承安五年詞賦狀元及經義進士第③，天下厭服。大安初，考試平陽④。在翰苑十年，出爲河南府治中。崇慶中被召⑤，爲道梗所阻，卒於亳州。嘗

---

①元閻復《鄉賢祠記》謂其集《復軒》當以號名，見《（光緒）高唐州志》卷八《著述》。

②《中州集》小傳作「濟南長清人」，《續夷堅志》卷二《生死之數》稱「高唐閻内翰子秀」，《莊靖集》卷八《題登科記後》記爲「兖州磁阳」。而閻復《鄉賢祠記》視子秀爲高唐前輩鄉賢，當以高唐爲是。

③金孔叔利《改建題名碑》著録「承安五年閻詠下」進士，見清王昶《金石萃編》卷一五九。另，詠亦中承安五年經義進士，時年三十七。見金李俊民《莊靖集》卷八《題登科記後》。

④金元好問《續夷堅志》卷四《平陽貢院鶴》：「大安初，高子約、耿君嗣、閻子秀、王正之考試平陽，舉子萬人。」中華書局一九八六年。

著《復軒集》《鴨江行記》行世①。兹輯八首。

北齊行

天保大人襲世貴，未待齊成已無魏。讖裏方傳近水羊，夢中先兆攻城蝟。六君三世都能幾，二十八年翻手裏。細思孝静靈運詩，天道好還非妄矣〔一〕。

【校記】

〔一〕妄：元乙卯本、明弘治本《中州集》作「忘」。

應制中秋

璧月當秋夜未闌，漢宫高會浹宸歡。塊蘇塵世三千界，珠翠瑶光十二欄。桂實飄香浮壽斝，露華零潤溢仙槃。都人側聽雲韶奏，共指天家是廣寒。

婆速道中書事〔一〕

此地先經戰，人生苦未聊。泉源疏地脉，田壠上山腰。敗石平危徑，枯柴補短橋〔二〕。曉煙明

（接上頁注⑤）《中州集》小傳未言何時被召。以子秀奪魁後任職翰苑十年計，出爲河南府治中，當在大安二年。被召似在三年後，即崇慶二年。其時胡沙虎弑逆，金國正值内憂外患，遂有「道梗不得前」困境。

①《中州集》卷二王都運寂《送張仲謀使三韓》詩注，中華書局上海編輯所一九六二年。

遠爨，暮雪暗歸樵。履滑心頻悸，梯危骨欲銷〔三〕。解鞍空倒卧，無夢訖通宵。

【校記】

〔一〕詩題之「婆速」，《全金詩增補中州集》作「博索」。今按，此係女真地名之漢語音譯，入清後以滿語重譯，遂致紛紜。《金史》卷二四《地理志》婆速府路：「國初置統軍司，天德二年置總管府，貞元元年與曷懶路總管並爲尹，兼本路兵馬都總管。此路皆猛安户。」〔二〕短橋：明李賢等《大明一統志》卷二五《古跡》録此詩作「斷橋」。〔三〕銷：汲古閣本、文淵閣本《中州集》及《全金詩增補中州集》作「消」。

送麗酒麗橙與秀實御史

驄馬朝回畫閣深，遥知春意領梅心。麗橙嬌軟麗尊小，聊助風流對淺斟。

閻立本職貢圖

諤諤昌周此一書，形容獒貢寫成圖。寧知右相無深意，莫指丹青便厚誣。

盤山招隱圖

畫出中盤望隱歸，鳴珂朝馬尚遲遲。賦詩未敢輕相誚，却恐吾山也勒移。

三門集津圖

津門未爲天下險，勿作駭相觀兹圖。偃月堂中李林甫，有人能寫此心無。

丁氏思祖亭

鶴野三千里，皛函五百年。人間仍舊德，龜筮得新阡。族屬東州望，衣冠鼻祖傳。異時誰式墓，應識子孫賢。《中州集》卷九《閻治中長言》。

史肅

史肅，字舜元，號澹軒，京兆（今陝西省西安市）人。幼孤養於外家。天資挺特，高才博學，擢明昌二年進士第①。歷州縣，累以廉陞，官南皮縣令②。入爲監察御史，遷治書，出任通州刺史。優於政

①《中州集》小傳作「業科舉，爲名進士」，榜次未明。今按，史肅《哀王旦》詩有「平生況切同年義」語。王旦即王晦，字子明。《金史》卷一一《章宗紀》：泰和元年七月己巳，「初禁廟諱同音字」。以「旦」與金熙宗「完顔亶」之「亶」同音，當在避諱之列。王晦入《金史》卷一二一《忠義傳》，擢明昌二年進士第。肅詩所叙與其事蹟合，見宋陳郁《藏一話腴》内編卷下，《適園叢書》本。

②《金史》卷一〇《章宗紀》：明昌五年冬十月壬子，「尚書省奏，升提刑司所察廉官南皮縣令史肅以下十有二人」。中華書局一九七五年，第二三三頁。

事，嚴而不苛，所至有聲，吏畏而安之。泰和八年，坐大中黨獄①，謫静難軍節度副使。大安中，召爲中都路轉運副使。復坐事，降同知汾州事，不久卒。肅尚理性之學，屏山李純甫學佛自其發之。肅從趙渢學詩②，淵源有自。遺山評曰：「作詩精緻有理，尤善用事，古賦亦奇峭，工於字畫。」嘗著《澹軒遺藁》行世。兹輯三十三首。

偶讀賈達之邀飯帖有感作詩哭之

微官已歎鸞棲屈，異事俄傳鵩告凶。彩筆書來墨痕濕，玉樓人去酒尊空。當時快意牛心炙，今日傷懷馬鬣封。一幅銘旌送哀挽，白楊蕭索九原風。

河上

堤外三竿日，河邊八尺泥。夜風喧馬櫪，秋露冷雞棲。歲月吾生老，關山客夢迷。故園桃李

①《金史》卷一二《章宗紀》：泰和八年春正月丙子，「左司郎中劉昂、通州刺史史肅、監察御史王宇、吏部主事曹元、吏部員外郎徒單永康、太倉使馬良顯、順州刺史唐括直思白坐與蒲陰令大中私議朝政，皆杖之。」謫静難軍節度副使（慶陽府邠州）。中華書局一九七五年，第二八三頁。

②《中州集》卷四《黄山趙先生渢》之《中秋》詩末注：「史舜元嘗從文孺學詩，説道陵中秋賞月瑤光樓，召文孺對御賦詩，以清字爲韻。道陵讀至落句，大加賞異，手酌金鍾以賜，且字之曰：『文孺，以此鍾賜汝作酒直。』士林榮之。」中華書局上海編輯所一九六二年。

樹，摇蕩不成蹊。

別張信夫

破壘殘星没，寒城曉角孤。天低雲錯莫，野曠雪模糊。小市千錢米，征人丈八殳。邊愁故未已，不敢恨長途。

別懷玉

官曹不着市門仙，緑髮忩忩换少年。慣作簿書塵裏夢，愧無山水窟中緣。蜂腰鶴膝曾搜句，兔角龜毛不論禪。此別相思渺何許，一川山色鴈連天。

山陰縣

湧雲驅雨不成霖，山徑危行未要深。午夢初迴烏烏樂，小亭斜日柳陰陰。

方丈坐中

紙本功名直幾錢，何如付與北窗眠。詩書作我閑中地，風月知人醉裏天。水底游魚真見性，樹頭語鳥小參禪。平生習氣蓮華社，一炷香前結後緣。

早出遵化

朝來對酒不能觴，看盡西風去鳥行。山好未忘三日雅，詩窮瀛得一秋忙。强顔紅葉自由舞，野性黄花無賴香。多謝殷勤暮雲影，更留淡墨寫溪光。

宿睦村

闌干河漢已西傾，獨坐披衣過五更。檐馬丁東風外響，田車歷轆月中行。忘形沙鳥知人意，窣地山雲不世情。露草霜筠有幽意，詩題分付候蟲聲。

次韻安之飲酒

日上南窗已數竿，醉頭扶起不巾冠。欲開社瓮多招客，先乞兵廚暫補官。玩世唯知酒功聖，藏身無似醉鄉寬。麒麟閣上功名字，不博生前一笑歡。

過九里山

斷蛇扛鼎兩争雄，陳迹荒凉萬事空。今日山前無過客，數株衰柳管秋風。

道傍柳

秋霜一何嚴，凋此道傍柳。殘枝幾葉在，其勢不得久。憶昨三春時，濯洗煙雨後。弄姿舞婆娑，勸我一盃酒。别後遽能幾，忽忽成老醜。人生非金石，長短百年壽。功名與富貴，於身亦何有。古人隨物化，今已柳生肘。我獨何爲哉，窮年事奔走。長堤隱落月，駐馬一迴首。春風柳梢黄，定得西歸否。

登憫忠寺閣

浄宇懷超想，層梯企俊遊。喧卑三界盡，製作六丁愁。聚土閑童子，移山老比丘。能除分外見，寸木即岑樓。

讀傳燈録

閉户懶不出，真成住夏僧。肝腸雖自苦，面目得人憎。處世若大夢，學禪猶小乘。早知文字悮，更用讀傳燈。

夏夜

一雨昭蘇外，群山宴寂中。移床就佳月，引袂納涼風。蝸舍怜渠小，蚊雷訝許同。幽懷闃清境，舒嘯夜將終。

物化

物化能忘我，天遊不用心。羶香群蟻聚，樹静一蟬吟。敗井勞深汲，荒庭闕近尋。枕書聊假息，夕日半墻陰。

立秋日

舊穀催新穀，今秋似去秋。年衰猶健飯，官達也窮愁。樹鳥依依宿，簷螢細細流。箇中詩句在，倚杖得冥搜。

感興

避俗嫌高絶，干榮恥盜誇。居貧偶從仕，學道不忘家。樹果蕃秋實，園葵粲晚花。一軒吾事了，無意競紛華。

偶書

東風數點梨花雪，吹我傷春萬里心。知有高亭堪眺遠，惜無佳客共登臨。晴雲入户團傾蓋，飛鳥隨人作好音。寒食清明少天色，孤居未要酒盃深。

放言二首

蓮社從來説陶遠，竹林今不數山王。家雞野鶩何須較，秋菊春蘭各自芳。

清風明月無人管，茶鼎薰爐與客同。壯歲羞爲褦襶子，而今却羨囁嚅翁。

曉出東盧

谷口子真隱，水濱韋氏莊。鷗鷳賓客對，鴻鴈弟兄行。小圃蓁生竹，平林半是桑。朝陽生野渡，濕盡馬蹄霜。

次張信夫韻

絳帳先生寄一州，不教文字到横流。草玄只擬關門坐，好事應從載酒游。虎穴已曾探虎子，龍溝未信出龍頭。錦囊詩句年來滿，供盡閑花野草愁。

髮脱

年年道路少清歡，處處葵蔬餽薄飡。月色過窗同夜夢，霜華著壁獨朝寒。求醫未有詩千首，破老唯消竹數竿。衰髮從今不須脱，少留衰白戴黄冠。

立秋日

畏景流庭過，凉颸即坐來。物隨時共换，人覺老相催。憩蝶依藂穩，嘶蟬抱樹哀。玉簪香好在，墻角幾枝開。

復齋

居士年來一復齋，馴庭鳥雀絶驚猜。雨添窗下硯池滿，風揭床頭書卷開。身似卧輪無伎倆，心如明鏡不塵埃。紛紛寵辱人間世，付與浮雲任去來。

北潭

竹陰松影玉葱蘢，十里平堤一徑通。碧水乍開新鏡面，青山都是好屏風。寒蟬高鳥清愁外，折葦枯荷小景中。酒力未多秋興逸，夕陽聊貸半林紅。

晚興

秋蟲已息又還吟，晚雨初晴又作陰。水面微風掠蒼玉，雲頭落日緣黄金。年豐酒價應須賤，睡起茶甌未要深。人道雙清到心迹，年來無迹亦無心。

雜詩二首

春江日暖舞清漣，客舍蕭蕭一縷煙。幽鳥隔林招我醉，小桃當户爲誰妍。禪心已作沾泥絮，詩思渾如上水船。却是官閑得無事，一簾紅雨枕書眠。

南皮城下荒秋草，説是當日燕支臺。世事翻騰只如此，吾生棄置已焉哉。迎風紫莧因循老，背日黄花次第開。獨夜不眠思阿謝，白羊如駕小車來。

春雪

豐年不救兩河饑，臈盡纔看小雪飛。漫説春來膏澤好，其如壠上麥苗稀。空花只解驚愁眼，濕絮寧堪補敗衣。頗笑西臺瘖御史，日斜騎馬踏泥歸。《中州集》卷五《史御史肅》。

村居二首

溪頭梅是去年花，閑日初長竹影斜。向晚孤煙三十里，不知樵唱落誰家。

蠶已成蛾桑柘稀，海榴花發照窗扉。離騷讀罷無人會，閑立溪南看落暉。明佚名《詩淵》，撰者署「元史肅」，書目文獻出版社影印一九九三年，第五册三一五四頁。

哀王旦

八月風高胡馬壯，胡兒彎弓向南望。鐵門不鎖犯孤城，失我堂堂仁勇將。勇將雲起本儒臣〔一〕，緯武經文才過人。墨磨楯鼻掃千字〔二〕，箭射戟牙驚六軍〔三〕。憶昔同時初上疏，明日東華聽宣諭。我從金轂東巡邏，公總干戈練征戍〔四〕。三月和兵好始修〔五〕，胡兵一夜襲通州。練衣出郭雖憑戰〔六〕，氈帳沿河未肯休。將軍盡出兵如水，燒胡之車破胡壘。倒戈棄甲十萬人，亂轍靡旗三百里。金甲煌煌金印光，詔書命我守昆陽。然知人有百夫勇〔七〕，可奈倉無一日糧。叛臣暗作開門策〔八〕，一虎翻爲群犬獲。胸中氣憤暴雷聲，頷下須張蝟毛磔。將軍雖死尚如生，萬里遥傳忠義名〔九〕。昔聞陝右段忠烈，今是常山顔杲卿〔一〇〕。棟折榱崩從短氣〔一一〕，平生況切同年義。試歌慷慨一篇詞，定灑英雄千古淚。宋陳郁《藏一話腴》内編卷下：「史舜元《哀王旦》一首云云。王旦者，昆陽守王子明也。」《適園叢書》本。另，明王昌會《詩話類編》卷三〇《吊古》亦録，《四庫全書存目叢書》本，齊魯書社一九九六年。

【校記】

〔一〕雲：《詩話類編》作「之」。　〔二〕楯鼻：原作「盾筆」，此從《詩話類編》。今按，唐韓翃《寄哥舒僕射》：「郡公楯鼻好磨墨，走馬爲君飛羽書。」見《全唐詩》卷二四三。　〔三〕戟牙：《詩話類編》作「戟穿」。今按，《蘇軾集》卷一四《劉乙新作射堂》：「手柔弓燥春風後，置酒看君中戟牙。」　〔四〕征戍：《詩話類編》作「征伐」。〔五〕和：《詩話類編》作「胡」。修：《詩語類編》作「休」。〔六〕出郭：《詩話類編》作「出郊」。憑戰：《詩話類編》作「頻戰」。〔七〕然知：《詩話類編》作「鋭然」。〔八〕暗作：《詩話類編》作「倩作」。〔九〕遥傳：《詩話類編》作「逢傳」。〔一〇〕是：《詩話類編》作「見」。〔一一〕棟折榱崩從短氣：《詩話類編》此句作「棟朽柱崩人短氣」。

王禧祐

王禧祐，太原（今山西省太原市）人。大安元年，撰《嵩山永禪寺均庵主塔記》。茲輯二首。

嵩山永禪寺均公塔頌二首

嵩峰一景遍天涯，上徹明王帝釋家。每見均公禪塔頂，靈光如日照煙霞。

庵主禪禪古佛同，六波羅密助歸空。孤然已達西方去，留得真容寶塔中。王雪寶《嵩山少林寺石刻藝術大全》，光明日報出版社二〇〇四年，第二七九頁。

東牟野釋

東牟野釋，出處未詳。大安中，有讚希公戒師詩。茲輯一首。

讚希公戒師靈塔

稜層玉塔瘞靈蹤，示化無生證益空。厭世故歸圓寂去，闃然安穩最爲功。金碁峰虚缘老人《登州福山縣側立普安院希公戒師靈塔》末署「大安辛未歲次十一月朔序，東牟野釋篆額兼書丹，後贊希公之美藏也云云」。見《（民國）福山縣志稿》卷六《金石》，《中國方志叢書》本，臺北成文出版社一九七〇年。

釋文興

文興，號東垣無隱道人，滑州（今河南省滑縣）人。至寧間，居董固庵，有詩刻石。兹輯一首。

題滑州崇福禪院勑牒碑

昨者得屆廣威招提公律師，精勤焚禮，略無止息。兹浪伸鄙句，紀師行跡，希諸同道發笑而也。

東垣無隱道人文興上。

中都柔律師，崇壽建其節。稟師大圓通，冠歲選中葉。隨師朝廷中，雷音聲振冽。瓶錫自南行，十方任遊獵。參訂訪明師，宗匠遍經涉。經律論□支，究理如冰雪。禪道五派宗，皎然如秋月。汴京上方院，龍藏大披閱。窮理至幽微，佩得玄妙訣。隨處是道場，學堂作敷設。雕造像七軀，金玉相間烈。緇素美稱揚，龍天喜贊葉。感激動王侯，時有廣威謁。我有董固庵，請師閑休歇。住持弌載間，殿宇光耀越。香積封雲堂，鼎新甚嚴潔。道德愈靡增，馨香如蘭麝。官豪轉歸崇，人天增喜悦。接待雲水賓，供養心不闕。金團茶兩杯，紫檀香一爇。廣威日相親，禪道隨合説。陶令與遠公，昔結白蓮社。今之古之同，萬載誠不滅。略施鄙直言，希垂弌昧接。至寧元年五月二十四日，崇福禪院住持僧善柔立。民國王蒲園《滑州金石録》卷六，《石刻史料新編》本，臺北新文豐出版公司一九八六年，第三輯二九册六四頁。今按，詩題原無，兹據文意擬。

楊庭秀

楊庭秀，字茂才①，號華山晦叟，華州（今陝西省渭南市華州區）人。大定二十二年進士②。累遷高陵令，入爲右補闕、翰林修撰、右司諫。承安四年，奏請類集太祖、世宗等朝聖訓，章宗允納③。五年，奏立州縣聽訟條約④。泰和二年，出爲獻州刺史。五年，移澤州刺史，以平涼府同知致仕。貞祐

---

①《中州集》小傳作「字德懋」。今按，其《青蓮寺》詩自署「泰和丙寅三月上浣日華山楊晦叟楊庭秀茂才留題」。見北京圖書館金石組編《北京圖書館藏中國歷代石刻拓片匯編·青蓮寺詩刻并題名》，中州出版社一九八九年，第四七册一〇〇頁。另，楊氏有字德懋者，名邦基，才藝甚著，《金史》卷九〇有傳。或遺山記混，當以石刻爲是。

②《中州集》小傳作「大定中進士」。今按，元蘇天爵《滋溪文稿》卷四《金進士蓋公墓記》涉及：庭秀登大定二十二年詞賦進士第。

③《金史》卷一一《章宗紀》，中華書局一九七五年，第二五二頁。

④《金史》卷四五《刑志》，中華書局一九七五年，第一〇二三頁。

元年，京師被圍，與李公直等團集州民，舉兵勤王，被誣謀反，慘遭極刑①。庭秀從張建學詩，雅尚文詞，嘗著《楊晦叟集》行世。兹輯九首。

成皋道中

瘦馬成皋道阻長，峥嶸冰雪老年光。九關欲上虎豹怒，三逕未歸松菊荒。崧少雲煙聊駐馬，漢唐宫殿兩亡羊。鄭南嶺下梅花發，千里相思空斷腸。

李簡之蓮池集句

一月衰顔幾笑開，生前相遇且銜杯。蓮塘十里花如錦，有底忙時不肯來。《中州集》卷七《楊澤州庭秀》。

①《中州集》小傳作「坐爲楊珪詿誤被法，士論冤惜之」。今按，《金史》卷一四《宣宗紀》貞祐三年項下載此事：「前年，京兆治中李公直（原作「李友直」，此從《金史》卷一一〇《韓玉傳》及《中州集》卷八《韓内翰玉》）私逃華州，結同知防禦使馮朝、河州防禦判官郝遵甫、平涼府同知致仕楊庭秀、水洛縣主簿宿徽等團集州民，號『忠義扈駕都統府』，相挺爲亂，殺其防禦判官完顔八斤及城中女直人，以書約都統楊珪，爲府兵所得。珪諱之，請自效，誘公直等執之，麾所招千餘人納仗阬諸城下。時京師道路隔絶，安撫司以便宜族公直等，至是以狀聞。乃贈八斤及被害軍官十餘人各一官，賻錢三百貫。夏四月癸巳，河東宣撫使胥鼎言利害十三事。長勝軍都統楊珪伏誅。」則庭秀卒於「前年」，即貞祐元年。該年歷年號三：崇慶二年五月，改元至寧，九月更爲貞祐。

泰和丙寅清明後一日與客登松嶺謁衛公祠留題法輪院

深居太行巔〔一〕，繞郭山如帶〔二〕。西南古松嶺，傑出群峰外。巉巉聳熊耳，隱隱負鰲背。小樓不垂簾，倚欄日相對〔三〕。春風遇休沐〔四〕，俗累謝機械。寸心渴登臨，老氣鼓衰憊。陰崖冰磴滑，凌澗鳥道隘。瘦篠盤絶頂〔五〕，清境豁眼界。衛公廟貌尊〔六〕，英氣凜如在。法輪靈迹古，殿閣啓綵繪。祖燈尚能續〔七〕，劫火不可壞。盤亭接天壇，胸次何蔕芥。黄流會清沁〔八〕，脈絡分枝派〔九〕。翠巒臥浮雲，幽壑産珍怪。松風韻笙磬〔一〇〕，巖溜響環珮。此來真勝遊〔一一〕，所適了無礙〔一二〕。不作白頭吟，且償行脚債。可唤千金兒，漫寫垂堂戒〔一三〕。泰和丙寅清明後一日，與客登松嶺謁衛公祠，留題法輪院。華山楊庭秀。清胡聘之《山右石刻叢編》卷二三，《歷代碑誌叢書》本，江蘇古籍出版社一九九八年。另，清郭元釪《全金詩增補中州集》卷三二亦録，題作《松嶺謁衛公祠》，上海古籍出版社一九九四年；《（成化）山西通志》卷一六《集詩》亦録，題作《按部過靈泉寺》，《四庫全書存目叢書》本，齊魯書社一九九六年，六八五頁。

【校記】

〔一〕深：《（成化）山西通志》作「澤」。〔二〕郭：《（成化）山西通志》作「廓」。〔三〕日：《（成化）山西通志》作「目」。〔四〕遇：《（成化）山西通志》作「浴」。〔五〕盤：原作「涉」，《（成化）山西通志》作「緣」，此從《全金詩增補中州集》。〔六〕尊：《全金詩增補中州集》作「存」。〔七〕尚：《全金詩增補中州集》作「相」。能續：《（成化）山西通志》作「繼續」。〔八〕黄：《（成化）山西通志》作

「蒼」。〔九〕脈：《(成化)山西通志》作「緣」。〔一〇〕韻：《全金詩增補中州集》作「噎」。〔一一〕遊：原作「適」，此從《(成化)山西通志》。〔一二〕適：原作「遊」，此從《(成化)山西通志》。〔一三〕寫：《(成化)山西通志》作「守」。

題崆峒巖壁三首

泰和五年十一月，連日雨雪，平地深三尺。上浣日，游琵琶院，經聖宇巖，欲訪唐人題字，無路不得往。緣澗踏雪，至清風壁。南望屏山，下瞰琵琶泓，泓周廣二百許步，冰雪覆其上，深不可測。泓上絕壁懸冰，玲瓏而水聲滴瀝，若琵琶然。彷徨賦詩，書崆峒巖壁。

屏風山下雪雲橫，雪覆琵琶水一泓。冰岫玲瓏巖溜滴，琤琤珠落玉盤聲。

漫漫積雪覆冰灘，嗚咽泉流冰下難。渾似樂天湓浦宿，夜聽商婦月中彈。

冰凍寒巖水落遲，哀絃繼續轉凄悲。水仙彈徹霓裳曲，泓口驪龍睡不知。清胡聘之《山右石刻叢編》卷二三，《歷代碑誌叢書》本，江蘇古籍出版社一九九八年。

青蓮寺

青蓮勝概名天下，竹杖芒鞋得得來。障日亂峰圍翠柏，倚天峭壁老蒼苔。一爐沉水藏經閣，千古清風擲筆臺。欲訪開山聖賢迹，繼碑細與拂塵埃。泰和丙寅三月上澣日，華山晦叟楊庭秀茂才留題。同來者倅車完顔永協和卿、晉城丞馬國基仲賢、司獄夾谷裕仲寬、東林毋彦倫俊卿〔一〕，男謙、革侍行。北京圖書館金石組編《北京圖書館藏中國歷代石刻拓本匯編》收影印拓片，中州古籍出版社一九八九年，第四七册一〇〇頁。另，《（乾隆）鳳臺縣志》卷一七《詩》亦録，詩與跋分置兩處。《中國地方志集成》本，鳳凰出版社等二〇〇五年。

【校記】

〔一〕東林毋彦倫俊卿：《（乾隆）鳳臺縣志》於句後有小字注曰「邑人」。

臨清臺二首

嚴陵垂釣江□煉，子晉吹簫月印眉。争似臨清臺上叟，倚欄日日賦新詩。

一派飛泉落石頭，真珠簾不上銀鈎。水仙□□□塵世，月射風掀□□□。王麗主編《三晉石刻大全·晉城市澤州縣卷》：「現存珏山南横河峪水電站石崖，鐫楊庭秀七絶二首」，題作《楊庭秀摩崖詩》。三晉出版社二〇一二年，第七五頁。

佚句

失題

渴心曉夢江湖闊，醉眼春風草木低。《中州集》卷七楊庭秀小傳。

田紫芝

田紫芝，字德秀，滄州（今河北省滄州市）人。父齊以蔭爲部掾。德秀少孤，養於外家定襄趙氏。資性穎悟，年二十讀經傳子史幾遍。爲人疏俊，而以藴藉見稱，與同郡王元卿齊名。貞祐初，避兵臺山，倉卒間爲遊騎所害，時年二十三，士論惜之。兹輯三首。

夜雨寄元敏之昆弟時年十六。

醉夢蕭森蝶翅輕，一燈無語夢邊明。虚簷急雨三江浪〔一〕，老木高風萬馬兵〔二〕。枕簟先秋失殘暑，湖山徹曉看新晴。對床曾有詩來否，爲問韋家好弟兄。

【校記】

〔一〕急雨：金元好問《續夷堅志》卷四《田德秀夙悟》録此詩作「雨急」。〔二〕高風：《續夷堅志》作「風高」。

亂後登凌雲臺

愁思紛紛不易裁，凌雲臺上獨裴回。亂鴉背着斜陽去，寒鴈帶將秋色來。破屋無煙空碎瓦，新墳經雨已蒼苔。天翻地覆親曾見，信得昆明有劫灰。

冥鴻亭下第後作

眼底功名一物無，飛揚跋扈竟何如。青雲歧路多辛苦，賴得皇家結網疎。《中州集》卷七《田紫芝》。

路忱

路忱，字子誠，平郭（今遼寧省蓋州市平郭縣）人。大定二十二年進士，累遷監察御史，終於河東北路轉運副使。兹輯一首。

秋懷

落日留虛壁，秋風急戍樓。高歌鬼神夜，揮涕虎狼秋。豪貴少青眼，文章多白頭。何時挂長劍，天地一扁舟。《中州集》卷八《路轉運忱》。

伊剌霖

移剌霖，字仲澤，契丹人。性奇穎，以儒業自舉，大定中登進士第①。明昌時，官陝西路按察使。

① 金佚名《驪山詩刻跋》有云：「（霖）始以儒業自舉，一游場屋，芥拾甲科。」見清王昶《金石萃編》卷一五七，《歷代碑誌叢書》本，江蘇古籍出版社一九九八年。

泰和間，遷昭義大將軍武定軍節度使兼奉聖州管内觀察使①。好爲詩文，大篇短什，率出前人用心不到處，當時名流多與之往來唱和。酈權《留仲澤》云：「朝衫酒濕紫宸霞，暫輟旌旗擁使華。馳馬彎弓真將種，載書囊筆自名家。」②丘處機《次韻答奉聖州節度使移剌仲澤佳什》云：「西北文章賢太守，肯將珠玉寄東南。」③仲澤嘗建虚舟堂，滹南王若虚爲之題銘④。兹輯五首。

驪山有感二首

蒼苔逕滑明珠殿〔一〕，落葉林荒羯鼓樓。渭水都來細如綫〔二〕，若爲流得許多愁。

山下驚飛烈火灰，山頭猶弄紫金杯。夢迴未奏梨園曲，卧聽吟風阿濫堆。清郭元釪《全金詩增補中州集》卷五一，上海古籍出版社一九九四年。另，清顧嗣立《元詩選癸集》癸之戊下《移剌霖》亦録，小傳失考，中華書局二〇〇一年。

【校記】

〔一〕逕：《元詩選癸集》作「遥」，注「一作逕」。　〔二〕來：《元詩選癸集》作「應」。

---

①金伊剌霖《磻溪集序》，見清張金吾《金文最》卷三九，中華書局一九九〇年。

②《中州集》卷四《酈著作權》，中華書局上海編輯所一九六二年。

③金丘處機《磻溪集》卷一，明正統《道藏》本，文物出版社等一九九四年，第二五册八一五頁。

④《滹南遺老集》卷四五《移剌仲澤虚舟堂銘》，《叢書集成初編》本，中華書局一九八五年。

華清

已壓開元萬翠眉，蓮湯不必浸凝脂。好將素手來吞洗，曾把寧王玉笛吹。清顧嗣立《元詩選癸集》癸之戊下《移剌霖》。

過蒲城馬上偶得二首

冷落襟風杯月，崎嶇馬足車塵。林下何曾一見，宜教笑殺閑人。

空有滿衣塵土，曾無蓋世名勳。忽認青山影裏，有人臥月眠雲。《（乾隆）蒲城縣志》卷一五《藝文志》，撰者原署「霖中澤」，當是「移剌霖仲澤」之誤。《中國方志叢書》本，臺北成文出版社一九七〇年。

新編全金詩卷三五

路鐸

路鐸，字宣叔，冀州（今河北省衡水市冀州區）人。伯達之子，與弟鈞和叔同登大定二十五年進士第①。明昌三年，爲左三部司正，遷右拾遺。時相完顔守貞以故遭貶，鐸爲辨護，及守貞再入相，而不相附。承安二年，除翰林修撰，因事貶監察御史。既而諫元妃李氏出身細微，有累聖德；其兄弟恃寵納賂，將有楊國忠之禍。坐謗訕除名。母傅氏臨終囑曰：「汝以憂國愛君，故極言直諫。天子明聖，特暫有所蔽，計他日必復起，汝前事須再言，勿有所顧藉也。」尋起爲泰定軍節度副使，擢景州刺史，調陝西路按察副使。泰和六年，召爲翰林待制兼知登聞鼓院。貞祐初，授孟州防禦使。明年，

①《中州集》卷四小傳、《金史》卷一〇〇《路鐸傳》未涉科第，《金史》卷九七《路伯達傳》謂其弟鈞擢大定二十五年進士，而於鐸無説。另，《（同治）畿輔通志》卷三四《選舉志》著録，列「進士年次無考」者。今按，金之諫官、御史須授以進士，惟鐸之登第榜次不明。《金史》本傳謂明昌三年（一一九二）遷右拾遺，而進士初授從八品，至右拾遺正七品，須經三任九十月。史稱鐸「最知名」，當與弟鈞同登大定二十五年（一一八五）第。

城陷，歿於國難①。史稱鐸剛正，歷官臺諫，有直臣之風云。爲文尚奇，尤長於詩，精緻温潤，自成一家。嘗著《虚舟居士集》行世。兹輯三十三首。

書州驛壁

雉堞俯已見，羊腸行尚難。炊煙界沮水，老木識橋山。時廢無人弔，臺高有鳥還。客懷秋館雨，未老鬢先斑。

王子端挽辭

才名如此不償窮，再入承明一病翁。白髮光陰文字裏，黄華林麓畫圖中。謫仙猶想屋梁月，荆産空懷松下風〔一〕。聊應世緣緣故在，會看歸鶴語遼東。

【校記】

〔一〕荆産：《全金詩增補中州集》卷二五作「名士」。

①《中州集》小傳作「貞祐初，出爲孟州防禦使，城陷，投沁水死」，《金史》卷一〇〇本傳所記略同。今按，《金史》卷一四《宣宗紀》「貞祐元年」項下不載孟州城破事，而在二年正月，蒙古進軍懷州。懷、孟相鄰，沁水流經兩州，同屬河中府，軍事上由沁南軍節度使節制。節度使宋扆戰殁，路鐸亦死節。

慶壽寺晚歸

九陌黄塵没馬頭，眼明佛界接仙洲。清溪照影紅蕖晚，禪榻生凉碧樹秋。少室宗風間木義〔一〕，裕陵遺墨爛銀鈎。對談不覺山銜月，只爲松風更少留。

【校記】

〔一〕間木義：弘治本《中州集》作「開木義」，《全金詩增補中州集》作「聞喝棒」。

賦丈室碧玉壺善甫賦詩鐸亦奉和二首

心知雲路等榆枋，戲作方壺當玉堂。虚静自應祥止止〔一〕，逍遥均是一蒼蒼。心含寶月無中外，身着青霞可頡頏。政爾天遊到疑始〔二〕，覺來誰送竹風香。

隨人作計魚千里，知命無憂鳥一天。碧落雲深堪避世，碧落，洞名。九華煙暖可忘年。平章萬有歸玄覽，收拾方心入大圓。上界真人自官府，不妨聊作橘中仙。

【校記】

〔一〕祥：汲古閣本、文淵閣本《中州集》作「詳」。〔二〕疑：《全金詩增補中州集》作「無」。

次韻答季通

華顛何意軟紅塵，霄漢聊收退鷁身。方喜長松倚東野，又從净社得遺民。高山流水知音少，霽月光風發興新。賴有好詩相慰籍〔一〕，不然開口欲誰親。

【校記】

〔一〕籍：文淵閣本《中州集》作「藉」。

雨中

月翳有時吐，風薰俄自清。雲迴暑天影，雨進夜窗聲。眼聽參天籟，神游得化城。覺來還故處，飢鼠撼燈檠。

輞川

畫圖風景是，亭榭歲年非。秋色半黄落，人煙深翠微。暗溪魚得計，沓靄鳥忘機。觸物增惆悵，吾廬早晚歸。

高唐劉氏駐春園

風光去人無咫尺，人自塵勞不相及〔一〕。此心既定境從之，雪樹霜林亦春色。劉翁有道久陸沉，十年種樹今成陰。醉鄉天地白日永，鶗鴂栗留皆好音。良辰行樂今已矣，依舊東流泛蘭芷。誰道青春挽不留，鯉庭看取新桃李。膏車秣馬吾將歸，誓與清景相追隨〔二〕。安用苦求三徑資，明月常滿千家墀。

【校記】

〔一〕自：文淵閣本《中州集》作「有」。〔二〕誓：《全金詩增補中州集》作「澹」。

赫仲華求賦鄴臺張氏野堂

白沙翠竹小江村，路轉西郊隔市塵。入坐好山如有素，忘情鷗鳥澹相親。芋魁飯豆平生足，澗草嵓花各自春。得酒誰能更羈束，不妨倒着白綸巾。

題鄒公所藏淵明歸去來圖

牛刀小試義熙前，一日懷歸豈偶然。有意候君門外柳，無機還我酒中天。貞姿佳菊秋霜裏，真意南山夕鳥邊。善學展禽唯此老，萬人海裏小斜川。

衛州贈子深節度

淇上風光萃一樓，樽前北海百無憂。平分玉鑑漁村晚，四望黄雲寡婦秋。望，一作卷。斜照鈎簾納煙翠，微飈高枕看安流。梅天消息和羹近，老稱寧容挽鄧侯。

潼關

樓迴臨飛鳥，車升汗十牛〔一〕。地靈開翠壁，天遠送黄流。趣戰如奸計，當關豈壯猷。天梯且失守，况説土山頭。

【校記】

〔一〕升：弘治本《中州集》作「外」，《全金詩增補中州集》作「行」。

七夕與信叔仲荀會飲晚歸有作

秋香瀉月笑談香，飲散歸來夜未央。闕角星河摇淡影，柳行燈火試新凉。雄飛勳業歸時輩，信美江山着漫郎。萬事浮雲心鐵石，休將粱國嚇蒙莊。

襄城道中有言長官暴横者。

禾黍佰風汝水長，遲遲驛騎困秋陽。病軀官事交相礙，夢雨行雲肯借凉。盡説秋蟲不傷稼，却愁苛政苦於蝗。詩成應被西山笑，已炙眉頭尚否臧。

感寓

沄沄一水抱山流，路轉岡陵到渡頭。張翰秋風動歸興，惠崇煙雨着孤舟。禄輕道重從三黜，日暮人遥發四愁。世事悠悠莫回首，聊憑酒聖作天游。

冠氏雨中

氣肅關河萬緑摧，遠遊節物動悲哀。人牛不見曉煙重，草樹有聲山雨來。老矣何堪米塩事，中之安得聖賢盃。遥憐鶴髪孤雲底，日望林梢一葉迴。

細香軒三首

花氣爐煙總不同，噀青噴翠小窗風。中邊故嗅渾無有，心跡相忘忽暗通。閣雨含風户牖凉，闡機才發興何長。無心孤竹那能爾，自是詩人知見香。

霜雪青青玉一藂，肯從桃李借薰醲。不知香界何從立，憑仗清風問籜龍。

芳梅如佳人贈襄城衛昌叔

芳梅如佳人，不見令人思。豈無桃李顔，夏蟲篤於時。霜風静天宇，蘭悴菊亦衰。凌寒一笑粲，功烈如彼卑。幾年豳西路，赭岡望逶迤。思之不得見，空吟水曹詩。夜月將夢去，雲深水之湄。邂逅踈竹邊，峩峩認風儀。今日真見止，昨夢猶蓍龜。塵中儓儗子，謂我酷好奇。逃空聞足音，此心胡不夷。

遂初園詩二首

閑閑堂

行邁已自勞，坐忘猶有爲。動静一塵耳，一真非即離。舉頭見青山，曲肱囀黄鸝。心安萬境寂，境轉何妨隨。

思玄堂〔一〕

塵世一何隘，永懷耿中情。端蓍得吉卜〔二〕，有鶴戾天鳴。慨然趣予装，雲旂渺遐征。鴻濛偶相值〔三〕，笑我勞經營。駕言還故鄉，方寸以道寧。先疇理耘耔，初服紉芳馨〔四〕。諦觀九州事[五]，曾不出户庭。漁父有黙識，餔糟愈於醒。

【校記】

〔一〕《（嘉靖）真定府志》卷一七《古跡志》録此詩，有云：「思玄堂在冀州。金路鐸任臺諫時，言事切直，坐除名。還鄉置此爲遊息之處。今毁不存，自有詩詠。」〔二〕端：《（嘉靖）真定府志》作「諸」。〔三〕濛：《（嘉靖）真定府志》作「漢」。〔四〕紉：弘治本《中州集》作「紐」，四部叢刊本《中州集》作「細」。〔五〕諦：《（嘉靖）真定府志》作「傍」。

汴梁公廨西樓二首

官舍誰言隘，西樓興不窮。閑雲欹枕裏，飛鳥捲簾中。風定天還水，煙虚月度松。回觀猶有愧，破屋着盧仝。盧仝，以方處士王逸賓。

雲態看來變，簷陰坐次移。一蟬吟未了，雙鳥去何之。薄宦槐安夢，浮名劔首炊。安心元有法，遣興可無詩。

次韻酈著作病起

玄晏躭書昔坐癡，如今手板對山持。病知居士安心處，貧是詩人换骨時。單見敢參東觀論，徐行休嘆後山遲。山林朝市元無異，怨鶴驚猿自不知。《中州集》卷四《路司諫鐸》。

記夢

翡翠庵前花草香，護蘭童子淡雲妝。夙緣還却三生債，不道未歸人斷腸。金元好問《續夷堅志》卷四《護蘭童子》：「孟州路宣叔，未二十而娶，未幾妻亡，追悼不已，鬱不自聊。夜夢妻如平生，説身後爲護蘭童子，住翡翠庵。作詩記之云云。未歸人，用死者爲歸人、生者爲行人之義。」中華書局一九八六年。

題獻陵梁氏成趣園

舉世醉浮榮，幽事誰肯尋。譬如攫金人，入市惟見金。先生厭塵雜，静念到園林。數往境自熟，有得樂更深。春蘭泛光風，夏木貯清陰。露菊浥佳色，霜松知本心。淵明嘗樂此，意合無古今。當其領會處，豈止忘華簪。先生比淵明，但欠酒與琴。飯蔬有真味，風籟有清音。出處縱小異〔一〕，要之俱陸沉。我亦志丘壑，聊擬斜川吟。清郭元釪《全金詩增補中州集》卷六二，上海古籍出版社一九九四年。另，《（民國）獻縣志》卷一一八《故實志》亦録，民國十四年刊本。

【校記】

〔一〕縱：《（民國）獻縣志》「雖」。

承安五年四月鐸被檄督郡租至曹南值方太守同年方護作河堤聞之遽命駕來訪道舊歡甚相與登清風閣披雲樓因酣飲索樓閣二詩别後奉寄

披雲樓

步上雲端眺碧空〔一〕，恍然身似出樊籠。斜陽飛鳥陶丘外〔二〕，淡月耕牛禹迹中。聊混古今千榼酒，不分賓主一襟風。挽須笑語真難得，明日泥沙印爪鴻。

清風閣

河山陳檻外，象緯挂檐牙。微吹來千里，清音散萬家。坐深望畏日，飲久失餘霞。賢守後民樂，土功盧水涯。《（康熙）曹州志》卷一八《藝文志》，《中國科學院圖書館稀見中國地方誌匯刊》本，中國書店一九九二年。另，清于敏中等《日下舊聞考》卷一五六《存疑》僅録《披雲樓》一首，北京古籍出版社一九八三年，第八册二五一五頁。

【校記】

〔一〕眺：《日下舊聞考》作「曉」。　〔二〕飛鳥陶：三字原缺，據《日下舊聞考》補。

余游華清數矣嘗賦懷古詩大安改元五月之安定任復

假道山下因掇拾其未盡者書於元辰殿后壁鐸三首

芟薙嘗收夜半功，可憐自鏡失昭融。荔塵飛處方西笑，羯鼓聲中已北風。機政漸疎容巨佞，中原才亂識真忠。一言應愧四閑安，虎守天門未易通。

土階三尺拱陶唐，傳到姚虞德益光。解愠風來滿民屋，法宫無日不清涼。

不肯千金作露臺，遠圖豈止恐傷財。九成清暑猶慙德，□□□□□□□。王新英《全金石刻文輯校》，吉林文史出版社二〇一二年，第四八八頁。

周馳

周馳，字仲才，號迂齋，濟南（今山東省濟南市）人。經學師從醇德先生王廣道，賦學出於泰山李時亨。至於党懷英、趙渢，又其忘年友。資性古雅，而以襟量見稱。大定中住太學，屢以策論魁，私試亦頻中監元。家素饒財，鄉人强以子弟從之學。所得束修，皆散諸生之貧者。貞祐之兵，濟南陷，不肯降，攜二孫赴井死。兹輯二首。

箸詩　章廟御題，限紅字韻。

矢束形何短，籌分色盡紅。駢頭斯効力，失偶竟何功。比數槃盂側，經營指掌中。蒸豚挑項爨，湯餅拌油葱。正使遭讒口，何嘗廢直躬。上前如許借，猶足沃淵衷。

⿰聿支子 私盍反，支起也。

勿以微才棄，安危任不輕。誰憐一片小，能使四方平。几案由吾正，槃盂免爾傾。何當遇夷坦，沉默更何營。此詩王仲澤所傳，或以爲仲澤作也。以其與周仲才詩意相近，姑附於此，以俟更考。《中州集》卷七《迂齋先生周馳》。

張翰

張翰，字林卿，秀容（今山西省忻州市）人。大定二十八年進士，調隰州軍事判官，歷東勝、義豐、會川三縣令。入補尚書省令史，累遷監察御史。貞祐初，爲翰林直學士，充元帥府經歷官。中都戒嚴，調度方殷，改户部侍郎。南渡後，遷河平軍節度使，召拜户部尚書。草創之際，經費空竭，雖米鹽細物皆倚之而辦，宣宗旦暮相之。史稱「有治劇才，所至輒辦」。年五十五①，卒。兹輯五首。

①《中州集》小傳作「會卒，年五十五」。今按，《金史》卷一〇五《張翰傳》：「初至南京，庶事草略，翰經度區處，皆有條理。是歲卒，謚達義。」中華書局一九七五年。今按，所謂是歲，指金宣宗初至南京汴梁時，即貞祐二年。

贈石德固

西湖之月清無塵，橘中之樂猶避秦。向來所見止此耳，渠亦豈是真知津。如君眼孔乃許大〔一〕，萬事付之塵甑墮。兒能詩書又肯播，着脚世間看踏破。青巾玉帶桃李花，日斜空望紫雲車。布衣誰識隱君子，一馬瘖然何處家〔二〕。

【校記】

〔一〕乃許大：《全金詩增補中州集》卷三七作「如許大」。〔二〕瘖：《全金詩增補中州集》作「隤」。

再過回公寺

山州風土極邊頭，二十年中復此游。青鬟已隨人事改，碧溪猶繞寺門流。輕寒剪剪侵駞褐，小雪霏霏入蜃樓。爲問勞生幾時了，不誠長抱異鄉愁〔一〕。

【校記】

〔一〕誠：文淵閣本《中州集》及《全金詩增補中州集》作「成」。

萬寧宫朝回

宿雨初收變曉凉，宫槐恰得幾花黄。鵲傳喜語留鞘尾，泉打空山輥鞠場。已覺雲林非俗境，更從衣袖得天香。太平朝野驩娛在，不到蓮塘有底忙。

奉使高麗過平州館

昨日龍泉已自奇，一峰寒翠壓簷低。兼并未似平州館，屋上層巒屋下溪。

金郊驛

山館翛然爾許清〔一〕，二更枕簟覺秋生。西窗大好吟詩處，聽了松聲又雨聲。《中州集》卷八《張戶部翰》。

【校記】

〔一〕翛：汲古閣本、文淵閣本《中州集》及《全金詩增補中州集》作「蕭」。

張行簡

張行簡，字敬甫，莒州日照（今山東省日照市莒縣）人。大定十九年詞賦狀元，授應奉翰林文字。章宗即位，轉翰林修撰、禮部侍郎，兼同修國史。承安五年，遷侍講學士。泰和六年，擢禮部尚書，兼侍講，同修國史。進太子太保，翰林學士承旨。貞祐初，拜太子太傅。三年，卒，謚文正。嘗著《禮例纂》一百二十卷及文集三十卷①。行簡家世儒業，祖莘卿、父暐、弟行信，俱金代名臣。行簡典貢舉三十年，門生遍天下，縉紳榮之。史稱端愨慎密，爲人主所知；與弟行信同居數十年，人無間言。兹輯三首。

六月二十九日北宫朝回

踈柳衰荷又一時，清波飛葉蔓靈芝。年年踏盡溪邊路，不覺吴霜點鬢絲。

酬郭光秀才

疇昔君來事已睽，豈知今我又羈棲。波臣儻不辭升斗，鵠卵終當遇魯雞。

題子端雪溪小隱圖

出處皆天豈自由，仙標終合冠鰲頭。不妨貌取黄華景，時向鈴齋作卧游。《中州集》卷九《張太保行簡》。

①《中州集》小傳稱「有集三十卷傳於家」，而《金史》卷一〇六《張行簡傳》作「所著文章十五卷」，金李治《敬齋古今黈拾遺》卷一謂「文集十卷」，頗紛紜。姑仍之，以備參考。

佚句

賦燕

王氏烏衣巷，盧家白玉堂。

寒食

餳粥雞毬留故事，風花鶯柳鬧春城。

中秋

露凝灝氣霑瑤席，雲近清光護桂宮。《中州集》卷九張行簡小傳。

蠟梅

池邊乍想漸台帽，堂下遥驚虢國衫。金李治《敬齋古今黈拾遺》卷一：「近世御史大夫張文正公諱行簡，字敬夫，文集十卷。……集中又有《蠟梅》詩云云。用事亦新奇。」《叢書集成初編》本，中華書局一九八五年。

孫鐸

孫鐸，字振之，恩州歷亭（今山東省德州市武城縣）人。大定十三年進士，歷州縣，補尚書省令史。承安元年，累遷左諫議大夫，改河東南路轉運使，轉中都路都轉運使。四年，擢户部尚書。以言相望爲御史所劾，降同知河南府事。泰和七年，拜參知政事。蒲陰令大中與左司郎中劉昂等坐私議朝政下獄，鐸引鄭人遊鄉校事爲之辯。大安初，進尚書左丞，兼修國史。貞祐二年，宣宗遷汴，爲太子太師。三年，致仕，薨①。其詩甚多，爲詩家所稱。兹輯一首。

癸亥清明日

翛然一室暗塵凝，兀兀端如打坐僧。習氣未除私自笑，短檠還對讀書燈。《中州集》卷九《孫太師鐸》。

佚句

賦玉簪

披拂秋風如有待，徘徊涼月更多情。《中州集》卷九孫鐸小傳。

①《金史》卷九九《孫鐸傳》：「宣宗遷汴，鐸上謁於宜村，除太子太師。有疾，遣使問候。貞祐三年，致仕，是歲薨。」中華書局一九七五年。

佚名

送孫鐸詩殘句

想到洛陽春正好，南鄰北里牡丹開。《中州集》卷九孫鐸小傳：「振之賀席中，戲舉青州老柏院布衣張在詩云：『南鄰北里牡丹開，公子王孫去不回。惟有庭前老柏樹，春風來似不曾來。』爲御史所劾，降授同知河南府事。有以詩送之者云云。聞者皆大笑。」

趙文昌

趙文昌，字當時，陵川（今山西省晉城市陵川縣）人。大定二十二年詞賦進士①，終於京兆轉運副使。其詩有佳句，黄華王庭筠稱之。兹輯二首。

歌扇

媚娘巧作貫珠喉，畫扇團團半掩羞。唱到春山小顰處，一輪明月爲花愁。《中州集》卷八《趙漕副

①元蘇天爵《滋溪文稿》卷四《金進士蓋公墓記》：「大定二十二年三月二十日集英殿放進士七十六人」，其中包括「趙文昌」。中華書局一九九七年，第五五頁。

文昌》。

失題

蟲聲連壞壁，樹色入秋窗。草香花落處，山黑雨來時。《中州集》卷八趙文昌小傳。

路元

路元，字安止，號東山，澤州（今山西省晉城市）人。大定二十二年進士①。累遷宣武將軍行芝田縣令。凡五典郡，秉心持正，外若木訥，内實有所支援，以擊搏豪强遭貶②，時以路包拯呼之。大安二年，謫居鄉里。後起復，以河南按察轉運使致仕。貞祐南渡，死於兵亂③。兹輯二首。

次韻呈戒壇惠公堂頭

官如馬足在泥塵，喜見高吟日日新。已竊謝公三載禄，難甘原憲一生貧。徒勞碌碌當年學，

---

①元蘇天爵《滋溪文稿》卷四《金進士蓋公墓記》：「大定二十二年三月二十日集英殿放進士七十六人」，其中包括「路元」。中華書局一九九七年，第五五頁。

②《（成化）山西通志》卷九《人物》，《四庫全書存目叢書》本，齊魯書社一九九七年，第三二五頁。

③《（乾隆）鳳臺縣志》卷八《人物》，《中國地方志集成》本，鳳凰出版社等二〇〇五年。

且樂陶陶此日春。幸對清風與明月，不知誰是個中人。明傅梅《嵩書》卷一四《韻始篇》，撰者署「路公」，名後注「宣武將軍行芝田縣令」。《嵩岳文獻叢書》本，中州古籍出版社二〇〇三年，第三一三頁。

琵琶泓

平昔樂山水，宦遊走西東。之齊訪靈巖，適渭登崆峒。暮年返鄉閭，碌碌無成功。特尋琵琶院，如到兜率宫。天花散簷蔔，寶光騰彩虹。殿閣金碧炫，洞穴玲瓏通。老僧古雪竇，慧眼明方瞳。過溪遠相迓，道話良有終。暫得浮生閑，似脱塵網中。自愧微官縛，縱迹如飄蓬。何敢望使君，勇辭勢位隆。林泉高興逸，吟賞詩筆雄。山神知其來，氣色遍和融。憑高恣觀覽，笑語鳴半空。幸陪杖屨遊，所適心腹同。臨流古泓上，峭壁鼓清風。未免龍中鶴，仰羨天邊鴻。薄暮據鞍歸，壯哉矍鑠翁。《（乾隆）鳳臺縣志》卷一七《詩》，《中國地方志集成》本，鳳凰出版社等二〇〇五年。另，《（光緒）山西通志》卷九五《金石記》著録：「今在鳳臺縣琵琶泓。石刻前列鄉貢進士邠州節度使趙忱、防禦路元唱和五古各一首，進士吕天錫跋、吴焯書，沙門洪贇立石，大安二年六月二十四日。」中華書局一九九〇年。

宋元吉

宋元吉，字祐之，潞州長子（今山西省長治市長子縣）人。大定名臣楫之子。登明昌二年進士第①，釋褐隰川主簿②，著有《興儒里碑記》。後歷兵部員外郎③、潞州昭德軍節度使倅④。泰和四年，奉詔與完顔綱、喬宇等編類陳言文字⑤。泰和八年，以南京路轉運使推排諸路⑥。兹輯一首。

過興儒里

我初游太學，讀書思入官。幸脱讀書苦，迺知入官難。去歲旱既甚，今秋天早寒。離離山上

---

①《中州集》卷八《宋孟州楫》：「子元吉，字祐之，明昌二年進士；元圭字達之，泰和三年進士。皆有名於時。」中華書局上海編輯所一九六二年。

②金宋元吉《興儒里碑記》及鄭時昌《題宋簿碑》未涉何縣主簿，而碑在隰州，當是倚郭隰川縣。另，《（光緒）山西通志》卷九五《金石記》著録興儒里在「隰州北川」，案云：「文爲州主簿宋元吉撰，因里名而勉州人以學也。」中華書局一九九〇年。今按，金代主簿爲縣衙職官，而《通志》混同州官。

③《元史》卷一七八《宋衜傳》：「宋衜字弘道，潞州長子人，金兵部員外郎元吉之孫。」中華書局一九八三年。今按，金之兵部設員外郎二員，從六品，而元吉泰和八年任南京路轉運使，正三品，《元史》所記非其所終官職。

④金元好問《遺山先生文集》卷三六《鳩水集引》：「宋君起太行，其經明行修，蓋故家遺俗然，且得鄉先生李承旨致美、按察使簡之、宗盟内翰濟川、潞倅祐之父子、王孟州大用之所沾丐。」《四部叢刊》本。今按，據《金史》卷二六《地理志》及卷五七《百官志》，潞倅當指潞州昭義軍「正五品」節度使同知，或「從五品」節度副使。

⑤《金史》卷一二《章宗紀》：「泰和四年八月庚子，詔完顔綱、喬宇、宋元吉等編類陳言文字其言涉宫廷，若大臣、省臺、六部，各以類從，凡二千卷。」另，《金史》卷九八《完顔綱傳》亦涉，作「二十卷」，是。

⑥《金史》卷四六《食貨志》：「（泰和）八年九月，以吏部尚書賈守謙、知濟南府事蒲察張家奴、莒州刺史完顔百嘉、南京路轉運使宋元吉等十三員，分路同本路按察司官一員，推排諸路。」中華書局一九七五年，第一〇四一頁。

苗，摇風青且乾。居民愁凍飢，於我能自安。繫馬就此憩，慨然發長歎。作詩見我意，非欲他人觀。《（雍正）山西通志》卷二二一《藝文》，《文淵閣四庫全書》本。另，長子縣志編纂委員會編《長子縣志》卷一九《文化·藝文》亦録，海潮出版社一九九八年，第六〇九頁。

趙忱

趙忱，字君卿，號澹叟，澤州（今山西省晉城市）人。承安中進士，官至邠州節度使。大安二年致仕，與同里路元遊覽名勝，詩酒唱和，清思妙句，人争傳誦①。兹輯一首。

琵琶浤

琵琶古浤上，白水巨澗東。翠巘巖巖植，邦人號崆峒。只疑阿育手，造塔餘神功。鑿開蒼蘚壁，幻出青蓮宫。曲徑盤修蟒，危欄繞長虹。危磴鐵絙維，邃户石穴通。道人老鶴瘦，霜眉覆碧瞳。能於阿蘭若，具道初與終。自昔唐室季，盗興廣明中。逃難有瞿曇，此地揆蒿蓬。始□巖洞陋，漸葺棟宇隆。迄今數百載，金碧勢□雄。我來快登覽，燕坐心已融。平日蹈巇險，□知在虚空。况對佳公子，一軒談笑同。茗花泛春雪，酒面摇溪風。恍爾忘

①《（乾隆）鳳臺縣志》卷八《人物》，《中國地方志集成》本，鳳凰出版社等二〇〇五年。

世累，翩然若雲鴻。遣適憑高興，真無負衰翁。《（乾隆）鳳臺縣志》卷一七《詩》，《中國地方志集成》本，鳳凰出版社等二〇〇五年。另，《（光緒）山西通志》卷九五《金石記》著録：「今在鳳臺縣琵琶泓。石刻前列鄉貢進士邠州節度使趙忱、防禦路元唱和五古各一首，進士吕天錫跋、吴焯書，沙門洪贊立石，大安二年六月二十四日。」中華書局一九九〇年。

李好復

李好復，字仲通，安喜（今河北省遷安市）人。明昌二年進士。歷州縣，遷榆次令，有能聲。入爲警巡使，嘗以事縛一護衛，道陵有投鼠之喻。出爲歷城令，終於滑州刺史。兹輯二首。

邵智夫同游南城

園林晴晝蔚如煙，林外支流盡水田。落日趁墟人已散，鷺鷥飛上渡頭舩。

雨中與客飲

門外平橋一水分，數聲漁唱隔溪聞。暖風落絮飄香雪，小雨沾花濕夢雲。釀具未甘名長物，詩壇聊欲張吾軍。相逢莫惜通宵飲，明日閑身不屬君。《中州集》卷八《李好復》。

張邦彦

張邦彦，字彦才，平陽（今山西省臨汾市）人。德直叔祖。明昌五年張檝詞賦榜登第①，以當川令致仕。嘗著《松堂集》行世。兹輯一首。

失題

青山澮澮水溶溶，盡出蒼祇點化工。無限燒痕渾緑染，可憐喬木待春風。《中州集》卷八張德直小傳。

①《中州集》小傳作張檝榜登科。今按，張檝爲明昌五年詞賦榜狀元，見清王昶《金石萃編》卷一五九《改建題名碑》，《歷代碑誌叢書》本，江蘇古籍出版社一九九八年。

新編全金詩卷三六

趙文昌

趙文昌，字公權，平陽（今山西省臨汾市）人。明昌二年進士，累官遼東路鹽使。博學好持論，常山周昂甚愛之。子觀，字維道，從事史院，資謹厚，不忤於物，閑閑趙秉文許其字畫進進不已，可到古人云。兹輯一首。

軍中寄親舊

軍中從事鬢絲垂，把釣江湖與願違。紅葉關河爲客久，黄花時節寄書歸。霜天不盡孤雲遠，秋意無聊一鴈飛。鄉社故人應念我，豈知南望更依依。《中州集》卷八《趙塩部文昌》。

張著

張著，字仲揚，大興（今北京市）人①。明昌承安間，作詩者尚尖新，仲揚詩以浮豔勝，名聲鵲起，

① 金劉祁《歸潛志》卷八作「張翥字仲揚」。翥與著音同，意猶鳥之騰飛，所謂龍翔鳳翥。另，《中州集》小傳作（轉下頁）

遂以布衣召用①。應制稱旨，特恩授監御府書畫。兹輯四首。

九日

雨沐天容霽欲流，好山誇翠出墻頭。黄花憔悴東籬晚，一段陶家冷淡秋。

雨後

西風無意嫪纖雲，掃盡千峯雨脚痕。一片秋光清似水，家家空翠滿柴門。《中州集》卷七《張著》。

紫泉亭

西風禾黍亂蒼黄〔一〕，滿眼秋山冷翠長。一片白雲攜雨去，人家籬落半斜陽〔二〕。清郭元釪《全金詩

（接上頁）「永安人」，即金之中都燕京。其《宋張擇端清明上河圖跋》自署「燕山張著」，與之不悖，見《金文最》卷四七。今按，金元好問《續夷堅志》卷三《永安錢》：「海陵天德初，卜宅于燕，建號中都，易析津府爲大興。始營造時，得古錢地中，文曰永安一千，朝議以爲瑞。乃取長安例，地名永安。改東平中都縣曰汝陽，河南永安曰芝田，中都永安坊曰長寧。然亦不知『永安一千』何代所用錢也。」大興名永安，自遼代已然。據宋李心傳《建炎以來繫年要録》卷一六四《遷都燕京改元詔》，天德四年改曰永安，貞元元年更爲大興。以其與遷都相關，當時文獻屢見。

① 金劉祁《歸潛志》卷八，中華書局一九八三年，第八五頁。

增補中州集》卷三二，上海古籍出版社一九九四年。另，《（萬曆）保定府志》卷四《古跡志》亦録：「紫泉亭，在縣西北隅舊城垣上，又名文會亭。景泰四年，有司移入儒學明倫堂後。金張仲陽《紫泉亭》詩云云。」《日本藏中國罕見地方志叢刊》本，書目文獻出版社一九九二年。今按，「張仲陽」當是「張仲揚」之譌。

【校記】

〔一〕亂：《（萬曆）保定府志》作「半」。　〔二〕半：《（萬曆）保定府志》作「伴」。

題李早三馬圖

金源六葉全盛年，明昌政似宣和前。寶書玉軸充内府，時以李早方龍眠。元夏文彦《圖繪寶鑒》卷四：「李早工畫，人物甚佳，樹石不稱。明昌間人。張翰林翥嘗題其《三馬圖》云云。」《歷代名畫記》本，京華出版社二〇〇〇年。

佚句

失題

矮户小窗寒不到，一爐香火四圍書。
西風了却黄花事，不管安仁兩鬢秋。金劉祁《歸潛志》卷八：「明昌承安間，作詩者尚尖新，故張翥仲揚由布衣有名召用，其詩大抵好浮豔語。如云云，又云云。人號張了却。劉少宣嘗題其詩集後云：『楓落吴江真好句，不須多示鄭參軍。』蓋譏之也。」中華書局一九八三年。

岳行甫

岳行甫，字仁老，鄜州洛川（今陝西省延安市洛川縣）人。在關中有詩名，佳句甚多。泰和初，嘗作《時病》詩，爲章宗賞異。授以官，不就，士論高之。兹輯二首。

謝人惠二小漆冠

規製新翻出杜郎，最宜閨子夜燒香。不争寶髻峩宮様，自與霓裳配道裝。細攏翠鬟雲易滿，淺銜牙櫛月難藏。水衡雙寄非無意，要買楊枝惱孟光。

立春日

銀線青絲翠椀堆，争牛擊鼓欲驚雷。翻風鬬巧春頭勝，漉雪浮香臈尾盃。迎煖梢梢金着柳，逗寒葉葉粉飄梅。不成一事人空老，半百光陰又七迴。《中州集》卷七《岳行甫》。

王萬鍾

王萬鍾，字元卿，秀容（今山西省忻州市）人。少有逸才，讀書有後先，不欲速成。詩文閑適，似其爲人。與同郡田德秀齊名。古詩尤蕭散，有自得之趣。貞祐三年，死於兵禍，年二十七。兹輯三首。

春宵

風尖月細春猶淺，酒冷燈昏夜向深。人在西軒愁不寐，十年間事總經心。

元氏桂軒爲敏之賦

簾捲堂前桂子凉，一軒燈火夜初長。月中春好元無價，天上風來别有香。棠棣一家同映秀，詞林百世繼餘芳。閑花野草空無數，掩盡人間獨擅場。

江村風雨圖

秋風槭槭澹林暉，煙靄昏昏失翠微。一段蓴鱸江上興，蓬窗岑寂夢魂飛。《中州集》卷七《王萬鍾》。

佚句

寄元裕之關中

千里吕安思叔夜，二年社燕伴秋鴻。

賦梅花

漢宫月下三千額，好在春風一抹痕。

哭元敏之

蘭逕水流三月暮，桂林風落一枝春。《中州集》卷七王萬鍾小傳。

劉　濤

劉濤，字及之，夏津（今山東省德州市夏津縣）人。明昌二年同進士出身，户部尚書孫鐸薦入翰苑。歷太原運副、汾州倅。入爲太子贊善，官至彰德府治中。貞祐四年致仕，尋卒。兹輯七首。

小雪

黄紬被暖起還慵，小雪經簷落旋空。舊館簿書寬半餉，冷官庭户滿西風。馬遭萁窖三山瘦，人坐詩工五鬼窮。安得東風囑桃李，也教春色到衰翁。

和德卿雪

南華香火是真依，不學呼鷹雪打圍。梁苑舊遊荒徑改，潁濱新唱綵牋飛。春生東閣酣朝飲，寒入西隣泣夜機。夢寐扁舟釣江水，重嗟白髮此心違。

井陘

寒壓歲峥嶸，山陰日少晴。敗眠雞小梗，勸坐火多情。便面堪長路，牽頭破老兵。誰教戀升斗，盡室此途行。

宿平遥集福寺

院僻和僧静，門閑與晝長。燕泥朝雨淖，蝶蘂晚風香。野興煎詩思，乾愁繞客腸。青奴如解事，供我暮窗凉。

送王純叔守曹州

柏路人看御史驄，年來眼落簿書蘩。單車乍别金鑾月，五馬頻嘶玉勒風。故國山河連小鄶，舊家雞犬識新豐。遥知别夜詩成處，醉袖淋浪蜜炬紅。

戲用前人語題天平别墅

表聖當年絹五千，休休亭下買林泉。黄華面目君還見，天柱峯高不直錢。《中州集》卷四《劉治中濤》。

五松亭

田園隨地脈，林麓假山形。石峽横幽寺，松陰得野亭。水傳哀谷暗〔一〕，春效瘦原青。寒食懷鄉客，唧悲怕晚醒。貞祐丁丑清明日，前彰德治中劉濤題。《（民國）林縣志》卷一四《金石》上，《中國方志叢書》本，臺北成文出版社一九七〇年。

【校記】

〔一〕暗：原作「暗」，刊誤。

王特起

王特起，字正之，代州崞縣（今山西省忻州市原平市崞陽鎮）人。年四十餘，登泰和三年進士第①。調真定府録事參軍，有惠政。改令沁源，遷司竹監使。崇慶中，朝議欲以館職召試，會卒。特起智識精深，好學善論議，音樂技藝，無所不能。長於辭賦，出入經史，摘其英華以爲句讀，如天造神出。在張大節門下時，與屏山爲忘年友。閑閑趙秉文屢誦其《華山》詩，頗以爲妙。兹輯九首。

---

① 金劉祁《归潛志》卷四，中華書局一九八三年，第三一頁。

沁源山中[一]

野夫不識武城宰，問之無言色微改。但説今年秋雨多，黄芪滿谷無人采。踏徧西城錦石盤，暮投佛屋解征鞍。隔林依約見燈火[二]，山谷人家初夜寒[三]。

【校記】

〔一〕《(正德)大同府志》卷一八《詩》録此詩，題作《沁源道中》。〔二〕依約：《(正德)大同府志》作「隱約」。〔三〕初：《(正德)大同府志》作「愁」。

張代州挽[一]大節。

砥柱堂堂閲潰川，諫書一帋力回天。兩朝眷倚傳龜玉，五郡歡謡被管絃。茇舍棠陰餘舊緑，夜臺松月耿孤圓。行人謾洒碑前淚，誰識顔公是地仙。

【校記】

〔一〕汲古閣本、文淵閣本《中州集》及《全金詩增補中州集》卷二九詩題作「挽張代州詞」。

謾作

有時幽鳥話心事，無限秋蟲誇口才。北闕上書吾老矣，東籬把菊思悠哉。竹林留得巨源在，蓮社招入淵明來。不然餘子敗人意，懷抱耿耿胡爲開。

偶作

人情争勝似争棊，死怕輸人一着遲。黑白不分傍袖手，年來吾亦愛吾癡。

絶句二首

山勢奔騰如逸馬，水流委曲似驚蛇。溪靈不欲露天巧，眼力未到雲先遮。

鳥語留春春已迴，落花隨意卧蒼苔。清明寒食因循過，萱草薔薇次第開。

下第

人間萬事等樗蒱〔一〕，敢謂何人不得盧。勝負到頭俱偶爾，狂夫安用繞牀呼。《中州集》卷五《王監使特起》。

【校記】

〔一〕人間：元乙卯本、明弘治本、四部叢刊本《中州集》作「世間」。樗蒲：汲古閣本、文淵閣本《中州集》及《全金詩增補中州集》作「摴蒱」。

華山

三峰盤地軸，一水落天紳。造化無遺巧，丹青總失真。

佚句

遊龍德宮聯句

棘猴未窮巧，槐蟻或失王。

賦雙峰兢秀

龍頭矗雙角，駝背堆寒峰。《中州集》卷五王特起小傳。

張檝

張檝，字巨濟，先世泰州長春（今吉林省松原市前郭爾羅斯蒙古族自治縣）人，有官於山陰（今山西省朔州市山陰縣）者，遂占籍。曾祖頤宗，銀青榮禄大夫。祖惠，懷遠大將軍。父天白，號縣簿。

巨濟擢明昌五年詞賦狀元，授應奉翰林文字，遷國子博士①，累官鎮戎州刺史。爲人有藴藉，善談論，文賦詩筆截然有律度，時人甚愛重之。兹輯五首。

秋興

飄零千里道，牢落半生愁。殘月如新月，今秋似去秋。露濃花氣重，風細竹聲幽。何日清溪上，煙蓑一釣舟。

客中

絳唇花不語，青眼柳初眠。塵去尋芳馬，香來載酒船。歸期仍鴈後，野興已鷗邊。惆悵無家客，春風又一年。

蓮實

水妃擘出紺珠囊，玉筍彫槃喜乍嘗。膚白已攙新藕嫩，心青猶帶小荷香。鬭餘翠鳥零珎羽，飛盡黄蜂露蜜房。口腹累人良可笑，此身便欲老江鄉。

① 《金史》卷一〇四《郭俣傳》，中華書局一九七五年。

初夏

小園緑笋間朱櫻，點綴年華似有情。露浥葛巾晨氣潤，風隨竹簟晚凉生。閑窺黠鼠潛身處，静厭飛蚊遶鬢聲。安得冷泉幽石畔，解衣盤礴樹陰清。《中州集》卷九《張内翰檝》。

永寧劉氏園亭

菊老芙蓉衰，梨柿葉争絳。叩門人不應，一犬吠深巷。

佚句

陜州

駭浪奔生馬，荒山卧病駝。《中州集》卷九張檝小傳。

梁仲新

梁仲新，字良輔，朝城（今山東省聊城市朝城鎮）人。明昌五年進士。初試「仙掌承露」詩，主司以爲擅場，用是知名。後卒於許州録事。兹輯一首。

江天暮雪圖

南雪不到地，霏霏滿竹樓。沙河燈市裏，春在木綿裘。《中州集》卷八《梁録事仲新》。

王　賓

王賓，臨潼（今陝西省西安市臨潼區）人。承安二年詞賦進士①。兹輯一首。

題元莊

嘗愛樊川景物奇，秋來乘興試遊之。元家新第添今日，范氏郊居憶舊時。窗外好山青冉冉，竹間流水緑漪漪。通宵言論情無限，幸有金波酒滿卮。元駱天驤《類編長安志》卷九《勝遊》，中華書局一九七〇年。

劉光謙

劉光謙，字達卿，瀋州（今遼寧省瀋陽市）人。父澤字潤之，嘗爲部掾，有惠政。光謙登承安二年

①《（雍正）陝西通志》卷三〇《選舉志》著録，《文淵閣四庫全書》本。

吕造榜詞賦進士第①。貞祐末，以左司郎中從行臺伐宋②。有幹局，處事詳雅，爲朝廷所知，累官司農少卿。興定間，病瘡許州，宣宗勑國醫診視之。年五十六卒。兹輯一首。

寄陳正叔雷希顔

東南形勝古徐州，人物休評弟幾流。落落陳雷天下士，故應連榻卧黄樓。《中州集》卷八《劉户部光謙》。

刁　白

刁白，字晉卿，信都（今河北省邢臺市）人。承安二年吕造榜詞賦乙科及第。歷涇州幕官，入補省掾，卒。作詩極致力，樂府尤有風調。兹輯三首。

---

①《中州集》小傳作「瀋州」人，「泰和三年」進士，遺山誤記。今按，金孔叔利《改建題名碑》著録：「承安二年吕造下，劉光謙，大興。」或其先世瀋州，後徙大興。見清王昶《金石萃編》卷一五九，《歷代碑誌叢書》本，江蘇古籍出版社一九九八年。

②《中州集》卷九王彧《禪詩》注：「貞祐末，行臺都尉南征，獲武經進士李申之於盱眙，左右司郎中劉光謙達卿、潤文官李獻能欽叔爱其才辯，欲活之，以避嫌不敢也，乃托之以問事機，令軍中羈管之。」

渭水

渭水秋天白，驪山晚照紅。行人迷古道，老馬識新豐。霜雪滿歸鬢，乾坤猶轉蓬。愁來成獨酌，醉袖障西風。

物質

物質方圓定，營營止自疲。鶴鳧傷斷續，鵬鷃失高卑。巧宦多成拙，徐行未必遲。可怜筝上鴈，來往聽人移。

送花

縱横詩酒少年曾，老矣追懽謝不能。種出好花無用處，東鄰乞與坐禪僧。《中州集》卷八《刁涇州白》。

盧洵

盧洵，字仁甫，高平（今山西省高平市）人。李承旨晏嘗見其所作上梁文，勉其就舉。六十一歲中承安二年吕造榜詞賦進士。歷河南府教授，河陽丞，宜陽令。致仕後居伊陽，興定二年卒，年八十三。仁甫有詩學，嘗以《鞏原》及《赤壁圖》詩著名。兹輯二首。

白溝

白溝清淺不容舟，遼宋封疆限此溝。到了山河無定主，碧波依舊只東流。《中州集》卷八《盧宜陽洵》。

招飲

南園仙杏猩紅破，北渚官醪玉汗醇。已約樽前成二老，全勝月下作三人。《中州集》卷八盧洵小傳。

劉昂

劉昂，字次霄，濟南（今山東省濟南市）人。承安五年進士，調鄠縣令。劉光甫曾爲同官，稱次霄高材博學，詩有佳句云。兹輯四首。

零口早行

馬上兀殘夢，沉沉天向晨。行雲如妒月，古道不逢人。野曠耕聲遠，山高露氣新。哦詩無好語，聊耳一吟呻(一)。

【校記】

〔一〕耳：汲古閣本、文淵閣本《中州集》及《全金詩增補中州集》卷三九作「爾」。

讀三國志二首

虎視鯨吞卒未休，一時人物盡風流。婦翁正得黄承彦，兒子當如孫仲謀。乳臭蒙孫真寄坐〔一〕，齒寒鄰國莫分憂。阿瞞狐媚無多罪，誰作桓文得到頭。

泣漢遺黎血未乾，繁昌新築受終壇。天球寶鼎私臧獲，坎井坳堂局鳳鸞〔二〕。地易主賓窮赤壁，勢成螳雀事烏丸。陳言衮衮令人厭，枉就輸棊覆舊槃。《中州集》卷八《劉鄠縣昂》。

【校記】

〔一〕蒙孫：《全金詩增補中州集》作「嗣君」。〔二〕坳：文淵閣本《中州集》作「抝」。今按，《莊子·逍遥遊》：「覆杯水於坳堂之上，則芥爲之舟，置杯焉則膠，水淺而舟大也。」

沛邑題詠

劉項興王轉燭過，亂蟬吟破漢山河。長陵臥老咸陽月，沛上猶傳擊筑歌。《（嘉靖）沛縣志》卷一〇，《天一閣明代方志選刊續編》本，上海書店一九八九年。今按，金有兩劉昂，一爲劉左司昂，一爲劉鄠縣昂。左司劉昂鄉貫及仕履與沛邑無涉，當歸鄠縣劉昂，其籍里濟南與沛邑同爲山東屬地。

李 惠

李惠，出處未詳。泰和中，官棲霞縣令。兹輯十首。

詠棲霞十首

蕭灑棲霞縣，周圍幾百家。人淳無寇盜，地窄少桑麻。古道依山險，孤城傍水斜。時平省公事，日上未參衙。

蕭灑棲霞縣，群山擁石城。屋頭千仞聳，林表數峰横。蝅靄侵衣潤，嵐光照眼明。微官養踈拙，多病也身輕。

蕭灑棲霞縣，山荒遠驛塵。休言君處僻，倖免送迎頻。海近魚蝦廣，泉甘酒醴醇。長林堪憩息，咫尺對城闉。

蕭灑棲霞縣，區分十五都。耕耘田瘠鹵，負載路崎嶇。鬛老攔街簇，牛稀合户租。民淳質更美，珥筆莫相誣。

蕭灑棲霞縣，村墟一望遥。地偏踈客旅，山近足薪樵。夏半天微雨，春深雪未消。年豐人樂業，處處起歌謡。

蕭灑棲霞縣，山高茂樹重。蝅嵐凝紫翠，花草亂青紅。幽蝅驚湍瀉，巔崖細路通。登臨須盡日，醉耳愛松風。

蕭灑棲霞縣，巉巗仰艾山。排空青靉靆，到景水灣環。雪霽堆雲浪，雲收擁翠鬟。誰能卸塵網，個裏一生閑。

蕭灑棲霞縣，金山古道場。花鬘崇帝釋，碑刻紀開皇。地僻囂塵遠，庭空檜柏香。老僧欣客至，汲水薦松簧。

蕭灑棲霞縣，靈宮蔽太虚。壇場天地府，松竹道人廬。一點無塵迹，千函有藏書。何當扣真寂，重整舊藍輿。

蕭灑棲霞縣，幽深吏隱堂。門庭終日静，花模四時香。柱笏吟清健，推琴睡思長。人生安樂耳，何處問仙鄉。《（康熙）棲霞縣志》卷八《藝文志》，《國家圖書館藏清代孤本地方志選》本，北京圖書館出版社二〇〇一年。

邵公高

邵公高，字烈夫，沛邑（今江蘇省徐州市沛縣）人。大安中，仕爲儒林郎行芝田縣主簿①。以廉能

①清陸增祥《八瓊室金石補正》卷一二七《重刻三教像贊》後署「儒林郎芝田縣主簿沛邑邵公高烈夫等助緣施財」，《歷代碑誌叢書》本，江蘇古籍出版社一九九八年。

稱，時人撰碑頌之①。兹輯二首。

緱山廟

駕仙鶴人上寥廓，玉笙猶想冷雲堆。緱山老却當時月，旌蓋悠悠更不迴。清顧嗣立《元詩選癸集》癸之己上，小傳謂「官芝田主簿」，餘無考。中華書局二〇〇一年，上册第七二三頁。

清明後一日遊青龍山羅漢院

亂山深處春深處，殿閣參差壓石垣。梨白桃紅寒食節，風香雨細給孤園。修廊拂拭看詩句，好景留連卧酒樽。幽興此間殊不淺，林邊歸路踏黄昏。《（民國）鞏縣志》卷一八《金石》，《中國方志叢書》本，臺北成文出版社一九七〇年。

完顔從郁

完顔從郁，字文卿，本名瑀，字子玉，宗室子。以父蔭充符寶。章宗試一日百篇，賜第。泰和末，

---

①金趙亨元《重修中嶽廟碑》：「越自大安二年三月，工部以符下河南府……委芝田主簿邵公親督其事……公乃率其同佐，諭以下情。於是齋沐勤瘁，朝夕爲務。籌計所費，摹度其功。不棄斂以動人，不徵求而逼物。工匠畢輳，而不愛其力；胥吏催督，而罔遑其私。故所費者省，而其功大。」見清張金吾《金文最》卷八〇，中華書局一九九〇年。

受審官院掌書大中漏言除授事牽連，被譴逐①。衛紹王即位，起復，改其本名字，官至安肅刺史。茲輯一首。

題唐柏鄉尉藺君遺愛碑

卿材皆願識將軍，事簡將軍少出巡。白酒不沽誰犯禁，黄雞無禍得司晨。問耆撫幼非干譽，止社停巫豈慢神。數尺去思碑上語，後官知勸可書紳。元納新《河朔訪古記》卷上：「柏鄉縣城中通衢居民簷下，柏鄉尉藺君碑一通。君名儼，字望之，唐會昌間尉柏鄉，有遺爱。民伐石立碑，潞州進士張瑰撰文。將树碑，時皇叔觀察使完顔從鬱適朝京還，因題詩一章於碑後云云。」詩題原失，兹據文意擬。《叢書集成初編》本，中華書局一九八五年。

宋雄飛

宋雄飛，字翔霄，號和安居士，真定（今河北省石家莊正定縣）人。律科及第②，嘗任刑部檢法，出

① 完顔從郁事迹見於《中州樂府·完顔從郁》；被譴逐事，見於《金史》卷一二六《文藝傳》劉昂；安肅刺史，《河朔訪古記》作「皇叔觀察使完顔從郁」。

② 《（乾隆）鳳臺縣志》卷一七《詩》，《中國地方志集成》本，鳳凰出版社等二〇〇五年。今按，原作辭科及第，誤。金代科舉有詞賦、經義、女真策論等。至於律科，不稱進士，歸雜科，謂明法。及第者初授官多爲「檢法」。

爲通判郡事，累官同知汾州事。雄飛明習法律，州有疑難諸獄，多所匡正。好遊賞勝地，每得佳句，輒書於壁。兹輯六首。

遊天真觀

我本麋鹿姿，山野是所適。混跡冠帶囚〔一〕，未免衣食迫〔二〕。每到幽人居，恍然與世隔。閑來挈家來，誤入神仙宅。忘形來藜飲〔三〕，知音有雙柏。高謝俗緣拘，深愛歲寒碧〔四〕。光陰過隙駒，去留諒何益〔五〕。始信住庵人，早退是長策。去留且隨緣，大笑乾坤窄。它日復再遊，俯仰便陳跡。和安居士宋雄飛來遊，時泰和改元三月十一日。《（宣統）鄖縣志》卷八《金石遺録》跋尾云：「右詩在縣南二十里觀郉老君庵，即金時天慶宫下院天真觀。」《中國地方志集成》本，鳳凰出版社等二〇〇七年。另，周峰《金代澤州同知宋雄飛事輯》收影印拓片并録文，見《東北史地》二〇一二年第五期。

【校記】

〔一〕跡：原泐，據詩意補。今按，「混跡」於唐宋詩詞習見。唐元稹《代曲江老人百韻》：「毀容懷赤紱，混跡戴黄巾。」見《全唐詩》卷四〇五；宋陸遊《好事近》：「混跡寄人間，夜夜畫樓銀燭。」見唐圭璋《全宋詞》第一五八九頁。〔二〕迫：《金代澤州同知宋雄飛事輯》作「迴」。〔三〕來：原泐，據詩意補。〔四〕寒：原泐，據詩意補。今按，《論語·子罕》：「歲寒，然後知松柏之後彫也。」唐黄滔《秋色賦》：「松柏風高兮歲寒出，梧桐蟬急兮煙翠死。」見《全唐文》卷八二二。〔五〕留：原泐，據下文「去留且隨緣」補。

録囚過陽城太清觀偶題

易覺春光老，難消夏晝長〔一〕。問囚傷道氣，嚼句療飢腸。殿古苔痕澀〔二〕。壇高檜影涼。黄冠誰可語，試與辨亡羊〔三〕。崇慶癸酉孟夏中旬，和安居士宋雄飛翔霄題，監場盧仔、監酒趙璧上石。清胡聘之《山右石刻叢編》卷二三《宋雄飛題詩碣》，《歷代碑誌叢書》本，江蘇古籍出版社一九九八年。另，《(成化)山西通志》卷一六《集詩》亦録，題作《録囚過陽城太清觀偶題》，從之。《四庫全書存目叢書》本，齊魯書社一九九六年，第六八七頁；王麗主編《三晉石刻大全·晉城市澤州縣卷》亦録，題與《山右石刻叢編》同，三晉出版社二〇一二年，第九三七頁。

【校記】

〔一〕晝：《(成化)山西通志》作「日」。〔二〕澀：《(成化)山西通志》作「沁」。〔三〕辨：《晉城市澤州縣卷》作「辯」。亡羊：《(成化)山西通志》作「興亡」。

按部過靈泉寺

奇木千章振法音，靈泉一勺滌煩襟。往來幾度紅塵路，今日清遊始遂心。《(成化)山西通志》卷一六《集詩》，詩題下注「宋雄飛，宋泰安人」，誤。《四庫全書存目叢書》本，齊魯書社一九九六年，第六八五頁。

青蓮寺

距州僅一舍，得造古名寺。龍潭蓄神奇，虎徑轉幽邃。樹深峽門始〔一〕，日落山各位。煙霞媚清秋，金碧化平地。高僧福閑境，造物不能閟。詩人吊陳跡，等是夢中記。予生僻林泉，卜築意未遂。區區了公私，萬慮貯曾次。此來真有緣，俗事宜姑置。勝處既周覽，静憩宿雙翠[二]。獨吟杖履遊[三]，絶勝蕭鼓醉。俄然促歸程，却作塵埃吏。《（乾隆）鳳臺縣志》卷一七《詩》，《中國地方志集成》本，鳳凰出版社等二〇〇五年。另，周峰《金代澤州同知宋雄飛事輯》據网上圖影資料録文，見《東北史地》二〇一二年第五期。

【校記】

[一]門始：《金代澤州同知宋雄飛事輯》作「始門」。　[二]憩：《金代澤州同知宋雄飛事輯》作「杞」。

[三]履：《金代澤州同知宋雄飛事輯》作「屨」。

題昭慶院

風幡不動鈴無語，籠鳥忘飛馬罷馳。試與道人觀物理，箇中自有歇菴詩。和安居士宋雄飛書，付陵川昭慶院僧福深，時崇慶元年十月晦日。王立新主編《三晉石刻大全·晉城市陵川縣卷》收影印拓片并録文，題作《昭慶院金崇慶元年詩碑》，現存西河底鎮積善村昭慶院内，三晉出版社二〇一三年，第三一頁。

榼山夜月登大雲寺

一逕縈回柏萬根，杖藜重到已黄昏。多情最是山頭月，照我前來蠟屐痕。《（康熙）沁水縣志》卷一

○《藝文》，康熙間刊本。

賈　炤

賈炤，東平（今山東省泰安市東平縣）人。尚書左丞益謙從子。登明昌五年經義進士第，累官山東東路按察司知事。嗜古學，崇尚嚴子陵、陶淵明、白樂天、邵堯夫，號「四友居士」。子起字顯之，亦第進士。北渡後，從東平行臺嚴實父子，歷平陰簿，提領堂邑歲課、提點河倉。惠養疲民，歡謡載路。遺山嘗以三口號紀之。兹輯佚句二。

失題

高風希四友，古學守三玄。《遺山先生文集》卷三四《東平賈氏千秋録後記》，《四部叢刊》本。

新編全金詩卷三七

師拓

師拓，字無忌，平涼（今甘肅省平涼市）人。本姓尹，避國諱改。累舉進士不中。明昌中，有司薦其才，以嗜酒不果。與王磵、趙渢等爲友。其詩以李杜爲法，不喜蘇黄。閑閑趙秉文少時識之，嘗問：「久聞先生作詩不喜蘇黄，何如？」答曰：「學蘇黄則卑猥也。」①閑閑集党懷英、師拓等七人詩，號曰《明昌辭人雅集》，刻木以傳。拓長於五言，有氣象而工於鍊句，爲時人所稱。兹輯十四首。

秋夜吟

阪路太行險，波濤滄海深。素緼未偶時，白髮將盈簪〔一〕。壯士暮年意，游子中夜心。拊劍一太息〔二〕，月暗天横參。

① 金劉祁《歸潛志》卷八，中華書局一九八三年，第八六頁。

【校記】

〔一〕將：原作「捋」，汲古閣本、文淵閣本《中州集》及《全金詩增補中州集》卷二六如之，此從元乙卯本、四部叢刊本《中州集》。〔二〕拊：《全金詩增補中州集》作「撫」。

浩歌行送濟夫之秦行視田園

霜斂野草白，氣肅天宇清。開尊酌遠客，餞此秦關行。秦關杳杳愁西顧，千里蒼茫但煙樹。子今行轡按秋風，想見秦關雄勝處。河流洶洶崑崙來，蓮峯秀拔青雲開。終南南走絡巴蜀，五陵北望令人哀。我本渭城客，浪迹來東征。窮齊歷宋嗟何營，尚氣慕俠游梁城。信陵白骨委黄土，夷門誰復知侯生。拊劍一長嘯，作歌誰爲聽。青天白日空冥冥，不能乘桴入滄海，拂衣且欲歸汧涇。落魄高陽歸未得，送子西歸空愴情。

冬夜二首

雲破月穿牖，夜嚴風號隙。客子寢不安，寒燈照空壁。默然不平事，起坐長太息。書但記姓名，劍本匹夫敵。追奔慕前哲，恢張濟時策。何意造物兒，重此稻粱役。興酣氣益振，孤憤遠飄激。非無南山雲，高臥養虛寂。茹芝酌懸流，嘯吟展胷臆。聖達豈不念，且有不煖席。此抱誰與知，乾坤夜寥闃〔一〕。

破屋星斗入，踈牖霜風生。沉沉夜何久，杳杳天不明。燈暗飢鼠出，月朗棲烏驚。幽意苦盤礴，歷落窮八紘。貧賤豈足戚，所思天下英。盤木無先容，竟與枯朽并。旃毳脛纔掩，藜藋腹不盈。鬱鬱命世才，何階伸一鳴。僵卧蓬蒿底，要路誰爲名。恥作掃門謁，寧爲醴酒行。直捋叫閶闔，皎皎開寸誠。白日下留照，廓廓賢路亨。此志恐未必，摇蕩熱中情。

【校記】

〔一〕闃：《全金詩增補中州集》作「寂」。

游同樂園〔一〕

晴日明華構，繁陰蕩緑波。蓬丘滄海遠，春色上林多。流水時雖逝，遷鶯暖自歌。可憐歡樂極，鉦鼓散雲和。

【校記】

〔一〕明李濂《汴京遺蹟志》卷二二《藝文》録此詩，題作「同樂園」，撰者署「元金師拓」，將金朝之「金」當作姓氏，且歸入「元」。

陪人遊北苑甲子歲。

繫馬溪邊酌，啼鶯柳外聞。望長魂欲斷，愁豁酒微醺。草色明殘照〔一〕，江聲入暮雲。故園春已到[三]，歸思日繽紛。

【校記】

〔一〕草：金劉祁《歸潛志》卷八録此詩作「野」。　〔三〕已：《全金詩增補中州集》作「色」。

曲江秋望

山遠嶂重出，野平天四圍。涼風芡實拆，久雨藕花肥。水闊漁舟小，天長去鳥微。紫蒲行處有，采采莫盈衣。

和王逸賓繁臺詩

憑望怜臺迥，長吟苦思荒。行雲春郭暗，高鳥暮天蒼[一]。草色傷心極，松風洒面涼。故園兵革外，殊覺路途長。

【校記】

〔一〕高：金劉祁《歸潛志》卷八録此詩作「歸」。

贈雲中劉巨濟

雲廓乾坤迥，霜摧草樹殘。風聲秋晚急，月色夜深寒。緑綺音誰會，青霄氣自干。那知燕市裏，把酒得交驩。

郡城南郭早望

曉立回塘上，何人逸興同。柳濃天霽雨，萍坼岸含風。鳥影明蒼靄，湖光倒碧空。秦川何日到，解髮濯清澧。

中元後二日

暑謝涼生際，庭虚雨過時。天長雲斷續，風急樹披離〔一〕。世態貧逾薄，秋光老易悲。燕城寒事早，還與舊貂期。

【校記】

〔一〕披離：汲古閣本、文淵閣本《中州集》及《全金詩增補中州集》作「離披」。今按，「披離」亦作「離披」。楚宋玉《風賦》：「至其將衰也，被麗披離，衝孔動楗。」唐李善注：「被麗披離，四散之貌也。」見《文選》卷一三。另，《遺山先生文集》卷一二《自趙莊歸冠氏》之二：「杏園紅過雪披離，楊柳無風緑綫齊。」

和張叔獻題首善閣

岧嶢飛閣與雲齊，來凭脩欄日轉西。秦客此時愁欲醉，隴山何處望渾迷。九天花鳥催春事，千里風煙入暮題。久怕殊方看節物，不知今日在丹梯。《中州集》卷四《師拓》。

溪上

夕陽明菡萏，秋色淨蒹葭〔一〕。白曳銜煙鷺，紅翻漾水霞。《中州集》卷四師拓小傳。

【校記】

〔一〕淨：弘治本、汲古閣本、文淵閣本《中州集》作「靜」。

登蓬萊閣

曉氣金莖露共浮，日光照徹海山秋。巨鰲不負仙洲去，留與幽人作勝遊。元顧嗣立《元詩選癸集》癸之癸下，撰者署「師尹」，小傳無考。中華書局二〇〇一年，下册第一七八一頁。今按，《中州集》小傳：「師拓字無忌，亦名尹無忌，平涼人。」見諸當時文獻，「師拓」與「尹無忌」並行。《金史》卷一〇八《師安石傳》揭示改姓原因：「師安石字子安，清州人。本姓尹氏，避國諱改焉。」而顧氏似不甚瞭解，遂將其兩姓氏「師」「尹」當作其姓名，頗類《汴京遺蹟志》所收「元金師拓」《同樂園》。

佚句

賦雁

天低仍在眼，山没更傷心。

春日池上

水風凉綺席，沙日麗金壺。

燕市酒樓

氣清天曠蕩，露白野蒼涼。

失題

荷蒼秋近葉，蓮膩雨餘花。《中州集》卷四師拓小傳。

失題

行雲春郭暗，歸鳥暮天蒼。

野色明殘照，江聲入暮雲。金劉祁《歸潛志》卷八，中華書局一九八三年。

翟升

翟升，字利夫，平陰（今山東省濟南市平陰市）人。登明昌二年詞賦進士第，仕爲主簿。① 兹輯

①《（雍正）山東通志》卷一五之一《選舉一·制科》著録：「翟升，平陰人。主簿。」榜次失考。《文淵閣四庫全書》本。今按，據詩中「明昌天子試飛龍，董子王升文並雄。金門獻賦僕亦與，北宫唱第三人同」云云，當是明昌二年詞賦及第。

三首。

群賢登第詩

陶山先生主文盟，甲公綽號陶山。郭令好學加勸懲。郭好學平陰令。平陰儒學日復振，不讓五虎專前名。靳侯才名馳冀北，靳子昭邑主簿。初官佐治肥子國。下車首詢沂上人，供室勸學增潤色。文章圓熟推許公，典而麗兮詞更工。山城天荒從此破，白袍换緑榮鄉中。許佑。蘇仙久藉家學力，内抱英華外謙抑。十年作賦氣凌雲，唾手功名不勞得。蘇得勝。古學衆許芝亭劉，下筆萬字何能休。俯就繩墨入賦室，一戰而勝酬焚舟。劉格。賢哉鄘河子董子，八舉終場人罕比。廣陽就試欲投名，尚以老成爲所恥。董哲。孝感里中重王兄，德與才稱非過情。耽經玩史日無輟，藹然素有場屋聲。王瓚。升也文學宗董氏，陶山竹溪亦席侍。靳老餘緒復稔聞，駑馬十駕希騄耳。翟升。明昌天子試飛龍，董子王升文並雄。金門獻賦僕亦與，北宫唱第三人同。至今地脈何曾斷，吾鄉士風天下冠。學者體法舊純樸，豈止爲文思過半。甲氏名族世共知〔一〕，後之苗裔振復奇。潛遺祖德借餘論，又向蟾宫折桂枝。甲振。溪上先生號醇德，王廣道。動爲儀表言爲則。發明聖道得其傳，恩不及身後蕃息。乃孫經學有淵源，乙科優中光儒門。靳侯名鄉能遠慮，居賢因此石硤村〔二〕。王知進。李君力學人難企，弱冠聲華藹鄉里。早承鶚薦上天廷，一舉明經取青紫。李可用。翠華警蹕幸南都，聖心願治求碩儒。日邊詔下免秋試，三英笑指龍門趨。錡氏兼經勤博古，蘇子天才中規矩。李生伯仲三豪間，鼎甲科名俱力取。錡申、蘇霖、李唐英。明年較藝入明光，王氏文詞復擅場。聖代人材罔遺棄，特恩賜第名亦彰。王天一。芸窗晝寂閑屈指，仕者十有三人矣。不才魯鈍甘隱居，但慶諸公膺器使。爲報後來爲學人，前進已達教猶存。勉旃勉旃學而仕，食祿無忘先輩恩。清郭元釪《全金詩增補中州集》卷五一，上海古籍出版社一九九四年。

【校記】

〔一〕甲：原作「申」，刊誤。今按，甲振爲大定名儒甲公綽之孫。金党懷英《醇德王先生墓表》：「懷英昔者宦學山東，是時東阿張子羽、茌平馬定國、奉符王頤、東平吴大方與其兄大年、郭弼憲、趙愨、甲公綽諸公，與先生相友善，講論道義，援據古今，以孔孟所傳爲諸儒倡。」見清張金吾《金文最》卷八九。《（光緒）肥城縣志》卷八《登進志》：「甲振，明昌二年以詞賦登第，官真定府推官。里居在邑高餘社之石衡村，後裔尚繁。」按《平陰縣古跡志》有折桂亭，在縣城東南。甲氏弟子十餘人，相繼登第，仕皆顯宦，時人美之，建折桂亭。另，下二句「潛遺祖德借餘論，又向蟾宫折桂枝」所注「甲振」如之。

〔二〕石：原作「右」，刊誤。

題左丘明墓

春秋好惡聖人同，聞説英魂葬此中。愚俗豈知賢者墓〔一〕，荒村易作梵王宫〔二〕。壟頭藉藉人相踐〔三〕，泉下悠悠恨莫窮〔四〕。前弊革除今可喜〔五〕，盡歸醇德作詩功〔六〕。《（光緒）肥城縣志》卷二《古跡》，中國地方志集成本，鳳凰出版社等二〇〇四年，第五一頁。另，明王惟精等《左傳精舍志》卷四《藝文志》亦録，文字頗多歧異。孔府檔案複製本。

【校記】

〔一〕愚俗豈知賢者墓：《左傳精舍志》作「羽翼一經稱獨異」。〔二〕荒村易作梵王宫：《左傳精舍志》作「栟帽三傳有誰雄」。〔三〕壟頭藉藉人相踐：《左傳精舍志》作「徘徊草階懷丹筆」。〔四〕泉下悠悠恨莫窮：《左傳精舍志》作「瞻拜殘碑仰古風」。〔五〕前弊革除今可喜：《左傳精舍志》作「莫謂先賢睽隔遠」。〔六〕盡歸醇德作詩功：《左傳精舍志》作「至今麟傳炳蒼穹」。

送王廷玉輩五十三人赴試

肥國英才久作成，秋闈戰蟻藝崢嶸。雖從前舉多偕記，不似今場廣薦名。五十三人占府榜，一千里地赴神京。定應得意秋風裏，此第同占桂籍榮。清陳夢雷等《古今圖書集成·選舉典》卷八二《鄉試部藝文》，中華書局等一九八五年，第六六册八〇五三三頁。

盧天錫

盧天錫，字子美，林慮（今河南省安陽市林縣）人。承安中登進士第，調汝州梁縣簿，再任臨漳簿，多有惠愛。兹輯二首。

題僧寺壁二首

當年門外客如雲，投刺紛紛恐後聞。今日羈懷寄僧舍，灞陵誰識舊將軍。

野寺重來感慨多，其如冷煖世情何。相看不改舊時態，惟有亭亭窣堵坡。《（民國）林縣志》卷一二《人物》：「天錫在任，賓客盈門。及受代寄居僧寺，悄無至者。天錫題詩於壁云云。」《中國方志叢書》本，臺北成文出版社一九七〇年。

王中立

王中立，字湯臣，號擬羽，晚年易名雲鶴，岢嵐（今山西省忻州市岢嵐縣）人。少日治《易》，有聲場屋間。博學强記，問無不知。年四十喪妻，遂不更娶，亦不就選舉。齋居一室，枯淡如衲僧。如是三四年乃出，詩筆字畫皆超絶，尤善作擘窠大字，往往瞑目爲之，筆意縱放，勢若飛動。閑閑趙秉文甚愛之。大安中，閑閑知平定，中立往謁之①。貞祐南渡後卒，年五十六②。平生詩作甚多，遺山嘗從

① 金趙秉文《滏水集》卷一三《湧雲樓記》：「大安二年四月，余來莅平定。」明年召回京。《四部叢刊》本。

② 《中州集》小傳：「一日來都下，館於閑閑公家。中秋夜，飲酒賦詩，且就公索墨水一槃，公如言與之。明旦不告（轉下頁）

之學，問作詩當如何，遂舉秦少遊《春雨》詩云：「『有情芍藥含春淚，無力薔薇卧晚枝』，此詩非不工，若以退之『芭蕉葉大梔子肥』之句校之，則『春雨』爲婦人語矣。破却工夫，何至學婦人？」又善議論，廣徵博引，屏山李純甫「以爲辨博中第一流人也」。兹輯十首。

中秋

素丸東溟來，飛上玻璃盆。聊揮五輪手，撥去萬里陰。印透山河影，照開天地心。人世有昏曉，我未嘗古今〔一〕。

【校記】

〔一〕我未嘗古今：金元好問《續夷堅志》卷一《王雲鶴》録此詩作「我胸無古今」。屏山所傳作「素紈青溟來」、「聊舒五輪指」。

雜詩四首

華山宫殿白雲封，不見當年打睡翁。貪看終南山色好，不知紅日下前峯。

獨跨蒼虬下太清，春風萬里月華明。因君感激爲君説，鑿破天機我也驚。

（接上頁）而去，壁間留『龜鶴』二字，廣長一丈，而墨水具在，不知以何物書之也。朝士來觀者，車馬填咽，都下競傳王先生仙去矣。久之，先生從外至，問二字以何物書之，不答，題詩其旁云云。」所謂都下，當指南京汴梁。另，金元好問《續夷堅志》卷一《王雲鶴》作卒「年四十九」，中華書局一九八六年。

雲葉鄰鄰皺碧空，笙簫遞響入天風。忽驚風浪耳邊急，不覺形神來世中。

此生休更問浮名，名利區區不蹔停。我有一丸天上藥，用時還解濟蒼生。

題裕之樂府後

常恨小山無後身，元郎樂府更清新。紅裙婢子那能曉，送與淩煙閣上人。《中州集》卷九《擬栩先生王中立》。

與閑閑趙公

寄語閑閑傲浪仙〔一〕，枉將詩酒污天全〔二〕。黄塵遮斷來時路，不到蓬山五百年。

【校記】

〔一〕語：《續夷堅志》録此詩作「與」。〔二〕枉將詩酒污天全：《續夷堅志》作「枉隨詩酒墮凡緣」。

題壁間龜鶴二字旁

天地之間一古儒，醒來不記醉中書。旁人錯比神仙字，只恐神仙字不如。

佚句

失題

醉袖舞嫌天地窄，詩情狂壓海山平。《中州集》卷九王中立小傳。

王仲元

王仲元，字清卿，號錦峰老人，平陰（今山東省濟南市平陰縣）人。榆山先生王去執明道之子①，醇德先生王去非廣道猶子②。承安五年，以四舉推恩賜第③，嘗知阿干縣，用薦召爲應奉翰林文字。貞祐二年，授承直郎國史院編修官，預大金德運之議④。改陝西東路轉運司鹽鐵判官。四年，卒於官舍。仲元資高雅，守清苦，以能書聞。兹輯四首。

①金趙渢《王榆山先生墓表》，見《金文最》卷九〇，中華書局一九九〇年。
②金党懷英《醇德王先生墓表》，見《金文最》卷八九。
③《中州集》小傳作「承安中進士」，此從金楊奂著、明宋廷佐輯《還山遺稿》卷上《錦峰王先生墓表》，《叢書集成續編》本，上海書店出版社一九九四年。
④清張金吾《金文最》卷五八《德運議》，中華書局一九九〇年。

雪中同周臣内翰賦

天上端花散不收，温温叶氣浹皇州。横溪月澹梅宜臘，平野風閑麥有秋。清興雅高東武會，孤吟誰似灞陵游。西山玉立三千丈，好句都輸趙倚樓。

雪

初稀時拂拂，稍密自紛紛。老樹曉迷月，瘦峯寒怗雲〔一〕。色從空際得，聲向静中聞。客枕清無夢，哦詩徹夜分。

【校記】

〔一〕怗：《全金詩增補中州集》卷三九作「帖」。

贈青柯平隱者

太華神明觀，青柯小有天。大哉霄壤内，無此弟昆賢。齊物三千行，棲雲二百年。初平初起後，又得兩臞仙。《中州集》卷八《錦峰王仲元》。

湧珠泉

竹徑蓮塘小有天，過橋直到湧珠泉。主人不識煙霞客〔一〕，興盡山陰訪戴船。元駱天驤《類編長安志》卷六《泉渠》，中華書局一九九〇年，第一九〇頁。

【校記】

〔一〕主：《類編長安志》卷九《勝遊》重録此詩，作「至」。

史士舉

史士舉，字仲升，滎澤（今河南省鄭州市滎澤縣）人。漢功臣弘肇之後。大父官濟源，樂其山水，因家焉。父神山令激，天眷二年石琚榜詞賦進士。士舉以廕補官，歷銅鞮、洛交兩縣令①。初任京兆録事，以歲旱擅開倉賑貧，往太一湫禱雨而獲嘉澍，用是得名。爲人雅重，知義理，褒衣緩帶，逍遥山水間，宛然一介老書生。貞祐之亂，避兵太行，保聚失守，老幼皆出降，士舉義不受辱，投絶澗而死，年七十九。兹輯二首。

①《中州集》小傳原作「歷銅鞮、三川兩縣令」。今按，三川爲古縣名，西魏廢帝三年置，以境内華池水、黑水、洛水會同而得名。金承宋制，設洛交縣，降三川爲鎮，見《金史》卷二六《地理志》鄜延路鄜州。

超化

石根寒溜迸珠璣，尋丈驚看雪浪飛。我是玉川煙水客，暫來盤礴亦忘歸。

晉祠

小橋流水竹蕭森，竹裏人家一徑深。只欠東風小籬落，梅花疎淡月籠陰。《中州集》卷九《史士舉》。

元好古

元好古，字敏之，秀容（今山西省忻州市）人。好問兄。年二十就科舉，時東巖君已捐館，太夫人年在喜懼，望其立門户甚切。及再試不中，意殊不自聊。又娶婦不諧，日致惡語，遂以狷介得疾。貞祐二年三月，蒙古陷忻州，殁於屠城之禍，年二十九①。好古讀書强記，無所不窺，亦工詩。兹輯五首。

中秋無月

佳辰無物慰相思，先賞空吟昨夜詩。莫怪更深仍坐待，密雲或有暫開時。

---

①《中州集》小傳作「年三十一」，此從《遺山先生文集》卷二五《敏之兄墓銘》，《四部叢刊》本。

讀裕之弟詩藁有鸎聲柳巷深之句漫題三詩其後

阿翁醉語戲兒癡，説着蟬詩也道奇。吴下阿蒙非向日，新篇争遣九泉知。

鸎藏深樹只聞聲，不着詩家畫不成。慚愧阿兄無好語，五言城下把降旌。

傳家詩學在諸郎，剖腹留書死敢忘。先人臨終有「剖腹留書」之語。背上錦囊三箭在，直須千古説穿楊。

題江村風雨圖

渡口舟横水拍空，墨雲傾雨樹號風。江山不到紅塵眼，半幅煙綃想像中。《中州集》卷一〇《敏之兄詩》。

佚句

望月

莫怪更深仍坐待，密雲或有暫開時。《中州集》卷一〇元好古小傳：「嘗作望月詩，有云云之句，人或言詩境不開廣，非佳語也。嘆曰：『吾得年不永，境趣能開廣否。』」

靖天民

靖天民，字達卿，滏陽（今河北省邯鄲市磁縣）人。父國初官原武，因家焉。少日嘗兩魁鄉試，自望者不碌碌。所與交如龐才卿、楊茂才、劉之昂、王逸賓，皆一時名士。晚年買田南湖，葺亭圃，植竹樹，以詩酒爲事，自號南湖老人，年七十九卒。兹輯一首。

西子放瓢圖

髻鬟蕭颯苧蘿秋，千古香溪水自流。吴越兵争竟何得，風流輸與五湖舟。《中州集》卷九《南湖靖先生天民》。

張　温

張温，字元佐，上黨（約今山西省長治市）人。祖仲容，宋末登科，有致仕詩爲鄉里所傳。温登泰和六年李演榜乙科第，詩樂府俱有名於時。兹輯一首。

感懷

彌月不出門，出門沙漲東風昏。老樹擺撼轟雷奔，鬼物叫嘯山前村。僑居客子驚心魂，歸來繞屋尋蘭蓀。蘭蓀落索靈苗髠，主人醉倒老瓦盆。衣袖半帶淋漓痕，芸芸蕭艾同歸根。天生天殺何怨恩，糟床與翁共清渾，絶勝被髮叫帝閽。《中州集》卷九《張温》。

李經

李經，字天英，號無塵道人，錦州（今遼寧省錦州市）人①。少有異才，入太學肄業，累舉不第。爲詩刻苦，時出奇語，不蹈襲前人，妙處人莫能及，閑閑趙秉文、屏山李純甫等皆稱之，由是名聲大震②。貞祐南渡後，或代鄉帥表至朝廷，朝議就命倅其州，不知所終③。兹輯八首。

雜詩六首〔一〕

長河老秋凍，馬怯冰未牢。河山吟鞭底〔二〕，日暮風更號。

晨井凍不爨，誰療壯士飢〔三〕。天厩玉山禾，不救我馬癯。

---

①《中州集》小傳作「大定人」；金劉祁《歸潛志》卷二謂「錦州人」，當是。今按，金趙秉文《滏水集》卷二《反小山賦序》：「無塵道人李天英，家海壖，得小山賓而字之，名曰玄峰。」所謂海壖，亦作「海堧」，指海邊之地，與錦州瀕臨渤海地理合。

②《歸潛志》卷二：「屏山見其詩曰：『真今世太白也。』盛稱諸公間，由是名大震。」另，金趙秉文《答李天英書》：「所寄雜詩，疾讀數過，擊節屢嘆。足下天才英逸，不假繩削，豈復老夫所可擬議？」見《滏水集》卷一九。

③《中州集》小傳作「累舉不第，卒」，此從《歸潛志》卷二所記。

塵埃汨没伺候工，離騷不振矜魚蟲。風雲誰復話蓍蔡，不圖履狶哀屠龍〔四〕。挾牋搦管坐書空〔五〕，咿嚘堂上酣歌鐘〔六〕。乃知造物戲兒童〔七〕，不妨遠目送歸鴻〔八〕。莫怪魏瓠無所容，此去未許江船東〔九〕。五經不掃途轍窮，門庭日月生皇風。太阿剖室礪以石〔一〇〕，坐掃鸛鶴摇天雄〔一一〕。

巖椒鬱雲，日夕生陰。雨雪縞夜〔一二〕，秋黄老林。人煙墨突〔一三〕，樵徑雲深。

造物開巖地，巖帳揜劒壁〔一四〕。苔花張古錦，霜苦老秋碧〔一五〕。

日夕雲竇陰，風鼓泉湧石。馬蹄忌磽确，樵道生枳棘。盤盤出井底，迴首悵如失。長老不耐事，底事挂塵迹。披雲出山椒，白鳥表林隙。《中州集》卷五《李經》。

【校記】

〔一〕詩題之「六首」，汲古閣本、文淵閣本《中州集》及《全金詩增補中州集》卷二九作「五首」，即第三首與第四首合爲一首。　〔二〕吟：《滏水集》卷一九《答李天英書》録此詩作「冷」。　〔三〕療：《滏水集》作「料」。　〔四〕不圖履狶：《全金詩增補中州集》作「縱有絶技」。　〔五〕搦：《滏水集》作「捏」。　〔六〕咿嚘、酣：《滏水集》作「伊優」、「醉」。　〔七〕造物：《滏水集》作「造化」。　〔八〕送：《滏水集》作「逐」。　〔九〕去：《滏水集》作「志」。　〔一〇〕剖室：《全金詩增補中州集》作「繡澀」。礪：《滏水集》作「砥」。　〔一一〕鸛鶴：《滏水集》作「鵜鶘」。另，《全金詩增補中州集》此句作「坐看雙匣鳴雌雄」。　〔一二〕夜：《滏水集》作「衣」。　〔一三〕突：《滏水集》作「淡」。　〔一四〕巖帳揜：《滏水集》作「石帳開」。 〔一五〕霜苦：《滏水集》作「霜葉」。

失題

鴈奴失寒更，拍拍叫秋水。天長夢已盡，秋思紛難理。《中州集》卷五李經小傳。

四言

老峰蹙雲，壁立挽秀。林陰灑雨，蒼蒼玉斗。虛明滿鏡，夜氣成晝。金劉祁《歸潛志》卷二，中華書局一九八三年，第一二頁。

佚句

晚望

夕陽萬里眼，人立秋黄中。

夜起

夜半不得月，河漢空星辰。

步雲謡

一片崑崙心，夕陽小煙樹。

題太真圖

君前欲拜還未拜，花枝無力東風羞。

夜雨

燈火萬家夜，蕭蕭簾下聲。《歸潛志》卷二。

張仲宣

張仲宣，字利夫，相州(今河南省安陽市)人。舉進士有聲。子柔字子友，金亡後寓林慮。兹輯二首。

下第

主司頭腦舊冬烘，更着書郎骨相窮。曉賦得官何足道，直須遮馬困吴融。

戲題石鹿蜂猴畫卷

横槊將軍馬足塵，判花學士筆頭春。功名果屬丹青手，造物如何戲得人。《中州集》卷八《張仲宣》。

馮文叔

馮文叔，遼東人。兹輯一首。

客舍

禿襟紬褐破書囊[一]，十五年來客異鄉。生事穽中摇虎尾，窮途天上轉羊腸。三朝不遇馮唐老，半夜悲歌甯戚狂。獨倚牛車望遼海，西風塵土鬢蒼蒼。《中州集》卷九《馮文叔》。

【校記】

〔一〕紬：弘治本《中州集》作「袖」，汲古閣本、文淵閣本《中州集》作「納」，《全金詩增補中州集》卷四〇作「短」。今按，所謂紬褐，指衣服陳舊，以至破損開綫。宋葉適《水心集》卷八《元夕立春喜晴》之三：「艾褐家紬闊闊裁，抱孫攜子看燈來。」

宗道

宗道，字雲叟，山陰（今山西省朔州市山陰縣）人。以足疾不仕。兹輯二首。

寶嵓僧舍

寂寂鍾魚柏滿軒，午風輕颸煮茶煙。西堂竟日無人到，只許山人借榻眠。《中州集》卷九《宗道》。

失題

家藏千卷富，身得一生閑。茅屋經年補，柴門盡日關。《中州集》卷九宗道小傳。

佚名

石碣詩

瑞雲靈气鎮城東，他日還應與北同。歲月遷移人事變，却來此地再興功。金劉祁《歸潛志》卷七：「興定初，术虎高琪爲相，建議南京城方八十里，極大難守，於内再築子城，周方四十里，壞民屋舍甚衆。工役大興，河南之民皆以爲苦。……子城初起時，于地中得一石碣，上有詩云云。」中華書局一九八三年。

新編全金詩卷三八

張轂

張轂，字伯英，許州臨潁（今河南省漯河市臨潁縣）人。大定二十八年進士，調寧陵縣主簿。累遷監察御史，以言權臣紇石烈執中奸佞，士論壯之①。貞祐南渡後，擢河東南路轉運使、權行六部尚書、安撫使。興定元年，以疾卒②。家多法書名畫、古物秘玩，周秦以來鏡至百餘枚，他物稱是。伯英天性孝友，與人交，極誠款，古所謂博雅君子者。兹輯三首。

石淙天后離宫在崧山曲河，即東坡爲韓子華賦詩處也。

潁水洗餘高士耳，是非猶恐污人牛。區區武媚何爲者，水上磨崖紀宴游。《中州集》卷八《張轉運轂》。

① 金劉祁《歸潛志》卷四，中華書局一九八三年。
② 《金史》卷一二八《張轂傳》，中華書局一九七五年。

贈劉雲卿

丘垤孰與南山尊，公卿皆出山翁門。遺文人共師夫子，陰德天教有是孫。問禮庭中新有桂，忘憂堂下舊多萱。人間樂事君兼有，歌我新詩侑壽樽。金劉祁《歸潛志》卷四張瑴小傳：「嘗贈余先子詩云云。此斜川時事也。」中華書局一九八三年，第三五頁。

阜山道院

仕至將相登王侯，黄金積斗錢山丘。朝遊繁華夕憔悴〔一〕，勢利溝壑韜戈矛。郿塢金谷委陳迹，古今興廢恒相侔。全真道士抛世慮，瓢盂醉飽餘何求。淳風化善革貪暴，無爲即與松喬儔。閶闔星集拘棲止〔二〕，煙霞幻出洪崖頭。長生久視置無究〔三〕，超然物外絶悔尤。孤雲一片恣去留，廣輪八表恢神遊。《（雍正）山西通志》卷二二二《藝文志》，撰者署「張瑴」，歸入「元」，《文淵閣四庫全書》本。另，清顧嗣立《元詩選癸集》癸之丁《趙院判瑴》録《阜山道院》二首，其二與張瑴此題重出，文字略有歧異，當是誤收，中華書局二〇〇一年，上册第四〇七頁。

【校記】

〔一〕憔悴：《元詩選癸集》作「枯悴」。〔二〕星集拘：《元詩選癸集》作「坌集搆」。〔三〕無：《元詩選癸集》作「勿」。

佚句

赴隰州被召時又寄詩

溪口急流裁燕尾，山腰曲路轉羊腸。到郡湓官才九日，過家上冢正重陽。一云「過家上冢正垂楊」。《歸潛志》卷四張㲄小傳：「赴隰州，被召時又寄詩有句云云。」

雪

樵屐雙䒤懶，漁蓑一蜎拳。《中州集》卷八張㲄小傳。

鮮于溥

鮮于溥，字彦仁，宋文臣子駿之後，陽翟人①。父坦，擢進士第，官亦達。溥以門資仕，終於櫟陽令。濟源盤谷，天壤佳處，坦父子居其間，飲酒賦詩，翛然塵垢之外，時人以高士目之。兹輯三首。

① 鮮于子駿名侁，子駿其字，世家漁陽。自唐時，祖上有仕爲閬州刺史者，歿於官，子孫因家閬中（今四川省南充市閬中縣）。熙寧初，以薦授利州轉運判官，累遷京東西轉運副使。子駿與東坡蘇軾交誼甚厚，文字往來，《蘇軾集》屢見。宋秦觀《淮海集》卷三六《鮮于子駿行狀》記其生平事跡甚詳。晚年宦遊中州，家陽翟，子孫遂爲縣人。

魯村道中

小橋沙路已堪圖，更着衰翁跨蹇驢。暮靄似催寒日短，秋容仍帶遠林踈。鵰盤平野黄榆落，兔走横岡白草枯。漸喜閑身遠朝市，一年强半在村墟。

春日倣舊詩體

年老逢春莫等閑，逢春能得幾回看。插花儘要花枝滿，把酒休辞酒琖乾。好向酒邊留舞袖，不妨花外駐吟鞍。聞身健在須行樂[一]，燕語鶯啼春又殘。

【校記】

〔一〕聞：《全金詩增補中州集》卷四〇作「閒」。

早發

燈前夢斷家千里，馬上詩成月一痕。晨粥未烹官路遠，隔林煙火是漁村。《中州集》卷九《鮮于溥》。

王敏夫

王敏夫，五臺（今山西省忻州市五臺縣）人。作詩工於賦物，甚爲愚軒趙宜之稱之。兹輯二首。

同東嵓元先生論詩

林逋仙去幾來年，驚見梅花第二篇。千歲冰霜松骨瘦，九秋風露鶴聲圓。騰輝定出連城上，得趣知從太古前。邂逅茅齋話終夕，只疑人世改桑田。

李氏友雲樓

霧幕煙迷十二欄，壺觴招我一躋攀。黄簾卷起湘川竹，分得西州數點山。《中州集》卷九《王敏夫》。

許蛻

許蛻，字子遷，五臺（今山西省忻州市五臺縣）人。以《武皇廟》詩著名，嘗有集傳河東。兹輯一首。

酒渴

眼底恨無雲夢澤，胸中疑有沃焦山。南窗花影三竿日，指點銀瓶照病顔。《中州集》卷九王敏夫小傳。

倪民望

倪民望，字具瞻，五臺（今山西省忻州市五臺縣）人。屏山李純甫稱之「倪侯頭如筆，其鋒不可當」。兹輯一首。

種松

種松莫種柳，種柳莫種松。堅脆非所計，雅俗寧與同。可是種松無隙地，却教憔悴柳陰中。

《中州集》卷九王敏夫小傳。

張韶

張韶，字九成，五臺（今山西省忻州市五臺縣）人。兹輯佚句二。

寄朔州苟輔臣

陳雷膠漆輕餘子，楚漢風雲屬少年。《中州集》卷九王敏夫小傳。

李　忠

李忠，字直卿，五臺（今山西省忻州市五臺縣）人。兹輯佚句二。

賦雪

不將柳絮春風比，好作梨花月夜看。《中州集》卷九王敏夫小傳。

郝天挺

郝天挺，字晉卿，陵川（今山西省晉城市陵川縣）人。家世素儒，少日有賦聲。早衰多疾，厭於名場，遂不就科舉。遺山元好問從之學，卒業。貞祐被兵，避亂河南，往來淇衛間。爲人有崖岸，耿耿自信，寧落薄而死，終不傍富貴之門。興定元年卒①，年五十七。晉卿工於詩，臨終浩歌自得，不以死生爲意。子思温，遺山同窗；孫經，元初名臣。兹輯七首。

①元郝經《陵川集》卷三六《先大父墓銘》：「興定元年冬十一月八日遘疾，考終命于北舞寓舍，春秋五十有七。」《文淵閣四庫全書》本。

送門生赴省闈

青出於藍青愈青，小年場屋便馳聲。未饒徐淑早求舉，却笑陸機遲得名。嗟我再衰空眊矂，喜君初筮已崢嶸。此行占取鰲頭穩，平地煙霄屬後生。《中州集》卷九《郝先生天挺》。

題麻姑壇

路入雲關仙境佳，瓊田瑶草帶煙霞。貯經洞古無遺檢，養藥爐存失舊砂。青鳥不傳金母信，紫鸞應返玉皇家。巖扉不掩春長在，開盡碧桃千樹花。

蓮花菊

十丈花開玉井遥，翻成叢菊老秋標。寒枝白日塵無點，凍蘂經霜瓣不凋。依徑香生妃子步，繞籬嫩比六郎嬌。雙歌一曲淵明醉，辜負扁舟冷畫橋。

遊石壁有呈二首

廊廟雍容四十秋，早爲霖雨濟爲舟。五朝寵遇已黄髮，六詔歸來方黑頭。後部風雷詩鼓吹，前途山水酒觥籌。試看絶壁秋雲句，知是承平宰相遊。

絶壁秋容勝，荒壇冷氣清。野僧留客飲，山鳥背人鳴。已極登臨興，無窮今古情。浩歌一樽酒，四海共昇平。

題宣聖廟

金碧煌煌梵刹雄，玄元樓觀五雲中。如何萬代綱常祖，釋奠今無數畝宫。清郭元釪《全金詩增補中州集》卷四二，上海古籍出版社一九九四年。

永寧寺在交城。

絶壁秋容冷，荒壇露氣清。野僧留客飯〔一〕，山鳥爲人鳴。已極登臨興，無窮今古情。浩然一樽酒〔二〕，四海共升平。《（乾隆）宣化府志》卷三九《藝文志》，《中國地方志集成》本，上海書店出版社二〇〇六年。另，《（成化）山西通志》卷一六《集詩・寺觀類》亦録，《四庫全書存目叢書》本，齊魯書社一九九六年，第六八一頁。

【校記】

〔一〕飯：《（成化）山西通志》作「飲」。　〔二〕浩然：《（成化）山西通志》泐一字，作「□歌」。

梁持勝

梁持勝，字經甫，本名詢誼①，避宣宗諱改。絳州（今山西省運城市新絳縣）人，大定名士襄之子。少游太學，爲人儀觀雄偉，以文武志膽見稱，與雷淵友善，屏山李純甫壯之。登泰和六年進士第，制策優等，宏詞亦中選，授翰林應奉文字。貞祐初，由太常博士爲咸平治中，宗室承裕辟爲僚佐。興定初，宣撫使蒲鮮萬奴謀不軌，持勝不從，被害②，時年三十六。詔贈中順大夫、韓州刺史。神川劉祁稱之「文章豪放，有作者風」。兹輯二首。

海棠

野杏山桃委路塵，芳華都屬錦城春。只緣造物偏留意，任使無香亦可人。粉白謾誇粧樣巧，胭脂難染睡痕新。沉香亭子勾欄畔，消得君王比太真。《中州集》卷五《梁太常持勝》。

哀遼東

守臣肉食頭如雪，夜半群胡登雉堞。十萬人家無孑遺〔一〕，馬蹄殷染衣冠血。珠玉盈車宫殿焚，娟娟少女嬪膻葷〔二〕。路逢人語辛酸事〔三〕，骨痛心摧不忍聞。我今來作遼陽客，入境臨風

（接上頁注①）《中州集》卷五小傳：「持勝字經甫，絳州人，本名洵義，避宣宗諱改。」另，《金史》卷一二二《忠義傳》：「梁持勝字經甫，本名詢誼，避宣宗諱改焉。」中華書局一九七五年。另，金劉祁《歸潛志》卷五小傳：「梁翰林詢誼，字仲經。」中華書局一九八三年，第四八頁。今按，持勝字經甫，本名詢誼。

②《中州集》《歸潛志》《金史》關於梁持勝被害背景與結局同，而情節有異，兹不詳述。

吊冤魂〔四〕。遼水無聲遼地空，蕭蕭暮雨天垂泣。青綾慣睡直承明，編裘縵胡不稱情〔五〕。見説豺狼當路立〔六〕，自憐烏鵲繞枝驚〔七〕。安邊計策無何有，憂國形骸太瘦生。何日凱還思舊職，不才猶可薦咸英〔八〕。宋陳郁《藏一話腴》内篇卷下：「甲午歲，端平元年七月八日，我師克復彭城，麾下洪福，得亡金人手抄詩册。王貴叔之客即彭城舊歸朝人，漣水教官孟格承之也，見之曰：『某鄉友趙禎之筆澤。』承之因言詩家名字爵里。余於其中得一二篇，乃知河朔幽燕渾厚之氣，至此散矣。因録於後。……梁詢誼仲經甫，絳州人，《哀遼東》一首云云。」《適園叢書》本。另，明王昌會《詩話類編》卷三〇《弔古》亦録，《四庫全書存目叢書》本，齊魯書社一九九六年。

【校記】

〔一〕無：《詩話類編》作「靡」。〔二〕少女嬪膻葷：《詩話類編》作「少嬪膻葷路」。〔三〕路逢人語：《詩話類編》作「逢人共語」。〔四〕冤魂：《詩話類編》作「冤魄」。〔五〕編裘：《詩話類編》作「徧聚」。〔六〕説：原作「詩」，此從《詩話類編》。〔七〕烏鵲：《詩話類編》作「烏鵲」。〔八〕爲：《詩話類編》作「成」。

佚句

失題

山雲欲雨花先慘，客路無人鳥亦悲。《中州集》卷五梁持勝小傳：「初赴官有詩云云。人以爲讖云。」

王良臣

王良臣，字大用，潞州（今山西省長治市）人。登承安五年進士第。泰和四年，與龐鑄等人題田琢《燕子圖》①。貞祐南渡後，入翰林。嘗與李欽叔隨軍南征，道中酬唱甚多。興定二年，以參議官、修起居注自請北行，殁於蒙古破潞州之役②，詔贈孟州防禦使。良臣爲詩敏捷，長於律詩，工對屬，又於内典有所得。兹輯十五首。

送任李二生赴舉

塵澁鰲鈎公子恨，風吹馬耳謫仙愁。皇天老眼成人晚，今日男兒得志秋。官様文章堆筆底，世情風色候江頭。主司不是冬烘物，五色迷人莫浪憂。

汴堤懷古

迷仙樓觀鬱連空，一日都歸鬼唾中〔一〕。奢則兆亡天聽邇，去而不返水聲東。鎖煙弱柳愁蛾

---

①《中州集》卷五《龐都運鑄》之《田器之燕子圖》詩附録。

②《中州集》小傳作「興定初，自請北行，没於軍中」。今按，《金史》卷一五《宣宗紀》：興定二年十一月，「大元兵收潞州，元帥右監軍納合蒲剌都、參議官修起居注王良臣死之。」中華書局一九七五年。

緑，閣雨幽花淚臉紅。總爲錦帆歸不得，至今啼鳥怨東風。

【校記】

〔一〕鬼唾：《全金詩增補中州集》卷二八作「草棘」。

旬休飲

嫋嫋東風雪外還，又催春色動谿山。百年莫作千年調〔一〕，十日須謀一日閑。千丈歸心詩卷裏，一襟豪氣酒盃間。醉鞭約住黄昏月，馬首低懸玉半環〔二〕。

【校記】

〔一〕調：《全金詩增補中州集》作「計」。〔二〕低：原作「玄」，與「互」同，刊誤，此從汲古閣本、文淵閣本《中州集》及《全金詩增補中州集》。

息軒

乾没皇皇西復東，不知假息禍機中。黄金一旦隨胠篋，腐骨千年付攓蓬。世味甜於刀上蜜，人心苦似蓼中蟲。一庵松雪雙明底，笑殺西山槁項翁。

九月七日飲

紫霞零落帯孤禽，平楚蒼蒼秋意深。月過初三半梳玉，菊迎重九滿籬金。天憐病骨商量煖，雲促歸程計會陰。風鴈飛來更瀟洒，一枝蘆雪印波心。

牧牛圖

三摩不受一塵侵，本分功夫日念深。杖屨得迴遊子脚，葛藤灰盡老婆心。顛狂不作風頭絮，出入誰傷井底金。迴首人牛在何許，一江明月夜沉沉。

狸奴畫軸

三生白老與烏員，又現吴生小筆前。乞與黄家禳鼠禍，莫教虚費買魚錢。

雜詩三首

道人知我愛禪房，淨掃階前紫石牀。軟飽三盃風味好，脱巾和月卧昏黄。

老子平生酷愛閑，天教行處得禪關。粥魚敲落簷頭月，猶在梅花醉夢間〔一〕。

殘陽收拾弟兄行，揀得機心不到卿。安置小奴今夜夢，蘆花風細月如霜。《中州集》卷五《王防禦良臣》。

【校記】

〔一〕明佚名《詩淵》第五册三七一六頁録此詩，撰者署「元王良臣」，題作「山寺」，前兩句文字迥異：

「心要浮雲一樣閑，春風吹送到禪關。」

與李欽叔酬唱

蕎花冉冉蜜脾香，禾穗纍纍鶺眼黄。一縷晚煙吹不去，爲誰著意護秋霜。《中州集》卷五王良臣小傳。

題田器之燕子圖

相别相尋積歲年，人心不及鳥心堅。填償恩義三生債，分付平安七字篇。王謝烏兒疑誕語，紹蘭紅線定虚傳。何如此段人親見，舊話從今不直錢。《中州集》卷五龐鑄《田器之燕子圖》詩附録。

絶句

流轉年光橋下水，翻騰時態嶺頭雲。溪翁道號奇聾子，除却松風百不聞。金劉祁《歸潛志》卷四，中華書局一九八三年，第三九頁。

種梅

官閑依舊一臒儒，自把寒梅帶月鉏。俄披雪花飄數點，案頭灑濕讀殘書。明佚名《詩淵》，撰者署「元王良臣」，書目文獻出版社影印一九九三年，第四册二五二八頁。

春遊宿山館

山翁知我倦尋芳，淨掃階前紫石床。軟飽三杯風味好，脱巾和月臥昏黄。明佚名《詩淵》，撰者署「元王良臣」，書目文獻出版社影印一九九三年，第五册三六二六頁。

佚句

上移剌總管

筆底有神扶氣力，人間無處著聲名。金劉祁《歸潛志》卷四王良臣小傳。

盧　庸

盧庸，字子憲，薊州豐潤（今河北省唐山市豐潤區）人。大定二十八年進士。歷州縣，補尚書省令史，累官鳳翔治中。大安中，擢乾州刺史，入爲吏部郎中。至寧元年，改陝西按察副使。貞祐二年，以守禦平涼有功，進官四階，遷按察轉運使。未幾，改定海軍節度使，以病致仕。興定三年，卒①。

①《金史》卷九二《盧庸傳》，中華書局一九七五年。

兹輯二首。

少林寺呈堂頭和尚

崿嶺穿雲路屈盤，少林古寺傍巖巒。此行本爲安心法，今日吾師與我安。明傅梅《嵩書》卷一四《韻始篇》，撰者署「盧庸」，名下注「定海軍節度使」，《嵩岳文獻叢書》本，中州古籍出版社二〇〇三年，第三一四頁。

登嵩山絶頂抵宿盧巖

飛梁倒挂虹霓落〔一〕，列嶂遥連翡翠鮮。巖樹溪禽盡相識〔二〕，一春踏遍萬峰巔。明傅梅《嵩書》卷一四《韻始篇》，《嵩岳文獻叢書》本，中州古籍出版社二〇〇三年，第三一四頁。另，清郭元釪《全金詩增補中州集》卷五一亦録，上海古籍出版社一九九四年。

【校記】

〔一〕倒挂：《全金詩增補中州集》作「掛壁」。　〔二〕識：《全金詩增補中州集》作「嫪」。

田　琢

田琢，字器之，蔚州安定（今河北省張家口蔚縣）人①。明昌五年進士，從軍塞外。泰和四年，仕

①《中州集》卷五《龐都運鑄》：「器之姓田，名琢，雲朔人。明昌五年進士，仕至山東路宣撫使。慷慨有志節，閑閑（轉下頁）

爲潞州觀察判官，累遷山東東路轉運使，權知益都府事，行六部尚書宣差便宜招撫使。興定三年，卒。與趙秉文、楊雲翼、李純甫、龐鑄、李獻能等交遊。嘗以從軍軼事繪《燕子圖》，一時名士多有題詠。兹輯一首。

贈燕詩并序。

明昌丙辰，予從軍塞外合虜里山，野舍荒凉，難以狀言。春末有雙燕亦巢此屋，土人不之識，屢欲捕之，予曲爲全護。此燕晝出夜歸，予必開户待之。忽一日飛止坐隅，都無驚畏，巧語移時不去。予始悟，明日秋社，此鳥當歸，殆留别語也。因作一詩贈之云云。此詩以細字寫之，爲蠟丸繫之燕足上。明年四月，予受代歸。又八年泰和甲子，任潞州觀察判官。四月十二日，偶坐廨舍之含翠堂，忽雙燕至，一飛簷户間，一上硯屏。予諦視之，繫足蠟丸故在，乃知此鳥蓋往年贈詩者也。因請同年龐君才卿畫爲圖，求諸公賦詩。

幾年塞外歷崎危，誰謂烏衣亦此飛。朝向蘆陂知有爲，暮投茅舍重相依。君憐我處頻迎語，我憶君時不掩扉〔一〕。明日西風悲鼓角，君應先去我何歸。《中州集》卷五《龐都運鑄》載《田器之燕子圖》。

（接上頁）公所謂『田侯落落奇男子』者也。」今按，雲朔非當時地理行政區劃名。《金史》卷一〇二《田琢傳》作「蔚州定安人」，終於「山東東路轉運使，權知益都府事，行六部尚書宣差便宜招撫使」。從之。

【校記】

〔一〕憶：原作「意」，元乙卯本、四部叢刊本《中州集》如之，此從汲古閣本、文淵閣本《中州集》及《全金詩增補中州集》卷二七。

釋寶瑩

釋寶瑩，俗姓白氏，名士賁、華之弟，太原隩州（今山西省忻州市河曲縣）人。出家爲僧，時稱瑩禪師，以詩筆見推文士間。嘗有集行世①。兹輯一首。

失題

十日柴門九不開，松庭雨後滿蒼苔。草鞋掛起跏趺坐，消得文殊更一來。《中州集》卷五蕭貢《讀火山瑩禪師詩卷》。

釋教亨

釋教亨，號虚明，濟州任城（今山東省濟寧市任城區）人，俗姓王氏。七歲出家，禮本州崇覺院圓

①《遺山先生文集》卷二四《善人白君墓表》，《四部叢刊》本。

公爲師。十三受戒，十五游方，問學於鄭州普照寶公，得法。五坐道場，如嵩山之戒壇、韶山之雲門、鄭州之普照、林溪之大覺、嵩山之法王。後應左丞相夾谷清臣之請，住中都潭柘寺；復奉章宗旨，主慶壽寺。興定二年圓寂，俗壽七十，僧夏五十八①。兹輯三首。

彌勒像贊

皮袋綻開大笑，露出髑髏諸寶。不須説妙談玄，千日齊昇蓬島。大慶壽教亨稽首贊。大安改元中秋日，濟州崇覺寺講院僧古井祖昭重繪。清陸增祥《八瓊室金石補正》卷一二七，《歷代碑誌叢書》本，江蘇古籍出版社一九九八年。

達摩西歸相贊

達摩當年住少林，武牢人去覺安心。安心不見安心法，正脈通流直至今。慶壽教亨稽首贊，法王祖昭頓首謹書，興定壬午端月二十一日。清陸耀遹《八瓊室金石補正》卷一二八《達摩西歸相贊》，《歷代碑誌叢書》本，江蘇古籍出版社一九九八年。

---

① 民國喻謙《新續高僧傳》四集卷一六《金燕都慶壽寺沙門釋教亨傳》，《高僧傳合集》本，上海古籍出版社一九九五年，第八三二頁。

頓悟有頌

日面月面，星流電轉〔一〕。若更遲疑，面門看箭〔二〕。元釋念常《歷代佛祖通載》卷三〇《嵩山慶壽寺虚明禪師塔誌》：「一日，師因雲堂静坐，忽聞板聲，霍然親證，呈頌曰云云。」江蘇廣陵古籍刻印社一九九三年，第三五八頁。另，《（雍正）山西通志》卷三〇《仙釋志》教亨小傳亦録，《文淵閣四庫全書》本。

【校記】

〔一〕星流電轉：《（雍正）山西通志》作「流星閃電」。　〔二〕看：《（雍正）山西通志》作「着」。

釋福安

釋福安，號無住道人，出處未詳。興定間，爲鞏縣羅漢寺住持。兹輯一首。

羅漢泉詩并序。

予自興定二年正月十有三日，因徇其請，來居住是刹。乘間有一舊住老衲謂余曰：「寺之西南百步之外，林壑之間，昔有一泉，名曰羅漢。其水甘冷，其味常諫，渠引於寺中，宛轉旋流，大得其用。泰和己未歲，多苦旱，遂枯之，十有三年矣。」予既聞之，感歎不已。興定三稔中夏廿五日，泉乃復出。於是老衲重謂余曰：「此泉頗靈，人皆不知。自昔以來，有二奇事，一表主者有德，一表寺之隆替。

今則泉湧倍常，雖非吾師深有德行，寺之復興歟？敢請和尚下一轉語，發揚此一段公案乎？」不肖爾時忻然默筆，爲書鄙辭一章〔一〕，用紀其實，可爲千古之下崧陰之勝事耳。無住道人福安云。

羅漢幽棲地最靈，泉因羅漢便爲名。昔年曾向瓶中瀉，今日還從石罅傾。聲雜松風涼枕簟，光連山月照簷楹。可憐奔走黄塵客，來此泠然暫濯纓。《（民國）鞏縣志》卷一八《金石》，《中國方志叢書》本，臺北成文出版社一九七〇年。

【校記】

〔一〕辭：字原泐，據文意補。今按，釋福安《香林十詠跋》有此語，稱「詩」爲「辭」：「其辭平淡，超然自得於言語意味之外者也。」

釋祖朗

釋祖朗，俗姓李氏，薊州漁陽（今天津市薊州區漁陽鎮）人。九歲出家，禮燕京大聖安寺圓通國師爲師。大定二十一年，爲大萬安禪寺知事。後駐錫聖安，舉充監寺。承安間，住持崇壽禪院十稔，又奉敕開山提點香林禪寺三年，再住持崇壽寺五載。元光元年歸寂，俗壽七十四。兹輯一首。

臨終留頌

咄遮皮袋，常爲患害。繼祖無能，念佛有賴。來亦無來，去亦無礙。四大各離，一時敗壞。

浮雲散盡月昇空，極樂光中常自在。元耶律楚材《湛然居士文集》卷八《燕京崇壽禪院故圓通大師郎公碑銘》，中華書局一九八六年。

胡汲

胡汲，字直卿，衛州（今河南省衛輝市）人。少有賦聲，與新鄭傅伯祥、吕鵬舉相友善。貌寢陋而滑稽無窮。時命不偶，窮悴而死。兹輯一首。

闕題〔一〕

休笑參軍靴不襪，休嗟門客食無魚。燕鴻來去端誰使，鵬鷃消摇本自如。潦倒淵明三徑菊，荒唐惠子五車書。古人淡裏求真味，身外紛華不羡渠。《中州集》卷八《胡汲》。

【校記】

〔一〕詩題原無，元乙卯本、四部叢刊本《中州集》如之，汲古閣本作泐二字「□□」，此從文淵閣本及《全金詩增補中州集》卷三九。

王修齡

王修齡，字紹先，同州（今陝西省渭南市大荔縣）人。閑閑趙秉文愛其詩，目爲癡仙人。兹輯一首。

黄葉行送祖唐臣歸柘縣

送君黄葉山，黄葉紛不掃。上有蕭蕭之風樹，下有漫漫之衰草。山中黄葉行復青，髀肉一消人自老。酒盡意不盡，執手臨古道。古道連延走錦襄，錦襄日暮浮雲翔。一燈孤館相思處，寒鴈一聲秋夜長。《中州集》卷八《王修齡》。

佚句

失題

得意好花開早落，喚愁芳草燒還生。《中州集》卷八王修齡小傳。

步元舉

步元舉，關中人。兹輯一首。

下第過榆次

棲遲零落未歸人，已坐無成更坐貧。意氣敢論題柱客，晨昏多負倚門親。囊空漸覺錢餘貫，衣敝翻饒虱滿身。遥望秦關獨惆悵，一天風雨落花春。《中州集》卷九《步元舉》。

孫益

孫益，字德裕，秀容（今山西省忻州市）人。嘗從遺山之父學詩。兹辑二首。

送張安中還雲中名保極，雲朔名士。

相送還相送，臨分手重分。驊騮欣得路，鴻鴈惜離羣。木落黄華露，城低紫塞雲。中秋月正好，千里謾思君。《中州集》卷九《孫益》。

棲霞洞

飛仙巢三山，弱水環四溟。誰知黄峁嶺，自有白玉京。獨曳一枝邛，梯空上青冥。蟾飛墮入桂，石隕化七星。熊熊炬火然〔一〕，異狀不可名。垂天紫雲蓋，插地翠羽屏。已無俗士駕，尚有仙客經。敢言居凡世〔二〕，妙絕冠平生。明佚名《詩淵》，撰者署「元孫氏益」，書目文獻出版社一九九三年，第三册二一九八頁。

【校記】

〔一〕熊熊：首「熊」字漫漶，次爲重疊字符號，據残存筆劃補。〔二〕凡世：原漫漶，「世」末筆字劃尚殘存，據文意補。

新編全金詩卷三九

李　著

李著，字彦明，真定（今河北省石家莊市正定縣）人。擢承安二年經義榜第一。入翰苑七年，出副定州，召爲户部員外郎。泰和中，坐黨事，謫臨洮府判官，量移西京路按察司判官，遷彰德府治中。後死於兵亂。遺山稱之「高才博學，詩文得前人體。工於字畫，頗尚玄言」云。兹輯一首。

觀音院書閣

門巷蓬蒿一尺深，小軒岑寂似山林。鳥聲落枕有高下，山色閲人無古今。客裏三年侵老境，床頭一易涴塵襟。晚涼癡坐忘言裏，滿地西風白玉簪。《中州集》卷九《李治中著》。

龐　鑄

龐鑄，字才卿，號默翁，大興（今北京市大興區）人①。家世貴顯，登明昌五年進士第。貞祐南渡後，擢翰林待制，遷户部侍郎。坐游貴戚家，出倅東平。興定初，終於陝西東路轉運使①。鑄能文工詩，造語奇健不凡，風流文采，爲時輩所推，字畫亦有藴藉。嘗著《默翁集》二十卷行世②。兹輯二十四首。

雪谷曉裝圖

溪流咽咽山昏昏，前山後山同一雲。天公談笑玉雪噴〔一〕，散爲花蕋白紛紛〔二〕。詩翁瘦馬之何許，忍凍吟詩太清古。老奴寒縮私自語，作奴莫比詩奴苦〔三〕。木僵石老鳥不飛〔四〕，山路益深詩益奇。老奴忍笑憐翁癡〔五〕，不知嗜好乃爾爲〔六〕。楊侯智中富丘壑，醉裏筆端驅雪落。因何不把此詩翁〔七〕，畫向草堂深處着。

（接上頁注①）《中州集》卷五小傳作「大興人」，《金史》卷一二六《文藝傳》謂「遼東人」，金劉祁《歸潛志》卷四如之。或先世遼東，後徙大興。

① 金趙秉文《滏水集》卷一二《贈少中大夫開國伯史公神道碑》：「鑾輿巡幸陪都，百官奔走扈從。既而文正公洎龐鑄相繼下世。」《四部叢刊》本。今按，所謂文正公，指張行簡，卒於貞祐三年。龐鑄之卒當在南渡後。另，《中州集》小傳「京兆運使」當作「陝西東路轉運使」。金趙秉文《贈少中大夫開國伯史公神道碑》：「（秉文）又與其（季宏父）婿陝西東路轉運使龐鑄才卿，有冰玉之譽。」另，《金史》卷二六《地理志》京兆府：「天德二年置陝西路統軍司、陝西東路轉運司。」

② 元熊夢祥著、北京圖書館善本組輯《析津志輯佚·人物》，北京古籍出版社一九八三年，第一四〇頁。

【校記】

〔一〕笑、雪：金劉祁《歸潛志》卷四録此詩作「玄」、「屑」。〔二〕韮：《歸潛志》作「雨」。〔三〕莫比：《歸潛志》作「莫作」。〔四〕老：《歸潛志》作「槁」。〔五〕笑：《歸潛志》作「哭」。〔六〕不知嗜好乃爾爲：《歸潛志》作「不知詩好將何爲」。〔七〕因：《歸潛志》作「如」。

景骨城驛中夜雨

畫角邊城暮，孤舂野水秋。一川霜樹老，萬葉雨聲愁。自古誰青眼，勞生只白頭。何時問漁父，容我一扁舟〔一〕。

【校記】

〔一〕容、一：原作「客」、「亦」，四部叢刊本《中州集》如之，此從其餘諸本《中州集》。

洛陽懷古

草樹蕭條故苑荒，山川慘淡客魂傷。玉光照夜新開塚，劍氣沉沙古戰場。金谷更誰誇富麗，銅駝無處問興亡。一尊且對春風飲，萬事從來轂與臧。

田器之燕子圖

器之自叙云：「明昌丙辰，予從軍塞外合虜里山。野舍荒凉，難以狀言。春末有雙燕亦巢此屋，土人不之識，屢欲捕之，予曲爲全護。此燕晝出夜歸，予必開户待之。忽一日飛止坐隅，都無驚畏，巧語移時不去。予始悟，明日秋社，此鳥當歸，殆留别語也。因作一詩贈之云：『幾年塞外歷崎危，誰謂烏衣亦此飛。朝向蘆陂知有爲，暮投茅舍重相依。君憐我處頻迎語，我意君時不掩扉〔一〕。明日西風悲鼓角，君應先去我何歸。』此詩以細字寫之，爲蠟丸繫之燕足上。明年四月，予受代歸。又八年泰和甲子，任潞州觀察判官。四月十二日，偶坐廨舍之含翠堂，忽雙燕至，一飛簷户間，一上硯屏。予諦視之，繫足蠟丸故在，乃知此鳥蓋往年贈詩者也。因請同年龐君才卿畫爲圖，求諸公賦詩。」

田君才略燕雲客，少年累有安邊策。悔從筆硯取功名，直要横馳沙漠北。塞垣春雪白皚皚，東風未放玄陰開。烏衣之國定何許，一雙燕子能飛來。三年驛舍安西道，眼底鶯花無夢到。忽見佤飛入短簷，此身似向邯鄲覺。君居海東我中原，相逢乃在穹廬前。天涯流落俱爲客，感時念遠空潸然。長安何限高高閣，晝夜風閑開翠幕。底事猜嫌不往依，甘從此地風沙惡。土人嗜肉無仁心，一生弋獵誇從禽。有巢幸穩勿浪出，汝身未必輕千金。朝來暮去益狎昵，物我相忘情意一。但怪重裘積漸添，元是西風催社日。須知音巧惟鷤鴂，忽來坐隅如告辭。我方留寓未歸得，爲君忍賦傷心詩。詩成自述聊爲戲，繫足封之亦無意。燕已歸飛我未歸，刁斗聲中忽驚歲。旄頭夜落妖氛收，嫖姚獻凱歸神州。玉關早喜班超入，北海不聞蘇武留。君才經世寧終枉，幕府須賢來上黨。別後歸期兩及瓜，人間秋燕十來往〔二〕。沉沉官舍紅芳稀，葛衣燕居澹忘機。忽聞巧語入簷户，大似相識來相依。一飛簷外窺庭樹，一上屏山驚不去。解足分明得帛書，真是當年留別句。天生萬物禽最微，固耶偶耶吾不知。古道益遠交情醨，朝恩暮怨雲遷移。當時握手悲別離，一旦富貴棄如遺。聞予燕歌應自疑，慎無示之嗔我譏。

【校記】

〔一〕意：元乙卯本、明弘治本、四部叢刊本《中州集》如之，汲古閣本、文淵閣本及《全金詩增補中州集》作「憶」。〔二〕十：汲古閣本、文淵閣本《中州集》作「日」。今按，此詩後原附諸名流題詩，多見「十」字，如楊雲翼之美「塞垣回首十年非」、李純甫之純「一別天涯十見春」、李獻甫欽叔「塞上光風已十霜」等等，當以「十」爲是。

晚秋登城樓二首

山勢碧環合，溪光縞帶明。牛羊成晚景，砧杵助秋聲。酒薄人情廢，官閑吏事生。天東歸興滿，不爲憶蓴羹。

落日危樓上，詩成只自哦。清商行老矣，紅葉奈秋何。墮甑前非悟，跳丸去日多。功名猶誑我，未許着漁蓑。

冬夜直宿省中

吏散庭空宿鳥過，凍吟聊復戰詩魔。陶泓面冷真堪唾，毛穎頭尖漫費呵。畏事政宜賓客少，不才偏覺簿書多。西窗燈闇尊無酒，奈此迢迢夜漏何。

山行絶句

四面雲山玉作圍，一川霜樹錦爲衣。翩翩數騎南岡下，傅粉王孫射鹿歸。

漉酒圖

我愛陶淵明，愛酒不愛官。彈琴但寓意，把酒聊開顔。自得酒中趣，豈問頭上冠。誰作漉酒圖，清風起毫端。露電出形似，神情想高閑。大似揮絃時，目送飛鴻難。袖中有東籬，開卷見南山。嗟予困塵土，青鬢時一班。折腰尚未免，敢謂善閉關。望望孤雲翔，羡羡飛鳥還。歸田未有日，掩卷空長嘆。

夏日

富國才踈合自羞，清時無補但優游。只知錢向帑中裹，不信能教地上流。

花下

香滿西園曉雨微，萬紅千翠自高低。若爲常作莊周夢，飛向幽芳閙處棲。

梨花

孤潔本無匹，誰令先衆芳。花能紅處白，月共冷時香。縞袂清無染，冰姿淡不粧。夜來清露底，萬顆玉毫光。

未開牡丹

國香半吐醉顏酡，炫耀春工已自多。愛惜不教催羯鼓，更澆卯酒看如何。

却暑

九夏樓居不厭高，更須直至冷雲巢。風來蘋末聊自快，暑滿人間無處逃。蔗蜜漿寒冰皎皎，畫簾鈎冷月梢梢。閑思殿閣生凉句，誰爲懸誠作解嘲。

懷友

鏡裏衰顔失舊紅，當年豪逸夢魂中。山城對月中秋夜，隴鴈寄書西北風。遣興與誰同酒盞，相思無處附詩筒。憑高想到消魂處，落日無言水自東。

喜夏

小暑不足畏，深居如退藏。青奴初薦枕，黄妳亦升堂。鳥語竹陰密，雨聲荷葉香。晚凉無一事，步屧到西廂。

墨竹三首

隔溪煙雨

一溪流水玉涓涓，溪上修篁接暮煙。誰倩能詩文與可，筆端移得小江天。

秋風驟雨

瀰川急雨暗秋空，無限琅玕澹墨中。斂甲摐摐軍十萬，欲將貔虎戰斜風。

春雷起蟄

千梢萬葉玉玲瓏，枯槁叢邊緑轉濃。待得春雷驚蟄起，此中應有葛陂龍。

山谷透絹帖

君不見李廣射虎如射兔，霹靂一聲石飲羽。又不見巨靈擘山如擘雲，蓮華萬仞留掌痕。精神入物物乃爾，筆端有神亦如此。熙豐以來推善書，日下無雙黄太史〔二〕。胸中八法蟠虹霓，峨嵋僊人容竝馳。平生敗筆塚纍纍，妙處不減磨崖碑。吕侯好古兼好異，與字分身作游戲。清潭錯落印星璧，大澤縱横散龍蜕。又如漢宫粉黛争嬋娟，倚風顧影影更妍。豈無硬黄官帋與臨倣，畫師寫照非天然。吕侯之子今詩仙，傳家以此爲青氈。須防神物有時合，却逐六丁飛上天。《中州集》卷五《龐都運鑄》。

【校記】

〔二〕太：原作「大」，據汲古閣本、文淵閣本《中州集》及《全金詩增補中州集》改。

夷齊墓

絶粒當年耻仕周，死於仁義更何求。首陽山下兩丘土，能使磻溪釣石羞。《（成化）山西通志》卷一六《集詩》，《四庫全書存目叢書》本，齊魯書社一九九六年，第六七九頁。

題王子端草書

子端振衣起遼海，後學一變争新奇。黄山驚嘆竹溪泣，鍾鼎騷雅潛精神。元劉因《静修文集》卷二二《書王子端草書後》：「云云。默翁語也。」詩題原無，此據文意擬。《四部叢刊》本。

王擴

王擴，字充之，中山永平（今河北省保定市定州市）人①。明昌五年進士，調鄧州録事，遷懷安令。大安中，同知横海軍節度使，簽河東北路按察使。召爲户部侍郎，調南京路轉運使，後權陝西東路轉運使，行六部尚書，致仕。興定三年卒，年六十三②。兹輯一首。

題神霄宫清心軒

紛紛百慮自心生，方寸清來百慮平。未了此心私自笑，更憂時世欲澄清。《中州集》卷八《王都

---

①《遺山先生文集》卷一八《嘉議大夫陝西東路轉運使剛敏王公神道碑銘》作「定州永平人」。今按，天會中，中山府降爲定州博陵郡定武軍節度使，後復府。見《金史》卷二五《地理志》，中華書局一九七五年，第六〇六頁。

②《金史》卷一〇四《王擴傳》，中華書局一九七五年。

運擴》。

孫胤期

孫胤期，出處未詳。嘗與王擴唱和。兹輯一首。

和中山王擴充之韻

林野霜寒秋色鮮，西風行旆忽飄然。休聲竟播河東郡，寬德應同塞北川。冤訟已知消舊日，宿囚又喜得殘年。奏書指日朝天闕，不次登庸拜寵宣。《（康熙）保德州志》卷一二《藝文》，《中國方志叢書》本，臺北成文出版社一九七〇年。

吕卿雲

吕卿雲，字祥卿，大興（今北京市）人。明昌五年進士①，累遷國史院編修官。承安五年，有司擬

①《中州集》卷八《吕陳州子羽》引《屏山故人外傳》：「吕氏自國朝以來，父子昆弟凡中弟者六人，以六桂名其堂。」包括兄貞幹字周卿，弟子羽字唐卿、士安字晉卿、卿雲字祥卿；子鑑字德昭等。另，以其「明昌間」「上書言宫掖事」，當是明昌五年登第。

授右補闕兼應奉翰林文字，審官院以資淺駁。章宗諭曰：「明昌間，卿雲嘗上書言宫掖事，辭甚切直，皆他人不能言者。卿輩蓋不知也。臣下言事不令外人知，乃是謹密，正當顯用。卿宜悉之。」①興定四年，擢汝州刺史，卒②。兹輯四首。

登樓戲題

從來好處倒天慳，旬月安閒得亦難。珍重樓中舊山色，好將眉黛事新官。

直上高樓北望嵩，嵐氣過雨十分濃。試將霧髻煙鬟數，只比巫山少兩峰。

天邊嵩少獻新晴，政在前山缺處青。誰道此樓如此好，十年塵思一時醒。

又

雨雲留濕南風薰，登樓暫覺醒曚昏。遥岑幾疊入遠目，流水一派來深村。紅榴綴樹若拳火，緑苔滿地如錢痕。眼前有景道不得，壁間作者真少恩。《（正德）汝州志》卷七，《天一閣藏明代方志選

①《金史》卷一一《章宗紀》，中華書局一九七五年，第二五五頁。

②金元好問《續夷堅志》卷二《吕守詩讖》：「吕卿字祥卿，大興人。刺汝州，一月而罷。題詩望崧樓，有『珍重樓中舊山色，好將眉黛事新官』。未幾物故，人以爲詩讖云。」中華書局一九八六年。今按，清黄叔璥《中州金石考》卷八著録《登望嵩樓詩》：「興定四年，吕卿雲題。」

刊》本，上海古籍書店一九八二年。

藺世一

藺世一，麟遊（今陝西省寶雞市麟遊縣）人。興定二年進士①。兹輯一首。

題永陽園詩并序。

奉玉檄赴凡闈，化壇於童山崖祠之側，往復於九成顯道天尊之所，率徒相聚，以淑人心。於時裏外居民咸修善事，心疾令悔，身病藥痊，有欲死而後瘳，有重患而陡瘥。休糧點化，遠近雖殊，頓食尚由難廢，何況歲月忘湌〔一〕。官民悉謹，老幼皆矜，祠堂成施者之心，像侔就禱恩之意。置園于後，號曰永陽。椿澤二子，督功餘生，皆羽毛相助。武水龜之雅望，士庶遊興；長春亭之幽觀，凡聖同登。儒者俯臨，孰不成詠。徧覩名篇，因酬少句云。

歲久仙遊觀，園新五年過。基惟吴生施，買地費家貨。栽惟王子勤，花木逾萬箇。共勝永陽名，千古無令破。又添長春亭，不暇興遊邏。瞰臨眇空闊，緑淨不可唾。莫憐如覆錦，堆綉

①《（光緒）麟遊縣新志草》卷七《選舉志》著録：「金進士僅一人，藺世一，舉劉遇榜進士。」《中國方志叢書》本，臺北成文出版社一九七〇年。

最堪播。瑞槐龍蛇活〔二〕，怪石虎狼臥。夜風一河喧，晨鐘兩崖和。人生誰無幾，事往悲豈那。欲厭市廛囂，且來取静坐。願書梁上牌，勿使塵泥涴。太歲甲子正月癸丑朔十二日甲子，董道臣、元道圭立石。進士藺世一書丹并篆額〔三〕。陳垣等編纂《道家金石略》，文物出版社一九八八年，第一〇〇六頁。另，清陸耀遹《金石續編》卷二〇亦録，跋尾云：「畢氏《關中金石記》、孫氏《寰宇訪碑録》並次於金末。金建號於宋徽宗政和五年乙未，亡於宋理宗端平元年甲午，凡百二十年，中更二甲子，一爲熙宗皇統四年，一爲章宗泰和四年，未知孰是。案《潛研堂目録》注云『題云太歲甲子正月癸丑朔』，不著年號，以術推之，蓋金皇統四年也。《關中金石記》附金末。」《歷代碑誌叢書》本，江蘇古籍出版社一九九八年。今按，據跋尾所云，藺世一題詩在泰和四年；所謂「進士」，大抵縣學或州學生員，候選進士也，及第則遲至興定二年。

【校記】

〔一〕飡：《金石續編》作「食」。〔二〕槐：《金石續編》作泐字。〔三〕進士：《金石續編》作「道士」，當是碑版漫漶，識録有誤。

趙元

趙元字宜之，號愚軒居士，忻州定襄（今山西省忻州市定襄縣）人。經童出身，舉進士不中，以年及調鞏西簿。未幾，失明。自少日博通書傳，作詩有規矩，以詩名河東。貞祐南渡後，往來洛西山中，與趙秉文、李純甫、雷淵、元好問諸名士遊，多有唱和。爲人有材幹，處事詳雅。既病廢，萬慮一歸於詩，故詩益工，五言以平淡見稱。興定中，屏山李純甫賦愚軒云：「我雖有眼不如無，安得恰似愚軒愚。」①後病歿②。嘗著《愚軒集》行世。兹輯三十六首。

鄰婦哭

鄰婦哭，哭聲苦，一家十口今存五。我親問之亡者誰，兒郎被殺夫遭虜。鄰婦哭，哭聲哀，兒郎未埋夫未迴。燒殘破屋不暇葺，田疇失鋤多草萊。鄰婦哭，哭不停，應當門户無餘丁。追胥夜至星火急，并州運米雲中行。

渡洛口

一脉寒流兩岸冰，断橋無力强支撑。忘機羡殺沙鷗好，不省人間有戰争。

書懷繼元弟裕之韻四首〔一〕

蓍龜不須問，我命只自知。多生墮宿業，世網纆綿之。驊騮受羈銜，大笑跛鼈遲。跛鼈亦復笑，縮首甘自卑。何必參漆園，物理本自齊。檳榔可消穀，志士常苦飢。穆之萬人雄，猶不

① 金劉祁《歸潛志》卷二趙元小傳作「趙宜禄字宜之」，與《中州集》小傳異，中華書局一九八三年。
② 《中州集》未言卒年，據《歸潛志》引李屏山賦愚軒詩，元先於屏山卒，或在元光初。

免此譏。我懦更多病，區區欲何爲。鍾鼎不可倖，藜藿分所宜。安能如黄蜂，爲人填蜜脾。清白儻少污，平聲。後人何所貽。初學悔大謬，篆刻工文辭。年來厭酸鹹，淡愛陶潛詩。愛詩固自佳，其如未忘機。回頭四十年，言動俱成非。誰能逐世利，日久常規規。惟當種溪田，與子常相期。

窗扉有生意，山間春到時。長安冠蓋塵，游哉不如兹。西疇將有事，老農真吾師。不見元魯山，夢寐役所思。遺山乃其後，僻處正坐詩。時復一相過，照眼珊瑚枝。奇書多攜來，爲子卧聽之。

少從白衫游，氣與山崢嶸。一念墮文字，腸腹期拄撐。多機天所災，室暗燈不熒。拈書枕頭睡，鼻息春雷鳴。泰山與鴻毛，何者爲重輕。蹄涔與渤澥，誰能較虧盈。如能平其心，一切當自平。

嵩箕有奇姿，出雲何悠然。雲山足佳處，留客今幾年。有子罷讀書，求種山間田。栗里愧淵明，香山慚樂天。二老已古人，相望雲泥懸。得酒邀月來，對影空自憐。攝衣欲起舞，稚子不須牽。

【校記】

〔一〕詩題「四首」，元乙卯本、弘治本、四部叢刊本《中州集》無；《全金詩增補中州集》卷二九作「三首」，即第一首與第二首合而爲一。

喜霽

片段溪雲破，縱横野水淙。人閑泥塞路，蠅動日烘窗。胤壁苔痕滿〔一〕，侵堦樹影雙。還思釀新黍，瓮面挹秋江。

【校記】

〔一〕胤：文淵閣本《中州集》作「繞」，《全金詩增補中州集》作「映」。

詩送辛敬之東歸二首

風埃憔悴舊霜袍，老去新詩價轉高。橡栗漫山猶可煮，不須低首向兒曹。

文章無力命有在，一點浩然天地間。風雪滿頭人不識，又携詩藁出西山。

修城去甲戌歲，忻城陷，官復完治。途中聞哀嘆声，感而有作。

修城去，勞復勞，途中哀嘆聲嗷嗷。幾年備外敵，築城恐不高。城高慮未固，城外重三壕。一鍬復一杵，瀝盡民脂膏。脂膏盡，猶不辭，本期有難牢護之。一朝敵至任椎擊，外無强援中不支。傾城十萬口〔一〕，屠滅無移時。敵兵出境已踰月，風吹未乾城下血。百死之餘能幾人，鞭背駈行補城缺〔二〕。修城去，相對泣，一身赴役家無食。城根運土到城頭，補城殘缺終何益。君不見得一李勣賢長城，莫道世間無李勣。

【校記】

〔一〕口：弘治本、汲古閣本、文淵閣本《中州集》及《全金詩增補中州集》作「户」。今按，《金史》卷二六《地理志》：忻州隸河東北路，「户三萬二千三百四十一」，轄秀容、定襄二縣。〔二〕駈：《全金詩增補中州集》作「馳」。

田間秋日三首

好雨知時便放晴，天和醞釀作西城〔一〕。秋收但得官軍飽，未怕輸租遠十程。

禾穗纍纍豆角稠，崧前村落太平秋。熙熙多少豐年意，都在農家社案頭〔二〕。

皤翁傴僂負薪行，稚子跳梁剥棗聲。不似二姑忙更殺〔三〕，晚春椎髻脱釵荆〔四〕。

【校記】

〔一〕城：汲古閣本、文淵閣本《中州集》及《全金詩增補中州集》作「成」。〔二〕案：《全金詩增補中州集》作「甕」。〔三〕殺：全金詩增補中州集》作「苦」。〔四〕椎：弘治本《中州集》作「堆」。

客况

盧山踏遍却歸崧〔一〕，世事悠悠付老慵。樂近僧居非佞佛，苦無田種强爲農。菊花雨似人情冷，梨葉霜如酒力濃。一十五秋河表客，合教節物笑龍鍾。

【校記】

〔一〕盧：原作「廬」，汲古閣本、文淵閣本、四部叢刊本《中州集》及《全金詩增補中州集》如之，此從元乙卯本、明弘治本《中州集》。今按，盧山即盧氏山，在今河南省盧氏縣西北，同登封毗鄰，與詩意合。

學稼

不堪炊煮一箱書，十口東西若可餬。食禄已慚中隱吏，墾山聊作下農夫。藁遺場圃無多積，子入官倉困遠輸〔一〕。近日愚軒睡眠少，打門時復有追胥。

【校記】

〔一〕子：《全金詩增補中州集》作「籽」。

立秋日

況味年來老比丘，禪房三伏得遲留。連宵雨作垂垂曉，十口家貧盻盻秋。熟未先須伺禾黍，有無何暇問衣裘。半生枉却親燈火，一事不成空白頭。

村居夏日

官府不著名，散迹村落深。白雲自朝暮，青山無古今。愛此夏日永，門巷多繁陰。呼兒具繩床，不履亦不簪。殷勤好風來，爲我消煩襟。一飽萬事了，何用腰黄金。羈勒困名馬，網羅多珍禽。何如山鹿癡，呦呦戀長林。

次韻答裕之

薄暮敲門喜客佳，水萍風絮共天涯。行藏一話傾心肺，古律三詩淬齒牙。朱研不妨閑度日，青山終得共飡霞。扶持老病須君輩，滿地豺狼萬里家。

書懷

懶退無心廩與庖，願携諸子斸山磽。閑消白日醒吟醉，猛省浮生夢幻泡。窈窕雲山三兔窟，漂摇風樹一鳩巢。聯名便入村家社，莫認公卿是故交。

寄裕之二首

汩没兵塵滿鬢霜，買鄰心樂古清凉。閑陪老秀春行脚，闕欠朧元夜對床。正欲脱身求兔窟，誰能隨世轉羊腸。南陽未比嵩陽好，滿眼交游即故鄉。

老懶愚軒百不能，飽諳人意冷於冰。清狂舊日躭詩客，灰朽而今有髮僧。夢裹帋衾三丈日[一]，話延雪屋一龕燈。新開一逕通蘭若[二]，斬盡清涼舊葛藤。

【校記】

〔一〕夢：弘治本《中州集》及《全金詩增補中州集》作「服」。〔二〕一：《全金詩增補中州集》作「小」。

丙子夏卧病汗後有作

枯腸得水若通靈，涣汗週身一雨零。行客筋骸困方歇，醉人心骨唤初醒。病蟬移夢入新殼，老鶴息神梳舊翎。乞得殘骸對兒女，不愁無粟貯陶瓶。

宿少林寺

雙輪走雞棲，下嶺分間道。行行得精舍，翠崦作迴抱。諸峰知客來，故故顏色好。征衫滿塵土，慚愧方丈老。殷勤一瓣香，爲我除熱惱。世緣如落花，籬裀跡俱掃。箇中有佳處，行脚恨不早。一庵祖師傍，異日親結草。

晚出

坐久卧還起，畏此夏日長。出門鬢蓬鬆，西日明半墻。鳩鳴舍東柳，雌和墻南桑。十日暑煩苦，一雨方論量。偶然釋憂抱，露坐移繩床。群兒莫相催，老子便晚凉。

次韻裕之見寄二首

魚入深淵鶴在陰，飛潛何幸遠庖砧。乾坤萬里雲無迹，冰雪三冬柏有心。故國鈎留清夜夢，歲華分付白頭吟。莘川擬作桃源隱，共與青山閱古今。

古屋颼颼四壁塵，不堪幽獨足吟呻。瓶儲看客常年慣，家具爲農近日新。世味飽嘗唯可睡，詩情漫苦不醫貧。相從分我西山半，欲乞臞元伴老身。

題裕之家山圖

繫舟盤盤連石嶺，牧馬澄澄倒山影。山光水氣相混涵，中有元家舊廬井。鴈門一開豺虎場，駕言投迹嵩之陽。青山偃蹇不可將，十年竟墮兵塵黄。東巖風物知猶在，説與寄庵神已會。一揮淡墨能似之，清輝遠寄形骸外。元家故山吾與鄰，夢見不如畫圖真。舊曾行處聊經眼[一]，未得歸時亦可人。

【校記】

〔一〕處：《全金詩增補中州集》作「腳」。

早發寶應龍門道中有感

山僧送客客行東，迴首雲寮夢寐中。人語咿呦村店火，帽簷欹側石門風。伊川遠映春冰緑，少頂先攙曉日紅。爲問年來幾還往，只應烏鵲識衰翁。

欽若遽有商於之行作長語爲別兼簡仲澤弟一笑

盧山鉒然深可居〔一〕，洛水蚓然清可漁〔二〕。嘉哉山水有如此，不能留客如蘧廬。楚茅不入干王誅，大帥分閫臨商於。謀參帷幄渴英俊，蒐羅遠到山間癯。隴西四欽出將種，人愛若也温而愉。揭來誰飛薦鶚書，枕前墮檄催馳驅。行參幕賓亦大可，把酒當爲帥君賀。王家仲澤如仲宣，共看吐奇飛玉唾。一軍號令雅歌中，聲落荆蠻膽先破。愚軒退居如甑墮，閑暇多君時見過。明朝笑語隔關山，一月須拚面墻卧。

【校記】

〔一〕鉒然：《全金詩增補中州集》作「窈然」。　〔二〕蚓：《全金詩增補中州集》作「澄」。

丁亥三月二十五日雪

夬變乾將至，陰凝陽不流。雨飛猶帶雪，風急似號秋。草木無春意，關河慘客愁。天心寧易測，三嘆索冬裘。

大暑

旱雲飛火燎長空，白日渾如墮甑中。不到廣寒冰雪窟，扇頭能有幾多風。

讀樂天無可奈何歌

梟脛苦太短，蚿足何其多。物理斬不齊，利劍空自磨。老跖富且壽，元惡天不訶。伯夷豈不仁，餓死西山阿。天意寓冥邈，人心徒揣摩。不如且飲酒，流年付蹉跎。酒酣登高原，浩歌無奈何。

哀古道

山深道壞水縱橫，怪得春來少客行。不信天教人迹斷，水乾更遣蒺藜生。

薛鼎臣罷登封

弄人鼓笛不相疑，便着當場傀儡衣。終日抱飢唯飲水，也和醉客一時歸。鼎臣材大夫，宰登封有惠政，今以例罷，故有上句。《中州集》卷五《愚軒居士趙元》。

題普救寺崔氏女繪模真像

並燕鶯爲字，聯徽氏姓崔。非煙宜采畫，秀玉勝江梅。薄命千年恨，芳心一寸灰。西廂舊紅樹，曾與月徘徊。元陶宗儀《南村輟耕録》卷一七《崔麗人》：「余向在武林日，於一友人處見陳居中所畫《唐崔麗人圖》，其上有題云云。『余丁卯春三月，銜命陝右，道出於蒲東普救之僧舍。所謂西廂者，有唐麗人崔氏女遺照在焉。因命畫師陳居中繪模真像，意非登徒子之用心，迨將勉情鍾始終之戒。仍拾四十言，使好事者知百勞之歌以記云。泰和丁卯林鍾吉日，十洲種玉大誌宜之題。』」詩題原無，據文意擬。中華書局一九八〇年。另，清吴景旭《歷代詩話》卷六三《金詩》引《堯山堂外紀》亦録，中華書局一九五八年。

題嵩陽歸隱圖

風煙萬頃一椽茅，一椽，一作「十椽」。丘壑端能傲市朝。窈窕雲山三兔穴，飄飖風樹一鳩巢。本來無取亦無與，只合自漁還自樵。三十六峰俱可隱，願從君後不須招。金劉祁《歸潛志》卷二，中華書局一九八三年，第一六頁。

佚句

送辛敬之

李白久矣騎長鯨，後五百歲之純生。《歸潛志》卷二。

趙憲

趙憲，忻州定襄（今山西省忻州市定襄縣）人。宜之從弟。兹輯佚句二。

失題

黄塵衮衮時隨脚，華髮蕭蕭老壓頭。金辛愿《贈趙仲常》：「趙子年雖小，論詩樂最深。秋風凡幾首，冬日更多吟。老大吾無力，文章爾用心。荒山松竹底，莫厭數相尋。」注：「名憲，宜之從弟，詩有云云之句。」見《中州集》卷一〇《溪南詩老辛愿》。

佚名

貞祐童謠

團圞冬，劈半年。寒食節，没人煙。《金史》卷二三《五行志》：「宣宗貞祐元年八月戊子夜，將曙，大霧蒼黑，跂步無所见，至辰巳間始散。十二月乙卯，雨，木冰。時衛州有童謠云云。明年正月，元兵破衛，遂丘墟矣。」中華書局一九七五年，第五四二頁。

興定童謠

青山轉，轉仙青。耽誤盡，少年人。《金史》卷二三《五行志》：「（興定）五年三月，以久旱，詔中外，仍命有司祈禱。十一月壬寅，京師相國寺火。十二月丁丑，霜附木。先是，有童謠云云。蓋言是時人皆爲兵，轉鬭山谷，戰伐不休，當至老也。」中華書局一九七五年，第五四三頁。

石碣詩

瑞雲靈氣鎖城東〔一〕，他日還應與北同。歲月遷移人事變，却來此地再興功。金劉祁《歸潛志》卷七：「興定初，术虎高琪爲相，建議南京城方八十里，極大，難守。於内再築子城，周方四十里，壞民屋舍甚衆。工役大興，河南之民皆以爲苦。……然子城初起時，于地中得一石碣，上有詩云云。」中華書局一九八三年，第六八頁。另，清郭元釪《全金詩增補中州集》卷六二亦録，題作「石碣詩」，從之。上海古籍出版社一九九四年。

【校記】

〔一〕鎖：《全金詩增補中州集》作「鎮」。

新編全金詩卷四〇

蕭貢

蕭貢，字真卿，號渭上翁[①]，咸陽（今陝西省咸陽市）人。大定二十二年進士，歷州縣，召爲尚書省令史，遷監察御史，用薦除翰林修撰。嘗上書論時政，詞意切至，改治書侍御史。丁父憂，起復右司員外郎，遷國子祭酒，兼太常少卿，奉命與陳大任等刊修《遼史》。累官德州防禦使、河東北路按察轉運使。大安末，改彰德軍節度使。興定元年，以户部尚書致仕。元光二年卒[②]，年六十六，謚文簡。真卿博學能文，讀書至老不倦，嘗著《史記注》百卷、《公論》二十卷、《五聲姓譜》五卷、文集十卷等。遺山稱之不減前輩蔡正甫云。兹輯三十二首。

①金李治《敬齋古今黈》卷六：「渭上翁《公論》：《史記》子政説云……。渭上翁長於史學者也，所著《公論》誠公不誣。」中華書局一九九五年。另，金劉祁《歸潛志》卷四：「蕭氏《公論》數萬言，評古人成敗得失，甚有理。」

②《金史》卷一〇五《蕭貢傳》，中華書局一九七五年。

渭南縣齋秋雨

穴床撐拄小窗前，一點青燈照不眠。簷溜淙琤風淅瀝，嫩凉如水夜如年。

假梅

緑窗嬌小似梅人，素手東風巧思新。鸞尾剪裁千顆雪，蜂脾點綴一家春。長教客枕生幽思，不逐林花委路塵。莫道去非詩破的，兔毫那解寫花真。

臨泉道中

半世事行役，兹游初未經。峽門迷白晝，嶺脊上青冥。澗曲莓苔滑，松盤霧雨溟。登危人跼蹐，涉險馬竛竮。落日留行客，投鞭得驛亭。短墻明積雪，破屋漏疎星。羌笛誰三弄，羈懷强一聽。葭蘆知不遠，河外數峯青。

自感

形骸付與甄陶外，禍福難防倚伏前。孔雀若知牛有角，應須忍渴過寒泉。

荒田擬白樂天

荒田幾歲闕人耕，欲種穈蕎趂晚晴。急手剪除荆與棘，一科才了十科生。

樂府崔生徽、蘭，二崔名。

徽門晝煖柳啼鴉，蘭閣窗深月照紗〔一〕。腰素輕盈珠袚穩，鬢雲鬆亂玉釵斜。春風一去空陳迹，暮雨三生只當家。自倚廣平腸似石，不妨綺語賦梅花。

【校記】

〔一〕窗：《全金詩增補中州集》卷二七作「春」。

米元章大字卷

顔楊死去誰補處，米狂筆力未可涯。追摹古人得高趣，别出新意成一家。老蛟騕雲肉倔强，枯樹漬雪冰楂牙。九原裴説如可作，應有新詩三嘆嗟。裴説《懷素草書歌》：「欲歸家，三嘆嗟，眼前三箇字，枯樹楂，烏梢蛇，黑老鴉。」

楊侯畫晉公臨江賞梅樂天與烏窠禪師泛舟談玄不顧而去戲爲一絶以代晉公招樂天同飲云

明粧冷蘂兩清新，面頰浮光數爵頻。拉㧞風前寒鼻液，快來同醉雪中春。

漢歌

華陰雙璧傳山鬼，報道明年祖龍死。草間豪傑伺天時，攘袖撫衿争欲起。蕞祠篝火妖狐語，夥涉爲王張大楚。南公舊有三户謡，東井新看五星聚。中原茫茫走秦鹿，天遣沛公興白屋。大蛇斬斷素靈號，蚩尤祭罷朱旗矗。揭來扶義入關中，恩結人心帝道隆。秦法煩苛猶一洗，項王慓悍何勞攻。三傑相須立人紀，四老仍來安太子。已令陸賈説詩書，更詔孫通制儀禮。阿翁着手規摹遠，獨恨兒孫讀城旦。王純霸雜寧不知，不是不知知已晚。

楚歌

沙丘車過亡明鏡，人頭畜鳴自賢聖。阿房殿裏醉宫娃，趙高手中持國柄。群雄雲擾蕩山東，邯鄲却墮秦圍中。項王一戰動天地，諸侯膝行趍下風。割裂河山建侯國，天下畏威心不服。只貪衣繡榮楚猴，豈識金刀得秦鹿。楚歌一夜四面發，泣别虞姬歌數闋。殘兵牢落似晨星，獨騎凌兢踏寒月。烏江渡口方唤舩，五侯追奔已江邊。苦道天亡非戰罪，劒化壯氣成飛煙。君王雄武古無比，獨無仁義誰相濟。向能忠計資范增，未必漢家能卜世。穀城東頭土一丘，悠悠遺恨何年休。

悲長平

秦兵伏甲武安西，趙將非材戰士携。千里陣雲沉曉日，萬家屋瓦震秋鼙。哀纏朽骨天應泣，怨入空山鳥不棲。百戰區區竟何得，阿房煙草亦凄迷。

雒陽

西來洛水遶崧高，野店荒村换市朝。董卓搜牢連數月，郭威夯市又三朝。劫灰深掘終難盡，鬼火争然忽自消。千古興亡幾春夢，只將閑話付漁樵。

中秋對月

去年中秋客神京，露坐舉盃邀月明。今年還對去年月，北風黄草遼西城。年年月色長清好，只有悲秋人易老。兒童不解憶長安，歌舞團圞繞翁媪。人生宦游真可憐，不知何處度明年。預愁老罷廢詩酒，負此冰玉秋嬋娟。我生萬事隨緣耳，居自無憂行亦喜。君不見杜子閨中只獨看，鄜州寂寞千山裏。

寄答張維中〔一〕

北轅千里赴陪都，日覺還家計愈疎。人事浮雲千變化，宦途平地幾崎嶇〔二〕。青山有約長回首〔三〕，白髮無情忽滿梳。賴有同年老兄弟，相思時寄數行書〔四〕。

【校記】

〔一〕《詩淵》第一册五九六頁録此詩，題作「寄答張郎中」。〔二〕宦：《詩淵》作「官」。〔三〕長：《詩淵》作「終」。〔四〕思：《詩淵》作「逢」。

保德州天橋

鬱鬱風雲入壯懷，天潢飛下碧崔嵬。兩崖偪側無十音忱步，萬頃逡巡納一盃。濺沫紛紛跳亂雹，怒濤殷殷轉晴雷。曾聞電火魚燒尾，會趂桃花漲水來。

靈石縣

古道行人少，荒城亂石侵。天横機素直，河入土囊深。澗近雲長潤，山高日易沉。田翁樂豐歲，歌笑下崎嶔。

真容院

魔宮佛界等空虚，此理何曾屬有無。直向臺山始相見，可中還有二文殊〔一〕。

【校記】

〔一〕可：《全金詩增補中州集》作「定」。

讀火山瑩禪師詩卷

禪師陝州白氏，岐山令君舉、樞判文舉之弟。自幼日有詩名河東，嘗有詩云：「十日柴門九不開，松庭雨後滿蒼苔。草鞵挂起跏趺坐，消得文殊更一來。」歸寂後，客有示其集者，因題其上〔一〕。

長短都歸一夢中，身前身後兩無窮。李憕信士今如在〔二〕，定向江湖訪澤公。

【校記】

〔一〕元乙卯本、明弘治本、四部叢刊本《中州集》此段文字字號與詩句同，是爲詩題而非題注。

〔三〕李憕：《全金詩增補中州集》作「三生」。

君馬白

我馬瘦，君馬肥，我馬虺隤君馬飛。彫鞍寶鉸錦障泥〔一〕，向風振迅長鳴嘶。一朝計落路傍兒，銅鬲爲榔薪爲衣。瘦馬雖瘦骨骼奇，古人相馬遺毛皮，千金一顧會有期。

【校記】

〔一〕寶鉸：「鉸」原作「挍」，其餘諸本《中州集》作「校」，此從《全金詩增補中州集》。今按，「挍」古同「校」；「寶鉸」亦作「寶校」。南朝宋顏延之《赭白馬賦》：「寶鉸星纏，鏤章霞布。」唐李善注：「鉸，裝飾也。章，采文也。袁宏《酎宴賦》曰：『朱帷赫以霞布』。」見《文選》卷一四。

陳宮詞

三閣花深白晝迷，酒催狎客賦宮詞。管絃散落春風外，一曲金釵兩鬢垂。

岢嵐

岢嵐地勢橫三汊，河朔城墉挂一箕。紫塞高連寒日短，黃榆落盡長年悲。

按部道中二首

窟野河津水没腰，管岑官路雪封條。一年樂事能多少，强半光陰馬上消。

寒城睥睨插山隅，秋半霜風塞草枯。月轉譙樓天未曉，角聲吹徹小單于。

日觀峰

半夜東風攪鄧林，三山銀闕杳沉沉。洪波萬里兼天湧，一點金烏出海心。

族兄才卿下弟後赴宜禄酒官以詩寄之

久期老距擅文場，命壓人頭可得忙。兩脚塵泥官業晚，十年燈火夜窓凉。霜添老葉山梨紫，雨浥寒花野菊香。寒花，一作「寒叢」。南北相望無百里，幾時樽酒浣離腸〔一〕。

【校記】

〔一〕浣：汲古閣本、文淵閣本《中州集》作「涴」。

梨花

豐姿閑淡洗粧慵，眉緑輕顰秀韻重。香惹夢魂雲漠漠，光摇溪舘月溶溶。陳家樂府歌瓊樹，妃子春愁慘玉容。安得能詩韓吏部，郭西同去醉千鍾。

後趙

擬倫人物指高光，可笑梟雛不自量。正使成名皆竪子，英雄也未到君行〔一〕。

【校記】

〔一〕未：《全金詩增補中州集》作「不」。

古採蓮曲

洋洋長江水，渺渺漲平湖。田田青茄荷，艷艷紅芙蕖。酣酣斜日外，苒苒凉風餘。倩倩誰家子，裊裊二八初。兩兩並輕舟，笑笑相招呼。悠悠波上鴛，潑潑蒲中魚。采采不盈手，依依欲何如。

擬迴文四首

春波緑處歸鴻過，夜月明時飛鵲愁。人去附書將恨寄，暮山雲斷倚高樓。

樓上却來樓下待，晚窗春盡斷回腸。愁人有説嫌人問，淚洒新詩掃墨香。

風幌半縈香篆細，碧窗斜影月籠紗。紅燈夜對愁魂夢，老盡春庭滿樹花。

萋萋碧草連天遠，杳杳行人幾日迴。凄雨晚凉空坐久，淚粧殘暈濕紅腮。《中州集》卷五《蕭尚書貢》。

李純甫

李純甫，字之純，號屏山居士，弘州襄陰（今河北省張家口市陽原縣）人。少負其才，慨然有經世志，每以諸葛孔明自期。登承安二年經義進士第。兩入翰林，連知貢舉，仕至左司都事。與趙秉文、劉從益、雷淵、李獻能、劉祖謙等名士交往。爲文法莊周，尚奇怪。嗜酒如命，未嘗一日不飲，亦未嘗一日不醉。眼花耳熱之際，談鋒甚健，如傾江河，無有窮竭，且嘯歌袒裼，出禮法外。三十歲後，遍觀佛書，能悉其精微。又取儒道兩家書，牽引雜説，錯綜諸經，就兩宋伊川、横渠、晦庵諸理學家所得商略之，毫髮不相貸。屏山好賢樂善，雖新進少年遊其門，亦與之爲爾汝交，士論以中州豪傑數之。嘗自爲《屏山居士傳》，有云：「軀幹短小而芥視九州，形容寢陋而蟻虱公侯，語言蹇吃而連環可解，筆劄訛癡而挽回萬牛。寧爲時所棄，不爲名所囚。是何人也耶？吾所學者淨名莊周」①。元光二年卒②，年四十七。著述豐富，僅《鳴道集説》五卷尚存。兹輯三十九首。

①金劉祁《歸潛志》卷一，中華書局一九八三年，第七頁。

②《中州集》小傳未涉卒年。金劉祁《歸潛志》卷一：「正大末，由取人逾新格，出倅坊州。未赴，改京兆府判官，卒于南京，年四十七。」《金史》卷一二六《文藝傳》如之。今按，屏山卒於元光間。（一）趙秉文《和劉雲卿》有云：「屏山歿（轉下頁）

雪後〔一〕

王環暈月蟠長虹，飛沙卷土號陰風。黃雲羃羃翳晴空，屋頭唧唧鳴寒蟲。天符夜下扶桑宮，玄冥震怒鞭魚龍。魚龍飛出滄海底，咄嗟如律愁神工。急斞北斗捲雲漢，凌澌捲入天瓢中。椎璋碎璧紛破碎，六花剪出寒瓏璁。翩翾作穗大如手，千奇萬巧難形容。恍如墮我銀沙界，清光縞夜寒朣朧。肝腸作祟耿無寐，試把往事閑追窮。男兒生須銜枚卷甲臂琱弓，徑投虎穴策奇功。不然羊羔酒漲玻璃鍾，侍兒醉臉潮春紅。誰能蹇驢馳着灞陵東，骨相酸寒愁煞儂。屏山正吐黃虀氣，笑倒坐間亡是公。

（接上頁）後使人悲，此處交親我與雷。」雲卿卒於正大元年春，《歸潛志》卷九有説，則純甫必卒於此前。（二）《歸潛志》卷一載屏山元光元年所撰《重修面壁庵記》，則其卒年當在此後。（三）金張子和《儒門事親》卷一：「元光春，京師翰林應奉李屏山得瘟疫症，頭痛身熱，口乾小便赤澀。渠素嗜飲，醫者便與酒症丸犯巴豆利十餘行。次日頭痛諸病仍存。醫者不識，復以辛温之劑解之，加之卧於暖炕，强食葱醋湯，圖獲一汗。豈知種種客熱疊發併作，目黄斑生，潮熱血泄，大喘大滿。後雖有承氣之下者，已無及矣。」元光歷時兩載，周惠泉《金代文學發凡》以爲卒於「元光二年」，頗是。東北師範大學出版社一九九四年，第二五四頁。（四）清施國祁跋黄丕烈舊抄本《歸潛志》有云：「至太宗神射之爲太祖神功，李純甫卒於元光末，王仲元爲王廣道從子，良由神川誤記，不必校。」而施先生之説雖誤，竟能證明尚有舊抄本《歸潛志》作「卒於元光末」，應是原本記載。至於正大末云云，良由傳抄致誤。見《歸潛志》卷末附録諸跋，中華書局一九八三年，第一九三頁。

【校記】

〔一〕《全宋詩》卷八七八據《（嘉靖）河間府志》卷二七輯入屏山《雪後》《真味堂》二詩，而歸宋人李之純端伯名下，誤。

赤壁風月笛圖

鉦鼓掀天旗脚紅，老狐膽落武昌東。書生那得麾白羽，誰識潭潭蓋世雄。裕陵果用軾爲將，黄河倒捲湔西戎。却教載酒月明中，船尾嗚嗚一笛風。九原唤起周公瑾，笑煞儋州秃鬢翁。

送李經

髯張元是人中雄，喜如俊鶻盤秋空。怒如怪獸拔枯松〔二〕，老我不敢嬰其鋒。更着短周時緩頰，智囊無底眼如月，斫頭不屈面如鐵。一説未窮復一説，勍敵相扼已錚錚。二豪同軍又連衡，屏山直欲把降旌。不意人間有阿經，阿經瓌奇天下士，筆頭風雨三千字。醉倒謫仙元不死，時借奇兵攻二子。縱飲高歌燕市中，相視一笑生春風。人憎鬼妒愁天公，徑奪吾弟還遼東。短周醉别默無語，髯張亦作衝冠怒。阿經老淚如秋雨，只有屏山拔劍舞。拔劍舞，擊劍歌，人非麋鹿將如何。秋天萬里一明月，西風吹夢飛關河。此心耿耿軒轅鏡，底用兒女肩相摩。有智無智三十里，眉睫之間見吾弟。張謂伯玉，周謂晦之。

【校記】

〔一〕枯：弘治本、汲古閣本、文淵閣本《中州集》及《全金詩增補中州集》作「古」。

爲蟬解嘲 獻臣伯玉不平蟬解。

老蜣破衲染塵緇，轉丸如轉造物兒。道在矢溺傳有之，定中幻出嬋娟姿。金仙未解羽人尸，吸風飲露巢一枝〔一〕。倚杖而吟如惠施，字字皆以心爲師。千偈瀾翻無了時，關楗不落詩人詩。屏山參透此一機，髯弟皤兄何見疑。此理入玄人得知，髯弟恐我飡却西山秀，張有《登樓》詩：「昨日上高樓，西山翡翠堆。今日上高樓，西山如死灰。想見屏山老，療飢西山隈。飡却西山色〔二〕，高樓空崔嵬。」皤兄勸我吸却壺盧溪。高有《壺溪》詩云：「我觀壺盧溪，未易以蠡測。大若溪上翁，有口吸不得。壺中别是一洞天，溪上翁即壺中仙。畢竟人間無着處，杖頭挑取屏山去。」因蟬倩我問渠伊，快掉葛藤復是誰，髯弟絶倒皤兄嘻。

【校記】

〔一〕吸：弘治本《中州集》及《全金詩增補中州集》作「呼」。　〔五〕飡：弘治本《中州集》及《全金詩增補中州集》作「食」。

灞陵風雪

君不見浣花老人醉歸圖，熊兒捉轡驥子扶。又不見玉川先生一絶句，健倒莓苔三四五。蹇驢駞着盡詩仙，短策長鞭似有緣。政在灞陵風雪裏，管是襄陽孟浩然。官家放歸殊不惡〔一〕，蹇驢大勝揚州鶴〔二〕。莫愛東華門外軟紅塵，席帽烏靴老却人。

【校記】

〔一〕官、歸：《全金詩增補中州集》卷一六作「大」、「歌」。〔二〕揚：原作「楊」，此從汲古閣本、文淵閣本《中州集》及《全金詩增補中州集》。

贈高仲常

借問高書記，南征又北征。從軍元自樂，遊子若爲情。筆下三千牘，胷中百萬兵。傷弓良小怯，彈鋏竟何成。慘淡風塵際，悲凉鼓角聲。别家四十日，並塞兩三程。斗絶牛皮嶺，荒寒燕賜城。吟邊白鳥没，醉裏暮雲横。感慨悲王粲，顛狂笑禰衡。虎賁多將種，底用兩書生。

真味堂

問渠真味若爲言，不着塩梅也自全。黿鼎大夫徒染指，麴車公子漫流涎。胷中已有五千卷，徽外更聽三兩絃。此老清饞何所嗜，宦名嚼蠟已多年。

畫兔

三窟言何鄙，中林計未踈。貧而長衣褐，老矣不中書。擣藥元無死，忘蹄始見渠。子皮今尚在，遺像豈陶朱。

猫飲酒

枯腸痛飲如犀首，奇骨當封似虎頭。嘗笑廟謀空食肉，何如天隱且糟丘。書生幸免翻盆惱，老婢仍無觸鼎憂。只向北門長臥護，也應消得醉鄉侯。

天游齋

丈人未始出吾宗，草靡波流盡太冲。七竅鑿開無混沌，六根消落盡圓通。法身兔角聲聞外，塵事牛毛夢幻中。誰會天游更端的，瘦梅疎竹一窗風。

孫卿子

諸儒談性盡歸情，誰信黄河徹底清。未到崑崙源上見，且休容易小荀卿。

謝安石

阿堅休道不英雄，兒輩俄成盖世功。屐齒折時渠自省〔一〕，至今人解笑桓冲。

【校記】

〔一〕省：《全金詩增補中州集》卷一六作「著」。

魏徵

健兒摇足據山東，李氏家居太半空。貞觀力排封建議，魏徵元只是田公。

老蘇

宋季人憂大瓠穿，敢留金幣不輸邊。權書更信蘇家策，剩費青苗幾倍錢。

偶得

包裹青衫已十年，聰明更覺不如前。簿書藂裏先抽手，鼓笛場中少息肩。瓶底剩儲元亮粟，叉頭高掛老坡錢。會須着我屏山下，了却平生不問天。

雜詩六首

顛倒三生夢，飛沉萬劫心〔一〕。乾坤頭至踵，混沌古猶今。黑白無真色，宫商豈至音。維摩懶開口，枝上一蟬吟〔二〕。

乾坤大聚落[三]，今古小朝昏。諸子蠅鑽旆，群雄虱處褌。一心還入道，萬物自歸根。却笑幽憂客，空招楚些魂。

丹鳳翔金鼎，蒼龍戲玉池。心源澄似水，鼻息細於絲。枕上山川好，壺中日月遲。神仙學道者，那許小兒知。

空譯流沙語，難參少室禪。泥牛耕海底，玉犬吠雲邊。仰嶠圓茶夢，曹山放酒顛。書生眼如月，休被衲僧穿。

狡兔留三窟，獮猴戲六窗。情田鋤宿草，心月印澄江。酒戒何曾破，詩魔先已降。雄蜂雌蛺蝶，正自不成雙。

道義富無敵，詩書貴不貲。浮生幾兩屐，狂樂一絇丝。豪俠非吾友，臞儒即我師。誰知茅屋底，元自有男兒。又作「元有文天兒」。

【校記】

[一]沉：《古今圖書集成·神異典》卷二〇九《居士部藝文》録此詩作「塵」。　[二]吟：《永樂大典》卷九〇三詩字韻引《中州集》李純甫此詩作「琴」。　[三]大：四部叢刊本《中州集》作「太」。

趙宜之愚軒

羿窮射殺金畢逋，老盧磔殺玉蟾蜍。朝夕相避崑崙墟，忽見天公一目枯。塵昏土眯萬萬古，雲眵雨淚寒糢糊。嗟哉區中人，幺麽如蚍蜉〔一〕。書生不惜兩瞳子，長使看書如老奴。水部一奇士，西河君子儒。二公正坐詩作祟，得句令人不敢書。先生有膽乃許大，落筆突兀無黄初。軒昂學古澹，家法出關睢。暗中摸索出奇語，字字不減瓊瑶琚。神憎鬼妒天公怚〔二〕，戲將片雲翳玄珠〔三〕。九竅鑿開混沌死，罔象未必輸離朱。静掃空花萬病除，一片古心含太虚〔四〕。屏山有眼不如無，安得恰似愚軒愚，安得恰似愚軒愚。

【校記】

〔一〕幺麽：或作「幺麽」、「幺末」，同。今按，所謂幺麽，意猶小或少。《晉書》卷九九《殷仲文傳》：「若桓玄之幺麽，豈足數哉！」北宋時，或用作臣下奏章自謙詞。宋蔡戡《定齋集》卷一《乞代納上供銀奏狀》云：「臣一介幺麽，蒙陛下使令，猥當一路之寄」。入金後屢見此語，取少意。金劉晞顔《創建寶坻縣碑》：「以永鹽所入幺麽之故，迨三年癸巳，遂省并永鹽於榷爲一司。」見清張金吾《金文最》卷六九。另，自宋元，「幺麽」語意也在變化。一是引入志怪小説。宋陶穀《清異録》卷上《幺麽門》包括《蟲使》《腹兵》《鑿空大使駕險三郎》《甕精》等，多屬奇異之事。二是金人以「幺末」稱院本，元人由此演爲新興文藝代名詞。元佚名《藍采和》雜劇第四折〔七兄弟〕：「舊幺麽院本我須知，論同場本事我般般會。」元賈仲明爲《録鬼簿》增補「吊詞」，亦屢見涉及。

〔二〕怚：弘治本《中州集》漫漶，汲古閣本《中州集》作「且」，文淵閣本《中州集》及《全金詩增補中州集》作「狙」。

〔三〕雲：元乙卯本、四部叢刊本《中州集》作「雪」。

〔四〕古：文淵閣本《中州集》及《全金詩增補中

州集》作「苦」。

子端山水同裕之賦

遼鶴歸來萬事空，人間無地着詩翁。只留海岳樓中景，長在經營慘淡中。

馬圖同裕之賦 韓筆定襄霍益之家物。

天馬飛來不苦難，雲屯萬騎開元間。太平有象韓生筆，曾見真龍如此閑。

瓢庵

書生只合飽黄虀，大嚼屠門計似癡。壁上七絃元自雅，囊中五字更須奇。横陳已覺如嚼蠟，皆醉何妨獨啜醨。此味欲談舌本强[一]，如人飲水只渠知。

【校記】

〔一〕談：《（民國）陽原縣志》卷一七録此詩作「淡」。

劉宋

六十衰翁血打圍，深山赤手搏熊羆。子孫只解相魚肉，辛苦知他爲阿誰。

哭黄華

士價五羊皮，人生黍一炊。蓋棺那可忍，掛劍不勝悲。向上誰曾到，而今渠得知。侍臣傷立本，老姥怒羲之。作病無如酒，窮愁正坐詩。中郎猶有女，少傅竟無兒。散落真行帖，飄零騷雅辭。儒林頓憔悴，未敢哭吾私。

怪松謡

阿誰栽汝來幾時，輪囷擁腫蒼虬姿〔一〕。鱗皴百怪雄牙髭，拏空夭矯蟠枯枝。疑是秘魔嵓中老慵物，旱火燒天鞭不出。睡中失却照海珠，羞入黄泉蜕其骨。石鉗沙錮汗且僵，埋頭卧角政摧藏。試與摩挲定何似，怒我棖觸鬚髯張。壯士囚縛不得住，神物世間無着處。隄防夜半雷破山，尾血淋漓飛却去。

【校記】

〔一〕擁：《全金詩增補中州集》作「臃」。

虞舜卿送橙酒

屏山持律不作詩，硯塵筆秃縈蛛絲。枯腸燥吻思戛戛，法當以酒疏瀹之。何物督郵風味惡，悵觸閑愁無處着。苦思新釀壓橙香，世間那有揚州鶴〔一〕。乞詩送酒並柴門，瀛洲仙裔令公孫。肺腸憒痒芒角出，傾瀉長句如翻盆。怪汝胸中雲夢大，老我眼皮危塞破。徑呼短李與黔王，快取錦囊收玉唾。欽叔、士衡。《中州集》卷四《屏山李先生純甫》。

【校記】

〔一〕揚：原作「楊」，此從汲古閣本、文淵閣本《中州集》及《全金詩增補中州集》。

題田器之燕子圖

一別天涯十見春，重來白髮一番新。心知話盡春愁處，相對依依如故人。《中州集》卷五龐鑄《田器之燕子圖》詩附録。

送趙秉文出刺寧邊

明昌黨事起，實夫子爲根。黄華文章伯，抱恨入九原。槃槃周大夫，不得早調元。株逮及見黜，公獨擁朱旛。金劉祁《歸潛志》卷一〇：「大安中，出守寧夏，屏山以詩送之，有云云，蓋訐其舊事也。」中華書局一九八三年，第一一二頁。

釋迦贊

竊吾糟粕，貸吾粃糠。粉澤丘軻，刻畫老莊。金劉祁《歸潛志》卷九，中華書局一九八三年，第一〇五頁。

贈寄庵老人李遹

寄庵丈人眼如月，墨妙詩工兼畫絶。儒術吏事更精研，只向宦途如許拙。金劉祁《歸潛志》卷四，中華書局一九八三年，第四〇頁。

送王從之南歸

今日始服君，似君良獨難。惜花不惜金，愛睡不愛官。金劉祁《歸潛志》卷九，中華書局一九八三年，第一〇〇頁。

戒殺生

遁庵習氣未全忘，底用塗糊紙半張。我噉黄虀真有味，不知地獄與天堂。《永樂大典》卷八五六九生字韻引《中州集》李純甫《戒殺生》詩，《海外新發現》本，上海辭書出版社二〇〇三年，第一五七頁。今按，現存諸本《中州集》未見此詩。

碇齋

先生平地起風波，畢竟中流定得麽。放取斷頭舡子去，醉眠煙雨一漁蓑。《永樂大典》卷二五四〇齋字韻引李純甫《碇齋》詩，中華書局一九九八年，第二册一二二六頁。

吏隱堂

吏隱先尋一着高，盡輸酒聖與詩豪。君方無事同犀首，我縱有官如馬曹。把似啜茶看孟子，何如痛飲讀離騷。胷中磊落澆三椀，倩得麻姑癢處搔。《永樂大典》卷七二三九堂字韻引李純甫詩，中華書局一九九八年，第三册二九八一頁。

送肖晉卿西行

上馬能擊賊，下馬能草檄。肖郎負此文武之全才，當卧元龍樓百尺。屏山閱盡眼中人，磊落深沉只識君。冷官不受人料理，柱笏時看西山雲。與君嘗詠秘書閣，百二秦城錦相錯。第恐羌兒或弄兵，今日始知先一着。自有龍圖十萬兵，請乘一障終權輕。初聞召至青油幕，袖中已草從軍行。相國謀深古來少，想見智囊談未了。賀蘭鼠子不足平，底用西征出師表。凉州久苦寒煙埋，今年定見玉關開。凱旋只在春風後，趂取閑閑登吹臺。《永樂大典》卷八六二八行字韻引《中州元氣集》李純甫詩，中華書局一九九八年，第四册三九八四頁。

佚句

贈李仁卿

仁卿不是人間物，太白精神義山骨。《中州集》卷五李遹小傳。

以禪語解佛儒異同

中庸那著無多事，只怕諸儒認識神。

解道生一

一二三四五，蝦蟆打杖鼓。金劉祁《歸潛志》卷九，中華書局一九八三年，第一〇六頁。

詠五代郭周

不負先君持節死，舉朝惟有一韓通。《（同治）西寧新志》卷一〇《雜志》引謝端《遼宋金正統辨》：「愚讀李屏山詠史詩，詠五代郭周云云。蓋嘗驚哀此詩命意，宋自建隆以來，名士大夫議論篇什不爲不多，未嘗一語及此。」

論倪民望

倪侯頭如筆，其鋒不可當。《中州集》卷九王敏夫小傳。

失題

百錢一匹絹，留作寒儒緄。一婢醜如鬼，老腳不作温。

金劉祁《歸潛志》卷九：「李屏山視趙閑閑爲丈人行……，然於文字間未嘗假借，或因醉嫚駡，雖愠亦無如之何。其往刺寧夏，嘗以詩送，有云云，譏其多爲人寫字也。云云，譏其侍妾也。」中華書局一九八三年，第一〇〇頁。

新編全金詩卷四一

孫鎮

孫鎮，字安常，絳州（今山西省運城市新絳縣）人。高才博學，中省試魁。承安二年，以五赴廷試賜第，釋褐同州教授①。以陝令致仕，年八十四卒。嘗著《注東坡樂府》《歷代登科記》等。鎮與弟錡、鉉同榜擢第，鄉人榮之，號三桂孫氏。兹輯一首。

許氏雙桂堂

許家二桂聯翩秀，孫氏三枝次弟春。盛事若將相比竝。輸君堂上拜雙親。《中州集》卷七《孫省元鎮》。

孫錡

孫錡，字安世，絳州（今山西省運城市新絳縣）人。鎮之弟。承安二年進士，累官同知定遠軍節

① 金孫鎮《魏公廟碑》自署「承安三祀冬十二月晦日，將士郎同州教授孫鎮謹記」，見清張金吾《金文最》卷七七，中華書局一九九〇年。

度使，終於寧州刺史。兹輯一首。

望川亭

望川亭上望秦川，萬里風煙在眼前。軒檻倚簷高幾許，去巖尺五是青天。清郭元釪《全金詩增補中州集》卷五一，上海古籍出版社一九九四年。

趙述

趙述字勉叔，高平人。名士趙可子。登承安二年進士第。同年李純甫稱之「詩章字畫，皆有父風。性落魄嗜酒，卒以樂死，倜儻奇男子也」。①兹輯佚句二。

賦雪

奇貨可居天種玉，太平有象麥連雲。《中州集》卷二《趙内翰可》。

衛承慶

衛承慶，字昌叔，襄城（今河南省許昌市襄城縣）人。父文仲，承安五年進士，官至文登令，年七

①《中州集》卷二《趙内翰可》引《屏山故人外傳》，中華書局一九六二年，第七六頁。

十餘卒①。昌叔資冲澹，有父風。及識路宣叔、王逸賓、文伯起，故其詩似之。遺山嘗就衛家鈔書，交誼甚厚②。兹輯一首。

感興

十日不出門，出門春已好。並山花更多，十里紅未了。朝看花尚妍，暮看花又老。蔫紅墮危枝，餘香寄芳草。人生秖如此，百年疾過鳥。安得脱塵寰，遊戲萬物表。《中州集》卷七《衛承慶》。

毛端卿

毛端卿，字飛卿，彭城（今江蘇省徐州市）人。父矩，桓州軍事判官，殁於國事。端卿二十歲始知讀書，游學齊魯間，備極難苦凡十年。試經義，魁東平，擢泰和三年進士第，調崞縣主簿。貞祐三年，

①清劉宗泗《襄城文獻録》卷一：「衛衍，襄城人。賦性醇厚。邑孔廟遭兵燹，棟宇圮毁，衍憫其殘廢，乃鋭然自出己貲，募工修造，搆正殿，筑垣牆，人皆義之。子二，長經次綸，服膺儒行，見稱鄉里。綸登承安五年進士第，仕至文登令。綸子承慶，字昌叔，以詩名。」文仲當是綸之字。《華東師範大學圖書館藏稀見方志叢刊》本，北京圖書館出版社二〇〇五年。

②《遺山先生文集》卷三六《錦機引》：「興定丁丑，閑居氾南，始集前人議論爲一編，以便觀覽。蓋就李嗣榮、衛昌叔家前有書而録之，故未備也。」《四部叢刊》本。

入爲尚書省令史。復用薦，授同提舉南京路榷貨兼户部員外郎①。興定間，以性剛明，疾惡過甚，坐事貶鄭州司侯②，改孟津丞，卒，年六十。兹輯一首。

題崞縣郝子玉此君軒

桂林名姓一枝新，萬竹青青德有鄰。渭上風煙分别派，山陽詩酒屬閑人。心期已到冰霜窟，眼界不知花柳塵。萱背從今看輝映，嫩香新粉四時春。《中州集》卷八《毛提舉端卿》。

張瓛

張瓛，字君玉，大名朝城（今山東省聊城市莘縣朝城鎮）人。嗜作詩，年已老而刻苦殊未減。爲人謹愿有禮，爲時所稱，年六十八卒。兹輯一首。

送侯道士

十年走南北，黄塵汙人衣。翩翩夜啼烏，一枝無可依。問君何所如，鳧鳥東南飛。恨我不得

---

①金元好問《遺山先生文集》卷三四《毛氏宗支石記》，《四部叢刊》本。

②《金史》卷一〇九《許古傳》：「監察御史粘割梭失劾榷司同提舉毛端卿貪污不法，古以詞理繁雜輒爲删定，頗有脱漏，梭失以聞，削官一階解職，特免殿年。」時在興定間。中華書局一九七五年。

往，失脚穽與機。從君知不能，一笑人間非。何水無蒲魚，何山無蕨薇。終當拂衣去，往叩雲山扉。《中州集》卷九《張瓛》。

張瑴

張瑴，字伯玉，許州臨潁（今河南省漯河市臨潁縣）人。運使轂之弟。少有俊才，入太學有聲。從屏山李純甫游，與雷淵、劉從益友善。爲人豪邁不羈，尚氣任俠，不肯居人下。如交遊有難，則極力挈扶。再舉不中，遂輟科舉計。居許之郾城，有園囿田宅甚豐，日以詩酒自放，賓客滿門，窮晝竟夜。迨酒酣興發，引筆落紙，往往有天仙語，時人以爲不減李長吉云①。元光中，病腦疽死，年未五十。兹輯四首。

登樓詩

昨日上高樓，西山翡翠堆。今日上高樓，西山如死灰。想見屏山老，療飢西山隈。餐盡西山色，高樓空崔嵬。《中州集》卷四《屏山李先生純甫》之《爲蟬解嘲》注。另，金劉祁《歸潛志》卷二張瑴小傳亦録，中華書局一九八三年，第一三頁。

---

① 金劉祁《歸潛志》卷二，中華書局一九八三年。

賦畫石

腹非經笥，口不肉食，胸中止有磊磊落落百千萬之怪石〔一〕。興來茹噎快一吐，將軍便欲關弓射。氣母忽破碎，物怪紛狼籍。有時醉狂頭插筆，寫盡人間雪色壁。《中州集》卷八《張轉運轂》。

【校記】

〔一〕百千萬：文淵閣本《中州集》作「百萬千」。

醉後

日日飲燕市，人人識張鬍。西山晚來好，飲酒不下驢。《中州集》卷八張轂小傳。另，《歸潛志》卷二張轂小傳亦録：「少時與屏山飲燕市，有詩云云。」

寄嘉興守令狐挺

羨君席上碧雲句，吟盡江南煙雨村。豈惜笙歌連夜醉，且看風物逐春新。花開花落何時盡，閑是閑非愁殺人。何似陽臺雲畔曲，細聲拂拂下梁塵。元陳世隆《宋詩拾遺》卷五：「張轂字伯玉，臨潁人。」録此詩，歸入「宋」，餘無考。遼寧教育出版社二〇〇〇年，第七四頁。今按，金宣宗貞祐南渡後，中原與北方漢族士人或南下以避兵禍，如李俊民、楊弘道、王元粹、房皞等等；或通過種種渠道同宋人交往。「宋」之臨潁張轂伯玉與「金」之臨潁張穀伯玉當是同一人。姑録之，以備參考。

佚句

賦雪

樵屐雙凫懶〔一〕，漁蓑一猬拳。《中州集》卷八張瑴小傳。

【校記】

〔一〕屐：原作「皮」，「屐」之訛字，此從文淵閣本《中州集》及《全金詩增補中州集》。

賦古鏡

軒姿古鏡黑如漆，錦華鱗皴秋雨濕。《歸潛志》卷二張瑴小傳。

吕子羽

吕子羽，字唐卿，大興（今北京市）人。明昌二年詞賦進士①。吕氏自金初以來，父子昆弟中第者

---

①《中州集》卷八《吕陳州子羽》作「大定末進士」，不確。今按，元王鶚《汝南遺事》卷四：「子羽字唐卿，大興人，明昌二年詞賦進士。」《叢書集成初編》本，中華書局一九八五年。

凡六人，兄貞幹①，尤知名。貞祐南渡，子羽爲左司郎中，坐事免官②。興定二年春，以開封府治中受命爲詳問宋國使③。尋遷陳州防禦使。元光元年④，以乏軍糧繫獄，比赦至，自縊死。朝臣有辨其冤者，詔復官，翰林雷淵爲制辭云：「毁譽之來，在仁賢而不免。是非之論，至久遠而乃公。」兹輯四首。

廣平道中

風色着黧面，霜華侵老須。昏埃埋故驛，積雪縞脩途。凍袖新詩句，寒林古畫圖。夜寒孤月上，天地一冰壺。

宿章義廣勝寺

小邑本無事，我來勞簡書。路長頻問馬，人静厭烹魚。鍾冷僧參外，燈殘客夢餘。此心誰領

①《中州集》小傳謂子羽爲貞幹從子，誤。今按，梅寧華主編《北京遼金史跡圖志·昌平佛岩寺崖壁吕貞幹等題記》：「泰和四年三月十七日，永安吕貞幹同弟子羽、景安、卿雲、貞一來游，侄益侍行。」當以石刻爲是。北京燕山出版社二〇〇四年，下册第二二六頁。

②金劉祁《歸潛志》卷四，中華書局一九八三年，第三九頁。

③《金史》卷六二《交聘表》：「興定二年春正月，（吕子羽）以開封府治中受命爲詳問宋國使。行至淮中流，宋人拒止之。自此宋金和好遂絶。」中華書局一九七五年。

④《中州集》小傳作「元光末」，誤。今按，元光歷時二年。《金史》卷一六《宣宗紀》：「元光元年六月，陳州防禦使吕子羽坐乏軍興自盡。」中華書局一九七五年，第三六二頁。

會，松月夜窗虚。

至日

歲晏多風雪，官閑深屋廬。小詩窮則變，美酒數斯疏。未草歸田賦，空翻引睡書。窓明添眼力，已覺日光舒。

李白醉歸圖

春風醉袖玉山頹，落魄長安酒肆迴。忙煞中官尋不得，沉香亭北牡丹開。《中州集》卷八《吕陳州子羽》。

劉昂霄

劉昂霄，字景玄，别字季房，陵川（今山西省晉城市陵川縣）人。讀書强記，無所不闚，六經百氏外，世譜、官制與兵家所以成敗者爲最詳。爲人細瘦，似不能勝衣。好横策危坐，掉頭吟諷，幅巾奮袖，談辭如雲，四座聳聽，噤不得語，愈叩而愈無窮。嘗用門資敍，調慶陽軍器庫使，不就。元光二年六月，方薦試宏詞，已病不起，年三十八①。兹輯十三首。

①《中州集》小傳作「未幾下世，年三十七」。今按，《遺山先生文集》卷二三《劉景玄墓銘》：「以元光二年六月十三日，春秋三十有八，終於永寧寓所。」《四部叢刊》本。

中秋日同辛敬之魏邦彦馬伯善麻信之元裕之燕集三鄉光武廟諸君有詩昂霄亦繼作

積甲原頭漢闕宫，登臨還喜故人同。超超萬里乾坤眼〔一〕，凛凛千年草木風。今古消沉詩句裏〔二〕，河山浮動酒杯中。極知勝日須轟醉，更待銀盤上海東。

【校記】

〔一〕超超：《全金詩增補中州集》卷三四作「迢迢」。〔二〕今古：《全金詩增補中州集》作「歲月」。

趙村晚望

放眼東原上，風煙接渺茫。林疎出村落，野迥散牛羊。天地浮元氣，山河半夕陽。登高一長嘯，未覺阮生狂。

送裕之往洛陽兼簡孫伯英

洛水崧山壽樂堂，每從熱惱得清涼。竹床石枕應無恙，尚可分風供十方。

題裕之家山圖

萬里神州劫火餘，九原夷甫有餘辜。作詩爲報元夫子，莫倚家山在畫圖。

同敬之裕之游水谷分韻賦詩得荷風送香氣五字各賦一首

招提有勝踐，日暮一經過。何物媚游人，微風動池荷。
尋幽意自愜，况與佳人同。俗物不到眼，談笑來天風。
敲門看脩竹，重理舊年夢。上山復下山，清風管迎送。
寒泉漱雲根，湛然涵鏡光。誰知一滴味，中有曹溪香。
迂辛與臞元，得句猶有味。頽垣斂暝色，深竹貯秋氣。「暝色」，敬之句；「秋氣」，裕之句也。

寄申伯勝三首

直氣南山相與高，争教塵土涴青袍。征科頗似曾料理，差勝參軍作馬曹。
執版那能拜下風，世間禮數困英雄。狂歌醉舞人誰識，憔悴通泉郭代公。
連昌能隔幾牛鳴，不見令人鄙吝生。乘興時思一相訪，劇談豪飲見真情。

游五渡谷

南山如碧環，缺處蒼崖開。當年造物手，辦此何神哉。睥睨倚天壁，千古封苺苔。源源萬斛泉，飛出重山來。白龍三百丈，行處鳴春雷。巨石若棟宇，磊砢相推排。跳波與濺沫，餘怒猶喧豗。我來值杪秋，萬壑風聲哀。黄花雜紅樹，錦繡紛巖隈。奇勝夙所貪，欲去仍裴回。題詩還自笑，媿我非仙材。《中州集》卷七《劉昂霄》。

佚句

夢賦山泉

帶雲縈遠澗，和月到疏林。萬里馮唐老，中年賈傅歸。《中州集》卷七劉昂霄小傳。

李廣

李廣，出處未詳。貞祐元年，官沁水縣令。兹輯一首。

自靈泉寺至偃月山〔一〕

立馬松間首重迴，亂峰無數翠成堆。爲尋偃月山前路，直向白雲深處來。清郭元釪《全金詩增補中州集》卷五一，上海古籍出版社一九九四年。

【校記】

〔一〕至：《（雍正）山西通志》卷二六《藝文》録此詩作「詣」。

孔天監

孔天監，字偉明，平陽襄陵（今山西省臨汾市襄汾縣襄陵鎮）人①。學問該博，政事優長。明昌間官鄜縣令，鑿渠溉田，縣人賴之②，爲立德政碑③。累遷同知臨洮府事兼積石州刺史④。貞祐二年，有詩刻石。兹輯一首。

飲中用昌裔韻

左峰附右後攀前，如弟如兄翠接肩。償我多年憶山願，此行信是不徒然。右詩積石太守孔朝散題。庵主李守一命工刻石。貞祐二年七夕日。北京圖書館金石組編《北京圖書館藏中國歷代石刻拓本匯编·老君庵詩刻》，題

①金孔天監《襄陵縣創修廟學記》：「且謂僕鄉人，業儒之先在仕者，請紀其事。」時在泰和九年（衛紹王大安元年），見《金文最》卷二八，中華書局一九九〇年。

②《（雍正）陝西通志》卷五三《名宦》：「孔天監，明昌間爲鄜令，政事該博，學問優長，鑿渠灌溉，鄜人賴之。」《文淵閣四庫全書》本。

③金强造《孔公渠水利記》撰於泰和八年，見《（宣統）鄜縣志》八《金石遺文録》，《中國方志叢書》本，臺北成文出版社一九七〇年。

④《遺山先生文集》卷三九《曹南商氏千秋録》有「同知臨洮府事兼積石州刺史平陽孔天監偉明」語，《四部叢刊》本。今按，金時襄陵爲縣，隸平陽府，見《金史》卷二六《地理志》。

後署名「天監」二小字，中州古籍出版社一九八九年，第四七册一三三頁。另，清陸耀遹《金石續編》卷二〇亦輯録，署名漏略，《歷代碑誌叢書》本，江蘇古籍出版社一九九八年。

惠吉

惠吉，雲陽（今陝西省咸陽市涇陽縣雲陽鎮）人。登泰和三年進士第①。貞祐四年，以陝西行省令史上疏言券法之弊，爲朝廷所重，詔百官集議。未幾，竟用其言造貞祐通寶②。兹輯二首。

華清宫

開元已在太平基，天寶何緣遽致衰。應是用人終始異，温泉嗚咽漫含悲。

驪山

唐祚方當七葉興，侈心一動事華清。峰巒花木千重秀，樓閣雲霄萬丈平。賜浴但聞專寵幸，信讒不復用賢明。直教兵震漁陽地，破碎霓裳羯鼓聲。清郭元釪《全金詩增補中州集》卷五二，上海古

---

①《（雍正）陝西通志》卷三〇《選舉志》，《文淵閣四庫全書》本。另，清郭元釪《全金詩增補中州集》卷五二小傳作「臨潼人」，餘無考，上海古籍出版社一九九四年。

②《金史》卷四八《食貨志》，中華書局一九七五年，第一〇八七頁。

籍出版社一九九四年。

李策

李策，出處未詳。興定元年，官陝州刺史①。兹輯五首。

百門山二首

久旱憂民夢不成，一燈瀟灑暗還明。百門山下泉嗚咽，猶似孫登長嘯聲。

玻璃千頃點輕鷗，倒影修篁櫛樣稠。白汗翻漿來小憩，夢驚身到洞庭秋。清顧嗣立《元詩選癸集》癸之癸下，撰者署「李策」，小傳無考，中華書局二〇〇一年，下册第一七七一頁。今按，清吴式芬《攟古録》卷一六著録李策《宿蘇門城樓》詩：「崇慶二年五月」刻石。百門山亦稱蘇門山、蘇嶺，在金之衛州蘇門縣，即今河南省新鄉市輝縣市。

西藍即事

千畝緑雲合，來穿曲徑幽。月篩金影夜，風撼玉聲秋。野鳥卑孜語〔一〕，溪塘自在流。一生清受用，輸與老堂頭。清顧嗣立《元詩選癸集》癸之癸下，中華書局二〇〇一年，下册第一七七一頁。另，《（雍正）山西

①《金史》卷一五《宣宗紀》，中華書局一九七五年，第三三一頁。

通志》卷二二三《藝文》亦録，歸入「元」，題作「羅漢寺」，《文淵閣四庫全書》本。今按，此詩當出自洪洞縣志。洪洞在金爲平陽首邑，西藍係洪洞名勝，當時不少名士來此題詠，如施宜生《偶題西藍》、喬扆《宿西藍》、上官瑜《題西藍》、周昂《宿西藍》等等，而方志俱作「元」人。

【校記】

〔一〕卑：《（雍正）山西通志》作「嗶」。

題大雲寺二首

四年兩度到禪林，共訝司徒迹太頻。抱病懶趨青瑣漏，驅車來探白蓮春。閑中歲月難留隙，物外煙霞尚待人。欲約遠公同結社，聖朝濤令繼芳塵。

東山安石訪道林，老衲敲冰煮茗頻。病骨久淹連歲約，吟囊收得萬山春。消閑蓮社逢昭代，寄興禪關慕古人。賦就磨崖留紀勝，不須紅袖拂墻塵。《（光緒）長治縣志》卷三《祠祀志》：「大雲寺在城南六十里蔭城鎮，金大定九年建，明李策詩云云。」《中國方志叢書》本，臺北成文出版社一九七〇年。

王格

王格，櫟陽（今陝西省西安市閻良區武屯鎮）人。貞祐三年進士①。兹輯一首。

①《（雍正）陝西通志》卷三〇《選舉志》著録：「王格，櫟陽人。貞祐三年程嘉善榜第三甲。」《文淵閣四庫全書》本。

驪山温泉

咸闕無雕輦，驪山尚浴泉。湯池同野壑，水殿祇寒煙。月冷新豐路，沙沉渭浦田。行人漫投足，誰識濯龍年。《(乾隆)臨潼縣志》卷八《藝文》，《中國方志叢書》本，臺北成文出版社一九七〇年。今按，此詩原歸入「明」，同卷所載馮延登《華清故宫》又誤作「宋」人。

張　琚

張琚，字子玉，河中(今山西省永濟市蒲州鎮)人。泰和三年進士①。刻意於詩，五言尤所長，人喜稱道之，至有張五字之目。嘗著《韋齋集》行世。兹輯二首。

移河中

耕戰連年廢，吾知有此行。條山猶在眼，渭水若爲情。飽肉豺狼喜，傾巢燕雀驚。西樓今夜月，愁絶是空城。

---

① 金張邦彦《河中府萬泉縣重修宣聖廟記》署「泰和三年十二月」「進士張琚」等立石。與詩人張琚鄉籍合，當是該年登第，尚未釋褐調官。見清胡聘之《山右石刻叢編》卷二二，《歷代碑誌叢書》本，江蘇古籍出版社一九九八年。

秋夜

人與年華老，愁兼節物雙。高風梧墮砌，久雨竹侵窗。客簟悲秋臥，僧鍾數夜撞。更堪衰鬢影，蕭颯照寒釭。《中州集》卷七《張琚》。

佚句

初至華下

老雨梧桐夜，孤燈蟋蟀秋。

客同州

秋風留客館，夜雨借僧氈。《中州集》卷七張琚小傳。

牛文郁

牛文郁，字弘道，出處未詳。興定五年，有詩刻石。兹輯二首。

題鳳臺精舍

聳秀蓮峰染黛新，中藏精舍碧鱗鱗。一溪雲水分金界，十里烟霞隔世塵。聖境清涼僧不老，天風輕軟景長春。我來率爾留狂斐，無復終篇遇駱賓。牛文郁弘道題。大金興定辛巳清明日，外孫王炳書。清胡聘之《山右石刻叢編》卷二三《牛文鬱詩碣》，跋尾有云：「考《宣宗本紀》，興定二年戊寅，元兵攻澤州。五年正月，攻天井關。兵戈擾攘之際，賢如李莊靖尚多避亂中州，牛文郁等何人，乃安若無事作此勝游耶？」《歷代碑誌叢書》本，江蘇古籍出版社一九九八年。

暮春遊硤石山青蓮寺

走馬東郊正暮春，看山透出石嶙峋。一灣雲水分金界，十里煙霞隔世塵。塔影遥從天外聳，青螺浮向畫中皴。我來留宿招提境，借扣禪關悟宿因。《（光緒）鳳臺縣志》卷一九，《中國地方志集成》本，鳳凰出版社二〇〇五年。

張少道

張少道，出處未詳。興定二年，以朝列大夫題詩刻石。兹輯一首。

律什一篇拜呈左右資捧腹一笑少道向者仝事勸農之德辱舊友拜呈

平皋煙霽擁雙旌，共按農桑出有名。夜雨對牀論舊友，東風聯轡看春耕。謝君誘衆皆敦本，媿我無功有此行。却恨黯然分袂處，夕陽煙草不勝情。中山大學圖書館藏金代拓片，典藏第七九號。碑題《好時東樊家堡城門南墻金興定詩碣》，詩題《張公朝列勸農七律》。跋云：「近被檄從外郎張公朝列，歷諸縣境勸課農桑至奉天。薛禄敘別，出示佳篇，辭極謙讓。今復到漢畤，止道士張仲美寮舍。憶與外郎曾宿於此，以所詠示諸縣僚，皆賞玩不已，□□□□，以記其來，旹興定戊寅孟夏有四月。□□□軍遥授乾州同知兼軍判徒單德□立石。」

郭邦彦

郭邦彦，字平叔，本鄠縣（今陝西省西安市鄠邑區）人，後僑居陽翟（今河南省禹州市），遂占籍。登興定五年進士第，調永城簿。生世不幸，處於頑、嚚、傲三者之間，鬱鬱不自聊。元光中①，年未四十而死。茲輯六首。

秋夜聞彈箜篌

露重花香飄不遠，風微梧葉落無聲。倡樓何處教新曲，夜静月高弦索鳴〔一〕。

【校記】

〔一〕索：《詩淵》第二册一四五四頁録此詩作「亂」。

---

①《中州集》小傳未言卒年，而謂李遹愛其詩，邦彦卒，甚嗟惜之。《遺山先生文集》卷一七《寄庵先生墓碑》：「興定元光間，先生益已老矣。某年某月日，春秋六十有七，終於隱所。」寄庵約卒於正大初，則邦彦之卒當在元光間。

村行三首

棗花初落路塵香，燕掠麻池乍頡頏。一片雲陰遮十頃，賣瓜棚下午風涼。

芹葉蘆花岸兩邊，釣溪石畔落孤鳶。小畦引入平流水，麻稈森森已拍肩。

豆葉芃芃蘇葉光，植禾得雨又催黄。田家樂事誰真得，牧子行歌醉叟狂。

酒醒

少年驕氣總消磨，萬事紛紜夢裏過。三載自持葷食戒，一心還被性宗魔。凌煙閣上榮名好，聚窟洲邊樂事多。今日酒酣都忘却，亂吟俳語作狂歌。

讀毛詩

含氣有喜怒，觸物無不鳴。天機泄鳥迹，文字從此生。誰言土葦器，聲合天地清。樸壞犧氏瑟，巧露媧皇笙。末流不可障，聲律隨合并。徧讀蕭氏選，不見真性情。怨刺雜譏罵，名曰離騷經。頌美獻諂諛，是謂之罘銘。詩道初不然，自是時代更。秦火燒不死，此物如有靈。至今三百篇，殷殷金石聲。漢儒各名家，辯口劇分争。康成獨麾戈，諸儒約連衡。祭酒最後出，千古老成精。我欲讀爾雅，不辨螯蟹名〔一〕。尚憐沈謝輩，滿篋月露形。孔徒凡幾人，入室無長卿。三子論性命，舉世爲譏評。白首草太玄，才得覆醬罌。不如匡鼎説，愈笑人愈聽。《中州集》卷七《郭邦彦》。

【校記】

〔一〕辨：弘治本《中州集》作「辦」。

張穀英

張穀英，字仲傑，號無著道人，趙州（今河北省石家莊市趙縣）人。大安元年經義進士，累遷南頓令。後從軍數年，入爲省掾，卒於大理司直。在汴時，與屏山李純甫、蓬門劉從益交游，唱和往來。兹輯一首。

與劉從益李屏山會飲以定磁酒甌聯句

定州花磁甁，顔色天下白。從益。輕浮妾玻璃，頑鈍奴琥珀。屏山。器質至堅脆，膚理還悦澤。仲傑。金劉祁《歸潛志》卷四，中華書局一九八三年，第四二頁。

武伯英

武伯英，崞縣（今山西省忻州市原平市）人。少日舉進士，有詩名，仕爲觀州倅。興定末，卒於關中。兹輯佚句二。

賦剪竹刀

啼殘瘦玉蘭心吐，蹴落春紅燕尾香。《遺山先生文集》卷四《雲岩并序》：「觀州倅武伯英，惇縣人。少日舉進士，有詩名。其賦《剪燭刀》有云云之句，甚爲時輩所稱。家故饒財，第宅園亭爲河東之冠，貯書有萬卷樓。」《四部叢刊》本。

玄悟老人

玄悟老人，嵩山少林寺釋徒，姓名及出處未詳。正大二年，有詩刻石。兹輯一首。

勸請亨公住潭柘詩

最喜西山古道場，三年每見棣華芳。鈞懷不忍虚潭柘，省檄專馳下法王。煙醮曉波泳鴨緑，雪痕春草乍鵝黄。後生力可扶吾道，政好乘雲入帝鄉。王雪寶《嵩山少林寺石刻藝術大全》收石刻影印拓片，詩末署「木庵上人、法王昭公立石」，時在「正大乙酉」（正大二年、一二二五）。光明日報出版社二〇〇四年，第九六頁。

張士貴

張士貴，上黨（約今山西省長治市）人。崇慶元年，仕爲陵川縣簿。正大二年，官外郎集賢①。茲輯一首。

題昭慶院并序。

僕以崇慶元禩孟冬上澣有六日，因濩澤行，早發延川，道出積善，投宿於精舍。主僧深之人榜以歇庵，懇索留詠，義不可卻。鞭古心以亂成鄙付，政謂沙汰者。粃糠在前，雖不足以形容美景之萬一〔一〕，爲異日作者之張本云耳。前本縣簿上黨張士貴。

削跡紅塵世，休休丈室間。俗緣千劫盡，寂境寸心閑。經熟慵開卷，香飛静掩關。客來問歸路，一笑指雲山。王立新主編《三晉石刻大全·晉城市陵川縣卷》，三晉出版社二〇一三年，第三二頁。

①金劉渭《重修京兆府學教養碑》：「慮規矩之不肅，以行省郎中宏文裴滿蒲先、外郎集賢上黨張士貴、都事裴滿世論，龍山高誼，柱石廟堂，蓍龜幃幄，胸中萬卷書，筆下數千言，道學淵源，爲世模範，俾提舉焉。」碑末署「正大二年十二月中澣日」立石。見清王昶《金石萃編》卷一五八，《歷代碑誌叢書》本，江蘇古籍出版社一九九八年。

【校記】

〔一〕景：原泐，據文意補。

高汝礪

高汝礪，字巖甫，應州金城（今山西省朔州市應縣）人。大定十九年進士①。揚歷中外，居户曹三司最久。相宣宗十年，小心畏慎，夙夜匪懈，謀謨周密。正大元年三月薨，年七十一②。平生嗜讀，南渡後機務倥傯，未嘗一日廢書。士論以爲其才量渾厚，足爲守成之良相，恨所遭不時耳。茲辑二首。

雨後

時雨雨三日，田家家萬金。有年天子慶，憂國老臣心。《中州集》卷九《丞相壽國高公汝礪》。

禹門疊浪

兩山對立禹門開，中有黄流萬里來。三汲怒濤翻石壁，千層巨浪起風雷。山從積石連還斷，

---

①《中州集》小傳作「大定中進士」，此從《金史》卷一〇七《高汝礪傳》，中華書局一九七五年。

②《中州集》小傳作「元光末，宣宗上仙，公亦薨於位」，此從《金史》本傳。

水自崑崙去不迴。喬嶽靈源鍾秀異，魚龍常産出群才。清陳夢雷等《古今圖書集成·山川典》卷三八《龍門山部藝文》，撰者署「高汝礪」，歸入「明」，中華書局等一九八五年，第一八册二二三六二頁。

佚句

臨終留詩

寄謝東門千樹柳，安排青眼送行人。《中州集》卷九高汝礪小傳。

佚名

石窟寺摩崖詩

禁幃不守人荒蕪，三十無兒年已枯。賴有雲門輕著力，幾乎醉倒没人扶。金佚名《石窟寺摩崖詩》首題「世尊初□興定辛巳仲秋日□□□□方丈侍者雲惠習刊」。詩云云。見《(乾隆)鞏縣志》卷一七《金石》，民國印本。

今按，興定辛巳即興定五年。

新編全金詩卷四二

劉從益

劉從益，字雲卿，號蓬門，渾源（今山西省大同市渾源縣）人。南山翁劉撝曾孫。登大安元年進士第，累遷監察御史。興定五年，以彈劾失據，坐與當途者辨曲直，得罪去。後起爲葉縣令，修學講義，揚善抑惡，減賦救災，民賴以濟，有古良吏風。正大初，召入翰林，授應奉文字，逾月病卒，年四十四。葉人聞訊，端午罷酒樂，爲位而哭。從益博學強記，長於作詩，尤善五古。嘗著《蓬門先生集》十卷，「粹而贍，通而不流，類其爲人」①。二子，祁字京叔，郁字文季，俱有時名。兹輯四十八首。

題蘇李合畫淵明濯足圖

天機本自足，人事或相須。東坡畫三昧，迺與龍眠俱。黄州富丘壑，餘杭渺江湖。已困口嘲

① 《中州集》小傳未言卒年，《金史》卷一二六《文藝傳》及元王惲《秋澗集》卷五八《渾源劉氏世德碑銘》如之，而金劉祁《歸潛志》卷九所記確切：「正大初，先君由葉令召入翰林，諸公皆集余家，時春旱有雨，諸公喜而共賦詩……。是日，諸公極驩，皆霑醉而歸。後月餘，先君以疾不起。」

弄，更堪手糊塗。其來本游戲，所到非功夫。平生斜川翁，尚友千載餘。可聞不可見，風標定何如[一]。笑倩李居士，爲予巧形模。臨流想有詩，滄浪元非漁。不入聲利場，政恐吾足污。二公有深意，百年留此圖。不着色塵相，澹然如游天地初。主人牢緘縢，丹青有渝此不渝。

【校記】

〔一〕標：原作「摽」，此從汲古閣本、文淵閣本《中州集》及《全金詩增補中州集》卷二〇。

過尉氏懷阮籍

朝來國門遊，暮抵蓬池宿。有懷阮步兵，豪氣無檢束[一]。嘯歌陟高臺，長風振林木。老眼何曾青，四海無一物。萬古留詩名，九原銷醉骨[二]。居然方丈家，惜也微瑕玉。塗窮道不窮，先生安用哭。

【校記】

〔一〕檢：原作「撿」，此從元乙卯本、文淵閣本、四部從刊本《中州集》及《全金詩增補中州集》。今按，《韓愈集》卷三《感春》之二：「近憐李杜無檢束，爛漫長醉多文辭。」〔二〕銷：原作「消」，此從汲古閣本、文淵閣本《中州集》及《全金詩增補中州集》。

泛舟回瀾亭坐中作

昔年醉回瀾，猶恨身屬官。今年邂逅來，身與亭俱閑。洗心亭下水，照眼亭西山。溪山如故人，喜我復來還。有酒澆我胷，有花怡我顔。韝鷹乍脱臂，但覺天地寬。山陰忽回船，夜闌情未闌。

樂山松

樂山一何崇，上有千歲松。清孤月露底，秀拔天地中。蒲柳抱常質，桃李開芳容。争如十八公，笑傲冰霜風。居然喜避世，不肯污秦封。蟠如北海螭，伏如南陽龍。紛紛過者多，匠石終不逢。明堂幾時搆，唤起蒼髯翁。

和淵明雜詩四首〔一〕

俗士苦紛競，此心本無塵。功名迺外物，了不関吾身。吾身復何有，形神假相親。天地開一室，日月挾兩鄰。有生即有化，如晏之必晨。但得酒中了，亦足稱達人。

揮戈欲却日，小力自不量。何如任天運，閉門坐齊芳〔二〕。詩書列四隅，着我於中央。夏卧北窗風，隆冬曝朝陽。但有藜藿羹，亦足充飢腸。

少爲飢所驅，老爲病所迫。人生能幾何，東阡復南陌。急須沽酒來，一笑舉太白〔三〕。浩歌草木振，起舞天地窄。同歡二三子，誰主復誰客。浮沉大浪中，畢竟歸真宅。

歲月去何速，老炎變新涼。游子久不歸，回首望大梁。風埃慘如此，何處真吾鄉。野菊明落日，林楓染飛霜。勸我一杯酒，悠然秋興長。

【校記】

〔一〕詩題「四首」原作「二首」，諸本《中州集》如之，即前二首與後二首各合爲一首，此從《永樂大典》卷九〇三詩字韻引《中州集》劉從益詩。今按，録爲四首者，敘事用韻，各自成章，而合爲二首者，於詩意詩律不合。〔二〕坐齊芳：《全金詩增補中州集》作「學坐忘」。〔三〕太：文淵閣本《中州集》及《全金詩增補中州集》作「大」。

和淵明始春懷田舍

家食自不惡，菽水甘清貧。學道未有得，讀書亦良勤。雖勤竟何補，俛首愧古人。静言閲世故，來者日月新。况復抱沉痾，百憂無一忻。安得衛生訣，益我華池津。怳如一夢覺，不與萬法鄰。野人借問我，恐是劉遺民。

和淵明飲酒韻

日入了公事，援琴洗塵喧。秋堂一燈明，清響到夜偏。彈罷枕書卧，渺然夢青山。山英向我問，君駕何時還。家僮忽唤覺，惆悵不能言。

臘日次幽居韻

世務方擾擾，人生何營營。不如不出門，坐頤天地情。泰中有否來，陰極即陽生。掀髯一笑起，窗外風鐸鳴。看雲偶獨立，踏雪時閑行。最愛朝日升，負暄向南榮。

歲除夕次東坡守歲韻

人生都百年，誰問鬭龜蛇。容顔鏡中换，老醜不可遮。殷勤守此歲，來歲復如何。南鄰祭竈喧，北里驅儺譁。須臾罷無爲，但聽樓鼓撾。明朝四十過，暮景真易斜。初心自慷慨，白首還蹉跎。寄語少年子，雖健不足誇。

次韻别歲

一日復一月〔二〕，其來不肯遲。一冬復一春，既去誰能追。問歲果安往，懵不知津涯。常於歲除夕，知是相别時。鄰翁慣禮餞，買酒烹鮮肥。百挽不得留，一别那須悲。年年例如此，華髮吾何辭。惟有學道心，自覺老不衰。

【校記】

〔一〕月：汲古閣本、文淵閣本《中州集》作「日」。

次韻餽歲

親朋餉無時，鄰里歡有佐。況當歲之終，可以具百貨。禮意各示勤，手段不妨大。我貧無往還，閉户但高卧。藜羹且充腸，珎味不登坐。猶勝許文休，衣食出馬磨。自非揚子雲，載酒何人過。空吟餽歲詩，自歌還自和。

清明即事用前韻

一度清明了一年，温風嫋嫋雨班班。幾家繡幰尋芳去，何處蹇驢馱醉還。宿草新墳驚世短，落花流水占春閑。曉鸎啼破松窗夢，缺月東南掛屋山。

五月十四夜對月有感

世事易隨雲變滅，人生難保月團圞。淮陽旅舍三年夢，河朔風聲五月寒。何處雲山端可老，向來天地爲誰寬。宦游脚底生荆棘，蜀道而今却不難。

再過鄮城示伯玉知幾

三年兩度過溵陽，鞍馬紅塵道路長。花月不應知我老，溪山也解笑人忙。朔風凜凜頻驚坐，夜雨蕭蕭偶對床。他日水南營葬地，愧無遺愛在桐鄉。

次韻閑閑公夢歸

眉間喜色幾時黄，滿貯羈愁着瘦腸。萬里鄉關飛不到，十年歧路走空忙。盃心蘸月松梢影，鼻觀通風柏子香。最愛南山舊山色，夢中相覓不相忘。

題閑閑公夢歸詩後用叔通韻

學道幾人知道味，謀生底物是生涯。莊周枕上非真蝶，樂廣杯中亦假蛇。身後功名半張帋，夜來鼓吹一池蛙。夢問説夢重重夢，家外忘家處處家。

送儀提點西歸

自斷平生不問天，拂衣歸去任吾年。五侯鯖飽無多味，九老圖成又一傳。回首京華瞻日遠，放懷鄉社得天全。綸巾醉臥咸陽市，始信人間有散仙。

再賡

人定端能坐勝天，刀圭有力制頽年。道非出世頭頭是，丹不遺經口口傳。陰魄沉迷終鬼録，陽精飛鍊即神全。三山縹緲誰能到，目下身安亦是仙。

次韻李公度

鉼有儲糧鬢有絲，蹉跎歲晚坐書癡。輞川畫隱王摩詰，錦里詩窮杜拾遺。應舉尚陪新進士，主文半是舊相知。春闈看決魚龍陣，未必尖錐勝鈍錐。

題無盡藏梁斗南所藏畫。

誰開天地秘密藏，今古人間用不窮。眼尾摇光千丈月，耳根傳響一溪風。勝游赤壁文章在，高臥燕山氣象同。二老風流渺何許，後生猶可畫圖中。

三弟手植瓢材且有詩予亦戲作

爲愛胡盧手自栽，弱條柔蔓漸縈回。素花飄後初成實，碧蔭濃時可數枚。試問老禪藤繳去，何如游子杖挑來。早知瓠落終無用，只合江湖養不才。

次韻三弟贈南庵老人

一庵礫礴勝巢仙〔一〕，不入叢林恰是禪。花圃蓮塘閑打景，粥盂齋鉢老隨緣。忘言已了八千偈，適意更揮三兩絃。邂逅我來推不去，坐分一半好風煙。

【校記】

〔一〕礫：汲古閣本、文淵閣本《中州集》及《全金詩增補中州集》作「盤」。

次韻劉少宣

旅窗蝶夢曉鶯迴，默數流年秖自哀。與世迂踈甘袖手，及身强健且銜杯。桐彫翠葉看看盡，菊着黄花旋旋開。杖屨南庵訪幽事，秋光滿眼送詩來。

酬李子遷

曾著朱衣侍冕旒，忽乘羸馬出皇州。青山有約携琴往，白髮無成把鏡羞。却笑張儀誇舌在，不妨巢父有詩留。柳湖莎徑東南夢，又見兒童迓細侯。

過洧川次侯生君澤韻

誰能孤憤效韓非，且喜玄微對鏡機。出得山來無遠志，寄將書去有當歸。閑居已判平生了，真賞從教舉世稀。日咀道腴深有味，更須口腹事甘肥。

聞蛩用少陵韻

唧唧不堪聞，村居更惱人。青衫傷久客，華髮念雙親。歲莫那逢雨。秋宵未向晨。石心猶可轉，百感本來真。

除夕用少陵韻

窗送迢迢漏，燈開艷艷花。正愁聞過鴈，久客羡棲鴉。放眼春猶好，驚心日又斜。一蓑江上雨，歸思浩無涯。

即事

臥疾劉公幹，躬耕鄭子真。溪山留好客，天地許閑人。花醉紅沾袖，松吟翠繞身。捫心無所歉，持此壽吾親。

宋樓道中

十里羊腸路詰盤，過花穿柳幾迴還。馬頭忽轉青林角，緑繞人家水一灣。

過武丁廟

旱則爲霖水則舟，若人端合夢中求。荆王枕上陽臺雨，板築英雄老死休。

戲答侯威卿覓墨

萬松火厄化緇塵，依舊徂徠雪裏春。冷劑香螺䕫一足〔一〕，破慳分與畫眉人。宫中取張遇墨，燒火去膠，以之畫眉，謂之畫眉墨。

【校記】

〔一〕冷：弘治本《中州集》及《全金詩增補中州集》作「令」。

北園

碧梧斜影落胡床，白葛烏巾滿意凉。宴坐不知紅日晚，筍輿歸路麥花香。《中州集》卷六《劉御史從益》。

失題

荒煙斜日村村晚，衰柳寒蒲岸岸秋。兩鄉留寓風薰面，千里相望月滿樓。子美不妨衣露肘，長卿猶有賦淩雲。《中州集》卷六劉從益小傳。

許古貶鳳翔以詩送之

有晉必無楚，兩雄難竝驅。向來既發藥，其可止半途。君年迫桑榆，隻身憂患餘。雙親白楊拱，同氣紫荊枯。貧無孟光舂，醉無驥子扶。唯有忠義名，可與天壤俱。金劉祁《歸潛志》卷四：「初貶鳳翔，朝士畏高琪，故皆不敢與言。余先子時爲提舉南京榷貨事，獨以詩送之，有云云。又曰云云。蓋欲堅其初志也，聞者竦然，多傳之。」中華書局一九八三年，第三七頁。

送子赴試開封且寄趙閑閑雷希顔

老作一兵吾命也，芳聯八桂汝身之。厚禄故人如見問，爲言塵土困羈纍。金劉祁《歸潛志》卷七：「余赴試開封，先子以詩送之，且寄趙閑閑、雷希顔，有云云。二公覽之，爲一笑。」中華書局一九八三年，第七八頁。

次韻答劉少宣二首

楊劉變體號西崑，竊笑登壇子美村。大抵俗儒無正眼，惟應後世有公言。光生杜曲今千古，派出江西本一源。此道陵遲嗟久矣，不才安敢擅專門。

樂府虛傳山抹雲，詩名浪得柳連村。九原太白有生氣，千古少陵無間言。登泰山巔小天下，到崑崙口知河源。如君少進可入室，顧我今衰不及門。金劉祁《歸潛志》卷八：「後居淮陽，與劉少宣唱和村字韻，亦往返數十首。最後論詩，有云云。又云云。」中華書局一九八三年，第九〇頁。

昆陽懷古

營屯㴩水橫陳處，計墮劉郎小怯中。天上雷風掃妖氣，人間虎豹畏真龍。千秋一片昆溪月，曾照堂堂蓋世雄。金劉祁《歸潛志》卷九：「余先子翰林令葉時，同郡坊州仲純賦《昆陽懷古》詩，諸公多有繼作。先子有云云。」中華書局一九八三年，第九二頁。

種五竹堂後自娛作詩

撥土移根卜日辰，森森便有氣淩雲。真成闕里二三子，大勝樊川十萬軍。影浸涼蟾窗上見，聲敲寒雨枕邊聞。林間故事傳西晉，不數山王詠五君。

復和趙閑閑韻

我家陳郡子梁園，不約同栽竹數竿。清入夢魂千里共，笑開詩眼幾回看。幽姿淡不追時好，苦節相期保歲寒。八座文昌天咫尺，得如閑容倚闌干。金劉祁《歸潛志》卷九：「先翰林罷御史，閑居淮陽，種五竹堂後自娱，作詩云云。以寄趙閑閑。會閑閑亦於閑閑堂後種竹甚多，一日，禮部詔余曰：『昨夕欲和丈種竹詩，牽於韻，自作一篇，答其意可也。』……先子復和其韻云云。」中華書局一九八三年，第九三頁。

和李公渡韻

上林春晚數歸期，轣轆車聲疾轉雷。翠幄護田桑葉密，緑雲夾路麥花開。偶因假館留蕭寺，試問遊方指厄臺。陳郡。白首衲僧同里閈，亦知吾祖有雲來。

復和趙閑閑

兩地相望雲與泥，敢期膠漆嗣陳雷。遥憐曉鏡霜鬚滿，但對故人青眼開。且趁梅芳醉梁苑，莫因燕過問雁臺。上林花柳驚春晚，蓬勃西風卷土來。金劉祁《歸潛志》卷九：「李澥公渡因游圍城，會雲中一僧曰德超，談及鄉里名家劉。雷事，公渡留詩云……。後先子過圉，見之，和其韻云云。余以示閑閑，閑閑亦和其韻，寄先子云……。先子復和云云。」中華書局一九八三年，第九三頁。

正大初時春旱有雨諸公喜而共賦詩以好雨知時節當春乃發生韻爲韻得好字因用解嘲

春寒桑未稠，歲旱麥將槁。此時得一雨，奚翅萬金寶。吾賓適在席，喜氣溢襟抱。酒行不計觴，花底玉山倒。從來慳混嘲，蓋爲俗子道。北海得開尊，天氣豈常好。况當生發辰，霑足恨不早。東風又吹簷滴乾，主人不慳天自慳。金劉祁《歸潛志》卷九：「正大初，先君由葉令召入翰林，諸公皆集余家，時春旱有雨，諸公喜而共賦詩，以『好雨知時節當春乃發生』爲韻。……先君得『好』字，因用解嘲，其詩云云。」中華書局一九八三年，第九四頁。

和屏山以禪語解中庸那著無多事只怕諸儒認識神書其後

談玄正自伯陽孫[一]，佞佛真成次律身。畢竟諸儒扳不去[二]，可憐饒舌費精神。金劉祁《歸潛志》卷九：「興定間，(屏山)再入翰林，時趙閑閑爲翰長，余先子爲御史，李欽止、欽叔、劉光甫俱在朝，每相見，輒談儒佛異同，相與折難。久之，屏山因以禪語解『《中庸》那著無多事，只怕諸儒認識神』。余先子和之，亦書其後云云。蓋屏山嘗言：『吾祖老子，豈敢不學老莊？吾生前一僧，豈敢不學佛？』故先子及之。屏山覽之，大笑，且曰：『扳字如何下來？』先子曰：『公羊諸大夫扳隱而立之是也。』」中華書局一九八三年，第一〇五頁。另，清黄宗羲、全祖望《宋元學案》卷一〇〇亦録，謂劉從益爲滏水趙秉文、屏山李純甫所重。「滏水頗欲挽先生學佛，先生不可。嘗以詩諧屏山曰云云。屏山笑而不忤也。」詩題原缺，兹據文意擬。中華書局一九八六年，第三三二七頁。

【校記】

〔一〕玄：《宋元學案》作「言」。　〔二〕扳：《宋元學案》作「攀」。

佚句

失題

黄金錯落雲間闕，紅粉高低柳外墻。

失題

子美不妨衣露肘，長卿猶有賦凌雲。

春雪

千層實樓閣，一片玉山川

臨終

壞壁秋燈挑夢破，老梧寒雨滴愁生。《中州集》卷六《劉御史從益》小傳

寄鳳翔録事遊叔麟之

寄語多言唐諫議，生還記取李師中。金劉祁《歸潛志》卷四，中華書局一九八三年，第三七頁。

與屏山諸公唱和呂唐卿海藏齋詩舟字韻

繡拆舊圖翻短褐，朱書小字記歸舟。金劉祁《歸潛志》卷八，中華書局一九八三年，第九〇頁。

居淮陽冀京父來過雪夜聯句

簾疎見飛霙，窗静聞落屑。

與李欽叔李子遷會合聯句

玉立兩謫仙，鼎峙三敵國。

三强出奇兵，八戰乃八克。一老怯大敵，三戰即三北。

自大梁歸陳與子祁聯句

紅抛汴梁塵，緑吸淮陽酒。金劉祁《歸潛志》卷八：「聯句亦詩中難事，蓋座中立書，不暇深思也。……後居淮陽，冀京父來過，雪夜聯句，先子有云云。又，李欽叔來過，李子遷在座，會和聯句，先子首唱曰云云。又云云。後自大梁歸陳，與祁聯句，先子首云云。」中華書局一九八三年，第九一頁。

失題

推愁不去若移石，呼酒不來如望霓。

失題

半生竊禄魚貪餌，四海無家鳥擇棲。

失題

未解作詩如見畫，常憂讀賦錯呼霓。金劉祁《歸潛志》卷九：「古人多有偶得佳句而不能立題者……余先子嘗有句云云，又云云，又云云。」中華書局一九八三年，第九二頁。

李　遹

李遹，字平甫，號寄庵，欒城（今河北省石家莊市欒城區）人。祖、父以醫爲業。遹年十五承家學，既成改律，再讀六經，學爲文章。登明昌二年詞賦進士第，釋褐藁城丞。歷宜豐、盧龍、涉縣令，以能聲聞。泰和中，爲大興幕官，得罪知府事胡沙虎，遭非罪誣染，幾至不測，坐是仕宦不進。以東平治中致仕，閑居陽翟十餘年。正大初卒①，年六十七。遺山評曰：「先生喜作詩，律切精嚴，似其爲人，雅爲王内翰子端、周員外德卿、趙禮部周臣、李右司之純之所激賞。字畫得於蘇、黄之間，畫入神品。賞識至到，當世推爲第一。所在求謁者縑素填積，隨日月先後償之，謂之畫債。至於星曆占卜、釋部道流、稗官雜家，無不臻妙。弦歌棊槊，在他人以一技自名者，皆其餘事也。」子治字仁卿，正大七年進士。兹輯六首。

① 《遺山先生文集》卷一七《寄庵先生墓碑》：「興定、元光之間，先生益已老矣。某歲某月日，春秋六十有七，終於隱所。」《四部叢刊》本。

贈中山楊果正卿

士道彫喪愁天公，陰霾慘慘塵濛濛。三冬不雪春未雨，野桃無恙城西紅。春光爲誰作駘蕩，造物若我哀龍鍾。數行墨浪合眼死，一包閑氣終身窮。中山公子文章雄，雅隨童稚爲彫蟲。禰衡不遇孔文舉，坡老懶事陳元龍。唯之與阿將無同，乾坤萬里雙飛蓬，飄飄南北東西風。

江村

陸地無根客，江村有髮僧。兩盂殘喘粥，一寸苦吟燈。

集句題廣寧勝覽亭

簷前無數好峰巒，醉眼詩腸冰雪寒。不識閭山真面目，請君來此凴闌干。

獅子峰

解脱眼光三界静，端公伎倆一時休。雲開正使金毛現〔一〕，子細看來是石頭。

【校記】

〔一〕開：原作「閑」，此從汲古閣本、文淵閣本《中州集》及《全金詩增補中州集》。

送窮

昔年曾作送窮詩，結柳賫糧擬退之。送去還來還復語，君家猶有讀書兒。

使高麗

去國五千里，馬頭猶向東。宦情蕉葉鹿，世味蓼心蟲。倦枕三更夢，征衫八月風。山川秋滿眼，歸思寄孤鴻。《中州集》卷五《李治中遹》。

佚句

失題

舊管新收粧鏡在〔一〕，昨非今是酒杯乾。

【校記】

〔一〕舊管新收：《全金詩增補中州集》卷二八李遹小傳引此詩作「舊恨新愁」。

贈筆工

工不能書何以筆，士須知筆乃能書。

感事

半錢利路人乃虎，一鈎名餌吾其魚。

魯山道中

老夫自喜林野僻，路人頗笑衣裳寬。《中州集》卷五李遹小傳。

失題

落葉掃不盡，寒花看即休。金元好問《續夷堅志》卷一《詩讖》：「李治中平甫云云，未幾皆下世，殆詩讖也。」

袁從義

袁從義，字用之，號藏雲，虞鄉（今山西省永濟市虞鄉鎮）人。年十九入道，通經史百家，旁及釋典，尤精於《易》。當時名流多從之問學，章宗特授禮官。後遭正大甲申（正大元年、一二二四）之亂，義不受辱，閉息土室而逝，年六十八①。閑閑趙秉文《吊袁用之》云：「卜築中條四十秋，安排佳處近休休。隱居境爲王官勝，仙伯名爲少室留。架上殘書灰燼冷，囊中奴藥鬼神偷。傷心天柱峰頭

①《遺山先生文集》卷三一《藏雲先生袁君墓表》，《四部叢刊》本。

月，曾照先生杖履游。」①兹輯二首。

魏侯故城

獨向條陽翠靄行，杖藜徐步愴悲情。長河漫有懷山跡，故國空傳讓畔名。遠樹半遮干木廟〔一〕，斷雲猶鎖魏侯城。可憐列士繁華地，祇是寥寥作釣耕。《（雍正）山西通志》卷二二三《藝文志》，撰者署「袁藏雲」，歸入「宋」，《文淵閣四庫全書》本。

【校記】

〔一〕干：原作「千」，刊誤。今按，所謂干木，指段干木，戰國時魏國名士。漢王充《論衡》卷一〇《非韓》：「段干木闔門不出，魏文敬之，表式其間。秦軍聞之，卒不攻魏。」

懸泉

翠巖高列勢摩天，巖上轟雷瀉玉泉。絶壁飛來渾是雨，長風捲去忽成煙。團茅小隱初經眼，跨鶴先儒已著鞭。吟罷徜徉眠月窟，夢回猶聽鼓鼘鼘。《（雍正）山西通志》卷二二四《藝文志》，撰者署「袁從义」，歸入「金」，《文淵閣四庫全書》本。

---

①《滏水集》卷七，《四部叢刊》本。

史學

史學，字學優，延安（今陝西省延安市）人①。年五十擢正大元年省試第一，後中廷策，釋褐舞陽簿，有政聲。正大二年，辟盧氏令，卒官，年五十一②。學優長於史傳地理，工詩，絶句殊妙。兹輯八首。

宫詞

寶帶香褠水府仙，黄旂彩扇九龍舩。薰風十里瑶華島，一派歌聲唱采蓮。

---

①金劉祁《歸潛志》卷二小傳作「史學學優，河南人」，同《中州集》小傳「延安人」相去甚遠。或先世籍延安，後徙河南。姑仍之，俟考。

②《中州集》小傳作「正大中省試第一人，釋褐舞陽簿，辟盧氏令，卒官」，榜次未詳。另，《歸潛志》卷二小傳稱「後先子令葉，學優復來遊。先子殁，學優寄挽詩。未幾，亦下世」。學優未第時，爲文學名士、白衣卿相，與劉從益父子往來。從益殁於正大元年春，而學優僅寄挽詩，似忙於選舉，旋即釋褐舞陽簿，離京赴任，未能爲好友送葬。再辟盧氏令，不久卒。另，《續夷堅志》卷四《史學優登科歲月》：「河中李欽叔初生，其父之才作湯餅局。有相者爲延安史學優言：『君後當擢第，但當出此兒門下，爲太晚耳。』學優雅以才名自負，不以相者之言爲然。其後欽叔二十三省元賜第，中廷試策宏詞科，除應奉翰林文字，兩預主貢，學優竟出其門云。」今按，李獻能字欽叔，《中州集》卷六《李右司獻能》謂「在翰苑凡十年，出爲鄜州觀察判官」。以此推算，自貞祐三年（一二一五）入翰苑，至正大二年（一二二五）外放，正所謂十年。《歸潛志》卷二史學小傳亦涉：「正大中，欽叔復爲省試，有司得史學優賦，大爱之，亦擢爲第一。」與「學優竟出其門」約略相合。

默翁溪山横幅默翁，龐都運才卿自號。

五雲雛鳳下遼天，來作金鑾翰墨仙。詩酒償殘鬻館債，簡書薰破鹿門禪。自怜歲月塵中老，盡攬溪山筆底傳。短草踈林秋一幅，典刑人物記當年。

李道人崧陽歸隱圖

石壁城頭夜斬関，軟紅塵底曉催班。道人一笑那知許〔一〕，門外青溪屋上山。

【校記】

〔一〕許：《歸潛志》卷二録此詩作「此」。

晚梅

孤根春半恰春回，剛逐夭桃艷杏開。蝶子蜂兒應有語，東風元不爲渠來。

七夕

箱牛迴馭錦機閑，天上悲懽亦夢間。月夜竝肩人不見〔一〕，蕭蕭風葉滿驪山。

【校記】

〔一〕月夜：《全金詩增補中州集》卷三五作「月下」；竝，《歸潛志》卷二録此詩作「凭」。

醉後

觀魚暫覺心差樂，化蝶元來夢亦忙。得似醉中都放下，春風自與百花香。

過太室

三輔祥開表聖期，三呼天壽與天齊。殿棲碧瓦仍唐制〔一〕，洞鎖蒼苔失漢題。柱玉已聞安廟祏，劍鋒重爲剪撐黎。升中剩有辭臣賦，滿望鑾旂鳳蓋西。玉柱、卓劍，二峰名。《中州集》卷七《史學》。

【校記】

〔一〕棲：汲古閣本、文淵閣本《中州集》作「桷」。

哭屏山

張侯新作九原人，伯玉。梁子今爲戰血塵。仲經父。四海交遊零落盡，白頭扶杖哭之純。金劉祁《歸潛志》卷二，中華書局一九八三年，第一六頁。

附　史學妻李氏佚句

失題

百年風樹底，誰淚到君前。《中州集》卷七史學小傳：「妻李氏，國初河南尹成之孫女，小詩殊有思致。學優嘗客京師，有所眷，久而不歸。李作詩寄之云云。學優得詩，即日命駕。」

史才

史才，字才長，延安（今陝西省延安市）人。史學之兄，住太學有聲。茲輯一首。

陪陳彦文謁筠泉榮上人

强隨禪客到西禪，竹柏團青蔭石泉。一首小詩吟不就，閑情元在落花邊。《中州集》卷七《史學》。

林顯卿

林顯卿，出處未詳。嘗以觀察判官爲遺山先大夫家集題詩。茲輯殘句二。

題元德明詩集

文章變古名新體，孝弟傳家守舊規。《中州集》卷一〇《先大夫詩》：「先人捐館後十年，好問避兵南渡，遊道日廣，世始知有元東岩之詩。……林觀察顯卿云云。……家集亂離以來，凡三失之，今所存者，特吾益之兄及門生輩所記憶者耳。」

新編全金詩卷四三

賈益謙

賈益謙，字亨甫，東平（今山東省泰安市東平縣）人。本名守謙，避哀宗諱改①。擢大定十年詞賦進士第。歷州縣，以能稱。明昌間，入爲尚書省令史。五年，授右諫議大夫。大安末，拜參知政事。貞

①《中州集》小傳作「益謙字亨甫」，未涉鄉籍。金劉祁《歸潛志》卷六謂「賈左丞守謙字彦亨，東平人」。今按，賈氏名守謙，避哀宗諱而改益謙，中華書局本《歸潛志》崔文印校曰：「《金史》本傳稱『益謙』，而《章宗本紀》稱『右諫議大夫守謙』，蓋『守謙』在章宗時猶未易名，故原其始書之。此志撰於哀宗之後，不著避諱改名，當是傳寫訛脱。」另，《遺山先生文集》卷一八《通奉大夫禮部尚書趙公神道碑》亦涉：「先娶賈氏，尚書左丞亨甫之女姪。」而《歸潛志》《金史》本傳俱作「彦亨」，未知孰是。另，《遺山先生文集》卷三四《東平賈氏千秋録後記》冠以「東平」：自唐末，遠祖賈諒官鎮州都督法曹，卒葬獲鹿牛山，子孫居此者遂爲真定獲鹿人。至北宋，有賈公直者知鄆州，因家於此，入金後易爲東平，遂有東平賈氏之説。而益謙實出自真定支脈，其孫參知政事賈居貞於《元史》卷一五三有傳，記爲「真定獲鹿人」，卒後「歸葬威州井陘之牛山」；元姚燧《牧庵集》卷一九《參知政事賈公神道碑》又作「獲鹿之牛山」。牛山蜿蜒，既在真定獲鹿，也涉威州井陘，具體所在州縣因朝代改換而變化。至於《金史》卷一〇六《賈益謙傳》所謂「沃州人」，未詳所據。《中州集》小傳未涉鄉籍，或許在遺山看來，那已是衆所皆知事，無須贅言。

祐三年，進尚書右丞。四年正月，以尚書左丞致仕。正大三年，卒，年八十①。兹輯一首。

贈答史院從事

見説才名自妙年，多慙政府舊妨賢。物華天寶無今古，鳳閣鸞臺孰後先。鄭圃道尊何敢望，濟南書在子當傳〔一〕。莫言老眼昏花滿，及見風鵬上九天。《中州集》卷九《賈左丞益謙》。

【校記】

〔一〕濟南：《遺山先生文集》卷三四《東平賈氏千秋録後記》録此詩作「漢廷」。

胥鼎

胥鼎，字和之，代州繁峙（今山西省忻州市繁峙县砂河镇）人。尚書右丞胥持國子。鼎登大定二十八年進士第，累遷户部尚書。至寧初，京師受兵，拜參知政事。貞祐元年，知大興府事，兼中都路兵馬都總管。二年，進尚書右丞。四年，授樞密副使權尚書左丞。興定元年，再進平章政事，封莘國公。興定三年，上表乞致仕，有云：「興造功業，方聖主有爲之時；表裏山河，豈愚臣養病之地？」四年，封温國公，致仕。正大二年，起復平章政事，封英國公，行臺衛州。三年七月卒，謚惠簡。史稱「鼎

①《金史》卷一〇六《賈益謙傳》，中華書局一九七五年。

通達吏事，有度量，爲政鎮静，所在無賢不肖皆得其歡心。南渡以來，書生鎮方面者，惟鼎一人而已」①。鼎長於詩文，兹輯一首。

送弟恒作州

男子四方志，人生五馬榮。君恩何以報，民政不宜輕。御物當存恕，存心要盡誠。勿矜新號令，姑守舊章程。歛暴單貧困，囚淹狡僞萌。慈柔難禁暴，苛急必傷生。東郡吾將老，西陲敵未平。一生能幾别，四事果難并。方此對床樂，愴然分袂驚。荒詩何足記，聊寫弟兄情。

《中州集》卷九《胥莘公鼎》。

佚句

送弟有之

世事正須高著眼，宦途休厭少低頭。《中州集》卷九胥鼎小傳。

張子和

張子和，初名從正字子和，後以字行，睢州考城（今河南省商丘市民權縣固陽鎮）人。爲人放誕

①《金史》卷一〇八《胥鼎傳》，中華書局一九七五年。

無威儀，頗讀書，嗜酒。興定中，召入太醫院，旋告去①。與劉從益、麻知幾友善。精於醫，貫穿《難》《素》之學，宗法大定間名醫劉守真，藥多用寒涼，起疾救死多取效，時論稱焉。用古醫「汗下吐法」最精，號「張子和汗下吐法」②。正大中卒。著有《儒門事親》三卷③、《直言治病百法》二卷、《十形三療》三卷等傳世。亦能詩，茲輯三首。

濕亭三首

學劍攻書兩不成，年來踪跡愈如萍。而今濕水無魚釣，收拾綸竿海上行。

酷嗜醫經五十年，野芹曾獻紫宸前。而今憔悴西山下，更比文章不值錢。

齒豁頭童六十三，邇來衰病百無堪。舊遊馬上行人老，不似當初過汝南。清郭元釪《全金詩增補中

①金劉祁《歸潛志》卷六，中華書局一九八三年。

②《金史》卷一三一《方伎傳》，中華書局一九七五年。

③清紀昀等《四庫全書總目》卷一〇四《子部醫家類》著録「十五卷」：「從正與麻知幾、常仲明輩講求醫理，輯爲此書。劉祁《歸潛志》稱『麻知幾九疇與之善，使子和論説其術，因爲文之』，則此書實知幾所記也。」今按，《儒門事親》爲張子和著述之一，全書「三卷」。現存較早版本有二：（一）日本江户三卷抄本，卷首載癸卯歲（蒙古太宗乃馬真后稱制二年、一二四三）頤齋張德輝序，《元史》卷一六三有傳；卷末附甲辰歲（一二四四）寓齋白華跋，《金史》卷一一四有傳。此本現藏日本東京淺草文庫。（二）中統三年（一二六二）刊本，一函六册八卷，包括《儒門事親》三卷、《直言治病百法》二卷、《十形三療》三卷等，卷末有高鳴跋，現藏北京大學圖書館。

州集》卷五二，上海古籍出版社一九九四年。

趙伯成

趙伯成，字子文，宛平（今北京市豐臺區）人。博通書傳，有真積之力。性沉厚，言必中理。在太學日，人以趙骨鯁目之。中明昌五年經義、詞賦兩科進士。大安三年，以奉訓大夫知泰定軍節度副使兼兖州管内觀察副使撰《重修鄒國公廟記》①。貞祐中，官侍御史②，拜中丞，除陝西西路轉運使。興定間，遷吏部侍郎③，轉静難軍節度使。哀宗即位，召爲吏部尚書，坐爲飛語所中，罷官，卒於嵩山。兹輯三首。

蠟梅二首

凍蕾含香蠟點勻，古來幽谷有佳人。詩家只怨和羹晚，不道紅梅别是春。

---

①劉培桂《孟子林廟歷代石刻集》卷二《金代》，齊魯書社二〇〇五年。

②《金史》卷四八《食貨志》：貞祐四年八月，「侍御史趙伯成曰：『更造之法，陰奪民利，其弊甚於征。征之爲法，特征於農民則不可，若征於市肆商賈之家，是亦敦本抑末之一端。』」中華書局一九七五年，第一〇八六頁。

③《金史》卷一〇七《高汝礪傳》：興定三年四月，同提舉榷貨司王三錫議榷油。「翰林侍讀學士趙秉文、南京路轉運使趙瑄、吏部侍郎趙伯成、刑部郎中姬世英」等，皆以爲不可。中華書局一九七五年。

冷艷踈香寂莫濱，欲持何物向時人。東風自是清狂手，辦作竹籬茅舍春。

元弟以所業見投賦詩爲贈

耆舊隔存殁，爲君重嘆嗟。人門得嵇紹，文賦見張華。夙有凌雲筆，方乘犯斗槎。忘年即吾友，未可論通家。《中州集》卷八《趙吏部伯成》。

秦　略

秦略，字簡夫，號西溪老人，陵川（今山西省晋城市陵川縣）人。少舉進士不中，即以詩爲業。尚雕鐫而不欲見斧鑿痕，頗有自得之趣，殆荆公所謂「看似尋常最奇崛，成如容易却艱難」者。正大四年卒，年六十七①。嘗有集行世。子彦容，金末入黄冠，名志安，爲全真家史筆。兹輯十四首。

---

①《中州集》小傳謂「年六十七卒」，《續夷堅志》卷四《秦簡夫臨終詩》作「年五十七」卒，俱未涉年代。今按，《續夷堅志》所謂「年五十七」卒，是將彦容年壽與其父簡夫記混。《遺山先生文集》卷三一《通真子墓碣銘》：「正大中，西溪下世，通真子已四十。」通真子即秦志安彦容，西溪長子，卒於甲辰歲（蒙古太宗乃馬真后稱制三年、一二四四），年五十七。以此推算，西溪卒於正大四年（一二二七）。

拳秀峰

平滑石之俗，其俗資磨礱。磊醜石之秀，其秀在醜中。正如古丈夫，皃寢氣質雄。又如聖人心，孔竅虚明通。大都一拳許，含蓄華與嵩。大巧本若拙，足見造化功。好處元更多，摹寫不易工。君其善調護，抵擊防兒童。

雪行

疋馬東來冰雪天，蒼山手冷墮吟鞭。煙中仿佛聞雞犬，不覺人家到眼前。

鳥影過寒塘

着眼分明莫作疑，從来形影本同歸。不應水底青天上，更有飛禽仰面飛。

悼亡

自古生離足感傷，争教死别便相忘。荒陂何處墳三尺，老眼他鄉淚數行。多事春風吹夢散，無情寒月照更長。還家恰是新寒節，忍見堂空帟挂墻。

元日

新曆從頭數，殘冬與我違。不知垂老至，但覺拜人稀。汲水泥融井，看書煖入幃。淺情墻外柳〔一〕，新緑已依依。

【校記】

〔一〕淺情：《全金詩增補中州集》卷三三作「多情」。

贈趙宜之

年時見君行路難，喜於長安新得官。日來見君鄰婦哭，驚似藍田尋得玉。愛官愛玉樂有涯，愛君之詩無盡期。古人骨冷不復作，主張騷雅非君誰。

白髮

臨水時自照，照我須與眉。須眉何所似，恰似純白絲。從兹一白後，寧有再黑時。譬如花落地，不復還故枝。殷勤語須眉，聽我自解詩。幼小癡讀書，既壯多憂思。自苦有冰檗〔一〕，自潤無膏脂。勞生到今日，汝白將何辭。

【校記】

〔一〕檗：原作「蘗」，此從元乙卯本、明弘治本《中州集》。今按，唐白居易《三年爲刺史》：「三年爲刺史，飲冰復食檗。」見《全唐詩》卷四三一。

同希顔裕之賦樂真竹拂子

覔箇龜毛抵死難，直教擊碎釣魚竿。世人不用生分别，信手拈來總一般。

少室山卓劍峰

神威洗盡世間讎，電歇雷閑怒氣收。一柄太阿留少室，却擎空掌華山頭。

此身

此身日日一簞貧，貧裏留殘自在身。獨把笻枝行又立，東風花柳不嗔人。

轂靡靡上黨公府作

轂靡靡，青割將來强半粃。急忙舂米送官倉，只恐秋風馬塵起。官倉遠在蕎麥山，南梯直上青雲間。梯危一上八九里，之字百折縈迴環。憑誰説向監倉使，斛面莫教高一指。請君沿路看擔夫，汗顆多於所擔米。

麝香

山麝逃風遠谷藏，一山行過四山香。臍堂自養千鈞弩，枉怨虞人鼻孔長。

趙洛道中

柔青初散壠頭桑〔一〕，村落人家布谷忙。一段蕪菁渾着角，葉間猶有幾花黄。《中州集》卷七《秦略》。

【校記】

〔一〕壠：汲古閣本、文淵閣本《中州集》及《全金詩增補中州集》卷三三作「隴」。

臨終留詩

軀殼羈棲宅，兒孫邂逅恩。雲山最佳處，隨意著詩魂。《中州集》卷七秦略小傳。

徐好問

徐好問，字裕之，永寧（今寧夏回族自治區銀川市永寧縣）人。兹輯一首。

龍門〔一〕

疏鑿而來道路通，行人萬古翠微中。南山山寺題詩滿，一字何曾到禹功。《中州集》卷九《徐好問》。

【校記】

〔一〕《（成化）山西通志》卷一六《集詩》録此詩，題作《龍門山》。

馬肩龍

馬肩龍，字舜卿，以字行，宛平（今北京市豐臺區）人。在太學，有賦聲。貞祐初，宗室從坦被誣將死，人莫敢言，肩龍與之素昧平生，義而上書辨冤，且願代死，以爲國家留將帥才。宣宗感悟，赦從坦，授肩龍東平録事。正大四年冬，客鳳翔，德順州將器之，遂應召前往守城，同死於國難，年五十三。兹輯一首。

會州道中

山腰薄雪眩朝暾，未放陽和入燒痕。一片長安世情月，梨花院落幾黄昏。《中州集》卷九《馬舜卿》。

佚句

過襄垣題詩酒家壁

玉鞭再過長安道，人面依前似花好。殷勤勸我梨花春，要看尊前玉山倒。《中州集》卷九馬肩龍小傳。

麻邦寧

麻邦寧，字平甫①，虞鄉（今山西省永濟市虞鄉鎮）人。秉彝之子，邦憲之弟，金末名士麻革之父②。嘗仕爲鳳翔縣令，泰和五年，任滿西歸。貞祐南渡後，寓永寧。兹輯一首。

①《（康熙）臨晉縣志》卷八《藝文志》載金王肩元《謁表聖祠詩跋》：「明昌二年十月十四日，范陽王肩元才卿自蒲阪過虞鄉，□□友人王質純叔、麻邦憲吉甫、邦寧平甫，來謁表聖祠。」其中，「邦寧平甫」即《遺山先生文集》卷一《虞鄉麻長官成趣園》「麻長官」。該集卷三一《藏雲先生袁君墓表》言之明確：「中條靈峰觀，唐賢羅通舊隱，歲久頹圮，不庇風雨，先生率同志麻長官平甫共葺之。」

②《（民國）虞鄉縣志》卷四《氏族略·麻秉彝傳》謂秉彝二子，長邦憲吉甫，次邦寧平甫，孫革最知名，「未知何人爲麻革之父」。據遺山《故規措使陳君墓誌銘》：金末，平甫「愛永寧山水之勝，遂欲終隱」，「三縣大夫士所聚賈吏部損之、趙漕使慶之、麻鳳翔平甫、劉鄧州光甫，日有觴詠之樂」，見於《（成化）山西通志》卷一五《集文》。另，麻革《遊龍山記》有云：「余生中條王官五老之下，長侍先人西觀太華，迤邐東遊洛，因避地家焉。如女几、烏權、白馬諸峰，固已厭登，飽經窮極幽深矣。」見金劉祁《歸潛志》卷一三。今按，以女几、烏權、白馬諸峰在洛西永寧，麻長官平甫即麻革所「侍先人」。

寄題九成宫

太宗念念鑒隋亡，何事鑾輿却走涼。畢竟上皇留熱處，忠言空美馬賓王。寧累承令尹索九成宫詩，及瓜西歸，謾賦一絶，發百里一笑，且塞雅命。泰和五年季夏上旬日書。北京大學圖書館藏拓片，典藏號三七六二一，清拓，出自陝西麟游。

申萬全

申萬全，字百勝，高平（今山西省高平市）人。少有聲太學，登貞祐三年乙科進士第①，調福昌簿，不赴。隱居盧氏山中，以讀書爲業，作詩有静功。正大四年，以史館編修從行省内族承立南征，至淮上，溺水死②。兹輯三首。

---

①《中州集》小傳作「中貞祐二年乙科」，誤。今按，貞祐選舉僅一榜，如按三年一舉計，當在貞祐二年。其時蒙古兵圍中都，金朝危在旦夕。是年五月，宣宗被迫以和親犒軍達成和議，旋即南遷汴京。倉惶之際，考試暫停，遲至明年即貞祐三年方舉行。

②《中州集》小傳作「正大中召爲史館編修。從行省慶山南征……不數日溺水死」。今按，所謂行省慶山，即南伐行臺内族慶山奴，名承立，字獻甫，《金史》卷一一六有傳。正大四年，李全據楚州叛，詔慶山奴將兵守盱眙，兵敗降職。另，金劉祁《歸潛志》卷五申編修萬全小傳：「正大末，爲南伐行臺辟掌書檄。至淮上，大雨，宵行，溺水死。」所記卒年有差。

病中遣懷

浪走天涯歲月侵，病中猶作越人吟。野麋本自便豐草，倦鳥寧當忘故林。畫像功名元有命，乞墦富貴果何心。幾時真脱塵囂累，巖穴尋居不厭深。

和陳舜俞詩

鬧裏那容更刺頭，石田茅屋唤歸休。杜門便與詩書老，過隙從教歲月流。槃木見容良自媿，錯刀相贈若爲酬。酌君安得如川酒，醉眼蚍蜉萬户侯。《中州集》卷七《申編修萬全》。

南征道中

回首秋風謝敝廬，崎嶇又復逐戎車。人生行止元無定，一葦江湖縱所如。《中州集》卷七申萬全小傳。

楊雲翼

楊雲翼，字之美，樂平（今山西省晉中市榆次區）人。擢明昌五年經義榜第一，詞賦中乙科，特授承務郎、應奉翰林文字①。承安四年，出爲陝西東路兵馬都總管判官。泰和元年，召爲太學博士，授太常寺丞，兼翰林修撰。大安元年，提點司天臺，兼翰林修撰、禮部郎中。興定元年，遷翰林侍講學士，兼修國史、知集賢院事。四年，改吏部尚書，御史中丞。正大元年，攝太常卿，爲翰林學士。二年，拜禮部尚書。五年，卒，年五十九，謚文獻②。雲翼天資穎悟，博通經傳，至於天文律曆醫卜之學，無不臻極。貞祐南渡後，與趙秉文同掌文柄。嘗著文集，校《大金禮儀》，纂《續通鑒》。兹輯二十四首。

陽春門堤上

薄薄晴雲漏日高，雪消土脉潤如膏。東風可是多才思，先送輕黄到柳梢。

光林寺

煙浮霜塔閉禪關，今落先生杖屨間。碧水同來弄明月，黄塵不解汙青山。因緣多自成三宿，物我終同付八還。欲識光林全體露，松花落盡嶺雲閑。

①《遺山先生文集》卷一八《内相文獻楊公神道碑銘》，《四部叢刊》本。

②《金史》卷一一〇《楊雲翼傳》，中華書局一九七五年。

上白塔寺

睡飽枝笻徹上方，門前山好更斜陽。苔連碧色龜趺古，松落輕花鶴夢香。身世窮通皆幻影，山林朝市自閑忙。簾幡不動天風静，莫聽鈴中替戾岡。

聞韶圖

千古神交寄至音，聞韶想見聖人心。容聲便落筌蹄外，後學休從肉味尋。

張廣文消揺堂〔一〕

方寸閑田了萬緣，大空物物自翛然。鶴鳧長短無餘性，鵬鷃高低各一天。身内江湖從濩落，眼前瓦礫盡虚圓。叩門欲問姑山事，龍瞽由來愧叔連。

【校記】

〔一〕消揺：《全金詩增補中州集》卷一八作「逍遥」。

侯右丞雲溪〔一〕

功成何許覓菟裘，天地雲溪一釣舟。夢破煩襟濯明月，詩成醉耳枕寒流。西風歸興隨黄鵠，皎日盟言信白鷗。政恐蒼生未忘在，草堂才得畫中游。

【校記】

〔一〕丞：原作「承」，此從汲古閣本、文淵閣本《中州集》及《全金詩增補中州集》。今按，右丞爲尚書右丞之略稱，見《金史》卷五五《百官志》。

大秦寺

寺廢基空在，人歸地自閑。緑苔昏碧瓦，白塔映青山。暗谷行雲度，蒼煙獨鳥還。唤回塵土夢，聊此弄澄灣。

蔡村道中

水連深竹竹連沙〔一〕，村落蕭蕭已暮鴉〔二〕。行盡畫圖三十里，青山影裏見人家。

【校記】

〔一〕深：《詩淵》第三册二〇一〇頁録此詩作「溪」。〔二〕已：《詩淵》作「幾」。

戴松畫牛

春草原頭雨濕煙，夕陽渡口水吞天。披圖坐我風蓑底，一夢長林二十年。

迴文

梧井落花秋寂寂，竹窓摇月夜沉沉。孤鸞舞處迴腸斷，遠鴈來時別恨深。

煙雨

凉氣先秋至，重陰接望迷。有無山遠近，濃澹樹高低。鳥雀枝間露，牛羊舍北泥。支頤政愁絶，風雨過前溪。

和吕介甫

山下三秋雨，山中六月凉。樹林溪谷暗，花藥小欄香〔一〕。夢破風開卷，詩成鳥送觴。紅塵多内熱，政爾救頭忙〔二〕。

【校記】

〔一〕欄：汲古閣本、文淵閣本《中州集》及《全金詩增補中州集》作「闌」。〔二〕政爾救頭忙：《全金詩增補中州集》作「底用苦奔忙」。

謾興〔一〕

乍寒簾幙一燈青，從吏羈情爾許清〔二〕。葉擁西風秋有思〔三〕，天垂北斗夜無聲。吟蛬遶夢家千里[四]，過鴈連愁月四更。寄語黄華耐岑寂[五]，好看霜蘂到歸程。

【校記】

〔一〕謾興：文淵閣本《中州集》及《全金詩增補中州集》作「漫興」。另，明佚名《詩淵》第六册三九三六頁録此詩作「謾成」。〔二〕吏：弘治本《中州集》作「臾」。爾許清：《詩淵》作「許樣清」。

〔三〕擁：《詩淵》作「落」。〔四〕吟蛬：《詩淵》作「蛬吟」。〔五〕耐：《詩淵》作「慰」。

雙成寺中登樓

雲意生陰晚不收，西風踈雨一江秋。畫圖忽上闌干角，隱隱平灣轉釣舟。

父老寄樂平令胡德玉。

老去宦情薄，秋來鄉思多。遥怜桑壠在，無奈棘林何。白水青沙谷，黄雲赤土坡。幾時隨父老，社酒太平歌。

應制雪詩

陰雲破臈不曾晴，瑞雪隨風落五更。積玉未平鳷鵲瓦，飛花先滿鳳凰城。潤深農畝千疇緑，塵壓龍沙萬里清。最好壽杯浮喜色，明年洗眼看升平。

元日

香炧猶餘去歲煙，五更斗柄已回天。來從天外春何早，俵向人間老不偏。莫問流光似流水，且從今日數今年。東風五十七年夢，夢覺還驚雪滿顛。

太一湫

四崖環抱鏡光平，數畝澄泓石底清。寒入井頭千丈雪，净涵崑際一天星。傍人争出魚依勢，銜葉飛來鳥護靈。日日東風送潮出，只應絶頂透滄溟。

應制白兔

聖德如天物効祥，褐夫新賜雪衣裳。光摇玉斗三千丈，氣傲金風五百霜。禁籞合棲瑶草影，御爐猶認桂枝香。中興慶事光圖牒〔一〕，黼坐齊稱萬壽觴。

【校記】

〔一〕牒：弘治本《中州集》作「諜」，《全金詩增補中州集》作「譜」。

李平甫爲裕之畫繫舟山圖閑閑公有詩某亦繼作

名利走朝市，山居良獨難。况復山中人，讀書不求官。東嵓有佳致，書室方丈寬。彼美元夫子，學道如觀瀾。孔孟澤有餘，曾顏膏未殘。向來種德深，直與山根蟠。之子起其門，孤鳳鶱羽翰[一]。計偕聊爾耳，平步青雲端。朅來遊京師，士子拭目觀。禮部天下士，文盟今歐韓。一見折行輩，殆如平生歡[二]。舞雩詠春風，期著曾點冠。五言造平淡，許上蘇州壇。我嘗讀子詩，一倡而三嘆。世人非無才，多爲才所謾。高者足詆訶，下者或辛酸。吾子忠厚姿，不受薄俗漫。晴雲意自高，淵水聲無湍。他日傳吾道，政要才行完。會使茲山名，與子俱不刋。

【校記】

[一]鶱：原作「騫」，諸本《中州集》如之，此從《全金詩增補中州集》。今按，「鶱」指鳥向上騰飛，「騫」爲馬向前奔馳。

[二]殆：《全金詩增補中州集》作「洽」。

閑閑公爲上清宮道士寫經并以所養鵝群付之諸公有詩某亦同作

會稽筆法老無塵，今代閑閑是後身。只有愛鵝緣已盡，舉群還付向來人。《中州集》卷四《禮部楊公雲翼》。

田器之燕子圖

危巢客舍久相依，常記西風社日歸。海國傳心千驛隔，塞垣回首十年非。新詩尚在人空老，舊夢無憑烏自飛。寄語齊諧休志怪，沙鷗相款解忘機。《中州集》卷五龐鑄詩附録。

寄趙秉文使夏

中朝人物翰林才，金節煌煌使夏臺。馬上逢人唾珠玉，筆頭到處灑瓊瑰。三封書貸揚州命，半夜碑轟薦福雷。自古書生多薄命，滿頭風雪却迴來。金劉祁《歸潛志》卷九：「正大初，朝廷以夏國爲北兵所廢，將立新主，以趙公年德俱高，且中朝名士，遂命入使册之。……至界上，朝議罷其事，飛驛卒遣追回。……卒既至趙所，先授以省符，次曰有禮部實封。趙公疑訝，不知爲何事，啓之，乃楊公詩一首也。其詩云云。趙公撫掌大笑。」原無詩題，此據文意擬。中華書局一九八三年，第九七頁。

登六賢堂

榆關城構倚長天，寂寂虛堂像六賢。善行既皆傳故里〔一〕，功名何異寫淩煙。子孫繼業誰知在〔二〕，桑梓牽情我自憐。無限雲山遮遠日〔三〕，登臨時遣興悠然。《（雍正）山西通志》卷二二四《藝文志》，《文淵閣四庫全書》本。另，清郭元釪《全金詩增補中州集》卷一八亦録，上海古籍出版社一九九四年。

【校記】

〔一〕善行：《全金詩增補中州集》作「行善」。〔二〕誰：《全金詩增補中州集》作「何」。〔三〕日：《全金詩增補中州集》作「目」。

王公一

王公一，長安（今陝西省西安市）人。泰和中，仕爲京兆府學教授①。登大安元年經義進士第②。興定初，官長安縣令③。兹輯一首。

題雙桂堂

雙飛兄弟古難全，鴈塔題名間後先。誰似二公方巨慶，不離一榜在同年。得官雖自文章力，教子都因父母賢。泉下吕公何命薄，不能雙桂慰生前。元駱天驤《類編長安志》卷四《堂宅亭園·堂》：「雙桂堂在京兆景風里。正大甲申，張浩然二子琚、珪同榜及第，長安令王公一題詩曰云云。吕諮議，乃二公之師。」中華書

---

① 金孫通祥《京兆府學教授題名記》著録，見北京圖書館金石組編《北京圖書館藏中國歷代石刻拓本匯編》，中州古籍出版社一九八九年，第四七册九九頁。

② 《（雍正）陝西通志》卷三〇《選舉志》著録：「大安元年經義狀元邢天祐榜第三甲，王公一，録事司人。」《文淵閣四庫全書》本。

③ 清陸增祥《八瓊室金石補正》卷一二五《府判刁璧題名》：「府判益都刁璧、録事燕山石松、録判益津張天綱、長安令京兆王公二，以貞祐五年春上丁日，釋奠到此。」《歷代碑誌叢書》本，江蘇古籍出版社一九九八年。今按，「公二」當是「公一」之誤；貞祐五年即興定元年，是年九月壬午改元，見《金史》卷一五《宣宗紀》。

局一九九〇年，第一〇八頁。今按，正大甲申即正大元年（一二二四），吕諮議指吕鑑。興定初，爲集賢院諮議官，嘗建言重監榷場，時相高琪以其「狂妄無稽」而「氣岸尚可」，宣付陝西行省備任使，《金史》卷五〇《食貨志》、卷一〇六《高琪傳》涉及。另，金楊弘道《小亨集》卷二《謁詩》：「元年建亥月，官有吕諮議。」小字注：「真定吕鑑仲寶。」

史公奕

史公奕，亦名奕，字季宏，號歲寒堂主人①，大名（今河北省邯鄲市大名縣）人。父良臣字舜卿，北宋宣和六年進士，釋褐成安簿，入金仕爲潞州觀察判官②。公奕登大定二十八年進士第，再中宏詞科，累遷著作郎。崇慶二年，官太常丞，改山東東路按察司事。貞祐南渡後，除同知集賢院事兼翰林修撰同知制誥③。正大三年，置益政院，與楊雲翼等選充御前説書官。四年八月，進《大定遺訓》④。

---

① 金劉祁《歸潛志》卷四：「史翰林公奕，字宏父，大名人。工書，有能名，自號歲寒堂主人。」中華書局一九八三年。

② 《中州集》小傳作終於「潞州觀察副使」，此從《史公神道碑》。今按，《金史·百官志》無「觀察副使」名目，或金初官制未定，仍延用遼宋舊稱。

③ 金党懷英《故贈正奉大夫襲封衍聖公孔公墓表》，題後署：「翰林學士承旨嘉議大夫知制誥同修國史上護軍馮翊郡開國侯食邑一千户實封一百户致仕党懷英撰、書丹并篆額，中奉大夫同知集賢院事兼翰林修撰同知制誥史公奕補亡。」見金孔元措《祖庭廣記》卷一二《族孫碑銘》，《叢書集成初編》本，中華書局一九八五年。今按，墓主孔揔卒於明昌元年，墓表未署立石年代，或非一時完成，故史公奕署銜補亡。姑列之貞祐南渡後。

④ 《金史》卷一七《哀宗紀》，中華書局一九七五年。

以直學士致仕，居亳州，年七十三卒。閑閑趙秉文稱之「温厚謙退，與人交愈久而愈不厭，學問愈扣而愈無窮」①。文章書翰，皆有前輩風調。程文極典雅，幾無繼者。嘗著《洹水集》行世。兹輯二首。

李鴈門

天下三分二屬梁，區區獨木欲支唐。錦囊三矢傳遺恨，不救朱三着赭黄。《中州集》卷五《史内翰公奕》。

再過草堂陰霾殊不見山因題詩於壁

一春風土暗蒼顔，隨牒東西我自頑。今日圭峰塵障黑，山靈應怪未歸山。大安改元春六十日，洹山史奕。清陸增祥《八瓊室金石補正》卷一二七《草堂寺題刻》，《歷代碑誌叢書》本，江蘇古籍出版社一九九八年。今按，「洹山史奕」即史公奕。《中州集》小傳謂其「詩文號《洹水集》」，而洹水源出林縣隆慮山，曲折而成安陽河，流經大名洹水縣（今河北省邯鄲市魏縣），匯入衛河。以洹水名集者，不忘鄉籍也。

董文甫

董文甫，字國華，號無事道人，潞州（今山西省长治市）人。承安間進士，歷金昌府判官，禮部員

① 金趙秉文《滏水集》卷一二《史公神道碑》，《四部叢刊》本。

外郎，武昌軍節度副使①。正大中，卒於杞縣。爲人淳質，潛心心學，以習静爲業。嘗著《論道編》行世②。兹輯八首。

秋夜

見即如無爐上雪，淡而有味水中塩。齊行定慧千燈焰，净識乾坤一鏡奩。

晝眠

莊周先我復天真，化蝶飛來管領春。我亦莊周周亦蝶，不知若箇是真身。

審是堂

按劍人人駭夜光，蜀雞合道勝鸞凰。飛蛾可是無分别，直道油燈是太陽。

文中子續經

紛紛述作史才雄，聽似秋來百草蟲。不是春雷轟蟄窟，蚓蛇會得化成龍。予嘗以王氏六經爲問，先

① 金劉祁《歸潛志》卷五：「南渡，嘗爲大理司直，後爲河南府治中，卒。」中華書局一九八三年，第四五頁。

② 《歸潛志》卷五：「其於六經《論》《孟》諸書，凡一章一句，皆深思而有得。所著一編，皆論道之文，迄今藏余家。」

生云：「王氏六經是權道設教〔一〕，雖孔子亦然，但後人不能知之耳。因以此詩見示。」

【校記】

〔一〕是：汲古閣本、文淵閣本《中州集》及《全金詩增補中州集》卷五三作「以」。

臨終詩四首

無情喪主没錢僧，送上城南無事人。檢盡傳燈無盡録，更無公案遮番新。

生有地，死有處，萬牛不能移一步。一輪明月印天心，此是渠儂住處住。

白髮三千丈，紅塵六十年。只今無見在，虚費草鞋錢。

今古一輪月，分明印碧霄。門門蟾影到，處處桂香飄。不起眼中暈，何勞指上標。真空渾照破，歸去杖頭挑。《中州集》卷九《無事道人董文甫》。

釋 箕

釋箕，出處未詳。時稱箕和尚，出自衣冠家，與許古等名士交遊。兹輯一首。

元夕懷京都

一燈明處萬燈明，天上人間不夜城。前日惠林洪覺範，雪窗孤坐聽猿聲。《中州集》卷五許古《訪箕和尚峴山》詩題注。

釋和公

釋和公，俗姓段氏。幼習儒業，甫冠應舉。因閱《春秋左氏傳》，悟興衰之不常，遂棄俗出家，隱於山林。初禮平陽大慈雲寺僧宗言爲師，繼從萬松老人。丙戌歲（正大三年、一二二六），住持大萬壽禪寺。後居漁陽之盤山報國寺、建州梨花道院。未幾，移閭山崇福寺，病卒，俗壽四十六，僧臘十六。兹輯一首。

臨終作頌

臨行一句，當面不諱。皓月清風，不居正位。元耶律楚材《湛然居士集》卷一三《和公大禪師塔記》，中華書局一九八六年。

釋昭公

釋昭公，太原（今山西省太原市）僧人。金末名僧，與閑閑趙秉文、屏山李純甫、遺山元好問等名士俱有交往。嘗有語録行世，遺山爲之序。兹輯一首。

虚明塔偈

以塔爲身，以鈴爲舌，萬仞岡頭，横説竪説。《遺山先生文集》卷三七《太原昭禪師語録引》，《四部叢刊》本。

新編全金詩卷四四

許古

許古，字道真，河間（今河北省滄州市河間市）人。安仁子。明昌五年詞賦進士①。貞祐初，由左拾遺拜監察御史，尋遷尚書左司員外郎，兼起居注，轉右司諫。妻劉氏，定海軍節度使仲洙之女，其時攜二女僑居蒲城，適蒙古圍蒲，攻城益急，劉氏誓不受辱，與二女自盡。朝廷追封郡君，謚曰貞潔，并以其事付史館②。四年，爲右司諫兼侍御史。時丞相朮虎高琪擅權，古以直言敢諫，貶鳳翔幕。正大初，召爲補闕，遷左司諫。未幾，致仕。正大七年卒，年七十四。古好詩與書，然不爲時人所重，但稱其直，與諫官陳規齊名。兹輯四首。

青柯平二道人

深谷緣危磴，長林繞碧山。山中四時好，方外兩翁閑。身世青雲上，塵埃大夢間。高情應笑

①《中州集》小傳作「承安中進士」，此從《金史》卷一〇九《許古傳》。

②《金史》卷一三〇《列女傳》，中華書局一九七五年，第二八〇一頁。

我，才到却空還。

被召過少室

老病無堪合退休，伊川久已得菟裘。如今又上長安道，好被青山笑白頭。

扇圖

雲壓溪塘小雪春，融融和氣浥輕塵。山禽共作梅花夢，物性由來懶是真。

訪箕和尚峴山

箕出衣冠家，在三屯山中有《元夕懷京都詩》云：「一燈明處萬燈明，天上人間不夜城。前日惠林洪覺範，雪窗孤坐聽猿聲。」甚爲時人所稱。

山中風定夜沉沉，月滿禪林静客心。蒼檜四排嚴法界，孤松中立殷潮音。皷鍾有節人如玉，臺殿無塵地布金。二月來游春尚淺，紅梅無數照山陰。《中州集》卷五《許司諫古》。

張行信

張行信，先名行中，字信甫，莒州日照（今山東省日照市）人。莘卿之孫、暐之子、行簡之弟。大定二十八年進士。歷州縣，入爲監察御史，累遷禮部尚書。興定元年，拜參知政事。二年，出爲彰化軍節度使，兼涇州管内觀察使。哀宗即位，起爲尚書左丞。正大三年致仕，八年卒，年六十九①。先是胡沙虎弑逆，自命爲太師、尚書令，而行信忤其意；繼之高琪專權，聲勢焰焰，惟行信與之抗，朝野稱焉。所居拙軒，其友嘗爲作銘引，有曰：「發凶豎未形之謀，則先識者以爲明；犯强臣不測之威，則疾惡者以爲剛。」②時人以爲實録云。行信家世素儒，雖位至宰執而起居奉養如寒士，於書無所不讀，作詩殊有古意。兹輯一首。

右丞文獻公所畫張果像

古來人物畫爲難，驚見仙公樹石間。莫把丹青名右相，太平勳業在人寰。《中州集》卷九《張左丞行中》。

孫邦傑

孫邦傑，後改名天和，字伯英，雄州容城（今河北省保定市容城縣）人。曾祖堅，以功仕爲隴州刺史。伯英少日住太學，與雷淵、辛愿、劉昂霄諸名士遊，頭角嶄然。嘗受高庭玉案牽連，幾罹不測。

① 《金史》卷一〇七《張行信傳》，中華書局一九七五年。
② 《中州集》卷九《張左丞行中》，中華書局上海編輯所一九六二年。

興定初，知世將亂，遂師從離峰于顯道，棄家爲黄冠①。正大七年，殁於亳州太清宫。兹輯一首。

燒筭

煨芭舊聞山谷語，勸耕還憶大蘇詩。傳將火候無多訣，留得天真又一奇。未放錦棚開束縛，已看玉版證荼毘。白麻初拜驚燒尾，見此應慚富貴癡。《中州集》卷九《孫邦傑》。

雷淵

雷淵，字希顔，别字季默，應州渾源（今山西省大同市渾源縣）人。父思，名進士，官同知北京路轉運使。淵庶出，年最幼，諸兄不齒，父殁不能安於家，乃發憤入太學，衣弊履穿，坐榻無席，自以跣露恒兀坐讀書，不迎送賓客，人皆以爲倨。其友商衡每爲之辯，且賑䘏之。登崇慶二年黄裳榜進士甲科②，歷州縣，召爲英王府文學兼記室參軍，轉應奉翰林文字，同知制誥兼國史院編修官。正大初，拜監察御史，彈劾不避權貴，出巡郡邑，所至有威譽。蒞官自律者甚嚴，出入軍中，偃然不爲所屈。其令縣時，年少氣鋭，擊豪右，發奸伏，一縣畏之，稱爲神明。時相侯摯因薦爲太學博士，遷翰林修

①《遺山先生文集》卷三一《孫伯英墓銘》、《紫虚大師于公墓碑》，《四部叢刊》本。

②《金史》卷一一〇《雷淵傳》作「登至寧元年詞賦進士甲科」。今按，《金史》卷二三《五行志》謂崇慶二年「二月，放進士榜」，而當時文獻屢見「至寧進士」，失考。

撰。正大八年卒，年四十八①。淵爲人軀幹雄偉，髯張口哆，顔如渥丹。每遇不平，則疾惡之氣見於顔間，或嚼齒大罵不休。與李純甫、馮璧、高庭玉、趙秉文、陳規、劉祁父子、元好問等名流交遊。詩學蘇黄，文法韓愈，學益博，文益奇，名益重。兹輯三十四首。

雲卿父子有宛丘之行作二詩爲餞

陽春到上林，百卉紛白紅。岸谷稍敷腴，溪光亦冲融。獨有石間柏，不落鼓舞中。期君如此木，歲晚延清風。

漢庭議論學，傾耳待歆向。君家賢父子，千載蔚相望。讀書二十年，閉户自師匠。異端紬偏雜，陳言刋猥釀。剛全百鍊餘〔一〕，氣出諸老上。頽風正波靡，去去作隄障。

【校記】

〔一〕剛：《全金詩增補中州集》卷二〇作「鋼」。

①《中州集》卷六小傳未涉卒年，而同卷《冀都事禹錫》有云：雷淵長遺山六歲，「殁于正大辛卯之八月，年四十八」。金劉祁《歸潛志》卷一雷淵小傳亦記爲「四十八」。另，《遺山先生文集》卷二一《雷希顔墓銘》謂「希顔年四十六，以（正大）八年辛卯八月二十有三日暴卒」，刊誤。其時，遺山年四十二，與兩人年齡相差六歲不符，當以年四十八卒爲是。

京叔將拜掃于陳徵言爲贈老懶廢學茫無所得獨記其與屏山雲卿襟期所在者非以爲詩也

梁苑池塘生緑煙，吹臺草色春芊芊。故人幽扃閉長眠，氣槩英英猶眼前。陽春無力蘇重泉，孝子感時涕泗漣。匍匐歸掃淮陽阡，徵予贈别意拳拳。我自頑頓須人鐫，安能視後輒子鞭。姬情孔意星日懸，斡旋萬化中持權。斯文興喪實関天，尋常墨客技藝然。毉巫星曆相比肩，何用雕琢空徂年。即今海縣謾腥羶，獨挽洙泗可洗湔。迺公有志屏山賢，二豪在日予牽連。傷哉未售墳已顛，老我欲種南山田。子之兄弟其周旋，事業絶勝空言傳。

同裕之欽叔分韻得莫論二字

幼安謝辟命，子雲老寂寞。趨嚮豈獨異，時命非所度。我久困流離，一廛求負郭。雖無斬敵功，尚舉力田爵。嵩少啟吾封，四履盡伊洛[一]。有客來問津，醉眼入寥廓。世事久閉眼，終日只睡昏。清風何處來，佳客已在門。倒屣往從之，玉色向我温。妻孥趣作具，歡喜傾瓶盆。清夜襆被往，共就遺山元。嘲謔及俳語，發揮問微言。懸斷漏天樞，高嘯驚鄰垣。脗合政相和[二]，意到俄孤騫。恨不倒囷廩，矧肯留籬樊。棄屩獲珠玉，披榛見蘭蓀。我肱已三折，醉墮偶全渾。知無適俗韻，量力任灌園。二君清廟器，巾冪華罍罇[三]。蒼生望休息，朝廷待崇尊。出處既異途，會合難預論。此樂未易得，此夕勿憚煩。白酒舉初子〔四〕，黄雞溷諸孫。水樂喧後部，山鬟秀前軒。一醉萬事休，商聲滿乾坤。

【校記】

〔一〕洛：汲古閣本《中州集》作「落」。〔二〕政：《全金詩增補中州集》卷二〇作「正」。〔三〕罇：原作「尊」，此從《全金詩增補中州集》。今按，「尊」與「罇」通，而與下句「朝廷待崇尊」之「尊」字重。

〔四〕子：《全金詩增補中州集》作「爵」。

會善寺怪松

物生自有常，怪特物之病。嗟嗟此老蒼，怪怪生魁柄。侏儒蹩髀股，宿瘤擁腮頸。蜿蜒蛟龍戲，騰擲貙虎競。須髯喜張磔，意氣怒狂迸。匠石求棟楹，節目足譏評。芻蕘急薪樵，堅悍空盻瞪。静言觀倚伏，未易相吊慶。雖違時世用，顧免斤斧横。陽秋莫榮悴，歲月何究竟。盤盤曲則全，挺挺獨也正。小草悮掃迹，伏神還守性。儻隨天中景，廣宇共庥映。

玉華山中同裕之分韻送欽叔得歸字

洗耳潁川水，療飢西山薇。山川得佳客，草木生光輝。末路風教薄，此道日已微。相期千載事，非君誰與歸。

九日登少室絶頂同裕之分韻得蘿字

閑居愛重九，佳人重相過。登高酬節物，少室鬱嵳峩。迤邐謝塵土，夷猶出煙蘿。欻如據鰲頭，萬壑俯蜂窩。浩浩跨積風，瀰瀰渺長河。日車昃紅輪，天宇凝蒼波。指點數齊州，始覺氛埃多。我無倚天劍，有淚空滂沲。鷩鱗盻奧渚，倦翼占危柯。悔不與家來，結茅老巖阿。歸途睠老阮，廣武意如何。

月下仝飛伯觀畦丁灌園得畦字

村居鄰老圃，喘汗憫夏畦。轆轤健晚凉，月輪轉天蹊。剡剡金融溝，涓涓冰泮溪。黄萎漸蘇息，緑潤俄淒迷。生意續夜氣，甘滋浹新荑。風露觸處香，河漢望中低。野人無遠謀，且喜豐食鮭。雖愧下帷董，稍悟養生嵇。歸懷自浩然，流光挹平西。

濟南珎珠泉

大地萬寶藏，玄冥不敢私。抉開青玉罅，渾渾流珠璣。輕明疑夜光，潔白真摩尼。風吹忽脱串，日射俄生輝。有時如少靳，觱沸却纍纍。風色媚一川，老蚌初未知。君看一日間，巧歷所不貲。遊人隨意滿，不畀乾没兒。吾謂歷下城，繁華富瑰奇。貪夫死專利，帝意憐其癡。

故露連城珍，可玩不可幾。若曰天壤間，所遇皆汝資。何必秘篋笥，自貽伊瑕疵。詩成一大笑，臆説量天機。

讀孔北海傳

漢室風流絶建安，老瞞父子力排山。可憐魯國真男子，也着區區七子間。

賦侯相公雲溪

相君襟度本汪洋，戲鑿陂池便渺茫。解起晴雲作霖雨，更邀明月貯清光。千重複嶺藏仙境，萬斛香泉釀醉鄉。畢竟麟符拋不得，煙波空效五湖蒼。

贈陳司諫正叔

洗兵有志挽天河，補衮剛留諫諍坡。賦出石腸還婉麗，政成鐵面却中和。寒侵桃李淒無色，雪壓池塘慘不波。急手尊前謀一醉[一]，六街塵土涴人多。

【校記】

[一]手：《全金詩增補中州集》作「向」。

濟南汎舟水底見山有感而作

南山已在風塵外，更恐飛埃涴碧巔。一棹晚凉波底看，浴沂面目本天然。

洛陽同裕之欽叔賦

日上煙花一片紅，崧邙西峙洛川東。纔聞候騎傳青蓋，又見牽羊出絳宫。事去関河不横草，秋來陵寢但飛蓬。書生不奈興亡恨，斗酒聊澆磈磊胷。

啟母石同裕之賦

千古崩崖一罅開，强將神怪附郊禖。無情頑石猶貽謗，貝錦從爲巷伯哀。

贈答麻信之并序。

麻弟避兵渡河，徑謁裕之于崧高，貪緣一見，相與之意甚厚。既留數日，又將過吾景玄于女几之陰。維元劉國士也，而弟游於其間，則弟之爲人可知已。臨行復長歌相贈，清平豐融，蓋他日未易量也。愛仰不足，詩以送之。

五老英靈未陸沉，一枝高秀出詞林。珪璋自是清朝器，律吕偏諧治世音。此去文章足知己，後來功用只齋心。濟時相約元劉了，索我雲山深復深。

雪

風定雲仍煖[一]，天圍四顧低。紛紛俄攬野，浩浩欲平溪。樵擔歸時重[二]，漁舟望處迷。飢鴉空繞樹，若箇可安棲。

【校記】

〔二〕擔：原作「檐」，此從汲古閣本、文淵閣本《中州集》及《全金詩增補中州集》。

宫鴉

萬樹瓊芳鎖漢宫，群鴉容與五雲中。曙光先背朝陽日，春信頻呼禁籞風。青鬢巧梳欣一色，秀眉學畫鬭新工。鳳樓未訝啼聲切，愁滿長門信未通。

洮石硯

緹囊深複有滄洲，丈石春融翠欲流。退筆成丘竟何益，乘時真欲礪吴鈎。

馬上見桃花

九衢鞍馬苦塵腥〔一〕，忽見溪桃倦意醒。未必施朱便麄俗，最憐滌露出娉婷。城東詩老圖幽絶，水上仙郎記窈冥。何似玉堂留故事，賣花擔上有丹青。

【校記】

〔一〕九：弘治本《中州集》作「見」，《全金詩增補中州集》作「三」。

叔獻兄歸隱崧山有詩見及依韻奉寄

幾百千年一敬通，飄飄歸袂振孤風。平生自處神明在，衰俗無從議論公。韶箾向來儀彩鳳，弋矰何苦慕冥鴻。他年杖屨相尋處，三十六峯雲霧中。

劉御史雲卿挽詞二首

氣幹參天擬萬尋，聖門梁棟自堪任。豸冠岳岳鋒稜峻，梟鳶翩翩惠愛深。可忍佳城玉埋土，最哀慈幄血霑襟。傳家賴有雙珠在，不爾何如慰士林〔二〕。

少同里閈早知音，投分交情兩舊今。鄉校聯裾春誦學〔三〕，上庠連榻夜論心〔三〕。南山松桂愁霜殞〔四〕，北地乾坤恨日侵。不得生芻躬一奠，西風吹淚滿衣襟。

【校記】

〔一〕何如：文淵閣本《中州集》作「如何」。〔二〕裾：原作「裙」，此從汲閣本、文淵閣本《中州集》及《全金詩增補中州集》。今按，唐杜牧《杜秋娘詩并序》：「聯裾見天子，盼眄猶依依。」見《全唐詩》卷五二〇。〔三〕連：《全金詩增補中州集》作「同」。〔四〕桂：《全金詩增補中州集》作「柏」。

題黄華江皐煙樹二首

踈柳静茅亭，亭下長江路。不見亭中人，蕭蕭煙景莫〔一〕。

江山萬里眼，一亭略約之。黄華未死在，看取畫中詩。

【校記】

〔一〕莫：《全金詩增補中州集》作「暮」。

送李執剛致仕歸洛

漕計中興屬老成，引年陳請獨崢嶸。果能辨此公真勇〔一〕，愛莫留之我愴情。塵坌恐驚黄鵠舉，煙波不負白鷗盟。洛陽去去春如錦，晝日神仙看地行。

【校記】

〔一〕辨：弘治本《中州集》作「辦」。

梨花得紅字

雪作肌膚玉作容，不將妖艷嫁東風。梅魂何物三春在，桃臉真成一笑空。雨細無情添寂寞，「無情」亦作「淚痕」。月明有意助豐融。「有意助」亦作「真態更」〔一〕。相如病渴妨文賦，想像甘寒結小紅。

【校記】

〔一〕作：《全金詩增補中州集》作「云」。

河山形勝圖

高峯巨塹與天連，中國關防表裏全。北岸塵氛重回首，不如圖上看風煙。

次裕之韻兼及景玄弟

名腸相焮半成灰，戰退紛華旆始迴。文字喜逢修月手，津梁愧乏濟川材。等閑有酒輒共醉，信口哦詩不置才。最憶平生劉子駿，紫芝可惜不偕來。

愛詩李道人若愚崧陽歸隱圖

我家崧前凡再朞，詩僧騷客相追隨。春葩繽紛香澗谷，夏泉噴薄清心脾。霜林置酒曳錦障，雪嶺探梅登玉螭。重陽夜宿太平頂，天雞夜半鳴喔咿。整冠東望見日出，金輪湧海光陸離。神州赤縣入指顧，風埃未靖空噓欷。窮探極覽不知老，泉石佳處多留題。簡書駈出踏朝市，期會迫窄愁鞭笞。襟懷塵土少清夢，齒頰棘荆真白癡。叩門剥啄者誰子，道人面有熊豹姿。披圖二室忽當眼，貫珠編貝多文辭。我離山久詩筆退，摹寫豈復能清奇。再三要索不忍拒，依依但記經行時。道人愛山復愛詩，嗜好成癖未易醫。山中詩友莫相厭，遠勝薰酣聲利乾没兒〔一〕。《中州集》卷六《雷御史淵》。

【校記】

〔一〕聲利乾没兒：明傅梅《嵩書》卷一四《韻始篇》録此詩作「聲利兒」。今按，《漢書·張湯傳》：「（湯）始爲小吏，乾没，與長安富賈田甲、魚翁叔之屬交私。」顔師古注：「服虔曰：『乾没，射成敗也。』如淳曰：『豫居物以待之，得利爲乾，失利爲没。』」清顧炎武《日知録·乾没》：「乾没大抵是徼幸取利之意。」《蘇軾集》卷一六《故李承之待制六丈挽詞》：「願斬横行將，請烹乾没兒。」

松庵〔一〕

庵中偃臥龍，閲世鬚髯古。人天共護持，半夜起風雨。

【校記】

〔一〕《（正德）大同府志》卷一八録此詩，題作《詠松庵》，撰者署「雷發」，當是抄誤。《四庫全書存目叢書》本，齊魯書社一九九七年。

過華山懷陳希夷

五季乾坤半晦冥，先生有意事澄清。鼾鼾四十年來睡，開眼東方日已明。

梅影

維摩丈室冷於冰，千劫蕭然無盡燈。天女散花愁不寐，夜深高髻影鬅鬙。金劉祁《歸潛志》卷一，中華書局一九八三年。

紫芝峪

仙徑玄雲覆，靈芝紫氣浮。朝霞屯錦蓋，春雨潤珠旒。蘭有香偏襲，苔無色可侔。如何采真客，辟穀費冥搜。清郭元釪《全金詩增補中州集》卷二〇，上海古籍出版社一九九四年。

佚句

贈元德明

詩句妙九州，孝友化一川。《中州集》卷一〇元德明小傳。

失題

千古雄豪幾人在，百年懷抱此時開。金劉祁《歸潛志》卷八：「閑閑同館閣諸公，九日登極目亭，俱有詩。……雷希顔云云。」中華書局一九八三年，第九〇頁。

李澥

李澥，字公渡，號六峰居士①，相州（今河南省安陽市）人。少從黄華王庭筠學，工詩及書畫。貞祐南渡，居京師十五年，累舉不第。性寬緩，善處世，笑談有味，不爲人忌嫉，雅有前輩典刑。興定末，與趙秉文諸公交往，與劉從益父子爲友。卒於正大末，年六十餘。兹輯五首。

漫書

胷懷平日窗八達，伎倆只今龜六藏。唯有閑情如老菊，寒華自信晚能香。

二老雪行圖

雪明萬仞鄴西山，杖屨平生幾往還。滿眼京塵空對畫，何時真似兩翁閑。

① 金劉祁《歸潛志》卷三小傳：「李澥公渡，相州人，王黄華門生也，自號六峰居士。」中華書局一九八三年，第二八頁。

秘書張監墨梅圖張，南人。

眼中只有梅千樹，不挂世間蜂蝶花。十載江南春夢斷，至今清影在君家。

燈下梅影

丁年夜坐眼如魚，老矣而今不讀書。墻角短檠還有用，瓦缾相對一枝踈。《中州集》卷七《李瀣》。

游園城留題雲中僧月德超

邂逅雲中老阿師，里人許我話劉雷。略談近日諸孫事，頗覺襄懷一笑開。衆道髯參宜帥幙，謂希顏。人憐短簿去霜臺。謂先子。園城香火西菴地，嘗記秋高雨後來。金劉祁《歸潛志》卷九：「李瀣公渡因游園城，會雲中一僧月德超，談及鄉里名家劉、雷事，公渡留詩云云。後先子過園，見之，和其韻云云，余以示閑閑，閑閑亦和其韻。」中華書局一九八三年，第九三頁。今按，詩題原無，兹據文意擬。

佚句

寄劉雲卿

姓名偶脱孫山外，文字幸爲坡老知。誰念三生李方叔，欲將殘喘寄鑪錘。金劉祁《歸潛志》卷三：「興定末，與余同試開封，中選，公渡甚喜，有詩寄余先子，後云云。先子和答云：『瓶有儲糧鬢有絲，蹉跎歲晚坐書癡。輞川畫隱王摩詰，錦里詩窮杜拾遺。應舉尚陪新進士，主文多是舊相知。春闈看決魚龍陣，未必尖錐勝鈍錘。』」中華書局一九八三年，第二八頁。今按，此詩當是七律，僅存後四句。

張德直

張德直，字伯直，平陽（今山西省臨汾市）人。叔祖邦彦、父迪禄，俱名進士。伯直登貞祐三年第，釋褐新平簿，辟藍田令。召補省掾，終於同知武勝軍節度使事。史稱清慎才敏，極一時之選，爲一代循吏云①。兹輯一首。

叔能見過

度嶺千峯闊，沿溪一徑微。山寒花發晚，村迥客來稀。强飲酬佳節，悲歌送夕暉。平生愛歡聚，衰病與心違。《中州集》卷八《張户部德直》。

馮辰

馮辰，字篤之，臨潼（今陝西省西安市臨潼區）人。九歲知作詩。登貞祐三年進士第，辟涇陽令。

①《金史》卷一二八《循吏傳》，中華書局一九七五年，第二七七五頁。

茲輯一首。

雨後時年十三。

東風花外錦鳩啼，喚起西山雨一犂。緑滿蔬畦人不到，桔槔閑立夕陽低。《中州集》卷八《馮辰》。

康錫

康錫，字伯禄，寧晉(今河北省邢臺市寧晉縣)人。自幼養於外祖田氏，應童子舉。及長，師柏鄉王翰周輔，束脩不能備，翰與諸公賙給之。登崇慶二年黄裳榜進士第，歷州縣，補省掾，考滿遷開封府判官。擢監察御史，以直言抨擊權貴，論説時弊，朝議偉之。選授右司都事，京南路司農丞。正大八年十二月，以河中治中充行六部郎中從軍，河中破，殉國難①，年四十八②。伯禄孝於母，友於弟，有恩義於朋友，從政則奉公爲民。茲輯一首。

①《中州集》小傳作「以河中治中充行六部郎中從軍，城陷，投水死」。今按，《金史》卷一一一《康錫傳》：「河中破，從時帥率兵南奔，濟河，船敗死。」河中破，時在正大八年十二月，見《金史》卷一七《哀宗紀》。

②《遺山先生文集》卷二一《大司農康君墓表》，《四部叢刊》本。

按部南陽有贈

魯山佳政霑隣邑，白水歡謡見路人。縣務清談君自了，農郊夙駕我何勤。星河直上冰輪轉，桃李前頭玉樹春。海寓疲民望他日，草堂那得遽移文。《中州集》卷八《康司農錫》。

王彪

王彪，字武叔，大興（今北京市）人。擢興定二年經義進士第一①，特授太子副司經、國史院編修官。入翰林，爲應奉，遷修撰。除平凉府治中，再入翰林爲待制。正大末，出刺州郡，未赴。其時汴京被圍，食乏，服藥而死。兹輯佚句四。

賦吕唐卿海藏齋

虚白雲中含世界，軟紅塵底寄虚舟。又云：只應烏帽紅塵底，羞見蒼煙白鷺洲。金劉祁《歸潛志》

① 金劉祁《歸潛志》卷五小傳謂「貞祐五年經義魁」，誤。中華書局一九八三年，第一五頁。今按，《金史》卷五一《選舉志》：興定二年，「特賜經義進士王彪等十三人及第，上覽其程文，愛其辭藻，咨嘆久之。」中華書局一九七五年，第一一四〇頁。另，《金史》卷一五《宣宗紀》：貞祐五年九月，「壬午，改元興定，赦國内」。貞祐五年即興定元年，次年方有選舉。第三三二頁。

卷五：「嘗賦《吕唐卿海藏齋》云云。又云云。亦可喜也。」中華書局一九八三年，第四三頁。

辛愿

辛愿，字敬之，號女几野人、溪南詩老，福昌（今河南省洛陽市宜陽縣韓城鎮）人[①]。年二十五始知讀書，博極書史。大安中，爲河南府治中高庭玉門客，因坐冤案，與龎鑄、雷淵等被訊掠。由是生活狼狽，竟至衆雛嗷嗷、流離頓踣之境。平生不爲科舉計，雅負高氣，不能從俗俯仰。居女几山下，惟以吟詠爲事。正大末，被掠而北，死於山陽[②]。其性野逸，不修威儀。貴人延客，亦麻衣草履足脛赤露，坦然其間，劇談豪飲，旁若無人。遺山元好問視之爲知己。史稱「作文有繩尺，詩律精嚴，有自得之趣」[③]云。兹輯二十首。

---

①《中州集》卷一〇小傳：「愿字敬之，福昌人。其大父自鳳翔來居縣西南女几山下，以力田爲業。敬之自號女几野人。」《歸潛志》卷五小傳：「辛愿敬之，河南人，自號女几野人，又號溪南詩老。」今按，福昌隸嵩州，見《金史》卷二五《地理志》。

②《中州集》卷一〇小傳未涉卒年。金劉祁《歸潛志》卷二小傳有云：「正大中，先子令葉，復來游。後歸洛下，病殁。」《金史》卷一二七《隱逸傳》則謂「正大末，卒於洛下」。今按，《遺山先生文集》卷二四《蘧然子墓碣銘》：「天下愛予者三人：李汾長源、辛愿敬之、李獻甫欽用。是三人者，皆有天下重名。然長源瘐死西山獄中；敬之則被掠而北，爲非類所困折，死於山陽；欽用從死淮西，時年未四十也。」俱在金末。遺山與敬之爲知己，所記當是。

③《金史》卷一二七《隱逸傳》，中華書局一九七五年。

亂後

兵去人歸日，花開雪霽天。川原荒宿草，墟落動新煙。困鼠鳴虚壁，飢烏啄廢田。似聞人語亂，縣吏已催錢。

贈趙仲常名憲，宜之從弟，詩有「黄塵衮衮時隨脚〔一〕，華髮蕭蕭老壓頭」之句。

趙子年雖小，論詩樂最深。秋風凡幾首，冬日更多吟。老大吾無力，文章爾用心。荒山松竹底，莫厭數相尋。

【校記】

〔一〕時：原作「塵」，此從弘治本、汲古閣本、文淵閣本《中州集》及《全金詩增補中州集》。

過崧山

催老年光衮衮來，好懷知欲向誰開。箕山潁水春風裏，呼起巢由共一杯。

隆德故宫

蛇分鹿死已無秦，五十年來漢苑春。問着流鸎無一語，柳條依舊拂墻新。

同趙長水汎舟

洛水秦山晚自澄，孤洲煙樹緑相仍。波摇朗月浮金鏡，嶺隔華星斷玉繩。但覺轉舩驚白鳥，豈煩揮翣怒青蠅。風塵浩蕩飄蓬裏，愧似林宗陪李膺。

山寒

山寒春静早關門，新月微光照短垣。可恨暮雲欺落景，却將殘靄助黄昏。

陋室

陋室何妨似燕窠，暮年終得返魚蓑。壺中日月時常好，枕上功名不足多。往古來今真夜旦，高天厚地一罝羅。鹿門幸有龐公樂，牛角徒爲甯戚歌。

亂後還三首

兵戈爲客苦思鄉，春暮還鄉却自傷。典籍散亡山閣冷，松筠憔悴野園荒。鸎銜晚色啼深樹，燕掠春陰入短墻。鄰里也知歸自遠，競將言語慰凄凉。

亂後還家春事空，樹頭無處覓殘紅。棠梨妥雪霑新雨，楊柳飄綿颺晚風。談笑取官驚小子，艱難爲客愧衰翁。殘年得見休兵了，收拾閑身守桂叢。

春來漂泊心情減，老去艱危氣力微。芳草際天愁思遠，干戈滿地故人稀。懷金躍馬時何有，問舍求田事已違。糲食敝衣聊自足，白頭甘息漢陰機。

題游彦明林園三首

先生未老厭儒冠，築屋栽籬守歲寒。經史日長常滿桉，魚鰕溪近得供盤。幽花入室無多種，瘦竹關情只數竿。蕭洒遠辭車馬跡，求官何必近長安。

城郭繁華斷往還，林園幽闃養高閑。花佤煖蘂斜窺水，竹亞晴梢巧避山。尊俎歲時君得意，風埃南北我何顏。丹房藥鏡游心久，不惜哀矜洗病孱。

不礙遥看冷翠微，儘教叢竹映窗扉。籬根傍水知魚樂，屋角隣花鳥自歸。濁酒野芹安已久，華軒高馬到從稀。人間回首皆堪鄙，羡汝幽棲得所依。

贈劉庵主劉，遼貴族〔一〕。

蚤薄軒裳貴，高尋綺皓蹤。一囊閭里藥，六尺水雲笻。午枕眠芳景，晴簷望遠峯。柴門常不掩，應得野夫從。

【校記】

〔一〕劉遼貴族：元乙卯本、明弘治本、四部叢刊本《中州集》字號與詩題同，是爲詩題而非題注。

函關

雙峯高聳大河旁，自古函關一戰場。紫氣久無傳道叟，黄塵那有棄繻郎。煙迷短草秋還緑，露浥寒花晚更香。共説河山雄百二，不堪屈指筭興亡。

贈趙宜之二首

夫子今詞伯，胡爲遠帝京。青雲無轍迹，白髮有柴荆。鬼戲多年病，人高四海名。麟經方有缺，無惜繼丘明。

轉徙家無地，逢迎客有樽。光陰連病枕，天地一愚軒。霜雪青松古，風塵白壁温〔一〕。從渠投隙者，衮衮向金門。

【校記】

〔一〕壁：弘治本《中州集》及《全金詩增補中州集》作「璧」。

送裕之往許州酒間有請予歌渭城煙雨者因及之

白酒留分袂，青燈約對床。言詩真漫許，知己重難忘。爽氣虚韓岳，文星照許昌。休歌渭城柳，衰老易悲傷。

寄裕之

青雲一别阮家郎，甚欲題詩遠寄將。好句眼前常蹉過，佳人心上不曾忘。誰家秋月茅亭底，何處春風錦瑟旁。昌谷煙霞久寂寞，歡遊還肯到三鄉。

山園

歲暮山園懶再行，蘭衰菊悴頗関情。青青多少無名草，争向殘陽煖處生。《中州集》卷一〇《溪南詩老辛愿》。

佚句

木棲

吟窗醉几秋風晚，只許幽人箇裏知。

三鄉光武廟

萬山青遶一川斜。

失題

如自憐心似魯連子，人道面如裴晉公。

失題

萬事直須稱好好，百年端欲付休休。

失題

院静寬留月，窗虚細度雲。

失題

浪翻魚出浦，花動鳥移枝。《中州集》卷一〇辛愿小傳。

失題

黄綺暫來爲漢友，巢由終不是唐臣。《金史》卷一二七《隱逸傳》。

失題

鶯銜晚色啼深树，燕掠春陰入短牆。

失題

波摇月朗浮金鏡，嶺隔華星斷玉繩。

失題

箕山潁水春風裏，喚起巢由共一杯。《歸潛志》卷二辛愿小傳。

新編全金詩卷四五

趙秉文 一

趙秉文，字周臣，號閑閑，磁州滏陽（今河北省邯鄲市磁縣）人。大定二十五年進士，累遷應奉翰林文字，同知制誥。章宗時，上書論宰執去留，免官。後起復，遷翰林修撰，出爲寧邊州刺史。貞祐四年，授翰林侍講學士。興定元年，轉侍讀，拜禮部尚書，兼侍讀、同修國史、知集賢院事。天興元年卒，年七十四①。遺山評曰：「爲人至誠樂易，與人交不立崖岸，主盟吾道將四十年，未嘗以大名自居。仕五朝，官六卿，自奉養如寒士，而不知富貴爲何物。」②又曰：以國朝文派論之，「自正甫爲正傳之宗，党竹溪次之，禮部閑閑公又次之」。③ 兹輯六百四十九首。

趙秉文詩載《閑閑老人滏水文集》，兹以《四部叢刊》影印明汲古閣本爲底本，校以《畿輔叢書》本（畿輔本）、《文淵閣四庫全書》本（文淵閣本）、清吴重熹《石蓮盦彙刻九金人集》本（石蓮盦本）、

---

①《金史》卷一一〇《趙秉文傳》，中華書局一九七五年，第二四二六頁。

②《遺山先生文集》卷一七《閑閑公墓銘》，四部叢刊本。

③《中州集》卷一《蔡太常珪》，中華書局上海編輯所一九六二年，第三三頁。

清郭元釪《全金詩增補中州集》卷九至卷一四《閑閑禮部趙秉文》(《全金詩增補中州集》)、金元好問《中州集》卷三《禮部閑閑趙公秉文》(《中州集》)等有關文獻。

古詩

雜擬十首

朱明變氣候，大火向西流。六龍整征轡，倏忽夏已秋。閶闔來悲風，霜稜被九州。豈不念時節，歲律聿其周。精衛填溟海〔一〕，木石安所投。獨携羡門子，高步登崑丘。千秋長不老，永謝區中囚。

其二

朔風厲嚴氣，玄雲結層陰。霜雪被原野，行李寒駸駸。躑躅獸强顧〔二〕，驚鳥辭故林。路滑蹋峻坂，緣雲上嶔崟。挽藤斷人迹，反畏跫然音。藜藿不充腸，况乃飢鼯侵。開門望晴霽，白日肯照臨。不憂凍餒逼，所懷四海心。聊興漆室嘆，不待雍門琴。

其三

白日淪西汜〔三〕，滄海無回波。四時更代謝，奈此遲暮何。我欲制頹光，惜無魯陽戈。憑高望八荒，惝怳迷山阿〔四〕。驚風振江海，山林無静柯。獸狂走四顧，曠野彌絓羅〔五〕。西登廣武山〔六〕，北顧望三河〔七〕。蓬蒿蔽極目，人少虎狼多。喟然發長嘆，撫劍徒悲歌。

其四

猗猗南山竹，並生凡卉叢。歲晏多霜雪，見别蕭艾中。我欲食鵷雛〔八〕，千歲不一逢。留之和律吕，截作嶰谷筒。一變爲清商，日暮來悲風。清泉溉石根，上有白雲封。虚心抱静節，知音爲誰容〔九〕。不如歸去來，一竿釣清澧。

其五

猗猗竹與桐，並生江之潯。朝日照孫枝，夕風振瑶林。鳳凰天外來，飛下玉山岑〔一〇〕。棲枝食其實，氣類無幽深。夔倫不世出，斤斧倘見尋。一截嶰谷管，一製薰風琴。偶蒙識者賞，無窮出清音。

其六

九齡起韶州，姜子家海濱〔一一〕。又如帝室寶，海底珊瑚金。人生有南北，此道無古今。迢迢龍江上，鴻鴈萬里心〔一二〕。晚菊有正性，託根寒水津。不隨黄葉秋，况争紫蘭春。依依抱晚節，冷艷排霜晨。日暮碧雲滋，折花思遠人。鳴鴈不我待〔一三〕，霜露日夜新。願言垂採摘，歲晏委荆榛。

其七

空齋日無事，起坐横鳴琴。明月入我牖，照見萬古心。古風不復還，中有太古音。置琴挂壁上，吾道無古今。

其八

戚戚去故里，辛苦從軍行。黄沙翳白骨，麟閣誰功名〔一四〕。西北秋風至，日暮愁雲生。火燒白草崗，冰斷黄河聲〔一五〕。天寒馬屯縮，仰天爲悲鳴。男兒貴死難，義重鴻毛輕。南登彫陰坂，北望驃騎營。駐馬千丈坡〔一六〕，射鵰萬里程〔一七〕。

其九

西北有高城，來往交河道。古來征戰地，白骨埋秋草。人壽非金石，生男不待老。不敢上譙樓，唯恐愁絶倒。

其十

秦時築上郡，漢家事西鄙。邊兵鏖雨雪，血漲黄河水。千秋百歲後，魂魄來遊此。一誦古戰場，悲風來萬里。

【校記】

〔一〕溟：文淵閣本作「冥」。〔二〕强：《永樂大典》卷八九九詩字韻引趙周臣《滏水集》作「狂」。

〔三〕氾：畿輔本作「氾」。〔四〕惝怳：原作「睄晲」，畿輔本、文淵閣本及《永樂大典》作「晴瞀」，此從《全金詩增補中州集》卷九。今按，晴瞀指目眩眼花；睄晲猶迷蒙不清。另，「阿」原作「河」，此從畿輔本、文淵閣本。〔五〕彌：原作「迷」，此從畿輔本、文淵閣本、石蓮盦本及《永樂大典》。今按，所謂絓羅，意猶張網狩獵，與「彌」意合。〔六〕登：《永樂大典》作「望」。〔七〕三：原作「山」，此從諸本及《永樂大典》。今按，《史記》卷一二九《貨殖列傳》：「昔唐人都河東，殷人都河内，周人都河南。夫三河在天下之中若鼎足，王者所更居也。」〔八〕鵷：原作「鴛」，此從諸本及《永樂大典》。今按，鵷雛指古代傳説鳳鳥，見《山海經·南山經》。〔九〕誰：《永樂大典》作「難」。〔一〇〕岑：《永樂大典》作「峰」。〔一一〕姜：畿輔本、石蓮盦本作「妻」；濱，《永樂大典》、文淵閣本作「南」。〔一二〕鴻鴈萬里心：自「九齡起韶州」至此句，文淵閣本移入《其五》，接其末句「無窮出清音」後。另，石蓮盦本「鴈」作「飛」。〔一三〕鳴：《永樂大典》作「鴻」。〔一四〕誰：畿輔本、石蓮盦本作「垂」。〔一五〕冰：原作「水」，此從《永樂大典》。〔一六〕駐：文淵閣本、《全金詩增補中州集》卷一〇及《永樂大典》作「注」。〔一七〕程：《永樂大典》作「城」。

澠池行〔一〕

豪斟巨炙排九楹，玉盤醁醽一再行〔二〕。秦王擊缶趙王瑟〔三〕，屬車天遠邯鄲城。侍臣衝冠髮直指，秦庭虎賁劍鋒倚。咸陽山色如死灰，邯鄲霸氣清於水。引車還避將軍路，蕞爾那容持兩虎〔四〕。君不見世間男兒健如虎，一旦焉知不如鼠。

【校記】

〔一〕此詩原爲「雜擬」之「其十一」，而諸本俱作「澠池行」，從之。〔二〕醁醽：文淵閣本、石蓮盦本作「醽醁」。〔三〕擊缶：畿輔本、文淵閣本作「頤指」，石蓮盦本、《全金詩增補中州集》作「高歌」。〔四〕容：畿輔本、《全金詩增補中州集》作「能」。

秋日郊行

瘦馬兀西風，節物遽如許。雀噪晚禾場，蝶飛秋菜圃。桑枯竅呼風，槐老皮溜雨。聞聲不見人，隔林撾社鼓。

初望少室

好山如佳士，洗盡名利塵。對之斂衽敬，可愛不可親。一水刻我骨，一石融我神。何況三十六，峰峰與天鄰。仰看青礅礅，俯矚白磷磷。因之携畫本，試寫蒼然真。三日宿其下，舐筆不敢皴。歸來閉閣卧，枕上山横陳。題詩追所見，何必如古人。

盧岩

龍潭石壁下〔二〕，鳥道盤青蒼。飛泉從中來，聲落讀書堂。左右洒石壁，石上含宫商。尚疑盧徵君，醉騎白鸞翔。至今明月夜，飛下青山長。去之五百載，丘壑道愈光。舉瓢飲此水〔二〕，清風益難忘。

【校記】

〔一〕「下」字原缺，據畿輔本補。另，文淵閣本、石蓮盦本及《全金詩增補中州集》卷一〇此句作「龍潭繞石壁」。〔二〕飲：《全金詩增補中州集》作「取」，文淵閣本作「酌」。

龍門〔一〕

洛陽三日雨，不見龍門面。流水入野田，歸雲抱幽巘。因尋商山眠〔二〕，遂就石樓飯。山川宛如昔，白傅不可見。

【校記】

〔一〕畿輔本詩題下有小字注「地志：南京路河南府洛陽縣有龍門鎮」。〔二〕商山：畿輔本作「香山」。

過陸渾

言從陸渾去，不遇紫芝還〔一〕。鳥飛不盡處，夕陽千萬山。雲起動兼静，水流忙更閑。坐待石上月，滅没烟嵐間。

【校記】

〔一〕遇：石蓮盦本作「見」。

至日感事

人言至日一線長，我覺至日一線短。縫新綻舊不如昔，身上衣猶慈母線。昨日日短猶可長，今日衣弊不可綻。年年至日壽北堂，親不在堂衣在眼。

遊玉泉山

夙昔遊名山〔一〕，出郊氣已豪。薄雲不解事，似妒秋山高。西風爲不平，約略出林稍〔二〕。林盡湖更寬，一鏡涵秋毫。披雲冠山頂，屹如戴山鰲。連旬一休沐，未覺陟降勞。高談到晉魏，健筆凌風騷。玉泉如玉人，用舍隨所遭。何以侑嘉德，酌我玉色醪。

【校記】

〔一〕昔：諸本作「戒」。　〔二〕稍：諸本作「梢」。

陪趙文孺路宣叔分韻賦雪

堂堂翰林公，清癯如令威。雪花對尊酒，浩氣先春歸。一還天地素，平盡山川巇。松竹瀉清聲，窗户明幽輝。呼童設茶具，巡簷收落霏。清寒入詩腸，思繞昏鴉飛〔一〕。力除塩絮俗，改事文章機。後生那辦此〔二〕，顰眉正宜揮〔三〕。請看西溪老，傳着東坡衣。

【校記】

〔一〕繞：文淵閣本作「遶」。〔二〕辦：畿輔本、文淵閣本作「辨」。〔三〕宜：畿輔本、石蓮盦本作「冥」。

岢嵐賦雪分韻得素字

閉門三日雪，荒城甚無趣。土屋多半頹〔一〕，鷄犬迷牖户。雲端高青熒，天色易垂暮〔二〕。寒迷日車轍，清絶坤維柱。石藏凍虺蟄〔三〕，松摧老蛟怒。餓鳶嚇癡雛，饑鷹跡寒兔。野人市樵蘇，不辨入市路。蹇驢蹋峻坂，愁見冰河渡。陽衰理必復，天地豈終冱〔四〕。佇看黄雲晴，飛屑落高樹。

【校記】

〔一〕半頹：文淵閣本作「平頭」。〔二〕垂：文淵閣本作「曛」，畿輔本、石蓮盦本、《全金詩增補中州集》卷一〇作「晚」。〔三〕石：畿輔本、石蓮盦本作「竹」，《全金詩增補中州集》作「泉」。今按，虺爲毒蛇類，即《詩·小雅·斯干》「維虺維蛇」，藏於石穴土洞中冬眠。〔四〕冱：文淵閣本作「互」。今按，冱音互，意猶凍結。《莊子·齊物論》有「河漢冱而不能寒」語。

望北山雲

浮雲起太行〔一〕，六合須臾間。清風相汲引，吹我渡榆關。歲旱不成雨，悠然歸故山。向來無心出，亦復無心還。

【校記】

〔一〕太：畿輔本作「大」。

井陘韓信廟〔一〕

朝涉滹沱流，驅馬望太行。暮投井陘宿，僕痡馬玄黄。地瘠靳春色，山高易夕陽。暮天飛鳥盡，佇立向蒼茫。

【校記】

〔一〕畿輔本詩題作「井陘漢韓信廟」，注「一本無『漢』字」。

花下墓

山前樹，今人看花昔人墓。昔人栽花待遊宴〔一〕，花開墓上人何處。今年花盡復明年，今人復爲後人憐。酒澆墓上吃不得，留與飢鴉作寒食。

【校記】

〔一〕遊宴：《中州集》、《全金詩增補中州集》卷一〇作「邀賓」。

漸臺行

齊國有四殆，漸臺空五層。臺成膏血盡〔一〕，鬼力猶不勝。浮雲一蔽臨淄君，君王左右多青蠅。婺婦不恤緯，杞國憂天崩。任從笑掩侍人口，仰天大拊列女膺。一言反掌易，春風變淄澠〔二〕。吴楚各千里，飛鳥不敢凌。吴以西子亡〔三〕，齊以無塩興。醜興而美亡，未易定愛憎。請君寶此圖，觀國如延陵。

【校記】

〔一〕成：《全金詩增補中州集》卷一〇作「城」。〔二〕變：《全金詩增補中州集》作「愛」。

〔三〕吴：《全金詩增補中州集》作「越」。

秋懷次高參軍韻

秋風蕭條秋氣傷，歲云暮矣思故鄉。客行未歸正落木〔一〕，雁飛不下空斜陽。白草岡頭風似箭，黄沙戍下月如霜〔二〕。聞君近有從軍作，愁思與之誰短長。

【校記】

〔一〕未：《全金詩增補中州集》卷一〇作「來」。〔二〕戌：《全金詩增補中州集》作「戍」。

三五七格

秋風清，秋月明。白露夜深重，白雲秋晚輕〔一〕。夢回酒渴呼童起，枕上轆轤三五聲。

【校記】

〔一〕晚：畿輔本如之，注「一作曉」，石蓮盦本、《全金詩增補中州集》卷一〇即作「曉」。

倣嚴武臨邊

少年騎馬耳生風，老去羞無汗馬功。落日秋風心尚壯，令人回首望雲中。

遊箭山

天風吹雪下平田，紛紛逐馬銀杯翻。馬亦喜風摇玉鐶〔一〕，興來不覺過青山〔二〕。青山可望不可攀〔三〕，長河鏡裏開煙鬟。浮雲不見山頂相，想是落日孤雲間。箭山峰頭望碣石，東南海水不可極。六龍賓日半海紅，長鯨駕浪掀天白。萬峰回合處，九折十三盤。一溪初入山百轉，萬壑度盡松聲寒。老苔萬古帯石色，枯松倒植蒼苔裂。石門劃斷一峰開，猶向雲端眺青壁。

不見長安許道寧，披麻誰繪倚天青。又無天上謫仙金鑾客〔四〕，削瓜詠此晴嵐碧。眼前安得此突兀，想像造化初開闢。詩人以來幾人到，只説終南與嵩少。他年騎鶴歸蓬萊，仰天却咲箭山小。

【校記】

〔一〕馬亦喜風搖玉鐶：畿輔本及《全金詩增補中州集》卷一〇作「何處清風搖玉鐸」。〔二〕青山：畿輔本如之，注「一本作『山山』」。〔三〕青山：《全金詩增補中州集》作「山山」。〔四〕又無：畿輔本作「又不見」。

倣太白登覽

扁舟過海島，風便一日耳。咫尺不可期，波濤四十里〔一〕。揭來鷄山下，共浴桃花湯〔二〕。洗盡塵土骨，心期雲水鄉。夜夢挂席南斗傍，金山寺影水中央。海雲噓蜃化樓閣，撞鐘擊鼓聞海陽。施食狎鷗沾法味，啣花馴鹿散天香。夕陽萬頃鶻没處，水涵天影青茫茫〔三〕。臨風朗咏太白句，鳥飛不盡吴天長。海山道人種白玉，碧眼方瞳照岩谷。遺我天書三十六，模糊塵眼不可讀。醉乘天上紫玉麟，一問東海青童君。天風吹衣毛骨冷，銀河倒浸扶桑雲〔四〕。麻姑兩鬢垂秋霜，人間滄海變耕桑〔五〕。歸來笑撫靈松下，春風幾度桃花塢〔六〕。

【校記】

〔一〕十：畿輔本及《全金詩增補中州集》卷一〇作「千」。〔二〕共：原作「具」，此從畿輔本、石蓮盦本及《全金詩增補中州集》。另，畿輔本「共浴」作「共沐」。〔三〕涵：文淵閣本作「啣」，畿輔本及《全金詩增補中州集》作「銜」。〔四〕雲：文淵閣本作「影」，畿輔本作「新」。〔五〕滄：畿輔本、文淵閣本及《全金詩增補中州集》作「陸」。〔六〕塢：文淵閣本作「謝」，畿輔本作「馬」，注「一本作香」，《全金詩增補中州集》即作「香」。

閭山懸巖寺觀宇文公吳東山題名

幽州之鎮醫巫閭，襟帶遼碣吞玄菟。誰開青壁一萬丈，坐我滄海之方壺〔一〕。有泉聲而飛，有松寔而腴，雲煙出没隨朝晡〔二〕。三百六十古精廬，雲端削出金芙蕖。望海寺前列幢蓋，鎮山亭下羅笙竽。廣寧太守來肩輿，今日之遊差樂乎。問而不荅心語口，高士例與山相娛。壁間題詩六君子，髣髴記是高蔡吳〔三〕。山僧睨壁咲問吾，他山還有此客無。黄華老人醉騎驢，向來亦貌懸嵒圖。

【校記】

〔一〕滄：文淵閣本及《全金詩增補中州集》卷一〇作「陸」。〔二〕晡：畿輔本作「餔」，石蓮盦本及《全金詩增補中州集》作「酺」。今按，魏曹操《遺令》：「臺上施六尺床，下施穗帳，朝晡上酒脯米長精之屬，每月朝旦十五日，自朝至午，輒向帳前作伎樂。」見《全上古三代秦漢三國六朝文・全三國文・魏文》卷三。〔三〕壁間題詩六君子二句：畿輔本如之，注「一本作『壁間題詩亦髣髴，記是詩人高蔡吴』」，石蓮盦本及《全金詩增補中州集》即如此。

海月

東方雲海何所無，千奇萬怪雄牙鬚〔一〕。風腥雨鹵懶下筯，盡與海月爲僕奴。滄波萬古照明月，化爲團團此尤物。混然别有一太虚，七竅不施斤斧力。不辭支解充君須〔二〕，照君胸中五車書。清光半食入肝脾〔三〕，雄文徑欲誅蟾蜍。一輪上下波心白〔四〕，幾誤謫仙淪醉魄。爲君掛席拾滄海〔五〕，海岳樓頭斫冰雪。海岳樓，公所隱〔六〕。

【校記】

〔一〕怪：石蓮盦本作「狀」。〔二〕須：文淵閣本作「需」。〔三〕脾：諸本作「肺」。〔四〕輪：文淵閣本及《全金詩增補中州集》卷一〇作「經」。〔五〕拾滄海：畿輔本作「拾滄溟」，石蓮盦本及《全金詩增補中州集》作「拾溟海」。〔六〕此注底本原無，從畿輔本、石蓮盦本補。另，文淵閣本作「海岳樓所隱」，無「公」字。

松糕

嗟嗟千歲姿，不比明堂蒿。膚裁三韓扇，液製中山醪。皮毛剥落盡，流傳到松糕〔一〕。髯龍脱赤鱗，三日浴波濤。玉兔持玉杵，搗此玄霜膏。文章百雜碎，肪澤滋煎熬。殷勤小方餅，裁以鞍山刀〔二〕。味甘剖萍寔，色殷煎櫻桃。遼陽富冬葅，盤饌窮溪毛〔三〕。巧謀一飽地，虀粉不我逃。腹中十八公，咲汝真老饕。未忘口腹累，尚似賢蒸羔。真休苦硬老〔四〕，家風太孤高〔五〕。聊將酥蜜供，調戲引兒曹。多生根塵習，雋永勝珍庖〔六〕。一舌有多智，無乃綿蕞勞。人間無正味，嗜好隨所遭。安能知許事，爲君續離騷。

【校記】

〔一〕傳：畿輔本、石蓮盦本作「轉」。　〔二〕山：畿輔本如之，注「一本作『畔』」，文淵閣本及《全金詩增補中州集》卷一〇即作「畔」。　〔三〕饌：畿輔本如之，注「一本作『餐』」。　〔四〕休：畿輔本、石蓮盦本作「味」。苦：《全金詩增補中州集》作「若」。　〔五〕太：畿輔本、文淵閣本、石蓮盦本作「大」。　〔六〕雋永：《全金詩增補中州集》作「焉求」。

霜葉

天工設色繪雲屏，山光擘破煙嵐青。夕陽閃閃見鴉起，晚風蕭蕭吹客醒。林間老僧倚瘦藤，一枝秋水冷金瓶。日暮千嵓秋影裏，紛紛吹落讀殘經。

遊紫霞山

共聯塵外鑣，薄遊西山寺。夕照返河山，秋容滿天地。霜風失故緑，顔色少姿媚。黄花似吾衰，紅葉如人醉。病來不舉酒，意得同此味[一]。纍然似空罇，酒盡同棄置。

【校記】

[一]意得：《全金詩增補中州集》卷一〇作「得意」。

題大令冠軍帖

君不見長安城中永寧里，玉軸牙籤散城市。流傳人間知幾姓，墨蠹老蛟蟠不死。怪君何處得此本，上有大令冠軍字。嗚呼真贋久不辨，咄咄逼人皆李衛[一]。至今淳化二王帖，多是唐人所臨硬黄紙。想當盤礴下筆時，睥睨九原呼欲起。以燈取影見面靦[二]，心知不言識形似。長沙無人吴郡亡[三]，後來作者不到此。何必更問當年誰，吾言久已經平子[四]。黄山云懷素所臨。

【校記】

[一]李衛：畿輔本、石蓮盦本作「衛李」。　[二]靦：畿輔本、文淵閣本及《全金詩增補中州集》卷一〇作「覿」。　[三]吴：《全金詩增補中州集》作「賢」。　[四]已：畿輔本、石蓮盦本作「矣」。

人日遊西山寺觀謝章壁畫山水

蕭寺荒堂三五間，謝章滿壁畫江山。天涯霜雪少春意，一日携酒開心顔。饑禽穿窗啄官粟，歲久刓墻樵指禿。山僧送客不關門，寒雲夜夜飛來宿。

倣李長吉擊球行

錦韉珠絡四百蹄，繡胸嵌花雙狻猊。分曹入場皷聲作，月趂流星馬前落。側身下臂疾鳥回，霹靂一聲龍門開。玉鞭笑擊金鐙響，緑韝齊出黄金枚〔一〕。臨堦下馬坐廣庭〔二〕，玉盤行酒跪輸朋。蒼頭上馬抱黄帕，一點飛塵夕陽下〔三〕。

【校記】

〔一〕枚：文淵閣本作「杖」，畿輔本、石蓮盦本及《全金詩增補中州集》卷一〇作「枝」。〔二〕臨堦：文淵閣本作「臨街」。庭：文淵閣本、畿輔本作「亭」。〔三〕飛：畿輔本如之，注「一本作『紅』」，石蓮盦本即作「紅」。

歲暮言懷

歲晏多北風，塞向卧南壁。龜紋羃紙帳〔一〕，規以安我室。宇宙豈不寬，盤薄入容膝。窗明讀易朝，月冷談道夕。風箏偶成韻，一笑付終日。嚴城傳夜柝，曾是非戍役。驚飈動河漢，原野曠蕭瑟。積陰蕩寒氣，歷歷星斗白。龍鍾感歲換，留滯眇天北。懷昔獨悲辛〔三〕，乾坤同寥闃。

【校記】

〔二〕帳：畿輔本作「幕」。〔三〕懷：文淵閣本作「憶」。

冬至

小時逢冬至，夜半叩鄰里。及今老無事，却呼童稚起。坐深朋友敬，甚矣吾衰矣。笄女將及人，吾衰固其理。行年四十二，始有此兒子。未知賢與愚，懷抱差可喜。嚴冬霽霜雪，風日稍清美。一醉忘其家，頹然枕棐几〔一〕。

【校記】

〔一〕棐：畿輔本如之，注「一本作『琴』」，《全金詩增補中州集》卷一〇即作「琴」。

重九登會禪寺冷翠軒

北風吹倒磨雲峰，凛然雙角蟠白龍。邊城雪花大如席，黄花紅葉誰爲容。會禪西軒作重九，登高望遠開心胸。煙嵐卷盡暮山碧，冷雲萬里迷玄穹〔一〕。山北花豬大如馬，割鮮飲食如長虹。酒酣起舞望兩寺〔二〕，烏鷩踏雪摧長松〔三〕。天低日落望不盡，一徑何處來樵蹤。君不見七金山下打圍處，貂裘風帽寒蒙茸。跑風駿馬下平野，迎霜老兔咻榛叢。歸來得雋託朋友〔四〕，臨風一飲輕千鍾。歡餘勝地兩蕭瑟，百年聚散如飛蓬。明朝却望登眺處，城中唯見白雲封。

【校記】

〔一〕穹：諸本作「鴻」。〔二〕兩：石蓮盦本作「西」。〔三〕烏：畿輔本、石蓮盦本作「鳥」。

〔四〕託：原作「詑」，此從文淵閣本、畿輔本、石蓮盦本。

題東坡眉子石硯詩真蹟

東坡袖裏平原手，忠義胸藏筆發之。世俗卧筆取姸媚，書意乃似東鄰施。何曾夢見麒麟兒，天骨不似駑駘肥。傾囊倒軸精妙乃如此，世間唯有眉子石硯吾家詩。

風琴堂

我家琴寫風入松，君家風琴惟隱几。月明天籟自宫商，何處安排君十指。風動龍吟自不知〔一〕，無絃底處覓成虧。世間真樂類如此，但恐此聲非此耳。

【校記】

〔一〕自不知：石蓮盦本作「不自知」。

聽雪軒

冰花吐琅玕〔一〕，窗外留半月。蕭然煮茶興，似倩此君説。玉龍卧無力，時送窗紙濕〔二〕。夜久沉無聲，風枝墮殘雪〔三〕。

【校記】

〔一〕吐：文淵閣本作「唾」。〔二〕窗紙：文淵閣本作「紙窗」。〔三〕雪：畿輔本、石蓮盦本及《全金詩增補中州集》卷一〇作「屑」。

遊崆峒山

圓方相涵浩無窮〔一〕，巨細長短相形中。至人遺形立於獨，直與天地相始終。不離汾水見姑射，心知何處非崆峒。惜哉小智聞道晚，强以耳目尋遺蹤。去城三十里而遠，其間聞道軒轅宫〔二〕。緣雲一逕羊角上，忽得平壤羅諸峰。悄然坐我白茅室〔三〕，目所未擊神已通。青山爲身澗水舌，賓主相對森談鋒。是中無問亦無答，一墮觀聽真盲聾。何人意得乃忘象〔四〕，豈必日月推屯蒙。參雲亭西山更好，下視落日低金容。歸來秀色灔眉頰〔五〕，夢駕萬里西飛鴻。

【校記】

〔一〕涵：文淵閣本、畿輔本作「函」。〔二〕間、聞：文淵閣本、畿輔本及《全金詩增補中州集》卷一〇作「下」、「問」。〔三〕悄：畿輔本作「兀」，注「一本作『悄』」。室：畿輔本作「屋」。〔四〕意得：畿輔本、石蓮盦本作「得意」。〔五〕灩：畿輔本、石蓮盦本作「艷」。

題楊祕監畫馬

楊侯詩人寓于畫，後身韓幹前身霸〔一〕。驊騮萬匹落人間，一紙千金不償價〔二〕。曾貎先帝麝香驄，紙上飛出天池龍。至今畫史比良樂，一洗萬古凡馬空。時手畫皮嘆奇蹟〔三〕，二百年來無此筆〔四〕。艱難常恨少神駒，掩圖獨抱龍媒泣。

【校記】

〔一〕霸：《全金詩增補中州集》卷一〇作「馬」。今按，「後身韓幹」爲唐人，師從曹霸，長於畫馬。召爲供奉，上令學陳閎，對曰：「陛下内廄馬，乃臣師也」；「前身霸」指曹霸，官左武衛將軍。唐杜甫《丹青引贈曹將軍霸》：「弟子韓幹早入室，亦能畫馬窮殊相。幹惟畫肉不畫骨，忍使驊騮氣凋喪。」見《全唐詩》卷二二〇。〔二〕償：諸本本作「當」。〔三〕手：文淵閣本作「于」。〔四〕二：《全金詩增補中州集》作「三」。

靈岩寺

泰山天下山，方山屹相對〔一〕。何時巨鰲趾，中斷神斧快。遂令齊與魯，劃若中作界。陽坡青磝磝，陰崖白磑磑〔二〕。衆峰如環城，盤盤一都會。一逕入靈岩，十里行竽籟。飛泉何處來，石梁納高派。金碧閟精藍，未到氣先邁。鐘魚集萬指，陳迹向千載。何人僧伽藜，入壁了無礙。鐵君豈知道〔三〕，証此身不壞。異類服猛逸，草木動光怪。信知像教力，超越範圍外。年來筆墨廢，政坐耳目隘。不行萬里脚，恐負三生債。濟南山水窟，巖寺風煙最。乞我一把茅，飛身入圖畫。

【校記】

〔一〕方：畿輔本作「萬」。〔二〕磑磑：原作「確確」，此從畿輔本、石蓮盦本。〔三〕鐵：《全金詩增補中州集》卷一〇作「夫」。

江岸艤舟圖

遠村樹如薺，近岸洲如月〔一〕。孤舟泊沙尾，危檣見木末。前山景氣佳〔二〕，日暮涼風發〔三〕。時有渡頭人，蕭蕭吹素髮。

【校記】

〔一〕舟：文淵閣本、畿輔本及《全金詩增補中州集》卷一〇作「洲」。〔二〕景氣：畿輔本、石蓮盦本作「景色」。〔三〕暮：《全金詩增補中州集》作「落」。

香山飛泉亭〔一〕

霜風吹林林葉乾，泉聲落石毛骨寒〔二〕，道人清曉倚欄干。自汲清泉掃紅葉，一庵冬住白雲端。

【校記】

〔一〕畿輔本詩題作「香山飛泉寺」，注「一本作『香山寺飛泉亭』」。〔二〕石：諸本作「日」。

東坡赤壁圖

連山盤武昌，古木參雲稠。誅茅東坡下，門前江水流。永懷百世士，老氣蓋九州。平生忠義心，雲濤一扁舟。笛聲何處來，喚月下舡頭。掬此月中水，簸弄人間秋。蕩摇波中山，光中失林丘。古今一俯仰，共盡隨蚍蜉。孫曹何足弔，我自造物遊。尚憐風月好，解與耳目謀。歸來玉堂夢，清影寒悠悠。一顧能幾何，鶻巢淹不留〔一〕。遺像不忍掛，尚恐兒輩羞。儼然袖雙手，妙賦疑可求。何時謫仙人，騎鶴下瀛洲。相期遊八表，一洗區中愁。

【校記】

〔一〕淹：文淵閣本、畿輔本、石蓮盦本作「奄」。

伯時畫九歌

楚鄉桂子落紛紛，江頭日暮天無雲。煙濃草遠望不盡，翩翩吹下雲中君。九歌九曲送迎神〔一〕，還將歌曲事靈均。一聲吹入汨羅去，千古秋風愁殺人。

【校記】

〔一〕九曲、神：文淵閣本作「歌曲」、「人」。

倣張志和西塞二首〔一〕

一葉黄飛一葉舟，半竿落日半江秋。青草渡，白蘋洲，歸路月明山上頭。

白頭波上白頭人，黄葉渡西黄葉村〔二〕。山幾朶，酒盈尊，落日西風送到門。

【校記】

〔一〕唐圭璋《全金詞》上册第四八頁録此二首，題作《漁歌子》，屬單調二十七字詞體。姑仍之，以備參考。

〔二〕渡：《全金詩增補中州集》卷一〇作「波」。

楊祕監秋江捕魚圖

山蒼蒼，江茫茫，鳥飛不盡吴天長。潮平漲落洲渚出，秋風幾舍鱸魚鄉。漁郎聚魚鳴兩槳，輕罾觸破青山浪。脩鱗出水玉參差，晚日摇光金蕩漾。長林無聲楓葉丹，清波不動江水寒。誰令此圖落塵土，乃是楊侯造化之筆端。我披此圖四十載，老去而今重見畫。空留名字落人間，當日題詩幾人在。漁人走利士走名，得失與魚相重輕。笑把綸竿渺滄海，浩歌直欲膾長鯨。

支遁相馬圖

支郎天機深，世故一馬中。向來蔬筍氣，寓物一洗空。眼前無騏驥，遠目送歸鴻。僧中有良樂，萬里籋雲風。

倣摩詰獨坐幽篁裏二首〔一〕

獨坐幽林下，談玄復觀易。西日半銜峰〔三〕，返照林間石。石上多古苔〔三〕，山花間紅碧。花落人不知，山空水流出。

【校記】

〔一〕《中州集》及《全金詩增補中州集》卷九詩題作「倣王右丞獨坐幽篁裏」。〔三〕半銜峰：畿輔本、《中州集》、《全金詩增補中州集》作「隱半峰」。〔四〕多古苔：畿輔本如之，注「一本作『蒼苔古』」。

送李按察十首

豫章蔽牛馬，郢匠斧以斯。太阿斷犀象，補鞋不如錐。君子識其大，不爲流俗移。青雲自兹始，功業當及時。

其二

全齊十萬户，綉衣付儒臣。往時佩犢者，今日扶犁人。潛魚遊清波〔一〕，脱兔思荒榛。賢哉渤海守，盗賊皆吾民。

其三

漢儒事章句，志道利乃倍〔二〕。桓譚謂子雲，此事今獨乃。岱岳小天下，齊魯復何在。會當登日觀，一目了滄海。

其四

好酒無深巷〔三〕，急足無善蹟。一僞喪百誠，中和爲士則。澤中一寸鏡〔四〕，解引萬里色。往時王廣道，山東化遺德。

其五

堂堂竹溪翁，如天有五星。篆籀深漢魏，文章倣六經。後生翫華藻，骫骳媿白青。善哉劉與李，斯文見典型。

其六

西方有佳人，貽我白玉琯。吹之和八風，元氣生虚竅。翩翩兩青鳥，云是王母遣。天長道路闊，音信何由展。

其七

皎皎霜雪練，寒女機中出。織成天吴鳳，被之臧獲質。如何窮鄉士，九月猶絺綌。不見王逸賓，抱窮守空室。

其八

君侯下車日，百城風凛如。公餘一炷香，谿山奉宴居〔五〕。治要無多言，所貴一字虚。所以曹相國，不讀城旦書。

其九

本心如水鏡，功名時翳之。少焉塵累盡〔六〕，萬象復在兹。水冷知天寒，絃高覺柱危。世無齊心友〔七〕，誰知此襟期。

其十

二豪角談鋒，氣湧胸中山。達士兀無言，雙手縮袖間。理勝是非遣，道在禽魚閑。回也真不愚，高風藐難攀〔八〕。

【校記】

〔一〕遊：文淵閣本作「逝」。〔二〕志：諸本作「去」。〔三〕巷：原作「苓」，此從諸本。〔四〕寸鏡：《全金詩增補中州集》卷一〇作「方鏡」。另，畿輔本「鏡」作「境」。〔五〕宴：文淵閣本、石蓮盦本作「晏」。〔六〕焉：畿輔本如之，注「一本作『年』」，《全金詩增補中州集》即作「年」。〔七〕齊：畿輔本如之，注「一本作『齋』」，文淵閣本、石蓮盦本及《全金詩增補中州集》作「齋」。〔八〕風：畿輔本作「氣」。攀：石蓮盦本作「扳」。

春水行

光春宮外春水生，駕鵞飛下寒猶輕〔一〕。緑衣探使一鞭信，春風寫入鳴鞘聲。龍旂曉日迎天仗，小隊長圍圓月樣。忽聞疊鼓一聲飛，輕紋觸破桃花浪。内家最愛海東青，錦鞲掣臂翻青冥。晴空一擊雪花墮，逕延十里風毛腥〔二〕。初得頭鵝誇得雋，一騎星馳薦陵寢。歡聲沸入萬年觴，瓊毛散上千官鬢。不才無力荅陽春，羞作長楊侍從臣。閑與老農歌帝力，歡呼一曲太平人。

【校記】

〔一〕駕：文淵閣本、石蓮盦本作「鴐」，刊誤。今按，駕鵞指鴻鴈之類大鳥。漢東方朔《七諫・謬諫》：「鸞皇孔鳳日以遠兮，畜鳧駕鵞。」見《全上古三代秦漢三國六朝文・全漢文》卷二五。至於駕，猶鵪鶉之類小鳥。《儀禮・公食大夫禮》有「加于下大夫以雉兔駕鶉」語。〔三〕逕：諸本作「連」。

涿郡先主廟二首

炎燼終四百，海飛群雄奔。蛟龍離舊隱，豺虎瞰中原。仗義公天下，豈料中山孫。艱關拒赤璧〔一〕，顛沛乞荆門。劉郎非嬌客，肯市一女恩。譬如鞲上鷹，既飽則飛翻。山陽公安在，洒淚西南坤。區區一隅地，鼎立争雄尊〔二〕。滅魏壯圖屈，窺吴遺恨存。嗚呼永安宫〔三〕，慷慨臨終言。老瞞安足雄，死面覥奸魂。仁與不仁耳，成敗何足論〔四〕。天乎未猒漢，河洛不足吞。盗乎復爲盗〔五〕，丕乎猶子元。等爲一亡國〔六〕，善惡終不諼。

當時五丈桑，墻頭摇羽葆。草木尚有情，人心不如草。緬懷車蓋翁，三顧隆中老。乾坤一草廬，鼎足事已了。艱危奉命際，流涕出師表。一時會風雲，千古事蘋藻。野農復何知，尚説官家好。莛卜傳神語〔七〕，瓦釜薦行潦〔八〕。瀘水耕餘村，范陽行處道。天留西日遲，地狹東風早。風霜慘燕雁，歲月愁蜀鳥。亦復梁父吟，塵埃驚潦倒。

【校記】

〔一〕艱關：畿輔本、石蓮盦本作「間關」，《全金詩增補中州集》卷一〇作「艱難」。今按，《宋史》卷四七《瀛國公紀》：至元十六年二月，「陸秀夫走衛王舟，王舟大，且諸舟環結，度不得出走，乃負（衛王趙）昺投海中，後宫及諸臣多從死者。……楊太后聞昺死，撫膺大慟曰：『我忍死艱關至此者，正爲趙氏一塊肉爾，今無望矣！』遂赴海死。」〔二〕爭：《全金詩增補中州集》作「事」。〔三〕宫：原作「寧」，此從畿輔本、石蓮盦本及《全金詩增補中州集》。今按，《三國志》卷三二《蜀書·先主傳》：「（三年）夏四月癸巳，先主殂于永安宫，時年六十三。」〔四〕足：諸本作「必」。〔五〕乎：畿輔本、石蓮盦本及《全金詩增補中州集》作「子」，文淵閣本作「手」。〔六〕亡國：《全金詩增補中州集》作「國亡」。〔七〕莛：諸本作「筳」。今按，莛音亭，指草莖，與筳通。《漢書》卷六五《東方朔傳》：「語曰『以筦窺天，以蠡測海，以莛撞鐘』，豈能通其條貫，考其文理，發其音聲哉。」〔八〕行：原作「荇」，此從諸本。今按，《詩·大雅·泂酌》：「泂酌彼行潦，挹彼注兹，可以餴饎。」

扈從行

馬翩翩，車轆轆，塵土難分真面目。年年扈從春水行，裁染春山波漾緑。緑鞲珠勒大羽箭，少年將軍面如玉。車中小娘聽鳴鞭，遥認飛塵郎馬足。朝隨鼓聲起，暮逐旗尾宿，樂事從今相繼躅。聖皇歲歲萬機暇，春水圍鵝秋射鹿。

從帥府謁太清宫

層宫枕蒼陂，地迥風日冷。旌旗隐復現〔一〕，原陸互馳騁。悠悠塵外趣，窅窅壺中境〔二〕。山川蒸淑氣，草木閟清景。周疆有楚宋，漢隸列鐘鼎[三]。尚矣千歲檜，荒哉九龍井。懷奇目以擊[四]，契冥心獨省。悲歡萬古促，賞晤一日永。清波爕魚尾，落日頳牛領。天寒鷹隼擊，水落鴻雁影。白日照征夫，青天入漁艇。洗兵江漢清，兹焉事幽屏。

【校記】

[一]現：諸本作「見」。　[二]境：原作「鏡」，此從諸本。今按，壺中境典出《後漢書》卷八二下《方術傳》「費長房」。　[三]隸：《全金詩增補中州集》卷一〇作「肆」。列：文淵閣本作「到」。

[四]懷：文淵閣本作「惓」。

遊醉翁亭

一逕入幽谷，磴迂景更延。陽光時翳竹，石色寫冷泉[一]。不見琅琊寺，心知白雲邊。殘僧戀幽景，斷臂初非禪。歲暮少風雪，回禄稍擅權[二]。海内有此亭，奪去寧非天。中有不壞者，斷碑猶宛然。逋民半吴越，過客多幽燕。樹根絡斷崖[三]，聊掛從軍鞭。烏啼空落日[四]，野色愁寒煙。月上人歸盡，山空水濺濺。

【校記】

[一]石：文淵閣本作「日」。　[二]稍擅權：《全金詩增補中州集》卷一〇作「無寸椽」。　[三]絡：畿輔本、石蓮盦本及《全金詩增補中州集》作「落」。　[四]啼：原作「蹄」，刊誤，此從文淵閣本、畿輔本

及《全金詩增補中州集》。另，石蓮盦本作「唬」。

陽冰篆

護書如護兒，救燎如救飢。可咲亦可憐，似高還似痴。爲此陽冰篆，法傳丞相斯。長楸蹙騏驥，挾劍斬蛟螭[一]。瑚璉祖廟器[二]，袞冕巖廊姿。夜光含圭角，春水變華滋。觀物獨寫妙，苦心人得知。入石疑無筆，妙處君獨窺。廬陵千載人，笑此尤崛奇[三]。一旦隨灰燼，世疑嶧山肥[四]。成壞固有數，惜哉徒爾爲。永成吾不預，既壞那可追。當其將壞間[五]，萬一神護持。一物尚不忍，其餘可類推。乃知放麑翁，仁心不吾欺。

【校記】

〔一〕挾：諸本作「快」。斬：文淵閣本、畿輔本、石蓮盦本作「斫」。〔二〕瑚璉：畿輔本作「瑚連」。〔三〕笑：《全金詩增補中州集》作「愛」；文淵閣本、畿輔本、石蓮盦本作「嘆」。〔四〕嶧山：《全金詩增補中州集》作「山澤」。今按，嶧山即鄒山，亦稱鄒嶧山。宋歐陽修《集古録跋尾》卷一《秦嶧山石刻》：「右秦嶧山碑者，始皇東巡，群臣頌德之辭。至二世時，丞相李斯始以刻石。今嶧山實無此碑，而人家多有傳者，各有所自來。」〔五〕間：文淵閣本作「時」。

送墨李道士元老

嵩山到嵩陽，相望三百里〔一〕。數驛走商嶺，兩崖夾伊水。飛煙空翠間，前路轉多山。雲横碧嶂斷，雁没青天還。鳥鳴青山上，人行修竹裏。犬吠得柴荆〔二〕，花落鳥驚起。草荒摩詰墅，火斷魯山碑。昔疑王家畫，今信謝公詩。其中一道士，生計蒼煙碧〔三〕。松下讀道經，窗間寫周易。相看斗南北，不見十年餘。重尋化鶴夢，要寫换鵝書。雲間侍玉皇，日下瞻天表。歸去杖頭邊〔四〕，乾坤一壺小。君歸我正病，病起霜滿鬢。尚能持酒否，還憶寄書無。遥知鳴臯石〔五〕，尚有蒼苔迹。讀我往年詩，因之拂塵壁。

【校記】

〔一〕三：畿輔本、石蓮盦本及《全金詩增補中州集》卷一〇作「二」。　〔二〕柴荆：畿輔本作「紫荆」。　〔三〕碧：原作「壁」，此從石蓮盦本。今按，宋黄載《東風第一枝·探梅》：「奈情多、難剪愁來，寂寞水寒煙碧。」見宋趙聞禮《陽春白雪》卷六。　〔四〕杖頭：《全金詩增補中州集》作「秋海」，畿輔本如之，注「當作『杖海』，一本作『杖頭』」。　〔五〕石：諸本作「下」。

送李天英下第

天鷄拂滄溟，萬里起古色。南風摇苦雨〔一〕，歸興生羽翼。二年客京華〔二〕，一第爲親屈。文字天地仇，風雲囚霹靂。鸞皇望霄漢〔三〕，騏驥絆荆棘。蹭蹬昇天行，白雲繫胸臆。遥憐弟妹長，摩頂今過膝。人生在家樂，絶勝長爲客。老夫懷抱惡，數日卧向壁。胸中略雲夢，眼底無敵國。雲歸北海後，鳥没青山夕。目斷東北塵，茫茫如有失。

【校記】

〔一〕苦：文淵閣本作「古」，《全金詩增補中州集》卷一〇作「冷」。〔二〕二：石蓮盦本作「三」。

〔三〕鸞皇：畿輔本及《全金詩增補中州集》作「鸞鳳」。

與龐才卿雨中同遊太寧山

群山西來高崔嵬，太寧萬疊屏風開。半天截斷參井分，夕陽不到吟詩臺。寺有吟詩臺，馮瀛王寓筆硯於此〔一〕。近都形勝甲天下，况此萬斛藏瓊瑰〔二〕。青蛟百道走玉骨，下赴僧界如奔雷。泉聲夜作雨飛來〔三〕，冷雲滴破煙嵐堆〔四〕。柏梯可望不可到〔五〕，石鱗冷滑粘莓苔〔六〕。塔上一鈴時獨語，慎勿促裝遽如許。徑須携被上方眠，明日顛崖看懸乳。寺後一峰高更寒，歸來駐馬更重看。蕭蕭易水寒流廣，蒼茫不見雲中山。西風栗葉高陽道，淡淡長空没孤鳥〔七〕。荆卿廟前濕暮螢，昭王臺畔霑秋草。擬豁千秋萬古愁，更須一上郡城樓。西山應在闌干外，注目晴空浩蕩秋〔八〕。《閑閑老人滏水文集》卷三。

【校記】

〔一〕硯：諸本作「研」。　〔三〕雨飛來：畿輔本、石蓮盦本作「飛雨來」。　〔四〕雲：文淵閣本作「雨」。

〔五〕柏：原作「拍」，此從諸本。今按，唐薛能《送同儒大德歸柏梯寺》：「柏梯還擬謝微官，遥擬千峯送法蘭。」見《全唐詩》卷五五九。　〔六〕滑：原作「骨」，此從石蓮盦本；粘，文淵閣本作「沾」。

〔七〕孤：文淵閣本作「歸」。　〔八〕注目晴空：《全金詩增補中州集》卷一一作「挂笏閑看」。

新編全金詩卷四六

趙秉文 二

古詩

和淵明擬古九首

其一

亭亭澗底松，婉婉窗前柳。穠華能幾時，不耐風霜久。感君傾意氣，遂托金石友。膝上横秋霜，中筵列杯酒〔一〕。酒朋相知深〔二〕，劍朋終不負〔三〕。時運有代謝，交情隨薄厚。寄言歲寒姿，枯榮復何有。

其二

停杯且勿飲，劍歌已三終。男兒重意氣，結髮早從戎。生當爲世豪，死當爲鬼雄。驚沙射人面，日暮來悲風。空拳冒强敵〔四〕，力向陰山窮。仍聞霍嫖姚，萬騎出雲中。

其三

小智多自私，大方乃無隅。一毫納萬象，萬象非卷舒。日月爲我牖，天地爲我廬。曲士窘囚拘，一身無容居。我夢登日觀，青天入平蕪。俯視但一氣，二豪彼何如〔五〕。

其四

憶昔穆天子〔六〕，侈心窮八荒〔七〕。崑崙入馬蹄，蘧廬視明堂〔八〕。王母爲之謡，白雲何茫茫。憑高俯九州，塊如螻蟻場〔九〕。歸來越河關〔一〇〕，萬冢壓嵩邙〔一一〕。遂令學仙者〔一二〕，聞風爲激昂〔一三〕。漢武千秋露，淮南八公方。至今瑶池宴〔一四〕，空爲後代傷。

其五

客從遠方來，氣貌充以完。鞍馬光照地，怪我儒衣冠。問君何苦心，所慕惟孔顔。古豈無賢豪，十六子八關〔一五〕。獨攜無言子〔一六〕，流盻青雲端。芝蘭吐幽芳，山水發清彈。願爲九皋禽，接翼萬里鸞。揮手欲謝客，所懼非饑寒。

其六

吾道無緇磷，萬古常如兹。奈何中智下，謂彼不知時。與世頗殊好，譬如澠與淄〔一七〕。我欲質所從，登高望九疑。路逢古漁父，長歌滄浪辭。出門異所見，退坐還自思。當世固殊古，古人不吾欺[一八]。翩翩出林鳥，日暮將何之。倚簷送歸盡，聊欲弦吾詩。

其七

西北有佳人，樓上拊雲和。一鼓别鶴操，再弄求凰歌。弦聲幾欲絶，哀音何其多[一九]。昔爲掌中珠[二〇]，今爲路傍花。壯年不再得，花落將如何。

其八

張衡詠思玄，屈平賦遠遊。高情薄雲天，意氣隘九州。朝攀扶桑枝，夕飲弱水流[二一]。翻然不忍去，無女哀高丘。嚴霜下百草，歲律聿其周。蕭蘭共憔悴，已矣吾何求。

其九

青青一本蘭，俟時吾將採。不採庸何傷，香色終不改。太陽頽西汜[二二]，明月生東海。日月如飛梭，榮華不相待。寄言紉佩子，無貽後時悔。

【校記】

〔一〕中筵：畿輔本作「筵中」，石蓮盦本作「中庭」。今按，晉潘岳《笙賦》：「爾乃促中筵，攜友生。」見《文選》卷一八。〔二〕朋：原作「明」，文淵閣本及《全金詩增補中州集》卷一一如之，此從畿輔本、石蓮盦本。今按，宋柳永《歸去來》：「憑仗如花女，持杯謝、酒朋詩侶。」見《樂章集》卷下。

〔三〕朋：原作「明」，文淵閣本及《全金詩增補中州集》如之，此從畿輔本、石蓮盦本。〔四〕卷：石蓮奩本作「拳」。今按，《漢書》卷六二《司馬遷傳》：「張空拳，冒白刃，北首争死敵。」唐顔師古注：「拳，弩弓也。」〔五〕二：文淵閣本作「一」。〔六〕憶昔：畿輔本如之，注「一本作『昔日』」，《中州集》、《全金詩增補中州集》卷九即作「昔日」。〔七〕心：文淵閣本、畿輔本、石蓮盦本作「意」。〔八〕蘧廬視：文淵閣本、畿輔本作「仙心厭」。〔九〕塊：原作「愧」，此從文淵閣本、畿輔本、石蓮盦本。另，文淵閣本、畿輔本、石蓮盦本「螻螘」作「蟻聚」。〔一〇〕河：文淵閣本作「何」。〔一一〕冢：原作「冢」，刊誤：文淵閣本、石蓮盦本作「墳」，畿輔本如之，注「一本『冢』」。此從《中州集》。〔一二〕者：文淵閣本、石蓮盦本作「子」，畿輔本如之，注「一本作『者』」。〔一三〕爲：文淵閣本、石蓮盦本作「心」，畿輔本如之，注「一本作『爲』」。〔一四〕瑶：文淵閣本、石蓮盦本作「會」，畿輔本如之，注「一本作『宴』」。〔一五〕八：原作「入」，此從諸本。今按，《舊唐書》卷一七〇《裴度傳》：「逢吉之黨李仲言、張又新、李續等，内結中官，外扇朝士，立朋黨以沮度，時號『八關十六子』。」〔一六〕言：《全金詩增補中州集》卷一一作「鹽」。〔一七〕如：《中州集》作「彼」。〔一八〕吾：畿輔本、《中州集》及《全金詩增補中州集》卷九作「我」。〔一九〕音：畿輔本作「響」，注「一本作『音』」。〔二〇〕珠：畿輔本如之，注「一本作『珍』」。〔二一〕弱：石蓮盦本作「溺」。〔二二〕汜：《全金詩增補中州集》卷一一作「氾」，文淵閣本作「沉」。

中秋

天風吹河漢，明月懸清光。清光不可掇〔一〕，流影入盃觴。吸此風露魄，洗我冰炭腸〔二〕。向來功名心，一笑雪沃湯〔三〕。人生幾中秋，弹指三萬場。胡爲置熱惱〔四〕，不使心清凉。此心如秋月，虚明洞八方〔五〕。此身萬化中，太山一毫芒。尚無物與我，何者爲彭殤。推琴黄葉落，搔首白雲翔〔六〕。解衣一盤礴，清境墮渺茫。

【校記】

〔一〕掇：畿輔本如之，注「一本作『啜』」，文淵閣本即作「啜」。〔二〕冰炭：畿輔本如之，注「一本作『芥蔕』」，文淵閣本、石蓮盦本即作「芥蔕」。〔三〕雪：畿輔本如之，注「一本作『冰』」，文淵閣本、石蓮盦本即作「冰」。〔四〕熱惱：畿輔本如之，注「一本作『熱酒』，一本作『冰炭』」，文淵閣本、石蓮盦本即作「冰碳」。〔五〕洞：原作「動」，此從諸本。〔六〕搔首：畿輔本及《中州集》《全金詩增補中州集》卷九作「矯首」。

重午遊冠山寺

南風摇百草，吹我遊山樊。青山暎華髪，似我頭上冠。長松五月窗户閟〔一〕，終古不散蒼雲寒。步出喬木杪，俯視林下鞍。飛亭枕爽塏，更覺天宇寛。憑高送遠開心顔，白雲青嶂非人間。深林冥冥白日暮，飛鳥裔裔長空閑。夕陽萬里開野色，晉趙形勢空河山。時清老守容癡頑，臨風把酒遺巾綸。明朝却望題詩處，城樓惟見煙中竿。

【校記】

〔一〕闋：畿輔本作「闕」，注「一本作『闋』」。

七夕與諸生遊鵲山

七月七日人間秋〔一〕，興來飄然鵲山遊。靈仙役鵲渡河去，白雲嶺上空悠悠。手持雲腴酒，與雲更獻酬。雲既不解飲，且可與子消百憂。雲不飲，我無愁，不愁不飲空白頭。但願年年歲歲得相見，長看雲馭織女會牽牛。

【校記】

〔一〕月：畿輔本作「夕」。

鶚鷹

臯落秋風暮，深崖得爾雛。他時萬里翼，天末片雲孤。何處三窟兔，古城千歲狐。佇翻壯士臂，飛血洒平蕪。

遊晉祠

官閑屏騎從，意行無澗岡。青山盡處山口轉，清溪宛與青山長。古城尚隔叔虞廟，水氣先入單衣涼〔一〕。溪行不十里，喬木森千章。靈泉萬古流不竭，蕩雲沃日摇精光。素月落圓甃，青天入方塘。棹歌中流簫鼓發，擊波驚起雙鴛鴦〔二〕。脚踏船舷掖兩生〔三〕，明月照我欹巾裳〔四〕。兩生爲我歌，與子釂一觴〔五〕。興來洒墨三四行，使汝名似湛輩香〔六〕。歌罷忽惆悵，欲歸且徜徉。清風明月本自無盡藏，青山緑水何處非吾鄉。世間風波老可畏，物外日月初不忙。安得此溪化作百斛酒，狂吟大醉三萬六千場。一朝忽騎赤鱗去〔七〕，歸來晉溪流水依舊空茫茫。

【校記】

〔一〕單：畿輔本及《全金詩增補中州集》卷一一作「單」。　〔二〕波：文淵閣本及《全金詩增補中州集》作「汰」。　〔三〕掖：文淵閣本及《全金詩增補中州集》作「腋」。　〔四〕巾：原作「中」，此從諸本。　〔五〕釂：文淵閣本、畿輔本、石蓮龕本作「嚼」。　〔六〕湛：畿輔本缺，注「一本作『堪』」，《全金詩增補中州集》作「前」。今按，「湛輩」語出《晉書》卷三四《羊祜傳》。宋陸游《劍南詩稿》卷一二《雨後獨登擬峴臺》：「更比峴山無湛輩，論交惟是一枝笻。」　〔七〕騎：畿輔本如之，注「一本作『乘』」，文淵閣本即作「乘」。

遂初園八詠〔一〕

遂初園

人生衣食爾，所適飽與温。逮其得志間，歸心負初言。少壯慕富貴，老大憂子孫〔二〕。此心本無累，利欲令智昏。嗟我復何爲，未能返丘園。物外恐難必，開圖對一尊。

歸愚莊

平生功名心，世路多崎嶇。年來忝聞道，何者非夷塗。莊後桑百本，莊前芋數區。草屋三四間，榆柳八九株。僮僕足使令，鷄犬應指呼。商鈕向我言，官豈不足歟。如何天壤間，不容七尺軀。忘身百事懶，忘心一物無。忘己又忘物，兀然同太虛。不皦亦不昧，無毁亦無譽。不向醉鄉醉，即歸愚谷愚。

閑閑堂

天運如轉轂，日月如循環。人生天地内，頃刻安得閑。所貴心無事，心安身自安。低頭拾紅葉，仰面看青山。朝聽新泉响，暮送飛鳥還。清晨了人事，過午掩柴關。高非出天外〔三〕，低不墮塵寰。花落鳥聲寂，我處動静間。

翠貢亭〔四〕

修竹百十箇，老柏四五行。日出烟霧散，露葉翻晴光。時携一壺酒，來此據胡床。鳥啼白日静，花落春風香。君看蒼翠間，法身露堂堂。即物元非真，離物又非忘。掩卷忽而笑〔五〕，風枝奏笙簧。

佇香亭

今辰復何辰，幽花滿中園。愛此風露香，聊佇屐齒痕。花殘蜂蝶逝，花開蜂蝶喧。物理有代謝，花枝獨無言。無言還有情，似訴惟空尊〔六〕。今我不爲樂，知有來歲存。呼兒具癭杓，喚妾傾瓦盆。且盡一日歡，萬事不復論。

琴筑軒

琴筑雖有韻，不鼓則不鳴。流水無徽弦〔七〕，使我神慮清。風月爲節奏，是中無虧成。聊將不俗耳，聽此無絃聲。無聲非無聞，聲自根極生。隱几以眼聽〔八〕，頽然遺其形。少焉性空水，靈臺湛虛明。從渠童子見，擲瓦戲清泠〔九〕。

【校記】

〔一〕詩題「八詠」，實存「六詠」。畿輔本、石蓮盦本題下注：「闕《悠然臺》《味真齋》二首」；文淵閣本組詩後列「悠然臺」、「味真齋」兩目。〔二〕大：畿輔本如之，注「一本作『來』」。〔三〕非：畿輔本作「飛」。〔四〕貢：文淵閣本作「真」，石蓮盦本作「貞」。〔五〕掩、而：畿輔本如之，分別注「一本作『横』」、「一本作『大』」。〔六〕惟：《全金詩增補中州集》卷一一作「誰」。〔七〕弦：畿輔本作「絃」，注「一本作『音』」。〔八〕眼：原作「服」，此從文淵閣本、畿輔本、石蓮盦本。〔九〕泠：原作「冷」，此從文淵閣本、畿輔本、石蓮盦本。

南麓畫華清宮圖

天寶遺事今幾年，華清樓殿非人間。五家羅綺隘山谷，驅入尺紙天工閑。豆分繡嶺線涇渭〔一〕，人物微茫纔位置。想當睥睨下筆時，兩眼猶能書細字。乃知棘端可以造沐猴，巧奪造化非人謀。胸中度世乃吾事，坐令千里當雙眸。明皇初心小姚禹〔二〕，肯比金陵一孱主。一盻聊爲妖姬留，奈何坐此覆神州。太白西去有鳥道，蜀山秦樹令人老。浮雲一蔽漁陽城，禄山馬飽宮前草。恩流四海一玉環，胡兒不合窺潼關〔三〕。至今脂澤下蟾口，時有飲鹿疑神奸。豈知水洗凝脂滑〔四〕，一掬傷心馬嵬血。多年鬼火化爲碧，還遶離宮送行客。龍嵓幾度過華清，筆端山高水泠泠。嗚呼興廢今已矣，祇有丹青留典型〔五〕。畫詩雙絶兼書工〔六〕，留傳遜公到松公。今年盜入嬀川東，火燒塔寺一洗空。松公間關來帝里，一身與畫同生死。吾聞挈瓶之智不假器，支郎大勝潼關騎。

【校記】

〔一〕豆：畿輔本、石蓮盦本作「荳」，「豆」之俗字；畿輔本注「一本作『碁』」，《全金詩增補中州集》卷一一即作「碁」。〔二〕姚：《全金詩增補中州集》作「堯」。〔三〕胡兒：畿輔本如之，注「一本作『敵人』」，《全金詩增補中州集》即作「敵人」。〔四〕脂：文淵閣本、畿輔本作「酥」。〔五〕畿輔本句末注「以下八句一本無」，《全金詩增補中州集》即如此。〔六〕詩：文淵閣本作「時」。

跋武元直漁樵閑話圖

兩翁久忘世，木石以爲徒。偶然相值遇，風月應指呼。廢興非吾事，胡爲此區區〔一〕。但覺腹中事，似落紙上圖。一以我爲漁，神遊渺江湖。一以我爲樵，夢爲山澤臞。形骸隨所寓，何者爲真吾。尚忘彼與此，况復朝市娱。西風下落日，渡口炊煙孤。無問亦無荅，長笑歸來乎〔二〕。

【校記】

〔一〕此：《全金詩增補中州集》卷一一作「凡」。　〔二〕笑：文淵閣本、畿輔本作「嘯」。

就劉雲卿第與同院諸公喜雨分韻得發字

君家南山有衣鉢，叢桂分香老蟾窟〔一〕。從來青紫半門生，今日子孫床滿笏〔二〕。爾來先生復秀出〔三〕，論事觀書眼如月。豈惟傳家秉賜彪，亦復生兒勔勮勃。往時嘗乘御史驄〔四〕，未害霜蹄聊一蹶。雙鳧古邑試牛刀，百里治聲傳馬卒〔五〕。今年視草直金鑾，雲章妙手著揮發〔六〕。老夫當放一頭地〔七〕，有慚老驥追霜鶻〔八〕。座中三舘盡豪英，健筆縱横建安骨。已知佳會得四并〔九〕，更許深盃辭百罰〔一〇〕。我雖不飲願助勇，政要青燈照華髮〔一一〕。但會風雨破天慳〔一二〕，不怕歸途洗靴韈〔一三〕。

【校記】

〔一〕分：金劉祁《歸潛志》卷九録此詩作「馨」，畿輔本有注及之。〔二〕子：《歸潛志》作「兒」。床滿笏：文淵閣本作「滿床笏」。〔三〕先生：《歸潛志》作「雲卿」。〔四〕嘗：《歸潛志》作「曾」。〔五〕治：《歸潛志》作「政」。〔六〕雲、著：《歸潛志》作「文」、「看」。〔七〕放：《歸潛志》作「避」。〔八〕有、追：《全金詩增補中州集》卷一一作「自」、「迫」。〔九〕佳：《歸潛志》作「良」。〔一〇〕辭：《歸潛志》作「傳」。〔一一〕青：原作「風」，此從《歸潛志》及石蓮盦本。今按，唐韋應物《寺居獨夜寄崔主簿》：「坐使青燈曉，還傷夏衣薄。」見《全唐詩》卷一八七。〔一二〕會：畿輔本、石蓮盦本及《歸潛志》、《全金詩增補中州集》作「令」。〔一三〕不怕：《歸潛志》作「未厭」，畿輔本、石蓮盦本及《全金詩增補中州集》作「未怕」。

九日登繁臺寺

九日獨何日，寒花發幽芬。波澄無餘滓〔一〕，天清廓遊氛。鵰盤翼迅風〔二〕，鴻響厲層雲。我與二三友，意適同酣醺。南登歌吹臺，一弔信陵君。捐軀赴趙壁〔三〕，談咲却秦軍。夷門今安在，草没侯嬴墳。我亦感激士，白首羞論文。禁中有頗牧，慷慨志奇勳。登臨送將歸，無爲愴離群。蒼茫視八極，煙靄何紛紛。懷士撫長劍〔四〕，悵然日西曛。

【校記】

〔一〕波澄：文淵閣本作「澄波」。〔二〕鵰盤翼：畿輔本作「鵰翼盤」。〔三〕壁：原作「璧」，此從諸本。今按，趙壁指軍壘，事典出《史記》卷七七《魏公子列傳》。〔四〕撫：畿輔本如之，注「一本作『託』」，《全金詩增補中州集》卷一一作「托」。

伯勝九日詩蕭然有陶風趣次韻

九日獨何日，高懷無與娱。仰視天宇清，倏見飛鴻孤。哀鳴呼其群，相望邈江湖。豈不念親友，林間置尊壺。不醉慎毋歸，且莫歌驪駒。今日不爲樂，奈此歲將徂。風霜艷黄菊，興與南山俱。此時如不採，但恐隨樵蘇。日暮登吹臺，蒼茫望八區。翻然念鄉國，北望一長吁。

送雷希顔之涇州録事李君美治中公廨南樓坐中作〔一〕

嚴霜枯百草〔二〕，摇蕩鴻鵠心〔三〕。翩翩萬里翼，隨雲落西南。涇水東流不到燕，送君落日孤雲邊。聲名一日天下白，還作南樓座中客〔四〕。西州自古多豪英，作者凛凛氣猶生。太尉清風邁萬古〔五〕，不勞折箠笞此虜〔六〕。男兒生不功名死無益，莫言簿領卑凡職〔七〕。君不見當時髯張一尉耳〔八〕，至今雙廟令人起。

【校記】

〔一〕顔：原作「賢」，此從諸本。今按，《中州集》卷六《雷御史淵》：雷淵字希顔，《金史》卷一一〇、《中州集》卷六俱有傳，爲閑閑忘年交。另，「李君美」以下十二字原無，據畿輔本及《中州集》卷三、

《全金詩增補中州集》卷九補。〔二〕嚴霜枯：畿輔本、《中州集》如之，注「一本作『東風吹』」，文淵閣本即如此。〔三〕蕩：畿輔本如之，注「一本作『落』」，文淵閣本即如此。〔四〕南：《全金詩增補中州集》作「高」；座，《中州集》作「坐」。〔五〕清風：文淵閣本、畿輔本、石蓮盦本作「英風」。邁萬古：文淵閣本作「萬萬古」。〔六〕此虜：《全金詩增補中州集》作「貔虎」。〔七〕言：畿輔本如之，注「一本作『輕』」。〔八〕君不見：文淵閣本、石蓮盦本無此三字。尉：文淵閣本作「令」。

倣玉川子沙麓雲鴻硯屏爲吕唐卿賦〔一〕

吾聞春秋紀年二百四十二，不書祥瑞書災異。不知何年沙麓崩，六鷁退飛失其四〔二〕。恒星不見夜有光，星殞如雨石在地。孔子諱魯不諱宋，但記有月食之既〔三〕。豈知淪影入石中〔四〕，蟾蜍桂影俱蒙籠。初疑日中有兩烏，雙飛跳入姮娥宫。鶉火賁賁尾伏辰，狀如赤烏雲非雲。女媧煉就五色石，摶沙欲作愚下人〔五〕。史蘇發占文端策〔六〕，坎爲日月艮山石〔七〕。兑升而雲離奮翼，重兑爲吕歸有德。吕侯寶石到子孫，更遣趙子窮其源。齊趙馬牛不相及，如何窮此造化根。世間萬事何不有，耳目之外難具論。海中時時發火焰，世界一一持風輪。一微塵內納須彌〔八〕，有頂天上猶崑崙。併却咽喉與唇吻，別有一句超乾坤。木人撫掌非耳聽，石女懷胎親眼聞。扇子拂着帝釋鼻〔九〕，鯉魚驚翻東海盆。吾言非夸子夸矣，要與摩詰無言言。

【校記】

〔一〕雲鴻：畿輔本及《全金詩增補中州集》卷一一作「雲鴎」；「爲吕唐卿賦」原作「吕唐卿藏」，文淵閣本如之」，畿輔本作「爲吕唐卿藏」，此從《全金詩增補中州集》。今按，詩中「不知何年沙麓崩，六鷁退飛失其四」「初疑日中有兩烏，雙飛跳入姮娥宫」云云，即所謂雲鴻。至於吕唐卿，名子羽，《中州集》卷八、《歸潛志》卷四有傳，沙麓雲鴻硯屏爲其所藏，邀請趙秉文品題，與詩中「吕侯寶石到子孫，更遣趙子窮其源」合。〔二〕退：文淵閣本作「過」。〔三〕有月：石蓮盦本及《全金詩增補中州集》作「日有」。〔四〕影：原作「隐」，此從諸本。〔五〕摶沙：文淵閣本作「搏沙」。今按，《蘇軾集》卷六《二公再和亦再答之》：「親友如摶沙，放手還復散。」欲，《全金詩增補中州集》作「砍」，畿輔本作「斫」，石蓮盦本作「所」。〔六〕文：畿輔本、石蓮盦本及《全金詩增補中州集》作「又」。〔七〕日：文淵閣本、畿輔本作「白」，石蓮盦本作「曳」。〔八〕納：《全金詩增補中州集》作「細」，文淵閣本作「幻」，畿輔本作「綗」。〔九〕拂着：諸本作「築著」。

倣樂天新宅

吉凶翻覆兩何如，新貴移來舊貴居。昨日弓刀圍舊宅，今朝車馬慶新除。兔驚尚顧罝中兔，逸魚還尋罩下魚〔一〕。富貴貧窮皆有命，大都覆轍戒前車。

【校記】

〔一〕罩：文淵閣本作「篳」；石蓮盦本作「箄」。今按，「罩」同「箄」，指捕魚器具；而篳指籬笆，或「箄」之誤。箄音杯，捕魚竹籠。

倣郎士元寳刀塞上兒

長安美少年，白馬黃金鞭。從騎捧長劍〔一〕，官儀如殿前。煙塵生絶塞，烽火照甘泉。如聞辭第將，遺貌上凌煙。

【校記】

〔一〕從：文淵閣本、石蓮盦本及《全金詩增補中州集》卷一一作「後」。

從軍行送田琢器之

嚴風吹霜百草枯，胡兒馬肥思南驅〔一〕。長戈飛鳥不敢度〔二〕，扼胡嶺下行人無〔三〕。鈎鈐一夕妖星過，賊臣自掣居庸鑠。藏金郿塢未厭深，長安三日燃臍火。胡兵數道下山東〔四〕，旌旗絳天海水紅。胡兒歸來血飲馬〔五〕，中原無樹摇春風。槖駝氈車載金帛〔六〕，城上官軍空嘆息。纍纍婦女過關頭，回望都門心斷絶。漢家公主嫁烏孫，聖王重戰議和親〔七〕。北望一舍如天遠〔八〕，黃沙茫茫愁殺人。田侯落落奇男子，主辱臣生不如死。殿前畫地作山川〔九〕，請以義軍相表裏〔一〇〕。恨我不得學李英，愛君不減侯莘卿〔一一〕。子明又請當一面，禁中頗牧皆書生。是時李英子賢、侯摯莘卿、王晦子明方出戰有功。横遮俘尸三十萬〔一二〕，潼關大笑哥舒翰。上書慷慨請長纓〔一三〕，臨風鎩翮空三嘆。

【校記】

〔一〕胡兒：《全金詩增補中州集》卷一一作「塞外」。〔二〕度：文淵閣本作「渡」。〔三〕胡：《全金詩增補中州集》作「吴」。〔四〕胡：畿輔本如之，注「一本作『北』」，《全金詩增補中州集》即作「北」。〔五〕胡兒：《全金詩增補中州集》作「北人」。〔六〕氈：原脱，據文淵閣本、石蓮盦本記《全金詩增補中州集》卷一一補。〔七〕王：文淵閣本、畿輔本、石蓮盦本作「皇」，《全金詩增補中州集》作「主」。〔八〕北望：諸本有小字注「地名」。〔九〕川：文淵閣本作「西」。〔一〇〕請以：畿輔本如之，注「一本作『願與』」。〔一一〕愛君不減：畿輔本如之，注「一本作『恨君不識』」。〔一二〕尸：文淵閣本作「户」。〔一三〕上：文淵閣本作「三」。

題楊祕監雪谷曉裝圖

林空月已沉，雪落風未掃。束裝事晨征，之子涉遠道。心知馬上人，萬象入腹藁。髯奴亦可人，行李伴幽討。塵中無此客，風雲滿懷抱。逢辰則伊吕，不然商山皓。如何苦憔悴，薇蕨不得飽〔一〕。前身孟浩然，後身窮賈島。三生紙上形，千古咲枯槁。向來富貴骨〔二〕，露濕原上草。百年等一夢，翻覆無醜好。那知風雪癯，不是蓬山老。所以邢和璞，一笑幾絶倒。

【校記】

〔一〕得：畿輔本如之，注「一本作『能』」。〔二〕向：畿輔本如之，注「一本作『由』」。

題魯直書黄庭經〔一〕

太清虚皇玉景經，琅函瓊笈秘書清〔二〕。囊以雲錦金鈿扃，四神守衛呵百靈。中夜一氣存黄庭，玄霜瓊膏灌子形。方瞳緑髮魂魄寧，上壽千秋下百齡〔三〕。天書夜降勅六丁〔四〕，控駕三素乘風泠。鳳笙龍管超冥冥，揚旌抗旆燿飛星。八威吐毒驅雷霆〔五〕，擲火萬里流金鈴。仙人拂石劫不停〔六〕，笑視人世風中螢。世間醉夢紛羶腥，三尸調汝丹田螟。有如尾閭泄滄溟，一朝神離鳥飛瓶。涪翁書法出蘭亭，名書此經寔自銘。開卷恍然如酒醒，養生新發庖丁硎。

【校記】

〔一〕《中州集》《全金詩增補中州集》卷九題作「魯直烏絲襴黄庭」。〔二〕書：諸本作「始」；清，文淵閣本作「青」。〔三〕秋：文淵閣本、畿輔本、石蓮盦本作「歲」。〔四〕夜：畿輔本作「下」。〔五〕雷：文淵閣本、畿輔本、石蓮盦本作「雹」。〔六〕劫不停：《全金詩增補中州集》作「呿不聽」。今按，呿音驅，意猶口張而不合。另，《中州集》「停」作「聽」。

試院中愁坐叔獻學博忽送紅梅小桃數枝坐念春物駘蕩西園開鑰不得一觀作詩破悶兼簡張文學仲山

數日天氣殊未佳，文書如山眼生花。忽遣官梅入吾室，政爾東君解留客。蠟梅無韻空有香，紅梅亦復清而莊。此花韻勝開較晚，天許風流嫁海棠。海棠春嬌睡未足，環兒酒暈紅潮玉。不應更有林下風，翠袖天寒倚修竹。銀瓶亦有小桃枝，茜裙游女窺荆籬。青枝緑葉不須問，自有月影溪光知。冰花不肯相媚嫵，來伴詩人作詩苦。横斜影落水心中，融入詩中作奇語。古來詩人例多窮，把酒對花酒已空。亦知寒食只數日，醉夢不到西園中。天上公子被花惱，一咲回波嘲栲栳。不須區區索酒錢，但可煎茶對花前。

慧林賦海棠

君不見三郎花下吹觱栗，寧王搊管番綽拍〔一〕。一聲驚破夢華清〔二〕，海棠頓覺無顔色。又不見百花潭北西郊路，醉裏花仙覓奇句。覺來酒盡花已空，詩人不是無心賦。梨園富貴春蕭瑟，空對畫圖三嘆息。杜陵雖有補亡詩〔三〕，坡仙詩中畫更奇。君不見西園往日稱繁雄〔四〕，羅衣不復能春風。雄樓傑閣春色裏，温馨淑氣月明中。纖條嫋嫋春無力，猶遶空墻絆遊客。不應折贈寄僧房〔五〕，來與幽人慰岑寂。石門老衲僧中癯，鼻端苦覓香有無。何似東庵人散後，月斜疎影照跏趺。

【校記】

〔一〕番：《全金詩增補中州集》卷一一作「幡」。〔二〕驚破夢：文淵閣本、畿輔本、石蓮盦本作「驚夢破」。〔三〕雖：《全金詩增補中州集》作「誰」。〔四〕繁雄：畿輔本作「豪雄」。〔五〕僧房：畿輔本作「禪房」。

泠巖行〔一〕

禪房閣雨鎖春陰，幽人切切鳴幽琴。一聲兩聲風蕭森，三弄五弄天沈沈。紛綸十指終不亂，雙鸞對舞揚哀音。初爲湘靈怨，再鼓別鶴吟。絃聲按抑止復作，忽然變態窮巇嶔〔二〕。曲終從容奏恬淡，落花啼鳥青春深。苗夫子，吾獨知爾心。胡爲翻作泠山操，此意似欲爲師箴。昔年憶侍明光宫，曾以絲桐沃舜聰。薰風一曲岩廊静，萬國無爲至化中。明昌有道真重瞳，重瞳左右多夔龍。朝廷詔起泠岩公，鼎湖龍去弓劍空。不聞天寶相國忠，漁陽馬嘶旌旗紅。聖主中興日月功，首誅羿浞鉏群兇。張公上書見大計，臣以琴諫非琴工。先生年來到骨窮，但願四海無兵戎。夜闌更請彈三樂〔三〕，臣獨飢寒亦不惡。

【校記】

〔一〕詩題「巖」原作「山」，此從諸本。另，《全金詩增補中州集》詩題下有小字注：「《堯山堂外紀》：『司馬永貞，金宗室，時稱賢相，自號泠巖。』周昂亦有詩。」今按，「司馬永貞」爲「完顔守貞」之誤，女真開國元勳陳王希尹之孫，明昌中拜平章政事，封蕭國公，《金史》卷七三有傳。〔二〕巇嶔：石蓮盦本作「巇嶔」，《全金詩增補中州集》卷一一作「崎嶔」。〔三〕請：文淵閣本作「静」。

和淵明歸田園居送潘清容六首〔一〕

身行半天下，何處無名山。蘇門天下勝，築室不待年。曩時孫公和，今代潘子淵。無家安四壁，治生惟寸田〔二〕。去國行萬里，往寄茅三間〔三〕。山川半豺虎，一水不得前。寄謝李龍眠，爲我寫風煙。曲肱畫圖裏，卧遊西山巔。尚恨畫中隐，不得招閑閑〔四〕。有願何必遂，古人豈盡然。

其二

人生本無累，世路自羈鞅。悠悠塵中境，翳翳霞外想。蘇門有佳處，悵望不得往。遥知西山下，煙雨薇蕨長。有願神莫違，誰謂河水廣。夢逐西飛鳥，一夕馳眇莽〔五〕。

其三

萬國角聲裏，日暮行旅稀。幽人如野鶴，思逐南雲飛。冥冥花經眼，冽冽風吹衣。平生香火願，毋使寸心違。

其四

堂堂鳩林師，法喜以爲娱。談道有原委〔六〕，百川會歸墟。城市挽莫留，野性山林居。年荒拾橡栗，濕柴燒櫪株。尚憐陶與陸，問訊今何如。當時蓮社人〔七〕，寥落今幾餘。修静復西去〔八〕，而獨逃空虛。藍輿會相訪，容我醉時無。

其五

昨日遊東城〔九〕，今日復南陌〔一〇〕。偶逢素心人，把手便歡適。一談復一笑，不覺日西夕。騎馬穿市橋，矯首望林隙。歸來掩關卧，尚恨爲物役。四論喜僧肇，玄文箋陸績。會當投絶學，繕性終何益。

其六

駕牛函谷關，跨鹿渦水曲。相期無翼飛，豈不賢尊足。他年東坡翁，一衲歸玉局。相哀老不死，分我一寸燭〔一一〕。千年暗室中，一旦得朝旭。

【校記】

〔一〕詩題「潘清容」，畿輔本作「潘清客」，誤。今按，金元好問《續夷堅志》卷三《楊洞微》：「自是中方得水甚易，至今人目爲『楊公泉』。閑閑嘗爲作文記之。又言：『吾友潘若淨，字清容，有道之士也。嘗從洞微遊，甚歎服之。』」另，諸本詩題有「六首」。〔三〕寸：《全金詩增補中州集》卷一一作「守」。〔三〕茅三間：石蓮盦本作「三茅間」。〔四〕招：原作「拈」，此從諸本。〔五〕馳：文淵閣本、畿輔本、石蓮盦本作「騎」。眇：文淵閣本及《全金詩增補中州集》作「渺」，古同「眇」。〔六〕原委：畿輔本作「源委」。〔七〕時：原作「如」，此從諸本。〔八〕去：原作「志」，此從諸本。〔九〕東：畿輔本如之，注「一本作『西』」。〔一〇〕日：畿輔本作「朝」，注「一本作『日』」。〔一一〕寸：

《全金詩增補中州集》作「明」。

題巨然泉巖老柏圖

雪嵓森危有老柏〔一〕，幾度寒泉漱秋月。氣凌層空白日寒，根貫斷崖蒼石裂。奔騰逝水送流光，剥落古苔封老節。明堂未作棟梁材，潦倒風霜半無葉。何人胸次富泉石，巨然袖中董源筆〔二〕。崖傾岸絶無人見，夜半移舟真有力。賢侯筆力今曹植〔三〕，氣象參天二千尺。爲回筆力挽萬牛，頓覺煙嵐少顔色。

【校記】

〔一〕雪：畿輔本作「雲」，注「一本作『雪』」。　〔二〕源：文淵閣本、石蓮盦本作「元」。今按，董源字叔達，名亦作元，五代南唐畫家，宋郭若虚《圖畫見聞志》卷三《紀藝》、宋佚名《宣和畫譜》卷一一《山水》俱記其事迹。　〔三〕今：《全金詩增補中州集》卷一一作「分」。

夢登華山

夢登蓮華峰，舉手摩青天。道人洗我心〔一〕，相與掬飛泉。風吹青霞佩，飄若雲中仙。下視塵世人，擾擾紛腥羶〔二〕。直欲叫蒼穹，生靈日熬煎。安得側仙掌，狂瀾迴百川。一洗胡羯塵〔三〕，萬騎還全燕。功成不受賞，棄之若浮煙。金膏换緑髮〔四〕，玉液煉丹田。金丹如可冀，脱屣區中緣。閑尋碧玉調，朗詠青苔篇。還騎雙白鶴，飛下青山巔。

【校記】

〔一〕洗：畿輔本如之，注「一本作『寬』」，《全金詩增補中州集》卷一一即作「寬」。〔二〕紛腥羶：《全金詩增補中州集》作「名利牽」。〔三〕胡羯：畿輔本如之，注「一本作『六界』」，《全金詩增補中州集》即作「六界」。另，文淵閣本作「邊塞」。〔四〕緑：畿輔本如之，注「一本作『華』」，《全金詩增補中州集》即作「華」。

尚書右丞侯公雲溪圖〔一〕

朝遊雲溪上，暮遊雲溪下。不知雲溪雲〔二〕，去作人間雨。流水赴大壑，白雲思故山。何時溪上人，心與歸雲閑。黄公山下雲溪路，十里溪光照雲樹。溪流瀝瀝讀書聲〔三〕，想見先生舊遊處。溪上老僧今白頭〔四〕，尺書招我歸來休。圯上方傳黄石略，山中未暇赤松遊。我公昔年提孤軍，旌旗絳天張魚鱗〔五〕。鯨鯢沸海海水渾〔六〕，罵賊嚼齒欲透齗〔七〕。旄倪十萬寄一身〔八〕，咸陽白骨迴青春。九重嘆息天爲顰，殿前論事氣益振。滄海未全歸禹貢，山東且願變齊民。匣内寶書金屈戍〔九〕，腰間瑞節玉麒麟。衛國錦衣歸故里，代公黑髮更慈親。他年鐘鼎書元勳〔一〇〕，二十四考中書君。整頓乾坤濟時了，飄然却返雲溪雲。

【校記】

〔一〕詩題「右丞」，畿輔本作「左丞」。今按，侯公即侯摯，字莘卿，《金史》卷一〇八有傳：貞祐南渡，募兵轉糧，往來應給，皆賴以辦。「四年正月，進拜尚書右丞」。〔二〕知：石蓮盦本作「如」。〔三〕瀝瀝：《全金詩增補中州集》卷一一作「漉漉」。〔四〕僧：畿輔本如之，注「一本作『人』」。〔五〕天：《全金詩增補中州集》作「幄」。張：畿輔本作「帳」。〔六〕沸海：諸本作「沸天」。〔七〕欲透斷：《全金詩增補中州集》作「欲見齦」。〔八〕倪：文淵閣本作「猊」。今按，《孟子·梁惠王下》：「王速出令，反其旄倪。」漢趙岐注：「旄，老耄也；倪，弱小倪倪者也。」〔九〕戍：畿輔本作「戌」。今按，唐李商隱《驕兒詩》：「凝走弄香奩，拔脱金屈戌。」見《全唐詩》卷五四一。〔一〇〕書：《全金詩增補中州集》作「出」。

過廣武山

塵霾晦金鏡，鹿走群雄馳。龍騰海水沸，虎怒風林披。成皋天下險，楚漢昔相持。乃翁一杯羮，且欲共分之。兩雄不並立，鴻溝徒爾爲。裹創撫戰士〔一〕，智勇亦已疲。滎陽非吾厄，帝圖乃天資。陰陵夜失道，慷慨兒女悲。長陵一抔土〔二〕，笑煞牧羊兒。勝負兩蝸角，興亡一枰棋。而況彼區區，二蟻争雄雌。西登廣武山，曠望大河湄。野曠知天迥，崖傾覺岸危。青山明劍戟，霜林列旌旗。雲槎秋浩渺，煙樹晴參差。凄涼阮生嘆，曠蕩謫仙辭〔三〕。懷古念離散，興極淚還垂。

【校記】

〔一〕創：畿輔本作「割」，注「一本作『瘡』」，《全金詩增補中州集》卷一一即作「瘡」。〔二〕抔：原作「坏」，此從石蓮盦本及《全金詩增補中州集》。〔三〕曠：畿輔本、石蓮盦本及《全金詩增補中州集》作「浩」。

河中八詠

舜井

一水獨泠然〔一〕，浮雲幾變遷。心知思舜處，時見井中天。

夷齊墓

讓伐理難全，求仁豈怨天。乾坤吾道獨，宇宙此山傳。不肯飡周粟〔二〕，猶應飲舜泉。冥鴻飢欲死，落日唳昏煙。

鸛鵲樓

樓成鸛鵲幾時還，人去樓空境自閑〔三〕。地接連城秋水渡，河分兩岸夕陽山。汀煙苒苒分秦樹〔四〕，隴雁依依度晉關。千古廢興還造物，暫攜風月出塵寰〔五〕。

逍遥樓

黄河城上逍遥樓，何人能作逍遥遊。斷霞落日今猶古，明月清風春復秋。千里兵塵常漠漠，五年心事漫悠悠。中條太華不忍見〔六〕，雲自高飛水自流。

汾陽王像

天寶虜騎興漁陽〔七〕，首提孤軍起朔方。掃除攙搶廓氛翳〔八〕，再使日月光吾唐。丹青凌煙誰第一，功業汾陽異姓王。當時太尉亦雄偉，天不慭遺壯士傷。河中重鎮甲天下，渾公與公屹相望。時危英雄常恨少，撫壁再拜涕泗滂。諸酋下馬識公否，公雖云亡像在堂。

吴生畫

吴生大士十六像，歲久塵昏蛛網絲。真物從來有真賞，息軒爲作証明師。

楊惠之維摩像

一默傳心已失機〔九〕，更求形似轉成痴。至今遺像兀不語，猶似當初問法時。

先公碑

過客紛紛揔不知，先公事迹竹溪碑。坡軒不薦山僧意〔一〇〕，也覓西廂待月詩。

【校記】

〔一〕泠然：畿輔本、石蓮盦本及《全金詩增補中州集》卷一一作「冷然」。〔二〕凔：畿輔本作「滄」，同餐。另，石蓮盦本作「食」。〔三〕境自閑：《全金詩增補中州集》作「竟日閑」。〔四〕汀：畿輔本如之，注「一本作『墟』」，《全金詩增補中州集》即作「墟」。〔五〕攜：畿輔本如之，注「一本作『移』」。〔六〕太：《全金詩增補中州集》作「大」。〔七〕虜：畿輔本如之，注「一本作『突』」，《全金詩增補中州集》即作「突」。〔八〕攙搶：畿輔本、石蓮盦本及《全金詩增補中州集》作「欃槍」。今按，「攙搶」亦作「欃槍」。《漢書》卷二六《天文志》：「孝文後二年正月壬寅，天欃夕出西南。占曰：『爲兵喪亂。』……《石氏》：『槍、欃、棓、彗異狀，其殃一也，必有破國亂君，伏死其辜，餘殃不盡，爲旱、凶、饑、暴疾。』」〔九〕默：畿輔本及《全金詩增補中州集》作「黠」。〔一〇〕坡軒：原作「坡仙」，此從文淵閣本、畿輔本、石蓮盦本。另，《全金詩增補中州集》此句作「旁人未省摩挲意」。今按，此詩爲吊「先公」而作，當時名流如「竹溪」党懷英撰碑、「坡軒」酈元輿賦詩，無關宋人蘇軾。酈元輿名權，號坡軒，見《中州集》卷四《酈著作權》。

汾陰祠后土

閑閑吏隱官蓬萊，玉堂給札非仙才。封香汾陰祠后土，騎士引赴軒轅臺。龍門峽束天下險〔一〕，狀如萬頃納一杯。方丘中峙巨鰲趾，黄河一箭從天來。長風吹雲碧海去，曠蕩萬里晴天開。青山終古不改色，下送落日浮金壘。滄波幾回照新雁，往日繁雄安在哉〔二〕。君不見漢家六葉誇雄才〔三〕，力通象郡臣龍堆。泰山日觀封禪罷，屬車九九聲如雷〔四〕。橫汾中流簫鼓發，酒酣樂極情生哀。秋風一曲在人世〔五〕，茂陵桂樹生莓苔〔六〕。又不見開元四海塵不動〔七〕，千麾萬騎祠神脽〔八〕。侍臣文章咸第一，豐碑自勒巍崔嵬。憑高慨詠才子句，山川滿目空塵埃。鈴聲淋浪蜀道雨，想見萬里愁雲迴。蒲關北走滎河道，岩深地古令人老。胡兒夜渡黃河冰〔九〕，生人憔悴如霜草。吾皇神聖如軒轅，北伐獯鬻清中原〔一〇〕。遍秩群神禮喬嶽，還因吉土祀坤元〔一一〕。靈祇紛紛福來下，倒卷天河洗兵馬。重新日月照乾坤，再整山河歸廟社。三河形勢滿河中，獨紀郊丘第一功〔一二〕。唐漢遺民尋故事，還思法駕幸河東。

【校記】

〔一〕東：畿輔本及《全金詩增補中州集》卷一一作「東」。〔二〕雄：畿輔本作「華」，注「一本作『雄』」。〔三〕才：文淵閣本作「材」。〔四〕九九：原作「丸丸」，此從諸本。今按，漢張衡《東京賦》：「立戈迤戛，農輿輅木，屬車九九，乘軒並轂。」見《文選》卷三。〔五〕世：《全金詩增補中州集》作「間」。〔六〕生：諸本作「空」。〔七〕塵不動：諸本作「不動塵」。〔八〕脽：原作「淮」，據諸本改。今按，漢司馬遷《史記》卷二八《封禪書》：「於是天子遂東，始立后土祠汾陰脽丘。」以后土祠在汾陰脽丘，故有神脽之說。〔九〕胡兒：畿輔本如之，注「一本作『北師』」，《全金詩增補中州集》即作「北師」。〔一〇〕獯鬻：畿輔本如之，注「一本作『萬里』」，《全金詩增補中州集》即作「萬里」。〔二〕吉：石蓮盦本及《全金詩增補中州集》作「告」，畿輔本作「后」。〔三〕郯：諸本作「葵」。今按，郯音葵，古地名，在今山西臨汾境内。

會靈觀即事二首戊寅五月十六日試宏詞。

靈宮初雨餘，散策步幽徑。深樾不見人，微風度疎磬。心閑偶無事，虚極自生聽。時復静中喧，歸禽暮争瞑〔一〕。

欹枕北窗風，書葉久未定。午夢破華胥，起看松陰正。閑居觀物化，静處見天性。鳴鳩亦何爲，谷谷自相應。

【校記】

〔一〕瞑：石蓮盦本作「暝」。

題東坡石鐘乳山記墨迹書爲水漬幾半。

東坡謫齊安，人怒天所許〔一〕。倒騎卧水龍，醉踞石頭虎。赤壁萬里江，一葉吾敢侮。歸來抵湖口，此樂乃并與。扁舟絶壁下，鸛鶴如人語。風雷相轟豗，水石互呑吐〔二〕。山遺洞庭樂，帝下鈞天舞。石鐘不吾欺，一證萬萬古。遺墨落人間，訛缺十四五。糢糊魯壁間〔三〕，剥落岐陽鼓。蜿蜒半鱗甲，尚恐脱風雨。晝移瓦棺壁，劍化延平渚〔四〕。祝君十襲藏〔五〕，隄防六丁取。

【校記】

〔一〕天：諸本作「神」。〔二〕互：文淵閣本、畿輔本作「效」。〔三〕間：諸本作「簡」。〔四〕延平：文淵閣本作「平津」。〔五〕十：文淵閣本及《全金詩增補中州集》卷一一作「什」。

武元直畫喬君章蓮峰小隱圖

武君非畫師，勝槩飽胸臆。太華五千仞，駈寫入盈尺。飛泉峰頂來，落我松下石。清風忽吹散，琴上濺餘滴。呼兒急寫之，指下淋漓濕〔一〕。未知責子翁，頗復有此適。何如圖中人〔二〕，真作林下客。青山不違人，但恐富貴逼。勇退良獨難，此願誰能必。向來燕趙間，逆旅拜真逸。兒時弄琴者，天涯老相識。俛仰四十年，父子埋雙璧。卷中題詩人，十九已仙籍。年光飛鳥過，紙上但陳迹。對此還自傷，何事爲物役。還丹日月遲，白首光陰疾。文章真小技，身外皆長物。拂衣歸去來，蓮峰入心碧。

【校記】

〔一〕淋漓：文淵閣本及《全金詩增補中州集》卷一一作「淋浪」。〔二〕如：文淵閣本、畿輔本、石蓮盦本作「時」。

中元夜祭太一罷對月二首〔一〕

今夕知何夕，白露涵秋空。褰裳踏明月〔二〕，如在瓊瑶宫。細數秋兔毫，桂樹何玲瓏。當年誰所種，翳此天公瞳。清光知人意，飛影入杯中。流霞酌不盡，清光浩無窮。我欲遡白雲，一訪東坡翁〔三〕。扁舟下赤壁，此樂將無同〔四〕。疇昔縞衣仙，化作羽衣僮。酒酣邀我去，鶴背泠松風〔五〕。

靈官夜醮餘，香霧飛不起。更衣步石壇，風露浩如洗。月波走金蛇，入我清尊裏。引杯不復疑，弓影正如此。夜深一雁過〔六〕，欻見巾落几。松間龍一吟，風庭應落子。空中步虚聲，隱隱猶未已。

【校記】

〔一〕此題原將二詩合爲一詩，此從諸本釐爲「二首」。〔二〕裳：諸本作「衣」。〔三〕翁：《全金詩增補中州集》卷一一作「公」。〔四〕無：文淵閣本作「毋」。〔五〕泠：《全金詩增補中州集》作「泠」，畿輔本作「聆」。〔六〕一：文淵閣本作「群」，畿輔本、石蓮盦本及《全金詩增補中州集》作「聞」。

東軒老人河山形勝圖

太虚匠流峙，造化誰胚胎。洪荒萬萬古，至今餘劫灰。黄河發崑崙，亘怒不敢乖。初經龍門天下險，勢如萬頃納一盃。桃花浪擊不得上，凡魚幾曝鱗與腮。下趨神脽如地底〔一〕，終古不到軒轅臺。蒲津沉沉卧虹影，銕牛駕浪輸黄能。千里一曲復一曲，傾山倒岳不復迴。巨靈運東肘，首華爲崩摧〔二〕。茅津濟師想勝槩，搔首北望令心哀。萬派赴集津，皷聲如會垓。神斧忽中斷，鑱鑿何年開。崖傾路斷飛鳥絶，輕舟一箭浮天來。篙師絶叫未及瞬，回望已失雲濤堆。但見兩厓蒼蒼半天外，三門斗落如驚雷。擘窠大字誰所銘，高山百丈磨蒼崖〔三〕。廟前劉公一片石，龜龍剥落生莓苔。東軒先生生長三晉地，回視韓魏空浮埃。想像舊遊處，落筆如山頹。胸中元自有河山〔四〕，寫出勝槩何壯哉。餘波到諸郎，直氣凌斗魁。况復文章妙天下，睥睨晁張韝蘇梅。竹帛如山不經國，安用江鮑稱詩才。劉夫子，我有一盃酒，澆汝胸崔嵬。嗚呼聖道久榛塞，孟氏闢路誅蒿萊。諸儒辛苦補罅漏，未見巨手如排淮。後生索塗方擿埴，雖有耳目如嬰孩。祝君頹波作砥柱，駈入聖海無津涯。劉夫子，深藏十襲作龜鑑〔五〕，先君此圖吁可懷。

【校記】

〔一〕脽：原作「淮」，此從諸本。參見本卷《汾陰祠后土》「千麾萬騎祠神脽」條校記。〔二〕首華：《全金詩增補中州集》卷一一作「華嶽」；「崩」原作「奔」，此從諸本。〔三〕丈：畿輔本、石蓮盦本作「尺」。〔四〕河山：《全金詩增補中州集》作「山河」。〔五〕十：文淵閣本及《全金詩增補中州集》作「什」。鑑：文淵閣本作「鏡」。

春雪

幽窗不知春，但覺寒轉加。開門散飛雪，帶雨不成花。盤空飛瓊舞，作態正横斜〔一〕。着樹暫玲瓏，少焉委泥沙。急掃枝上玉，爲我試新茶。不須待明月，湯好客更佳。

【校記】

〔一〕態：原作「怨」，此從諸本。

同英粹中賦梅〔一〕

寒梅雪中春，高節自一奇。人間無此花，風月恐未宜。不爲愛冷艷，不爲惜幽姿。愛此骨中香，花餘嗅空枝。影斜清淺處，香度黄昏時。可使飢無食，不可無吾詩。《閑閑老人滏水文集》卷四。

【校記】

〔一〕《中州集》卷三、《全金詩增補中州集》卷九詩題作「同粹中師賦梅」。今按，粹中爲釋性英字，當時稱英粹中或英上人，號木庵，見《遺山先生文集》卷二一《木庵詩集序》。

新編全金詩卷四七

趙秉文 三

古詩

題趙琳畫東坡石上以杖橫膝扇頭二首[一]

廟堂竟何人，此老乃石上。盤礴萬古胸，入此一篠杖。擊去荆舒蠻，扶來司馬相。君看熊虎顔，百獸不敢傍。

東坡謫嶺南，一笑六根淨[二]。食骨不棄餘，又使群狗競。手中果何物，乃是照邪鏡。爾曹何足容，以杖叩其脛。

【校記】

〔一〕詩題「扇頭」原作「肩頭」，《全金詩增補中州集》卷一一如之，此從文淵閣本、畿輔本、石蓮盦本。今按，扇頭指扇面所繪圖畫之端首，如本卷《題牧牛扇頭》等。〔二〕淨：《全金詩增補中州集》、文淵閣本作「靜」。

擬陶和許至忠二首

西日頽殘照，北風凜寒威。侏儒飽欲死，幽人獨無衣。不上北闕書，甘採西山薇。曾子已再化，寧蘧早知非。豈不樂仕宦，恐與心事違。柴桑舊三徑，吾行其庶几。尚憐淵明翁〔一〕，頗負責子譏。隱几茅簷下〔二〕，聊欲曝斜暉。

歸田有何樂，佳處正在兹。閑同老農語〔三〕，夜雨深一犁。行年近六十〔四〕，悠悠復何之。有田足我食，有布成我衣。富於黔婁生，樂於榮啟期。妻子慍見言，一點不上眉。吾師有遺訓，貧賤不能移。

【校記】

〔一〕憐：原作「於」，此從諸本。〔二〕几：《全金詩增補中州集》卷一一作「居」。〔三〕同：諸本作「與」。〔四〕十：畿輔本如之，注「一本作『秩』」，文淵閣本即作「秩」。

題牧牛扇頭

一牛顧其犢，一牛軒尻脽〔一〕。旁有牧犢子，窺巢攀樹枝。嗟爾有餉具，不念鴉雛飢。烏鴉各天性，飛來護其兒。汝親亦念汝，而人獨不知。不如兩相忘，人禽相娛嬉。

【校記】

〔一〕尻脽：原作「尻睢」，刊誤，此從畿輔本、石蓮盦本。今按，「尻」古同「居」，而「尻脽」指牛馬臀部。《蘇軾集》卷八《書韓幹牧馬圖》：「廄馬多肉尻脽圓，肉中畫骨誇尤難。」

東籬采菊圖

淵明初亦仕，迹留心已遠。雅志懷林淵，高情邈雲漢。妖狐同晝昏〔一〕，獨鶴警夜半〔二〕。平生忠義心，回作松菊伴。東籬把一枝，意豈在酒醆。不見白衣來，目送南山雁。淡然忘言説，聊付一笑粲。

【校記】

〔一〕同：文淵閣本、石蓮盦本作「伺」，畿輔本作「向」。〔二〕警：諸本作「驚」。

贈眼醫

和扁不並世，世豈無良醫。今代王彦若，恨無東坡詩。大弨卧壯士，積熱下腦脂。神針運斤風，此妙人得知。君言吾有道，神視了不疑。擘山導河流，破壁取蛟螭。聖道如日月，浮雲時翳之。誰爲補天手，刮膜施金篦。韓孟不可作，此藝真吾師。

釣蓬

舩蓬無可載，意釣不在魚。此身真襏襫，萬事一籧篨。無載不載沉[一]，死魚安足餌。洛水是非波，臨軒聊洗耳[二]。

【校記】

[一]載沉：《全金詩增補中州集》卷一一作「能沉」。[二]軒：畿輔本、石蓮盦本作「流」。

聽雨軒

無田妻啼飢，有田稻蟠泥。等爲飢所驅，貧富亦兩齊。雨中窗下眠，窗外芭蕉語。置書且安眠，催租吏如雨。

擬東坡謫居三適

旦起嚥日

老人畏朝寒，常恨爲物役。把搔未云已[一]，簡書催我出。爾來先朝參，晨起喜見日。王事有期程，安能待于息[二]。披衣向東方，聊復效龜吸。漸漸支體柔，谷谷真氣入。少焉肝腸暖，陽和通百脉。吾年六秩餘，前路那可必。未來不吾預，已逝安容息〔三〕。及此未病間，聊冀一溉溢〔四〕。

午窗曝背

清晨了公事，及午身得閑。南榮有晴日，曝背於其間。稍稍陽光舒，融融和氣還〔五〕。時携一册書，眼花紛爛斑。倦即枕書卧，散盡腰脚頑。清於三杯餘，甜勝一味跧〔六〕。人間有此適，不憂天公慳。世人慕暖熱，肉屏醉雲鬟。雖得一餉樂，憂喜常相関。痴兒亦咲我，市中有樵山。

夜卧炕暖〔七〕

京師苦寒歲，桂玉不易求。斗粟换束薪，掉臂不肯酬。日糴五升米〔八〕，未有旦夕憂。近山富黑堅，百金不難謀。地坑規玲瓏〔九〕，火穴通深幽。長舒兩脚睡，暖律初迴鄒。門前三尺雪，鼻息方齁齁。田家燒榾柮，濕煙泫淚流〔一〇〕。渾家身上衣，炙背曉未休。誰能獻此術，助汝當衾裯。

【校記】

〔一〕把：諸本作「爬」。今按，「把搔」與「爬搔」意同。北齊顔之推《顔氏家訓》卷下《歸心篇第十六》：「稍醒而覺體癢，爬搔隱疹，因爾成癩。」晉嵇康《與山巨源絶交書》：「性復多蝨，把搔無已。」

見《文選》卷四三。〔二〕于息：《全金詩增補中州集》卷一一作「其畢」，文淵閣本作「千息」，畿輔本、石蓮盦本作「子息」。今按，此處「于」猶「如」。《易·豫》：「介于石，不終日。」魏王弼注：「辯必然之理，故不改其操，介如石焉，不終日明矣。」今人高亨注引清王引之曰：「于猶如也。」至於「千」、「子」等，未得其意。〔三〕息：文淵閣本作「惜」。〔四〕溢：《全金詩增補中州集》作「益」。〔五〕融融：文淵閣本作「漸漸」。〔六〕味：《全金詩增補中州集》作「枕」。〔七〕夜卧炕暖：畿輔本、石蓮盦本作「夜卧煖炕」，文淵閣本「炕」作「坑」。〔八〕糴：文淵閣本作「糶」。〔九〕坑：畿輔本、石蓮盦本作「炕」。〔一〇〕泫：《全金詩增補中州集》作「怯」；畿輔本作「炫」，缺末筆。

倣聖俞月出斷岸口二首〔一〕

末伏暑尚在，雨點落未落。夢覺起視夜，缺月掛屋角。

殘星橫斜河，晨鷄號天風。幽人窗中眠，紗厨明秋空。

【校記】

〔一〕斷岸口：畿輔本、《全金詩增補中州集》卷一一作「斷崖口」。

長白山行

長白山雄天北極，白衣仙人常出没。玉龍垂爪落蒼崖，四江飛下天紳白。匹馬渡江龍飛天，雲起倏王化千百。至今甲第多屬籍〔一〕，時清毬馬争馳突。錦韉貂帽躐春風〔二〕，五陵豪氣何飄忽。前年胡騎瞰中原〔三〕，准擬長城如削鐵。君家兄弟真連璧，胸中十萬森戈戟。向曾論事天子前〔四〕，漢庭諸公動顔色〔五〕。心知不易一因命，顧肯貪功事無益。西南方面應時須，帝曰來前無汝易。從來十益不補損，三輔蕭條半荆棘。瘦妻曳耙女扶犁〔六〕，惟恐官軍缺粮給。嗚呼瘡痍尚未復，且願休兵養民力。老夫謬忝春官伯，白首書生不經國。佇公功成歸廟堂〔七〕，再獻中興二三策。

【校記】

〔一〕屬：畿輔本作「寓」，注「一本作『屬』」。〔二〕躐：諸本作「獵」。〔三〕胡：畿輔本作「胡」，注「一本作『北』」，《全金詩增補中州集》卷一一即作「北」。〔四〕向曾：原作「向淪」，畿輔本作「向經」，石蓮盦本作「向來」，此從文淵閣本及《全金詩增補中州集》。〔五〕公：畿輔本如之，注「一本作『人』」。〔六〕耙：文淵閣本作「杷」。〔七〕佇：畿輔本如之，注「一本作『待』」。

渡水僧二首

落日前溪渡〔一〕，鐘聲隔岸聞。秋水深可涉，挽衣踏行雲。行雲忽破碎，波動生魚鱗。化爲百千我，何者爲我身。此身尚非我，况復影中人。畫師畫具眼〔二〕，了此起滅因。三生祠下夢〔三〕，一笑語前塵。

一僧杭中流[四]，杖笠行相隨。波紋生足指，照影光瀰瀰。一僧到彼岸，前引如導師。腰間兩不借，身外一伽黎。一僧方欲涉，結帶如有思。前山鳥飛夕，後山雲起時。君看眉頰間，中有摩詰詩。

【校記】

[一]落日：畿輔本作「日落」。　[二]具：《全金詩增補中州集》卷一一作「真」，畿輔本作「葢」。

[三]祠下夢：原作「祠山夢」，石蓮盦本作「嗣幻夢」，此從文淵閣本、畿輔本及《全金詩增補中州集》。

[四]杭：文淵閣本作「亢」。今按，《詩·衛風·河廣》：「誰謂河廣，一葦杭之。」毛傳：「杭，渡也。」

時雨

時雨美胥莘公也。公以行臺移鎮平陽，鄰畏其威，民懷其德焉[一]。

天降時雨，山川出雲。天相休運，是生世臣。維我世臣，乃國於莘。天子命之，牧爾邦民。北風喈喈，雨雪霏霏。嗟我晉人，而瘖而痍。吹之呴之，摩之拊之。于燠其寒，于飽其饑。既瘳既夷，不嚬以嘻。孰爲豺虎，載柵載壘。孰爲蟊賊，載芟載理。無擾我鄉，我鄉我里。無伐我桑，我桑我梓。遠夷駾矣[二]，我民休矣。公在在堂，如春斯温。激矢在壺，折衝于樽。民安于廛，兵安於屯。公在在堂，錦衣繡裳。敝予改爲，斯民不忘。公在在堂，繡裳錦衣。我民之思，無以公歸。

【校記】

〔一〕畿輔本詩題有「并序」二字，以「時雨美胥莘公也」以下爲序，兹改作小字注。 〔二〕駾：原作「⿰馬免」，此從諸本。今按，《詩・大雅・緜》：「混夷駾矣，維其喙矣。」駾音退，⿰馬免音兔，俱指駿馳，而駾之出處明了，差可勝之。

皇武 皇武命平章公移鎮陝右也〔一〕。

皇奮厥武，如雷如霆。獷彼遠夷〔二〕，載震載驚。帝命相臣，蘇我疲民〔三〕。維時莘公，展也大成。公自平陽，移鎮於秦。世皆謂公，在處陽春〔四〕。公在在秦，有年無兵〔五〕。世皆謂公，斯民德星。維此二方，不寧不令。帥臣議征，發言盈庭。公奏累上，如山不傾。世皆謂公，漢之營平。既完三輔〔六〕，復保五城。以迄於今，夏人請盟。維將盡能，維公竭誠。公拜稽首，天子之明。我公歸矣，我民思矣。詔公復起，周邦咸喜。願公百年，以佐天子。罔俾樊侯，于周專美。

【校記】

〔一〕畿輔本詩題有「并序」二字，以「皇武命平章公移鎮陝右也」爲序，兹改作小字注。 〔二〕夷：《全金詩增補中州集》卷一一作「人」。 〔三〕我：畿輔本如之，注「一本作『此』」；民，文淵閣本及《全金詩增補中州集》作「氓」。 〔四〕在處：石蓮盦本作「有腳」。今按，五代王仁裕《開元天寶遺事・有腳陽春》：「宋璟愛民恤物，朝野歸美，時人咸謂璟爲有腳陽春，言所至之處，如陽春煦物也。」

〔五〕有：石蓮盦本作「百」。　〔六〕完：石蓮盦本作「宅」。

鄭子産廟

晉楚更霸争雄尊〔一〕，勢如兩虎挾一豚。玉帛事楚方南轅，晉師已及國北門。鄭有人焉國無小，晉楚雖大談笑了。臨風三嘆酹酒罇〔二〕，注目蒼陂望高鳥。

【校記】

〔一〕霸：石蓮盦本作「伯」。　〔二〕酒：畿輔本如之，注「一本作『清』」，石蓮盦本即作「清」。

過湖城

暮行潼關道，百里蒼山昏。勢斷忽平野〔一〕，大河東南奔。我行屬冬季，風雪浩以繁。玄雲結層陰，狐貉不得温。豈不念白首，出使萬里番〔二〕。惜彼守凍者，據鞍復何言。

【校記】

〔一〕勢：畿輔本如之，注「一本作『風』」，《全金詩增補中州集》卷一一作「峰」。　〔二〕番：《全金詩增補中州集》作「藩」。

過閿鄉

秦關百二天下壯，百萬雄師未能傍。函關未了又潼關，潼關之敗何等閑。九齡斥逐姚宋死，邊將邀功從此始。今年西屠石堡城，明年又起漁陽兵。朝廷欲藉邊將重，不覺胡雛心暗動〔一〕。禄山前死未可知，雖有漁陽突騎將奚爲。自古明王重用武，莫咲書生陳腐語。

【校記】

〔一〕胡雛：畿輔本如之，注「一本作『猪龍』」，《全金詩增補中州集》卷一一即作「猪龍」。

含元殿

秦山從此來〔一〕，宫殿何巍巍。含元遺址在，下建十丈旂。當昔休明日，軒陛朝諸夷。一旦人事改，翻坐牧羊兒〔二〕。譬如元氣衰〔三〕，百疾攻四肢。陵夷更五代〔四〕，興亡如奕棊。塵埋梨園骨，火燒花萼碑。寢殿通樵徑，宫墻插酒旗〔五〕。至今明月夜，石馬空聞嘶。蒼天不可問，渭水空自馳。誰爲後來者，應與此心期。

【校記】

〔一〕秦：原作「泰」，此從諸本。另，《全金詩增補中州集》卷一一「此」作「北」。〔二〕翻坐牧羊兒：《全金詩增補中州集》作「阿犖坐彤墀」。〔三〕元：畿輔本如之，注「一本作『血』」。〔四〕夷：《全金詩增補中州集》作「臣」。〔五〕插：《全金詩增補中州集》作「揮」。

過乾陵

乾陵，故梁山也。舊有柏萬株，亡矣。有石蕃王像來朝者六十四，至今猶存。下有章懷太子墓。

曉日上乾陵，乾陵何巍巍。前瞻對雙闕，上有十丈碑。左右蕃夷像，想見朝貢時。一抔土未乾〔一〕，衮服易褘衣。好還雖天道，剪伐盡本枝。凄涼廬陵謫，慷慨黄臺辭。賴有狄相國，取日洗咸池。母后盜國鼎，吕氏非薄姬。中睿乃其子，天幸亦其宜。驪山三日火〔二〕，見笑牧羊兒。如何陵上柏，獨有神護持。千秋百歲後，魂魄復來兹。故山草木頩〔三〕，應悔復辟遲。天回西日照，歲暮北風吹。南登樂遊園〔四〕，默誦昭陵詩。

【校記】

〔一〕抔：原作「坏」，此從畿輔本、石蓮盦本及《全金詩增補中州集》卷一一。〔二〕驪：原作「驟」，此從諸本。〔三〕頩：《全金詩增補中州集》作「赭」。〔四〕園：《全金詩增補中州集》作「原」。

發棗社

夜發棗社駅，褰帷見明月。月照斷崖冰，風吹陰磴雪。山重復峻嶺，十步九盤折。兩崖夾深澗，綫路僅容轍。縋車下百尺，轣轆聲未絶。坡陀到平地〔一〕，稍喜見雉堞。隔城聞鐘鼓，星斗何歷歷。故人相勞苦，杯酒慰行役。夜闌秉明燭，相對恍如失。

【校記】

〔一〕到：原作「倒」，此從諸本。

過寧州

季冬落日黄，霜雪原野白。驅車上峻坂，十步百夫力。我行未半嶺，回視但木末。白雲在高頂，可望不可及。北風摧去翼〔一〕，孤煙帶遠客。居人候征騎，倦僕望前驛。蒼皇下陂陀，張燈已昏黑。

【校記】

〔一〕摧：原作「吹」，此從諸本。

遊華山寄元裕之〔一〕

我從秦川來，歷遍終南遊〔二〕。暮行華陰道，清快明雙眸〔三〕。東風一夜横作惡〔四〕，塵埃咫尺迷岩幽。山神戲人亦薄相，一杯未盡陰霾收〔五〕。但見兩崖巨壁插劍戟〔六〕，流泉夾道鳴琳璆。希夷石室緑蘿合，金仙鶴駕空悠悠。石門忽斷一峰出〔七〕，婆娑石上爲遲留。上方可望不可到，崖傾路絶令人愁。十盤九折羊角上，青柯平上得少休。三峰壁立五千仞，其下無址傍無儔〔八〕。巨靈仙掌在霄漢，銀河飛下青雲頭。或云奇勝在高頂〔九〕，脚力未易供冥搜〔一〇〕。蒼龍嶺瘦莓苔滑，嵌空石磴誰雕鎪。每憐風自四山而下不見底〔一一〕，惟聞松聲萬壑寒颼飀〔一二〕。捫參歷井到絶頂〔一三〕，下視塵世區中囚。酒酣蒼茫瞰無際，塊視五岳芥九州。南望漢中山，碧玉簪亂抽〔一四〕。況復秦宮與漢闕，飄然聚散風中漚。上有明星玉女之洞天〔一五〕，二十八宿環且周。又有千歲之玉蓮，開花十丈藕如舟〔一六〕。五鬣不朽之長松〔一七〕，流膏入地盤蛟虬。采根食實可羽化，方瞳緑髮三千秋。時聞笙簫明月夜，芝軿羽蓋來瀛洲。乾坤不老青山色，日月萬古無停輈。君且爲我挽回六龍轡，我亦爲君倒却黄河流〔一八〕。終期汗漫遊八表〔一九〕，乘風更覓元丹丘。

【校記】

〔一〕詩題原作「遊華山」，此從諸本。　〔二〕歷遍：畿輔本及《中州集》卷三作「遍歷」。　〔三〕快：《全金詩增補中州集》卷九作「使」。　〔四〕横：畿輔本如之，注「一本作翻」，文淵閣本、石蓮盦本即作「翻」。　〔五〕霾：畿輔本如之，注「一本作靈」，文淵閣本即作「靈」。　〔六〕插：文淵閣本、畿輔本、石蓮盦本作「列」。　〔七〕忽：畿輔本如之，注「一本作劃」，文淵閣本及《中州集》《全金詩增補中州集》即作「劃」。　〔八〕址：石蓮盦本作「趾」，通。　〔九〕在：文淵閣本、石蓮盦本作「最」，畿輔本如之，注「一本作在」。　〔一〇〕供：畿輔本如之，注「一本作窮」，石蓮盦本即作「窮」。　〔一一〕而下：畿輔本作「下下」。　〔一二〕飀：文淵閣本、石蓮盦本及《中州集》作「颼」，畿輔本如之，注「一本作飀」。　〔一三〕到：文淵閣本、石蓮盦本作「上」，畿輔本如之，注「一本作到」。　〔一四〕碧玉簪亂抽：文淵閣本、石蓮盦本作「簪如碧玉抽」，畿輔本如之，注「一本作碧玉簪亂抽」。〔一五〕之：原作「六」，此從諸本。〔一六〕開花：文淵閣本、畿輔本及《中州集》《全金詩增補中州集》作「花開」。〔一七〕朽：原作「休」，此從諸本。〔一八〕黄：畿輔本如之，注「一本作萬」。〔一九〕期：畿輔本如之，注「一本作朝」，《中州集》即作「朝」。表：《中州集》《全金詩增補中州集》作「極」。

倣淵明自廣

天地有常度，日月有常數。有生則有死，如朝必有暮。來者不可却，去者那容駐。但喜故歲新，新年行復故。故交零落盡，世豈能久住。年衰性自忘，所以語多悮。况復眼半昏〔一〕，文字宜少覷〔二〕。前路那可知，正宜委運去。幸近古稀年〔三〕，無復更多慮。

【校記】

〔一〕况：《全金詩增補中州集》卷一二作「但」。〔二〕覷：原作「戲」，此從畿輔本、石蓮盦本及《全金詩增補中州集》。〔三〕幸近：文淵閣本作「辛苦」。

和淵明飲酒二十首

翩翩萬里鶴，日暮將何之。昏鴉擇所安，笑汝不知時。孔席不暇煖，此理吾不疑〔一〕。尚愧淵明翁，濁酒時一持。

其二

少長慕富貴，老大思丘山[二]。一爲妻子累，不肯踐斯言。誤落塵網中，黽勉四十年。吾衰有兒子，門户幸可傳。

其三

漆園去我久，舉世少真情。晉宋多名流，惜哉亦虚名。浮虚忘軒冕，踰檢稱達生。淵明初亦仕，不爲寵辱驚。笑彼夸毗子，空談竟何成[三]。

其四

貧賤豈不苦，仰慕冥鴻飛。富貴豈不樂，乃有黄犬悲。苦樂各異趣，嗜好從所依。我欲作九原，獨與淵明歸。掛冠不待年，况此齒髮衰。遥酹一盃酒，毋令寸心違[四]。

其五

琳宫雜鼃黽，頗猒鼓吹喧。既久少人事，却愛幽居偏。南軒有奇趣[五]，雲峰可當山。一雨溪水漲，稍稍魚鳥還。我亦樂其樂，可爲静者言。

其六

好醜無定在，當時者爲是。彌子當寵時，安知後來毁。世道每如斯，吾生幸不爾。舉世尚五弦，安事矜緑綺。

其七

少年喜草書，臨池學伯英。縱横挾造化〔六〕，如見萬物情。墨濡四溟窄，筆落三山傾。年來頗自笑，惜哉以技鳴。白首竟無得，俯仰愧此生。

其八

秋菊有至性，霜松無俗姿〔七〕。采采黄金花，笑撫蒼煙枝。偶有杯中物，成此一段奇。白雲南山來，出岫復何爲。醉卧東籬下〔八〕，聊脱人間羈。

其九

今日好天色〔九〕，清晨雪雲開〔一〇〕。東風如故人，適我平生懷。忽見南來燕〔一一〕，孤雌與雄乖〔一二〕。暮歸主人堂，梁間有雙棲〔一三〕。巢傾覆其子〔一四〕，又補新巢泥。翩翩隨陽雁，幽貞苦難諧〔一五〕。江湖偶相失，咫尺雲路迷。哀哀霜雪際，獨向胡天迴〔一六〕。

其十

鷙鳥閉籠中，舉翮觸四隅。騏驥駕塩車，跼蹙困中途〔一七〕。一朝遭識拔〔一八〕，未免爲人驅。傍觀信美矣〔一九〕，自愧良有餘〔二〇〕。不如兩無累，還我田園居。

其十一

千載淵明翁，誰謂不知道。閑賦責子詩[二一]，調戲乃娱老[二二]。杜陵蓋自況，亦豈恨枯槁。壺觴清濁共，適意無醜好。歸來五柳宅，守我不貪寶。長嘯天地間，獨立萬物表。

其十二

憶昔告歸老，方屬耆指時。眼昏頭半白，誓將從此辭。幾年不得謝，因循到今茲。耳聵左目盲，决去吾何疑。君恩雖云重，竊禄良自欺。乘流且復逝[二三]，遇坎將安之。

其十三

昔我謝事時，曾造老衲境。謂言方閑去，如醉不得醒。至要無多言，退步心自領。一朝桶底脱，露出囊中穎。有如暗室中，照耀賴燭炳。

其十四

嚴風大澤枯，霰雪寒威至。此時陶彭澤，相與父老醉。醉不必相扶，顛倒無倫次。處世貴無名，不知斯我貴。斯人今已矣[二四]，三嘆有遺味[二五]。

其十五

憶我滏水陽，經營五畝宅。脩竹幾十竿[二六]，今爲狐兔迹。相逢問鄉舊，里巷不盈百。艱難驚獨在，鬢髮颯已白。一醉齊彭殤，無爲空太息〔二七〕。

其十六

幽居淡無事，雅志了玄經。眼花憎文字，悠悠竟無成。中夜起不寐〔二八〕，披衣守寒更。梅竹散清影，素月流廣庭。孤鶴闘逸响，切切寒虫鳴。撫卷長嘆息，慷慨惻中情。

其十七

淵明雖不仕，愛此北窗風。曲肱枕書卧，樂亦在其中。時持一杯酒，賴此齊窮通。大笑杯中蛇，晚矣悟彤弓。

其十八

漢儒傳注學，未爲無所得〔二九〕。秦火少完書，豈免烏焉惑。後儒補罅漏，聖道稍開塞〔三〇〕。俗士喜持戈〔三一〕，又一秦相國。且共歡一觴，多言不如默。

其十九

昔我平生友，峨冠及偕仕〔三二〕。居官不避事，力學固爲己。非無濟時策，壟斷亦云耻。行年未六十，賫志没蒿里。蹇予隨朝班，星霜幾四紀。譬如遠行客〔三三〕，日暮尋所止〔三四〕。養志歸田廬，晚節猶可恃。

其二十

淵明非嗜酒，愛此醉中真〔三五〕。謂言忘憂物，中有太古淳。回首市朝中，萬事牛毛新。去年持使節，悠悠過西秦。宮闕隨飛煙，衣冠化埃塵。當時憑軾士〔三六〕，慷慨嗟徒勤〔三七〕。所以山林客，樂與魚鳥親。西登太華頂，曠望長河津。寄謝三峰雲〔三八〕，聊欲濫吾巾。誓將從此去，笑謝當途人。

【校記】

〔一〕不：《中州集》卷三如之，文淵閣本、畿輔本、石蓮盦本作「何」。　〔二〕大：《全金詩增補中州集》卷一二作「人」。　〔三〕談：原作「誤」，此從畿輔本、石蓮盦本及《全金詩增補中州集》。　〔四〕令：《中州集》如之，文淵閣本、畿輔本、石蓮盦本作「使」。　〔五〕軒：畿輔本及《全金詩增補中州集》作「榮」。　〔六〕挾：文淵閣本作「學」。　〔七〕俗：畿輔本如之，注「一本作媚」。　〔八〕籬：《中州集》如之，文淵閣本、石蓮盦本作「軒」，畿輔本如之，注「一本作籬」。　〔九〕色：《中州集》如之，文淵閣庫本、石蓮盦本作「氣」，畿輔本如之，注「一本作色」。　〔一〇〕雪雲：原作「雲雪」，此從諸本。　〔一一〕忽：畿輔本如之，注「一本作坐」，《中州集》《全金詩增補中州集》卷九作「坐」。　〔一二〕乖：畿輔本及《中州集》《全金詩增補中州集》作「來」。　〔一三〕有：有，畿輔本如之，注「一本作已」，文淵閣本、石蓮盦本俱作「已」。　〔一四〕傾：文淵閣本作「仰」。　〔一五〕貞：「貞」原作「真」，此從諸本。　〔一六〕胡：《全金詩增補中州集》作「北」。　〔一七〕蹙：文淵閣本、畿輔本作「促」。　〔一八〕一朝：畿輔本如之，注「一本作雖然」，石蓮盦本及《中州集》《全金詩增補中州集》作「雖然」。〔一九〕信：文淵閣本作「洵」。〔二〇〕愧：文淵閣本作「嫌」。〔二一〕閑：畿輔本及《中州集》《全金詩增補中州集》作「謾」。〔二二〕乃：畿輔本及《中州集》《全金詩增補中州集》作「以」。〔二三〕逝：文淵閣本作「遊」。〔二四〕已矣：文淵閣本作「則亡」，畿輔本、石蓮盦本及《全金詩增補中州集》卷一二作「已亡」。〔二五〕嘆：《全金詩增補中州集》作「笑」。遺：文淵閣本作「餘」。〔二六〕十：《全金詩增補中州集》作「千」，畿輔本如之，注「一本作萬」，文淵閣本、石蓮盦本俱作「萬」。〔二七〕太：文淵閣本作「歎」，畿輔本如之，注「一本作太」。〔二八〕不：畿輔本如之，注「一本作無」，文淵閣本及《全金詩增補中州集》即作「無」。〔二九〕無：畿輔本如之，注「一本作世」，《中州集》《全金詩增補中州集》卷九即作「世」。〔三〇〕稍：《中州集》《全金詩增補中州集》作「少」；「開」原作「閉」，此從畿輔本、石蓮盦本及《中州集》《全金詩增補中州集》。〔三一〕持：文淵閣本、畿輔本作「操」。〔三二〕及偕仕：《全金詩增補中州集》卷一二作「今皆仕」。〔三三〕行：石蓮盦本作「尋」。〔三四〕尋：石蓮盦本作「行」。〔三五〕醉：畿輔本如之，注「一本作酒」，《中州集》《全金詩增補中州集》卷九即作「酒」。〔三六〕時：畿輔本如之，注「一本作年」，《全金詩增補中州集》即作「年」；軾，畿輔本作「軒」，注「一本作軾」。〔三七〕嗟：畿輔本如之，注「一本作歎」，《中州集》《全金詩增補中州集》作「歎」。〔三八〕峰：畿輔本如之，注「一本作山」，《中州集》《全金詩增補中州集》作「山」。

擬和韋蘇州二十首

和西澗〔一〕

雨荒竹逕草叢生〔二〕，樹隔前溪一犢鳴。步尋幽澗疑無路，忽有人家略彴横〔三〕。

和煙際鐘〔四〕

近壑斂暝色〔五〕，遠山猶夕暉。聲從煙際起，復向煙中微。隨風散林野，渡頭人未歸。

和西塞山龍門。

雙闕聳岧嶢，神斧忽中斷。一水從中來，千龕道傍滿。

和山耕叟

步逐麋鹿迹，詎知朝市情。負薪南澗曲〔六〕，荆棘雨中行。呼兒問牛飽〔七〕，又向山田畊。

和上方僧

石潤雲生衲，崖傾月照禪。曬衣横竹錫，洗鉢落岩泉。但見山花發，幽居不記年。

擬詠夜

明從暗中去，暗從明中來〔八〕。流光不待曉〔九〕，闇盡玉爐灰〔一〇〕。

擬詠聲

萬籟静中起，猶是生滅因。隱几以眼聽，非根亦非塵。

和寄全椒道士潘清容自鄂移樓觀，與中條喬象之同居。

新移白閣峰，遠訪中條客。結茅授經臺，共坐雲間石。松龕讀易朝，月窗談道夕。從此到終身[一一]，區中了無迹。

和遊溪

清溪霧氣散[一二]，水涵天影空。白雲翻着底，移舟明鏡中。鳥近前灘白[一三]，花移別岸紅[一四]。遥知夜來雨，山色翠如葱。

和秋齋獨宿[一五]

冷暈侵殘燭，雨聲在深竹。驚鳥時一鳴，寒枝不成宿。

和聽嘉陵江水聲代深師荅

驚湍瀉石崖，百步無人跡。愛此喧中静[一六]，聊布安禪席[一七]。水無激石意，云何轉雷聲。仁者自生聽，達士了不驚。心空境自寂，淡然兩無情。

和演師西齋

不見竹間僧，但聞花外磬。敲檻出魚遊，巢簷知鳥性。雲蒸坐禪石，露濕行道徑。夜寂一燈殘，山月來破暝。

和遊開元精舍

松軒風掃静，終日閉門居。犬卧青苔地，鳥啣紅柿初〔一八〕。瓶殘夜禪起，經潤雨翻餘。自是少人迹，非關往來疎〔一九〕。

和荅中山道士〔二〇〕

行轉青溪又别峰〔二一〕，馬蹄終日認樵蹤。翠微深處無人住，寺在深山何處鐘。

和西樓

十去龍沙雁，年年久不歸〔二二〕。煙塵猶未息，莫近塞雲飛。

和瑯琊萬壽寺〔二三〕。

兹寺廢已久，經搆昔未遑。一朝焕金碧，煌煌耀東崗〔二四〕。文母開大施，天厨來衆香。縈回轉佛閣，窈窕閟禪房。平地俯歸鳥，高齋在上方。宿雲不歸山，野水自成塘。道人如水鏡，見者心清凉。理勝是非遣，慮淡形蹟忘。歸鞍惜清境〔二五〕，佇立暮天蒼。

擬漠漠來帆重冥冥去鳥遲〔二六〕

薄暮瀟瀟雨，何人獨倚欄。濛濛山氣重，淡淡水紋寒〔二七〕。草際光猶泫〔二八〕，松梢滴未乾。燈前未歸客，無夢到長安。

擬何時風雨夜復此對床眠〔二九〕

幽居少人事，有客來不速。爐内火正紅，尊中酒新緑。高齋始聞雁，隔窗時動竹。何當風雪夜，抱被還同宿。

擬緑陰生晝寂孤花表春餘〔三〇〕

了無車馬迹〔三一〕，終日掩禪關。不下溪頭路，坐看簷際山。好鳥破午寂，幽花淡春閑。簪組方爲累，來遊不知還。

擬兵衛森畫戟燕寢凝清香〔三二〕

冠帶事朝謁，清坐彈鳴琴。以彼塵外趣，遠我遺世心。岸幘送歸鳥，隱几見遥岑。聊同静者樂〔三三〕，豈必居山林。

【校記】

〔一〕和西澗：石蓮盦本作「西澗」，且此下各題「和」、「擬」等字皆略。〔二〕雨：畿輔本作「西」。

竹」。金劉祁《歸潛志》卷九録此詩作「行」。〔三〕彴：畿輔本及《歸潛志》作「杓」，文淵閣本作「約」。今按，彴音濁。《漢書》卷六《武帝紀》「初榷酒酤」。唐顔師古注：「榷者，步渡橋，《爾雅》謂之石杠，今之略彴是也。」〔四〕際：《歸潛志》作「寺」。〔五〕暝：文淵閣本作「瞑」，通。〔六〕曲：畿輔本如之，注「一本作『口』」。〔七〕兒：畿輔本如之，注「一本作『童』」。〔八〕中：文淵閣本及《歸潛志》作「際」，畿輔本如之，注「一本作『中』」。〔九〕不待曉：文淵閣本及《歸潛志》作「不相待」，畿輔本如之，注「一本作『不待曉』」。〔一〇〕爐：文淵閣本作「燼」。〔一一〕到：原作「別」，此從諸本及《歸潛志》。〔一二〕清：《歸潛志》作「青」。〔一三〕白：文淵閣本、畿輔本及《歸潛志》作「日」。〔一四〕紅：文淵閣本、畿輔本作「風」。〔一五〕《中州集》卷三、《全金詩增補中州集》卷九詩題作「和韋蘇州秋齋獨宿」。〔一六〕喧中静：畿輔本及《歸潛志》作「静中喧」。〔一七〕布：畿輔本作「步」。〔一八〕柿：畿輔本如之，注「一本作『葉』」，《全金詩增補中州集》卷一二即作「葉」。〔一九〕往來：文淵閣本及《全金詩增補中州集》作「來往」。〔二〇〕《歸潛志》、畿輔本詩題作「和荅山中道士」。〔二一〕青：畿輔本作「清」。〔二二〕久：《歸潛志》、文淵閣本、石蓮盦本作「九」。〔二三〕文淵閣本作「和瑯琊寺」，「萬壽寺」爲小字注，畿輔本作詩題。〔二四〕耀：文淵閣本作「燿」。〔二五〕境：《全金詩增補中州集》卷一二作「景」。〔二六〕冥冥：《全金詩增補中州集》卷一二作「溟溟」。另，畿輔本詩題有小字注「一無『冥冥去鳥遲』句，韋集作『漠漠來帆重、冥冥去鳥遲』」，《歸潛志》即作「擬漠漠來帆重」。〔二七〕淡淡：石蓮盦本作「漠漠」。〔二八〕猶：原作「獨」，此從諸本及《歸潛志》。另，《全金詩增補中州集》「泫」作「濕」。〔二九〕畿輔本詩題有小字注：「一無『復此對床眠』句。韋集作『寧知風雨夜、復此對床眠』。」《歸潛志》即作「擬何時風雨夜」。〔三〇〕畿輔本詩題有小字注：「一無『孤花表春餘』句。韋集『寂』一作『静』。」《歸潛志》即作「擬緑陰生晝寂」。〔三一〕馬：畿輔本如之，注「一本作『塵』」。〔三二〕畿輔本詩題有小字注：「一無『燕寢凝清香』句」。《中州集》《歸潛志》即作「擬兵衛森畫戟。」〔三三〕同：《中州集》《全金詩增補中州集》卷九如之，文淵閣本、畿輔本、石蓮盦本及《歸潛志》作「得」。

送麻徵君知幾〔一〕

丹山五色鳳，一舉眇天隅。文采瑞聖世，不爲竹與梧。渥洼汗血種，逸氣凌九區。可見不可縶〔二〕，白璧誰敢沽。夫君號神童，七歲能草書。二十上詞賦，下筆凌紫虛。三十富經學，兩魁天下儒。娥眉衆女嫉〔三〕，反畏知名譽。一朝相捨去，願以道自娱〔四〕。閑觀養性書，洞究先天圖。姓字聞天朝〔五〕，相公借吹嘘。左丞薦。從容拜恩命，移疾還里閭。諸公惜其去，乞留侍玉除。掉頭不肯住，一飯吾豈無。君看澤中雉，飲啄良自如。一旦畜樊中，意氣慘不舒。又如田間牛，騰擲適有餘。被之以文繡，顧影反踟躕。君恩豈不重，力疾須人扶。旁觀信美矣，違己非病歟。不如本無累，還我田園居。喜君節獨高，知君功名疎。可以激頽俗，可以勵貪夫。異時高士傳，名與西山俱。

【校記】

〔一〕《全金詩增補中州集》卷一二詩題作「送麻知幾徵君」。〔二〕縶：原作「摯」，此從諸本。

〔三〕女：文淵閣本作「語」。〔四〕願：文淵閣本作「顧」。〔五〕字：文淵閣本作「名」。聞：《全金詩增補中州集》作「問」。

飲馬長城窟行

飲馬長城窟，泉腥馬不食。長城城下多亂泉，多年冷浸征人骨。單于吹落關山月，茫茫原上沙如雪。十去征夫九不回，一望沙場心斷絶。胡人以殺戮爲耕作〔一〕，黄河不盡生人血。木波部落半蕭條，羌婦翻爲胡地妾〔二〕。聖王震怒下天兵〔三〕，天弧夜射旄頭滅〔四〕。九州復禹跡，萬里還耕桑。但願猛士守四方，更築長城萬里長。

【校記】

〔一〕胡：畿輔本如之，注「一本作北」，《全金詩增補中州集》卷一二即作「北」。〔二〕胡：畿輔本如之，注「一本作邊」，《全金詩增補中州集》即作「邊」。〔三〕王：諸本作「皇」。〔四〕弧：《全金詩增補中州集》作「狐」。

猛虎行

猛虎在深山〔一〕，一怒風林披。朝食千牛羊，暮食千熊羆。虎暴尚可制，人還寢其皮。旄頭飛精光，落地爲積屍。焚山赭草木，血征成污池〔二〕。萬靈泣上訴，生民將何爲。帝怒勅六丁，雷電下取之。埋魂九泉底[三]，壓以泰山坻。然後天下人，頗得伸其眉。寄言顛越者，毋得育種遺[四]。

【校記】

〔一〕猛：畿輔本、石蓮盦本及《全金詩增補中州集》卷一二作「孤」。〔二〕征：文淵閣本作「陸」，畿輔本、石蓮盦本及《全金詩增補中州集》作「積」。〔三〕泉：諸本作「地」。〔四〕得育：文淵閣本作「俾育」，畿輔本作「俾有」。

倣老杜無家

弟妹他鄉隔，無家問死生。兵戈塵共暗，江漢月偏清。落日黄牛峽，秋風白帝城。中原消息斷，何處是秦京。

倣劉長卿出塞二首

上山摇白旗，下馬駐旌麾。虜騎數重合[一]，漢人三日圍。天寒短兵接，日暮戰聲微。萬里天山北，招魂葬不歸。

初從召募軍，麾下點行頻。衣上兩行淚，燈前萬里身。皷聲青海振，戰骨黑山塵。落日邊風起，蕭蕭愁殺人。

【校記】

〔一〕虜：《全金詩增補中州集》卷一二作「邊」。

楊妃墓

灼灼陌上花，青青路傍草。人心任榮悴，過眼無醜好。馬嵬三尺墳，西出劍門道。如何傾國顔，傷心不同老。

李夫人

夫人臨訣時，掩面羞人主。空餘返魂香，默默不得語。千秋百歲後，粉黛化爲土。一笑不成妍，春風花自舞。

延安滋戒師余初主安塞堡簿時相識也今戊子歲春被命作醮平凉偶得相會以四十三年之舊故集句以贈之〔一〕

五城何迢迢，杜。關河茫茫隔波浪。許表民。與君别來今幾時，盧仝。翰林白髮三千丈。王琪。形容變盡語音存，東坡。閑思往事是前身〔二〕。樂天。四十三年如電抹，東坡。欲談前事恐無人。

子由。龐眉皓首無住著，杜。臂上念珠如皎日〔三〕。唐僧。架上楞嚴已不看，東坡。更看脚根參一節。山谷。人生何處不相逢，丁寇。猶恐相逢是夢中。晏叔原。仝是行人更分首，山谷。明朝車馬各西東。歐陽。《閑閑老人滏水文集》卷五。

【校記】

〔一〕文淵閣本詩題脱「故集句以贈之」之「之」字。〔二〕是：畿輔本作「似」。〔三〕日：畿輔本、石蓮盦本作「月」。

新編全金詩卷四八

趙秉文 四

律詩

塞上四首

窮邊四十里，野户兩三家。山腹過雲影，波光戰日華。汲泉尋澗曲，樵路入雲斜。隨分坡田罷，還簪野草花。

其二

因尋射鵰壘，偶到殺狐川。鹵地牛羊瘦〔一〕，邊沙草木羶。廢城餘井臼〔二〕，古戍斷烽煙。自説無征戰，經今六十年。

其三

薄宦邊城裏，經年無客過。一川平地少，四面亂山多。野色連秋塞，邊聲入暮河。舊貂寒更薄，飄寄欲如何。

其四

樹靄連山郭，林烟接塞垣。斷崖懸屋勢，漲水没沙痕。烽火雲間戍，牛羊嶺外村。太平閑𢫬手，文字付清罇。

【校記】

〔一〕鹵：《全金詩增補中州集》卷一二作「西」。〔二〕城：畿輔本如之，注「一本作池」，《全金詩增補中州集》即作「池」。

寒夜

歲晏寒無那，夜深清欲飢。竹風驚夢斷，雪意聽窗知。稍稍鵲翻樹，蕭蕭人語籬。虚明滿吾室，何許月來時〔一〕。

【校記】

〔一〕許：《全金詩增補中州集》卷一二作「計」。

三山渡口〔一〕

春水三山渡，斜陽八字堤。河淤樹身短，沙截草痕齊。地納黄流大，天㘅浚澤低。故人不見我[三]，愁思使人迷。

【校記】

[一]畿輔本詩題末有小字注：「一本無『口』字」。《全金詩增補中州集》卷一二即無「口」。[三]不見我：文淵閣本、畿輔本、石蓮盦本作「不我見」。

西陵

靄靄西陵樹，蕭條歌吹聲。客愁連斷雁，地古更荒城。山色嬌新雨，河流怒不平。浮雲臺上起，不盡古今情。

柏人光武廟

真人開有漢，帝業肇蕪蔞[一]。洒落君臣契，艱危廟社圖。山川扶鄗邑，日月拱東都。社稷千秋里，風雲四達衢。北風吹雨雪，西日照桑榆。舊物餘翁仲，荒祠老祝巫。功臣遺像在，時有鼠啣鬚。

【校記】

[一]蕪蔞：文淵閣本及《全金詩增補中州集》卷一二作「蔞蕪」，石蓮盦本作「蔞無」。今按，《後漢書》卷一七《馮異傳》：「光武自薊東南馳，晨夜草舍，至饒陽蕪蔞亭。……六年春，異朝京師。引見，帝

謂公卿曰：『是我起兵時主簿也。爲吾披荊棘，定關中。』……詔曰：『倉卒蕪蔞亭豆粥，虖沱河麥飯，厚意久不報。』」

正覺院

西日轉廊腰，踈鐘送泬寥〔一〕。壞墻緣苦竹，欹屋上凌霄〔二〕。白髮知僧臘，青燈更客宵。葉聲風外盡，窗雨續蕭蕭。

【校記】

〔一〕泬：原作「寂」，此從畿輔本、石蓮盦本、《全金詩增補中州集》卷一二。今按，楚宋玉《九辯》之一：「泬寥兮天高而氣清，寂漻兮收潦而水清。」見宋朱熹《楚辭集注》卷六。〔二〕欹：諸本作「破」。

開元寺

歲久開元寺〔一〕，槐花落石龍〔二〕。僧瓶深碧甃〔三〕，蝸壁篆金容。窗影年年塔，禽棲夜夜鐘。平生睡秋雨，竹閣味偏濃。

【校記】

〔一〕久：文淵閣本作「晏」。〔二〕槐：畿輔本、《中州集》及《全金詩增補中州集》卷九作「黄」。

〔三〕僧瓶：《中州集》作「瓶深」，《全金詩增補中州集》作「繡苔」。

散策

解鞍成小憩，散策遂幽欣。偶拂水邊石，坐看嵓上雲。桑麻深畏景，水竹淡斜曛。興寄方自得，清涼誰與分。

陸渾

言從陸渾去，不遇紫芝還〔一〕。鳥飛不盡處，夕陽千萬山。雲起動兼静，水流忙更閑。坐待石上月，滅没煙嵐間。

【校記】

〔一〕遇：畿輔本如之，注「一本作『見』」；《全金詩增補中州集》卷一二作「過」。

梁園中秋

今夜梁園月，相逢照一樽〔一〕。他時千里共，此會幾人存。老我追隨盡，憐渠咲語温。不眠瞻玉兔，終夕露荷翻。

【校記】

〔一〕照：石蓮盦本作「酒」。今按，明王韋《玉漏遲·元宵奉陳静齋憲長》：「明月依人，空照一樽清醑。」見清王昶《明詞綜》卷三。

梅和尚節使挽詞二首

鏖戰群奔外，申威一呼間〔一〕。功名歸死事，義勇鄙生還。矢向胡天盡〔二〕，弓猶漢月彎。君王思戰苦，起塚像天山〔三〕。

走卒知虎將〔四〕，兒童説義州。甘心輕白羽，苦戰脱兜牟〔五〕。援絶揮戈地〔六〕，創餘振臂秋。英魂知不泯，結草抗邦仇。

【校記】

〔一〕呼：畿輔本作「隙」，注「一本作呼」。〔二〕胡天：畿輔本如之，注「一本作邊塵」，《全金詩增補中州集》卷一二即作「邊塵」。〔三〕像：文淵閣本、畿輔本作「象」。〔四〕虎：原作「處」，畿輔本作「虔」，《全金詩增補中州集》作「名」，此從文淵閣本、石蓮盦本。〔五〕兜牟：畿輔本、石蓮盦本、《全金詩增補中州集》作「兜鍪」。今按，兜牟亦作兜鍪。〔六〕援：畿輔本作「把」。

温妃挽詞二首

白日森容衛，青春忽夜臺。鼎湖龍已去，禖舘燕空迴。仙駕隨天遠，粧奩惻聖哀〔一〕。祇應彤史上，遺美不塵埃[二]。容衛三春肅，如何一旦殊。妃星淪紫極，帝子没蒼梧[三]。卜地陪長樂，升天後鼎湖。皇情何以慰，彤管載嬪虞。

【校記】

[一]哀：畿輔本如之，注「一本作懷」。[二]美：原缺，文淵閣本作「采」，此從石蓮盦本補。

[三]没：文淵閣本作「眇」。

和西溪思歸

好在西溪隱，人今白玉堂。興來看畫本，夢去拂西墻[一]。舊竹多年合，新松幾許長。從渠黄石老，獨占白雲鄉。

【校記】

[一]西：文淵閣本、畿輔本、石蓮盦本作「詩」。

獄中

處順初無累，安時故不憂。敢遑身後慮[一]，甘向死前休。有姊如工部，無兒似鄧攸。悠悠天地意，還許望松楸。

【校記】

〔一〕遑：畿輔本如之，注「一本作遺」，石蓮盦本即作「遺」。

徙倚

徙倚秋原上，長吟動所思。草荒天馬瘦，日落野鷹饑。多病親朋改，中年齒髮衰。功名付公等，才力況明時。

寒食遥奠西山寺二首

榆中草色蕪〔一〕，春水稍漸車。野祭一盂飯，鄉愁千里餘。年年寒食客，日日故園疎。莫訝交親絶〔二〕，嵇康懶寄書〔三〕。

年來百事廢，漸與世情疎。案上一杯酒，床頭幾冊書。春風疑混沌，水月似空虚。頃刻翻晴晦，吾心淡久如〔四〕。

【校記】

〔一〕蕪：文淵閣本、畿輔本作「無」。另，石蓮盦本此句作「榆中無草色」。〔二〕親：畿輔本如之，注「一本作情」。〔三〕嵇：原作「稽」，此從諸本。今按，嵇康於《晋書》卷四九有傳。〔四〕淡久如：文淵閣本作「久淡如」。

赴寧化宿王道

山屋如鷄栅，才容卸馬鞍。風吹四山雪，月照一川寒。不敢侵星起，惟愁上嶺難。中宵問前路，客枕若爲安〔一〕。

【校記】

〔一〕客：文淵閣本、畿輔本、石蓮盦本作「安」。

觀音院

棟宇懸崖上，風烟勝槩中。寒通汾渚月〔一〕，清带雪山風。茗水垂瓶得〔二〕，棊燈鑿牖通。仍聞馬頭寺，别業亂山叢〔三〕。

【校記】

〔一〕寒：文淵閣本作「塞」；汾，石蓮盦本作「沙」。〔二〕垂：畿輔本、石蓮盦本作「隨」。〔三〕《全金詩增補中州集》卷一二録此詩，除首句外，其餘混入下首《北埦》。

北埦

驅馬北埦上，山光淡復深。夕嵐無遠近，返照有晴陰。泉落莓苔石，風光松櫟林〔一〕。悠然成獨酌，啼鳥是知音。

【校記】

〔一〕光：石蓮盦本作「吹」。

蘆芽山

荷葉平初盡，蘆芽勢漸分。朝來知宿雨，谷底見歸雲。日上松猶滴，風來草自薰。臨溪歸路險，萬筏下河汾。

荷葉平〔一〕

平生慣山水，見之如等閑。竭來驚老眼，何處無名山。嶒崒千峰外，蒼茫一雨間。山神應解事，爲我洗孱顔。

【校記】

〔一〕平：《全金詩增補中州集》卷一二作「坪」。

管州道中

龜手酸風裏，寒多酒不勝。馬蹄荒店雪〔一〕，人迹斷橋冰。瘦骨成山字，霜髯作戟稜〔二〕。緑窗三丈月〔三〕，政爾夢騰騰。

【校記】

〔一〕蹄、荒：文淵閣本作「號」、「山」。　〔二〕稜：畿輔本作「棱」。　〔三〕月：諸本作「日」。

代郡張氏瑞柏堂

鬱鬱何年植，盤盤兀老蒼。文章深籀篆〔一〕，忠義抱風霜。子舍占烏鵲，孫枝託鳳凰。主人廊廟具，會見拂雲長。

【校記】

〔一〕籀篆：諸本作「篆籀」。

謁北嶽

四大神儀一，群山大茂尊〔一〕。奠方荒冀宅，視禮配天孫。西送虞淵暮，東瞻碣石暾。寶符臨代郡，巨鎮扼并門〔二〕。控趙襟形壯，包燕氣象渾。九河探禹跡，萬里叫虞魂。在昔登封始，前驅羽衛繁〔三〕。千官駢部曲〔四〕，萬騎隘山樊。卜地恒陽曲，移祠泰始元。晉移祠曲陽。荒碑刓歲月，飛石磵乾坤。帝秩加黃屋，宮居象紫垣。雲楣朽芝瑞〔五〕，雨砌裂槐根。天業恢弘大〔六〕，山靈翊衛屯。巫閭歸帝制，長白發金源。九廟龍盤接，三邦蛇勢吞〔七〕。雲煙浮近甸，日月繞中原。欵謁天香重，封題御署存。銀鏐諸産富，雷雨萬靈奔。神聽羞回德，天聰納正言。負時身九死，去國淚雙痕。日近趨天闕，生還託聖恩〔八〕。許身徒稷契〔九〕，無術補羲軒。帝籙長桑洞〔一〇〕，仙岩張果村。卜居如可近，重整此山轅〔一一〕。

【校記】

〔一〕大：諸本作「太」。今按，宋沈括《夢溪筆談》卷二四：「北嶽常嶺（恒山），今謂之大茂山者是也。半屬契丹，以大茂山脊爲界。」〔二〕巨鎮：《中州集》《全金詩增補中州集》卷九作「鐵瓮」，畿輔本作「巨鎖」。另，文淵閣本「扼」作「挹」。〔三〕前驅：文淵閣本、石蓮盦本作「初無」，畿輔本如之，注「一本作前驅」。另，石蓮盦本「繁」作「煩」。〔四〕駢：文淵閣本作「軿」。〔五〕雲：文淵閣本作「雪」。〔六〕弘：文淵閣本、《全金詩增補中州集》缺末筆，畿輔本作「宏」，避清帝乾隆名諱。另，文淵閣本「大」作「敞」。〔七〕蛇：原作「地」，此從畿輔本、石蓮盦本。〔八〕託：文淵閣本作「記」。〔九〕徒：《全金詩增補中州集》如之；文淵閣本、石蓮盦本作「空」，畿輔本如之，注「一本作徒」。〔一〇〕桑：文淵閣本作「山」；洞，畿輔本如之，注「一本作寺」。〔一一〕此：畿輔本、石蓮盦本、《全金詩增補中州集》作「北」。

過黃崖二首

患難驚身在，龍鍾感歲新。山川愁倦鳥，歲月老行人。落日黃崖古，東風白霫春。傷心潢水北，無乃久風塵〔一〕。

落日逢人恐，深秋動旅懷。乳鷹家碧嶂，飢虎吼黄崖〔二〕。此道將何適，吾生尚未諧。傷心墟落裏，犬舐有殘骸。

【校記】

〔一〕風：畿輔本如之，注「一本作邊」。〔二〕吼：畿輔本、《全金詩增補中州集》卷一二作「嘯」。

桃花島回寄王伯直〔一〕

冰破村橋擁〔二〕，春寒旅鴈低。遠山封霧小，高浪與雲齊。島寺明松雪，潮船濺藕泥〔三〕。詩情吟不盡，寄語畫中題〔四〕。

【校記】

〔一〕王伯直：原作「王伯宜」，此從畿輔本及《中州集》卷三、《全金詩增補中州集》卷九。另，《中州集》《全金詩增補中州集》無「回」字。〔二〕冰：文淵閣本作「水」。〔三〕潮：《全金詩增補中州集》作「湖」。〔四〕語：畿輔本、石蓮盦本及《中州集》《全金詩增補中州集》作「與」。

咸平道中

道壞緣岡遠，村流自作塘。夕陽開野色，秋水納山光。雨住林逾黑，鳥歸天更蒼〔一〕。冥搜無好句，淡墨寫微茫。

【校記】

〔一〕歸：原缺，據諸本補。

慶雲道中

對岸青山隔，孤城碧浪開。緑蕪天際合，白鳥日邊回。渡口呼舟急，沙頭立馬催。夕煙生極浦，欲上客衣來。

中秋金河感懷

金河今夜月〔一〕，遼水一尊同。鴈影不復北，馬蹄猶向東。山川新戰血，宇宙舊飄蓬。擾擾餘生事，愁來醉眼中。

【校記】

〔一〕河：文淵閣本、石蓮盦本作「山」。

登巢雲樓

烽火三年戍，沙沱幾戰場。自予甘薄宦，與子各殊方。寒木銷春色〔一〕，高樓傾夕陽。如聞洗兵馬，失喜問臨潢[二]。

【校記】

[一]銷：《全金詩增補中州集》卷一二作「同」，文淵閣本、石蓮盦本作「錮」，畿輔本作「伺」。

[二]失：《全金詩增補中州集》作「更」。

和陽子元二首[一]

紅葉如人老，黄花與世踈。物華行晼晚[二]，天宇迥澄虚。山作[illegible]風畫，鴈成人字書。相逢一杯酒，秋興各何如。

小雨班班落，庭槐槭槭踈。秋涵山骨冷，天入水痕虚。多病難忘酒，窮愁强著書。深慚靈感老，時復問何如。

【校記】

[一]陽子元：畿輔本、石蓮盦本作「楊子元」。

[二]晼晚：文淵閣本作「婉晚」，畿輔本、石蓮盦本作「婉娩」。今按，楚宋玉《九辯》之七：「白日晼晚其將入兮，明月銷鑠而減毀。」見宋朱熹《楚辭集注》卷六。

松下獨酌

行人隱微逕，古寺帶平崗。山勢依城斷，河流入野長。樹欹枝壞道，草卧壓頹墻。獨酌無人共，松風薦一觴。

松山道中

松漠三百里，飄然一日中。山長雲不斷，地迥雪無窮。遠嶺貪殘照，深林貯晚風。煙村一迴首，獨鶴下晴空。

疊翠嵓三首

枯枿似黔突，斷崖如削瓜。林深自風雨，地古更煙霞。脚力行將盡，雲山殊未涯。試窮千里目，直北際龍沙。

飛身清曠外，着眼有無間。崖斷疑無地〔一〕，雲開更有山。鳥隨天影没，人自日邊還。歸夢扶清境〔二〕，詩情不得閑。

帳殿臨青嶂，蒼崖襞翠煙。孤根盤厚地，秀色入蒼天。井有四時雪，岩垂萬古泉。皇情非暇豫，問俗到山川〔三〕。

【校記】

〔一〕地：畿輔本作「路」。　〔二〕扶：畿輔本及《全金詩增補中州集》卷一二作「挾」。　〔三〕俗：原作「路」，此從諸本。

陪李舜咨登憫忠寺閣

日月躔雙栱〔一〕，風煙納寸眸。雲山浮近甸，宇宙有高樓。鳥外餘殘照，天邊更去舟。登臨有如此，況接李膺遊。

【校記】

〔一〕躔：原作「纒」，此從畿輔本及《中州集》《全金詩增補中州集》卷九。今按，晋成公綏《故筆賦》：「書日月之所躔，别列宿之舍次。」見《全上古三代秦漢三國六朝文·全晉文》卷五九。

宿崔家庄

野次寒山外，人家霽雨中。飢鷹蹲落照〔一〕，危葉顫西風。墻缺青山補，橋欹白水通。豐年聞好語，倚杖問衰翁〔二〕。

【校記】

〔一〕鷹：文淵閣本作「鴉」。　〔二〕衰：石蓮盦本作「簑」。

過滹水

夕陽山豁處，平照大河流。漠漠雲間樹，悠悠天際舟。黄塵隨匹馬，白水自雙鷗。會得閑中趣，浮生半白頭。

通許道中南征。

曉逐三軍發，清寒苦不禁。征驂過野店，寒月出踈林〔一〕。宿火留行客，霜枝滑凍禽。據鞍覓閑句〔二〕，愁些不成吟。

【校記】

〔一〕月：文淵閣本、石蓮盦本作「犬」，畿輔本如之，注「一本作路」，《全金詩增補中州集》卷一二即作「路」。〔二〕覓閑句：文淵閣本、畿輔本及《全金詩增補中州集》作「閑覓句」。

廬州城下

月暈曉圍城〔一〕，風高夜斫營。角聲寒水動，弓勢斷鴻驚。利鏃穿吴甲，長戈斷楚纓。迴看經戰處〔二〕，慘淡暮寒生〔三〕。

【校記】

〔一〕圍：畿輔本作「树」。〔二〕經：原缺，據諸本補。〔三〕寒：文淵閣本、畿輔本、石蓮盦本作「煙」。

章宗挽詞

鳳紀三千歲，龍飛二十年。竟辭徽號册，空頌柏梁篇。授聖金縢起，遺言玉几宣。建平何苦讖，雨泣戴仁天。

暮春

自嗟中歲在，不與暮春宜。非復歡娱地，其如老大時。百年歸覽鏡，萬事入支頤。此意無人會，陶情一賦詩。

汝甆酒尊[一]

祕色創尊形，中泓貯醁醽。縮肩潛蝘蜓，蟠腹漲青寧。巧琢晴嵐古，圓瑳碧玉瑩[二]。銀杯猶羽化，風雨慎緘扃。

【校記】

〔一〕甆：原作「甕」，此從諸本。

〔二〕瑳：文淵閣本、畿輔本作「嗟」。今按，瑳音搓，與磋通。《歐陽修集》卷五一《緑竹堂獨飲》：「予生本是少年氣，瑳磨牙角争雄豪。」另，文淵閣本、畿輔本、石蓮盦本及《全金詩增補中州集》卷一二「瑩」作「熒」。

湧雲樓雨

滿地江湖夢，連陰晦朔秋。雨中山似醉，風外浪如愁。眼病憎黄卷，心安任白頭。明年一官滿，誰復話登樓。

窮愁二首

乍喜三庚伏，還驚一葉凉。窮愁天色少，睡思雨聲長。掩卷悲興替，懷人問在亡。平生庾開府，詩興未能忘。

何處新秋好，飄蕭意欲仙。乍凉新雨後，欲曙未明前。莎影蛩吟地〔一〕，松梢鶴唳天。物情無好醜，適意各天然。

【校記】

〔一〕影：《全金詩增補中州集》卷一二作「徑」。

和潘師韻

暌離三十載，重此叩玄微。日月雙蓬鬢，乾坤一布衣。月明渦水宿，秋老華峰歸。不得陪仙馭，浮生有是非。

和政老九日韻

數日閑齋卧[一]，體中殊不佳。那知是重九，但喜見黄花。矯首懷天末，携壺傍水涯。琳宫題壁處，醉墨字欹斜。

【校記】

〔一〕閑：文淵閣本作「閉」。

贈茅先生

二室神仙宅，三茅道士家。野人遺竹箒，劉仙編竹箒，以給公朝夕。弟子掃松花。有道能擒虎，無心任踐蛇[一]。天平有陳迹，吾欲老煙霞。去歲兵至公庵，公了無懼色，兵亦不敢害。

【校記】

〔一〕踐：畿輔本如之，注「一本作踏」，《全金詩增補中州集》卷一二即作「踏」。

大雪二首

大雪無朝暮，衰年見未曾。園林春浩蕩，川岳氣憑陵。雲慘天應漏，陽微井欲冰。欲尋安道舍，何處一龕燈。

大雪欲平簷，黄昏氣轉嚴。天邊迷草樹，雲外失烏蟾。天意平高下，人情有愛嫌。飽餐酬桂玉〔一〕，樓上醉厭厭。

【校記】

〔一〕飽餐：《全金詩增補中州集》卷一二作「抱衾」，文淵閣本、石蓮盦本作「抱貪」，畿輔本作「抱貧」。

雪霽

黄雲霽雪威，寒日淡暉暉。雨砌晴猶滴〔一〕，風簷落更飛。侵凌池面瘦，擁腫樹身肥。長憶盧陵老，憂時詠鉄衣。

【校記】

〔一〕猶：原作「先」，此從畿輔本及《全金詩增補中州集》卷一二。

十月菊得深字

地偏開較晚，風勁可能禁。雨漬金英淺，寒添紫暈深。抱叢無晚蝶〔一〕，窺蘂有貞禽。留待飄零後〔二〕，梅花約重尋。

【校記】

〔一〕晚：畿輔本如之，注「一本作曉」。　〔二〕零：石蓮盦本作「雲」。

白鴈

波净影逾白〔一〕，霜清鳴更哀〔二〕。乾坤雙鬢老，風雪一聲來。林迥隱猶見，天長去復迴。物情嫌太潔，莫使羽毛摧〔三〕。

【校記】

〔一〕净：文淵閣本、石蓮盦本作「静」。〔二〕鳴：畿輔本如之，注「一本作唳」，文淵閣本即作「唳」。

〔三〕摧：《中州集》《全金詩增補中州集》卷九作「催」。

雪

朔雲連鄭圃，飛雪滿梁園。猛勢池心滅，清聲竹外繁。飢鴉寒啄樹，敗屨踵臨門〔一〕。何以娱佳客，開軒對一尊。

【校記】

〔一〕敗：畿輔本作「雲」。

野菊

離離嵓下菊，無主混蓬茅。路斷秋光隔〔一〕，山明水影交〔二〕。荒叢鳴蟋蟀〔三〕，寒葉掛蠨蛸〔四〕。

擬訪陶廬飲〔五〕，柴扉何處敲〔六〕。

【校記】

〔一〕路：金劉祁《歸潛志》卷八録此詩作「岡」。　〔二〕山、水：《歸潛志》作「河」、「月」。　〔三〕鳴：《歸潛志》作「號」。　〔四〕寒：《歸潛志》作「病」。　〔五〕擬訪陶廬飲：《歸潛志》作「欲訪陶彭澤」。

〔六〕扉：《歸潛志》作「門」。

岳觀

步屧方壇上，行吟避草芽。簾聲風拂燕，池影柳蹲鴉。天入濛濛雨，春歸淡淡花。遊春心未老，墻外渡香車。

秋雨

天邊認遥電，雲際尚殘陽。雨脚夜深白，濤頭晚霽黄〔一〕。沙邊明鴈影，林下見山光。擬盡登高興，秋懷祇自傷。

【校記】

〔一〕晚：諸本作「曉」。

手搯樺皮彈琴圖

何人聊幻巧，袖裏出毫端。道眼無二見，心齊廢六官〔一〕。煩君無耳聽，寓我非指彈。擺却伯牙手，秋風萬籟寒。

【校記】

〔一〕心齊：文淵閣本作「心齋」，畿輔本、石蓮盦本作「齊心」。

早出新安〔一〕

夜宿新安驛，平明雪塞磎。馬頭迷舊路，虎跡印新蹄〔二〕。冰凍寒流狹〔三〕，天啣遠路低。人稀山店遠，茅屋只聞鷄。

【校記】

〔一〕畿輔本、《全金詩增補中州集》卷一二詩題作「早出新安驛」。〔二〕蹄：畿輔本、石蓮盦本及《全金詩增補中州集》作「泥」。〔三〕狹：文淵閣本作「峽」。

明惠皇后挽歌詞四十首

皇明齊月象，厚德配坤元。惻怛憂民意，勤勞毓聖恩。國風悲卷耳，星緯暗軒轅。喪妣人心痛，哀號望寢園。

其二

威儀文物備，祖載出葳塗。薄葬追三代，嚴禋致九虞。仁恩遺鳳詔，功德載龜趺。左右重興業，詩書讚永圖。

其三

太極齊元始，三光並照臨。勤勞憂國念，惻怛愛民心。玄鳥歌殷母，思齊詠太任。兩朝難儷美，萬古播徽音。

其四

階蓂凋葉盡，宮漏滴聲殘。玉几俄遺訓，龍樓罷問安。雲容愁慘戚，風色慟悲酸。萬古餘功德，煌煌玉册寒。

其五

疇昔占蟲夢〔一〕，今來嘆鳳飛。漢宮遺内則〔二〕，文母謝芳徽。永卧重泉夜，空餘大練衣。魏郊寧久駐，會有德陵歸〔三〕。

其六

阿母瑶池去，應歸海上峰。寶奩空有象，練幄静無蹤。孝享嚴三廟，輿儀備九龍。獻陵今密邇，揮淚洒楸松。

其七

聖德高千古，慈闈十萬春〔四〕。地維傷絶紀，月彩忽韜輪。應物歸先識，憂民感至仁。神儀雖已閟，遺範不埃塵。

其八

應符稱太母〔五〕，衍慶廣金源。衣練斶重彩，躬蚕屈至尊。賜冰防病暍，恤獄恐民冤。孝意遵遺訓〔六〕，詞臣嘆永言。

其九

葛覃歌節用，卷耳頌求賢。遽厭人間世，還爲物外仙。會觀歌薤露〔七〕，無復夢捫天。玉座虚長樂，依然夜月懸。

其十

謙抑傳家法，寬仁沃帝聰。禮崇光教塔，時奉孝嚴宫。皂隸恩皆及，嬪妃愛悉同〔八〕。繞階花泣露，應是怨西風。

其十一

慶源鍾馬鄧，何止活千人。陰化行中壼，私權抑外親。鳳輿歸厚夜，蚕舘閉長春。蕭寺諸嬪御，能忘賜鐥頻。

其十二

方享東朝奉，俄成甲子還〔九〕。玉梳音窅窅，彤管事班班。陵寢音容閟，蓬萊日月閑。丁憂遺詔在，恩澤滿人間。

其十三

式屬多難際，方承長樂歡。霜飛金殿冷，月没桂宫寒。雨泣愁雲慘，風悲薤露殘。南山爲樂石，遺美豈能刊。

其十四

一紀坤儀正，千齡母範彰。徽音齊太姒，厚德配娥皇。衣練昭純儉，因山戒厚藏。傷心彤史上，千古播遺芳。

其十五

緱氏傳仙裔，燕山啓夢符。化人先正己，祈福爲民敷。疾殆申遺命，憂深示永圖。傷心虞帝事，煙雨暗蒼梧。

其十六

奔走來群辟，哀摧慟百靈〔一〇〕。妖氛湮璧月〔一一〕，霄漢殞軒星。玉几遺周訓〔一二〕，粧奩泣漢庭。近畿遵薄葬[三]，神意想來寧。

其十七

身尊恒率禮，名正更持謙。椒掖坤儀正，天庭母訓嚴。鴻名登玉簡，遺像入霜縑。異日朝陵處，應須啟鏡奩。

其十八

寬和能待物，凝密勸行仁。道德持三寶，恩私逮四民。兩朝隆漢禮，十亂冠周臣。一旦仙遊去，空餘四海春。

其十九

心知爲善樂，敬傅又尊師。國化濯衣儉，民歌賜藥慈。誦經虚玉案，奉佛冷金彝。遺旨無窮恨，風吹徧九疑。

其二十

六綍辭秋殿，玄堂啟夜扉。一朝藏壽器，千載閟容衣。懸象軒星掩，哀歌薤露稀。松楸交隧道，會有五雲飛。

其二十一

保阿成訓在，閫閾令儀昭。儉德高千古，仁聲溢兩朝。事隨流水逝，愁逐冷雲飄。仙馭知何適，憑誰問泬寥。

其二十二

陰化毗乾造[一四]，熙朝賴母臨。功勳新女史，德澤浹人心。偃月丰容閟，軒星瑞彩沉。笳聲哀不盡，陵柏自森森。

其二十三

元勳施社稷，茂德庇人民。色養嗟中阻，靈遊忽上賓。侍臣歌薤露，神物護龍輴。祔廟推尊謚，千齡寶册新。

其二十四

太姒敦周化，塗山啟夏家。尊名天比峻，淑德日增華。孝享心何切，仙遊望愈賒。空餘遺令在，攀慕極幽遐。

其二十五

天禍纏興慶，幽堂掩后幃[一五]。徽音知有嗣，孝養痛長違。夜月空椒屋，秋風冷玉衣。遥瞻陵寢上，慘淡暮雲飛。

其二十六

風急摇寒樹，虹蜚薄太陰。雲隨仙馭遠，塵入綺簾深。索莫長秋外，蕭條湘水潯。聖情時悵望，流淚滿宸襟。

其二十七

吉夢捫天後，明禋配地時。嬪虞彰淑慎，生武極恩慈。無復金輿返，空瞻畫翣馳。蕭蕭松柏路，長夜閟神儀。

其二十八

玉音昭懿行，彤管列閎休。今日歸陵寢，何年返玉樓。聖心方盡孝，鸞馭竟難留。陵樹西風裏，千秋萬古愁。

其二十九

群生資茂育，至德果難名。憑几言猶在，因山事已成。西風飄畫翣，落日送銘旌。羽衛歸來晚，蕭蕭萬馬鳴。

其三十

音容歸壽器，管御玉衣閑。聖孝空如慕，慈顔痛莫攀。雲愁縈汴水，霧慘鎖夷山。悵望白楊路，翟車竟不還。

其三十一

孫謀貽嗣聖，内教輔先朝。孝敬全終始，勤勞繼夙宵。民災憂水沴，邊患慮天驕。大漸惟幾際，猶思儉德昭。

其三十二

一紀成功著，乘鸞上九天。物生思德載，聖慮想恩憐。儉素言猶在，寬慈事有傳。禁闈斜日晚，空㫳寶爐烟。

其三十三

飄飄成遠駕，寂静掩玄堂。蕩蕩神功著，巍巍聖業彰。周任揚溢美，漢鄧藹餘芳。末命丁寧意，憂民不暫忘。

其三十四

褒讚存公議，無慚六后名。粧奩空有迹，佩玉寂無聲。登享升清廟[一六]，哀號動聖情。神靈陰有力，保祐再升平。

其三十五

蘋藻親三奠，禕褕備六衣。坤元方載物，軒宿遽淪暉。廟貌嚴新祔，神遊邈不歸。白雲無處所，長傍德陵飛。

其三十六

馮相方觀祲，巫陽忽告災。千秋臨寶殿，一夕閟泉臺。纚紼悲長往，靈輴挽不回。昊天思罔極，長使聖情哀。

其三十七

仙源周太子，華裔漢徵君。生聖休祥著，憂民儉德勤。姜嫄欣懿範[一七]，光烈恧鴻勳。輔就中興業，飄然返白雲。

其三十八

蜃輅陳彝憲，龜人獻吉占。郊衢笳鼓咽，羽衛甲兵嚴[一八]。雲氣迎鸞馭，秋塵翳寶奩。祝官揚至德，簡册發幽潛。

其三十九

月殿封鸞鑑，風幃卧佩環，百神來肅衛，萬騎盡虚還。雨泣銘旌濕，風凄繐幄閑。仙遊無覓處，追慕慘宸顔。

其四十

月暈驚虧薄，川流駭沸騰。憂勤終爽豫，報施似無憑。長夜扃銀海，愁雲慘玉繩。聖心哀念切，素幄每晨興。

【校記】

〔一〕蟲：「蟲」原作「虫」，「蟲」之譌字，此從諸本。　〔二〕遺：文淵閣本、畿輔本作「貽」。　〔三〕：有：畿輔本及《全金詩增補中州集》卷一二作「看」。　〔四〕十：《全金詩增補中州集》作「卜」。　〔五〕應：原作「膺」，此從文淵閣本。今按，《晉書》卷六三《邵續傳》：「國家應符撥亂，八表宅心，遺晉怖威，遠竄揚越。」　〔六〕意：《全金詩增補中州集》作「義」。　〔七〕歌薤露：原作「歌泉露」，文淵閣本作「羞泉路」，畿輔本作「羞湛露」，注「一本作歌薤露」，石蓮盦本即作「歌薤露」，從之。另，《全金詩增補中州集》此句作「共悲星失婺」。　〔八〕妃：文淵閣本作「嫱」。　〔九〕成：文淵閣本、畿輔本作「幾」。〔一〇〕慟：文淵閣本、畿輔本、石蓮盦本作「動」。　〔一一〕璧：文淵閣本、畿輔本、石蓮盦本作「壁」。今按，南朝梁簡文帝《慈覺寺碑》：「龍星啟曜，璧月儀天。」見《全上古三代秦漢三國六朝文·全梁文》卷一四。　〔一二〕遺：畿輔本、石蓮盦本作「貽」。　〔一三〕近畿：畿輔本作「遺言」。　〔一四〕毗：原作「媲」，此從文淵閣本、石蓮盦本。　〔一五〕幃：文淵閣本、畿輔本作「褘」。　〔一六〕登：文淵閣本、畿輔本作「祭」。　〔一七〕欣：文淵閣本作「歸」，石蓮盦本作「忻」。　〔一八〕甲：畿輔本、石蓮盦本作「禁」。

絶句

河上二首〔一〕

築堰分泉脉，開溝斷荻芽。風期占月暈，水信識桃花。

旱愛瀕河麥，晴憐喚雨鳩。春隨桃菜侶，月趂捕魚舟。

【校記】

〔一〕詩題原無「二首」，且將二詩合而爲一，刊誤，此從文淵閣本、畿輔本、石蓮盦本。

雪中登真定閣

風月不如意〔一〕，寺樓高處吟。城中十萬户〔二〕，一雪太平心。

【校記】

〔一〕風月不：原作「風丹下」，此從文淵閣本、石蓮盦本。另，畿輔本「風月」如之，「不」作「下」。

〔二〕十：畿輔本作「一」。今按，《金史》卷二五《地理志》真定府：「户一十三萬七千一百三十七。縣九鎮三。」倚郭真定縣。以「府」論之，「十萬户」約略近之；以「縣」言之，「一萬户」亦非謬誤。

連雲潮退〔一〕

夕陽明島寺，海氣入邊城。潮落青魚出，泥深白鳥行。

【校記】

〔一〕詩題「連雲」原作「連雪」，此從畿輔本、石蓮盦本。今按，連雲指地名，即《滏水集》卷七《連雲島望海》，屬遼陽府蓋州，《金史·地理志》無載，《明史·地理志》始見。首二句「夕陽明島寺，海氣入邊城」與之約略相合。

郎山雜詠十首

天城山〔一〕

造化摶清氣，秀出天城山。青松伴僧老，白雲如我閑。

馬耳峰

房駟落人間，入石露雙碧。月明聞夜嘶，驚落山頭石。

仙人峰

世界幾微塵，古今一昏曉。笑謝區中緣，獨立萬物表。

摩雲峰

青山本無情，白雲自來往。身在浮雲中，仰看浮雲上。

獨冠峰

大堝難爲兄，小堝難爲弟。百里見主峰，衆山皆迤邐〔二〕。

五芝峰〔三〕

白雲如幽人，出山本無期。朝來抱幽石，五峰成六芝〔四〕。

鬱秀峰

道人西澗來〔五〕，衣上南山雨。心知石堂煙，晴峰正堪數〔六〕。

泓雲泉

藹藹春雲滋，岩溜滴泉乳。獨留一泓碧，去作人間雨。

上龍門

南北兩石門〔七〕，上下一靈鷲。仰看蓮峰立，忽見天門透。

下龍門

亂峰排鳥道，一水會龍門。禹力不到處，猶如滄海尊〔八〕。

【校記】

〔一〕天城山：原作「天城」，此從畿輔本及《全金詩增補中州集》卷一二。〔二〕迤邐：畿輔本作「邐迤」。〔三〕畿輔本詩題作「五芝嶺」，注「一本作峯」。〔四〕六芝：石蓮盦本作「五芝」。〔五〕來：原作「去」，此從諸本。〔六〕峰：畿輔本如之，注「一本作嵐」。〔七〕門：文淵閣本作「樓」。〔八〕如：《全金詩增補中州集》作「知」。

奉命奏告山陵四首

祇命欵園陵，俶裝事行役。黄葉宿幾程，青山館三日。

其二

西山積翠氣〔一〕，空外摩青天〔二〕。飛筇不到處，獨鳥冲寒煙。

其三

山前紅樹合，山頂白雲封。山中有蘭若，日暮聞踈鐘。

其四

山月出未高〔三〕，林深鳥猶夢。霜落人未知，寒添覺聲重〔四〕。

【校記】

〔一〕山：畿輔本作「園」。〔二〕摩：畿輔本如之，注「一本作挂」；《全金詩增補中州集》作「拄」。

〔三〕未：文淵閣本作「來」。〔四〕聲：文淵閣本作「深」。

遊崆峒四絶

青龍峒

青龍不可見，雲自洞中出。爲雨濟人間，歸時杳無跡。

仙人橋

絶澗初無路，通仙忽有橋。偶携青竹杖，平步到雲霄。

翠屏山

山作屏風樣，其如空翠何。不遮秋塞盡，空障夕陽多。

參雲亭

鳥語山更静，松風聲自寒[一]。不嫌雲氣濕，來此憑闌干。《閑閑老人滏水文集》卷六。

【校記】

〔一〕松風聲自寒：文淵閣本、畿輔本、石蓮盦本作「松聲風自寒」。

新編全金詩卷四九

趙秉文 五

律詩

春山詩意圖

何年身入畫圖傳，似是三生孟浩然。詩句工夫驢背上，醉鄉田地酒旗邊。一川芳草緑堪染，夾路杏花紅欲然。想見歸來泥樣醉，却如醮水柳三眠。

春日即事

支頤偶到野人家，捴把深心付物華。烏毳餘情閑日月，花心深蠹半塵沙。遊絲逆上風中柳[一]，亂沫分屯水際楂。且共年光暫觀化，直須美酒送生涯。

【校記】

〔一〕逆：《全金詩增補中州集》卷一三作「送」。

酷暑二首

林鴉開咮忘飛騰，天地爲爐萬象蒸。冰井湯鏖幾千尺〔一〕，塔鈴風閟十三層。夢魂正遶雲帆客，畫本閑臨雪麓僧。一枕雨窗惟静勝，不須赤脚踏層冰。

石枕繩床夏簟藤，漫膚終日歕歊蒸〔二〕。夢飛楚澤三千里，人在秦樓十二層。松頂露凉時警鶴，山房泉冷獨輸僧。人間膏火鏖城市，世外清凉勝飲冰。

【校記】

〔一〕尺：《全金詩增補中州集》卷一三作「丈」。〔二〕漫：《全金詩增補中州集》作「慢」。

椶扇

犀甲龍鱗倚半空，抱歸掌握自清風〔一〕。山精附木鬚髯古，回禄煽炎尾鬣紅。何處青蠅千里外，向來白羽一揮中。水邊石上應須此，乞與文園病肺翁。

【校記】

〔一〕抱：文淵閣本作「扢」。

三臺懷古

人道奸雄君似鬼〔一〕，奸雄我道鬼輸君。身猶北面魏基建，骨入西陵漢鼎分。貪與夘金成舜禹，不知典午笑桓文。清漳不洗前朝惡，日遶三臺送夕曛。

【校記】

〔一〕君：《全金詩增補中州集》卷一三作「看」。

寄王學士〔一〕

寄語雪溪王處士〔二〕，年來多病復何如。浮雲世態紛紛變，秋草人情日日疎。李白一盃人影月〔三〕，鄭虔三絶畫詩書。情知不得文章力，乞與黄華作隱居。

【校記】

〔一〕畿輔本及《中州集》卷三、《全金詩增補中州集》卷九詩題作「寄王學士子端」。〔二〕語：原作「與」，此從畿輔本、石蓮盦本及《中州集》《全金詩增補中州集》。〔三〕人影月：文淵閣本、畿輔本、石蓮盦本作「人月影」。

登友雲亭

友雲飛觀鬱崔嵬，落木蕭蕭聽者哀。九日朱絃和鴈斷，開年黄菊費詩催。淮天雨露橙千里〔一〕，梁地風煙酒一盃。此日此生人共醉，明年重健與誰來。

【校記】

〔一〕橙：《全金詩增補中州集》卷一三作「檣」。

除夜二首〔一〕

梅花無信報平安，又聽譙門畫角殘〔二〕。荒郡人煙窮臘外，上方樓閣晚雲端。沉沉鳥没天無盡，漠漠烟昏山更寒。日暮數峰猶帶雪，城頭霽色入欄干。

龍鍾三十九年春〔三〕，諱説新年似諱貧。醉白名堂甘後進，小坡着號似前身。自憐耐辱稱居士，人笑無機似道人。斷送生涯一枝足，不須長物擾天真。

【校記】

〔一〕文淵閣本詩題作「除日」，畿輔本如之，注「一本作除夜」。〔二〕畫角：畿輔本如之，注「一本作畫漏」，《全金詩增補中州集》卷一三即作「畫漏」。今按，南朝梁簡文帝《折楊柳》：「城高短簫發，林空畫角悲。」見《先秦漢魏晉南北朝詩·梁詩》卷二〇。〔三〕鍾：「鍾」原作「鐘」，此從諸本。今按，「鍾」與「鐘」通，此處當作「鍾」。

娛暉軒

石晉地形今入眼〔一〕，幾人亭榭幾人詩。數州山水有窮處，萬古風煙無盡時。天逐南帆秋鴈遠，峰遮西望夕陽遲。客來欲問忘歸意，掛起僧軒君自知。

【校記】

〔一〕石：文淵閣本、畿輔本作「古」；入，諸本作「日」。

馬頭山清居院

每逢佳處輒安跧，及到清居半日慳。曉壁撼鐘雲離石，夜泉洗鉢月摇山。人生能作幾時客，林下都無一個閑。不信試看題壁字，明朝多是馬頭還。

松聲

飛簾作意怒髯龍，萬壑千岩氣象雄。獨鶴夢中搖夜月，七絃徽外寄秋風。石壇醮罷支笻裏，天竺齋餘隱几中。想見紛紛吹子落，山堂一洗耳偏聰〔一〕。

【校記】

〔一〕洗：畿輔本如之，注「一本作枕」，文淵閣本、石蓮盦本即作「枕」。

抹里湛酒〔一〕

乍拆香泥甕釀成，一鞭先到日邊城。玻璃色暎薔薇露，沆瀣光浮金菊英。偶脱中州先酒譜[二]，賴傳後世以詩名。相如病渴焉能賦，久矣吾衰畏後生。

【校記】

[一]詩題「抹里湛」，文淵閣本作「株里湛」，《全金詩增補中州集》卷一三作「科爾展」。今按，「抹里湛」爲女真酒名之漢語音譯，亦作「抹利湛」，字未定型。所謂「抹」，源自契丹語，謂無蚊蚋、水草美之地，後指牧場。而「抹」與「里」組詞，語意發生變化。《遼史・國語解》：「抹里，官府名。」金因之，置群牧所。《金史・兵志》：「因遼諸『抹』而置群牧」。官長稱「烏魯古」，或作「漚魯抹」。天德中置五處，大定間增至七處，分佈在松花江下游及以東地區，如渤野澱、緑野澱等。參見文工《漚魯抹銅鏡》，《文物》一九八二年第六期。要之，「抹里湛」指金源内地所產美酒。《元遺山詩集箋注》卷五《飲酒》：「江南秋泉雲液濃，遼東抹利玉汁鎔。」與之合。入清後以滿語重譯，遂致紛紜。

[二]脱：畿輔本、石蓮盦本作「説」。今按，以其爲女真酒名，以往中州酒譜未載，故有偶脱之説。

連雲島望海

壯觀天東第一遊，曉披絶島寄冥搜。煙中熊岳隨潮没，天際遼江入海流。地絶四維那辨樹，風來萬里忽通舟。我從析木西南境，回望中原四百州。

庚申元日

一從禁苑别花塼[一]，四度山城自作年。愁裏椒盤雙淚落，坐中歲酒幾人先。

此心不動吾何敢〔二〕，老去知非理固然。白髮無兒何足道，且收見在斗尊前〔三〕。

【校記】

〔二〕敢：《全金詩增補中州集》卷一三作「取」。〔三〕斗：「斗」原作「門」，文淵閣本作「閗」，畿輔本、石蓮盦本及《全金詩增補中州集》作「鬬」，兹改。今按，《蘇軾集》補遺卷五《沁園春·孤館青燈》：「身長健，但優游卒歲，且斗尊前。」

送張仲山

千山飛雪白皚皚，袖裏吟鞭送客來。鬢出冰霜年貌改，眼藏狐貉語音猜。風吹陰磑魚鱗卷〔一〕，日曝陽坡龜兆開。北去人煙山店遠，且煨新火煖離杯。

【校記】

〔一〕磑：《全金詩增補中州集》卷一三如之，文淵閣本、畿輔本、石蓮盦本作「磴」。

和林卿錦波亭韻

使君興寄本翛然，愛此澄波清且漣。楊柳陰中黃鳥地，芙蕖香底白鷗天〔一〕。涼通簾幌風生座，露浥琴尊月滿舡〔二〕。相見仙裾乘一葉〔三〕，恍疑太一下雲邊。

【校記】

〔一〕薻：畿輔本、石蓮盦本作「蓉」。〔二〕浥：畿輔本及《全金詩增補中州集》卷一三作「泛」。

〔三〕相：《全金詩增補中州集》作「想」。

白霫雜興十首〔一〕

白霫〔二〕

黑山潢水解弓刀，茅屋朝來聽伯勞。萬里馬辭邊雪苦，一聲雁拂朔雲高。關山落日家何在，詩酒春風氣尚豪。試上荒城望鄉國，重來清鏡鑷霜毛。

南園

塹水垣城斷往還，青林路轉欵幽關〔三〕。百年樹腹通人過，四月花枝對酒閑。逸馬風牛春雨草，荒天老地夕陽山。金丸逐勝非吾事，心在歸鴻滅没間。

翠微軒

千里風煙棟宇間，地形西去接松關。尊前奚霫來朝地，雲外幽營不斷山〔四〕。故壘蕪城人物換，斷霞落日古今閑〔五〕。百年興廢人空老，水自東西鳥自還。

鎮國寺

靈鷲飛來處處尊，緣雲細路絡城根〔六〕。百年樓殿倚天末，萬井風煙當寺門。五月微凉清佛界，六時豪吹動祇園。四山放入無多力，乞與西南構一軒。

七金山寺

刳簷篆額蠧蝸涎，像教塵埃閲百年。殿棟猶題遼日月，圖經不載禹山川。荒碑盤屈蜿蜒古，壞壁參覃罔象拳。想見當時崇奉日，無邊花雨散諸天。

野香亭

半空欄檻倚雲根，暇日登臨付一罇。山上青蓮惟見塔，水邊緑樹定知村。花枝低拂尋春騎，杜宇頻傷久客魂。過盡芳時遊客少，一軒風雨送黄昏。

靈感寺

徒河岸北白蓮東，法鼓驚飛碣石鴻。塔上風煙高鳥路，山頭雲雨化人宫。松林碍日蜂房冷，石砌頹沙蟻穴空〔七〕。欲盡休公揮麈樂，鬢絲羞對落花風。

蘭若院

傳經蘭若歲時同，繡轂珠簾處處逢。花院鳥歸深殿磬，雨樓人散隔城鐘。長空淡淡吞平野，落日微微見遠峰。年去年來人自老，空餘壞衲掛長松。

金河寺

何處人間六月秋，金河寺外水西頭。坐分遊客青天幕，醉倒詩仙白玉舟。萬里南風雙老鬓，百年心事一沙鷗。王侯螻蟻俱塵土，一笑從來萬事休。

趙園

佳木千章曲岸南，此園閲世似飛禽。地幽花晚春兼夏，山近嵐昏晴似陰。溪雨斷橋愁渡水，樵風吹帽怯穿林。馬頭納納沙邊路，霜葉濃時憶重尋。

【校記】

〔一〕畿輔本、石蓮盦本詩題作「雜興十首」。　〔二〕詩題「白霫」原脱，據文淵閣本、畿輔本、石蓮盦本補。　〔三〕欵：畿輔本及《全金詩增補中州集》卷一三作「礙」，文淵閣本作「疑」。　〔四〕瞥：《全金詩增補中州集》作「燕」。　〔五〕霞：畿輔本如之，注「一本作雲」，《全金詩增補中州集》即作「雲」。〔六〕緣：石蓮盦本作「緑」。　〔七〕頹：文淵閣本作「堆」。

扈蹕萬寧宫

一聲清蹕九天開，白日雷霆引仗來。花萼夾城通禁禦，曲江兩岸盡樓臺。柳陰罅日迎雕輦，荷氣分香入酒杯〔一〕。遥想薰風臨水殿，五絃聲裏阜民財。

【校記】

〔一〕酒：畿輔本如之，注「一本作壽」，文淵閣本即作「壽」。

琵琶嶺〔一〕

曉拂朱欄滿袖風，支頤冷望翠微中〔二〕。薄雲漏日岩開碧，淺露離花澗滴紅。馬散平坡臨水聚，人來盤路到山窮。子雲老大無才思，懶賦長楊五柞宫。

【校記】

〔一〕畿輔本詩題如之，注「一本題首有『扈蹕』二字」，《全金詩增補中州集》卷一三即作「扈蹕琵琶嶺」。〔二〕冷：文淵閣本、畿輔本、石蓮盦本作「吟」。

拂雲平〔一〕

萬疊雲山最上頭，千官影裏侍宸游。翠岩秀色來天地，黄嶺嵐光上冕旒〔二〕。帳殿影臨眠鹿地，簫韶聲入射熊秋。翠華指日東巡狩，回望中原第一州。

【校記】

〔一〕平：《全金詩增補中州集》卷一三作「坪」。〔二〕文淵閣本、畿輔本「黄嶺」注：「疊翠岩、黄土嶺。」

金蓮川〔一〕

一望金蓮五色中〔二〕，離宫風月滿雲龍。向來菡萏香銷盡，何許薔薇露染濃。秋水明邊羅襪步，夕陽低處紫金容。長楊獵罷回天仗〔三〕，萬燭煌煌下翠峰。

【校記】

〔一〕詩題原無「川」字，據文淵閣本、畿輔本、石蓮盦本補。今按，《金史》卷二四《地理志》「桓州」：「曷里滸東川，更名金蓮川。世宗曰：『蓮者連也，取其金枝玉葉相連之義。』景明宫，避暑宫也，在涼陘，有殿揚武殿，皆大定二十年命名。」〔二〕金：石蓮盦本作「天」。另，文淵閣本、畿輔本此句作「一色天蓮王色中」。〔三〕楊：原作「揚」，此從諸本。今按，漢揚雄《長楊賦》：「振師五柞，習馬長楊。」見《全上古三代秦漢三國南北朝文·全漢文》卷五二。

五月牡丹應制〔一〕

好事天公養露芽〔二〕，陽和趂及六龍車。天香護日迎朱輦，國色留春待翠華。穀雨曾霑青帝澤，薰風又卷赤城霞。金盤薦瑞休嗟晚，猶是人間第一花。

【校記】

〔一〕石蓮盦本詩題作「五月牡丹」。〔二〕公：《中州集》作「工」。

和王正之寄遠二首

人生會合少知音，一榻高懸肯重尋。後日相逢應老大，何時一笑共登臨。三年京國塵埃夢〔一〕，千里故人離別心。想見詩來愁擘紙〔二〕，倚欄清快北風襟。

鐘鼎功名自有時，如公才力不嫌遲。且尋彭澤籬邊菊，莫賦玄都觀裏詩。晝寢執經童子問，春遊齋印吏人隨。懸知山縣無公事，好續琴高第二碑。

【校記】

〔一〕三：文淵閣本作「二」。〔二〕擘：文淵閣本作「襞」。今按，宋陸游《劍南詩稾》卷三二《春夏之交風日清美欣然有賦》之二：「朱舫斜陽擘紙歸，花市丹青賣團扇。」

甲子元日大安早朝

闕角蒼龍建斗杓〔一〕，衣冠萬國大安朝。使臣未入分班立，殿陛將升按笏招。彩殿中間瞻北極，丹墀側畔聽簫韶。太初甲子天元朔，萬歲常瞻玉燭調。

【校記】

〔一〕建：畿輔本如之，注「一本作轉」，文淵閣本即作「轉」。

紅梨花應制

染根日日費天工，眼底梅花夢不同。春色似憐啼夜雨，天恩特許醉春風〔一〕。袖障翡翠餘輕碧，雪點胭脂暈小紅。漢主蕋宫三十六，溶溶和氣月明中。

【校記】

〔一〕春：文淵閣本、畿輔本作「東」。

轅門不寐

蕭蕭傳柝月三更，欹枕轅門聽鼓聲。戰馬不肥淮甸草，征人愁望歷陽城。兵戈荏苒音書絶，行李蕭條蟣虱生。早晚樓舩下揚子〔一〕，滿天風雨洗蠻荆。

【校記】

〔一〕揚：原作「楊」，此從畿輔本、石蓮盦本及《全金詩增補中州集》卷一三。

寄懷

不問山林與市朝，大都鵬鷃各逍遥。歸心老去投林鳥，壯志春來掛壁弨。聖處工夫惟易可〔一〕，閑中日月以琴消。十年鏡裏功名事，白髮年來漸不饒。

【校記】

〔一〕聖：畿輔本、石蓮盦本作「坐」。

賦雪和張子野巡字韻

翰林風骨玉爲神，天遣簪花送酒巡。侍從驊騮應白鳳，神仙宮府不紅塵。懸知潁尾風流舊，不及鰲頭句法新。天上玉堂誰得見，風光衮衮筆頭春。

楊祕監畫高士過關圖

三生自是竹林遊，寫出荒寒意外愁。世事盡如翻着襪，人生剛笑倒騎牛〔一〕。関山風月詩千首〔二〕，富貴豪華土一丘。獨有文章磨不得，至今圖畫想風流。

【校記】

〔一〕剛：畿輔本如之，注「一本作偏」。〔二〕月：畿輔本如之，注「一本作雪」，文淵閣本即作「雪」。

重陽後雪寄馬柔克

朝來飛雪白糢糊，城郭山川入畫圖。一色乾坤還太素，萬家樓閣化清都。狐裘貂帽將軍騎，金帳羊羔太尉妹〔一〕。何似吾家正清絶，曉窗吟撚凍髭鬚。

【校記】

〔一〕姝：原作「妹」，此從諸本。

過代州〔一〕

金波曾醉鴈門州，端有人間六月秋。萬古河山雄朔部〔二〕，四時風月入南樓。漢家戰伐雲千里，唐季英雄土一丘〔三〕。繫馬曲欄搔首望，晚來閑殺釣魚舟〔四〕。

【校記】

〔一〕州：文淵閣本、石蓮盦本及《中州集》卷三無；畿輔本如之，注「一本作過代」。〔二〕萬：文淵閣本作「千」。〔三〕季：文淵閣本、畿輔本作「李」。〔四〕晚來閑殺釣魚舟二句：晚，畿輔本如之，注「一本作曉」。另，《中州集》《全金詩增補中州集》卷九此聯作「繫馬朱欄重回首，煙波誰在釣魚舟」。

静陽道中

路轉山腰步步迷，高林淺水下回溪。蕎花釀蜜蜂貪腹，柏葉儲香麝養臍。不覺困來尋短步〔一〕，偶逢佳處入新題。何時更到園林寺，看遍峰巒處處低。

【校記】

〔一〕步：文淵閣本、畿輔本、石蓮盦本作「夢」。

題郝運使榮歸堂

翰墨聲名四十年，歸來還作地行仙。柴桑問路陶元亮，洛社休官白樂天。拄杖扶兒還客拜〔一〕，畫圖繪老聽人傳〔二〕。窮秋雨慘陂田出〔三〕，想見騎驢興渺然。

【校記】

〔一〕拄：原作「柱」，此從諸本。〔二〕繪：文淵閣本作「繢」，石蓮盦本作「歸」。〔三〕慘：畿輔本、石蓮盦本及《全金詩增補中州集》作「霽」。另，畿輔本「田」作「日」。

遊郄家濼二首

山崦人家半夕陽，倚墻爭看騎紅粧〔一〕。野泉自入它州界〔二〕，古碣猶存舊姓鄉。蛇出廟壖神古柳，牛尋沙濼甜柔桑。蟬聲抵死催歸騎，辜負亭陰一枕凉〔三〕。

水際林間杖屨香〔四〕，綸巾野服道家粧。婦姑緋纈欣同社，翁仲扶笻不出鄉。拜跪使君嗟老大，逢迎地主問耕桑。今秋一飽天難必，且快新苗雨後凉。

【校記】

〔一〕騎：《全金詩增補中州集》卷一三作「出」，文淵閣本作「綺」。〔二〕它：石蓮盦本作「他」。〔三〕辜負亭陰一枕凉：亭，文淵閣本作「庭」。〔四〕屨：《全金詩增補中州集》作「履」。

題近侍局使聚扇

早朝攜入紫薇宮[一]，日月都歸掌握中[二]。運動樞機真有道，卷藏懷袖不言功。宸庭永日更番暇，水殿微涼侍宴終。願以微軀奉清燕[三]，仁聲宣播舜弦風[四]。

【校記】

〔一〕薇：文淵閣本、畿輔本作「微」。〔二〕日月：諸本作「日用」。〔三〕燕：《全金詩增補中州集》作「晏」，畿輔本作「宴」。〔四〕播：文淵閣本、畿輔本作「布」。

張清獻公慶八十壽

富貴康寧壽八旬，明時乞得自由身。宦途班列聯三事，家法中朝第一人。踈傅未歸東海郡，白公獨享洛城春。籯金換得傳經業，留與玄成贊化鈞。

上方

山近西臺易夕煙，東臺占得夕陽偏。貪看歸鳥過林隙，不覺奇峰墮眼前。土灶夜燒松葉火，石盆曉漱菊花泉。丹梯横絶青山路，勸子先參鳥道玄[一]。

【校記】

〔一〕玄：畿輔本、《全金詩增補中州集》卷一三作「禪」。

題右丞畫荷蓧圖

杏花菖葉雨聲春，甘作明時荷蓧身。只道烏鴉猶父子，豈知螻蟻亦君臣。杖頭明月挑周器〔一〕，松下衣冠自舜民。好在丹青王右轄，解迴枯槁入陶鈞。

【校記】

〔一〕明月：文淵閣本、畿輔本、石蓮盦本作「日月」。

遊上清宮二首〔一〕

霜葉蕭蕭覆井欄，朝元閣上玉箏寒〔二〕。千年遼鶴歸華表，萬里宮車泣露盤。日上霧塵迷碧瓦，夜深月露洗荒壇。斷碑膾炙人何在，吏部而今不姓韓。

暇日登臨近吹臺，夷門城下訪寒梅。鰲頭它日幾人在，樽酒而今一笑開。秋潦滲餘村逕出，夕舂鳴處野禽來〔三〕。醉歸扶路人爭看，知是詩仙閬苑回。

【校記】

〔一〕《中州集》《全金詩增補中州集》卷九詩題無「遊」字。〔二〕箏：《全金詩增補中州集》作「簪」。

〔三〕嗚：《中州集》《全金詩增補中州集》作「歇」。

送月上人赴少林

隻臂伽黎不作難，將心到處遣人安。瓶離汴水秋風冷，錫入嵩峰夜月寒。篋裹贈詩更雨曬，囊中施鉢對風餐。心知擬就東林宿，已向林梢薦刹竿〔一〕。

【校記】

〔一〕梢：原作「稍」，此從文淵閣本、石蓮盦本及《全金詩增補中州集》卷一三。

登定安閣

翬飛高閣迥凌虚，中有盤盤一塔孤。千里河山隨指顧，諸天日月遶彌盧。神超罔象遺身世，眼見蒼茫一有無〔一〕。便欲乘風遊汗漫，幡然回首念南都。

【校記】

〔一〕見：文淵閣本作「盡」，石蓮盦本及《全金詩增補中州集》卷一三作「入」，畿輔本如之，注「一本作就」。

許州襄城縣進嘉禾合穎應制

襄城城下壤歌傳，驛奏嘉禾到日邊。穎合周王新雨露，畝分黄帝舊山川。太平氣象聯珠琲，明德馨香列豆籩。萬國和同歸帝治，古書願獻補遺編〔一〕。

【校記】

〔一〕編：文淵閣本作「篇」。

隴州進黃鸚鵡應制〔一〕

隴鳥明時亦效祥，天教合侍赭袍黃。九重城裏騈鶯舌，百子池邊借鵠裳。夜臂翠簾條脱重〔二〕，春籠珠殿荔枝香。紫宸朝退鳴鞘遠〔三〕，偷學山稱萬歲觴。

【校記】

〔一〕隴州：原作「陳州」，此從畿輔本、石蓮盦本。今按，《金史》卷一七《哀宗紀》：正大六年夏五月，「隴州防禦使石抹冬兒進黃鸚鵡，詔曰：『外方獻珍寶異獸，違物性，損人力，令勿復進。』」

〔二〕重：原作「市」，《全金詩增補中州集》卷一三如之，文淵閣本作「市」，此從畿輔本、石蓮盦本。今按，宋吴曾《能改齋漫録》卷三《辨誤·條脱爲臂飾》：「文宗問宰臣：『條脱是何物？』宰臣未對，上曰：『《真誥》言，安妃有金條脱爲臂飾，即金釧也。』」〔三〕鞘：《全金詩增補中州集》作「弰」，文淵閣本作「梢」。今按，鞘指鞭鞘，弰即弓弰，梢爲樹梢。清王琦注《李太白全集》卷三《行行且遊獵篇》：「金鞭拂雪揮鳴鞘，半酣呼鷹出遠郊。」宋王禹偁《小畜集》卷一〇《壽寧節祝聖壽》之二：「數聲飛電嚮鳴鞘，香裏金爐映赭袍。」

寄陳正叔

渺渺西風去翼輕，霜林楓葉動秋聲〔一〕。嵩邙競秀容多可〔二〕，河洛争流忌獨清〔三〕。廣武山川留故壘〔四〕，成皋草木閟空城〔五〕。憑高一掬英雄淚，付與窮途阮步兵〔六〕。

【校記】

〔一〕霜：畿輔本及《中州集》《全金詩增補中州集》卷九作「長」。楓：《中州集》作「風」。〔二〕可：《全金詩增補中州集》作「病」，畿輔本、石蓮盦本作「峭」。〔三〕争：畿輔本如之，注「一本作交」，《中州集》《全金詩增補中州集》即作「交」。〔四〕留：畿輔本如之，注「一本作迷」，《中州集》《全金詩增補中州集》即作「迷」。〔五〕成皋：文淵閣本作「城皋」。今按，清高士奇《春秋地名考畧》卷六：「成皋秦所置縣，舊名虎牢。漢成皋縣屬河南郡，《後漢書》作成睾。張楫曰：大伾，成睾縣山也。魏晉復稱成皋。劉宋置司州，北魏置豫州，後改北豫州。東魏置成皋郡，後周置滎州，隋置鄭州，皆治此。大業中，改縣曰汜水，唐改屬洛州，又改孟州。宋初屬洛州，後改屬孟州。金屬鄭州。今仍之，古虎牢城在縣西。」〔六〕付：《中州集》、《全金詩增補中州集》作「寄」。

贈磨鏡李先生

自笑年來白髮公，丹砂不肯借顏紅。分無海上三山藥，來訪人間百歲翁。黃瀆何曾涴明月，青天元不碍冥鴻。何時相約丹元子，便欲因之乘曉風。

記夢[一]

六年京國鬢塵黄，一望家山一斷腸。病後始知謀退晚，夢中猶記和詩忙。風來竹裏娟娟好，水過花間冉冉香。夢句學道無成還自笑，人生習氣果難忘。

【校記】

〔一〕畿輔本詩題注：「劉雲卿有《次韻閑閑公〈夢歸〉》詩，又《題閑閑公〈夢歸〉詩後用叔通韻》，據此則《記夢》原作《夢歸》也。」

登天壽閣

人間赤日無處避，天上雲居即寶坊。鳥飛無礙長空闊，人意自生高閣凉。風來爲作不請友，午夢徑到無何鄉[一]。黄昏索馬出門去，猶望東華塵土黄。

【校記】

〔一〕徑：原作「經」，畿輔本作「竟」，此從文淵閣本、石蓮盦本及《全金詩增補中州集》卷一三。

和劉雲卿

屏山殁後使人悲，此外交親我與雷。千里老懷何日寫，一生笑口幾回開。心知契闊留陳土，將復登臨上吹臺〔一〕。目極天低雁回處，西風忽送好詩來。

【校記】

〔一〕將：金劉祁《歸潛志》卷九録此詩作「時」。

和種竹

君家種竹五七箇，我亦近栽三數竿〔一〕。兩地平分風月破，大家留待雪霜看。土膏生澁葉猶卷〔二〕，客枕夢回聲已寒〔三〕。見此又思君子面，何時相對倚欄干〔四〕。

【校記】

〔一〕數：金劉祁《歸潛志》卷九録此詩作「四」。〔二〕澁：文淵閣本、畿輔本及《歸潛志》作「意」，石蓮盦本及《全金詩增補中州集》卷一三作「色」。〔三〕回：及文淵閣本、畿輔本、石蓮盦本及《歸潛志》作「魂」。〔四〕干：原作「杆」，此從《歸潛志》及諸本。

寄元裕之〔一〕

久雨新晴散痺頑，一軒涼思坐中間。樹頭風寫無窮水〔二〕，天末雲移不定山。宦味漸思生處樂，人生難得老來閑。紫芝眉宇何時見，誰與嵩山共往還。

【校記】

〔一〕《中州集》詩題無「元」字。〔二〕寫：畿輔本、石蓮盦本及《全金詩增補中州集》卷九作「瀉」。

送宋飛卿二首

雄豪兩妙秀而文〔一〕，不獨吾云人亦云。賀監早知仙李白，薛宣那得吏朱雲。秋風汾水傷今別〔二〕，明月郊郊與子分〔三〕。瘦李之純髯雷希顔隔存没，只愁詩壘不能軍。

未能免俗聊從宦，還望孤雲憶舊廬〔四〕。不樂輕歸真吏隱〔五〕，得閑隨分寄僧居。關山牢落三年夢，行李蕭條一束書。想見蓮花峰下過〔六〕，路人遥指倒騎驢。

【校記】

〔一〕兩：文淵閣本作「而」。〔二〕汾：諸本作「汴」。〔三〕郊：《全金詩增補中州集》卷一三作「岐」，畿輔本作「郟」。〔四〕還：諸本作「遥」。〔五〕輕：諸本作「徑」。〔六〕過：石蓮盦本作「遇」。

至日次劉雲卿韻

此生天地一陳人，百歲三分過二分。老去光陰空惜日，愁來世事獨看雲。静中剥復觀消長，身外榮枯聽糺紛〔一〕。猶有憂時心未已，卧聽兒誦戰場文。

【校記】

〔一〕聽：畿輔本如之，注「一本作任」，石蓮盦本及《全金詩增補中州集》卷一三即作「任」。

百五日獨遊西園

西園啟鑰起芳塵，滿眼風光不屬春。樓閣人非空似舊，溪山歲久却成真〔一〕。斷橋没板橫斜艇，古木欹垣碍去輪。老去搜詩猷彫斵，晚風吹水白鱗鱗。

【校記】

〔一〕溪：文淵閣本作「谿」，石蓮盦本作「蹊」。今按，溪亦作谿，指山間小河；蹊爲山間小路。另，文淵閣本「却」作「那」。

題王摩詰畫明皇劍閣圖

劍閣森危隔錦官，雲間棧路細盤盤。天迴日馭長安遠，雨滴鈴聲蜀道難。當日六軍同駐馬〔一〕，他時萬里獨回鑾。傷心凝碧池頭句，有底工夫作畫看。

【校記】

〔一〕六：原作「大」，此從諸本。今按，《周禮·夏官·序官》：「凡制軍，萬有二千五百人爲軍。王六軍，大國三軍，次國二軍，小國一軍。」唐代禁軍包括「左右龍武、左右神武、左右神策，號六軍」，見

《新唐書》卷四九《百官志》四上。

和欽止河中即事

鸛鵲樓前一望時，長河寂寞送斜暉。人歌人哭幾興廢，年去年來今是非。寒雨渡頭人斷渡〔一〕，秋風汾水雁來稀。千村萬落人煙靄〔二〕，更許砧聲暮擣衣〔三〕。

【校記】

〔一〕渡頭：文淵閣本、畿輔本、石蓮盦本作「渭流」；人斷渡，《全金詩增補中州集》卷一三作「人跡斷」。〔二〕人：文淵閣本、畿輔本及《全金詩增補中州集》作「生」。〔三〕許：《全金詩增補中州集》作「聽」。

弔袁用之

卜築中條四十秋，安排佳處近休休。隱居境爲王官勝，仙伯名因少室留。架上殘書灰燼冷，囊中妙藥鬼神偷。傷心天柱峰頭月，曾照先生杖屨遊〔一〕。

【校記】

〔一〕屨：《全金詩增補中州集》卷一三作「履」。

古瓶蠟梅

石冷銅腥苦未清，瓦壺温水照輕明。土花碧暈龍紋澁〔一〕，燭淚痕疎雁字横。未許功名歸鼎鼐，且容風月入瓶罌〔二〕。嬌黄唤醒昭陽夢〔三〕，漢苑凄凉草棘生〔四〕。

【校記】

〔一〕碧暈：畿輔本、石蓮盦本及《全金詩增補中州集》卷九作「暈碧」。另，金劉祁《歸潛志》卷八此句作「茗華吐碧龍文澁」。〔二〕容：畿輔本、石蓮盦本及《中州集》《全金詩增補中州集》作「收」。〔三〕醒：文淵閣本、畿輔本、石蓮盦本作「起」。〔四〕凄：畿輔本如之，注「一本作荒」，《中州集》《全金詩增補中州集》即作「荒」。

雪意

門巷蕭條日易曛，豆稭灰欲落江雲〔一〕。眼花淡淡初疑見，耳重蕭蕭竟不聞。便可一盃平體粟，不須六出點衣紋。慇懃急遣蓬萊使，探到梅花破幾分。

【校記】

〔一〕稭：原作「楷」，刊誤，此從諸本。

栗

漁陽上谷晚風寒，秋入霜林栗玉乾。未析椶櫚封萬殼[一]，乍分混沌出雙丸。賓朋宴罷煨秋熟，兒女燈前爆夜闌。千樹侯封等塵土，且隨園芋勸加餐。

【校記】

〔一〕析：原作「折」，文淵閣本作「拆」，此從畿輔本、石蓮盦本。

憶橙

悵望天涯驛騎塵，政須玉甲破芳新。可憐虚度梅梢月，無計相陪竹葉春。三日手香頻入夢，一年秋好不關身。快須準備新詩句，倘有金苞贈故人。

射虎

眼花百步透林寒[一]，抵死嗔人守九關。只道草中藏白額，豈知世上有黄間。才聞父老愁三害，倏見熊羆寢一斑[二]。寄謝咸陽嘆黄犬[三]，何如霧豹隱南山。

【校記】

〔一〕花：文淵閣本、石蓮盦本作「光」。〔二〕寢：《全金詩增補中州集》卷一三作「寐」。〔三〕嘆：

《全金詩增補中州集》作「笑」。

冬至

天時人事不難量，消盡群陰又一陽。千里家山憑夢到，數莖白髮爲愁長。老來度日惟經卷，病後關心祇藥方。六十之年今過五，不須苦死問行藏。

菊二首

水冷雲踈木葉黃，遶籬目送雁南翔。酒傾桑落林廬靜，秋入騷人齒頰香。人惜後期霑雨露，天教晚節傲風霜。憑誰寄語陶元亮，不爲南山興自長。

西風吹葉靜千林，獨有幽香伴苦吟。細葉宫槐舒碧皺，小花佛頂暈黃深。誰憐細雨情何限，可惜清霜瘦不禁〔一〕。寄語兒曹莫輕折，重陽留待付孤斟〔二〕。

【校記】

〔一〕惜：文淵閣本、畿輔本、石蓮盦本作「忍」，《全金詩增補中州集》卷一三作「爱」。〔二〕付：《全金詩增補中州集》作「伴」。

九月十一日夜對月

無花無酒過重陽，轉覺閑居興味長。明月豈隨人薄厚，黃花不逐世炎涼。閏年節晚初過夜〔一〕，老境衾寒知有霜。清境喚迴蝴蝶夢〔二〕，起尋竹影據胡牀。

【校記】

〔一〕夜：文淵閣本、畿輔本、石蓮盦本作「鴈」。〔二〕境：《全金詩增補中州集》卷一三作「景」。

答趙慶之節使

故人別後定何如，春雁來時忽寄書。壯歲從軍幾人在，老來分手五年餘〔一〕。掛冠無計追弘景〔二〕，襆被何時付魏舒〔三〕。遙想西州賢父老，瓜疇閑伴故侯鉏。

【校記】

〔一〕手：諸本作「守」。〔二〕弘：文淵閣本及全金詩增補中州集》卷一三缺末筆，畿輔本作「宏」，清人避乾隆帝名諱。〔三〕襆、付：文淵閣本作「撲」、「行」。另，畿輔本、石蓮盦本「付」作「從」。今按，南朝宋劉義慶《世説新語》卷上《政事第三》：「殷浩始作揚州，劉尹行，日小欲晚，便使左右取襆。人問其故，答曰：『刺史嚴，不敢夜行。』」

題劉萊州像

當年二老趙張儔〔一〕，王翛然知府、焦明鏡運使。獨許先生第一流。異政曾聞山鬼伏，直聲須向古人求〔二〕。從來走卒知司馬，到處兒童説細侯。惆悵當年舊遊處，羊曇不肯過西州。

【校記】

〔一〕年：畿輔本作「時」。　〔二〕向：《全金詩增補中州集》卷一三作「問」。

九日會極目亭

孤亭高壓冷雲堆，九日登臨貰酒盃。魏國河山殘照在，梁王臺殿野花開〔一〕。鷗從白水明邊没，雁向青天盡處回。未必龍山如此會，座中三館盡英才。

【校記】

〔一〕臺：畿輔本如之，注「一本作樓」。

再和〔一〕

秋興高於灧澦堆，秋光併入阮公盃。霜凋蒲劍三稜折，雨裂荷衣十字開。北雁遠浮梁水動，南雲低抱楚天回。前年此日登高會，點檢唯無短李才。謂屏山死矣〔二〕。

【校記】

〔一〕畿輔本詩題作「再次前韻」。　〔二〕謂屏山死矣：《全金詩增補中州集》卷一三作「調屏山」。

過楊太尉墳

道傍古塚入荒榛，下馬摩娑漢八分〔一〕。誰謂皇天無老眼，却令大鳥泣孤墳。獨携一盞霜風酒，一酹三峰日暮雲〔二〕。李杜就誅鉤黨起，可能天下獨傷君。

【校記】

〔一〕娑：《全金詩增補中州集》卷一三作「挲」。今按，摩娑亦作摩挲、摩莎。參見東漢劉熙《釋名·釋姿容》。〔二〕一酹：《全金詩增補中州集》、文淵閣本作「來酹」，畿輔本、石蓮盦本作「共酹」。

過邠州二首

地靈物秀古稱雄，前有汾陽後范公。千古山川形勝地，兩朝人物畫圖中。一家忠厚餘風化，七月蠶桑詠女功〔一〕。誰識聖賢遺意在，黍離篇末繼豳風〔二〕。

遥看涇水遶城流，下盡坡陀始見州。歲暮簡書催出塞，天寒風雪送行輈〔三〕。坡田井井龜圖畫，山路盤盤篆印繆。更欲慇懃訪陳迹，夜深燈火伴牢愁。

【校記】

〔一〕功：畿輔本作「工」。〔二〕繼：原作「離」，此從諸本。〔三〕輈：畿輔本、石蓮盦本及《全金詩增補中州集》卷一三作「舟」。今按，輈音舟，指車轅。《楚辭·九歌·東君》有「駕龍輈兮乘雷」語。

過慶陽

地形占得古金湯，感嘆當時幾戰場〔一〕。父子一家三范帥，功名異代兩汾陽。四山帶郭環天險，二水分流會女墻。想見公堂無一事，臨川閣上日飛觴。

【校記】

〔一〕幾：畿輔本如之，注「一本作『古』」，《全金詩增補中州集》卷一三即作「古」。

暮春得寒字

九日聊偷一日閑〔一〕，三分春色二分闌〔二〕。鄉關夢裏人空老，風雨夜來花更殘〔三〕。乍坼甕泥羔酒熟〔四〕，未開火禁粥餳寒〔五〕。何時投劾歸田去〔六〕，楊柳陰中把釣竿。

【校記】

〔一〕日：文淵閣本作「十」。〔二〕色：《中州集》作「事」。〔三〕更：《中州集》、畿輔本作「又」。〔四〕甕泥：《全金詩增補中州集》卷九作「泥封」；「羔」原作「糕」，石蓮盦本及《中州集》作「餻」，此從《全金詩增補中州集》。今按，所謂羔酒，即羊羔酒。宋歐陽修《歐陽文忠公文集》卷一四四《與韓忠獻王稚圭書》：「東州難得酒，村郡醞不堪爲信。惟羊羔新得法造，又以傷生不能多作，然其味尚可，少薦樽俎。」宋陳元靚《事林廣記》別集卷八「宣和成化殿方」：「米一石如常法浸漿，肥羊肉七斤，麴十四兩。將羊肉切作四方塊爛煮，杏仁一斤同煮。留汁七斗許，拌米飯麴，用木香一兩同醞，毋犯水。十日熟，味極甘滑。」〔五〕開：《中州集》作「聞」。〔六〕何時：《中州集》作「却思」。

秋雨

十日秋霖不出門[一]，門前流水似江村。墻頭新竹大于母，砌下老桐今有孫。澤雁背飛驚吹急，濠魚逆上避河渾。秋風未得乘槎便，擬控扶摇北海鷗。

【校記】

〔一〕日：文淵閣本作「月」。

百塔[一]

松林横截東南野，蘭若斜連子午莊。平楚風煙開鄠杜[二]，斷碑歲月自隋唐。樓頭山入詩人座，砌下泉分衲子房。更欲秦川窮勝槩，却從高塔望雲陽。

【校記】

〔一〕《全金詩增補中州集》卷一三詩題作「白塔」。　〔二〕鄠杜：原作「鄠社」，文淵閣本如之，此從畿輔本、石蓮盦本及《全金詩增補中州集》。今按，鄠杜指鄠縣漢宣帝杜陵。唐許渾《别劉秀才》：「孤帆夜别瀟湘雨，廣陌春期鄠杜花。」見《全唐詩》卷五三三。

過石氏園樂天故居。

石氏園亭竹一圍，眼前勝事只心知。幽禽有語能留客，流水無情自入池。客裏歲華將盡日，梅邊春信獨來時。醉吟吟後無吟者，又得閑閑一首詩。

上巳遊西園分韻得蘭字與楊禮部携同院諸公賦二首。

相逢草草即盃盤，誰識吾曹箇裏歡。燕蹴簷花墮茵席，魚摇波日動欄干。無窮照影溪溪柳，不住吹香畹畹蘭。已屬清明連上巳，更容飛蓋接鵷鸞〔一〕。

跨鳳騎麟玉筍班，蹇驢不作杜陵酸。已煩蠒紙書陳迹，更許仙舟泛碧瀾。酒令致師嚴細柳，詩朋鏖戰劇皋蘭。遨頭却返瀛洲去〔二〕，夢覺揚州鶴背寬〔三〕。

【校記】

〔一〕鵷：原作「鴛」，此從畿輔本、石蓮盦本及《全金詩增補中州集》卷一三。今按，鵷音鴛，古代傳説鳳鳥之類。〔二〕遨頭：文淵閣本、石蓮盦本作「鰲頭」。今按，宋陸遊《老學庵筆記》卷八：「四月十九日，成都謂之浣花，遨頭宴於杜子美草堂、滄浪亭，傾城皆出，錦繡夾道，自開歲宴遊至是而止。」〔三〕揚：原作「楊」，此從諸本。

挽劉雲卿

人物于今嘆渺然，知君才德幾人全〔一〕。忠言唐介初還闕〔二〕，道學東萊不假年。黄壤苦埋經世志，青氈未了讀書緣〔三〕。西園酬唱空陳迹，淚洒南風擘素牋〔四〕。

【校記】

〔一〕知：文淵閣本、畿輔本、石蓮盦本作「如」。〔二〕唐介：文淵閣本作「唐炌」。今按，唐介字子方，累官參知政事，「爲人簡伉，以敢言見憚」，《宋史》卷三一六有傳。〔三〕青：原作「清」，此從諸本。今按，宋王禹偁《小畜集》卷二三《求致仕表》：「豈期陛下軫念青氈，重升黄閣。」宋陸遊《渭南文集》卷四九《漢宫春·初自南鄭來成都作》：「吹笳暮歸，野帳雪壓青氈。」〔四〕擘：文淵閣本、畿輔本及《全金詩增補中州集》卷一三作「襞」。

楊尚書宫直雪作擬應制作詩某時在暇聞而和之二首〔一〕

霰雪霏霏點玉英，玉堂鈴索峭寒生〔二〕。也應天上多端葉〔三〕，無賴人間有化城。兔苑因之賢者樂〔四〕，羊羔加以聖之清。吾曹安預籌邊事，且及新年賀太平。

黄昏陡覺峭寒生〔五〕，漏澁銅壺第几更。未放六花齊苑樹，先留半月抹宫城。一陶風俗還純素，盡領乾坤入太清〔六〕。應是上方觀下界，故教雙眼一時明〔七〕。

【校記】

〔一〕暇：石蓮盦本及《全金詩增補中州集》卷一三作「假」。〔二〕峭：文淵閣本、畿輔本及《全金詩增補中州集》作「悄」。〔三〕端：畿輔本、石蓮盦本及《全金詩增補中州集》作「珂」。〔四〕之：石蓮盦本作「而」。〔五〕峭：原作「俏」，此從石蓮盦本。〔六〕領：文淵閣本作「鎮」。〔七〕故：畿輔本、石蓮盦本及《全金詩增補中州集》作「放」。

二月見梅花

不應開處避嚴冬，無賴春寒雪尚封。縱使風霜欺爾瘦，可能桃李爲君容。龐眉都尉嗟何晚，飛騎將軍嘆不逢〔一〕。畢竟榮枯無定在，此花勸汝倒金鍾。

【校記】

〔一〕嘆：原缺，據諸本補。

春寒花較遲

吟懷常恨負芳時〔一〕，及至春來雪尚滋〔二〕。榆莢半含椒粒色，柳條未變麴塵絲。墻陰更覺花開晚，水冷應知雁到遲。慚愧蓬萊老仙伯，已迴和氣入新詩。

【校記】

〔一〕常：《全金詩增補中州集》卷一三作「長」。〔二〕來：文淵閣本作「花」。

殘梅

寒梅不作白頭新，相對依依似故人。要伴賓鴻并社燕，未隨流水與紅塵。空枝擬折猶堪嗅，殘蕋重看不猒頻。自是東皇催鼎食，無情風雨不關春〔一〕。

【校記】

〔一〕無情風雨：畿輔本如之，注「一本作無晴無雨」。

杏花

香傳微雨隔簾櫳〔一〕，十載觥船不負公〔二〕。愁見餘春紛雪白，且看初日眩霞紅。兩株副使鶯吟裏，一色新郎馬足中。投老安能知許事，一鞭農事趂春風。此近體字様詩，非詩也，悚愧。〔三〕

【校記】

〔一〕香：文淵閣本作「看」。〔二〕觥：文淵閣本、《全金詩增補中州集》卷一三作「觵」，石蓮盦本作「航」。今按，唐杜牧《題禪院》：「觥船一棹百分空，十載青春不負公。」見《全唐詩》卷五二二。《元遺山詩集》卷一〇《茗飲》：「宿酲未破厭觥船，紫筍分封入曉煎。」〔三〕體：畿輔本、石蓮盦本作「時」。

慶學士叔獻七十壽二首〔一〕

乞得閑身七十餘，知幾初不爲鱸魚。胸中幸有平邊筞，林下聊觀養性書。收拾雲山歸蠟屐，卷藏事業入籃輿。君王拊髀思頗牧〔二〕，未許先生作隱居。

小築龍潭德不孤，盧鴻新有草堂圖。四朝人物今誰在，二老風流與我俱。把酒笑談猶解醉，上山筋力不須扶。文章不逐年齡改，能爲開興作頌無。

【校記】

〔一〕詩題「七十」，文淵閣本作「七袠」。〔二〕拊：《全金詩增補中州集》卷一三作「撫」。

訪天寧周老〔一〕

弊筞羸童負束書〔二〕，清晨緲緲獨騎驢〔三〕。乍辭天上尚書履，來訪雲間大士居〔四〕。覽鏡年年非復我，照溪處處得逢渠。從今莫訴經過數〔五〕，乞得閑身頗自如。《閑閑老人滏水文集》卷七。

【校記】

〔一〕文淵閣本、畿輔本詩題末有小字注：「前致仕後。」〔二〕弊：畿輔本、石蓮盦本及《全金詩增補中州集》卷一三作「敝」，通。〔三〕緲緲：諸本作「渺渺」。〔四〕雲：石蓮盦本作「人」。〔五〕訴：畿輔本、文淵閣本及《全金詩增補中州集》作「訝」。

新編全金詩卷五〇

趙秉文 六

絶句

春遊四首

其一

草荒一逕抱村斜，日暮初歸拜掃車。猶有饑鴉來攫肉，覷人飛下杜梨花。

其二

無數飛花送小舟，蜻蜓欵立釣絲頭〔一〕。一溪春水關何事〔二〕，皺作風前萬疊愁〔三〕。

其三

樹藏修竹竹藏門，門外清流幾股分。行過小橋人不見，背陰花氣隔墻聞。

其四

煙外絲絲風柳斜，春光也自到天涯〔四〕。太平有象村村酒，寒食無家處處花。

【校記】

〔一〕欵立：文淵閣本作「凝立」。〔二〕關何事：畿輔本如之，注「一本作『無情甚』」，文淵閣本即作「無情甚」。〔三〕愁：《全金詩增補中州集》卷九作「秋」。〔四〕也：《全金詩增補中州集》作「已」。

題扇頭

文書勾引黑甜鄉，倦枕拋書午夢長。夢裏碁聲驚雨雹，覺來窗隙有斜陽。

平湖戲鴨圖

平湖飛下鷖雙紋，翻動江南水底雲。盡日自來還自去，塵埃滿眼不如君。

暮歸

貪看孤鳥入重雲，不覺青林雨氣昏。行過斷橋沙路黑〔一〕，忽從電影得前村。

【校記】

〔一〕斷：文淵閣本作「新」。

正覺院

齋時一鉢僧上堂，履聲如水度秋窗。秋陽滿地槐陰薄〔一〕，幽鳥飛來施食幢。

【校記】

〔一〕秋：畿輔本、石蓮盦本作「斜」。

登嵩頂

危躡嵩山頂上來，五髯龍對八仙臺。不知眼界闊多少，直盡黄河一曲迴。

少林

只麽西來坐面墻，更無一法付神光〔一〕。少林自有吹毛物，三十六峰如劍鋩。

【校記】

〔一〕更無：文淵閣本作「更更」。

石樓

月約風期屢往還，水聲山色石樓間。大家也入香山去，那得心知白傅閑〔一〕。

【校記】

〔一〕得、知：諸本作「箇」、「如」。

嵩山道中二首

爲愛青山懶着鞭，吟詩時作鶴頭偏。驀然得句驚飛鳥，撲簌岩花墮馬前〔一〕。

屋頭山色静無埃，竹裏柴門水際開。驚怪籬中犬迎吠，有人知自碧嵩來〔二〕。

【校記】

〔一〕樸：諸本作「撲」。今按，「樸簌」亦作「撲簌」，象聲詞。唐劉叉《雪車》：「小小細細如塵間，輕輕緩緩成樸簌。」見《全唐詩》卷三九五。〔二〕嵩：畿輔本、石蓮龕本作「碧」。

題南城樓

樓上遥看郊外村，不須騎馬坐平分。人家應在青山外，時有歸牛下白雲。

香岩寺壁

一夕秋風變素商，蕭蕭雲物換新涼。片雲不作前溪雨，飛過高城有底忙。

題扇頭

魏三句裏數聲櫓，秦七詞中萬點鴉。好在團團明月底，一彎流水幾人家〔一〕。

【校記】

〔一〕彎：文淵閣本、畿輔本作「灣」。

三學院對月

何年覲佛月天子〔一〕，各以寶花樓閣俱。爲問上方銀世界，不知有此夜寒無。

【校記】

〔一〕月：石蓮盦本及《全金詩增補中州集》卷一四作「朝」，畿輔本缺。今按，元鮮于樞《困學齋雜録》録此詩作「月」。隋釋吉藏《法華經義疏》卷一：「復有名月天子者，注解云『帝釋輔臣也』。有人云，月天子即月天也。」

清居寺五杉亭觀子野留題

五杉亭下只三株〔一〕，曾是詩人歎息餘。君去我來杉尚在，斷腸君没見君詩〔二〕。

【校記】

〔一〕亭下：畿輔本如之，注「一本作今日」，石蓮盦本及《中州集》《全金詩增補中州集》卷九即作「今日」。〔二〕詩：畿輔本、石蓮盦本及《中州集》《全金詩增補中州集》作「書」。

回春谷

冰崖雪柱道人家，谷傍回春事已夸〔一〕。却恐陽和在泉底，未春先發忍冬花。

【校記】

〔一〕傍：諸本作「榜」。

祕魔岩

鐵鎖關藏五百龍，文殊遊戲作神通。山僧要辨金剛眼，莫謂魚蝦在此中。

登萬聖閣〔一〕

中州之山臺山高，遍尋五頂無乃勞。老去看山無脚力，直憑一閣了秋毫。

【校記】

〔一〕石蓮盦本詩題作「登萬壽閣」。

馬頭〔一〕

天外亂山圍曠野，水邊孤塔背層城。馬頭才指桑乾路〔二〕，愁見行人問去程。

【校記】

〔一〕頭：原作「尾」，此從諸本。今按，詩中有「馬頭才指桑乾路」語。〔二〕才指：《全金詩增補中州集》卷一四作「才抹」。

趙橋〔一〕

天垂曠野初疑合，地轉深嵓忽似窮。偶向高崖聞笑語，寒春一帶夕陽中〔二〕。

【校記】

〔一〕畿輔本、《全金詩增補中州集》卷一四詩題作「趙橋望」。〔二〕寒春：畿輔本作「寒春」。

鷄鳴山〔一〕

煙蒸山腹晴猶濕，河帶冰澌暖漸流。獨上鷄鳴看日出〔二〕，五雲多處是皇州。

【校記】

〔一〕明李賢《大明一統志》卷五引此詩，題作《磨笄山》。今按，《金史》卷二四《地理志》：德興府德興縣「有鷄鳴山」。《明史》卷四〇《地理志》：保安州「西北有磨笄山，亦曰鷄鳴山。」金之德興，入明改保安，約今河北省張家口地區。〔二〕日出：原作「出日」，此從畿輔本、石蓮盦本、《中州集》、《全金詩增補中州集》卷九及《大明一統志》。

盧溝

河分橋柱如瓜蔓〔一〕，路入都門似犬牙。落日盧溝溝上柳，送人幾度出京華。

【校記】

〔一〕瓜：文淵閣本作「孤」。

漁陽道中

盤山曾借上方眠，落月蒼蒼響石泉。夜半峰頭聽鳴鹿，半崖松子落堦前。

達北京

小車日日碾征塵，卧即看書坐欠伸。露宿風餐二千里，青山無處不隨人。

龍山怪松

自笑書生骨相窮，倒騎驢看兩山峰〔一〕。天東稍喜無碑讀，踏雪還來看怪松。

【校記】

〔一〕山：諸本作「三」。

東京見梅

二月天東凍未蘇，梅花市骨也清癯〔一〕。一枝蕚緑來千里，爲問東君管得無。

【校記】

〔一〕市：畿輔本、石蓮盦本作「有」。

遼東

幾家籬落枕江邊，樹外秋明水底天。日暮沙禽忽驚起，一痕冲破浪花圓。

北都雪望

千山雪盡出樵車，一逕雲移去似蛇〔一〕。小屋平頭墟落裏〔二〕，炊煙起處是人家。

【校記】

〔一〕移：畿輔本如之，注「一本作迂」，文淵閣本、石蓮盦本即作「迂」。　〔二〕墟：《全金詩增補中州集》卷一四作「虚」，通。

北都小雪

邊城小雪試年華，煙冷貔貅十萬家。探使不來人半醉，將軍氈帳卓平沙。

襲香亭二首

小橋虹影截波光〔一〕，面面荷花鏡裏粧。風月要知無盡藏〔二〕，一亭分作两亭香。

黄堂公退吏人稀，露下西溪鶴未知。一榻清香無着處，曉風殘月獨來時。

【校記】

〔一〕截：畿輔本作「拂」，注「一本作截」。　〔二〕藏：畿輔本如之，注「一本作處」，石蓮盦本即作「處」。

錦波亭

柳影移書步晚凉〔一〕，清溪放閘水泱泱〔二〕。胸中經緯天機錦，閑却小亭風露香。

【校記】

〔一〕移：文淵閣本作「携」；書，畿輔本如之，注「一本作隄」，石蓮盦本及《全金詩增補中州集》卷一四即作「隄」。〔二〕閘：畿輔本如之，注「一本作月」，石蓮盦本即作「月」。

雨晴二首

東風時送瓦溝聲，欹枕幽窗夢自驚。睡起不知雲已散，夕陽偏向柳梢明。

一抹平林媚夕暉，山煙漠漠燕飛飛。倚欄遥認天邊電，何處行人帶雨歸。

靈感寺二首

斜廊深院斷人行，雪聚松丫立鳥清〔一〕。僧臘數殘門乍啟，驚飛誶語獨含情。

青青隱隱入煙微，一日看山坐水涯。何事晚來風截斷，偶看白鳥過林時。

【校記】

〔一〕丫：原作「中」，此從文淵閣本、畿輔本、石蓮盦本。

鷄鳴山下橋〔一〕

兩山相對翠㠠開，一水中流礙石迴〔二〕。橋北橋南路分處，紅塵一騎日邊來。

【校記】

〔一〕詩題原無「山」字，據諸本補。參見本卷《鷄鳴山》詩題校記。〔三〕一：原作「下」，此從諸本。

和舜元雜詩二首

瘦馬龍鍾兩鬢華，敲門避雨野人家。雨催葉落猶懸路〔一〕，十里晚風吹斷霞。

三五殘星闕角東，淡黄楊柳月明中。貪看稚子收殘葉，駐馬天街滿袖風。

【校記】

〔一〕雨催葉落猶懸路：文淵閣本、石蓮盦本此句作「門前籬落猶懸露」。

聖安小集

松軒却扇風仍好，苔逕無花雨亦香。門外市聲鏖午枕，老僧元不下禪床〔一〕。

【校記】

〔一〕元：文淵閣本作「原」。

和子約立春

唐虞禮樂歲元新，齊魯中書有大臣。泰和三年調玉燭〔一〕，衣冠萬國拜王春。

【校記】

〔一〕泰和：《全金詩增補中州集》卷一四作「泰定」，刊誤。今按，所謂調玉燭，指四時之氣和暢。金章宗泰和三年，太平盛世景象尚存。

二青圖

大青天驥之雲仍〔一〕，小青八尺猶龍騰。三十年來無汗馬，不將遺像鑄興陵。

【校記】

〔一〕仍：畿輔本作「礽」，同。今按，《爾雅·釋親》：「鼻孫之子爲仍孫，仍孫之子爲雲孫。」東晉郭璞注：「言輕遠如浮雲。」宋范成大《范石湖集》卷八《次諸葛伯山贍軍贈别韻》：「我家鴟夷子，竹帛照吴越。雲仍無肖似，頫首媿前哲。」

古北口

幾家墟落兵戈外，數畝荒田谷澗中。日暮圍場來野鹿，令人長憶筆頭公。

撫州二首

蕭寺金風動刹竿，西城北斗挂闌干。一蟲不响夜更静〔一〕，片月未高山已寒。

燕賜城邊春草生，野狐嶺外斷人行。沙平草遠望不盡，日暮惟有牛羊聲。

【校記】

〔一〕蟲：原作「虽」，「虫」之譌字，此從諸本。

北苑寓直

柳外宫墻粉一圍，飛塵障面倦斜暉〔一〕。瀟瀟幾點蓮塘雨，曾上詩人下直衣。

【校記】

〔一〕倦：畿輔本、石蓮盦本作「捲」。

寓望

蒲根閣閣亂蛙鳴，點水楊花半白青。隔岸風來聞鼓吹〔一〕，柳陰深處有園亭。

【校記】

〔一〕吹：畿輔本如之，注「一本作笛」，文淵閣本即作「笛」。

戴花

病來杯酒懶重持〔一〕，强爲花殘折一枝〔二〕。人老易悲花易落，東風休近鬢邊吹〔三〕。

【校記】

〔一〕杯酒：文淵閣本、畿輔本作「酒盞」。〔二〕花殘：文淵閣本作「殘花」。〔三〕休：畿輔本如之，注「一本作莫」，文淵閣本即作「莫」。

玉堂二首

玉堂看到午陰移，日薄春閑下直遲〔一〕。悮喜交番旗脚轉，隔墻送過小桃枝。

玉堂陰合冷牕紗，雨過銀泥引篆蝸。萱草茂葵俱不見，蜂聲滿院採槐花。

【校記】

〔一〕閑：石蓮盦本作「風」。

西溪

山垠西北塵沙少，水際東南風月寬。盡日朱門人不到，鳧鷖引子傍闌干。

夏直〔一〕

玉堂睡起苦思茶，別院銅輪碾露芽。紅日轉堦簾影薄，一雙蝴蝶上葵花。

【校記】

〔一〕《中州集》、《全金詩增補中州集》卷九詩題作「夏至」。

過邯鄲

十五年來忝一炊，叢臺重覓舊題詩。而今馬上行人老，不似當初過趙時。

臨洺

聡山洺水送還迎，世事浮雲幾變更。白髮重來相識盡，逢人欲問小時名。

真際柏

趙州東院庭前柏，二百年來屈鐵柯。莫怪兩株纏欲死，後來禪客葛籐多。

滹沱

滹沱一箭截天來，六月砯雷打土崖。一夜北風吹岸柳〔一〕，直從中渡捧船迴。

【校記】

〔一〕柳：文淵閣本、畿輔本、石蓮盦本作「改」。

題閻立本職貢圖臨本二首

周王職貢朝萬邦，右相丹青古無雙〔一〕。好本不應天下獨，解如明月印千江。

金犀嵍面覘天庭，王會圖中見典刑。已了宣威沙漠事，更煩右相寫丹青。

【校記】

〔一〕古：畿輔本作「亦」。

墨梅

畫師不作脂粉面〔一〕，却恐傍人嫌我真〔二〕。相逢莫道不相識，夏馥從來琢玉人。

【校記】

〔一〕畫：文淵閣本、《全金詩增補中州集》卷一四作「墨」；脂粉面，石蓮盦本及《全金詩增補中州集》作「胭脂面」。〔二〕我：畿輔本作「不」。

香山

山秀薰人欲破齋，臨行別語更徘徊。筆頭滴下煙嵐句，知是香山鏡裏來〔一〕。

【校記】

〔一〕鏡：諸本作「境」。

夏日

樹木交陰鳥自呼，蘧蘧殘夢破華胥。虚簷一道風如水，展盡床頭幾葉書。

太寧吟詩臺雨中〔一〕。

易州山水甲天下，一日太寧如死灰。山意似羞人識面，雨昏丞相賦詩臺。

【校記】

〔一〕畿輔本、石蓮盦本「雨中」入詩題，而非小字注。

淶陽道中

石頭犖确水縱横，人在青山影裏行。忽悟過溪鶯咲語，斷崖茅屋暮春聲。

昌平狄梁公廟

力扶滄海將頹日，目送西山不盡雲。一邑豈能沾恵愛〔一〕，至今天下不名君。

【校記】

〔一〕沾：《全金詩增補中州集》卷一四作「占」，文淵閣本、畿輔本、石蓮盦本作「專」。

靈峰院

天門劃斷兩崖青，拄杖靈峰頂上行〔一〕。一片白雲岩下起，不見眼力盡東溟〔二〕。

【校記】

〔一〕拄：原作「柱」，此從諸本。〔二〕見：諸本作「教」。

燕

宦遊憐我食官倉，羸得青青兩鬢蒼〔一〕。不會無情雙燕子〔二〕，南來北去爲誰忙。

【校記】

〔一〕羸得青青兩鬢蒼：畿輔本作「羸得蒼蒼兩鬢霜」。〔二〕會：畿輔本、石蓮盦本作「識」。

湧雲樓雨二首

片雲頭上一聲雷，欲到冠山風引回。窗外忽傳林葉響，坐看飛雨入樓來。

簾雨風斜不上鉤，欄干吹濕怕人愁〔一〕。雷聲驅雨東山去，指下斜陽恰半樓〔二〕。

【校記】

〔一〕干：原作「杆」，此從諸本。〔二〕指：文淵閣本作「揹」，畿輔本、石蓮盦本及《全金詩增補中州集》作「留」。

樓上二首

樓頭四面好風生，下與遥山一樣平。睡起紗幮欹枕處，恰如水底看雲行。

山城過雨恰衣單〔一〕，清曉樓頭六月寒。却喚奚奴添半臂，要乘凉氣倚闌干。

【校記】

〔一〕恰：文淵閣本、石蓮盦本及《全金詩增補中州集》卷一四作「怯」。

登晉陽閣

坡陀勢盡晉川開，一線汾河掌上來。斜日西風倚高閣，白烏飛過天門回〔一〕。

【校記】

〔一〕烏：文淵閣本、畿輔本及《全金詩增補中州集》卷一四作「鳥」。

中山會故人

三十二年役夢魂[一]，故人老盡一身存。燈前細講當時話[二]，别後相思誰與論。

【校記】

[一]三十二：文淵閣本、畿輔本作「三十三」。[二]講：原作「雨」，此從畿輔本、石蓮盦本。今按，「雨」或「語」之刊誤。姑仍之，以備參考。

下直

緑槐影裏鳥呼風[一]，退食凉生襟袖中。滿地緑苔承步障，楸花無蔕落深宫。

【校記】

[一]影：文淵閣本作「陰」。

潭上二首

倒影花枝照水明，三三五五岸邊行。今年潭上遊人少，不是東風也世情。

日斜飛盡往來塵，爲怕春愁戀酒樽。醉裏不知歸去晚，先聲留着顥華門。

宿王佐宅〔一〕

鞍山柘水事茫茫〔二〕，猶記同遊宿上方。老大重尋窗下宿，殘經挂壁故人亡。

【校記】

〔一〕詩題原無「宅」字，此從文淵閣本及《全金詩增補中州集》卷一四補。另，畿輔本、石蓮盦本「宅」作「寺」。〔二〕水：原作「木」，此從諸本。今按，《山海經·北山經》：「其上多柘水，有鳥焉。」

燕子圖三首

一別天涯十見春，重來白髮一番新。心知話盡春愁處，相對依依如故人。

祝爾區區萬里身，錦書回寄莫辭頻。而今塞北看雙翼〔一〕，多少中原失意人。

交親消息兩何如，滿眼兵戈不得書。爲問南來新燕子，啣泥曾復到吾廬。

【校記】

〔一〕翼：畿輔本如之，注「一本作鬢」。

送人之河中

功名蟻穴夢南柯，投老空門不較多。試看鋏牛無用處〔一〕，橫身終古負黃河。

【校記】

〔一〕無用處：文淵閣本作「無用用」，畿輔本如之，注「一本作無力用」。

題李平夫畫黄山蹇驢詩圖二首

浮光林杪水參差，意想先生得句時。千古黄山山下路，蹇驢不是少人騎。

三十年前濟水東，詩中曾識蹇驢翁〔一〕。而今畫出推敲勢，却恐相逢是夢中。

【校記】

〔一〕中：畿輔本如之，注「一本作人」。

中秋日郊外遇雨

斜風吹雨水生寒，荷蓋傾珠下芡盤。驚起鷺鷥眠不得，冲煙飛過蓼花灘。

登定安閣

春風吹袖着闌干〔一〕，薄霧初收雪未殘。擬折梅花遮遠日〔二〕，愁看直北是長安。

【校記】

〔一〕春：畿輔作「東」。　〔二〕日：畿輔本、石蓮盦本作「目」。

滎陽古槐

滎陽縣東千古槐，人言曾見漢朝來。不知幾覺南柯夢，直至如今喚不回〔一〕。

【校記】

〔一〕至：畿輔本作「到」。

虎牢

兩崖峽東枕洪濤〔一〕，自古英雄争虎牢。蒼天胡爲設此險〔二〕，長使戰骨如山高。

【校記】

〔一〕崖：文淵閣本、畿輔本作「山」。〔二〕胡：畿輔本如之，注「一本作何」。

新安道中

草根啾唧候虫鳴，月黑山腰信馬行。夾路水聲長在耳，六根先得一根清。《閑閑老人滏水文集》卷八。

新編全金詩卷五一

趙秉文 七

絶句

遊華山四絶〔一〕

其一

石頭犖确水縱横〔二〕，過雨山間草屩輕。未到上方先滿意，倚天青壁看雲生。

其二

我與青山有舊盟，淡雲微雨忽渝平。朝來自獻三峰出〔三〕，真箇山神不世情〔四〕。

其三

仙人仙去有仙掌，袖中擲下青芙蓉。遺與楊羲書一紙，暫留笙鶴駐中峰。

其四

玉龜山下古仙真，許我天台一化身。擬把嶽蓮騎白鶴〔五〕，下看浮世幾揚塵〔六〕。

【校記】

〔一〕《中州集》《全金詩增補中州集》卷九詩題作「華山」，明張維新等《華岳全集》卷一三録此詩作「華山雨後」。　〔二〕犖确：文淵閣本、畿輔本作「硌犖」。今按，《韓愈集》卷三《山石》：「山石犖确行徑微，黄昏到寺蝙蝠飛。」《蘇轍集》卷一七《墨竹賦》：「山石犖确，荆棘生之。」　〔三〕出：《全金詩增補中州集》卷一四作「絶」，文淵閣本、畿輔本作「面」。　〔四〕箇：《全金詩增補中州集》作「令」；畿輔本作「人」。　〔五〕嶽：畿輔本作「紅」。　〔六〕幾揚塵：石蓮盦本作「盡紅塵」。另，金元好問《州州集》卷末《中州樂府》載趙秉文《水調歌頭·四明有狂客》引其後序涉及此詩，後二句文字頗多歧異：「疑折玉蓮騎白鶴，他年滄海看揚塵。」

河上公廟

河上丈人忘姓名，一編道德了一生。時來河上觀物化，投膠欲變黄河清〔一〕。

【校記】

〔一〕膠：《全金詩增補中州集》卷一四作「醪」。

稠桑谷遇雨

窮秋兩渡稠桑谷，馬滑還經險路過〔一〕。騎上下山三十里〔二〕，天教沖雨看黄河。

【校記】

〔一〕路：畿輔本作「地」。　〔二〕下：畿輔本作「小」。

濟源四絶

其一

歌管年年樂太平，而今鉦鼓替歡聲。裴公祠下無窮水，好乞餘波爲洗兵。

其二

祠前繚繞無窮水，竹杪參差不盡山〔一〕。極目水窮山盡處，天壇猶在白雲間〔二〕。

其三

樹暎樓臺水暎空，溪容林意兩溶溶。夏山如醉無人畫，遠處微茫近處濃。

其四

毵毵雲木曉相參，寺枕龍蟠十頃潭。一徑通幽竹深處，居人指似寺中菴〔三〕。

【校記】

〔一〕竹：畿輔本作「树」。〔二〕壇：《全金詩增補中州集》卷一四作「台」。〔三〕侍：原作「寺」，此從諸本。另，《全金詩增補中州集》「指似」作「指是」。

山行四絶

其一

終日看雲不忍還，馬蹄犖确兩山間。雨聲欲到詩人耳，雲氣先濛一半山。

其二

漠漠青田鷺啄苔，背人飛去又飛回〔一〕。青山影裏銜青稻，知自濟源枋口來〔二〕。

其三

樹根繫栰水淪漪，雨裏看山也大奇。不見文公陳迹在，摩挲苔壁認題詩。

其四

玉柱峰前紫翠堆，道人架竹引泉來。穿雲絡石無人見〔三〕，下赴龍門作怒雷。

【校記】

〔一〕又：畿輔本如之，注「一本作復」。〔二〕自：畿輔本、石蓮盦本作「是」。〔三〕石：原作「竹」，此從諸本。

雨晴

一春不雨浸塵黄〔一〕，碧瓦朝來泛霽光。留得紫薇花上露，幾招渴燕下雕梁。

【校記】

〔一〕不：畿輔本作「無」。漫：原作「浸」，此從畿輔本及《中州集》《全金詩增補中州集》卷九。另，文淵閣本、石蓮盦本此句作「一春無雨作泥香」。

一雨

遥望叢林一塔孤，蹇驢日轉古城隅〔一〕。夜來一雨添新漲，潋灧灘頭漸欲無。

【校記】

〔一〕驢：文淵閣本、畿輔本、石蓮盦本作「騎」。

和楊尚書之美韻四首

其一

河南夫子兩程子〔一〕，要與洙泗繼後塵。濂溪先生爲張本，舞雩風裏浴沂春。

其二

東萊兩本不朽計，讀書原委有本因[二]。傷哉絶筆大事記，續經未了已亡身[三]。

其三

諸公辨論助怪驚，削去訓傳非人情。大公至正本無我[四]，吾道初如日月明。

其四

漢儒俗學欺盲聾，獨有一士超樊籠。君家子雲晚治易，聖人門户見重重。

【校記】

〔一〕兩程子：文淵閣本作「兩程公」。〔二〕書、原：文淵閣本作「詩」、「源」。本：畿輔本、石蓮盦本作「來」。〔三〕續：原作「讀」，此從文淵閣本、畿輔本、石蓮盦本。〔四〕大：《全金詩增補中州集》卷一四作「文」。

題劉德温畫湖山豐夏横幅四首

其一

聞道神仙郭恕先，曾將清夏寫湖山。而今寶墨歸天上[一]，時許劉郎見一斑。

其二

湖山清夏不應豐，一逕林陰水石中。六月凉生清蒻底，釣魚船上一絲風。

其三

風來山脚水淪漣，林影參差舞鏡天。袖裏長安遮日手〔二〕，緑陰多處弄潺湲。

其四

遠處微茫近處濃，岸容林意兩溶溶。夏山如醉無人畫，更倩劉郎作幾峰。

【校記】

〔一〕寶：《全金詩增補中州集》卷一四作「筆」。〔二〕裏：文淵閣本、畿輔本作「却」。

題東坡畫古柏怪石圖三首

其一

荒山老柏枏擁腫，相伴醜石反成妍。有人披圖咲領似，不材如我終天年。

其二

人生散材如散木，槁死深山病益奇。放出參天二千尺，安用荒藤纏繞爲。

其三

東坡戲墨作樹石，筆勢海上駈風濤。畫師所難公所易，未必此圖如此高〔一〕。

【校記】

〔一〕未必、如：《全金詩增補中州集》卷一四作「縱有」、「無」。

雪望

吹面風來受雪寒，寳花樓閣五雲端。舡移忽破瓊瑶影，丹鳳橋邊駐馬看。

蟬

薄薄秋雲兩翼輕，淤泥脱迹便恢聲。可能枵腹凉陰底，受盡人間風露清。

三蘇帖二首

他年鴻雁各分飛，風雨蕭蕭有所思。猶記讀書懷遠駬，夜深燈火對床時。

君家一日會三蘇，翰墨人間今古無。時向明窓展横幅，不須更寫德星圖。

即事

樓頭不見暮山重，遥認青林雨意濃。一陣風來忽吹散，斷雲還補兩三峰。

宿朱家寺

撤幕風來遠更清，窗間野曠見雲生〔一〕。夜深古殿無燈燭，畫壁時因掣電明。

【校記】

〔一〕間：畿輔本作「閑」，石蓮盦本作「開」。

金水河

金水河邊駐馬時，熙春閣外夕陽微〔一〕。舊時同樂園前水，曾照寒鴉幾度歸。

【校記】

〔一〕熙：《全金詩增補中州集》卷一四作「燕」。

晚登太史臺二首

雲鏤殘陽一線金〔一〕，西風吹雨破層陰。歸鴉怪得紅翻背，返照依依在遠林。

市橋落日與波平[二]，返照前灣別舸明。不覺城頭來暝色，回看天際暮煙生。

【校記】

[一]鏤：畿輔本、石蓮盦本作「縷」。[二]波：《全金詩增補中州集》卷一四作「坡」，并將此首另立詩題「市橋」。

管幼安濯足圖

道喪何人識重輕，白頭不作魏公卿。滄浪濯足知君意，濁水那能浼我清。

龐才卿畫長江圖

青山隱隱水悠悠，何處長江是盡頭。欸乃一聲人不見，忽從天際下歸舟。

净安寺紫臘梅

倩誰傳語主林神[一]，莫以時宜鬬斬新。只是舊時黄面老，而今現作紫金身。

【校記】

[一]主：《全金詩增補中州集》卷一四作「玉」。

題移剌右丞畫雙鹿二首〔一〕

忘言老人寫雙鹿，筆力不減東丹王。右相丹青乃餘事，向來勳業扶明昌。

當年扈從直長楊，想見秋山槲葉黄〔二〕。沙外小灘圓似月，眼明雙鹿噍斜陽。

【校記】

〔一〕畿輔本、石蓮盦本詩題之「畫雙鹿」作「畫雙鹿圖」。另，《全金詩增補中州集》卷一四「移剌」作「伊喇」。今按，所謂移剌右丞，指明昌初尚書右丞移剌履，《金史》卷九五有傳。移剌系契丹姓氏之漢語音譯，移剌、伊喇之外，亦作耶律、曳剌，字未定型。

〔二〕槲：畿輔本作「槲」。

坡陽歸隱圖

年過六秩尚蹉跎〔一〕，奈此坡陽歸隱何。不是不歸歸未得，家山雖好虎狼多。

【校記】

〔一〕秩：原作「帙」，此從文淵閣本、畿輔本、石蓮盦本。另，《全金詩增補中州集》卷一四作「袠」，同「秩」。

九日繁臺寺

九日登臨一散懷，繁臺寺下插花迴〔一〕。空明衣上波光動，知是扁舟泛月來。

【校記】

〔一〕下：《全金詩增補中州集》卷一四作「裏」。

道傍古槐

虬枝盤屈尚百尺，不肯爲人充棟梁。六月行人汗如洗，尚能於世作清凉。

昭君出塞圖

無情漢月解隨人，羞向天涯照妾身。聞道將軍侯萬户，已將功業上麒麟。

子卿歸漢圖

節旄落盡始歸來，白髮龍鍾老可哀。猶勝生降不歸漢，將軍空有望鄉臺。

龐才卿畫春山歸隱圖

了無車馬到山家，門外東風掃落花〔一〕。春入山間人不見，無時無處不煙霞。

【校記】

〔一〕東：文淵閣本作「春」。

同樂園二首

春歸空苑不成妍，柳影毵毵水底天。過却清明遊客少，晚風吹動釣魚舡。

石作墻垣竹暎門〔一〕，水回山複幾桃源。毛飄水面知鵝柵，角出墻頭認鹿園。

【校記】

〔一〕墻垣：畿輔本及《中州集》《全金詩增補中州集》卷九作「垣墻」；暎，畿輔本作「蔭」。

遊上清宫四首

陰陰垂柳净朝暉，城郭山林果是非。步繞仙壇香露濕，紫玫瑰刺罥人衣。

醮罷琳宫日更長，坐看幡影午悠揚。幽人唤起青童睡，苔逕掃花筍箒香。

細細薰風澹澹陰，過雲拋雨上花心。黄鶯濁味沾微潤，飛上高枝作好音。

細雨薰風未熟梅，仙禽啄實下莓苔〔一〕。夏芳將盡無多景，紅白葵花相背開。

【校記】

〔一〕實：畿輔本作「食」。

中牟陽冰篆

龍蛇起陸虫蝕木，商盤周鼓秦刻餘。中牟三異今則四〔一〕，斷碑殘缺陽冰書。

【校記】

〔一〕則：石蓮盦本作「分」。

過楊太尉墳

直道從來自不容，斷碑千載尚塵封。潼關關下墳三尺，清節高於太華峰。

過長安二首

漢苑秦宮半夕陽，年年春色管興亡。霸橋折盡青青柳〔一〕，不爲行人也斷腸。

茂陵玉盌苔痕土，魏帝金盤月泫津〔二〕。獨有乾陵陵上柏，年來風雨不能神。

【校記】

〔一〕折：原作「斫」，此從畿輔本、石蓮盦本及《全金詩增補中州集》卷一四。今按，《蘇軾集》補遺卷五《蝶戀花·佳人》：「破鏡重圓人在否，章臺折盡青青柳。」〔二〕泫：畿輔本作「法」。

草堂〔一〕

幾家籬落掩柴關，盡在浮嵐湧翠間。稻壠明邊通白水，竹梢缺處補青山。

【校記】

〔一〕元駱天驤《類編長安志》卷九《勝游》録此詩，題作《樊川晚浦》。另，《（民國）續修陝西通志》卷一六六《金石補遺》録趙秉文《游草堂詩》六首，此詩爲其中之一。

過咸陽二首

獨立橋邊望白雲〔一〕，摩挲古塚石麒麟〔二〕。千秋萬古功名骨，盡作咸陽原上塵。

上林池籞鎖芳塵，直抵南山不屬人。世上千年陵谷變〔三〕，千村桑柘鵓鴣鳴〔四〕。

【校記】

〔一〕獨立橋邊望白雲：《類編長安志》卷七《原丘》録此詩作「渭水橋邊不見人」。〔二〕古：《類編長安志》作「高」。〔三〕上：文淵閣本、畿輔本作「事」。〔四〕鳴：文淵閣本、石蓮盦本作「春」。

題東坡與佛印帖

魯公食粥已數月，蘇子探囊無一錢。身後胡椒八百斛，爾曹堪咲亦堪憐。

呼群鳴鹿圖二首

麀班剥落錯古錦〔一〕，麚角輪囷生肉芝〔二〕。呦呦誰見群呼態〔三〕，憶在秋山扈從時。

霜林楓葉動秋山[四]，誰道呦呦物性閑。同類呼群更媒禍，世間何處不黄間。

【校記】

[一]班：文淵閣本、畿輔本及《全金詩增補中州集》卷一四作「斑」。[二]肉：畿輔本如之，注「一本作玉」。[三]群呼態：文淵閣本、畿輔本、石蓮盦本作「呼群態」。[四]秋：畿輔本作「青」。

五嶽觀四絶[一]

晝[二]

瀏瀏清風下曲阿，亭亭午影轉庭柯。簾衣不捲通明處[三]，時有流鶯趁蝶過。

夜

愔愔小雨一燈熒，猶記靈宫夜叩扃。繞樹驚烏棲不定，踏翻柏子落堦庭。

曉

一聲鶻鵃唤年芳，底事驚回蝶夢長。獨倚闌干梳白髮，滿襟清快曉風涼。

暮

移床坐到晚涼時，手弄清泉似小兒。古觀無人蒼柏暗，偶看宿鳥暮投枝[四]。

【校記】

〔一〕詩題原無「四絶」，文淵閣本及《全金詩增補中州集》卷一四如之，此從畿輔本、石蓮盦本。〔二〕詩題原無「畫」，徑作「五嶽觀」，此從畿輔本、石蓮盦本。〔三〕簾衣：文淵閣本、畿輔本及《全金詩增補中州集》作「簾虚」，石蓮盦本作「簾鉤」。今按，唐陸龜蒙《寄遠》：「畫扇紅弦相掩映，獨看斜月下簾衣。」見《全唐詩》卷六二九。〔四〕投：文淵閣本、畿輔本、石蓮盦本作「争」。

荔支圖

雨滴鈴聲蜀道長，都緣一曲荔支香。宣和無限丹青手，好畫當年花石綱。

臨韓幹馬

秋日平原看肉飛，千金市骨眼中稀。世間賴有丹青手，韓幹丹青又已非。

載梅

滿車飽載梅花共〔一〕，車聲嗌嗌不成弄〔二〕。月落參横畫角哀，横眠正作梅花夢。

【校記】

〔一〕共：《全金詩增補中州集》卷一四作「供」。〔二〕嗌嗌：原作「嗌嗌」，《全金詩增補中州集》作

「咿咿」，此從文淵閣本、畿輔本、石蓮盦本。今按，「呦呦」同「呦呦」，象聲詞。

鴻溝

山川依舊霸圖空，楚漢分溝一吷中〔一〕。金翅鳥王分海立〔二〕，却應莞爾咲英雄。

【校記】

〔一〕吷：《全金詩增補中州集》卷一四作「玦」，畿輔本、石蓮盦本作「峽」。今按，《莊子·則陽》：「夫吹筦者，猶有嗃也；吹劍首者，吷而已矣。堯舜，人之所誉也，道堯舜於戴晉人之前，譬猶一吷也。」《韓愈集》卷六《讀皇甫湜公安園池詩書其後》之一：「晉人目二子，其猶吹一吷。」〔二〕鳥：原作「烏」，此從諸本。今按，唐于闐僧實叉難陀譯《華嚴經》卷三六：「譬如金翅鳥王，飛行虛空，安住虛空，以清淨眼觀察大海龍王宮殿，奮勇猛力，以左右翅搏開海水，悉令兩闢，知龍男女有命盡者而撮取之。」

遊崆峒四絶

其一

西鄰烏鼠北朝那，涇水東流入大河。一上參雲亭上望，山川滿目夕陽多。

其二

金湯形勝滿秦中，戰鼓驚飛北塞鴻。爲向崆峒山叟道[一]，可能高枕聽松風。

其三

斷碑零落任苔封，想像當時問道宫。煙鎖洞天三十六，時人空禮白雲中。

其四

萬松聲裏暮濤寒，盡在參雲一望間。只欠懸流二千尺，天風吹下翠屏山。

【校記】

[一]叟：文淵閣本、畿輔本、石蓮盦本及《全金詩增補中州集》卷一四作「試」。

題東巖道人讀書堂 裕之先大夫讀書於此，東巖其自號也。[一]

山頭佛屋五三間[二]，山勢相連石嶺關。名字不經從我改[三]，更稱元子讀書山[四]。

【校記】

[一]文淵閣本詩題如之，無小字注；《中州集》詩題作「繫舟山圖」，小字注「裕之先大夫嘗居此山之東嵓」。[二]五三間：石蓮盦本作「三五間」。[三]經：畿輔本、石蓮盦本及《全金詩增補中州集》作「妨」。[四]更：石蓮盦本作「便」。

哀李平父[一]平父能詩善畫，與余爲狎友。[二]

妙畫清詩絶點塵，丹青才了已無身。釣臺即是西川路，長使羊曇淚滿巾。

【校記】

[一]父：亦作「夫」，見本集卷五三《題李平夫畫黄山蹇驢詩圖》。　[二]狎：《全金詩增補中州集》卷一四作「密」。另，文淵閣本、畿輔本脱此句五字。

洮石硯

何年洮石鴨頭緑，磨硯來伴中書公[一]。乞與玉堂揮翰手，便欲草檄係西戎[二]。

【校記】

[一]硯：諸本作「研」。　[二]係：文淵閣本作「繫」。

跋黄華墨竹二首

老可能爲竹寫真[一]，東坡解與竹傳神。墨君有語君知否，須信黄華是可人。

淡墨閑臨謝女真，蕭然林下自風神。世間亦有丹青手，只解尋常寫市人。

【校記】

〔一〕老：原作「與」，此從諸本。

閏八月十八日會同舘諸公同賦絶句五首

其一

一年十二度圓月，及到中秋此夜偏〔一〕。天意自憐風露爽，更教明月十三圓。

其二

閏年都未有新霜，探借秋花十日香。徑約同僚同一醉，有花有酒即重陽。

其三

太平勝事古難并，且盡清歡伴醉醒〔二〕。座上少年三舘秀，也知傍有老人星。坡以把酒賦詩爲太平勝事。

其四

老去追歡强不能，少時思酒似痴蠅〔三〕。佩刀左右更相咲，我已年來絶愛憎。

其五

賓主相忘問濁清〔四〕，坐中談咲雜歌聲。道人嘿坐無分别，総是秋風萬籟鳴。

【校記】

〔一〕及到：原作「及偏」，畿輔本及《全金詩增補中州集》卷一四作「反覺」，此從文淵閣本、石蓮盦本。

〔二〕醉：畿輔本如之，注「一本作酒」。〔三〕思：文淵閣本作「戀」，畿輔本作「忍」；「似」原作「侣」，當是「侣」之訛，此從《全金詩增補中州集》、文淵閣本、畿輔本、石蓮盦本。〔四〕問：諸本作「間」。

馬上見桃花

可憐馬上逢春色，不得明窗貯古瓶。祇恐東風易零落，兔葵燕麥又青青。

列子廟二首

天禄讐書已斷編，枉將放蕩雜真筌〔一〕。如何得似東皐子，删却楊朱力命篇。《文粹》有東皐文〔二〕。

東土西天一幻緣，先生古佛豈其仙。擿蓬指處無生死〔三〕，勘破髑髏未兆前。

【校記】

〔一〕真：畿輔本作「中」。〔二〕文粹有東皐文：文淵閣本、畿輔本、石蓮盦本「有」後增出「删」字。另，《全金詩增補中州集》卷一四無此注。〔三〕擿蓬指處：《全金詩增補中州集》作「真機指出」。

翠微寺二首〔一〕

南山常愛退之詩〔二〕，未説雲煙潤色之〔三〕。要見山光如潑黛〔四〕，更須留待雨晴時。

南山深鎖翠微宫〔五〕，寺在山南十里東〔六〕。祇怪朝來衫袖濕〔七〕，不知身在翠微中。

【校記】

〔一〕北京圖書館金石組編《北京圖書館藏中國歷代石刻拓本匯編·遊草堂詩并跋》收趙秉文手書拓本，題作「遊草堂詩」，中州古籍出版社一九八九年，第四七册一四九頁。另，《（民國）續修陝西通志》卷一六六《金石補遺》下録《遊草堂寺》七絶六首，包括此二首。　〔二〕愛：石蓮盦本作「懷」，《北京圖書館藏中國歷代石刻拓本匯編》作「讀」。　〔三〕説：《全金詩增補中州集》卷一四作「脱」；雲煙，《北京圖書館藏中國歷代石刻拓本匯編》作「煙雨」，《（民國）續修陝西通志》作「煙雲」。〔四〕見：《（民國）續修陝西通志》作「看」。　〔五〕宫：《北京圖書館藏中國歷代石刻拓本匯編》作「空」。　〔六〕在：畿輔本作「有」；山南，《（民國）續修陝西通志》作「南山」。　〔七〕衫：《（民國）續修陝西通志》作「衣」。

宿索水

楚漢相隨京索間〔一〕，路人指點舊河關。英雄成敗一丘土，雲自高飛水自閑。

【校記】

〔一〕京索：原作「宿索」，此從諸本。今按，《史記》卷八《高祖本紀》：「是以兵大振滎陽，破楚京索間」。

平泉店逢夏使

穹廬毳服異華風，馬上相逢一咲同。贈我何勞繞朝策，賀蘭千里已胸中。

暮春用寒字韻二首

柳陰彩檻繫朱欄〔一〕，樓外鞦韆搭畫杆。祓禊人歸池舘静，吹花風急皺波寒。

一年芳物已闌珊〔二〕，年少春愁爲牡丹。村落人家雨前後，蓬窗罩紙護蚕寒。

【校記】

〔一〕彩檻：諸本作「彩艦」。今按，唐鮑溶《宿水亭》：「雕楹彩檻壓通波，魚鱗碧幕銜曲玉。」見《全唐詩》卷四八〇。　〔二〕年：畿輔本作「時」。

初聞雁

囑爾南來新雁群，封書好寄未歸人。天涯憔悴多風雪，回首中原又一春。

宿遂初園

病身三日園亭主〔一〕，自慶還須把一杯。猶勝西鄰王學士，金門到老不曾來。

【校記】

〔一〕主：文淵閣本作「坐」。

别春

年年春去歸何處，今日須爲别一番。把酒問花花不語，夜來風雨淚珊珊。《閑閑老人滏水文集》卷九。

集外補遺

遊草堂三首

下馬來尋題壁字，拂塵先讀草堂碑。平生最愛圭峰老，惟有裴公無愧辭。

逍遥園後娑羅木，曾見春秋幾變更。落葉蕭蕭風雨夜，却疑當日譯經聲。北京圖書館金石組編《北京圖書館藏中國歷代石刻拓本匯編·遊草堂詩并跋》，中州古籍出版社一九八九年，第四七册一四九頁。今按，此題共五首，其中《草堂》《翠微寺》二題三首已見《滏水集》卷九。

憑君寄語草堂靈，我是無塵有髪僧。一見圭峰如舊識，似緣曾繼祖師燈。民國武樹善《陝西金石志》補遺卷下，《歷代碑誌叢書》本，江蘇古籍出版社一九九八年。

登鷄鳴山絶頂題永寧寺

鳥道盤雲上碧霄，渾河衣带瞰洪濤。閻浮國土迷花藏，忉利天宫跨妙高。塵世幾回擒走鹿，長竿何代釣靈鼇。打頭半世蓬茅底，九萬天風散鬱陶。民國孫德謙《金源七家文集補遺》稿本，上海圖書館藏稿本。

樂善堂

人皆有兩足，不踐荆棘地。人皆有兩手，不劘虎兕齒。如何身與心，擇善不如是。從善如登天，從惡如棄屣。而于趨金乖，知之不審耳。盗跖膾人肝，顔子一瓢水。均爲一窖塵，誰光百世祀。較其得失間，奚翅十萬里。所以賢達人，去彼而取此。道腴時雋永，世味不染指。作詩銘吾堂，兼以勖諸已。金元好問《遺山先生文集》卷四〇《跋閑閑自書樂善堂詩》，《四部叢刊》本。

過華州追懷楊洞微

前年曾就雲臺宿，知有先生在華山。今日白雲峰頂起，却疑騎鶴下人間。金元好問《續夷堅志》卷三《楊洞微》：「道士楊谷，字洞微，代州人。隱居華山。爲人儀觀秀偉，道行卓絶，平生未嘗與物忤。通《莊》、《易》，世以『莊子楊先生』目之。……閑閑後過華州，追懷洞微云云，其稱道如此。」中華書局一九八六年。

環翠樓

公退常臨此，觀風問俗間。山川樓外布，井邑掌中看。曲水清流急，巔峰翠繞環。休言江上景，未必勝榆關。《（雍正）山西通志》卷二二三《藝文志》，《文淵閣四庫全書》本。

謁淮陰廟

勢險山危氣勢雄，將軍從此建奇功。興列業就人何在，破楚名存事已空。故壘帶煙餘殺氣，荒祠向晚動悲風。功名蓋世今如此，讀罷殘碑思不窮。《（雍正）井陘縣志》卷八《藝文志》，《中國地方志集成》本，鳳凰出版社二〇〇六年。

敦諭講經情虛大師孫仲遠二首

山陰道士留鵝去，緱嶺真仙跨鶴來。一味清閑是仙職，請師管領上清梅。

新貯玄都寶藏經，璇題敕賜少霞銘。周朝藏史誘曾守，莫獻琅函手自扃。《（雍正）澤州府志》卷四八《藝文》，《中國地方志集成》本，鳳凰出版社二〇〇五年。今按，孫仲遠，金末道士。金李俊民《莊靖集》卷四《寄大師孫仲遠講道經》：「鶴骨仙人别後臞，無由得近嘯臺居。我師不了孫家事，絳帕蒙頭説道書。」

留題崇福宫

山面削瓜壁，宫牆鋪粉光。晴嵐天自雨，夏竇冷噴霜。勝地松杉古，仙家朮芝香。東鄰與西舍，欠我一茅堂。明傅梅《嵩書》卷一四《韻始篇》，《嵩嶽文獻叢刊》本，中州古籍出版社二〇〇三年，第三一〇頁。

嵩山承天谷

煙霞直上逍遥谷，路轉山腰咫尺迷。已覺洞天分聖境，更疑石蹬是仙梯。霜添紅葉黄花好，天與金壺玉柱齊。兩峰名。醉倚西風正南望，暮雲煙草一時低。明傅梅《嵩書》卷一四《韻始篇》，《嵩嶽文獻叢刊》本，中州古籍出版社二〇〇三年，第三一三頁。另，《（雍正）河南通志》卷七四《藝文志》亦録，《文淵閣四庫全書》本。

齊希謙

齊希謙，出處未詳。與閑閑趙秉文爲友。閑閑作《城南訪道圖》，諸公皆有詩，希謙亦題其後。

兹輯一首。

題趙閑閑城南訪道圖

億劫夢中誇識解，一生紙上作風波。到今不肯抽頭去〔一〕，畢竟城南有甚麽。金劉祁《歸潛志》卷八，中華書局一九八三年，第八九頁。

【校記】

〔一〕肯、頭：清郭元釪《全金詩增補中州集》卷五二録此詩作「敢」、「身」。

佚 名

譏秉文

古有朱雲，今有秉文。朱雲攀檻，秉文攀人。《金史》卷一一〇《趙秉文傳》：「秉文上言，宰相胥持國當罷，宗室守貞可用。章宗召問，言頗差異……有司論秉文上書狂妄，法當解職。上不欲以言罪人，遂特免焉。當時爲之語曰云云。」

新編全金詩卷五二

張建

張建，字吉甫，號蘭泉老人，蒲城（今陝西省渭南市蒲城縣）人。資警穎不凡，童丱已能詩。比長，學六經仁義之道，慨然有經世志。事舉業，身兼兩科，四至廷試①，未第。後結廬北山蘭泉，隱居林丘殆二十年。明昌初，舉才行，授絳州教官，召爲宫教②，擢書畫局直長③，遷應奉翰林文字。以老乞致仕，章宗愛其淳素，不欲令去左右。眷眷久之，超授同知華州防禦使事，仍賜詩，有「從今畫錦蓮

①金李庭《寓庵集》卷五《蘭泉先生文集序》，《藕香零拾》本，中華書局一九九九年。

②《金史》卷六四《元妃李氏傳》：「大定末，以監户女子入宫。是時宫教張建教宫中，師兒與諸宫女皆從之學。故事，宫教以青紗隔障蔽内外，宫教居障外，諸女子居障内，不得面見。有不識字及問義，皆自障内映紗指字請問，宫教自障外口説教之。諸女子中惟師兒易爲領解，建不知其誰，但識其音聲清亮。章宗嘗問建，宫教中女子誰可教者。建對曰：『就中聲音清亮者最可教。』章宗以建言求得之。」中華書局一九七五年。今按，所謂是時，當在明昌初。

③金張建《高陵縣張公去思碑》署「將仕郎充書畫局直長張建撰」，文中有云：「明昌五年春，友人王彦達赴試來京師，丐文於予，以示公之政。」見清王昶《金石萃編》卷一五七，《歷代碑誌叢書》本，江蘇古籍出版社一九九八年。

峰下，三樂休誇榮啓期」①之句，士林榮之。金亡之際，應名醫李杲之邀，爲其先師張元素《醫學啟源》撰序②。嘗著《蘭泉老人集》行世。其論詩有云：「作詩不論長篇短韻，須要詞理具足，不欠不餘。如荷上灑水，散爲露珠，大者如豆，小者如粟，細者如塵。一一看之，無不圓成，始爲盡善。」茲輯二十四首。

擬古十首

飛雲何冉冉，高與日月齊。中有兩仙人，盛服持玉圭。我欲從之游，天險不可躋。邈焉望不及，短日西山西。

客從岳頂來，貽我松粉黄。爲言服之久，身輕欲飛翔。我嘗淡無味，我嗅寂無香。還君三太息，世好方膏粱〔一〕。

枯桑依頹垣，摧折生理微。剥我枝間葉，備君身上衣。葉盡誰復顧，棲鳥來亦稀。君看牡丹藂，日日笙歌圍。

青青河濱柳，柯葉柔且妍。一從智巧萌，戕賊爲桮棬。器成豈不佳，天質失自然。爭如河堤

---

①《中州集》卷七《蘭泉先生張建》，中華書局上海編輯所一九六二年。

②金張建《醫學啟源序》：「壬辰遺失殆盡，所存者惟《醫學啟源》。真定李明之，門下高弟也，請余爲序，故書之。」見金張元素《醫學啟源》卷首，人民衛生出版社一九七八年。

上，濯濯披春煙。

石泉何清泠，中有九節蒲。蒲性本孤潔，不受滓穢汙。一移入城市，生意寄泥淤。翠葉日焦卷，不霜而自枯。寄言守静者，勿涉奔競途。

庭前蘭蕙窠，三年種不成。門外旱蒺藜，一旦還自生。弟恐傷我足，鋤去根與萌。如何一雨後，走蔓復縱横。

有客曳長裾，袖刺謁高閎。低頭拜閽者，始得通姓名。主人果厚眷，開宴海陸并。顧必承彼顔〔二〕，語必順彼情。不如茅簷下，飽我藜藿羹。

菶菶嶧山桐，一樹十二枝。枝分十二律，所指各不移。胡爲師襄子，獨謂東南奇。一律不可闕，一枝不可遺。誰能以此意，説似典樂夔。

美人何熒熒，顔若苕之英。絶世而獨立，一顧傾人城。三星正當户，俟我亦在庭。之子無良媒，不敢犯露行。

丘中有一士，顔皃清且癯。緼袍僅蔽體，蔬飯不滿盂。時出蓬蓽門，鼓腹歌黄虞。不知何所得，矯首望八區。

【校記】

〔一〕粱：原作「梁」，此從汲古閣本《中州集》。今按，《孟子·告子上》：「詩云：『既醉以酒，既飽以德。』言飽乎仁義也，所以不願人之膏粱之味也。」〔二〕承：原作「丞」，刊誤，此從文淵閣本《中州集》及《全金詩增補中州集》卷三一。

山中

林櫻墮紅珠，打着琴上絃。山人時一笑，愛此聲琅然。

韓信廟

一檄風馳萬壘降，當時意趣已難量。既能歸漢識真主，何必下齊求假王。將幄深嚴巖樹碧，門旌搖曳嶺雲黄。我詩責備春秋法，勝把君侯美處揚。

送張子玉

渭水玻璃碧，秦山劍戟明。秋光如我瘦，行色與君清。蟬嘒西風柳，鴉翻落日城。歸舟幸無物，且莫苦貪程。

梨花

矗樹枝高茁朵稠，嫩苞開破雪搓毬。碎粘粉紫鬚齊吐，潤卷丹黄葉半抽。月影曉窗留好夢，雨聲深院鎖清愁。瓊胞已實香猶在，散入長安賣酒樓。長安酒家有梨花樓。

荅華陰宋先覺

雲臺清集憶當年〔一〕，詩筆逢君厭老拳。後會邈如千里遠，壯懷不似十年前。風帘搖曳橋南酒，煙樹溟濛渭北天。咫尺靈山飛不到，夢魂長遶玉峰蓮。

【校記】

〔一〕集：弘治本作「進」，《全金詩增補中州集》卷三一作「境」。

送賀彦淳還南郊

玉峰明滅暮雲邊，默計歸程約半千。襁負尚憐靈照幼，家貧賴有孟光賢。臨歧淚眼三年别，夾路風槐六月天。佇立望君西去遠，夕陽村落起孤煙。

山村風雨圖

雨昏山店望未見，風緊傘簷張不開。莫訝披圖便成句，爲曾行到此中來。吉甫又嘗有詩云：「風卷旱塵攙馬過，雲移凉影趁人行。」其寫目前之景，甚與山村風雨詩相似。今附於此。

賦胡直之溪橋蓮塘二首漁父詞體〔一〕。

溪橋脚下水平分，橋柱萍粘浪打痕。天向晚，日攙昏，兩簇青煙斷岸村。

拂拂輕風漾翠瀾，粉煤新撲小荷盤〔二〕。塘水漲，岸痕漫，草閣臨流五月寒。

【校記】

〔一〕漁父詞體：《全金詩增補中州集》作「仿漁父詞體」。〔二〕粉煤：文淵閣本《中州集》作「粉媒」，《全金詩增補中州集》作「珠璣」。

雜詩二首

瓦缾擔山泉，石鼎煮巖菊。燎以松桂枝，清芬滿茅屋。

踏雪尋梅花，雪梅同一色。不是暗香來，梅花尋不得。

俊師定庵

渟泓石上泉，照我良是我。輕風一蕩激，真態互掀簸。乃知求慧性，非戒定未可。道人此名庵，千劫付一坐。海月自澄明，天花任飛妥。吾生劇萍梗，萬里信漂墮。湛然摩尼珠，坐受昏塵裹。何時陪遠公，同社事香火。

送王主簿還鄉

笑君習氣只書生，薄有歸裝亦自清。瘦僕擔詩雙籠重，羸牛引軛一車輕。長亭已過那知遠，別酒猶多未忍傾。記取明年斷腸處，玉梨花底月三更。《中州集》卷七《蘭泉先生張建》。

弔張瓚

惜哉器之真丈夫，少年讀徧天下書。一事不成死於途，苗而不秀有矣夫，秀而不實有矣夫。

《中州集》卷七張建小傳。

佚句

失題

風卷旱塵攙馬過，雲移凉影趁人行。《中州集卷七張建《山村風雨圖》詩後附注：「吉甫又嘗有詩云云。其寫目前之景，甚與山村風雨詩相似。」

王彧

王彧，字子文，洺州（今河北省邯鄲市永年縣廣府鎮）人。承安中進士。資剛決，不可犯。貞祐南渡，爲尚書省掾。睹時政將亂，一旦棄妻子，徑入嵩山，翦髮爲頭陀，改名知非，字無咎，自號照了居士，居達摩庵，苦行自修。十餘年後，忽下山，復與妻子如舊①。天興元年，爲洛陽行省參議。城

①金劉祁《歸潛志》卷五，中華書局一九八三年。

陷，不知所終。少日爲文，工於四六，詩亦有功。兹輯十二首。

禪頌三首[一]

昧已全抛大事憂，爲渠剛攬等閑愁。桑榆晚景無多子，針芥人身豈易投。

閑日搆來忙日用，此生迷却再生休。鼻頭捩轉從今始，看作回程火裏牛。

吾身非我底爲情，説着塵勞特地驚。五九盡時山更好，澗泉雲鳥自春聲。

又頌

放下情懷觸處安，生涯取取没多般。褐衣襤褸聊遮赤，短髮髯鬙底用冠。一榻省緣資困歇，二匙隨分了飢飡。也知苦澁人人笑，烈日初心不敢謾。貞祐末，行臺都尉南征，獲武經進士李申之于盱眙。左右司郎中劉光謙達卿、潤文官李獻能欽叔愛其才辯，欲活之，以避嫌不敢也。乃託以問事機，令軍中羈管之。申之作詩贈主囚者云：「一飯感君無地報，寸心許國只天知。明朝定作長淮鬼，馬革仍煩爲裹尸。」又云：「胷中萬古横鐘阜，一死鴻毛断不移。」又獻書都尉云：「金國歲歲南侵，計所得不能一二州，而軍力折耗殆盡。今歲此舉，亦曾慮人有議，其後何以禦之乎？爲公計者，不若此南軍大舉斂兵而退，雖屢出無功，得全師而返，猶可自救。不然師老食殫，困頓于堅城之下，讒間一行，則公受禍不久矣。某軍敗而死，固其所也。乞于盱眙城下，責以不降之罪，以一死見處，使人人知之，則都尉亦于名教有功。」書上之明日，申之謀遁歸不果，乃殺之。欽叔説其臨刑回面南向，欣然就戮，甚嗟惜之。予謂申之「胷中萬古横鐘阜」，與王知非「烈日初心不敢謾」，皆烈丈夫語，故附見于此。

【校記】

〔一〕詩題「三首」，元乙卯本、弘治本、四部叢刊本《中州集》作「四首」，與目録「照了居士王彧四首」合。另，汲古閣本《中州集》作「三首」，即第一、二合爲一首，第三、四各以「又」爲題；文淵閣本《中州集》及《全金詩增補中州集》卷五三以《禪頌》爲題録七言絶句三首，另以《又頌》爲題録七律一首，合計四首，從之。

和二宋落花韻四首

曾見嬌窺宋玉墻，忽驚遺夢到延凉。聚塵非分侵凌玉，流水無情葬送香。錦韈謾抛終隔面〔一〕，綵灰雖吐若爲腸。蒼苔碧草無窮恨，木石癡兒亦自傷。

可人未厭出鄰墻。回首空殘翠幕凉。好事只傳懷夢草，殊鄉誰致返魂香。塵凝燕子慵開眼，煙暗馬嵬空斷腸。穠李絳桃俱異物，爲歌薤露寫餘傷。

緑影浮空只自傷，賞心死著未能忘。瓊枝不解留春色，銀燭空曾照夜粧。肺腑已傳蜂蜜盡，肌膏仍與燕泥香。情知青帝回車日，合有祥風老退房。

韶華終竟合凋傷，獻笑縈懷忍遽忘。露壓不禁昏淚臉，風披無奈醉愁粧。芳菲頓減園林趣，狼藉空餘陌路香。却憶班姬浪辛苦，一生都得幾專房。

【校記】

〔一〕抛：汲古閣本、文淵閣本《中州集》作「拖」。

初出京

親疏俱穩人倫了，婚嫁齊成俗意周。一筆盡鉤塵債斷，都無虧欠大家休。休休休，愛著何時是徹頭。風息浪平人已渡，笑携明月下孤舟。

崧山中

撒手寧論萬丈崖，脚跟未肯點塵埃。東君也自魔君數，故著青紅眼底來。來何遲，去何早，二五不多十不少。一聲柄木遍虚空，誰識堂堂真照了。

贈安居士國寶

不招措大嗔，不唤王子文。不惹禪和笑，不名王照了。他人怕人嫌，照了要人嫌。人人有面樹有皮，努力方便勤粧嚴。粧嚴也由賢，不然也由賢，鼻孔莫遣他人穿。

答國寶

幻人誰拙復誰能，遊戲何妨傀儡棚。凡事不堪君莫怪，儂家面目得人憎。又云：忽然識破虚空我，六合縱横更有誰。《中州集》卷九王彧小傳。

王賓

王賓，字德卿，亳社（今河南省商丘市睢陽區塢牆鎮）人。貞祐三年進士①。初授蘭陵簿②，辟虹縣令，入爲尚書省令史。坐事罷歸鄉里。壬辰歲，京城受圍，亳州軍變，德卿等反正，哀宗嘉之，授同知集慶軍節度使。明年夏六月，車駕幸蔡，道出於亳，德卿等迎謁，哀宗與語慰勞者久之，擢行六部尚書事，賜世襲謀克。後部曲以軍食不給譁變，是日遇害。德卿爲人恢諧輕脱，外若曠達而深有謀畫。學詩甚力，所作頗工，人多稱之。兹輯四首。

衛真道中

毳袍落托又西征，陌上東風小雪晴。草色换回原燎黑〔一〕，冰澌消入水痕清。年華荏苒心情減，邊事倉皇夢寐驚。早晚渦南傳吉語，一犁煙雨趂春耕。

---

①《中州集》卷七小傳作「貞祐二年進士」，《金史》卷一一七《王賓傳》如之，金劉祁《歸潛志》卷三作「擢第」。今按，貞祐中僅於三年開科選舉，當作貞祐三年進士。

②《金史》本傳：「初調蘭陵主簿，辟虹縣令，尋入爲尚書省令史，坐事罷歸鄉里。」中華書局一九七五年。

【校記】

〔一〕换：汲古閣本、文淵閣本《中州集》及《全金詩增補中州集》卷三四作「唤」。

舟中

河伯夸秋漲，舟人健晚涼。櫓聲摇落月，山氣鬱蒼蒼。

除夜

落托功名挽不前，圍爐兀坐夜蕭然。臘殘畫角東風裏，春到梅花小雪邊。守得歲來慵攬鏡，送將窮去自裝舩。平明點撿人間事〔一〕，只有詩魔似去年。《中州集》卷七《王亳州賓》。

【校記】

〔一〕撿：汲古閣本、文淵閣本《中州集》及《全金詩增補中州集》作「檢」。

因劾省掾高楨輩得罪而賦

王鶚既曾經手改，高楨自是著心攀。就中最苦張文舉，收拾閑雲返故山。金劉祁《歸潛志》卷九張特立文舉：正大初，「召拜監察御史，因劾省掾高楨輩受請託、飲娼家，坐不實得罪。蓋初劾時，嘗以草示應奉王鶚伯翼，共議之。王乃其門生也。事既行，高楨輩訟之。於是朝省疑其私，併治文舉、德卿。文舉左遷邳州軍事判官，杖五十，賓亦勒停。士論皆惜文舉之去，賓因作詩有云云。時人傳以爲笑。」中華書舉一九八三年，第九九頁。

佚句

贈剛上人

楞嚴讀罷爐煙冷，澹坐山堂閲世人。

言懷

功名不到書生手，坐撫吳鈎惜壯圖。

題馬丘寺壁

落葉擁窗僧入静，孤燈穿屋客吟秋。

失題

風生傳令箭，星落受降城。

失題

煙外暮鐘催倦馬，林間殘照聚歸鴉。

失題

倉小軍争米，邨荒虎食牛。《中州集》卷七王賓小傳。

上劉雲卿

致君有道莫如律，敢諫不行猶有名。金劉祁《歸潛志》卷三。

王予可

王予可，字南雲，河東吉州（今山西省臨汾市吉縣）人。年三十許，病後發狂。久之能把筆作詩文，及説世外恍惚事。以其衣短，人稱王赤腿，亦號哨腿王①。骯髒風儀，有古丈夫風。貞祐南渡後，往來上蔡、遂平、郾城間，落魄嗜酒，以乞食爲事。麻知幾獨重之。其詩文多六經中語及韻學家古文奇字，字畫峭勁。遇宋諱，亦時避之。或問以故事，其應如響，所引諸書，多世所未見。談説之際，時

① 金劉祁《歸潛志》卷六：「王赤腿，不知其名字年齒，人以其衣短，號哨腿王而無名，或云名予可，字南雲，河東人。」中華書局一九八三年，第六六頁。另，《（光緒）山西通志》卷一六一《方外録》著録「王哨腿」，安邑人，名字失考，稱「禮部尚書趙秉文并中州高士皆師事之」。今按，金時安邑隸河東。安邑與吉州，其中當有誤記；或其先世吉州，後徙安邑。另，「哨腿」或作「哨骽」，骽同腿。章炳麟《新方言·釋形體》：骽，「脛後通謂之腿肚」。

出誕幻之語。天興元年，被俘幾死，竟展轉逃脱，流落淮上①。兹輯十四首。

宫詞

水曲朱門漪漾漫，一簾花雨月波寒。金閨背襯鴛鴦冷，春困秋千立畫干〔一〕。

【校記】

〔一〕干：《全金詩增補中州集》卷五三作「竿」。

南園湖石

翠雀銜雲墮翠蕪，砥峰倒影卧平湖。飛花不到穿簾月，高倚晴天一劍孤。

①《中州集》小傳有云：「壬辰兵亂，爲順天將領所得，知其名，竊議欲挈之北歸，館於州之瑞雲觀。南雲明日見將領，自言云：『我不能住君家瑞雲觀也。』不數日病卒。後復有見之淮上者。」已不知下落。故《遺山先生文集》卷九《四哀詩》之《冀京父》有感而發，稱「欲吊南雲無覓處，士林能不泣相逢」。另，《金史》卷一二七《隱逸傳》亦沿襲《中州集》之説，文字幾無差異。惟《歸潛志》小傳記爲「遭亂北渡，病死」，言之鑿鑿。今按，宋周密《浩然齋雅談》卷中録其《凌霄花》詩，説明南雲詩已傳入南宋；又録其《題靈隱寺》，則透露出這位詩人嘗流落淮上，進入江南，到過臨安，與王元粹、楊弘道、房皥等金末士人經歷相似。

馴鶴圖

張伯玉家畫幀，宫人徐行，以手整釵，一鶴後隨，謂之馴鶴圖。伯玉請賦詩，欽叔常苦其作詩多不用韻，限以釵、來、苔三字。

寢處粧鈆未捲釵，孤雲花帶月邊來。六宫簾幕金鸞冷，露濕晨煙啄翠苔。

雜詩二首

白露沙灘浸緑湄，小舟艤岸尚依希〔一〕。山回屏曲江連樹，春鎖人家深處歸。

暗悲秋色素團團，一雨飄零颸霽寒。天浄長空煙斂處，彩虹金挂樹頭山。

【校記】

〔一〕希：汲古閣本、文淵閣本《中州集》及《全金詩增補中州集》作「稀」。

宫體二首

紅葉鋪霜撼御堦，繡蓮塵蹴襯羅鞋。袖沾鸎翅調簧語，墮却銜翹入鬢釵。

驕馬金籠藉草歸，翠鸞屏曲染紅霏。憑欄山色春風裏，喚得鸎兒燕子飛。《中州集》卷九《王先生予可》。

中華書局一九八三年，第六六頁。

天仙有夢梅二首

鼎鑄陶鈞政格新，横斜疏影慰騷魂。嬰香枕簟黄昏月，楙棣東風笑谷春。

經聞璈几虚雲鎖，杯捲江山枕島樓。却憶西巖舊宮殿，半横星斗下瀛洲。金劉祁《歸潛志》卷六，

述懷

天高三二指，地厚一魚鱗。東海一勺水，西華一捻塵。擺手乾坤窄，睜眸日月昏。擡頭天外視，無我這般人。

畫角

調高風緊正凄凄，百尺樓頭帶月吹。丹穴夜寒孤鳳叫，碧潭秋静老龍悲。天涯客子初聞處，塞上將軍乍聽時。便是鐵人生鐵膽，定應聞此淚雙垂。

送友析居

一箇峰窩兒，恰似半截藕。本是同根生，各自開户牖。《（光緒）山西通志》卷一六一《方外録》，中華書局

一九九〇年，第二〇册一一一一三頁。

閑居

閑，閑。林下，山閑。常袖手，且開顔。客不迎送，交無往還。饑食松柏子，渴飲澗溪泉。榻上坐邀明月，窗前卧看青山。落魄一身真是樂，逍遥萬事不相關。

【校記】

〔一〕此體爲「一字至七字詩」，俗稱「寶塔詩」，較早見於唐，如元稹《茶》：「茶。香葉，嫩芽。慕詩客，爱僧家。碾雕白玉，羅織紅紗。銚煎黄蕊色，椀轉麴塵花。夜後邀陪明月，晨前命對朝霞。洗盡古今人不倦，將知醉後豈堪誇。」見《全唐詩》卷四二三。另，白居易《癸巳清明日訪燕京法源寺》和之，與元氏詩堪稱此類作品典範。入金後，頗流行，重陽王喆詩集亦屢見。

題靈隱寺

遊山無處浣塵埃，出郭尋幽入翠苔。衆水盡從雙澗去，一峰元自五天來。行春人散題名在，坐夏僧閑聽講回。清磬一聲猿鳥寂，石楠花落滿經臺。宋周密《浩然齋雅談》卷中，《叢書集成初編》本，中華書局一九八五年，第三七頁。

佚句

題崧山石淙

石裂雯華漬月秋[一]。

【校記】

[一]此句亦見金劉祁《歸潛志》卷六，題作《題石潭》，「漬」作「浸」。

蔡州北懸壺觀仙榆

壺樹苔波月漬皴。

醉後

一壺天地醒眠小。

宫體

萬疊雲山飛小鴈。

射虎

風色偃貂裘。

樂府

唾尖絨舌淡紅甜。

和太白宫詞

金盆水不暖，翠雀啄晴苔。

鳳蹴瑶華散，龍銜桂子香。

西瓜

一片冷截潭底月，六鸞斜卷隴頭雲。

烹茶

簾捲緑陰花外月，玉山冰雪醉扶翁。

凌霄花

啼鳥倒銜金羽舞，驚蛇斜傍玉簾飛。宋周密《浩然齋雅談》卷中録此二句，題作「凌霄」，《叢書集成初編》本，中華書局一九八五年，第三七頁。

威錦堂樂府

鳳環捧席帶香屏，鯨杯倚仗和雲捲。屏疑作憑。《中州集》卷九王予可小傳。

題石潭

松陰滚碎闌干角。金劉祁《歸潛志》卷六小傳。

劉鐸

劉鐸，字文仲，號柳溪，冀州棗强（今河北省衡水市棗强縣）人。自幼穎悟，爲人誠實，不狗流俗，不慕榮利。登承安五年進士第，歷州縣。元光二年，入爲太常博士。正大初，授兵部員外郎，以武昌軍節度副使致仕。天興二年，病殁汴京。嘗有集行世。子敏中字庭幹，亦學詩。兹輯七首。

三陽述懷

蟻穴吾猶夢，蝸廬此僅容。一川青靄合，半嶺白雲封。地僻宜藏拙，官閑足養慵。只慚無補報，潦倒不歸農。

即事 亦在三陽時作。

地與中州迥，民餘上古淳。峽長深束渭，路險曲通秦。煙柳千家曉，風花百里春。一官如自擇，閑處着閑身。

澠池驛舍用苑極之郎中韻〔一〕

慣從鞍馬作生涯，宿處依依認是家。爐火相看衣袖煖，盤飧未辦驛廚譁。淹留歲月頭如雪，汩没風塵眼更花。永夜如何得消遣，新詩吟罷自煎茶。

【校記】

〔一〕詩題之「苑極之」，《全金詩增補中州集》卷三二作「范極之」。

春日

翠微深處幾人家，風颭輕煙雨壓沙。寒勒野桃開較晚，向陽才有兩三花。

所見

輪竿老子緑蓑衣，細雨斜風一釣磯。正是隣家杜醅熟，柳條穿得錦鱗歸。

讀李訓鄭注傳二首

誰教閹宦作權臣，肅代優游到敬文。三子謀踈誰不道，泄機也合罪劉蕡。

綦醫入侍本防猜，偶失機權亦可哀。陳竇至今佳傳在，莫從成敗論人材。《中州集》卷七《劉太常鐸》。

楊慥

楊慥，字叔玉，代州五臺（今山西省忻州市五臺縣）人。承安五年進士，歷州縣，入爲尚書省令史。貞祐南渡後，拜監察御史，累遷司農卿、户部侍郎權尚書。正大末，京師受兵，權參知政事，尋以軍儲失計除名，藉其家貲①。天興二年，卒於河平〔一〕②。自入户曹，即有相望，資雅重，事無巨細，處之皆有法，有能名。工於詩，而人不以能文稱。兹輯三首。

過司竹監有懷王監正之

不見崧丘跨鶴仙，才名留得萬人傳。春郊漬酒傷今日，夜雨論文記昔年。宰樹謾懸公子劍，高山已絶伯牙絃。故居脩竹青青在，寂寞終南落照邊。

乾陵

牝雞一啄血波流，天下何緣不姓周。今日阿婆心力盡，乾陵禿似老僧頭。《中州集》卷九《楊户部慥》。

①《金史》卷一七《哀宗紀》繫於天興元年十月，中華書局一九七五年。

②《中州集》小傳作「京城受兵，權參知政事，明年卒於河平」。另，金劉祁《歸潛志》卷五：「正大末，權參知政事，後罷守户部。南京降，病卒。」今按，金時衛州置河平軍節度使。所謂南京降，在天興二年正月。當是五月北渡，卒於衛州。

游九成宫

駐蹕麟遊地，彷徨憶故宫。蒼崖春上蘚[一]，白栝晝號風。逝水其能反，浮生本自空。興亡何足弔，登覽一揩筇。《（光緒）麟遊縣誌》卷九《天臺山志》，撰者署「宋司農少卿楊慥」，《中國方志叢書》本，臺北成文出版社一九七〇年。另，《（康熙）麟遊縣志》卷五《藝文》亦録，題作《按部過麟遊偶題》，《中國地方志集成》本，鳳凰出版社二〇〇七年。

【校記】

〔一〕春上蘚：《（康熙）麟遊縣志》作「春著雨」。

王澮

王澮，字賢佐，一作玄佐，咸平（今遼寧省鐵嶺市開原縣）人。明昌初，朝廷召至京，授官，不拜。又授信州教授，未幾，辭去。再授博州教授，從學弟子百餘。一日，郡守宴客，以中使强之酒，遂辭歸鄉里。宣宗即位，遣使徵召，不應①。貞祐三年，授太中大夫、右諫議大夫、充遼東宣撫司參謀官②，亦

---

① 金元好問《中州樂府·王玄佐》，中華書局上海編輯所一九六二年。

② 《金史》卷一四《宣宗紀》，中華書局一九七五年，第三一二頁。

不應。是年十月，蒲鮮萬奴據遼東叛，立東夏國，建元天泰，以澮爲相①。澮料其事不終，切諫，弗聽，辭去。天興二年九月，蒙古破遼東，萬奴敗。其時澮九十餘。爲人沉默寡欲，邃於《易》及星曆緯讖之學。閑閑趙秉文《代相府請王教授書》稱之「究大易之盈虛，洞玄象之終始，道尊德重，名聞天朝」②。兹輯六首。

王澮詩載元杜本《谷音》卷上《遼東王澮玄佐》，以《四部叢刊》本爲底本，校以《文淵閣四庫全書》本（文淵閣）本。

河之坊

河之坊矣，截截其平。豈曰不力，言持其盈。國既覆矣〔一〕，視爾夢夢。云胡昊天，不終惠我生。云胡昊天，疾威堂堂。輾轉翫日，四國卒荒。偃仰在位，不知匪臧，不顧其行。有粟有粟，亦集于缶。則不敢饘，抑餬余口。誶曰哲矣，孰秉其咎。知我慢慢，不知我疚。陟彼南山，石其扁矣。戒爾勿傷，足其跰矣。嗜嗜昏昏，顔之靦矣。猗余何言，涕之泫矣。民之種種，具曰贅疣。弗于爾躬，曷云能瘳。勗哉夫子，保爾有位，慎爾爲猶。

① 清屠寄《蒙兀兒史記》卷三一《王澮傳》：「明年萬奴僭號，以爲相。澮逆料其事不終，切諫，弗聽。金廷聞而賢之，進澮中奉大夫，賜詔褒諭。欲藉其力，勸誘萬奴，澮已辭萬奴去矣。」世界書局一九六二年。

② 《閑閑老人滏水文集》卷一九，《四部叢刊》本。

【校記】

〔一〕既：文淵閣本作「㒅」。

感遇四首

迅景走北陸，高木交朔風。衆情悦妖冶〔一〕，豈云惠其終。萬事無不有，流轉大化中。古來論成敗，咄咄魚爲龍。牛車竄下國，勢異情則同。浦姚本狙擊〔二〕，桓桓湯武功。彼美二三子，一笑清酤空。

兩虎鬭中野，利乃歸衡虞。血肉相蹂躪，鼓吹行通衢。獨倚剛膂力，箕踞傾百壺。未必非禍福，凡百持爾軀。吾聞虎畏羆，吹竹不枝梧。

光風蕩繁囿，丹緑綴柔柯。游子去萬里，空閨斂翠蛾。行雲落江水，酒盡不成歌。雞飛與狗走，妾命獨奈何。

槁梧蒙紱冕，崢嶸化侯王。銜餌先百牢，蘭烟浮玉房。兒女何所見，拜跪色甚莊。四海正聾瞽，威靈爾翕張。哀哉杞梓材，棄捐官道傍。

【校記】

〔一〕妖：原作「[illegible]」，此從文淵閣本。〔二〕狙：文淵閣本作「徂」。今按，漢司馬遷《史記》卷五五《留侯世家》：「秦皇帝東遊，良與客狙击秦皇帝博浪沙中，誤中副車。」

贈段十

相識風塵下，斯文伯仲間。騎驢逢聖日，捫蝨對秋山。忠信偏成拙，支離最得閑。秦川貴公子，早計適荆蠻。元杜本《谷音》卷上《遼東王澮玄佐》。

新編全金詩卷五三

完顔璹

完顔璹，字子瑜，號樗軒。金世宗孫、越王永功子，累封密國公。少時學詩於朱瀾，學書於任詢，有出藍之譽。資雅重，薄於世味，好賢樂善。貞祐南渡，諸王公貴戚倉皇逃竄，而其家法書名畫，連箱累篋，寶惜固護，與身存亡，故一錢未攜。當時以軍興爲憂，百官俸給，減削幾盡，璹遂成宗室之貧乏無以爲資者。元光後，越王薨，門禁緩，稍得出遊，與士流交往。客至，典衣置酒，蔬飯共食，焚香煮茗，鑒賞法書名畫，商略品第，風流蘊藉，有承平時王家故態。天興初，曹王訛可出質蒙古軍前，璹見哀宗於隆德殿。上問：「叔父欲何言？」璹奏曰：「聞訛可欲出議和。訛可年幼，不苦諳練，恐不能辦大事。臣請副之，或代其行。」上慰之曰：「南渡後，國家比承平時有何奉養，然叔父亦未嘗沾溉。無事則置之冷地，無所顧藉，緩急則置于不測，叔父盡忠固可，天下其謂朕何？叔父休矣。」①君臣相顧泣下。未幾，以疾薨，年六十一。璹平生詩文甚多，文筆委曲能道所欲言，嘗著《如庵小稿》行

①《金史》卷八五《世宗諸子》，中華書局一九七五年，第一九〇五頁。

世。遺山稱之「百年以來宗室中第一流人」①。兹輯四十五首。

秋郊雨中

羸驂破蓋雨淋浪，一抹煙林覆野塘。不着沙禽閑點綴，只横秋浦更淒凉。

宴息二首

宴息春光晚，閑眠晝景虚。冥心居大道，達理契真如。樂對忘形友，欣逢未見書。世間幽隱者，何必盡樵漁。

日日閑窗下，簞瓢樂不殊。花魁穠且艷，湖玉秀而臞。憶友尋詩卷，思山展畫圖。丹青傳六逸，能着老夫無。

梁臺

汴水悠悠蔡水來，秋風古道野花開〔一〕。行人驚起田間雉，飛上梁王鼓吹臺。

① 《遺山先生文集》卷三六《如庵詩文序》，《四部叢刊》本。

【校記】

〔一〕古：《古今圖書集成·職方典》卷三八八《開封府部藝文》録此詩作「石」。

自適

晴晝揺凉光，長空淡虚碧。燕鴻亦何爲，老翅南又北。衰柳墮殘葉，庭户覺岑寂。幽人誦佛書，清香縈几席。西方病維摩，東皐醉王績。俱到忘言地，佳處略相敵。小齋蝸角許，夜卧膝仍屈。能以道眼觀，寬大猶四極。有書貯實腹，無事便虚臆〔一〕。謝絶聲利徒，尚友古遺直。

【校記】

〔一〕便：原作「梗」，弘治本、汲古閣本、文淵閣本、四部叢刊本《中州集》及《全金詩增補中州集》卷首所録如之，此從元乙卯本《中州集》。

城西

鴈帶邊聲遠，牛横廢壠長。人居似河朔，岡勢接滎陽。禾短新村墅，沙平古陣場〔一〕。悠然望西北，暮色起悲凉。

【校記】

〔一〕陣：汲古閣本、文淵閣本《中州集》及《全金詩增補中州集》作「戰」。

送王生西游飛伯。

紫陘仙人今淵雲，騎風御氣七尺身。丈夫耻與噲等伍，故作野鶴昂雞群。往年書劔游梁日〔一〕，咳唾中間滿珠璧。温子徒勞手八叉，蘇老猶迷日五色〔二〕。慨然拂袖遊嵩陽，西南陌上書傳香。仲宣堂堂舍我去，舉杯却愁愁更長。去程相近黄花節〔三〕，三十六峰如玉列。龍門楓葉墮紅綃，洛浦蘆花舞晴雪。勳名細事猶秋毫，政可痛飲讀離騷。天津月照紫綺裘，緱嶺風吹青玉簫。我無羽翼隨君起，浩歌相送秋光裏。憑高西望青茫茫，落日無情下寒水〔四〕。

【校記】

〔一〕往：元乙卯本《中州集》作「壯」。〔二〕日：《全金詩增補中州集》作「目」。〔三〕花：《全金詩增補中州集》作「袍」。今按，宋邵雍《擊壤集》卷七《依韻和三王少卿同過弊廬》：「白首交情重，黄花節物新。」〔四〕下：元乙卯本《中州集》作「照」。

王生以秋騷見示復以此謝之

三年京國與君遊，每限知君尚未周〔一〕。始露雄文陵楚些，又登長陌佩吴鈎。燈殘茅店雞催曉，霜落金風鴈喚秋。後夜文星出西洛，仲宣知在水南樓。

【校記】

〔一〕限：汲古閣本、文淵閣本《中州集》及《全金詩增補中州集》作「恨」。

自題寫真

枯木寒灰久亦神，應緣來現胙公身〔一〕。只緣酷愛東坡老，人道前身趙德麟。樗軒嘗封胙國公，故云。

【校記】

〔一〕應：汲古閣本、文淵閣本《中州集》及《全金詩增補中州集》作「因」。

黄華畫古柏

黄華老人畫古柏，鐵簡將軍挽大弨。意足不求顔色似，荔支風味配江瑶。鐵簡万户以神射名天下。

書龍德宫八景亭

刻桷朱楹墮紺紗，裙腰草色趂堦斜。誰知剥落亭中石，曾聽宣和玉樹花。

思歸

四時唯覺漏聲長，幾度吟殘蠋燼釭。驚夢故人風動竹，催春羯鼓雨敲窗。新詩淡似鵝黄酒，歸思濃如鴨緑江。遥想翠雲亭下水，滿陂青草鷺鶿雙〔一〕。

【校記】

〔一〕鶿：汲古閣本《中州集》及《全金詩增補中州集》作「鷀」。

如庵樂事

人間最美安心睡，睡起從容盥漱終。七卷蓮經爇沉水，一杯湯餅潑油葱。因循默坐規禪老，取次拈詩教小童。炕煖窗明有書册，不知何者是窮通。

題晉卿王詵寶繪〔一〕

顧陸張吴寶繪堂，風花雪月保寧坊。錦囊玉軸三千幅，翠袖金釵十二行。數筆丹青參李范，一時遷謫爲蘇黄。太原珍玩名天下，舊跡猶憑古印章。

【校記】

〔一〕王詵：原作「玉暉」，弘治本《中州集》作「王暉」，此從文淵閣本《中州集》。今按，王詵字晉卿，太原人，後徙開封。北宋熙寧二年，英宗以女、魏國大長公主嫁之，授左衛將軍、駙馬都尉。元豐二年，因蘇軾案牽連而遭貶官，落駙馬都尉，責授昭化軍節度行軍司馬，移潁州安置。元祐元年，起復駙馬都尉，授登州刺史。卒贈昭化軍節度使，謚榮安。詵擅書畫，能屬文，工於棋，詞亦清麗。其事迹見《宋史》卷二四八《公主傳》等。

得友人書

聞有書來喜欲狂，紫芝眉宇久難忘。別離唯嘆我頭白，詩句屢成君馬黄。公幹羇栖猶洛下，孔明高卧尚南陽。冷官領取閑中趣，遠勝區區夢蟻忙。

内族子鋭歸來堂

一旦能知夢裏真，平生看破主中賓。歸來堂上忘形友，名利場邊税駕人。東郭風煙宜蕙帳，南山猿鶴識綸巾。清尊雅趣閑棊味，盞盞冲和局局新。

題潘閬夜歸圖

不是詩人灞水壖，又非野老曲江邊。風姿便認王摩詰，蘊藉還疑李謫仙。驢背倒騎蓮岳下，牛腰穩跨竹林前。掀髯對月餘高興，明日佳篇幾處傳。

漫賦

貧知囊底一錢無，老覺人間萬事虚。富貴儻來終作麽，勳名便了又何如。季鷹未飽松江鱠，魯望將成笠澤書。自是杜門無客過，不關多病故人踈。

寓跡

寓跡中山記昔年，西溪卜築欲終焉。飄零何在五株柳，離亂難歸二頃田。漫叟未能忘野寺，道人猶解識林泉。吾鄉已宅無何有，一笑醯雞盡瓮天。

秋晚出郭閑遊

塵中俗事海漫漫〔一〕，暫出城闉借眼寬。沙麓去邊群牧小，野雲平處一鵰盤。殘荷露水秋光晚，衰柳摇風古渡寒。此幅大年横景畫，魯岡圖上似曾看。

【校記】

〔一〕海：《全金詩增補中州集》作「每」。

老境

老境唯禪况，幽居似寶坊。酒盃盛硯水，經卷貯詩囊。懶甚書彌少，閑多夢自長。不知何處雨，徑作夜來凉。

北郊晚步

陂水荷凋晚，茅簷燕去凉。遠林明落景，平麓淡秋光。群牧歸村巷，孤禽立野航。自諳閑散樂，園圃意尤長。

閑詠

歲晚陶元亮，平生馬少游。凋殘半枯木，浩蕩一虚舟。鶴望塵迷眼，雞棲屋打頭。瓶儲尚蕭索，焉敢計菟裘。

池蓮

輕輕姿質淡娟娟，點綴圓池亦可憐。數點忽飛荷葉雨，暮香分得小江天。

梁園

一十八里汴堤柳，三十六橋梁苑花。縱使風光都似舊，北人見了也思家。

釋迦出山息軒畫

厖眉袖手出巖阿，及至拈花事已訛。千古雪山山下路，杖藜無處避藤蘿。

過胥相墓

亭亭華表映朱門〔一〕，始見征西宰相尊〔二〕。下馬讀碑人不識，夷山高處望中原。

【校記】

〔一〕映：汲古閣本、文淵閣本《中州集》作「暎」，同；金劉祁《歸潛志》卷一録此詩作「立」。〔二〕見、西：《歸潛志》作「信」、「南」。

秋日小雨

白鷺徘徊花鴨遊，城南城北幾汀洲。緑荷風底飛來雨，做弄今年甲子秋。

東郊瘦馬

此歲無秋畎畆空，病驂誰遣齧枯叢〔一〕。倉儲自益駑駘肉，獨尒空嘶苜蓿風。

【校記】

〔一〕誰：弘治本、汲古閣本、文淵閣本《中州集》及《全金詩增補中州集》作「難」。

枕上聽雨

卧聽羯鼓打凉州，元是芭蕉細雨秋。庭際玉簪開幾許，小窗特地暮香幽。

溪景

飛飛鷗鳥自徜徉，也解新秋受用凉。日暮碧溪微雨過，滿風都是藕花香。

題紙衣道者圖

紫袍披上金横帯，藜杖拖來紙掩襟。富貴山林争幾許，萬缘唯要總無心。

春半喜晴

陰寒二月雪含雲，兩日開晴淑景新。借問海棠紅幾許，杏花楊柳不曾春。

漁父詞二首〔一〕

楊柳風前白板扉，荷花雨裏緑蓑衣。紅稻美，錦鱗肥，漁笛閑拈月下吹。

釣得魚來卧看書，舩頭穩置酒葫蘆。煙際柳，雨中蒲，乞與人間作畫圖。

【校記】

〔一〕唐圭璋《全金元詞》上册第四六頁録此二首，姑仍之，以備參考。

馬伏波

可嘆迂踈一老翁，豈堪床下拜梁松。明珠薏苡猶難辨，萬里争教論杜龍。

留侯

辟穀輕身慕赤松，不知誰舉傅春宮〔一〕。君方避溺猶居水，忍使餘波及四翁。

【校記】

〔一〕傅：元乙卯本、明弘治本、四部叢刊本《中州集》作「傳」。

對鏡二首

鏡中色相類吾深，吾面終難鏡裏尋。明月印空空受月，是他空月本無心。

明明非淺亦非深，何事癡人泥影尋。照見大千真法體，不關形相不關心。

夏晚登樓

登樓晚暑復相攻，快意清風忽此逢。雲似碧山天似水，霽波平浸兩三峯。

華亭

世尊遺法本忘言，教外别傳意已圓。隻履携將葱嶺去，不妨來上月明船。《中州集》卷五《密國公璹》。

聞閑閑再起爲翰林

蓮燭光中久廢吟，一朝超擢睿恩深。四朝耆舊大宗伯，三紀聲名老翰林。人道蛟龍得雲雨，我知麋鹿强冠襟。寶巖谾谷西窗夢，不信秋來不上心。

絶句

孟津休道濁於涇，若遇承平也敢清。河朔幾時桑柘底，只談王道不談兵。金劉祁《歸潛志》卷一，中華書局一九八三年，第五頁。

自戲

借來羸馬鈍於牆，馬上官人病且尪。無用老臣還有用，一年三五度燒香。金元好問《遺山先生文集》卷三六《如庵詩文序》。

題宋李公麟畫維摩不二圖

筆端絶世李公麟，寫出維摩不二門。欲作短章書卷尾，到他佳處即忘言。清張照等《秘殿珠林》卷九《宋李公麟畫維摩不二圖》：「拖尾有樗軒《寄題維摩不二圖》云云。……又商挺題跋云：『正大間，予在汴梁時，觀此畫于宣平坊西方子上家，云乃雲卿馬公父了了居士所藏。前有山谷草字《心經》，而樗軒詩未題也。雲卿兄雲章，崇慶二年經義及第，先人同年也。子上與予交甚欵，嘗借得之，兵後未知有無，於今五十六年矣。一日，秘書喬仲山攜以相過，曰是尚書張子有家物。始見樗軒詩，而山谷《心經》不存矣。感念存殁，悵然久之。龍眠此畫，工夫緻密，筆意精到，豈遜顧、陸、張、吴？仍贅數語，用識歲月云。至元乙酉清明後二日，商挺謹書。』」《文淵閣四庫全書》本。

佚句

寄王革

柳塘雲觀千鍾酒，笑面嗔拳五字詩。《中州集》卷五完顏璹小傳。

完顏奉國

完顏奉國，出處未詳。嘗官華州防禦使，練軍太華山。兹輯一首。

練軍太華山陰書蒲城縣壁

閲兵肆武耀驊騮，仰視蓮峰瞷碧流。縱是邊陲狼燼滅，暫喧鉦鼓角聲幽〔一〕。如貔似虎威風鋭，積玉堆藍爽氣浮。未老君恩須重報，終焉更卜隱巖陬。清郭元釪《全金詩增補中州集》卷首上，詩題「書蒲城壁」，上海古籍出版社一九九四年。另，《（民國）蒲城縣志》卷一五《藝文》亦録，詩題「練軍太華山陰書蒲城縣壁」，從之。《中國方志叢書》本，臺北成文出版社一九七〇年。

【校記】

〔一〕鉦鼓：《（民國）蒲城縣志》作「鼙鼓」。

温迪罕某

温迪罕某，名字佚，出處未詳。嘗官陝西西路按察使。兹輯一首。

華清宫

泉聲夜作漏聲長，月底驚回夢到鄉。知我馬嵬曾過着，枕邊嗚咽問興亡。清郭元釪《全金詩增補中州集》卷首上，上海古籍出版社一九九四年。

完顔綱

完顔綱，本名元奴，字正甫。明昌中，以奉御起家，經略邊事，屢建功勳，累官陝西宣撫副使。泰和六年，綱遣人策反蜀將吴曦①，功敗垂成。衛紹王立，除陝西路按察使，拜尚書左丞。胡沙虎弑逆後，羅織罪名而殺之，貞祐中獲平反②。綱善屬文，嘗奉詔與喬宇、宋元吉等編類陳言文字二十卷。兹輯一首。

狄梁公墓道

神器傍遷幾不留，曾將忠義破陰謀。淡煙衰草平林月，猶帶當年社稷愁[一]。《（乾隆）洛陽縣誌》卷二三《藝文》歸入「元」，《中國方志叢書》本，臺北成文出版社一九七〇年。

①《金史》卷一二《章宗紀》：泰和六年十二月，「綱遣京兆録事張仔會吴曦於興州之置口。曦具言所以歸朝之意，仔請以告身爲報，盡出以付之，仍獻階州。……完顔綱以朝命，假太倉使馬良顯齎朝書、金印，立吴曦爲蜀王。」後吴曦爲宋人安丙等刺殺，策反失敗。中華書局一九七五年。

②《金史》卷九八《完顔綱傳》，中華書局一九七五年。

【校記】

〔二〕社稷：《（嘉慶）孟津縣誌》卷一二《藝文》録此詩作「帝子」。

石抹世勣

石抹世勣，字晉卿，石抹元毅子，咸平府路人①。承安五年，中詞賦、經義兩科進士②。累官太常丞。貞祐南渡，爲左司郎中，坐事免。起爲禮部侍郎，改太常卿。正大中，拜禮部尚書，兼翰林侍講學士。天興二年，從哀宗出汴東走，與其子、應奉翰林文字嵩，皆死於蔡州之難。兹輯一首。

紙鳶

鴟鳶鵰鶚誰雌雄，假手成形本自同。果物戲人人戲物，爲風乘我我乘風。扶摇謾擬層霄上，高下都歸半紙中。兒輩呶呶方佇目，豈知天外有冥鴻。《中州集》卷八《太常卿石抹世勣》。

①《中州集》小傳未言鄉籍，其父石抹元毅於《金史》卷一二一有傳：「石抹元毅本名神思，咸平府路酌赤烈猛安莎果歌仙謀克人也。」此説同金李俊民《莊靖集》卷八《題庚申榜進士名録》石抹世勣鄉籍「咸平卓齋特千户所」合。

②《中州集》小傳作「承安中進士」，金劉祁《歸潛志》卷二謂「擢第」，元王鶚《汝南遺事》卷一稱「承安二年詞賦經義兩科進士」，而《金史》卷一一四《石抹世勣傳》記爲「承安五年登詞賦經義兩科進士第」，與《題庚申榜進士名録》著録合，是。

奥屯良弼

奥屯良弼，字舜卿，出處未詳。嘗爲彰德治中。泰和六年二月，自泗上還都，題名刻石①。正大二年十月，以禮部尚書與大理卿裴滿欽甫、侍御史烏古孫弘毅同爲夏國報成使②，過草堂寺。天興二年正月，汴京西面帥崔立兵變，以宣徽使受命爲尚書左丞，後不知所終。兹輯二首。

敬贈子明太尉

在朝賞心笑談求，雉返蓬瀛長住留。五馬載車無比貴，一旗出導惠及流。筆柳喜高□□柳，琴瑟□□心月□。小城雖僻於菟遠，南衙大授夏非秋。金啟孮《女真字奥屯良弼詩刻石初擇》：二十世紀五十年代，山東蓬萊發現金代奥屯良弼女真文詩刻石。原詩上下款係女真字楷書，詩題及正文係女真字行書，撰者署「奥屯良弼」。見《内蒙古大學學報》一九九四年第四期。

①北京圖書館藏金石組編《北京圖書館藏中國歷代石刻拓本匯編・奥屯良弼題記》：「奥屯良弼自泗上還都，心友餞飲是溪，泰和六年二月十有一日也。」中州古籍出版社一九八九年，第四七册九八頁。

②《金史》卷六二《交聘表》：正大二年十二月，「遣禮部尚書奥敦良弼、大理卿裴滿欽甫、侍御史烏古孫弘毅充報成使。」中華書局一九七五年，第一四八八頁。今按，「奥敦」或作「奥屯」，女真姓氏之漢語音譯，字未定型。

過草堂值雪

古寺深沉半掩關，颼颼風竹水潺潺。天公知我來禪刹，故使圭峰變雪山。北京圖書館金石組編《北京圖書館藏中國歷代石刻拓本匯編》收影印拓片，前款署「太尉副使奥屯公留題」，後款題「正大乙酉」等。中州古籍出版社一九八九年，第四七册一四二頁。

朮虎邃

朮虎邃，字士玄，先名玹字温伯，女真納鄰猛安。雖出貴家，刻苦爲學如寒士。初從辛愿習《左氏春秋》，後與侯册交，亦同劉祁相從講學。嘗築室商水大野中，惡衣糲食，以吟詠爲事，詩益工，甚有唐人風致。蒙古入河南，被命提兵戍亳州。天興二年六月①，亳亂被殺，年未四十。兹輯三首。

寄劉京叔[一]

西湖風景昔同遊，醉上蘭舟泛碧流。楊柳風生潮水闊，芙蓉煙盡野塘幽。一作「秋」。花邊落

---

①金劉祁《歸潛志》卷三小傳作「迨北兵入河南，被命提兵戍亳州，已而亳亂見殺，年未四十也」。今按，金末亳亂，時在天興二年六月，見《金史》卷一八《哀宗紀》。

日明金勒，雲裏清歌繞畫樓。今夜相思滿城月，梁臺楚水兩悠悠。

【校記】

〔一〕清郭元釪《全金詩增補中州集》卷首上録此詩，題作「寄劉祁京師」。

睢陽道中

又渡漵江二月時，淮陽東下思依依。丘園寂寞生春草〔一〕，城闕荒涼對落暉。去國十年初避亂，投荒萬里正思歸。臨岐却羨春來鴈，亂逐東風向北飛。

【校記】

〔一〕寂寞：中華書局崔文印校本《歸潛志》謂黄丕烈、施國祁校本作「日暮」。

書懷

關中客子去遲遲〔一〕，飄泊炎荒兩鬢絲。三楚樓臺淹此日，王陵鞍馬想當時〔二〕。春風草長淮陽路，落日雲埋漢帝祠。回首故鄉何處是，北山天際緑參差。金劉祁《歸潛志》卷三，中華書局一九八三年，第二五頁。

【校記】

〔一〕關中：《全金詩增補中州集》作「關東」。　〔二〕王陵鞍馬：《全金詩增補中州集》作「五陵裘馬」。

佚句

少年作

山連嵩少雲煙晚，地接崤函草樹秋。《歸潛志》卷三。

烏林答爽

烏林答爽，字肅孺，女真世襲謀克。雖出世族而家貧甚，踰冠未娶。爽聰穎好學，風神瀟灑，才情俊拔似李賀。從名士遊，與劉祁尤善。天興初，陳州陷，赴水死，年未三十①。兹輯二首。

鄴研

上有丹錫花，秋河碎星斗。磨研清且厲，玉瑟鳴風牖〔一〕。

【校記】

〔一〕風牖：《全金詩增補中州集》作「風帚」。

① 金劉祁《歸潛志》卷三，中華書局一九八三年，第二六頁。

古尺

背逐一道十三虹〔一〕，赤鬛金鱗何夭矯。飜思昨夜雷霆怒，只恐乘雲上天去。金劉祁《歸潛志》卷三，中華書局一九八三年，第二六頁。

【校記】

〔一〕背逐一道十三虹：《全金詩增補中州集》作「背露清光虹一道」。

佚句

七夕曲

天上別離淚更多，滿空飛下清秋雨。金劉祁《歸潛志》卷三。

新編全金詩卷五四

陳規

陳規，字正叔，絳州稷山（今山西省運城市稷山縣）人。明昌五年詞賦進士。歷州縣，有治績。貞祐南渡，拜監察御史，舉劾無所避。四年七月，上書言時政得失，宣宗不悦，謫徐州帥府經歷①。正大初，召爲右司諫。六年，出爲中京副留守，未赴，卒於圍城，年五十九②。正叔爲人剛毅質實，與許古同以直諫稱，而正叔不以訐直自名，尤見重於時。博學能文，詩亦有律度。晚與趙秉文、雷淵諸公唱和③。嘗著《律身日記》《陳御史文集》等④。兹輯五首。

①《金史》卷一〇九《陳規傳》，中華書局一九七五年。

②《中州集》小傳作「仕至右司諫，卒官」。今按，金段成己《中議大夫中京副留守陳規墓表》：「右司諫潁川陳公，以直道不容於時，由諫垣出爲中京副留兼倅河南府事。未到官，以疾卒於開封杞縣圉城鎮之寓舍，春秋五十有九，歲己丑五月初三日也。」見清張金吾《金文最》卷一〇九，中華書局一九九〇年。

③金劉祁《歸潛志》卷四，中華書局一九八三年，第三六頁。

④金段成己《中議大夫中京副留守陳規墓表》。

送雷御史希顔罷官南歸

五事前陳志拂劘，屹如砥柱閲頽波。一麾共惜延年去，三黜何傷柳季和。連蹇仕途如我老，激昂衰俗在君多。扁舟南去知難戀。萬頃煙波一釣蓑。

過驪山

豐鎬無由問故基，三章止見黍離詩。而今多少華清石，都與行人刻艷辭。《中州集》卷五《陳司諫規》。

客有自關輔來言秦民之東徙者餘數十萬口攜持負戴絡繹山谷間晝餐無糧糒夕休無室廬饑羸暴露濱死無幾問有爲秦聲寫去國之思者余聞之悲不可禁乃爲作商歌十章倚其聲以紓予懷

折來灞水橋邊柳，盡向商於道上栽。明年三月花如雪，會有好風吹汝回。

行人十步九盤桓，叢壑縈迴行路難。忽到商顔最高處，一時回首望長安。《（雍正）陝西通志》卷九七《藝文》，題中「商歌十章」云云，現僅存二首，題末原有「十首選二」語，當是後人所加，玆删。《文淵閣四庫全書》本。

失題

五柳已涼陰，新軒復邃深。葺修君子德，虛豁主人心。入座忘輕筵，投簪少倦禽。處民猶自處，百里盡登襟。《（民國）芮城縣誌》卷一六《藝文志》，撰者署「陳規」，名下注「文林郎守河中府永樂令」，《中國方志叢書》本，臺北成文出版社一九七〇年。

佚句

弔劉雲卿

驄馬餘威行尚避，仙鳧善政去猶思。金劉祁《歸潛志》卷四，中華書局一九八三年，第三六頁。

苑中

苑中，字極之①，大興（今北京市）人。承安中進士，累官京西路司農少卿、滑州刺史。好賢樂善，

---

①金元好問《續夷堅志》卷三《吕内翰遺命》作「范司農拯之」，刊誤，中華書局一九八六年。

有前輩風流。嗜讀書，一以資於詩，詩亦往往可傳。壬辰歲，卒於京師，年五十七。兹輯二首。

贈韶山退堂聰和尚

郎當舞袖少年場，線索機關似郭郎。今日棚前閑袖手，却從鼓笛看人忙。《中州集》卷八《苑滑州中》。

戲地龍散行於時

嚼蠟誰知味最長，一杯卯酒地龍香。年來紙價長安貴，不重新詩重藥方。《中州卷》卷八苑中小傳：「貞祐中，高琪當國，專以威刑肅物，士大夫被攥摭者，笞辱與徒隷等。醫家以酒下地龍散，投以蠟丸，則受杖者失痛覺。此方大行於時。極之有戲云云。時人傳以爲笑。」

李芳

李芳，字執剛，大興（今北京市大興區）人。承安二年進士。累遷乾、坊兩州刺史。爲人敬賢下士，欵曲周至，士論以此歸之。精於吏事，屢以廉能進秩。正大初，爲鞏州司農少卿①，尋以同知南京

---

① 金楊弘道《小亨集》卷二《寄鞏州司農少卿李執剛》：「潦水已除泥尚濕，疽瘡既平肤尚赤。」小字注：「去年田瑞據鞏州反。」《文淵閣四庫全書》本。今按，鞏州元帥田瑞之反，在正大二年八月，見《金史》卷一七《哀宗紀》，中華書局一九七五年，第三七六頁。

都轉運使事致仕①，殁於洛陽之難。兹輯一首。

留別

禄食媿踰量，智困念歸愚。符竹恒爲累，幸及引年初。驅馬國西門，初服返田廬。金閨富才彦，絶足駃高衢〔一〕。眷我謝朝蹟，冠蓋寵歸途。歸途豈不榮，頋瞻亦踟躕。煌煌丹山鳳，覽德萃清都。行人得棲止，老鶴青天孤。石樓俯清伊，旁有野人居。儻逢經過便，山水足相娱。《中州集》卷八《李坊州芳》。

【校記】

〔一〕駃：《全金詩增補中州集》卷三八作「駛」。

侯策

侯策，字季書②，先字君澤，中山（今河北省保定市定州市）人。以門資仕。與杜仲梁、張仲經、劉

---

①金雷淵《送李執剛致仕歸洛》：「漕計中興屬老成，引年陳請獨峥嶸。果能辨此公真勇，愛莫留之我愴情。塵坌恐驚黄鵠舉，煙波不負白鷗盟。洛陽去去春如錦，晝日神仙看地行。」見《中州集》卷六。

②《中州集》小傳作「侯册字君澤」，鄉籍脱略。今按，金劉祁《歸潛志》卷三：「侯策季書，先字君澤，中山人。」神川與侯策相知友善，策殁，爲撰墓誌，所記當是。

京叔遊，用是得名。壬辰歲，病殁於汴京圍城中。兹輯五首。

寒食

交遊零落葉辭柯，歲月峥嶸馬注坡。燕子不來寒食過，滿城風雨落紅多。

醉中

爛醉歸來驢失脚，破靴指天冠倒卓。起來白眼望青天，狂氣峥嶸無處着。陶潛止酒意有在，餔糟醊醨良未害。君看謝奕對桓温，得失老兵何足怪。螟蛉蜾蠃待二豪，飲中寧有山家濤。平明徑訪陳驚座，相對春風把蟹螯。

學古體

桐風吹月烏啼井，蟾波濕露沉雲影。素絲牽玉轉泉華，美人睡覺燕支冷。銀鈎掛簾北窗曉，翠鬟臨鏡雙鸞小。黄衫少年望不來，寂寂庭堦滿春草。

昨朝

昨朝已作春歸辭，今日還成送客詩。客子春光俱不見，落花寂寂閉門時。

楚宫

離宫樓閣與天通，暮雨朝雲入夢中。回首舊時歌舞地，女蘿山鬼泣秋風。《中州集》卷七《侯册》。

佚句

樂府

玉階春草傷心碧，錦瑟華年過眼空。

千金買斷青樓月，爛醉桃花扇影風。《中州集》卷七侯册小傳。

弔一貴人

歌翻薤露芻靈遠，門掩秋風甲第深。又云：峯前兩送閨中夢，樓上雲凝扇底歌。又：明月花樓閑玉鳳，秋風桂漏戞銅龍。又：九疑湘瑟悲龍竹，子夜秦簫隔鳳樓。又：幽鳥弄音花覆地，斷虹沈影水明河。

詠雨

勢侵書帙湘芸潤，聲入簾旌蠟炬清。

和飛伯

世事催人南去早，夢魂失路北歸遲。金劉祁《歸潛志》卷三：「平生詩甚多，同王飛伯唱和南頓，同余唱和梁園，又喜效西崑體，甚有得。其云云。置之唐人集中，誰復疑其非也。」中華書局一九八三年，第二一頁。

釋真

釋真，號清拙，出處未詳。興定中，弘法亳、泗間。金末高僧澄徽嘗從之問學。兹輯佚句二。

贈澄徽參學

三尺枯桐傳古意，一根藜杖知歸程。金元好問《徽公塔銘》：「既久，厭抄書之繁，投卷嘆曰：『渠寧老於故紙間也！』即拂衣去，依清拙真禪師於亳、泗間。真一見師，知其不凡，贈之詩，有云云之句。」詩題原缺，兹據文意擬。見李修生主編《全元文》卷四三，江蘇古籍出版社一九九七年，第一册六九五頁。

王世昌

王世昌，字慶長，寧州（今甘肅省慶陽市寧縣）人。貞祐三年同進士出身，以信都丞致仕。兹辑二首。

過華州

拔地三峰冷翠微，落嵓飛瀑噴珠璣。吟鞭落托騎驢過，戰刃韜藏牧馬歸。十丈玉蓮秋不謝，半楞掌月晝還飛。地靈人傑無遺逸，未分蟠螭老布衣。

方城東寺海棠

苦苣如針草有芒，桃花輕薄絮顛狂。少陵例有詩沾丐，只枉無言到海棠。《中州集》卷八《王世昌》。

田錫

田錫，字永錫，宛平（今北京市豐臺區）人。少日有聲場屋間，登興定五年進士第，調新蔡主簿。後閑居南陽驥立山下。資豪爽，作詩甚多。兹輯三首。

牧牛圖

干戈擾擾徧中州，挽粟車行似水流。何日承平如畫裹，短蓑長笛一川秋。

故縣别業

九折驅車夢易驚，一廛老計喜初成。園蔬不借將軍地，宅券何勞宰相名。山入平簷供遠翠，水環釣石得深清。漫郎聱叟琦玗子，誰悟他生與此生。《中州集》卷八《田錫》。

弔蘇墳

富貴一場春夜夢，文章萬斛泠雲泉。英靈還卻眉山秀，依舊春風草木天。金劉祁《歸潛志》卷三。

王利賓

王利賓，字茂實，襄城（今河南省許昌市襄城縣）人。爲人樸直純素，作詩有古意，與遺山元好問爲詩友。兹輯一首。

題扇頭

輕紗畫竹雀，柄短不盈握。暑氣正憑陵，清風一何邈。《中州集》卷九《王利賓》

麻九疇

麻九疇，字知幾，莫州（今河北省任丘市莫縣）人①。幼聰穎，能詩，善草書，時人目爲神童。章宗

①《中州集》卷六小傳作「莫州人」，金元好問《續夷堅志》卷二《麻神童》謂「獻州人」；金劉祁《歸潛志》卷二、（轉下頁）

召見，大奇之。貞祐南渡後，讀書北陽山中。博通五經，尤長《易》《春秋》。興定末，試開封府，奪經義魁、詞賦第二，再試南省亦然，遂名重天下。及廷試，以誤絀，士論惜之。正大四年，右丞侯摯、翰林學士趙秉文連章舉薦，特賜盧亞榜進士第①。授太常寺太祝，權太常博士，俄遷應奉翰林文字。知幾天資野逸，高騫自便，自度不能與世合，未幾謝病去。嘗從張子和學醫，爲其《儒門事親》「博之以文」②。壬辰歲，遇亂病卒，年五十。其詩工致奇峭，爲時所稱。遺山評曰：「知幾七言長韻，天隨子所謂陵轢波濤、穿穴險固、囚鎖怪異、破碎陣敵者，皆略有之。病在少持擇。」③嘗有集行世。茲輯四十三首。

(接上頁)《金史》卷一二六《文藝傳》俱記爲「易州人」。今按，《(同治)畿輔通志》卷一七〇《古蹟·陵墓》著録：「金麻九疇墓在(任丘縣)鄚州西，今子姓稱存。」金之莫州轄任丘一縣，與獻州相鄰，隸河北東路河間府，見《金史》卷二五《地理志》。其故址在今任丘市鄚州鎮。九疇嘗寓易州，或以爲其鄉籍。

① 《中州集》小傳作「正大三年，右相侯蕭公、趙禮部連章薦知幾可試館職。乃賜盧亞榜第二甲第一人及第」。今按，《金史》卷一七《哀宗紀》：正大四年六月，「賜詞賦經義盧亞以下進士第。」另，據《歸潛志》卷二，其時麻九疇「門人王説、王采苓俱中第，上以其年幼，怪而問之，且知知幾爲師。近臣言其有才學，平章政事侯公摯、翰林學士趙公秉文俱薦之。特召賜進士第盧亞榜。」王采苓即王磐，正大四年經義進士，《元史》卷一六〇有傳。要之，麻九疇賜第當在正大四年六月。

② 元張德輝《儒門事親引》：「是書之成，一法一論，其大義皆子和發之。至於博之以文，則徵君所不辭焉。議者咸謂非宛丘之術，不足以稱徵君之文；非徵君之文，不足以弘宛丘之術。所以世稱二絶，而尤爲難得歟。」《儒門事親》日本江户三卷抄本。

③ 《遺山先生文集》卷三六《逃空絲竹集引》，《四部叢刊》本。

賦伯玉透光鏡

太陰淪魄元不耀，太陽分光成一曜。嗚呼怪銅盜此幻，透影在壁與背肖。奩開熩熩光走庭，劃如剚犀乍脱鞘。泓澄秋落百丈潭，疑有龍向天門跳。秦娃漢婉化鴛土，寵雨恩雲埋鳳詔。當年椒塗鑑桃李，身後泉臺映蓬藋。枕簟無情草木香，笙歌不暖梟狐嘯。髑髏一醜不再妍，不知持此將安照。萬斛珠璣委俑人，喚得偷兒成鬼剽。借問金椎一控時，何如海上青蠅弔。壽如金石佳且好，此銘此篆兩奇峭。今誰子後囊誰先，贏得紐樞經蟻竅。千古繁華一夢醒，恍然入手稱神妙。丹砂紅紫翠羽青〔一〕，萬金難買人年少〔二〕。君侯新自洛陽來，玉臺人物今温嶠。相看大笑古人癡，收鏡入奩還自笑。

【校記】

〔一〕紅：原脱，元乙卯本、明弘治本《中州集》如之，汲古閣本《中州集》作泐字「□」，據《全金詩增補中州集》卷一九補。〔二〕年少：弘治本《中州集》作「少年」。

跋范寬秦川圖

山水人傳范家筆，畫史推尊爲第一。朅來因看秦川圖，天下丹青能事畢。大山巖巖如國君，小山鬱鬱如陪臣。大石盤盤社與稷，小石落落士與民。一山一形似争長，一石一態如布軍。

想君胷中有全秦，見鐻削鐻鐻乃真。掌上長安近於日，千樹萬樹生青春。憶昔岐山鳳皇語，葱葱柞棫霑新雨。昆夷束手密須降，不見功勳見歌舞。黄金鑄牛西入僰，五丁雲棧通中國。驪山宫闕九天高，六處孱王走銜璧。不信詩書信法家，關東半被魚書惑。盡卷圖籍亦大好，五十年兇都一埽。章邯董翳舉如毛，沐猴冠委金陵道。北原兵自天而下，漢室傾頹如解瓦。祁山六出縱無功，渭水猶堪飲君馬。螭蟠老將骨未朽，草付那能濟陽九。技癢投鞭抵歲星，歸來鹿死何人手。神武空矜賀六渾，投機常落周人後。竟令馮翊軟沙邊，東風一夜吹新柳。侵尋皁角相料理，抛擲龍津浮汴水。鵲頭過處已非隋，不覺晉陽人姓李。華清高宴戛宫梧，舞馬如何護兩都。縱得青騾還蜀道，肉得沙場白骨無。興亡自取不足吁，可憐神州爲盜區。貪徵往古山川事，忘却題詩賞畫圖。

松笎同希顔欽叔裕之賦

犧尊青黄災木命，羈絆剪剔傷馬性。折松爲笎得之天，此君幸免戕殘横〔一〕。初緣形似有代無〔二〕，不料奇功乃差勝。人間斤斧不須勞，坐中活火鳴笙簫。千秋蟄骨養霜雪，一日奮鬣翻雲濤。巖煙擊拂殷雷起，顛風蹴踏銀山高。莫嫌勺水懦無力，如捲三江都一吸〔三〕。借汝歲寒姿，扶我衰朽質。掃除幻夢不到眼，洗刷埃霾下胷臆。捫霞直與羨門期，一笑桑田海波白。

【校記】

〔一〕戕：原作「㦰」，刊誤，此從汲古閣本、文淵本《中州集》及《全金詩增補中州集》。〔二〕緣：汲古閣本《中州集》及《全金詩增補中州集》作「象」。〔三〕三：弘治本《中州集》作「二」。

竹癭冠爲李道人賦

東方有物字豐隆，以鳴爲職驅群聾。萬頭濈濈囚凍窟，欲出不出愁天公。迴寒作煖出一噫，黑帝不敢藏昆蟲。所以獨爲六子長〔一〕，揮斥元氣周神功。車轟鼓震頃萬里，六甲雲風隨喚起。四蔭用事合收聲，猶奮狂陽鳴不已。號令非時遭物玩，草木不凋花再蕾。惱得司秋訴帝閽，漏泄機緘法當死。天公大怪下桎梏，推落車中墮巖谷。非程非馬亦非人，化作蒼筤一枝竹。勁氣剛風難遽銷，夜聞風雨猶蕭蕭。聳身直上三千尺，天公文怪干雲霄。鬼壓神縛不聽出，只見白雲鎖三日。雲散唯餘青屈盤，頤隱於臍變仙質。道人真是萬物盜，斫取爲冠就天巧。秋霜爭敢上頭顱，常與春風同醉倒。此冠固奇惜未大，有冠獨在方之外。日月爲藤織四時，煙霞爲樺綿千載。天潢絕漢梁虛碧，北斗旋衡簪沆瀣。不隨脂粉侶狻猊，不逐風霜陪獬豸。一任旋乾復轉坤，頭上峩峩終古在。欲作檀那施此冠，不識先生若爲戴。

【校記】

〔一〕子：弘治本《中州集》作「字」。

彈琴懷山中人

門前雪垂垂，室中理朱絲。手按十三徽，心飛天一涯。故人渺何許，萬里鷩鴻飛。試憑朱絲語，一聲聲亦悲。一彈雪欲落，再彈雪正作。只在此山中，故人今憂樂。我欲彈文王，岐山雲渺茫。我欲鼓曾子，無田可耘耔。道遠望不及，千山復萬水。思君復思君，正恐須髯皤。后夔若不來，奈此宫商何。春風早晚起，百鳥喧庭柯。時携一尊酒，爲君奏雲和。

夏日

亭柯碧合龍蛇影，睡起轆轤鳴曉井。一簾曉雨捲不晴，槐花滿地黄金冷。屈指西風又到門，相思團扇欲生塵。何時萬户垂楊裏，高揖金鞭逢故人。

牛嘆

誰憐宿料一生無，身後仍遭金十奴。帷蓋却教蒙狗馬，不知何事負農夫。

清明

村村榆火碧煙新，拜掃歸來弟四辰。城裏看家多白髮，遊春總是少年人。

暮春山家二首

山煙向晚白濛濛，人過梨花樹底風。一犬不鳴村徑黑，野燈孤起遠林中。

語闌壯氣欲消磨，奈此青燈永夜何。壁上取琴彈一曲，不知天外落銀河。

手植檜印章

梁折山摧入小成〔一〕，日華留得寸暉明。不盈一握空蟲篆，未喪斯文粗姓名。草木西周朝有暮，圖書東觀死猶生。二千年後司封紐，未信栽時出此情。

【校記】

〔一〕入小成：《全金詩增補中州集》作「嘆大成」。

贈裕之

向來三度見君詩，常望西山有所思。誰料并州天絶處，相逢梁苑雪消時。賢人樂古聲猶在，瞽叟文高世豈知。只恐神嵩不留客，秦川如畫渭如絲。

秋懷「江山如畫衣冠盡，蒲柳無情宮殿秋」，亦用此韻者也。

昨夜新凉御褐裘，一番節物弄清愁。月懸雙杵若爲夜，人在一隅偏覺秋。敗葉只能驚畫扇，啼螿終不到朱樓。還鄉夢斷寒衾曉，依舊雲山是蔡州。

和伯玉食蒿醬韻

九尺東方生，不如一侏儒。飲啄各有程，厚薄與生俱。文蒲及屈芰，何乃淡以枯。正如謝三旌，甘心作羊屠。伊蒿本薪材，豈足充庖厨。薄雪草堂徑，新霜古城隅。河南地差煖，冬有不死蕪。青來澗邊筥，緑入几上盂。微香能侶菊，小苦賢於荼。酷烈變醓醢，薰醲破脂酥。書生喜倒説，食亦變精麄。借問冰茶者，何如羔酒乎。况爾蓼彼蕭，蓬茆固其徒。偶然躐一等，遽欲忘樵夫。邇來歲頗饑，太半殣在途〔一〕。攘肉或至犬，首丘不如狐。命賤秖求死，計窮交議逋。尚有紈袴兒，朝夕食於株。寧知掃野稗，一飽不易圖。遂令人輕生，不畏鑕與鈇。如君有蒿醬，猶是千金軀。

【校記】

〔一〕太：文淵閣本《中州集》及《全金詩增補中州集》作「大」。

復次韻二首

五臟太多可，張頤託臞儒。自非何曾家，安得海陸俱。莊周幸有粟，不至魚肆枯。何勞夷門市，下車朱亥屠。春韭與秋菘，歲晚不供厨。蒿腹不蒿目，大方果無隅。爲醬非負口，猶勝范萊蕪。豈無青精飯，駐顔炊一盂。豈無菖蒲歜，辟邪如神荼。又豈無椒花，除瘟等醾酥。蒿於數品中，頗同武官庵。數品雖異饌，置之醬可乎。猶材各有施，豈必皆吾徒。公綽優爲老，劣於滕大夫。大抵食如士，取之非一塗。君詩誌其味，食經有董狐。彼哉黿羹指，斲棺終莫逋。彼哉萍虀手，竟死珊瑚株。寧如醬以蒿，不出本草圖。蓋後人好奇，一洗腥砧鈇。爲謝饞祟鬼，渠今離我軀。

又

翌日又爲履道所戲，其意似欲窮吾技，再和前章，書呈伯玉。

葭可爲炙啖，博哉釋草儒。奈何騷人詠，不與蘭茝俱。青青發陳荄，嫩勝稊生枯。面柔似張禹，氣冽如申屠。忽逢易牙口，一日登君厨。君兄昔在日，作事太廉隅。游宦三十年〔一〕，不治一室蕪。嘗載米之郡，政如置水盂。不義獲八珎，棄之猶堇荼。相對話終日，茗椀無塩酥。見客惟恐遲，遇飯不擇庵。無食但有名，窮不亦宜乎。我本寒素士，卧雪袁司徒。臭味偶相似，豈是敦薄夫。見君食蒿醬，取嘲於仕途。和君蒿醬詩，緼袍隨衣狐。詩醬兩情苦，此債無由逋。蒿荻無棄材，奈此蒼松株。何當列鉶瓫，一依饗禮圖。唯聞廣庭樂[二]，不見轅門鈇。此日雖無醤，猶堪養羸軀。

【校記】

〔一〕游宦：汲古閣本、文淵閣本《中州集》及《全金詩增補中州集》作「宦游」。〔二〕庭：《全金詩增補中州集》作「廷」。

元裕之以山遊見招兼以詩四首爲寄因以山中之意仍其韻

石華政可採，負我孤舟篷。胡爲紅塵裏，擾擾槐安宫。山間緑蘿月，一照千巖空。洪崖去不返，清游誰與同。空餘松根泉，雜佩流無窮。人心墮泥滓，不如與天通。舉頭視霄漢，浩露洗心胷。

日月兩角蝸，天地一粒粟。老盆可徑醉，豈擇瓦與玉。大笑區中人，朱門丐粱肉。清曉登少室，日夕眺王屋。紫煙晞我髮[一]，碧霞貯我腹。溪中有白雲，萬事付濯足。物物愜幽情，不獨蘭與菊。

南風入桂樹，高葉碧崢嶸。舉手戲攀折，上與雲煙撐。黄金間白玉，遍地先晶熒。笙簫坐間發，鸞鶴空中鳴。浩歌山谷應，起舞衣裳輕。一尊石上酒，如我浩氣盈。目送飛鴻盡，青雲萬里平。

國風久已熄，如火不再然。流爲玉臺詠，鉛粉嬌華年。政須洗妖冶，八駿踏芝田。青苔明月露，碧樹涼風天。塵土一一盡，象緯昭昭懸。寂寥抱玉辨，争競搖尾憐〔二〕。幸有元公子，不爲常語牽。

【校記】

〔一〕我：汲古閣本、文淵閣本《中州集》及《全金詩增補中州集》作「吾」。〔二〕争競：原作「争竟」，此從文淵閣本《中州集》及《全金詩增補中州集》。今按，唐韓愈《寒食日出遊》：「邇來又見桃與梨，交開紅白如争競。」見《全唐詩》卷三三八。

許方郚即事聯句體。

披熱達許方，山巔青漫漫。野黄麥初割，畦緑蔬纔灌。春籬[illegible]葉深，巷樹春花亂。煙長見新冶，風遠聞清鍛。濯衣女在溪，販鐵人栖舘。墻危壘破石，路黑沾遺炭。山雲頃刻雨，沙地須臾暵。鐸鳴駕犢耕，罩密防雞散。繰餘殘繭挂，釣罷么絲貫。沽酒有客賒，鬻李何人唤。扑慘官始威〔一〕，牒煩民更玩。歷險小車多，逢人黯衣半〔二〕。縣遠肉難求，山近寇可逭。何當卜隱居，尋我杖藜伴。

【校記】

〔一〕扑：原作「朴」，此從文淵閣本《中州集》及《全金詩增補中州集》。〔二〕黯：《全金詩增補中州集》作「赭」。

梁山宫圖

梁山宫高高切雲，秦家簫鼓空中聞。宫殿作雲王作龍，何人敢謁滈池君。珠圍翠繞窮天下，道上行人衣半赭。不覺生靈血液枯，化爲宫上鴛鴦瓦。朝盧生，暮侯生，師事二人學羨門。焉知以政藏其身，神仙亦死何曾神。空能詐取六孱國，不識盧生真問客。種成間隙盧生去，尚令道士作鬼語。祖龍竟墮此機中，以璧見欺猶未悟。魚腥引得扛鼎來，梁山火滅漢旗開。何如後世丹青手，一夫不役千樓臺。梁山之圖却傳世，梁山之宫安在哉。

跋伯玉命簡之臨米元章楚山圖

巴東峽壁如駮霞，天鑿荆門當虎牙。下有奔湍沉碧沙，直衝北顧如投家〔一〕。雲煙昏曉互明滅，朝看沃日暮呑月。遠山如指近如拳，過客那知空一瞥。高人廬此恨來晚，不厭孤篷疊往返。莫言造物好窮人，許大乾坤富君眼。以心爲鏡照諸山，山如人面紛殊顔。扁舟日日青山上，青山却在滄波間。人道癡兒固貪取，我怪高人亦如許。已將胷次袵長江，更把豪端扛巨楚。薺列楓林葉浮舸，巧促魁梧入么麽。丈尋收拾無邊春，千里遊遨坐中我。自此頭吴尾甌越，蠻煙五月髡人髮。江山多處乃爾毒，始信中原天下甲。楚山可覽不可上，水氣昏昏且多恙。畫山縱不到真山，有楚之峯無楚瘴。静明居士見山饞，想在庵中得飽參。戲呼老李臨君畫，已坐君貪我更貪。

【校記】

〔一〕北顧：汲古閣本、文淵閣本《中州集》及《全金詩增補中州集》作「北固」。今按，「北顧」亦作「北固」，山名，在今江蘇鎮江北。《南史》卷五一《梁宗室傳上·蕭正義傳》：「京城之西有别嶺入江，高數十丈，三面臨水，號曰北固。……（梁武帝）登望久之，敕曰：『此嶺不足須固守，然京口實乃壯觀。』乃改曰北顧。」

秋雨小霽湖陽道中

一雨初晴菊瘁花，朝來啼殺報晴鴉。地鄰異域空懷古，人對殘秋更憶家。十月紅爐是明日，往年新火醉流霞。忩忩又上湖陽道，何處還堪駐客槎。

秋望

雲氣東南壯，風煙正北長。遠人投屋小，寒草帶城荒。馴鴨便秋潦，飢牛背夕陽。閑情儘堪畫，未要雨浪浪。

堂谿城南感寓

斷岸崩崖帶草長，茂林高塏晚生凉。田頭經水成駒臥，雲色因風變狗蒼。戰地尚餘唐壘柵，故城曾入楚封疆。牛童趂日貪捫虱，那解興亡事可傷。

俳優

施能賣晉移君貳，旃解譏秦救陛郎。多少諫臣飜獲罪，却教若輩管興亡。

李道人家山圖

見説高齋住太行，溪山襟帶古祠堂。圭桐葉落周家雨，鐵樹根盤晉國霜。烽火不堪耕夜月，畫圖猶可掛殘陽。自怜不及汾州鴈，春去秋來過石梁。

李道人嵩陽歸隱圖

城郭維崇，井里維通。冠蓋維錯，紈綺維蓁。云誰之子，招子歸嵩。舍我筝筑，樂彼潺淙。食彼瓦缶，遺我鼎鍾。云誰之子，繪子歸嵩。離人友鹿，避俗朋松。石嚙我足，泉瘿我嚨。吾恐時人，笑子歸嵩。有山有怪，有水有龍。盜出寇没，嘯兕咻熊。吾恐狂人，誑子歸嵩(一)。

子謂我言〔二〕，決意歸嵩。歸嵩何如，如鴻避弋，如鶴脱籠。與幻俱化，與化俱融，是以歸嵩。南山重重，翠如植葱。北山隆隆，紺如堆銅。仰嵩俛嵩，雨濯雲烘。嵩之爲我，我之爲嵩。我聞子言，衣如張風。心先去鳥，層雲盪胷。静言思之，富爲目蒿，貴爲心蓬。飾説于令，詎知任公。歸嵩良是，生軀脱筒。子不歸嵩，送子歸嵩。

【校記】

〔一〕誑：《全金詩增補中州集》作「誰」，明傅梅《嵩書》卷一四《韻始篇》録此詩如之。〔二〕我：《全金詩增補中州集》作「吾」。

陽夏何正卿作疊語四句未成章予復以疊語寄之凡四變文

緼緼蠢蠢何等民，矯矯亢亢内守真〔一〕。昂昂藏藏獨異俗，落落莫莫不厭貧。歸與歸與且餬口，鳳兮鳳兮德衰久。樂云樂云無絃琴，命乎命乎一杯酒。匪鱣匪鮪故爲藏，避言避世必也狂。至大至剛秣吾馬，爰清爰净修我牆。用之捨之時所係，晉如摧如寧復計。煖然凄然任春秋，優哉游哉聊卒歲。

【校記】

〔一〕真：汲古閣本及文淵閣本《中州集》《全金詩增補中州集》作「貞」。

紅梅

一種冰魂物已尤，朱脣點注更風流。歲寒未許東風管，澹抹穠粧得自由。《中州集》卷六《麻徵君九疇》。

夏英公篆韻

千狀萬態了不同，哭鬼號神自兹始。簡如庖羲地上畫，繁如神農日中市。圓如有娀乙鳥卵，方如姜嫄巨人履。傾如怒觸不周山，遡如逆上鼉鼊水。積如女媧石未煉，碎如昆吾瓦經毀。蚩尤旗張尾後曲，黄帝鼎成足下峙。五丈專車斷禹戈，九日横天落羿矢。流漦不去龍垂髯，銜書忽來鳳挽觜。方相四目闢門闕，夔牛一脛踔階死。貌似心猜未必然，賴君注釋車南指。

讀書北陽山中

讀書空山裏，落月低巖幽。山鬼語夜半，怪我非巢由。又云：壯士半凋落，鐵花繡吴鈎。《中州集》卷六麻九疇小傳。

題雨中行人扇圖

幸自山東無税賦，何須雨裏太倉皇。尋思此個人間世，畫出人來也著忙。

戲題太公釣魚圖

向使文王不獵賢，一竿潦倒渭河邊。當時若早隨時世，直吃羊羔八十年。

道人

太公壽命八十余，文王一見便同車。而今若有蟠溪客，也被宫中要納魚。金劉祁《歸潛志》卷九：「麻徵君知幾在南州，見時事擾攘，其催科督賦如毛，百姓不安，嘗《題雨中行人扇圖》詩云云，雖一時戲語，也有味。知幾若見今日事，又作何語耶？又《戲題太公釣魚圖》云云，亦中時病也。又有《道人》云云，雖俚語，可以想見時世也。」中華書局一九八三年，第九六頁。

紅梅五首

姑山仙子絳羅襦〔一〕，只是當年玉雪膚。向使劉郎前度見，桃花那得冠玄都。

且隨凡艷屈真心，縱點臙脂未肯深。喜殺選花場上客，前村容易雪中尋。

元是風神林下秀，不應肯抹市倡紅。未能免俗花猶爾，何怪時粧列漢宫。

施粉翻嫌太白多，故將丹色調陽和。黄昏一任羣花妒，奈爾從來玉骨何。

已教結子更朱顔，天意誰言好處慳。不似狂花等閑落，一聲長笛滿關山。《永樂大典》卷二八〇九梅字韻引《中州元氣集》麻九疇詩，中華書局一九九八年，第二册一四六二頁。

【校記】

〔二〕襦：原作「檽」，刊誤。今按，襦指短衣，古典詩詞屢見；檽謂木制短柱。《篇海類編·花木類·木部》：「檽，梁上短柱。」

佚句

失題

壯士半凋落，鐵花繡吴鈎。《中州集》卷六麻九疇小傳。

劉微

劉微，字伯祥，益都（今山東省濰坊市青州市益都鎮）人。七歲能文，時稱劉住兒。明昌元年，召入宫，試《鳳凰來儀》賦及《魚在藻》《旱》詩，章宗嘉之，賜經童出身，命肄業太學①。後登貞祐三年進

---

①《金史》卷五一《選舉志》：「明昌元年，益都府申，『童子劉住兒年十一歲，能詩賦，誦大小六經，所書行草頗有法，孝行夙成，乞依宋童子李淑賜出身，且加以恩詔』。上召至内殿，試《鳳凰來儀》賦、《魚在藻》詩，又令賦《旱》詩，上嘉之，賜本科出身，給錢粟官舍，令肄業太學。」中華書局一九七五年，第一一四九頁。

士第。兹輯一首。

春柳應制得城字

翠細圓匀緑線輕，着行排立弄新晴。更看三月春風裏，散作飛花滿鳳城。《中州集》卷八《劉神童微》。

常添壽

常添壽，太原（今山西省太原市）人。四歲能作詩。兹輯一首。

失題

我有一卷經，不用筆寫成。展開無一字，晝夜放光明。《中州集》卷六《麻徵君九疇》：「明昌以來，以神童稱者五人，太原常添壽，四歲作詩云云。」

劉滋

劉滋字文棨，合河（今河南省新鄉縣合河鄉）人。六歲能作詩，兹輯殘詩二句。

失題

鬻花新物態，日月老天公。《中州集》卷六《麻徵君九疇》：「明昌以來，以神童稱者五人。……合河劉滋文榮，六歲有詩云云。」

張漢臣

張漢臣字世傑，恩州歷亭（今山東省德州市武城縣）人①。五六歲時，應召入宫賦詩。兹輯殘詩二句。

賦元妃素羅扇畫梅

前村消不得，移向月中栽。《中州集》卷六《麻徵君九疇》：「明昌以來，以神童稱者五人。……新恩張漢臣世傑，

---

①《中州集》麻九疇小傳作『新恩張漢臣世傑』。閻鳳梧主編《全遼金詩》釋『新恩』爲『息縣』，未知所據。山西古籍出版社二〇〇一年，下册第二三五五頁。今按，所謂新恩，以地名言之，歷代《地理志》未見著録。究其實，當指恩州。北宋慶曆中，嘗改『貝州』爲『恩州』，治所『清河』（今河北省邢臺市清河縣）。入金後，移治『歷亭』（今山東省德州市武城縣）。《金史》卷二六《地理志下》有説：恩州隸大名府路，『宋清河郡軍事，治清河，今治歷亭』。轄縣四：歷亭、武城、清河、臨清。要之，時人以治所變遷而謂之『新恩』。

五六歲亦召入，賦元妃《素羅扇畫梅》云云。」

全真七真人贊

重陽王真人

占斷終南一洞天，曾來東海領諸仙。只憑入聖超凡手，種出黄金七朵蓮。金秦志安《金蓮正宗記》卷二《重陽王真人》引「張神童詩曰云云」，明正統《道藏》本，文物出版社等一九九四年，第三册三五一頁。今按，王慶生《金詩紀事》卷九《張神童》以爲「此張神童或即新恩張漢臣」。姑録之，以備參考。上海古籍出版社二〇〇三年，第二九四頁。

丹陽馬真人

海上文章第一儒，重陽曾向醉中扶。古今多少修真者，應比先生一箇無。金秦志安《金蓮正宗記》卷三《丹陽馬真人》引「張神童詩云云」，第三册三五六頁。

長真譚真人

風雲胷心鐵石腸，正豪强裏便回光。洛陽春暖神遊處，猶有龜蛇鎮北方。金秦志安《金蓮正宗記》卷四《長真譚真人》引「張神童詩云云」，第三册三五七頁。

長生劉真人

蓬萊深處了天真，一點靈明迥出塵。高臥東風歸去後，靈虚閑鑠碧堂春。金秦志安《金蓮正宗記》

卷四《長生劉真人》引「張神童詩云云」，第三册三五九頁。

長春丘真人

磻溪煉就九還砂，道德文章第一家。三島有期應去也，至今鸞鶴唳棲霞。金秦志安《金蓮正宗記》卷四《長春丘真人》引「張神童詩云云」，第三册三六一頁。

玉陽王真人

名高曾受帝王宣，感得金書賜體玄。道德已成神已化，鐵查山下水依然。金秦志安《金蓮正宗記》卷五《玉陽王真人》引「張神童詩云云」，第三册三六三頁。

廣甯郝真人

處世居山任自然，静中參透易中玄。而今醉卧蓬萊上，萬古人傳太古仙。金秦志安《金蓮正宗記》卷五《廣寧郝真人》引「張神童詩云云」，第三册三六四頁。

清浄散人

洗盡胭脂兩臉霞，十年辛苦種黄芽。功成穩跨青鸞背，開到金蓮第七花。金秦志安《金蓮正宗記》卷五《清静散人》引「張神童詩云云」，第三册三六五頁。今按，王慶生《增訂〈金詩紀事〉》卷九補「張神童」，謂「此張神童或即新恩張漢臣，見於《中州集》卷六麻九疇小傳」，輯其詩八首，從之。

新編全金詩卷五五

趙思文

趙思文，字庭玉，號耐辱居士，永平（今河北省保定市順平縣）人。明昌五年，與弟同擢進士第，鄉里譽爲「雙飛趙家」。釋褐德順州軍事判官。泰和八年，召補尚書省令史。貞祐二年，中都不守，潛跡隘巷，以課童子學爲業。三年二月，間關南渡，抵南京汴梁。宣宗嘉之，授太府監丞。興定二年，擢同知西安軍節度使事，兼行六部郎中。五年正月，出爲虢州刺史，改汝州防禦使，官至禮部尚書。天興元年九月卒，年六十八①。思文爲人誠實樂易，自少日有君子長者之譽。爲文不事彫飾，詩律精深而氣質渾厚。嘗著《耐辱居士集》二十卷行世②。兹輯六首。

---

①《中州集》小傳作「壬辰卒官」。今按，《遺山先生文集》卷一八《通奉大夫禮部尚書趙公神道碑》：「天興改元，京師戒嚴，兼攝户部尚書。夏四月，望隆德殿起居。秋八月，上下舍菜，皆公發之。不幸遘疾，以其年九月之四日，春秋六十有八，薨於某里第。」《四部叢刊》本。

②元王惲《秋澗集》卷四二《禮部尚書趙公文集序》，《四部叢刊》本。

試院中呈同官崔伯善李順之

睡起松陰鳥雀譁，忽驚霜菓墮簾牙〔一〕。簡書迫促全踈酒，眼力眵昏只費茶。不學道人滄柏葉，却隨舉子踏槐花。提衡文字非吾事，崔李風流有故家。

【校記】

〔一〕簾：汲古閣本及文淵閣本《中州集》《全金詩增補中州集》作「檐」。

侯相浪溪歲寒堂

静中臺榭隔紅塵，水色山光日日新。不用沿溪種松竹，主人元是歲寒人。

捕蝗感草蟲有作二首

雖是形模不苦争，汝能傷稼我能鳴。誰知竟有長平禍，玉石填來共一坑。

草蟲悲咽不能言，亂逐螟蝗瘞古原。水底癡龍正貪睡，瓮中蝎虎更銜冤。二詩疑圍城中作，觀者可以意推之。

嵩山承天谷又云逍遥谷。

煙霞直上逍遥谷，路轉山腰咫尺迷。已覺洞天分聖境，更疑石磴是仙梯。霜添紅葉黄花好，天與金壺玉柱齊。兩峯名。醉倚西風正南望，暮雲煙草一時低。

弔同年楊禮部之美

海内文章選，人中道德師。争教衰病足，不到鳳凰池。《中州集》卷八《趙禮部思文》。

佚句

赴官虢州賦詩

昔日參軍今刺史，當時健卒亦衰翁。《遺山先生文集》卷一八《通奉大夫禮部尚書趙公神道碑》：「及赴官，父老郊迎，歡呼動地。公賦詩有云云之句，州人刻詩州宅。」

王　渥

王渥，字仲澤，以字行，太原（今山西省太原市）人。名士王濤之孫①。少游太學有賦聲②，登興定

①金元好問《續夷堅志》卷一《王氏金馬》，中華書局一九八六年。

②金劉祁《歸潛志》卷二，中華書局一九八三年。

二年進士第。調管州司候，不赴。壽州防禦使奥屯邦獻、商州防禦使完顔思烈、武勝軍節度使庭玉愛其才，連辟三府經歷官，在軍中凡十年。丁太夫人憂，起復寧陵令，有治績，入爲尚書省令史。正大七年，宋金議和，以才選爲行人。至揚州，應對敏給，宋人目爲中州豪士。使還，授太學助教，轉樞密院經歷官，遷右司都事。天興元年，以左右司員外郎從參政思烈赴鄧州，歿於陣①，年四十七②。仲澤與名士雷淵、李獻能、冀禹錫、元好問等相交甚歡，有昆弟之誼。博通經史，有文采，善談論，工書法，妙於琴事，以詩爲專門之學。兹輯十五首。

潁亭

三載西湖阻勝遊，潁亭聊喜散羈愁〔一〕。九山西絡煙霞去，一水南吞澗壑流。賓主唱酬空翠琰，干戈横絶自滄洲。怱怱疋馬從軍去，慚媿煙波萬里鷗。

---

①《中州集》王渥小傳：「（正大）八年（樞密）院廢，權右司郎中。中牟失利，不知所終。」今按，《金史》卷一一一《思烈傳》：「天興元年，汴京被圍，以思烈權參知政事，行省事於鄧州。王渥爲左右司郎中。思烈率諸軍發自汝州，過密縣，遇大元兵。渥勸勿躁進，被疑有異心，幾爲所殺。遂敗績於京水，渥殁於陣。」中華書局一九七五年。

②《中州集》卷六《冀都事禹錫》：「不肖徒以文字之故，得幸諸公間。希（雷希顔）長予六歲，澤（王仲澤）長四歲，欽（李欽叔）與京少予二歲。希殁於正大辛卯之八月，年四十八；澤殁於明年之七月，年四十七；欽殁於其年十一月，年四十一；京（冀京父）殁於又明年之三月，年四十二。蓋不二三年，而五人唯不肖在耳。」以此推算，天興元年，遺山年四十三，渥長四歲，卒年四十七。

【校記】

〔一〕聊：文淵閣本《中州集》作「聯」。

有寄

十年鐵馬暗京華，客子飄零處處家。征鴈久踈河朔信，小梅重見汝南花。棲棲活計依簷雀，冉冉年光赴壑蛇。舊雨故人應念我，不來聯句夜煎茶。

寄京父

憶昔相從在寢丘，城南城北縱歡遊。杏花聯句香隨馬，野水添杯浪拍舟。邂逅又成三月别，飄零合負一春愁。汝陽淮甸經行徧，應有新詩爲我留。

餐秀軒

秋風幾日摇霜樾，秋色南山兩奇絶。野人窗户終日開，要看千秋秦嶺雪。層崖深谷相吐吞，落日白鹿東南奔。野花雙塔古蘭若，樓觀縹渺煙霞昏。玉山生玉人不識，草木四時空好色。輞川舊與藍橋通，細水至今流石室。一川黄葉長安秋，望望不見令人愁。書生不是濟時具，收得閑身成此遊。主人開筵留客醉，山雨多情濕征袂。明朝騎馬上七盤，迴首山家但空翠。

遊藍田

甲申之秋月建戌，我行商顔正落木[一]。山英似與行子期，撥霧披雲到山腹。古潭千丈照錦峰，下有蟄龍上棲鵠。高風吹雪已多時，熊耳雙尖寒欲縮。新秉一水出龍渦，驚見千峰遮木槲。南山秀拔北山雄，劍戟森然對群玉。崎嶇直過藍田西，始見商山真面目。悟真峽口忽中斷[二]，天末脩眉畫濃緑。此峽何年得此名，曾有金仙搆華屋。西巖石室懸細水，萬斛瓊珠輸輞谷。行人尚説有七盤，瘦馬已愁疲百曲。風門放眼望秦川，擾擾更嗟塵界跼。去年游騎渡葭蘆，萬里横行如鬼速。灞陵原下馬飲血，太華峰頭虎擇肉。今年九月未防秋，始見登場有新穀。一鞭暮指古招提，疎雨有情留客宿。主人聞客喜相接，尊酒笑談如昔夙。蹇予懶散本真性，臨水登山此生足。一行作吏志益違，十載從軍雙鬢秃。官家後日鑄五兵，便擬買牛耕白鹿。

【校記】

〔一〕商顔：文淵閣本《中州集》及《全金詩增補中州集》卷三一作「商嶺」。今按，《漢書》卷二九《溝洫志》「引洛水至商顔下」注：「商山之顔，猶山額也。」〔二〕悟：原作「悮」，刊誤，此從汲古閣本、文淵閣本《中州集》及《全金詩增補中州集》。

送裕之還嵩山

高懷不受簿書侵，清潁鷗盟欲重尋。老去宦情知我薄〔一〕，閑來道念見君深。對床夜雨他年夢，滿馬西風此日心。嵩頂勝游誰得共，仙聞仙馭待知音〔二〕。末句用古仙人詩語。

【校記】

〔一〕知：《全金詩增補中州集》作「如」。〔二〕仙聞：《全金詩增補中州集》作「如聞」，明傅梅《嵩書》卷一四《韻始篇》録此詩作「仙門」。

遊丹霞下院同裕之鼎玉分得留字

霜落豐山白水收，歲華全在竹園頭。賦詩鞍馬慚真賞，載酒林泉阻勝游。野色自隨人意遠，夕陽應爲鳥聲留。仙源回首旌旗隔，一笛西風唤客愁。丹霞下寺，土人以竹園頭名之。

驛口橋看白蓮

陰陰喬木障晴暉，的的冰蕖照碧漪。秋暑困人仍御扇，晚風生竹却添衣。百年蓬鬢関心切，千里蓴羹與願違。杖屨頻來約他日，不妨先築釣魚磯。

蒙城縣齋

縠雨連朝没麥場，官糧未入長官忙。堦庭有雨青鞋鬧，牢户無人白日長。

三門津

層崖摩蒼穹，四月號陰風。大河三門險，神禹萬世功。他山亦崔嵬，砥柱獨尊雄。雷霆日鬬擊，悍暴愁天公。劉侯智有餘，始令舟楫通。仍餘石上穴，飛棧曾連空。遥瞻白玉枝，挺植丹竈中。仙公去不返，此事真冥蒙。夫人與鼓崖〔一〕，怪幻尤難窮。獨喜兵火餘，巋然出新宫。當時疏鑿意，四海要會同。誰知千歲後，築壘防嘯兇。詩成一大笑，浩浩洪波東。

【校記】

〔一〕夫人與鼓崖：《全金詩增補中州集》作「沿崖訪古跡」。

被檄再至揚州制司驛亭有題詩譏予和事不成者云來往

二年無一事青山也解笑行人因爲解嘲

二年奔走道途間，知被青山笑往還。只向江南南岸老，行人應更笑青山。《中州集》卷六《王右司渥》。

題元德明東巖集

讀書楓樹林，曳杖白石灣。至今文彩餘，虎子仍斑斑。《中州集》卷一〇元德明小傳。

開福寺

翠林深處款招提，冉冉春風入鼓鼙。雲獻好山青入座，雨添新漲緑平堤。樹頭樹底見花發，山後山前聞鳥啼。踏月歸來聞好語，兒童争唱白銅鞮。清郭元釪《全金詩增補中州集》卷三一。

佚句

與元裕之行内鄉山中馬上賦

霜風十月餘，千山錦峥嶸。《中州集》卷六王渥小傳。

贈李道人

簿領沈迷嫌我俗，雲山放浪覺君賢。

潁州西湖

破除北客三年恨，慚愧西湖二月春。

過龍門

詩成一大笑，浩浩淇波東。金劉祁《歸潛志》卷二王渥小傳。

附　古仙人辭

夢入雲山宮闕幽，鸑鷟同侶鴛鳳流〔一〕。桂月竟夜光不收，世俗擾擾成囂湫。醉飛星馭鞭金虬，八仙浪迹追真游。龜玉筌蹄二十秋，摩霄注壑須人求。覓劍如或笑刻舟，陽燧非無角綺儔。元鼎以來虛崑丘，東井徒勞冠帯修。松飡竹飲度蜃樓，崧頂坐嘯垂直鈎，秖應慚愧劉幽州。知音者無惜留跡。興定庚辰夏六月望，予與河南元好問、趙郡李獻能同游玉華谷。又將歷崧前諸刹，因憩於少姨廟。元周行廊廡，得古仙人詞於壁間。然其首章直屋漏雨，爲所漫剥，殆不能辨〔二〕。乃磴木石而上，拂拭汎滌，迫視者久之，始可完讀。觀其體則柏梁，事則終始二漢，字畫在鍾王之間。東井又元鼎所都幽州，必賢宗子虞也。夫眷眷不忘幽州者，非吾田疇，尚誰歟？田復所事之讎，却曹瞞之賞，衰俗波蕩中，挺挺有烈丈夫風氣，其死而不忘，蓋無疑；其能道此語，亦無疑。觀者不應以文體古今之變而疑仙語也。噫！仙山靈岳，宜有閎衍博大之真人往來乎其間，而世人莫之識也。予三人者，乃今見之，夫豈偶然哉？再拜留跡，以附知音者末。渾源雷淵題。此詩爲仙語無疑，然直謂田疇，則似亦未安。屏山李純甫題。《中州集》卷六《王右司渥》。

【校記】

〔一〕鸑鷟：原作「鷟鸑」，此從汲古閣本、文淵閣本《中州集》及《全金詩增補中州集》。今按，《國語·

周語上》：「周之興也，鸑鷟鳴於岐山。」三國吴韋昭注：「三君云：鸑鷟，鳳之别名也。《詩》云：『鳳皇鳴矣，于彼高岡。』其在岐山之脊乎？」〔三〕能：汲古閣本及文淵閣本《中州集》《全金詩增補中州集》作「可」。

馬天來

馬天來，字雲章，一作元章，介休（今山西省晋中市介休市）人①。住太學十九年，貧苦之極，人所不能堪，而處之自若。登崇慶二年經義進士第，調潁州司候，轉靈壁簿。貞祐南渡，召爲國史院編修官。天興元年卒，年六十一。爲人不事修飾，麻絛草履，沈浮閭里，殊無朝士風。博學多技，畫入神品，百年以來無出其右者。天來爲人詭怪好異，作詩别出盧仝、馬異之外，又多用俳體作譏刺語。兹輯三首。

山中

青林寂寂鳥關關，畫出風煙落照間。脱却草鞋臨水坐，野雲分我一邊閑。《中州集》卷七《馬編修

---

①金劉祁《歸潛志》卷五：「馬天采元章，太原人。」崔文印先生校曰：「其字『元章』，作『采』是。」中華書局一九八三年，第四六頁。另，元夏文彦《圖繪寶鑒》卷四著録，作「馬天騋」，《歷代名畫記》本，京華出版社二〇〇〇年，第二七八頁。

天來》。

失題俳體作讖刺語。

木偶衣冠休嚇我，瓦伶口頰欲謾誰。嚙骨取肥屠肆狗，哺糟得醉酒家豬。

雪

夜來窗外渾疑月，今日牆頭不見山。先生睡起騎驢看，太素一游非世間。《中州集》卷七馬天來小傳。

佚句

龍門

白含雲竇雪，青補石門天。

賦丹霞下寺竹

人天解種不秋草，欲畀獨爲無色花。《中州集》卷七馬天來小傳。

薛繼先

薛繼先，字曼卿，猗氏（今山西省臨猗縣猗氏鎮）人。少日三赴廷試，未第。貞祐南渡後，隱居洛西山中，課童子學。正大末，司農卿楊慥、丞康錫薦曼卿與汴人高仲振、武陟宋可、武清張潛、磁陽曹珏、大名王汝梅，隱操不減古人，朝議授以官，以兵亂不果。繼先事母孝，與人交謙遜和雅。喜作詩，工於賦物，亦善書。天興元年，病殁於宜陽。兹輯一首。

九日感懷

衰年易感我今知，無訝騷人動楚悲。故國久抛兵劫後，佳辰多負菊花期。一時蘭艾同凋落，兩鬢雪霜仍别離。高世輸他陶靖節，悠然高興滿東籬。《中州集》卷九《薛繼先》。

佚句

松化石

瘦見千年傲霜骨，鍊成一片補天心。《中州集》卷九薛繼先小傳。

張潛

張潛，字仲升，武清（今天津市武清區）人。幼有志節，慕荆軻、聶政爲人，年三十始折節讀書。後客崧山，從汴人高仲振受《易》。年五十，始娶魯山孫氏，夫婦相敬如賓，負薪拾穗，行歌自得。正大末，與薛繼先等薦爲隱操，擬授以官，兵亂未果。天興元年，避兵少室絶頂，不食七日而死。兹輯一首。

寄人宰縣

縣務無難易，人才自異同。割雞良暫屈，製錦要專工。積弊姦贓後，遺黎喘汗中。不存憂世志，底用讀書功。嫉惡看平日，知君有古風。莫教循吏傳，獨載魯山翁。載，方言作上聲呼。《中州集》卷九《薛繼先》。

宋可

宋可，字予之，武陟（今河南省焦作市武陟縣）人。以廉名重鄉里。正大末，與薛繼先等被薦隱操。時北兵再駐山陽，質其子而迫其從，終竟不屈。兹輯一首。

過洛陽

西來東去洛陽城，千尺浮圖了送迎。十日酒旗歌板地，白頭孤客可怜生。《中州集》卷九《薛繼先》。

高　永

高永，字信卿，號應庵，漁陽（今北京市密雲區）人①。累舉不第。貞祐初，避兵太原，後寓嵩州。從屏山李純甫學，與李汾、元好問、杜仁傑等交遊。爲人不顧細謹，喜談兵事，文辭雄放，詩亦豪宕譎怪，不拘法度。遺山稱之「有幽并豪俠之風」。金末，病歿汴京，年四十六。兹輯二首。

跋賈天升所藏段志寧山水

蒼壁雲氣湧，長松風雨寒。湍流擘山出，玉虹飲溪灣。胷中無雲夢，筆底無江山。想見破墨初，布袖蛟龍蟠。壯觀駭心魄，萬象本自閑。寒齋静相對，遠意空追攀。《中州集》卷九《高永》。

① 《中州集》小傳作「盤陽人」，非當時地理行政區劃州縣地名，而各地屢見以此命名鄉鎮者，如山東省臨朐縣之盤陽、河南省林州市之盤陽，等等。究竟何地，俟考。另，金劉祁《歸潛志》卷三小傳記其事跡，作「漁陽人」，「號應庵」，當是。

壺溪

我觀壺盧溪，未易以蠡測。大若溪上翁，有口吸不得。壺中別是一洞天，溪上翁即壺中仙。畢竟人間無著處，杖頭挑取屏山去。《中州集》卷四《屏山李先生純甫》之《爲蟬解嘲》「皤兄勸我吸却壺盧溪」注。另，《（同治）畿輔通志》卷一六三《古跡志》：「金左司郎中李純甫故居在壺流河西。漁陽高信卿嘗作《壺溪》詩贈屏山，屏山集所云『皤兄勸我吸卻壺盧溪』也。溪即壺流河，去順聖故城十二里。屏山本襄陰人，此蓋其別業所居，有瓢庵。」録其《壺溪》詩云云。

李汾

李汾，字長源，太原平晉（今山西省今太原市南郊區）人①。性曠達不羈，以奇節自許。興定初，避亂入關，爲京兆尹所賞，留二年。後之涇州，受知於左丞張行信。元光末，被薦入史館書寫。因與諸人不合，罷去，入關。後復來京師，上書言時事，不合，又去。寓唐、鄧間，入武仙幕，署行尚書省講議官。時武仙與參知政事完顏思烈有隙，懼汾言論，欲除之。天興元年六月，汾覺，遁之泌陽，終爲

①《中州集》小傳作「平晉人」，長源《下第》詩有「依舊并州一布衣」語，并州爲平晉古稱。另，金劉祁《歸潛志》卷二作「太原人」，謂「先名讓，字敬之」。今按，《金史》卷一二六《文藝傳》作「太原平晉人」，從之。

所害，年四十一①。長源詩雄健有法，遺山稱之「清壯磊落，有幽并豪俠歌謡慷慨之氣」；神川謂之「工於詩，專學唐人，其妙不減太白、崔顥」。嘗著《雙鳳集》行世②。兹輯三十首。

陜州〔一〕

黄河城下水澄澄，送别秋風似洞庭。李白形骸雖放浪〔二〕，并州豪傑未凋零〔三〕。十年道路雙蓬鬢，萬里乾坤一草亭〔四〕。八月崤陵霜樹老，傷心休折柳條青。

【校記】

〔一〕《詩淵》第三册一九四〇頁録此詩，題作「題峽州」。〔二〕雖放浪：元傅習《元風雅》前集卷六録此詩作「須放蕩」，《詩淵》如之。〔三〕未：《元風雅》《詩淵》作「爲」。〔四〕萬里：《元風雅》《詩淵》作「萬古」。

州北

州北光風艷綺羅，南來扈從北人多。梨園法曲懷奴舞，月窟新聲倩女歌。紫禁衣冠出金馬，

---

①《金史》卷一七《哀宗紀》：天興元年六月丁丑，「恒山公武仙殺士人李汾」。中華書局一九七五年，第三八八頁。

②《永樂大典》卷五二〇五原字韻引《太原志》：李汾字長源，「有詩傳於世，名曰雙鳳集」。中華書局一九九八年，第三册二三一二頁。另，《（雍正）山西通志》卷一七五《經籍志》著録，作《講議集》，以著者官職名之；清金門詔《補三史藝文志·詩集類》著録《李汾集》，以著者姓名名之。

青樓阡陌瞰銅駝。薄游却憶開元日，常逐春風醉兩坡。

再過長安

細柳斜連長樂坡，故宮今日重經過。一時人物存公論〔一〕，萬里雲山入浩歌。白髮歸來幾人在，青門依舊少年多。自憐季子貂裘敝〔二〕，辛苦燈前讀揣摩。

【校記】

〔一〕存公論：元駱天驤《類編長安志》卷七《坡坂坳附》録此詩作「傷公議」。〔二〕自怜：《類編長安志》作「誰憐」。

汴梁雜詩四首

天津橋上晚涼天，鬱鬱皇州動紫煙。長樂觚稜青似染，建章馳道直于絃。犬牙磐石三千國，聖子神孫億萬年。一策治安經濟了，漢庭誰識賈生賢。

琪樹明霞五鳳樓，夷門自古帝王州。衣冠繁會文昌府，旌戟森羅部曲侯。美酒名謳陳廣座，凝笳咽鼓送華輈。秦川王粲何爲者〔一〕，憔悴囂塵坐白頭〔二〕。

樓外風煙隔紫垣，樓頭客子動歸魂。飄蕭蓬鬢驚秋色，狼藉麻衣涴酒痕。天塹波光摇落日，太行山色照中原。誰知滄海横流意，獨倚牛車哭孝孫。

寥落關山對月明，客窗遥夜夢魂驚。二年岐下音書絶[三]，八月河南風露清。冉冉暮愁生草色，迢迢秋思入蟲聲。誰知廣武英雄嘆，老却窮途阮步兵。

【校記】

[一]川：明李濂《汴京遺蹟志》卷二三《藝文》録此詩作「州」。今按，南朝宋謝靈運《擬魏太子鄴中集詩》八首之二《王粲序》：「家本秦川，貴公子孫。遭亂流寓，自傷情多。」見《文選》卷三〇。

[二]坐：《汴京遺蹟志》作「嘆」。[三]岐：原作「歧」，此從弘治本、汲古閣本及文淵閣本《中州集》《全金詩增補中州集》。

上清宫三首

憶昔秋風從茂陵，詞臣忝預漢公卿。瑶池宴罷西王母，翠輦歸來北斗城。石馬嘶殘人事改，劫灰飛盡海山平。唯餘太一池邊月，伴我驂鸞上玉京。

蒼梧雲氣赤城霞，綿絡鈞天帝子家[一]。仙掌高承九霄露[二]，霓旌遥駐五雲車[三]。昆明火劫驚人世，瀛海風濤撼客槎。醉裏忽逢王子晉，玉笙吹落碧桃花[四]。

千劫塵緣謝吏曹，道山仙闕事遊遨。樓臺縹緲滄溟闊，宫殿森羅紫極高。幾代雲孫接仙李，千年王母醉蟠桃。詩成便欲還山去，猶待君王賜錦袍。

【校記】

〔一〕綿絡：元傅習《元風雅》前集卷六、明佚名《詩淵》第三册一五六六頁録此詩作「錦谷」。

〔二〕露：《詩淵》作「路」。　〔三〕霓旌：《元風雅》《詩淵》作「霓旗」。　〔四〕玉笙：《元風雅》《詩淵》作「玉簫」。

避亂陳倉南山回望三秦追懷淮陰侯信漫賦長句

憑高四顧戰塵昏，鶉野山川自吐吞。渭水波濤喧隴阪，散關形勢軋興元。旌旗日落黄雲戍，弓劍霜寒白草原。一飯悠悠從漂母，誰憐國士未酬恩。

雪中過虎牢

蕭蕭行李戛弓刀，踏雪行人過虎牢。廣武山川哀阮籍，黄河襟帶控成臯。身經戎馬心逾壯，天入風霜氣更豪。横槊賦詩男子事，征西誰爲謝諸曹。

清明

嗚珂振轂滿重城，春日綿綿老燕鶯。人在碧雞坊外住，澮隨流水過清明。

下第

學劒攻書謾自奇〔一〕，回頭三十六年非〔二〕。春風萬里衡門下，依舊并州一布衣。

【校記】

〔一〕謾自奇：金劉祁《歸潛志》卷二録此詩作「事兩違」。〔二〕三十六：《歸潛志》作「三十四」。

磻溪

封侯輸與曲如鉤，冷坐磻溪到白頭。老婦廚中莫彈鋏，白魚留待躍王舟〔一〕。

【校記】

〔一〕留待躍王：元駱天驤《類編長安志》卷九《勝遊》録此詩作「待躍武王」。

感寓述史雜詩并引〔一〕

正大庚寅，予行年三十有九，獻賦明廷〔二〕，爲有司所病，遂有不遇時之嘆。皁衣斗食，從事史館，以素非所好，愈鬱鬱不得志。卧病中僻居蕭條，盡日無來人。緬惟先哲，凡所以進退出處之際，窮達榮辱之分，立身行道、建功立事、関諸人事者，竊有所感焉。於是始自騷人屈平以來，下逮漢晉隋唐諸公，終之以遠祖鴈門武皇，作爲述史詩五十首，以自慰其羇旅流落之懷。述近代則恐涉時事，故断自唐以下不論。嗚呼！《三百篇》大抵皆聖賢感憤之所爲作也。余以愚忠謬信獲譏于斯世久矣。非敢示諸作者，庶幾後世有揚子雲者出，或能亮予之宿心。是歲秋七月既望，并州人李汾引。

蘇客卿秦

游説諸侯獲上卿，賈人脣舌事縱横。可憐一世癡兒女，争羨腰間六印榮。

韓淮陰信

仗劒淮陰去復還，舉頭西望識龍顔。堂堂竟握真王印，未害男兒辱胯間。

叔孫奉常通

秦時博士魯諸生，漏網驪山百丈阬。邂逅劉郎習綿蕝，便能彈壓漢公卿。

馬中令周

脚踏長安陌上塵，布衣西上欲誰親。君王不省常何策，憔悴新豐一旅人。

遠祖鴈門武皇

死心唐室正諸侯，鐵馬南來隘九州。當日三垂岡上意，諸孫空抱腐儒羞。

【校記】

〔一〕詩題原作「感寓述史雜詩五十首并引」，與引中「五十首」合，諸本《中州集》如之，而實際僅録六首，似遺山先生隨手抄誤，未及細審，兹删「五十首」三字。〔三〕廷：汲古閣本及文淵閣本《中州集》作「庭」。

擬張水部行路難

洛陽行人心欲折，半年西州信音絶。彈筝峽口兵塵高，半夜心懸隴山月。君不見嗷嗷失羣鳥，淚盡眼流血。潼關晝閉漢使稀，安得慰我生離别。

雲溪曉泛圖

曉景淡明月，落影潭西丘。晴川挂煙樹，光拂雲河流。楓林入行色，関山生白頭。羡羡畫中人，憶我秦川游。君帆渺何許，儻下滄浪洲。滄浪吾有約，寄謝同盟鷗。

古月一篇爲裕之賦

古月天不收，敵君三萬秋。天孫弄明鏡，光湧雲間流。憶昔放逐江南州，金陵女兒歌櫂謳。草裹烏紗巾，散着紫綺裘。酒酣把玉笛，直欲捫参歷井騎斗牛。醉中呼兒摇雙舟，吾欲乘流下石頭。起來茫茫視八極，萬里只有元丹丘。丹丘子，游人間，風塵何爲往復還。玉華山人近招我，九日朝帝蒼梧山。

西歸

擾擾王城足是非，不堪多病决然歸。只因有口談時事，幾被無心觸禍機。日暮豺狼當路立，天寒鵰鶚傍人飛。終南山色明如畫，何限春風笋蕨肥。

避亂西山作

三月都門晝不開，兵塵一夕捲風回。也知周室三川在，誰復秦庭七日哀。鴉啄腥風下陽翟，草銜冤血上琴臺。夷門一把平安火，定逐恒山侯騎來。《中州集》卷一〇《李講議汾》。

昆陽懷古

潁川南下鬱坡陁，遐想當年戰壘多。自是真人清宇宙，誰爲豎子試干戈。金劉祁《歸潛志》卷九。

代金谷佳人答

石家園林洛水濱，粉垣碧瓦迷天津。樓臺參差映金谷，歌舞日日嬌青春。是時天下甲兵息，江南已傳歸命臣。永平以來太康治，四海一家無窮人。洛陽城中厭酺醵，司隸夜過不敢嗔。王門戚里争豪侈，車馬如水争紅塵。燒金斫玉延上客，季倫豈輸趙王倫。兩家炎炎貴相軋，笙竽嘈嘈妓成列。珊瑚紅樹鞭擊碎，步障青絲馬踏裂。因緣睚眦貴人怒，詔下黄門促收捕。郵夫防吏急喧驅，河南牒繫御史府。鍾鳴漏盡行不休，生存華屋歸山丘。緑珠香魂涴塵土，侍兒忍居樓上頭。君王慈明宥率土，妾身竄名籍民伍。平生作得健兒婦，狗走鷄飛豈敢惡。

金劉祁《歸潛志》卷九。

柳塘

長安西望少城隈，楊柳陂塘手自栽。渭水波光摇草樹，終南山色入樓臺。平生事業書千卷，浮世功名酒一杯。我亦陸渾山下去，擬尋佳處斲莓苔。元駱天驤《類編長安志》卷九《勝遊》，中華書局一九九〇年。另，清郭元釪《全金詩增補中州集》卷四三亦録，上海古籍出版社一九九四年。

佚句

闕題

洛陽才子懷三策，長樂鐘聲又一年。清鏡功名兩行淚，浮雲親舊一囊錢。

再過長安〔一〕

三輔樓臺失歸燕，上林花木怨啼鵑。空餘一掬傷時淚，暗墮昭陵石馬前。《中州集》卷一〇李汾小傳。

【校記】

〔一〕詩題原闕，據金劉祁《歸潛志》卷二李汾小傳補。

失題

煙波蒼蒼孟津渡，旌旗歷歷河陽城。

失題

長河不洗中原恨，趙括元非上將才。《中州集》卷一〇李汾小傳。

題元德明詩卷

衣冠巢許自高雅，巖壑夔龍非棄捐。《中州集》卷一〇元德明小傳。

記時事

捕得酒泉生口說，衆酋剺面哭單于。

望少室

圭影靜涵秋氣老，劍鋒横倚斗杓寒。

夏夜

鴉銜瞑色投林急，螢曳餘光入草深。

鶴雀樓

白烏去邊紅樹少，斷雲横處碧山多。金劉祁《歸潛志》卷二李汾小傳。

李 夷

李夷，字子遷，後改名侙，宛丘（今河南省周口市淮陽縣）人①。好讀史書，尤喜武事，有志於功名，而累舉不第。與雷淵、麻九疇、劉從益及其子祁等交遊。爲文尚奇澀，作詩尤勁健，爲時人所重。天興元年，死於陳州陷落之難，年四十二。兹輯五首。

贈國醫張子和

禁籞喧喧以字行，粗工往往笑狂生。天將借手開金匱，雲本無心到玉京。歌嘯動成千日醉，留連翻厭五侯鯖。祝君莫觸曹瞞怒，世上青黏要指名。

古劍

古柵崖摧老雨天〔一〕，忽驚神物茁蒲然。蛇吞元氣蟄千載，龍逐奔霆脱九泉。逆首未歸豪馘

① 金劉祁《歸潛志》卷二小傳作「陳郡人」。今按，金時宛丘爲縣，隸陳州，見《金史》卷二五《地理志》。

裏，鋏歌聊發慨彈邊。物猶屢出爲時用，撫匣潸然惜壯年〔二〕。

【校記】

〔一〕古柵、老：《全金詩增补中州集》卷三四作「古樹」、「陰」。〔二〕潸：原作「潛」，刊誤，此從汲古閣本《中州集》《全金詩增补中州集》。另，元乙卯本、文淵閣本、四部叢刊本《中州集》作「潸」，同「潸」。

書淵明傳後

南渡龍孫角禿顛，不甘橫艷寄奴弦。一襟義氣麾周粟，滿簡清風削宋年。雪徑低迴松落落，霜籬健羨菊鮮鮮。時屯謚輩輕頹節，顏厚吾家草木賢。《中州集》卷七《李夷》。

古鏡

盤盤古皇州，夢斷繁華缺〔一〕。一鞭春事忙，耕出壠頭月。土蝕背花暗〔二〕，蹄涔駭龍蹲。鬖髿殆欲張〔三〕，不敢著手捫〔四〕。星環紫極位，劍外十三字。細看清用文，溟漠君墓誌。壽堂鎖菱花，引得阿紫家。棲煙夕霏時，幾照拂雙鴉。神物污雖久，一日落吾手。壽光閱人多，嘗有此客不〔五〕。呵呵吾戲云，雅志踵先民。鏡裏春風面，泉下今日塵。九原不可作，哲弟師有若。摩挲一面銅，便有親炙樂。金劉祁《歸潛志》卷二

【校記】

〔一〕缺：《中州集》卷七録其詩句作「歇」。〔二〕暗：《中州集》作「昏」。〔三〕殆：《中州集》作「怒」。〔四〕不敢著手捫：《中州集》此句作「縮手不敢捫」。〔五〕嘗、不：《中州集》作「曾」、「否」。

贈赤腿王

骯髒風儀古丈夫，鶻袍鐵面戟髭鬚。人間春色向頭剩，天上月明當額孤。石鼎夜聯詩句健〔一〕，布囊春醉酒錢麤。危樓試倚街頭看，應見潛飛入玉壺。金劉祁《歸潛志》卷六王予可小傳：「李子遷贈詩云云，狀其人殆盡。」另，該志卷二李夷小傳僅録「石鼎夜聯詩句健」一聯，題作《贈赤腿王》，從之。

【校記】

〔一〕詩句：《中州集》作「詩筆」。

佚句

吊張伯玉

匣内青蛇亦悲吼，竟憑誰識抉雲材。金劉祁《歸潛志》卷二。

新編全金詩卷五六

宋九嘉

宋九嘉，字飛卿，號兩峰①，夏津（今山東省德州市夏津縣）人。少入太學，從屏山李純甫游。讀書爲文有奇氣，與雷希顔、李天英相埒。登崇慶二年黄裳榜進士乙科進士第，歷藍田、高陵、扶風三縣令，皆有能聲。召爲右警巡使，應奉翰林文字。正大中，病失音廢居，歿於天興癸巳之禍，年四十九②。兹輯十二首。

途中書事三首

幼穉扶輪婦挽轅，連顛翁媪抱諸孫。飢民羸卒如流水，掘盡原頭野薺根。

---

①元姚燧《牧庵集》卷三《馮松庵挽詩序》：「先婦翁紫陽之詩『髯雷短宋是門生』，而元（好問）碑止載雷（淵）、李（獻能）、王（渥）、冀（禹錫）及渠五人，宋（九嘉）不與焉。然兩峰亦人豪也，游先生之門，若不玷焉。」《四部叢刊》本。

②《中州集》小傳作「殁於癸巳之亂」。此處癸巳指天興二年。另，金劉祁《歸潛志》卷一：「遭亂北還，道病殁，年未五十。」年未五十，當是四十九。以此推算，生於大定二十四年。

老稺扶携訪熟鄉，驛塵滿路殣相望。終朝拾穗不盈把，只有流民如麥芒。

攘絲奪麥人争略，烘日吹風天有年。湯餅元非小人腹，蠒絲都作大夫賢。

館中納涼書事

凉洒塵纓聵耳醒，虚堂窈渺好風清。雀知愛子來迴哺，鼠不畏人旁午行。每用熟眠酬闃寂〔一〕，端知固有享高明。宦游非不佳官府，奔走塵勞漫一生。

【校記】

〔一〕闃：原作「闌」，此從元乙卯本、四部叢刊本《中州集》。

東州有感

東城衰草没黄沙，故壘周遭小范衙。牧豎那知真老子，龜趺繫馬臥吹笳。

搗金明砦作建除體

建牙誓諸將，梟鳴軍盡驚。除道非戰事，銜枚幻奇兵。滿鎧霜日輝，行陣寂無聲。平旦飛出谷，桑棗蔽金明。定知此陳迹，中原遮寇城。執鞭吾不及，范公凛如生。破碑字仍在，贔屭卧深荆〔二〕。危襟按其壘，信哉天下英。成敗翻覆手，狐兔今横行。收復會有時，夷吾當請纓。開圖睨督亢，按劒逐長鯨。閉塞亦已久，一揮氛曀清。

【校記】

〔一〕贔屭：原作「屭贔」，此從《全金詩增補中州集》。今按，晉左思《吴都賦》：「巨鰲贔屭，首冠靈山。」見《文選》卷五。

被檄從軍〔一〕

不巾不襪柳陰行，朝醉南村暮北庄。一旦捉將官裏去，直駈盲馬陣中央。即所乘盲馬而言。

【校記】

〔一〕軍：《全金詩增補中州集》作「事」。

留别孫俊民姚公茂

草根殘日射離觴，主席風生熱肺腸。此去兜零紅照夜，輸君吹笛傍糟床。

酴醾菊

酴醾風味醺人醉，着莫東籬愛酒翁。一夜金英全换骨，冷香晴雪滿秋風。

蓮社圖

野鶩家雞俗好乖，虎溪泉石滿塵埃。壯哉砥柱頽波裏，惟有淵明挽不來。飛卿不喜佛法，自言平生有三恨：「一恨佛老之説不出於孔氏前，二恨辭學之士多好譯經潤文，三恨大才而攻異端。」淵明挽不來之句，蓋自況也。

卯酒

臈蟻初浮社瓮篘，宿酲正渴卯時投。醉鄉兀兀陶陶裏，底事形骸底事愁。《中州集》卷六《宋内翰九嘉》。

題李白泛月圖

江心月影盡一掬，船頭月影盡一吸。夜涼風露點宫袍，天地之間一李白。金劉祁《歸潛志》卷一。

佚句

題壽安煙霞圖

妝鑾土壁紅千點，界畫銀沙緑一鈎。

失題

浩歌風露下，醉袖拂南山。《中州集》卷六宋九嘉小傳。

馮延登

馮延登，字子駿，號横溪翁，吉州吉鄉（今山西省臨汾市吉縣）人。承安二年詞賦進士，歷州縣，補尚書省令史。興定元年①，授河中府判官，兼行尚書省左右司員外郎。五年，入爲國史院編修官，改太常博士。元光二年，知登聞鼓院，兼翰林修撰，奉使夏國。正大五年，擢睢州刺史，兼行大名府治中。七年十二月，遷國子祭酒。八年春，奉命北使，蒙古迫其召降鳳翔帥，不從。羈管豐州，逾年而歸。天興元年，進禮部侍郎，權刑部尚書。二年②，城陷，投井死，年五十八。讀書長於《易》《左氏

①《遺山先生文集》卷一九《國子祭酒權刑部尚書内翰馮君神道碑銘》作「貞祐五年」。今按，《金史》卷一五《宣宗紀》：貞祐五年九月，「壬午，以改元興定，赦國内」。

②《中州集》小傳作「天興初年，授禮部侍郎。京城陷，自投井中」。另，《遺山先生文集》卷一九《國子祭酒權刑部尚書内翰馮君神道碑銘》：「壬辰（天興元年），河南破，車駕駐鄭州。（延登使北被留。）有旨發還。三月，入京。哀宗撫慰久之，復祭酒。歷禮、吏二部侍郎，權刑部尚書。明年，遭變，得年五十有八。」所謂遭變，碑文有説：「君既爲騎兵所得，欲擁而北行。人有見之者，謂君辭情慷慨，義不受辱，竟投城旁近井中。」另，《金史》卷一二四《忠義傳》謂歿於天興二年。

傳》，爲文苦思尚奇，詩亦新巧可稱，皆有律度。嘗著《横溪集》行世①。兹輯十九首。

鄜城道中

北風慘澹揚沙塵，鄜西三日無行人。十村九村雞犬静，高田下田狐兔馴。昨朝屏息過溪口，知有白額藏深榛。赤子弄兵更可惻，路旁僵尸衣血新。野叟傴僂行拾薪，欲語辟易如驚麕。瘦梅踈竹未慰眼，只有清淚沾衣巾。

元日隆安道中

山岡重複三竿日，溪路縈迴一席天。老境飄零情更惡，又從馬上得新年。

宿三家寺〔一〕

老柏蒼蒼纏去老藤，招提牢落有殘僧。瞑禽自入藏經閣〔二〕，飢鼠時窺照佛燈。未得安心如北秀，却思覓法趂南能。濛濛雨暗門前路，更得雲房一曲肱。

---

①元韓復生《金吏部侍郎權刑部尚書馮公行跡》：「有詩文廿卷、《學易記》數百卷，並行於世。」見清胡聘之《山右石刻叢編》卷三八。

【校記】

〔一〕家：《全金詩增補中州集》卷二八作「家」。　〔二〕暝：《全金詩增補中州集》作「瞑」，通。

代郡楊轍之與余同辰月日時亦然渠有詩因爲次韻

陰陽亹亹定何如，自信祥金先有模。曾見唐生談躍馬，豈知阮籍亦窮途〔一〕。倦遊笑我衰髯白，弄筆憐君醉袖烏。便欲移書與歐九，略分餘論爲噓枯。

【校記】

〔一〕亦：汲古閣本、文淵閣本《中州集》及《全金詩增補中州集》作「哭」。

寄笏青柯平

飛雪驚沙捲屋茅，清寒潑水透綈袍。松風度壑江聲遠，蘿月當軒扇影高。敢對名山談世事，不妨空腹貯離騷。且將手版牢藏起，政恐山人識馬曹。

射虎得山字

田翁太息論三害，獵騎俄驚見一斑。涎口風生雷吼怒，角弓寒勁月痕彎。柳營共許千人敵，魚服仍餘一矢還。我欲殘年賞神駿，短衣匹馬夢南山。

雪

屋破寒無那，庭空雪已深。山川非舊觀，松柏見貞心。凍雀争遺粒，棲鴉點暮林。携琴訪溪友，清興憶山陰。

華清故宫

寵貴羊羔退曲江，華清霧閣對雲窗。層巒未了霓裳舞，遷客俄驚羯鼓腔。簷際踈星疑曉鏡，天邊晴樹認高幢。遊人尚喜風流在，白石涵波皁莢雙。

西園得西字

芳逕層巒百鳥啼，芝廛蘭畹自成蹊。仙舟倒影涵魚藻，畫棟銷香落燕泥。淑景晴薰紅樹暖，蕙風輕泛碧蕖低。岡頭醉夢俄驚覺，歌吹誰家在竹西。

八月十四日宿官塔下院二首

野僧引客看脩竹，柱杖入林驚瞑禽[一]。一道細泉鳴蘚磴，恍如閑聽頴師琴。

喬松脩竹翠交陰，涼月玲瓏地布金。老懶無詩酬節物，夜涼閑聽候蟲吟。

【校記】

〔一〕拄：元乙卯本、明弘治本《中州集》作「柱」；瞑，汲古閣本、文淵閣本《中州集》及《全金詩增補中州集》作「暝」。

探春得波字

好雨新晴景氣和，東陂冰盡水增波。茅茨影裏燕雙語，桃李梢頭春幾何〔一〕。霽靄未收芳陌潤，斜陽偏傍小樓多。雕鞍畫轂方争道，更得留連藉緑莎。

【校記】

〔一〕梢：弘治本《中州集》作「稍」。

春雨二首

山市人歸暮雨飛，倚筇久立看簷霏。乍來勢若懸麻密，暫止聲如鼓瑟希。砌下蟻歸低赤幘，簾間燕入濕烏衣。今宵客夢知安穩，厭浥新凉到枕幃。

小雨濛濛潤土膏，谷風習習不驚條。晨煙半濕低平野，春水初生没斷橋。已見鵝黄勾柳麥，更看檀紫上榆椒。從今樂事知相繼，櫛比雲平看壠苗〔一〕。

【校記】

〔一〕壠：汲古閣本、文淵閣本《中州集》及《全金詩增補中州集》作「隴」，通。

藤花得春字

白白紅紅委暗塵，蒼藤次第着花新。龍蛇奮起三冬蟄，纓絡分垂百尺身。見説紫雲偏得意，不知翠幄巧藏春。齋厨晚甑清香滿，未信侯門有八珍。

蘭子野晚節軒

華顛益信寸心丹，直道寧論末路難。不嘆士元淹驥足，但憂仲叔累猪肝。籬根佳菊分秋色，簷外長松耐歲寒。几有琴書尊有酒，却愁兒輩覺清歡。

洮石硯

鸚鵡洲前抱石歸，琢來猶自帶清輝。芸窗盡日無人到，坐看玄雲吐翠微。《中州集》卷五《馮内翰延登》。

賦德順道院隴泉

玉壘制方維，瓊漿閟仙宅。何人劚雲根，一旦泄地脉。金匱鎖龍漦，月窟逗蟾液。銅壺漏水清，玉斗天醴碧。光摇日千道，影落天一席。窈然仇池穴，自與天壤隔。

登封途中遇雨留僧舍

濕雲若煙低，飛雨如矢集。近山衣已涼，薄寒復相襲。霽景函草木，秋意滿原隰。林紅寒更殷，山翠晴更濕。不知高幾許，但見蒼壁立。群峰誰暇數，庭筍紛戢戢。騰擲來眼中，左右疲顧揖。《中州集》卷五馮延登小傳。

冀禹錫

冀禹錫，字京父，利州龍山（今遼寧省朝陽市喀喇沁左翼蒙古族自治縣）人①。崇慶二年進士，調沈丘簿。因與縣令有隙而遭誣，坐廢十年。後部使者起之，攝旁近諸縣，以治聞。農司治許昌，授以主事，區處餽餉，上下千餘里，而條畫次第皆具。正大中，以常調守扶風丞，召補省掾，不就。因寓睢陽，行樞密院，辟爲都事。及歸德被攻，爲經歷官，經畫守禦，一府倚重。車駕至，授左右司都事，兼應奉翰林文字。天興二年三月，蒲察官奴兵變，或勸以微服免禍，不從，投水而死，年四十二。茲輯

---

①《中州集》小傳作「龍山人」。另，金劉祁《歸潛志》卷二記爲「惠州龍山人」。今按，《金史》卷二四《地理志》：利州轄阜俗、龍山二縣，隸北京路。至於惠州，系遼代建制，入金後僅保留惠和縣，隸大定府，與利州同屬北京路。清阿桂等《盛京通志》卷八二《人物》述及：「冀禹錫，中京路利州龍山人。」中京路爲遼建制，入金後改北京路。

四首。

僧房

上方樓觀裌衣寒，霜後川原眼界寬。我是禪房未歸客，阿師休作長官看。

贈雷御史兼及松庵馮丈

平生疾惡如風手，力振臺綱事所難。人道千鈞羞射鼠，我怜衆喣解漂山。明時士論知無負，晚歲交盟豈易寒。見説嵩前茹芝老，白雲倚杖待君還。《中州集》卷六《冀都事禹錫》。

聞誅高琪詔下寄聶元吉

開函喜讀故人書，四海窮愁一豁無。見説帝廷能殛鯀，逆知天意欲亡吴。兩宫日月開明詔，萬國衣冠入坦途。莫向新亭更垂淚，中興豈止一夷吾。

哭劉雲卿

大才自古無高位，吾道何人主後盟。醉鄉廣大寬留地，仕路崎嶇小作程。金劉祁《歸潛志》卷二。

佚句

贈劉雲卿

忠策萬言憂國獻，好詩千首課兒鈔。金劉祁《歸潛志》卷二。

李獻能

李獻能，字欽叔，河中(今山西省永濟市蒲州鎮)人。年二十三，省試奪魁，擢貞祐三年進士第①。試宏詞優等，授應奉翰林文字。在翰苑十年，應機敏捷，善談論，趙秉文、李純甫稱之「天生今世翰苑材」。出任鄜州觀察判官，召爲應奉，遷修撰。正大末，授河中帥府經歷官。河中破，奔陝州，權行省

①《中州集》卷六小傳作「年二十一，以省元賜第，廷試第一人」，《金史》卷一二六《文藝傳》如之。今按，金劉祁《歸潛志》卷二：「南渡，擢南省魁，復中宏詞。」未言廷試第一。金元好問《續夷堅志》卷四《史學優登科歲月》：「欽叔二十三省元賜第，中廷試宏詞科。」亦未言廷試第一。貞祐選舉，史載較詳。當時趙秉文主省試，「得李獻能賦，雖格律稍疏而詞藻頗麗，擢爲第一。舉人遂大喧噪，訴於台省，以爲趙公大壞文格，且作詩謗之，久之方息。俄而獻能復中宏詞，入翰林」。見《金史》卷一一〇《趙秉文傳》。後來竟以省試第一傳爲廷試第一，而廷試第一者另有其人。清王昶《金石萃編》卷一五九《京兆府進士題名碑》著録：「貞祐三年，詞賦狀元程嘉善，經義第一劉汝翼。」碑版鑿鑿，應無可置疑。

左右司郎中。天興二年，軍變遇害，年四十二①。欽叔爲人誠實樂易，洞見肺腑。資禀明敏，博聞强記，流輩中少見其比。爲文長於四六，作詩崇尚風雅。兹輯二十一首。

贈王飛伯雜言

東風吹客衣，敗絮逐風飛。曉雪没寒薺，無物充朝飢。空簞嘖嘖號飢鼠，饕虱蠕蠕緣破袴。人生豈是犬與雞，終歲區區守門户。游説萬乘苦不早，儀秦殆是穿窬盜。六國印，千金車，滿眼榮華鏡中老。孔子聘列國，孟軻游齊梁〔一〕。能令千載後，名與日月光。男兒生世不虚生，死恨身後無聲名。不然鳴玉游紫京，不然著書談六經。九日可射天可補，鞭笞百蠻作降虜。離騷一篇亦不惡，雄筆盤盤映千古。君不見彩鳳翔丹霄，一鳴應九韶。寸雲起泰山〔二〕，霖雨滿人間。丈夫窮達果在天，安用兒女得志相歆羡，失志相悲憐。仰天大笑出門去，四海今誰魯仲連。

---

①《中州集》小傳作「正大八年，河中破，奔陝州，就權陝州行省左右司郎中，軍變遇害」。今按，《金史》卷一一六《徒單兀典傳》：天興元年九月，以陝州行尚書省事，獻能充左右司員外郎。時趙偉爲河解帥，屯金雞堡，軍務隸陝省，行省月給糧以贍其軍。天興二年十月，軍食盡，屢白陝省，無糧可給。偉私謂其軍曰：「我與李員外郎有隙，坐視我軍饑餓，不爲存恤。」於是密遣軍士三十人入陝州，殺行省以下官屬二十一人。獻能最爲所恨，故被害尤酷。其時遺山年四十四，獻能小二歲，卒年四十二。

【校記】

〔一〕齊：四部叢刊本《中州集》作「濟」。〔二〕泰：原作「太」，此從汲古閣本、文淵閣本《中州集》及《全金詩增補中州集》卷三〇。

夜宿虛皇閣下

倚天青壁截雲霞，一水高懸界削瓜。不惜跉跰攀石磴，要看絢爛坼雲華。玉峯影裏虛皇閣，鐵笛聲中祕監家。明日川塗入塵土，却應平地幾褒斜。

玉華谷同希顔裕之分韻得秋字

玉龍落峽噴飛流，空翠霏霏晚不收。軟脚山堂一壺酒，暮涼閑對兩峯秋。

四皓圖

弋繒安足致冥鴻，自是兼懷翊贊功。謾説壺關有遺老，望思臺上已秋風。

二老雪行圖二首

自笑膠膠擾擾身，十年疋馬走紅塵。何時雪滿平生屐，太華峯前約故人。

抱琴衝雪又衝風，二老風流阿堵中。未似村翁眵抹眼，火爐頭上話年豐。

别馮駕之

東風弄微寒，吹雪作輕陰。春歸未得歸，愁攪客子心。與君俱異縣，那復重分襟。感時復恨别，老懷苦難任。憶昨滎陽會，燈火語夜深。縱談間俳語，浩歌雜狂吟。相期梁宋游，感君肯相尋。西園偶差池，市樓成孤斟。相逢洧水湄，暫爾成盍簪。燕鴻還别去，又復如商參。我行落日邊，疋馬獨登臨。君方無定在，倦翼思茂林。人堪幾回别，老境各駸駸。洧水不西流，雙魚定沉沉。幸有西飛鴻，無吝金玉音。

昆陽元夜南寺小集

春臯短短生蘭芽，東風嫋嫋吹芳華。暗黄着柳小梅素，月姊新年恰十五。東皇太一來翩翩，竹宮神光祀甘泉。茂陵弓劍没秋草，鳳燈煌煌空自然。當年曼衍魚龍舞，回頭昭陽化飛土。昆陽客舍冷于冰，破殿蕭條佛燈古。雪消梁苑想春紅，車如流水馬游龍。銀缾載酒隨春風，酒酣一嚼百盃空。韶華過眼弦上箭，人生得酒從歡醼。北斗闌干夜參半，耿耿疎星淡河漢。

追憶潁亭泛舟寄陽翟諸友

十月冬氣寒，清霜殞群木。輕舟泛潁水，微風吹野服。信流不知還，石艇横老玉。苔花錦斕班〔一〕，懸溜珠麗縠。頗離廛市雜，倒瀉軒裳俗。歲月今幾何，春草萋以緑。懷歸劇飢渴，仰羡雙飛鵠。矯首九山雲，迢迢傷遠目。

【校記】

〔一〕班：汲古閣本、文淵閣本《中州集》及《全金詩增補中州集》作「斑」。

郟城秋夜懷李仁卿

日入群動息，暝色陰濛濛。故人隔潁水，娟娟生秋風。輕風捲纖雲，碧漢磨青銅。坐久襟袖涼，皎月升天東。伊人如此月，霽色羅心胷。可望不可親，倏已駕飛鴻。念此太虚間，心交神自通。而况千里月，相望寧不同。孤光透薄帷，儼如接音容。翻翻繞枝鵲，唧唧侵堦蛩。上床轉不寐，高樓待晨鍾。相思夜何永，月落秋床空。

題飛伯詩囊飛伯以布爲囊采當世名卿詩投其中

潁露毛錐秪自賢，智如樗腹但求全。迂疎差似淵才富，羞澁猶無杜老錢。收拾珠璣三萬斛，貯儲風月一千篇。嘔心大勝奚奴錦，要與風人被管絃。

送王飛伯歸陽翟

故舊相望似曉星，平生懷抱向君傾。朱絲不入秦筝耳〔一〕，彩鳳終儀韶濩聲。三楚迢迢動離思，九山落落助高情。一廛擬就隆中卧，要子同躬壠上耕。

【校記】

〔一〕秦：弘治本《中州集》作「纂」。今按，三國魏曹丕《善哉行》：「齊侶發東舞，秦筝奏西音。」見《文選》卷二七。

西園春日

的皪冰稍出短墻〔一〕，泓澄煖緑静横塘。娟娟高竹迎人翠，嫋嫋長紅隔水香。病起心情踈酒醆，朝來風色妬年芳。只應歸去芸窗晚，夢到湘妃錦瑟傍。

【校記】

〔一〕梢：弘治本《中州集》作「稍」。

滎陽古城登覽寄裕之

突兀高臺上古城，登臨人境兩峥嶸。關河落日歲云暮，草木臨風氣未平。虎擲龍拏王伯事，天荒地老古今情。一盃欲洗興亡恨，爲唤窮途阮步兵。

從獵口號四首

蓮燭金紗簇簇齊，宫槐籠曉尚凄迷。景陽鍾罷聽殘漏，萬馬銜霜不敢嘶。

閶闔傳符啟九關，一聲清蹕駐南山。虎賁先導三千士，天馬初離十二閑。

爛爛龍旂捧日旂，從臣遥認赭紅衣。天王清曉親弧矢，初合今冬第一圍。

的皪金鎞墮曉星，晴天霹靂應弦聲。風毛雨血燕雲在，未要草間狐兔驚。

上清宫梅同座主閑閑公賦

厭住盧家白玉堂，琳宫瀟洒占年芳。光生琪樹風霜古，影占銀潢月露凉。物外根株本仙種，世間紅紫避嚴粧。遨頭詞伯今何遜〔一〕，一笑詩成字字香。

【校記】

〔一〕遨頭詞伯今何遜：遨頭，《全金詩增補中州集》作「鼇頭」。今按，宋陸遊《老學庵筆記》卷八：「四月十九日，成都謂之浣花，遨頭宴於杜子美草堂滄浪亭，傾城皆出，錦繡夾道，自開歲宴遊至是而止。」

丹陽觀竹宮中移賜

素士如林侍紫清〔一〕，紫清新許住蓬瀛。娟娟粉節霜匀出，矗矗煙梢玉削成。福地根莖蒙化育，中天雨露借恩榮〔二〕。緑章封事朝來奏，又聽風前彩鳳鳴。《中州集》卷六《李右司獻能》。

【校記】

〔一〕紫清：弘治本《中州集》作「紫青」。今按，唐李白《春日行》：「深宫高樓入紫清，金作蛟龍盤繡楹。」見《全唐詩》卷一六二。〔二〕借：四部叢刊本《中州集》作「惜」。

田器之燕子圖

塞上光風已十霜，仁心覆護獨難忘。當時相送詩仍在，此日重來話更長。客舍花開新信息，雲兜香冷舊昏黄。主人得報君知否，千古珠璣在錦囊。《中州集》卷五龐鑄《田器之燕子圖》詩附録。

佚句

贈王鬱

詩句娩國風，下者猶楚辭。《中州集》卷七王鬱小傳：「王鬱少時作古樂府，人多傳之。其後入京師，大爲李欽叔所稱，與之詩云云。」

崔遵

崔遵，字懷祖，北燕人。父建昌，大定二十五年進士。懷祖少日在太學有賦聲，南渡後不復就選舉。居崧山二十年，課僮僕治生，生理亦粗給。前輩如趙吏部子文、張左丞信甫、馮亳州叔獻，皆折年輩與之詩酒往來。懷祖喜賓客，有醖藉，從容文雅，人與之處而不厭，所作詩往往稱是。天興二年，蒙古入河南，被俘遇害①。兹輯三首。

送裕之官鄧下兼簡仲澤

青燈別酒夜沉沉，力負相思自不任。閑裏更誰留我醉，興來無復伴君吟。一枝仙桂知難擬，千頃黄陂未厭深。爲向荆州王粲道，安排佳境約相尋。

---

① 金劉祁《歸潛志》卷三小傳：「正大末，北兵入河南，懷祖被俘，脅令往招洛陽，見殺。」中華書局一九八三年。今按：所謂正大末，指正大九年。其年正月改元開興，四月再改天興；河南即河南府，倚郭洛陽，興定元年八月升爲中京，爲金亡之際僅存國土。另，據《金史》卷一八《哀宗紀》，蒙古自天興二年五月進軍河南，六月陷中京，崔遵遇害，當在其時。

和裕之二首

行李西來便得君，相從回首七經春。君方備悉原思病，我亦私憐仲父貧。底事却成今日别，枯腸難着此愁新。鳶肩火色真將驗，馬虎何勞更問辛。

不幸還能作幸民，十年同醉潁川春〔一〕。酒船載我雖堪老，仕路有時或爲貧。少室山人三日惡，夷門紙價一番新。益知哀樂終年事，未唱驪駒鼻已辛。《中州集》卷七《崔遵》。

【校記】

〔一〕潁：原作「頴」，此從汲古閣本及文淵閣本《中州集》《全金詩增補中州集》卷三三。今按，潁川以臨潁水而獲名。

佚句

宿少林

青山已有十年舊〔一〕，小雪又爲三日留。《中州集》卷七崔遵小傳。

【校記】

〔一〕十：原作「千」，此從文淵閣本《中州集》。另，金劉祁《歸潛志》卷二、北京圖書館善本組輯《析津志輯佚·人物》録此二句，亦作「十」。

石玠

石玠，字子堅，河中猗氏（今山西省運城市臨猗縣猗氏鎮）人。趙秉文以次女嫁之①。崇慶二年詞賦進士②，累遷監察御史③。正大末，以汝州防禦使行六部郎中④。天興二年，與行部尚書盧芝爲恒山帥武仙所劫，欲取南宋金州，至淅水而潰。時哀宗在蔡州，芝與玠謀歸，武仙遣人追而殺之。兹輯一首。

途次張南

迢遞張南驛，蕭然動客愁。天風吹木葉，落日盡城頭。兵氣逢秋肅，河聲入夜流。那堪久行役，搔首獨登樓。《（嘉慶）介休縣志》卷一三《藝文》，《中國方志叢書》本，臺北成文出版社一九七〇年。

①《遺山先生文集》卷一七《閑閑公墓銘》，《四部叢刊》本。
②元王鶚《汝南遺事》卷一，《叢書集成初編》本，中華書局一九八五年，第一〇頁。
③《中州集》卷九《薛繼先》，中華書局上海編輯所一九六二年，第四八〇頁。
④《金史》卷一一八《武仙傳》，中華書局一九七五年，第二五八一頁。

劉祖謙

劉祖謙，字光甫，安邑（今山西省運城市夏縣）人①。承安五年詞賦、經義兩科進士。歷州縣，累遷寧陵令，有政績。南渡後，召爲大理司直，拜監察御史。正大初，授右司都事，除武勝軍節度副使，召爲翰林修撰。光甫以鯁直稱，不能俯仰世好。博覽經史，兼通佛老，爲趙閑閑、李屏山所重。家多藏書，金石遺文略備，以鑒裁自名。至於信筆簡牘，尤有可觀。一時名士如雷淵、李獻能、王渥等，皆遊其門。天興二年，汴京破，北遷，爲亂兵所殺，年約五十七②。兹輯三首。

雅集圖

翠雀翩翩野鶴孤，玉京人物會仙圖。後來且莫輕題品，席上揮毫有大蘇。

---

①金劉祁《歸潛志》卷四小傳作「解州人」。今按，解州轄縣六，包括安邑，見《金史》卷二六《地理志》。

②《中州集》小傳未涉卒年，《歸潛志》小傳謂「遭亂北遷，爲兵士所殺」。今按，天興元年九月，祖謙以翰林修撰著《終南山重陽祖師仙跡記》，見元李道謙《甘水仙源録》卷一；不久，與馮延登邀遺山重輯《國朝百家詩集》，「時京城方受圍，危急存亡之際，不暇及也」，見遺山《中州集序》；天興二年正月，汴京守將帥崔立以城降蒙古。四月，發三教醫匠人等出城，北兵縱入大掠，見《歸潛志》卷一一《録大梁事》；其間，遺山至青城，有《癸巳四月二十九日出京》，見《元遺山詩集》卷八；五月北渡，羈管聊城。祖謙北遷遇害，當在其時。另，其《終南山碧虚真人楊先生墓銘》有云：「明昌初（一一九〇），僕時年十四、五，就學於長安。」見元李道謙《甘水仙源録》卷四。以此推算，天興二年（一二三三）卒，年約五十七八。

崆峒山圖爲横溪翁賦二首

好奇仍有客相携，絶頂披雲快一躋。三十六峰青似染，五年拄笏羡横溪。
獨占名山每羡渠，京塵今日污吟鬚。西州十載經行處，惆悵雲煙是畫圖。《中州集》卷五《劉鄧州祖謙》。

張邦直

張邦直，字子忠，河内（今河南省焦作市沁陽市）人。少工詞賦，嘗魁平陽府試，登崇慶二年進士第。貞祐南渡，除國史院編修官，遷翰林修撰①。在館五六年，從閑閑趙秉文遊。性樸澹好學，尤善談論，人多愛之。以丁母艱出館居汴，從學者甚衆。束脩唯以市書，惡衣糲食如貧士。京師破，北渡將還鄉，病死途中。兹輯一首。

① 金劉祁《歸潛志》卷五小傳作「遷應奉翰林文字」。今按，金張邦直《真常子李真人碑銘》署名冠以「朝請大夫翰林修撰同知制誥賜紫金魚袋」，見元李道謙《甘水仙源録》卷四。另，真常李真人卒於「癸巳之春」，即金天興二年（蒙古太宗五年、一二三三），邦直撰碑，當在其時。

挽劉雲卿

桃李雙凫舃，風霜一豸冠。才華驚世易，勛業到頭難。白日空金馬，青天下玉棺。傳家有賢子，文或似歐韓。金劉祁《歸潛志》卷五。

龐　漢

龐漢，字茂弘，平晉（今河南省鄧州市平晉縣）人。沉毅有志節，登正大七年進士第。待次内鄉北山，兵亂遇害。兹輯一首。

終南谿

冷雲低壓萬長楊，十頃秋陰鎖北堂。門外兵塵漲秦楚，水邊煙景似湖湘。荷翻山雨僧窗晚，竹泛溪風客枕涼。早晚初平遂真隱，遶陂閑牧石頭羊。《中州集》卷八《龐漢》。

宋景蕭

宋景蕭，字望之，長子（今山西省長治市長子縣）人。名士宋楫族孫、劉景玄外兄，詩亦頗獲沾丐。登正大七年進士第①，辟令泰安，未赴，遭亂。兹輯二首。

河陰望河朔感寓

南來邊報日駸駸，思禹亭高淚滿襟。野燒爲誰留白草，荒城空自隔踈林。鴈聲不斷天連水，山色無情古又今。離合興亡只如此，往年争識少陵心。

春雪用上官明之韻

唓唓春蟲鬧撲窗，地爐茶鼎蚓聲長。詩中有味清於酒，只欠冰梢數點香。《中州集》卷八《宋景蕭》。

佚句

失題

荒山銷盡古今魂。《中州集》卷八宋景蕭小传：「嘗有『荒山銷盡古今魂』之句，詩家稱焉。」

①《中州集》小傳作「正大六年進士」。今按，金哀宗正大間選舉三次：元年、四年、七年。「六」或「七」之誤。

史懷

史懷，字季山，陳郡（今河南省周口市淮陽縣）人。少有才思，遊宕不羈。既壯，乃折節讀書，與名士李夷、侯策、王鬱遊。作詩甚有功，爲時所稱。天興元年，陳陷，死於兵亂。兹輯殘詩二句。

冬日即事

簷雪日高晴滴雨，爐煙風定暖生雲。金劉祁《歸潛志》卷三。

劉琢

劉琢，字伯成，中山（今河北省保定市定州市）人。爲學刻苦，作詩甚工。正大初，舉進士不第。河南亂，入武仙軍中。仙命之使宋，使回殺之。兹輯殘詩二句。

失題

吴蠶絲就方成繭，楚柳綿飛又作萍。金劉祁《歸潛志》卷三。

新編全金詩卷五七

王　鬱

王鬱，字飛伯，一名青雄，大興（今北京市大興區）人①。少居釣臺讀書。正大五年，至汴京，爲趙秉文、雷淵、李獻能、麻知幾諸名流延譽藉藉，遂以布衣少年名動京師。尋應試落第，西遊洛陽。八年，復至汴京，陷圍城中。天興二年五月，獨自出城，爲亂兵所害，年甫三十。飛伯聰穎絶人，儀狀魁奇，尚氣敢爲，以儒中俠自許。與李汾、楊弘道、元好問等遊從最久，與劉祁、李治等心交最深。然涉世日淺，驁岸不通徹，言談無顧忌，以是常得謗議。其論學謂孔氏能兼佛老，佛老爲世害，而宋儒見解最高；論文主張取韓柳之辭、合程張之理，方可盡天下之妙；論詩以爲世人皆知作詩而未嘗有知學詩者。神川劉祁稱之「爲文閎肆奇古，動輒數千百言，法柳柳州，歌詩飄逸，有太白氣象」②。著有《王子小傳》傳世。兹輯十二首。

① 《中州集》卷七小傳未涉籍貫，此據金劉祁《歸潛志》卷三、《金史》卷一二六《文藝傳》補。

② 《歸潛志》卷三，中華書局一九八三年，第二二頁。

春日行

春日飛，春野寂，紅朋碧友元胎濕。東風着意寒食時，遊絲粘人困無力。小鈴犢車讌堤沙，鳳簫鶯落瓊英花。荒墳頹頹啼夕鴉，草荒月黑鬼思家。

寄遠吟

一封征人書，秋帆瀟湘岸。當君高樓醉，憶妾空閨嘆。

陽關曲

城東車馬已促裝，城西江水青茫茫。緑楊陌上一盃酒，離愁慘淡春無光。秦樓花映晴煙直，誰家少婦當門立。金鞭入手紫燕嘶，回首飛雲晚山碧。

傷別曲

蘭臯飛暗塵，征車紆去轍。長安雖咫尺，回首繁華歇。故人亭下酒，蛾眉眼中血。平生慷慨腸，忽作柔絲結〔一〕。傳聞紫塞旁〔二〕，秋烽下危堞。班超未投筆，來填空嚼鐵。誰能金閨中，坐眷娟娟月。

【校記】

〔一〕緣：弘治本《中州集》作「絲」。〔二〕旁：汲古閣本、文淵閣本《中州集》及《全金詩增補中州集》卷三六作「傍」，通。

長安少年行

新月平康金步蓮，青雲戚里玉連錢。誰家年少秋風裏，梁甫吟成抱劍眠。

楚妃怨

涼風遶樹秋，長河絡天碧。深宮悄無人，月暗莎雞泣。

古别離

山腰露蕙含天淚，江林楓葉秋容醉。夫君八月鴈門行，碎霜冷印白龍韉。憶君挑妾初鳴琴，琴中已有白頭吟。朝朝暮暮當時事，言之秖足傷人心。君不見湘妃二女哭舜時，煙筠青玉紅珠滋。蒼梧人去百想絶，忍交今日生離别〔一〕。生離别，情偏重，不及雙飛南浦雲，落紅寂寂春閨夢。

【校記】

〔一〕交：文淵閣本《中州集》《全金詩增補中州集》作「教」。

秋夜長

秋風嫋嫋吹庭樹，傷心一葉隨風去。葉隨風去何所之，似我年年困羈旅。神蟉紆屈泥中蟠，青雲未到誰汝憐。愁來不寐起視夜，斗柄斜指西南天。

折楊柳

長安二月多緑楊，遠信未到龍庭旁。佳人中夜抱影坐，風窗泠泠愁思長。青天無雲一鏡潔，萬户千門音響絶。何人横笛在高樓，玉龍叫徹春江月。

遊子吟

短日空裴回，流雲自來去。茫茫曉野客衣單，白露無聲落秋樹。

陽翟贈李司户國瑞〔一〕

洛陽賞盡牡丹春，寂寞釣臺對夕曛。手折幽蘭贈行子，多情惟有李參軍。

【校記】

〔一〕陽翟：原作「楊翟」，此從文淵閣本《中州集》及《全金詩增補中州集》。

飲密國公諸子家

宣平坊裏榆林巷，便是臨淄公子家。寂寞畫堂豪貴少，時容詞客醉琵琶。《中州集》卷七《王鬱》。

佚句

古別離

黄鶴樓高雲不飛，鸚鵡洲寒星已曙。《中州集》卷七王鬱小傳：「少日作樂府，擬古別離有云云之句，人多傳之。」

附　佚名贈飛伯詩及殘句

王郎少年詩境新，氣象慘澹含古春。筆頭仙語復鬼語，只有温李無他人。

憶惜潁亭見飛伯，恍若夢中逢李白。

紫陘仙人今淵雲，騎風御氣七尺身。

良金元有價，白璧況無瑕。《中州集》卷七王鬱小傳：「其後入京師，大爲李欽叔所稱，與之詩云：『詩句媲國風，下者猶楚辭。』贈詩者甚多，有云云。又云云。又云云。飛伯用是頗自貴重云。」

佚　名

占卜繇言

凜凜霜鶚，賜自上穹。既文于外，又剛于中。法生貴子，其應在公。他日必作，青雲之雄。金劉祁《歸潛志》卷三王鬱小傳：「先生始生之月，夢神人自天而下，開所負紫絲囊，賜一大鶚，且云：『吾後必來取。』其鶚在地振羽一鳴，驚而寤。訪諸日者，繇曰云云。先生既生，因採其語爲名字。」中華書局一九八三年，第二三頁。

劉　勳

劉勳，字少宣，初名訥，字辯老①。父祖而上爲雲中（今山西省大同市）人。至少宣寓濟南（今山東省濟南市），樂其風土，遂占籍。少日住太學，有聲場屋間，然連蹇不第。南渡後居陳，專於詩學，風流藴藉，往往爲人所傳。亦長於尺牘，落筆皆有可觀。天興二年六月，殁於陳州之難，年五十

① 金劉祁《歸潛志》卷三，中華書局一九八三年。

餘①。兹輯十五首。

讀張仲揚詩因題其上[一]

布衣一日見明君，俄有詩名四海聞。楓落吴江真好句，不須多示鄭參軍。

【校記】

[一]張仲揚：原作「張仲楊」，此從諸本《中州集》。今按，張仲揚名著，仲揚其字，《中州集》卷七有傳。

偶作

將軍馬躍五撾鼓，客子車行三唱雞。白髮書生無伎倆，滿窗紅日醉如泥。

杜善甫乞炭

筆口酸嘶解説窮，寒爐隨手變春紅。因君大笑涪翁拙，費盡奇香得馬通。

---

①《中州集》小傳作「年五十余，陳陷，死」。今按，《金史》卷一八《哀宗紀》，天興二年六月，哀宗遷蔡，「詔蔡、息、陳、潁各以兵來迓。中京留守、權參知政事烏林荅胡土棄城奔蔡。」中京破，陳、息、潁諸州亦陷落，勳當歿於其時。

呈呂陳州唐卿

警盜何煩鼓夜撾，麗譙清晝卷高牙。春回和氣一千里，雪與豐年十萬家。逋賦稍寬新得帖，軍書不至早休衙。新年載酒須行樂，次弟東風遶郡花。

秋涼

桃笙乘勢獻微涼，紈扇無功送暑光。老病不嫌風露冷，莫教添作鬢邊霜。

愛詩李道人崧陽歸隱圖

脱却儒冠已自閑，更令家事勿相關。百錢便掛青藜杖，不看先生紙上山。

元夜陰晦

逐逐雕鞍趂畫輪，年芳樂事一番新。芙蓉城煖東風夜，楊柳樓深笑語春。兩鬢愁添新白雪，十年夢到軟紅塵。空庭不見梅花月，寂寞春陰最惱人。

傷曹吉甫之死

官職雖佤首不佤，争教有志竟空賫。向人指畫將何語，臥筆糊塗不解題〔一〕。小女繞床猶戲劇，老兵伏地亦悲啼。春風繫馬庭前樹，只想東齋醉似泥。

【校記】

〔一〕臥筆：汲古閣本、文淵閣本《中州集》及《全金詩增補中州集》作「臥壁」。

同趙宜之賦梨花月

雪樹生香淡月邊，相媒相合鬬清妍。空庭冷落秋千影，虚度良宵亦可怜。

不寐

酪奴作祟攪秋眠，追咎前非四十年。一夜蟲聲相計會，併催白髮到愁邊。

戲鄭秀才

張老豆新頻見餉，鄭家米鑿不須賒。客來粥熟吾能辨，要與齊奴鬬咄嗟。

春日

粉蝶耽香夢正迷，黄峰和蜜計何癡。小軒無事誰如我，臥看楊花點硯池。

荅仲和

此身安處苦難尋，常羨歸鴉易滿林。望遠真成廣武嘆，得詩空作洛生吟。逢人放適村村酒，感物悲哀歲歲心。想得濟南花正好，抱城春水一篙深。《中州集》卷七《劉勳》。

贈馬天來

波瀾口頰談玄駛，土木形骸與世違。疇昔麻鞋見天子〔一〕，只今道服勝朝衣〔二〕。《中州集》卷七劉勳小傳。

【校記】

〔一〕疇昔：金劉祁《歸潛志》卷三録此詩作「曾著」。〔二〕只今、勝：《歸潛志》作「敢將」、「襯」。

又贈馬天來

車轂春雷震屋山，馬蹄亂雹響柴關。何時得箇茅庵子，不在車塵馬足間。金劉祁《歸潛志》卷三，中華書局一九八三年，第二八頁。另，《全金詩增補中州集》亦録，題作《絶句》。

佚句

失題

萬里風沙憐病客，幾年刁斗厭寒更。

失題

人憐直道違時好，自喜閑身與世疏。

失題

擊筑漫流燕客淚，佩蘭誰識楚臣心。

濟南〔一〕

午風襟袖知秋早，甲夜闌干得月多。舩行着色屏風裏〔二〕，人在回文錦字中〔三〕。百和香薰風過處，萬盤珠落雨來時。《中州集》卷七劉勳小傳。

【校記】

〔一〕金劉祁《歸潛志》卷三録此殘詩，題作《濟南泛舟》。　〔二〕舩：《歸潛志》作「人」。　〔三〕人：

《歸潛志》作「舟」。

上劉雲卿

南山有後傳能賦，北闕無人繼敢言。

送劉祁赴試

文章四海名父子，孝友一門佳弟兄。

贈王清卿

長拖酒債杜工部，新有詩聲侯校書。

畫馬

神物世間尋不見，五陵春草色萋萋。金劉祁《歸潛志》卷三劉勲小傳。

張天錫

張天錫，亦名錫，字君用，號錦溪老人，河中（今山西省永濟市蒲州鎮）人①。天興二年秋，汝州

①元陶宗儀《書史會要》卷八，《二十五史外人物總傳要籍集成》本，齊魯書社二〇〇〇年，第一五〇五頁。

粱皋作亂，天錫爲近侍，奉旨召峴山、登封金兵併力討之。遂以撫諭爲名詣皋軍，皋知朝廷圖己，陰爲之備，隱毒於食，死之①。天錫嘗從党懷英、王庭筠學，尤擅草書，章宗時諸殿字扁見其筆。著有《草書韻會》五卷傳世②。兹輯四首。

題明妃出塞圖

風沙無情玉顔老，尤物自合埋青草。和親嫁女計已疏，後宫美人何足道。天涯一死何須嗟，漫將哀怨歸琵琶。琵琶中國彈未已，有人轉眼悲胡笳。頗覺良工心獨苦，老夫對畫傷今古。安得縛取呼韓編作民，青冢斯時化黄土。天府謫仙張錫走筆。　羅繼組《楓窗三録·文物》三二《金張天錫〈草書韻會〉及其題〈明妃出塞圖〉》，大連出版社二〇〇〇年，第三三八頁。

趙王陵

落日一登臺，山河一望開。英雄悲往昔，冠蓋入槁萊。樹古風霜慘，秋深猿鶴哀。有懷吾不盡，杯酒共徘徊。《（民國）邯鄲縣誌》卷一四《藝文志》，撰者署「張錫」，《中國方志叢書》本，臺北成文出版社一九七

---

①《金史》卷一二三《忠義傳》，中華書局一九七五年，第二六九〇頁。

②金完顔璹《草書韻會跋》，見《草書韻會》卷末，大連市圖書館藏日本覆刻明洪武本。

○年。

自君帖二首

自君之出矣，妾身同落葉。思君如子歸，啼處皆成血。

自君之出矣，鸞鏡不曾沾。思君如清霜，偏向五更嚴。

王凱霞《從〈金上京釋迦院尼臨壇首座宣徽大師法性葬記〉談金朝書法藝術》：「金張天錫真楷得柳公權法，草書師晉宋。他在《自君帖》中寫了這樣兩段詩云云。」見《金史研究論叢》，哈爾濱出版社一九九五年，第二七四頁。

李獻甫

李獻甫，字欽用，河中（今山西省永濟市蒲州鎮）人。獻能從弟。登興定五年經義進士第，歷咸陽簿，辟行臺令史。正大初，從馮延登使夏議和，以辯才折之，和議乃定。使還，授慶陽總帥府經歷官，尋辟長安令，入爲尚書省令史。天興元年，充行六部員外郎，爲時相倚重，以功遷鎮南軍節度副使，兼右警巡使。三年正月，死於蔡州之難，年四十①。獻甫博通書傳，尤精左氏及地理學。爲人有

---

①《中州集》小傳作「車駕東巡，死於蔡州之難，時年四十」，《金史》卷一一〇本傳如之。今按，《金史》卷一七《哀宗紀》：天興三年正月，蔡州陷落，哀宗殉國，金亡。

幹局，心所到則絶人遠甚，時稱其精神滿腹云。嘗著《天倪集》行世。兹輯十三首。

夏夜

銀潢淡淡没踈星，一陣凉從雨後生。仰看浮雲成獨卧，數圍蛛網絡中庭。

九龍池春望

五年外地看清明，袖手低回過客亭。謝絮楚萍無定着，春光如我更飄零。

興慶池書所見

短短菰蒲刺水青，翠萍開處鑑波明。畫舩轉過垂楊外，水面風來聞樂聲。

題黄華幽居圖

層層佛屋貼山腰，山下幽居勝午橋。物外人家無税役，閑中生理足漁樵。鴈蹁遠障凌虚逈，人與高秋共寂寥，何處人間景如此，便應歸隱不須招。

長安行

長安道，無人行，黄塵不起生榛荆。高山有峯不復險，大河有浪亦已平。向來百二秦之形，秖今百二秦之名。我聞人固物乃固，人不爲力物乃傾。將軍誓守不誓戰，戰士避死不避生。殺人飽厭敵自去，長安有道誰當行。黄塵漫漫愁殺人，但見蔽野雞羣鳴。河東游子淚如雨，眼花落日迷秦城。長安道，無人行，長安城中若爲情。

别春辭

東皇按轡來何遲，人間二月才芳菲，六十日春能幾時，不如意事常相隨。一聲啼鴂花片飛，把酒却與春别離。春緩歸，聽我歌。滔滔歲月如流波，貴憂孰與賤樂多。吾寧不欲列華鼎，馳鳴珂，香屏倚妓薦綺羅。人生賦分有定在，誰能買愁費天和。長安市上酒如海，跨驢徑上烟脂坡〔一〕。酒酣醉舞雙婆娑〔二〕，春自來去如予何。

【校記】

〔一〕烟：汲古閣本、文淵閣本《中州集》及《全金詩增補中州集》作「胭」，通。今按，元駱天驤《長安類編》卷七《坡坂坳附》有「烟脂坡」，引元商挺詩：「少陵野老吞哭聲，不到烟脂翡翠坡。」烟脂與翡翠俱當時青樓妓館所在。

〔二〕醉：弘治本《中州集》作「酣」。

秋風怨

踈星耿耿明天河，夜凉翠幕生微波。碧梧委葉傳金井，一夕秋風將奈何。春風令人和，秋風感人悲。妾愁自與秋風期，秋風争管人别離。燈灺垂紅粉泥暗，龜甲屏風雲影亂。絡緯弔月啼不斷，蓮漏壓荷夜未半。凉飀蕭蕭入踈竹〔一〕，枕底寒聲碎瓊玉。敲愁撼睡睡不明，花露盈盈泫魚目。秋風且莫吹，念妾守空閨。嫁狗隨走雞隨飛，九死莫作蕩子妻。郎薄倖，妾薄命，花自無言絮無定。碧雲暮合郎未歸，幾度粧成掩明鏡。

【校記】

〔一〕飀：《全金詩增補中州集》作「颸」。

河上之役三首

河堤一決豈天窮，失在當年固白公。誰與麻岡開故道，暫教版籍見山東。

新築河堤要策勳，萬人採净北壖薪。青青好借曹州柳，舊是中原一段春。曹陷没已久。

萬夫卷土障横流，負土成山水未收。明日落成真盛事，誰能作賦擬黄樓。

圍城

碧樹蒼煙起暮雲，長安陌上斷行人。百年王氣餘飛觀，萬里神州隔戰塵。身與孤雲向雙闕，愁隨落日到咸秦。山河大地分明在，莫爲時危苦愴神。

驟雨

龍戰雲鏖擁日囚，鞭驅雷電走蛟虬。望中雨脚横天落，觸處湍聲卷地流。梁苑樓臺失炎暑，漢家城闕動高秋。若爲借得天瓢去，倒瀉明河浄九州。

資聖閣登眺同麻杜諸人賦

高閣凌雲眼界寬，野煙碧樹有無間。天邊孤鳥飛不盡〔一〕，陌上行人殊未還〔二〕。魏國幾回時事改，汴堤千古夕陽閑。愁來重倚欄干望，崧少西頭是故山。《中州集》卷一〇《李户部獻甫》。

【校記】

〔一〕不：明李濂《汴京遺蹟志》卷二三《藝文》録此詩作「無」。　〔二〕殊未還：《汴京遺蹟志》作「去不還」。

雷琯

雷琯，字伯威，坊州（今陝西省延安市黄陵縣隆坊鎮）人。父秀實，名進士。正大初，琯以薦爲史館書寫，秩滿調八作司使。金亡南奔，爲亂兵所害，年未四十①。伯威博學能文，作詩典雅，多有佳句，時輩稱之。遺山評曰：「貞祐南渡後，詩學爲盛。洛西辛敬之、淄川楊叔能、太原李長源、隆坊雷琯、北平王子正等，不啻十數人，稱號專門。」②兹輯十九首。

信陵館酒間二首[一]

閑過信陵飲[二]，有懷信陵君。君去日已遠，誰怜抱關人。徑携一壺酒，往酹公子墳。墳科久已平，墓木幾爲薪。泉扉鎖長夜，千載不復晨。昔與賢俊游，今爲狐兔鄰。豪貴竟安在，念之心紛紜[三]。有生會歸盡，但恐後無聞。此意不可必，且醉梁園春。

維昔有迂叟，樹桐彼高岡。殷勤爲封植，遂欲棲鳳凰。桐生日已長，鳳來殊未央。維鳳覽德輝，非時詎來翔。枝幹枯以死，志願終莫償。憶在西周初，飛下岐之陽。裴回不能去，和鳴聲鏘鏘。文王既已没，千載徽音亡。咄爾叟何爲，而欲發其光。空令枯株上，日晏啼鵁鶄。

【校記】

〔一〕明李濂《汴京遺蹟志》卷二一《藝文》録此詩之一，題作《信陵館》。〔二〕飲：《汴京遺跡志》作

① 《中州集》小傳未涉卒年。金劉祁《歸潛志》卷三小傳：「亂後南奔，道爲兵士所殺，年未四十。」今按，《金史》卷一八《哀宗紀》：天興二年五月，蒙古攻河南，六月陷中京。所謂亂後，當在其時。

② 《遺山先生文集》卷三七《陶然集序》，《四部叢刊》本。

「館」。〔三〕紛紜：《汴京遺跡志》作「如焚」。

客有自關輔來言秦民之東徙者餘數十萬口携持負戴絡繹山谷間晝湌無糗糒夕休無室廬飢羸暴露濱死無幾間有爲秦聲寫去國之情者其始則歷亮而宛轉若有所訴焉少則幽抑而悽厲若訴而怒焉及其放也嗚嗚焉愔愔焉極其情之所之又若弗能任焉者噫秦予父母國也而客言如是聞之悲不可禁乃爲作商歌十章倚其聲以紓予懷且俾後之歌者知秦風之所自焉

扶桑西距若華東，盡在天王職貢中。一自秦原有烽火，年年選將戍河潼。

春明門前灞水濱，年年此地送行頻。今年送客不復返，卷土東來避戰塵。

盡室東行且未歸，臨行重自鎖門扉。爲語畫梁雙燕子，春來秋去傍誰飛。

灞水河邊楊柳春，柔條折盡爲行人。只愁落日悲笳裏，吹斷東風不到秦。

纍纍老稚自相携，側耳西風聽馬嘶。百死纔能到關下，仰看猶似上天梯。

上得關來似得生，關頭行客唱歌行。虛巖遠壑互相應[一]，轉見離鄉去國情。前歌未停後迭呼，歌詞激烈聲嗚嗚。天下可能無健者，不挽天河洗八區。折來灞水橋邊柳，盡向商於道上栽。明年三月花如雪，會有好風吹汝迴。行人十步九盤桓，巖壑縈迴行路難。忽到商顔最高處，一時揮淚望長安。西來遷客莫回首，一望令人一斷魂。正使長安近於日，煙塵滿目北風昏。

【校記】

[一]互：《全金詩增補中州集》作「低」。

陽夏懷古

短衣匹馬西北來，十年去國隨風埃。解鞍呼酒歌一曲，玉鞭倒捉敲金罍。君不見項王臺，昔時崔嵬今已頹，秋風蕭瑟吹草萊。又不見漢王城，昔時岧嶢今已平。寒煙寂寞啼鼯狌[一]，牧童壚頭學楚聲。野老扶犁城上耕，耕勢不斷楚聲哀。行人欲去還徘徊，劉項英雄安在哉。人間俯仰易陳迹，聞身健在須銜杯。

【校記】

[一]鼯：弘治本《中州集》作「鼴」。今按，宋王柏《魯齋王文憲公文集》卷一《題砥齋》：「北掃京洛暗，南擊狌鼯腥。」

龍德宫

紫簫吹斷綵雲歸〔一〕，十二樓空盡玉梯。綵仗竟無金母降，仙裾猶憶化人携。千年洛苑銅駞怨〔二〕，萬里坤維杜宇啼〔三〕。莫倚危欄供極目，斜陽更在露盤西。

【校記】

〔一〕綵雲：明李濂《汴京遺蹟志》卷二三《藝文》録此詩作「碧雲」。〔二〕洛苑：金劉祁《歸潛志》卷三録此句作「金谷」。〔三〕坤維：《歸潛志》録此句作「蜀天」。

南國

南國春生江水肥，烏檣風扇錦帆歸。吴兒日暮棹歌發，驚起鴛鴦相背飛。

古意四首

美人傷獨宿，窈窕春閨深。素手卷翠被，當窗調玉琴。危絃奏苦調，清歌抗哀音。絃絶歌復咽，起作薄命吟。妾如朱槿花，含英愁晏陰。郎如青銅鏡，照面不照心。不怨不照心，但惜飛光沉。且留連理枕，莫捲合歡衾。儻君回餘輝，歡盟尚可尋。

對酒不能飲，拊劒自度曲。一唱行路難，歌與淚相續。朝爲楊朱泣，暮作阮籍哭。古道盡荆棘，新蹊苦蒉菉。曲行違吾心，直行傷我足。曲直無適從，昂頭羨鴻鵠。綿綿菟絲草〔一〕，濯濯楒樹枝。結根偶相值，引蔓纏綿之。春風一披拂，柯葉含榮滋。弱質附美蔭，百齡誓不違。清商忽用事，霜飈颯已凄。豈意百尺條，同此寸草萎。委蔓失所託，憔悴徒傷悲。知君無歲寒，何用相因依。賢王悲墜屨，賢婦念遺簪。重在不忘故，微物何所欽。嗟我昔游友，雲路揚徽音。詎念宿昔好，棄擲各飛沉。昔如膠投漆，今如辰與參。桃李雖成蹊，諒無松柏心。《中州集》卷七《雷琯》。

【校記】

〔一〕菟：汲古閣本、文淵閣本《中州集》及《全金詩增補中州集》作「兔」，通。

佚句

送李汾

郎君未足留商隱，官長從教罵廣文。明日春風一杯酒〔一〕，與君同酹信陵墳。《中州集》卷七雷琯小傳：「并州人李汾與伯威同在史館，以高蹇得罪。伯威作詩送之，頗譏翰林諸人不能少忍，至與一書生相角逐，使之狼狽而去，有云云之句。又云云。人甚稱之。」

【校記】

〔一〕杯：《歸潛志》卷三録此句作「壺」。

李國棟

李國棟，字夏卿，南樂縣（今河南省濮陽市南樂縣）人。明昌中登第，累遷汶上令。入拜監察御史，彈劾不避權貴。金末，官陳州防禦使，領大名府兵馬都總管①。茲輯一首。

感懷

東金西木兩睽違，此生男不足依。但願相忘不相顧，莫言誰是復誰非。幾家能用三牲養〔一〕，千古空傳五彩衣。一把殘骸著無處〔二〕，不歸溝壑欲誰歸〔三〕。《珞琭子》曰：「東金西木，定生五逆之男。」僕命庚申日甲午時〔四〕，政爲此耳。　宋陳郁《藏一話腴·内編》卷下：「甲午歲，端平元年七月八日，我師克復彭城，麾下洪福得亡金人手鈔詩册。王貴叔之客，即彭城舊歸朝人、漣水教官孟格承之也。見之曰：『某鄉友趙禎仲祥之筆澤。』承之因言詩家名字爵里。余於其中得一二篇，乃知河朔幽燕渾厚之氣，至此散矣。因録於後。李國棟夏卿《感懷》云云。」《適園叢書》本。另，明王昌會《詩話類編》卷三〇亦録，《四庫全書存目叢書》本，齊魯書社一九九六年。

①《（民國）南樂縣志》卷五《人物》，《中國地方志集成》本，上海書店出版社二〇〇六年。另，該志卷一《地里·陵墓》：「金防禦使李國棟墓在縣東一里，學士王鶚爲立神道碑，今廢。」今按，縣志「王鶚」原作「王賢」，謂府志「賢」作「諤」，俱誤。

【校記】

〔一〕三牲：原作「三姓」，此從《詩話類編》。今按，《尚書·微子》：「今殷民乃攘竊神祇之犧牷牲。」漢孔安國傳注：「牛羊豕曰牲。」唐孔穎達疏：「經傳多言三牲，知牲是牛羊豕也。」〔二〕著無處：《詩話類編》作「無著處」。〔三〕欲誰歸：《詩話類編》作「復誰歸」。〔四〕甲午：《詩話類編》作「甲申」。

張師魯

張師魯，字明道，大興（今北京市大興區）人。興定四年正月，累官户部侍郎①。天興元年秋，汴京被圍，倉廩空虚，危難之際，擢師魯爲户部尚書，主糧儲事②。兹輯一首。

題歸潛堂

岐路荊榛萬險夷，丈夫出處不磷緇。莫誇荀氏八龍集，且羨陸家雙鳳儀。塵世浪隨春夏改，寸心惟有鬼神知。蒲團澤幾爐煙静，臥聽黄庭樂聖基。金劉祁《歸潛志》卷一四，撰者署「燕山張師魯明

①《金史》卷一六《宣宗紀》，中華書局一九七五年，第三五一頁。
②金劉祁《歸潛志》卷一一《録大梁事》，中華書局一九八三年，第一二五頁。

道」，中華書局一九八三年。

張天度

張天度，字子真，南塘人①，號南塘老人。金元易代之際，與丘處機、耶律楚材等俱有交往②。茲輯一首。

題活死柏并序。

平谷縣獨樂村有柏一株，直幹可愛。世亂，人以斧伐之〔一〕，遂致枝葉枯瘁〔二〕，無復生意。一日，長春真人過其下，一兩手捫之曰：「可惜，可惜！」明年歷春及夏，其柏復活。南塘老人張天度因鄙語記之。

山村老宿鬢眉白，根撥和雲移小柏。殷勤擁護數十年，直幹亭亭高百尺。歲寒曾不變真

---

①「南塘」亦作「南溏」。元李志常《長春真人西遊記》卷上：「明日，師（丘處機）登寶玄堂傳戒。時有數鶴自西北來，人皆仰之。焚簡之際，一簡飛空而滅，且有五鶴翔舞其上。士大夫咸謂師之至誠動天地。南溏老人張天度子真作賦美其事，諸公皆有詩。」明正統《道藏》本，文物出版社等一九九四年，第三四册四八二頁。今按，「南塘」當非「南唐」或「南行唐」。以「死柏」在平谷，「南塘」或其地鄉鎮名，俟考。

②元耶律楚材《湛然居士文集》卷六《寄南塘老人張子真》，中華書局一九八六年。

心[三]，庭雪倒腰纔自適[四]。明堂大廈構良材，政恐工師來選擇[五]。奈何亂世生不辰[六]，翻有飢民斧斤厄。半身寂寞被戕殘，顔色枝條頓狼籍[七]。羯來枯槁逮三年，不忍風吹並日炙[八]。鬼薪蚊炷世所珍，憂見斬伐無旦夕。長春仙子偶經過，兩手摩挲言可惜。明年太歲在玄枵，秀葉參差如舊碧。異事未免衆人疑[九]，不信道人能起號。君不見田家荆樹中道枯，孝友一感復還甦。又不見萊公斬竹表忠義[一〇]，插地乃活元非誣。冗乎得道不可期[一一]，侶乎元氣熏朽株。坐令此柏成異迹[一二]，道遇還勝愚夫愚。長春今已歸蓬壺，柏爾善保千金軀。元趙鑄《玄寶觀活死柏之記》附，見陳垣等《道家金石略》，原無詩題，兹據詩意擬，文物出版社一九八八年，第四六〇頁。另，明蔣一葵《長安客話》卷五《畿輔雜記·延祥觀柏》亦録，北京古籍出版社一九八〇年。今按，趙鑄之記撰於辛卯歲（金哀宗正大八年、蒙古太宗三年、一二三一）。文中有云：歲次丁亥，長春丘處機過平谷，飯於城東獨樂村玄寶觀中，見枯柏了無生態，「起而摩之，輒歎可惜者。自明年春，其杪葉復生，鬱茂如故，見者奇之」。丁亥值正大四年（蒙古太祖二十二年、一二二七）。

【校記】

〔一〕伐：原作泐字，據詩中「憂見斬伐無旦夕」補。〔二〕遂致：原作泐字，據文意補。〔三〕變：原作泐字，據《長安客話》補。〔四〕倒：《長安客話》作「到」。〔五〕政：《長安客話》作「正」，通。〔六〕生：原作泐字，據《長安客話》補。〔七〕籍：《長安客話》作「藉」，通。〔八〕並：原作泐字，據《長安客話》補。〔九〕事：原作泐字，據《長安客話》補。〔一〇〕斬：《長安客話》作「折」。〔一一〕冗乎得道不可期：冗、期，《長安客話》作「況」、「測」。〔一二〕侶乎元氣熏朽株坐令此柏成異迹：《長安客話》將二句合一，作「坐令元氣回朽株」。另，「異迹」原作泐字，據文意補。今按，元趙鑄《玄寶觀活死柏之記》由南塘老人題詩感悟而發云：「真所謂非異人不能成異事，非異書不能表異迹。」

趙　滋

趙滋，字濟甫，號蘧然子，汴梁（今河南省開封市）人。博學多才，通音律，善談笑，於詩文書畫皆力學有成。唐以來名人詩文，往往成誦如目前。考論文義，解析脈絡，殆若夙昔在文字間者。畫入能品，詩學亦有功。以布衣結交王公名士，商略法書名畫，當時秉筆者亦未可輕議。金亡後，歿於東平，年五十九。兹輯一首。

黄石廟

狂豪擊車代無人〔一〕，神石一砭志乃信。吹噓風雲遮楚秦，炎精熾然四百春。一編尚悋續後塵，江山有待終此身。望望久愁横目民，朝陽凄凄霜未休。江燕竟來江北游，山回鼎移海横流。天風何時清九州，草泥自古跧王侯。神弃不恤誰當羞，割牲釃酒空千秋。《中州集》卷一

○《蘧然子趙滋》。

【校記】

〔一〕豪：原作「毫」，此從元乙卯本、汲古閣本、文淵閣本、四部叢刊本《中州集》。

曹用之

曹用之，歸德（今河南省商丘市睢陽區）人。幼有賦聲，詩亦有功。兹輯一首。

憶舊

花鳥巡簷唤曉晴，唤來和氣滿春城。春風二十年前客，煮酒青梅也後生。《中州集》卷九《曹用之》。

佚句

失題

瀏瀏竹間雨，熒熒牕下燈。相逢不相顧，含淚過巴陵。《中州集》卷九曹用之小傳：「嘗戲作鬼仙語云云。詩有本事，中山楊正卿能道所以然，真人作鬼語也。」

趙達夫

趙達夫，太原（今山西省太原市）人。嗜讀書而不事科舉。南渡後，居緱氏山中，安貧守分。金末壬辰，遭遇兵害。兹辑二首。

紅梅[一]

西湖句好已成塵，蠟點都能幾許春。乞與瓊兒薄梳洗，才情留待月中人。

【校記】

〔一〕《永樂大典》卷二八〇九梅字韻引《中州集》此詩，題作《詠紅梅》。

柳

楊柳攙春不耐秋，十分憔悴儘風流。水邊沙際風煙冷，收拾殘陽合暮愁。《中州集》卷九《趙達夫》。

邢安國

邢安國，字仲祥，沁州武鄉（今山西省長治市武鄉縣）人。少日有賦聲，四十歲後即不應科舉，以詩酒自娛。金末，避亂客泌陽，十餘年後北歸。嘗著《丹崖集》。兹輯二首。

楊花

細點輕團轉復飄，隋家堤岸灞陵橋。非綿非絮寒無用，如雪如霜暖不消。狂惹客衣知有恨，巧尋禪榻故相撩。陂塘回首浮萍滿，依舊春風擺翠條。

過唐州西李口

白沙翠竹溪上村，漁家賣魚喚行人。西風吹皺一溪水，水光日影金鱗鱗。《中州集》卷九《邢安國》。